Alexey Pehov
Schattendieb

PIPER

Zu diesem Buch

Mit dieser Erzählungssammlung kehrt der Autor zu seinen beliebtesten Serien zurück und bietet exklusive Einblicke in neue Welten, die er erschaffen hat: Ob ein Wiedersehen mit dem Schattenwanderer Garrett oder eine Begegnung mit Ness im Krieg gegen die Elfen, ob eine exklusive Story zum Roman »Dunkeljäger« oder bislang unbekannte Reiche, die von dämonischen Mächten, Blutsaugern und Teufeln bevölkert werden – »Schattendieb« ist unverzichtbare Lektüre für alle Pehov-Fans und zugleich der perfekte Einstieg in den vielschichtigen Kosmos des russischen Fantasy-Stars.

Alexey Pehov, geboren 1978 in Moskau, studierte Medizin. Seine wahre Leidenschaft gilt jedoch dem Schreiben von Fantasy- und Science-Fiction-Romanen. Er ist neben Sergej Lukianenko der erfolgreichste fantastische Schriftsteller Russlands. »Die Chroniken von Siala« wurden zu millionenfach verkauften, mit mehreren Preisen ausgezeichneten Bestsellern. Zuletzt erschien seine neue Serie »Chroniken der Seelenfänger«. Gemeinsam mit seiner Ehefrau, die ebenfalls Schriftstellerin ist, lebt Pehov in Moskau.

Alexey Pehov

SCHATTENDIEB

Novellen aus Siala und anderen Welten

Aus dem Russischen
von Christiane Pöhlmann

PIPER
München Berlin Zürich

Von Alexey Pehov liegen bei Piper vor:
Schattenwanderer. Die Chroniken von Siala 1
Schattenstürmer. Die Chroniken von Siala 2
Schattentänzer. Die Chroniken von Siala 3
Wind. Die Chroniken von Hara 1
Blitz. Die Chroniken von Hara 2
Donner. Die Chroniken von Hara 3
Sturm. Die Chroniken von Hara 4
Dunkeljäger
Schattendieb. Novellen aus Siala und anderen Welten
Schwarzer Dolch. Chroniken der Seelenfänger 1
Dunkler Orden. Chroniken der Seelenfänger 2

FSC
www.fsc.org
MIX
Papier aus verantwortungsvollen Quellen
FSC® C083411

Ungekürzte Taschenbuchausgabe
August 2016

Umschlaggestaltung: www.buerosued.de
Umschlagabbildung: Dijana Kuraja
Satz: Kösel Media GmbH, Krugzell
Druck und Bindung: CPI books GmbH, Leck
Printed in Germany ISBN 978-3-492-28085-3

DIE SCHLANGE

Eine Geschichte aus der Welt Sialas

»Also?«, fragte Gosmo. »Was hältst du davon?«

Bevor ich antwortete, ließ ich meinen gelangweilten Blick durch die menschenleere Schenke schweifen. Dann fertigte ich den alten Gauner mit dem Satz ab, der mir auf der Zunge lag, seit er mir den Auftrag angeboten hatte.

»Die Sache gefällt mir nicht.«

»Was bitte erwartest du denn eigentlich?!«, fuhr Gosmo mich an. »Bei diesem Auftrag verdienst du dein Geld doch im Schlaf. Gutes Geld übrigens.«

»Gerade das macht mich ja stutzig.« Meine Laune hätte mieser nicht sein können, weshalb ich es geradezu für meine heilige Pflicht hielt, auch meiner ganzen Umgebung die Stimmung zu verhageln. »Wenn eine Sache so einfach scheint, rechne besser gleich mit Schwierigkeiten.«

»Spar dir deine Lebensweisheiten! Denn ich habe dir ja wohl noch nie einen Auftrag vermittelt, der einen Haken hatte, oder?«

»Doch, das hast du«, stellte ich unerbittlich klar. »Zum Beispiel beim letzten Mal. Da sind plötzlich ziemlich große, ziemlich böse Hunde aufgetaucht. Nur gut, dass auf meine Beine Verlass ist.«

»So ist unsere Arbeit halt«, wiegelte er ab. »Da musst du schon mal mit Überraschungen rechnen.«

»Solange sie nicht überhandnehmen«, brummte ich. »Aber dein Vorschlag erinnert mich an das Brot aus Issylien. Äußerlich ist es glatt und rund, aber sobald du es aufschneidest, steckt es voller Rosinen.«

»Was beschwerst du dich dann?!«, rief Gosmo aus. Der einstige Dieb und heutige Besitzer der Schenke *Messer und Beil* vermittelte nebenbei gern noch die unterschiedlichsten Geschäftchen, die durch die Bank gegen das Gesetz verstießen. Anscheinend verlor er selbst jetzt die Hoffnung nicht, mich in dieses Abenteuer hineinzuziehen. Da mich seine Überzeugungskünste aber nicht gerade entzückten, teilte ich ihm klar und deutlich mit: »Hier fehlen leider die Rosinen.«

Wenn ich heute schon den Miesepeter gab, dann richtig.

»Du willst den Preis hochtreiben?«, mutmaßte Gosmo prompt.

Eine solche Frage hielt ich nicht einmal einer Antwort wert. Gosmo wusste genau, was meine Dienste kosteten – und dass ich nicht feilschte.

»Ich könnte auch andere fragen. Meinst du etwa, du bist der einzige Dieb hier in Awendum?«

»Der einzige bestimmt nicht«, räumte ich ein. »Nur sind die meisten meiner geschätzten Kollegen dumm wie Doralisser, und einige bringen es noch nicht einmal fertig, eine Geldbörse zu stibitzen.«

»Ich rede von Meisterdieben.«

»Gut, dann überlegen wir mal, wer von ihnen infrage käme. Snapper und Nachtigall sind seit einer Woche unter die Fittiche der Gilde gekrochen. Neyk sitzt in den Grauen Steinen, und wenn der Kerker ihn nicht umkrempelt, kannst du erst in zehn Jahren wieder mit ihm rechnen. Wer wäre da sonst noch? Der nicht geschnappt wurde, meine ich. Arlis? Mit ihr würdest du dich nie einigen, dazu verachtet sie dich viel zu sehr. Schlok hat sich mit Ugrez angelegt – mit dem Ergebnis, das zu erwarten war. Wer dem Kopf der Gilde unserer verehrten Meuchelmörder querkommt, darf sich nicht wundern, wenn er unter den Piers schwimmt. Kurz und gut, bis auf mich hast du niemanden.«

»Oh, ich könnte mich an die Gilde der Diebe wenden«, erklärte Gosmo, obwohl er wusste, dass das Unsinn war.

»Wenn du unbedingt Markun vierzig Prozent des Gewinns in die fette Kralle drücken willst, dann nur zu«, erwiderte ich und nippte an dem Bier, das Gosmo mir ausgegeben hatte.

Dieser trommelte wild mit den Fingern auf die Tischplatte. Selbstverständlich würde sich Gosmo nie im Leben mit dem raffgierigen Haupt der Diebesgilde einlassen. Wenn er dergleichen auch nur in Erwägung zöge, hätte er sich nicht an einen freien Künstler wie mich gewandt.

»Du bist der reinste Wundbrand, Garrett«, knurrte er schließlich. »Das ist Wucher.«

»Nein, mein Alter, das ist kluges Geschäftsverhalten.«

»Wir reden hier von fünfzehn Goldstücken!«

Von denen er zwei für die Vermittlung bekäme. Nicht zu vergessen die Münzen, die der alte Gauner noch vom Auftraggeber einstrich. Schon öfter habe ich mich deshalb gefragt, warum ich mich eigentlich nicht als Vermittler durchschlage … Damit würde ich die Gefahren für meinen eigenen Kopf deutlich herabsetzen und kein schlechtes Geld verdienen.

Abermals verkniff ich mir eine Erwiderung und bedachte Gosmo nur mit dem verächtlichsten Blick, den ich aus einem unerschöpflichen Vorrat entsprechender Blicke auswählte.

»Also?«, strich Gosmo die Segel. »Was verlangst du?«

»Dreißig Goldstücke.«

»Du Dieb!«

»Du sprichst ein wahres Wort gelassen aus«, bemerkte ich und prostete ihm mit dem Krug dunklen Biers zu.

»In Ordnung«, presste er heraus. »Abgemacht.«

Ich hatte nicht im Geringsten daran gezweifelt, dass der alte Gauner und ich zu einer Vereinbarung gelangen würden, die letzten Endes uns beiden ein hübsches Sümmchen einbringen würde.

»Aber du lässt dir diesen Spaziergang nett bezahlen«, lamentierte Gosmo. »In was für Zeiten leben wir bloß?!«

»In harten«, sagte ich. »Du erlebst es ja am eigenen Leib: Ständig steigen die Preise. Da muss man sehen, wo man bleibt.«

Er sah mich an, als glaubte er, ich wollte ihn aufziehen, erkundigte sich dann aber: »Hast du noch Fragen zum Auftrag?«

»Ich hol mir die Ware, bringe sie zu dir und kriege mein Geld. So sieht's doch aus, oder?«

»Ganz genau. Allerdings muss das unbedingt heute Nacht geschehen, denn morgen früh will der Auftraggeber die Ware bereits in Händen halten. Trink also dein Bier aus und mach dich auf die Socken. Abgesehen davon, öffne ich den Laden eh bald.«

»Immer sachte, mein Freund. Das Wichtigste hast du mir nämlich noch gar nicht verraten: Was für eine Ware das eigentlich ist.«

»Das hat mir der Auftraggeber auch nicht gesagt.«

»Bitte?!« Sofort stellten sich meine unguten Vorahnungen wieder ein. »Und was soll diese Geheimniskrämerei?!«

»Keine Ahnung. Aber das braucht uns auch nicht zu scheren. Solange wir unser Geld kriegen, arbeiten wir.«

»Wobei natürlich der Großteil der Arbeit mir vorbehalten bleibt.« Die Sorglosigkeit, die Gosmo in dieser Sache an den Tag legte, gefiel mir nicht. »Ebenso wie das Los, hinter Gitter zu wandern. Oder das Vergnügen, der Stadtwache in die Arme zu laufen. Hauptmann Frago Lonton ist in letzter Zeit überhaupt nicht gut auf mich zu sprechen und sähe mich zu gern als Zellenkumpan Neyks. Daher wäre es an dir gewesen, wenigstens genauere Informationen einzuholen. Ich muss diese Ware schließlich fortschaffen. Was, wenn sie die Größe einer Kirchenglocke oder das Gewicht von hundert mit Gold bepackten Zwergen hat?!«

»Das kann ich mir nicht vorstellen«, beruhigte mich

Gosmo. »Wenn du noch etwas wissen müsstest, hätte es mir der Auftraggeber ganz gewiss gesagt.«

»Vorausgesetzt, er ist kein Dummkopf«, murmelte ich. Optimismus ging mir in den letzten Tagen völlig ab. »Ist es wenigstens ein Mensch?«

»Keine Sorge, ein Doralisser ist es nicht.«

»Sagoth sei gepriesen. Denn an dem Tag, an dem mich diese Ziegenmenschen anheuern, geh ich ins Wasser, schnapp mir einen Strick oder buddel mir selbst ein Grab in Hrad Spine.«

»Nur zu, dir wird niemand eine Träne hinterherweinen«, munterte mich Gosmo in seiner unvergleichlichen Art auf. »Also, der Wagen wird nicht bewacht, das Schloss ist eine schlichte Arbeit der Menschen, die Ware wartet dann da drinnen auf dich.«

»Dann will ich nur hoffen, dass der Karren nicht bis oben hin mit allem möglichen Plunder vollgestopft ist und ich auf Anhieb finde, was ich suche.«

Diese letzte Spitze konnte ich mir nicht verkneifen.

»Dir kann man heute aber auch gar nichts recht machen!«, knurrte Gosmo.

»Du hast es erfasst, mein Alter.«

Nach diesen Worten hielt ich mein Soll an miesepetrigen Bemerkungen für diesen Abend für erfüllt. Ich stellte den leeren Bierkrug auf den Tresen und verließ die Schenke, ohne mich von Gosmo zu verabschieden.

Im Grunde konnte ich dem alten Gosmo jedoch keinen Vorwurf machen. Der Auftrag schien tatsächlich ein Kinderspiel zu sein, gar nicht zu vergleichen mit dem kleinen Abstecher ins Haus des Barons Lonton und der Entwendung jenes Geldes, das der Hauptmann der Stadtwache für den Kopf eines gewissen Herrn Meisterdieb namens Garrett ausgesetzt hatte.

Trotzdem störte mich das Fehlen klarer Hinweise auf die Beschaffenheit der Ware, die – vermeintliche – Leichtigkeit der Aufgabe und die Bereitwilligkeit, mit der Gosmo mein Honorar erhöht hatte. War an der Sache also ein Haken? Und hatte ich mich folglich unter Wert verkauft?

Aber wie sagen ach so gute Leute gern? Ich sei raffgierig wie jenes Volk, das unter den Bergen lebt, und neugierig wie ein Kobold aus dem Jenseits. Abgesehen davon bot sich mir hier die Möglichkeit, Markun mal wieder auf die Füße zu treten. Und wenn ich jemanden nicht ausstehen konnte, dann diese Nappsülze, die es wie durch ein Wunder geschafft hatte, sich zum Haupt der Diebesgilde aufzuschwingen. Sofern ich also dafür sorgen konnte, dass die eine oder andere Münze nicht in die Tasche dieses Dreckskerls wanderte, war ich sogar bereit, umsonst zu arbeiten. Wovon Gosmo allerdings zu meinem Glück nicht mal was ahnte.

Bei all meinen Vorbehalten wäre es sicher klug, meinem alten Lehrer For von diesem Auftrag zu erzählen, doch gewöhnliche Faulheit und auch Zeitmangel erstickten diesen Gedanken bereits im Keim. Nachdem ich meinem eigenen Spiegelbild noch ein Weilchen etwas über die Ungerechtigkeiten des Lebens vorgejammert hatte, bereitete ich mich daher auf das Unternehmen vor.

Die übliche Ausrüstung eines Diebs, der etwas auf sich hält, war schnell zusammengepackt, dazu kamen noch eine kleine Armbrust, die in eine Hand passte – eine Arbeit der Zwerge –, ein Messer, das ich am Oberschenkel festband, eine Leinentasche und eine gewaltige Portion Selbstgefälligkeit. Mehr brauchte ich nicht, um aus jeder Auseinandersetzung als Gewinner hervorzugehen. Über Nebensächlichkeiten wie langjährige Übung, Meisterschaft, Geschicklichkeit, Cleverness, Vorsicht und Verstand gehe ich an dieser Stelle höflich hinweg. Oder bescheiden, ganz wie eine junge Frau im besten Hochzeitsalter.

Ich schnaubte. Warum setzte mir dann nach wie vor dieses mulmige Gefühl zu? Ob ich auf meine alten Tage nervös wurde? Ob ich meinen Geiz unterdrücken und der Straße der

Funken einen kleinen Besuch hätte abstatten sollen? Dort befanden sich nämlich die Läden, in denen jede Art von magischem Artefakt zu finden war. Einige von ihnen konnte sich ein Mann meiner Profession mit etwas Hirnschmalz und Erfahrung durchaus zunutze machen. Nur hätte ich dann dem gierigen Zwerg Honhel ein paar Goldmünzen in die Pfoten stecken müssen – und ob sich das letzten Endes lohnte? Bei einem derart lächerlichen Auftrag … Nein, da verzichtete ich schon lieber auf magische Unterstützung.

Um zwei Uhr nachts schlich ich bereits an der Südmauer der Inneren Stadt entlang. Der Große Platz schloss unmittelbar an das Viertel der Reichen an und diente Awendum dazu, den Markt abzuhalten und dem einen oder anderen Nichtsnutz ein Ende am Galgen zu bescheren. Außerdem gaben zweimal im Jahr, im Herbst und im Frühling, fahrende Artisten und Theatergruppen hier ihre Vorstellungen. Da wir gerade Mitte April hatten, würde in zwei Tagen ein formidables Spektakel losbrechen: Clowns, Jongleure, Messerwerfer, Bändiger exotischer Tiere, Puppenspieler, Geisterbeschwörer und selbst ernannte Magier würden ihre Künste zum Besten geben. Gerade Letzteren sollte man meiner Ansicht nach besser fernbleiben. Die ganze illustre Gesellschaft würde Awendum jedenfalls eine Woche lang mit Umzügen und Gelärm beglücken.

Eine dieser Zirkustruppen hatte sich ziemlich breitgemacht und sich die Hälfte des Platzes unter den Nagel gerissen. Zwei Dutzend Wagen, ein großes Zelt und zahlreiche kleine Gehege für die Pferde, Käfige mit Tieren – mitten in unserer riesigen Hauptstadt war hier eine eigene kleine Stadt entstanden.

Die mein Ziel war.

Was mich letzten Endes am meisten erstaunte und beunruhigte: Was sollten diese ewig armen Hungerleider, die ständig durch die Lande zogen, für ein wertvolles Gut versteckt haben? Dieses fahrende Volk zu bestehlen, das gehörte sich eigentlich nicht. Das war ja, als würde man den Geldbeutel vom Gürtel eines Blinden fingern – eine Arbeit, die wahrlich kein Vergnügen bereitete.

Dort, in diesem bunt scheckigen und großteils schon schlafenden Königreich der Schausteller, wartete in einem blauen Wagen mit roten Rädern die Ware auf mich …

In dieses Jahrmarktsimperium einzudringen stellte keine Schwierigkeit dar, denn die beiden Posten der Stadtwache leisteten wie üblich denkbar schlechte Arbeit. Der eine ratzte auf einem Ballen Stroh, der andere popelte selbstvergessen in seiner Nase. Und so, wie er aussah, würde er damit auch nicht aufhören, wenn ein ganzes Tausend besoffener Gnome vorbeimarschieren und dabei Schlachthymnen schmettern würde. Käme ich jetzt auf die Idee, in seinem Rücken diesen wilden Tanz, den Janga, aufzuführen – er würde sich nicht nach mir umdrehen, schließlich hoffte er, gleich in seiner Nase den Schatz der Krone zu heben. Kurz und gut, in das Städtchen der fahrenden Artisten gelangte ich mühelos hinein.

Jedes von Fackeln beleuchtete Fleckchen mied ich, außerdem versteckte ich mich beim kleinsten verdächtigen Rascheln. Doch obwohl ich die ganze Zeit beide Augen offen hielt, wäre ich beinah mit einem lautlos dahinschleichenden Mann zusammengestoßen, der auf seinen Schultern eine fette Schlange trug. In letzter Sekunde brachte ich mich unter einem der Wagen in Sicherheit. Sobald die Gefahr gebannt war, schaffte ich es, das Gelände abzusuchen – nur konnte ich den Wagen mit den roten Rädern beim besten Willen nicht entdecken. Hatte Gosmo mir eine falsche Information gegeben? Immerhin blieb noch eine letzte Hoffnung, der nördliche Teil des Platzes, wo Käfige mit allerlei Tieren standen.

Deren zottlige Bewohner bewiesen ein wesentlich feineres Gehör als die Menschen. Einige von ihnen schickten mir lediglich einen misstrauischen Blick hinterher, bevor sie wieder eindösten, andere fingen jedoch an, aufgeregt durch den

Käfig zu springen. Ein riesiges rotfelliges Mammut, das noch auf seinen Nachtisch hoffte, grunzte erwartungsvoll hinter mir, eine verfluchte Meerkatze mit rotem Hintern keifte mich sogar wütend an und beschmiss mich mit einer Bananenschale. Ich sah zu, dass ich wegkam, bevor jemand auftauchte, der unbedingt wissen wollte, was den Affen so erbost hatte.

Endlich erspähte ich den gesuchten Wagen. Bei seinem Anblick ging ich allerdings sofort mit einem Hechtsprung hinter einem Käfig mit einem Tiger aus dem Sultanat in Deckung. Dort atmete ich erst einmal tief durch. Vielen Dank auch, Gosmo!, fluchte ich innerlich. Du bist wahrlich ein echter Freund! Von wegen: Du würdest mir doch nie im Leben einen Auftrag vermitteln, der einen Haken hat! Aber ich wusste ja, dass an der Sache was faul ist. Wenn mir auch nicht klar war, wie faul.

Zahlreiche Fackeln tauchten den Wagen in helles Licht. Obendrein bewachte ein gelbäugiger, dunkelhäutiger Kerl mit aschfarbenem Haar das Fuhrwerk, ein dunkler Elf aus den Wäldern Sagrabas.

Im ersten Schreck wollte ich gar meinen Augen nicht trauen. Elfen verlassen ihre heimatlichen Gefilde sowieso selten – sie dann aber auch noch in der Gesellschaft von Schaustellern anzutreffen … Das konnte doch nicht sein. Abermals spähte ich vorsichtig aus meinem Versteck heraus, um mich zu überzeugen, dass meine Augen mir keinen Streich gespielt hatten. Aber nein, das war ein Elf! Wie hätte ich auch die aus dem Unterkiefer ragenden Fänge oder das Krummschwert auf dem Rücken, den S'kasch, mit irgendwas verwechseln sollen?!

Zum Glück hatte mich der Elf bisher nicht bemerkt. Innerlich fluchend beobachtete ich jedoch, wie gerade ein zweiter dunkler Elf aus dem Wagen kletterte. Zu allem Überfluss trug er auch noch einen Bogen. Nach einem kleinen Wettbewerb, wer von uns denn nun schneller schießen könne, stand mir aber wahrlich nicht der Sinn. Wenn Gosmo diese Festung als unbewachten Wagen anpries – wie sah dann für ihn ein bewachter aus?!

Der Weg durch die Tür war mir also versperrt. Sicher, ich könnte die beiden Herren natürlich fragen, ob sie mich wohl für ein Minütchen in den Wagen lassen – nur waren dunkle Elfen nicht gerade für ihren Sinn für Humor berühmt. Besser also, ich sah von diesem Gedanken ab.

Sollte ich folglich unverrichteter Dinge von dannen ziehen? Mit dem Auftraggeber selbst hatte ich mich nicht in aller Form ins Benehmen gesetzt, die rituelle Formel zur Besiegelung unseres Handels ihm gegenüber nicht ausgesprochen. Trat ich jetzt von dem Geschäft zurück, konnte mir daraus niemand einen Strick drehen. Aber einfach aufgeben? Ohne es auch nur versucht zu haben? Das ließen weder meine Sturköpfigkeit noch meine Diebesehre zu. Hol mich doch das Dunkel – sollte ich es wirklich nicht schaffen, diese gelbäugigen Schnösel zu überlisten?! Noch dazu, wo ich jetzt darauf brannte, herauszufinden, was überhaupt im Wagen wartete. Bei der Bewachung musste es sich jedenfalls um eine wirklich kostbare Ware handeln.

Die Tür schied also aus. Die Fenster ebenfalls, aus dem schlichten Grund, dass es keine gab. Was blieb? Eben, die Luke im Dach. Über so ein Ding verfügten nämlich alle Wagen aus dem Tiefland. Damit musste ich nur noch die Frage beantworten, wie ich zu ihr gelangte.

Aber Not macht ja bekanntlich erfinderisch. Deshalb griff ich nach dem Erstbesten, das mir in die Finger kam. In dem Fall nach dem Schwanz des Tigers, der zwischen den Gitterstäben des Käfigs heraushing. So ein Kätzchen kann wirklich ganz beachtlich schreien, wenn jemand es mit aller Kraft am Schwanz zieht! Und selbstverständlich ging das wütende Tier zum Angriff über, indem es seinen Körper mit aller Wucht gegen das Gitter warf. Doch da war ein gewisser Meisterdieb längst außer Reichweite und in Sicherheit – auf der Rückseite des Wagens.

Meine Rechnung ging auf: Die Elfen wollten unbedingt in Erfahrung bringen, wer den Tiger so erzürnt hatte. Dieser brüllte noch immer aus Leibeskräften und verlangte nach Blut. Obendrein kreischten jetzt auch noch die Affen, trötete das Mammut. Was für eine wunderbare Nacht!

Während die Herren Elfen noch in die entgegengesetzte Richtung spähten, kletterte ich lautlos aufs Wagendach. Oben angelangt, warf ich mich so flach darauf wie ein Zwerg auf einen Haufen Gold. Der Elf mit dem Bogen hatte nun einen Pfeil an die Sehne gelegt, um seinem Kumpan, der zum Tigerkäfig marschierte, Deckung zu geben. Wenn die beiden jetzt bloß nicht nach oben sahen!

Nimmt es eigentlich noch wunder, dass ich auch mit der Luke meine liebe Not hatte? Da sie keine Schlösser besaß, halfen mir meine Nachschlüssel nicht weiter. Folglich musste ich mich mit dem Messer mühen. Nach einer Minute purer Gewaltanwendung war die Sache endlich erledigt. Ich lauschte. Anscheinend hielt sich niemand im Wagen auf. Nachdem ich noch ein paar Minuten gewartet hatte, sprang ich hinein und sah mich mit der Armbrust im Anschlag um.

Ein schwerer schwarzer Vorhang teilte das Wageninnere in zwei Bereiche. Im ersten entdeckte ich nicht den geringsten Hinweis auf die Ware. Deshalb zog ich kurz entschlossen den schwarzen Vorhang zur Seite – und blieb wie angewurzelt stehen. Noch dazu mit offenem Mund.

Am Boden saß eine Elfin, die Beine unters Kinn gezogen, die entsetzlich schmalen Arme um die Unterschenkel geschlungen. Ihr kurzes Haar war überhaupt nicht auf die Art und Weise der Elfen geschnitten. Das Gesicht war mager, ja, geradezu ausgemergelt, die Haut sehr dunkel, die großen Augen gelb. Die Kleidung, die sie trug, hätte ich nie an einer Elfin vermutet: ein weißes Leinenhemd ohne Ärmel und völlig mit Blut verschmierte Hosen. Ihre Arme waren von den Schultern an bis zu den Handgelenken mit einer aufwendigen Tätowierung bedeckt, die in Flammen badende silberne

Schlangen darstellte. Die Zeichnung war so meisterhaft, dass die Tiere fast lebendig wirkten.

Die Fangzähne des Mädchens, das kaum älter als siebzehn schien, waren winzig klein. Die Lippen waren aufgeschlagen, unter einem Auge prangte ein blauer Fleck, und beide Handgelenke umspannte eine Schnur mit unzähligen Knoten. Die Elfin saß in der Mitte einer Figur, die auf den Boden des Wagens gezeichnet war. Mir wurde ziemlich mulmig, denn natürlich dachte ich sofort an Magie. Das hätte mir noch gefehlt, dass hier die dunklen Elfen mit irgendeinem Schamanenzauber auf mich einschlugen!

O ja, Gosmo! Wenn ich je lebend aus diesem Wagen herauskomme, mach dich auf was gefasst!

Ich starrte die Elfin an, sie mich. Und wie sollte es jetzt bitte weitergehen?! Bis auf den heutigen Tag hatte ich schließlich noch nie jemanden entführt. Die Unbekannte rührte sich nicht und schrie auch nicht nach den beiden Elfen draußen. Als mir endlich einfiel, wie ich ihr mein Auftauchen erklären könnte, hantierte bereits jemand am Schloss der Wagentür.

Ohne lange nachzudenken, schlüpfte ich hinter den Vorhang, der einzige Ort überhaupt, an dem man sich in diesen rollenden vier Wänden zu verstecken vermochte. Oder es zumindest versuchen konnte. Von der Tür aus dürften mich die Elfen jedenfalls erst mal nicht sehen. Die Armbrust richtete ich auf die Elfin, sollte sie ruhig wissen, dass es ihr nicht besser ergehen würde als mir, wenn sie jetzt auch nur einen Laut von sich gab. Allerdings signalisierte sie durch nichts, dass sie meine unausgesprochene Aufforderung, sich ruhig zu verhalten, verstanden habe. Ihre ungeteilte Aufmerksamkeit galt nämlich der Tür.

Die wurde gerade weit aufgerissen. Schritte polterten. Mein Herz sackte rasant in die Tiefe und verirrte sich in meinen Eingeweiden. Hatten sie mich bemerkt oder nicht? Alles in mir verkrampfte sich, denn ich rechnete fest damit, in der nächsten Sekunde mit dem S'kasch erstochen zu werden.

Doch Sagoth zeigte sich gnädig. Heute lenkte der Tod sein Augenmerk noch nicht auf mich. Die Elfen gingen am Vorhang vorbei und blieben neben der *Ware* stehen. Verwundert stellte ich fest, dass weder die Kleidung noch die Frisuren denen der beiden Posten vorm Wagen entsprachen. Ob sie einem anderen Haus angehörten? Möglich.

Was jedoch klar war, das war ihre Absicht, auf lange Gespräche mit der Gefangenen zu verzichten. Einer von ihnen zog den S'kasch blank – und man musste kein besonderer Schlaukopf sein, um zu verstehen, was als Nächstes geschehen würde. Aber alle Achtung: Das Mädchen zitterte nicht einmal.

Als ich noch ein kleiner Junge war, hatte mein Lehrer For mir eine höchst schlichte, aber ausgesprochen wichtige Lebensregel in meinen dummen Schädel gehämmert: Halte dich aus fremden Angelegenheiten heraus! Diesen hervorragenden Rat hatte ich bis auf den heutigen Tag stets beherzigt. Nun aber musste ich mich in diese trauliche Szene einmischen – andernfalls würde mir das Paar gelbäugiger Dreckskerle meine Ware verhunzen. Und dass sie mich um dreißig Goldstücke brachten, das konnte ich nun wirklich nicht zulassen.

Ja! Zugegeben! Das war nicht die ganze Wahrheit. Hinzu kam, dass ich es einfach nicht hätte mit ansehen können, wie eine hilflose Frau ermordet wird. Selbst wenn sie eine Elfin war. Aber einmal im Jahr werde ja wohl auch ich mir eine kleine sentimentale Schwäche erlauben dürfen, oder?!

Die Armbrust gab ein leises Zischen von sich: Der Elf, in dessen Hals ein Bolzen steckte, vergaß sein Opfer prompt und fiel krachend zu Boden. Bevor sein Kumpan überhaupt begriff, was Sache war, presste ich ihm bereits das Messer an die Kehle.

»Auf Schwierigkeiten können wir beide doch wohl verzichten, nicht wahr, mein Freund?«, giftete ich ihm ins Ohr.

»Wer bist du?«, flüsterte er, wobei er die Lippen kaum bewegte. Die Klinge kratzte ihm gefährlich über die Haut.

»Wozu Namen? Sagen wir einfach, ich bin der Mann in deinem Rücken.«

»Du wirst es nicht wagen, einen Elfen umzubringen, Mensch.«

»Sag das mal deinem Freund, Fangzahn! Allerdings hast du im Unterschied zu ihm noch Aussichten, deinen Wald wiederzusehen.«

Daraufhin hielt er es für geraten, kein Wort mehr zu sagen.

»Steh auf!«, wandte ich mich an das Mädchen, das uns angespannt beobachtete. »Wir gehen.«

»Sie bleibt hier!«, fuhr mich der Elf an. Offenbar hatte er völlig vergessen, dass sein Leben an einem seidenen Faden hing.

Seine Aufmüpfigkeit gefiel mir nicht. Wie auch? Da bemühst du dich, höflich zu sein – und dann zwingt dich so ein Dreckskerl von dunklem Elf, dich wie ein Schwein zu verhalten. In dem Fall bedeutete das einen Tritt gegen den Unterschenkel, damit er auf die Knie fiel, und anschließend einen kräftigen Schlag in den Nacken. Sollte er ruhig erst einmal eine Weile am Boden liegen und sich darüber klar werden, wie unfein eine derartige Widerborstigkeit ist.

Nach einem letzten Blick auf die beiden Spitzohren trat ich an die Elfin heran, die noch immer reglos dasaß, und schnitt ihr, einer Eingebung folgend, die Schnüre an den Händen durch. Das Ornament auf dem Boden flackerte auf – und verschwand. Das Mädchen seufzte erleichtert, fuhr sich mit der Zunge über die aufgeschlagenen Lippen und lächelte dann ganz überraschend.

»Ich habe schon gedacht, du würdest nie auf die Idee kommen, das zu tun«, sagte sie.

Was zu tun?, wollte ich schon fragen, nur sah ich da, wie sich eine der tätowierten Schlangen bewegte und den Kopf in meine Richtung drehte. Die Frage blieb mir prompt im Halse stecken. Alles, was mich jetzt noch beschäftigte, war, ob ich mir das Ganze nur eingebildet hatte oder nicht. Bestimmt spielte mir meine Phantasie da einen Streich … Obwohl: Bis eben hatte mich dieses Schlangenbiest nicht angesehen. Schon gar nicht so neugierig.

Noch immer stand ich grübelnd da, während die Elfin bereits an mir vorbeihuschte, sich den S'kasch des betäubten Elfen schnappte – und ihm diese traditionelle Klinge tief in die Brust trieb. Anschließend spuckte sie dem Toten ins Gesicht.

»Man muss eine Arbeit immer zu Ende bringen, Mann im Rücken. Er hätte auch kein Mitleid mit dir gehabt. Est und Elg haben sie schließlich bereits getötet. Diese Männer meines Vaters hatte ich zwar nicht gerade in mein Herz geschlossen, aber sie gehörten dem gleichen Haus an wie ich. Den Tod haben sie wirklich nicht verdient.«

»Woher weißt du, dass die beiden tot sind?«

»Stell dich nicht dumm, Mensch! Diese zwei Dreckskerle hätten nie einen Fuß in den Wagen setzen können, wenn Est und Elg noch am Leben wären.«

Trotzdem hielt ich es für geboten, mich mit eigenen Augen von der Wahrheit ihrer Worte zu überzeugen. Ich achtete darauf, meiner neuen Bekannten nicht den Rücken zuzukehren, während ich zur Tür ging, sie einen Spalt öffnete und hinausspähte. Die beiden toten Elfenposten entdeckte ich auf Anhieb. Abgesehen davon waren aber wie aus dem Nichts fünf frische elfische Bogenschützen aufgetaucht, die denn auch umgehend ihre Pfeile anlegten, fraglos in der Absicht, mich in einen Igel zu verwandeln. Mir blieb nur der sofortige Rückzug ins Wageninnere.

»Da draußen sind noch fünf!«, schrie ich, während ich fieberhaft überlegte, womit ich die Tür verrammeln konnte.

Und mich fragte, wie ich je wieder aus diesem Wagen herauskommen sollte.

»Dass diese beiden Herren hier nicht allein gekommen sind, daran habe ich nicht eine Sekunde gezweifelt«, erklärte die Elfin in ruhigem Ton, fast als spräche sie nicht von Mördern, die ihr nach dem Leben trachteten, sondern von Dienern, die ihr das Frühstück zubereiteten. »Und jetzt geh mir aus dem Weg! Sag mal, wie heißt du eigentlich wirklich?«

»Lebensretter«, knurrte ich, denn auch ihr wollte ich meinen Namen nicht nennen.

In den gelben Augen tanzten ganz kurz spöttische Funken auf.

»Kein schlechter Name, Mensch, wahrlich nicht. Mich kannst du übrigens Schlange nennen.«

Die Elfen ließen sich durchaus Zeit mit ihrem Besuch. Mich erstaunte das einigermaßen, weshalb ich die Tür nicht aus den Augen ließ und meine Armbrust bereithielt. Schlange beugte sich derweil über die beiden Toten. Dieses Mädchen ähnelte keiner der Elfinnen, die ich bisher gesehen hatte. Das waren große und vollkommene Frauen gewesen, während Schlange schmächtig, geradezu zerbrechlich war. Und wären da nicht diese schlangenhaften Bewegungen gewesen, man hätte sie glatt für einen Jungen halten können.

»Ich habe gesagt, du sollst zur Seite gehen«, verlangte sie, ohne den Blick von den Toten zu lösen.

Gehorsam presste ich mich gegen die Wand. Mit jeder Sekunde gefiel mir weniger, was hier geschah. In einem Punkt war ich mir inzwischen jedoch völlig sicher: Dass sich diese Tätowierungen bewegten, hatte ich mir nicht bloß eingebildet. Die Schlangen krochen über die Arme der Elfin, wanden sich, fauchten und suhlten sich in den Flammen, spritzten Gift und funkelten mit ihren Augen, die genauso gelb waren wie die des Mädchens. Mir brach am ganzen Körper Schweiß aus. Ich hasse Magie. Und dunkle ganz besonders. Von Schamanismus ganz zu schweigen. Wenn ich gekonnt hätte, dann hätte ich ein Loch in die Wand geschlagen und wäre verschwunden.

Was dann geschah, führte dazu, dass sich mir die Nackenhaare sträubten. Und ich gebe unumwunden zu, dass ich vor

Angst beinahe laut aufgeschrien hätte: Aus den Schatten, die von einer Deckenlaterne geworfen wurden, formten sich zwei undurchdringliche dunkle Silhouetten. Waren das Gespenster oder Dämonen? Beide überragten die Elfin um drei Köpfe und hielten etwas in Händen, das deutliche Ähnlichkeit mit einer Klinge hatte. Bevor ich mich aber noch an den Gott der Diebe wenden konnte, hatten die Burschen bereits die Tür eingerissen – fast als gäbe es sie eigentlich gar nicht – und waren aus dem Wagen gesprungen.

Mein fragender Blick wanderte zu der Elfin zurück. Die blieb völlig gelassen, ja, sie rührte sich nicht einmal – ganz im Unterschied zu den Schlangen auf ihren Armen. Das Einzige, was sie tat, war, zu lauschen, ob von draußen Geräusche hereinkamen. Als ich ihrem Beispiel folgte, hörte ich jedoch rein gar nichts, sosehr ich die Ohren auch spitzte.

»Gehen wir«, verlangte die Elfin nach ein paar Sekunden.

Mit meinem ungläubigen Blick erntete ich allerdings bloß ein schiefes Grinsen ihrerseits.

»Beweg deine Füße, Mensch!«, befahl Schlange, die nicht die geringsten Zweifel daran hatte, dass ich ihr folgen würde.

Am liebsten hätte ich ihr natürlich irgendeine gepfefferte Antwort an den Kopf geworfen, doch gegenüber derart seltsamen Mädchen sollte man wohl besser höflich sein. Das bekommt der eigenen Gesundheit besser.

Der Blutgeruch, der in der Luft hing, ließ den Tiger in seinem Käfig kräftig brüllen – und mich fluchen. Die Zahl der Toten war auf sieben gestiegen. Die Burschen waren förmlich zu Kleinholz verwandelt worden. Allem Anschein nach hatten sie nicht einmal mehr begriffen, von wem.

»Atme diese Luft tief ein, Lebensretter! Riechst du das auch? Das ist der Duft der Freiheit«, erklärte die Elfin, offenbar überglücklich.

»Das ist der Duft von Mist, Schlange.«

Sie lachte übermütig und sah mich respektvoll an. »Du bist wirklich kein Feigling«, bemerkte sie. »Ein anderer *Mensch* wäre längst davongestürmt, ohne sich auch nur noch einmal umzudrehen.«

Ich zuckte lediglich die Achseln.

»Aber jetzt muss ich los«, teilte sie mir mit. »Ich weiß nicht, wer du bist und was du hier wolltest, aber deine Hilfe kam gerade recht. Leb wohl und viel Glück noch!«

»Nicht ganz so schnell. Wir müssen da noch eine Kleinigkeit erledigen.«

»Ach ja?«, fragte sie und zog eine Augenbraue hoch. »Ich bin dir wirklich unsagbar dankbar, aber trotzdem haben ein Mensch und ich normalerweise keine Kleinigkeiten gemeinsam zu erledigen.«

»Ein grundlegender Irrtum«, entgegnete ich wütend. »Man hat mich nämlich gebeten, dich an einen bestimmten Ort zu bringen.«

»Wer?«, wollte sie wissen, und ihre bernsteinfarbenen Augen funkelten eisig.

»Das erfährst du, wenn wir da sind.«

»Und wenn ich nicht mitkomme?«

»In dem Fall müsste ich Gewalt anwenden.«

»Und du bist dir sicher, dass du da nicht den Kürzeren ziehen würdest?«, parierte sie und maß mich mit neugierigem Blick. Die Schlange auf ihrem rechten Arm fauchte und ließ die Giftzähne aufblitzen. Daraufhin zog ich es vor, Abstand zu der Dame Elfin zu halten.

»Ich könnte deinetwegen Unannehmlichkeiten bekommen«, versuchte ich es auf einem anderen Weg.

»Das täte mir sehr leid, geht mich aber letztlich nichts an. Obwohl … wenn mich schon jemand unbedingt treffen will, dann soll es eben sein.«

»Und wo?«, hakte ich sofort nach.

»Am alten Pferdestall beim Verbotenen Viertel. Morgen. Um Mitternacht. Wenn sie keine Angst haben, versteht sich. Sag ihnen das genau so!«

»Wofür hältst du mich eigentlich? Für deinen Laufburschen?«, empörte ich mich. Ein ehrlicher Dieb, der für ein Mädchen den Boten spielt – so weit kommt's noch.

»Du verlangst eine Bezahlung?«

»Schaden würde sie jedenfalls nicht.«

Schon im nächsten Moment war sie unmittelbar vor mir, stellte sich auf die Zehenspitzen, schlang mir die Arme um den Hals und küsste mich auf den Mund. Der Kuss wollte gar nicht mehr enden. Ihre bezaubernden Tätowierungen zischelten glückselig. Irgendwann gab sie mich aber doch wieder frei.

»Das ist der Vorschuss«, erklärte sie grinsend. »Bis dann!«

Bevor ich die Gabe der Rede zurückgewonnen hatte, war die Elfin bereits wie vom Erdboden verschluckt.

An diesem Abend war das *Messer und Beil* rammelvoll. Ohne den Kraftbolzen am Eingang auch nur eines Blickes zu würdigen, steuerte ich entschlossen auf die Theke zu. Als Gosmo mich erblickte, hätte er beinahe seinen Bierkrug fallen lassen.

»Garrett! Du ahnst gar nicht, wie froh ich bin, dich zu sehen!«

Nur war sein Lächeln alles andere als erfreut.

»Umgekehrt gilt das nicht«, knurrte ich. »Wir müssen miteinander reden.«

Gosmo stieß einen schicksalsergebenen Seufzer aus und bedeutete mir mit einem Nicken, ihm in sein Allerheiligstes zu folgen. Wir liefen einen schmalen Gang hinunter und betraten eines der Zimmer.

»Wo ist die Ware?«, wollte er sofort wissen. »Ich warte schon seit dem Morgen darauf.«

»Die Ware?!«, brüllte ich wie ein verletzter Bär, da ich meinen Gefühlen jetzt endlich die Zügel schießen ließ. »Die Ware hat sich davongemacht!«

»Wie *davongemacht*?«, fragte er verständnislos zurück.

»Auf ihren eigenen zwei Beinen! Du bist eine alte stinkende Eidechse, Gosmo! In was für eine Geschichte hast du mich da reingezogen?! Die Entführung einer Elfin! Wie bist du bloß auf diese Idee gekommen?! Ich hätte Sagoth fast meine Seele überlassen!«

Sobald er begriff, dass ich nicht die Absicht hatte, ihm rohe Gewalt anzutun, fasste er sich ein wenig. Denn eins hatte Gosmo inzwischen gelernt: Ein Garrett, der aus voller Kehle zeterte, vermieste einem das Leben nicht in der Weise wie ein Garrett, der nach der Armbrust langte.

»Dann erzähl mal«, bat er, nachdem er eine Flasche *Bernsteinträne* auf den Tisch gestellt hatte, eine unglaubliche Großzügigkeit seinerseits.

Und ich erzählte alles. Ohne auch nur die geringste Einzelheit auszulassen.

»Das wird mir einen Haufen Ärger einbringen«, bemerkte Gosmo, als ich meinen Bericht beendet hatte. »Diesmal bin ich wirklich in die Scheiße getreten.«

»Sehenden Auges, wohlgemerkt«, erwiderte ich mit offener Schadenfreude.

»Das stimmt nicht«, beteuerte Gosmo. »Ich habe gutes Geld bekommen und …«

»Ach ja, die Bezahlung …«

»Die kannst du dir aus dem Kopf schlagen«, fiel er mir ins Wort. »Du hast die Arbeit nicht erledigt. Da wird unser Auftraggeber seinen Geldbeutel bestimmt nicht öffnen.«

»Ist er hier?«

Gosmo zögerte, nickte dann aber doch.

»Hervorragend. Dann bring ihn her«, verlangte ich, denn in mir reifte gerade ein Plan heran.

»Normalerweise lernst du deine Auftraggeber doch nicht gern persönlich kennen.«

»Heute mache ich eine Ausnahme. Bring ihn her!«

»Glaub mir, das ist kein guter Gedanke«, wollte er mich von meinem Vorhaben abbringen.

»Hol ihn!«, befahl ich barsch, bevor er zu weiteren Erklärungen ansetzte.

»Gut«, strich Gosmo die Segel. »Aber behaupte hinterher nicht, ich hätte dich nicht gewarnt.«

Sobald der Auftraggeber dann vor mir stand, bedauerte ich meinen Wunsch, ihn kennenzulernen. An Flucht war freilich nicht mehr zu denken. Denn Gosmo und ich, wir sahen uns einem Dutzend dunkler Elfen gegenüber – die das Zimmer geradezu gestürmt und die Tür fest hinter sich verriegelt hatten.

»Oh, alle Achtung, mein Freund!«, zischte ich Gosmo in Anbetracht unserer Lage an. »Du hast in der Tat nicht gelogen, als du gesagt hast, der Auftraggeber sei kein Doralisser. Wenn mein Verstand wacher gewesen wäre, hätte mir eigentlich auffallen müssen, dass du andererseits auch nicht von einem Menschen gesprochen hast.«

»Nur wolltest du das gar nicht mitbekommen«, knurrte Gosmo.

Sehr witzig!

Verzweifelt grübelte ich darüber nach, wie wir aus dieser Zwickmühle wieder herauskämen, aber mir wollte nichts Gescheites einfallen. Wie stets, wenn ein paar elfische Bogenschützen ihre Pfeile auf mich richten. Meine eigenen Waffen, die Armbrust und das Messer, durfte ich getrost vergessen. Sobald ich nach ihnen griff, würden mir die Elfen die Kehle aufschlitzen. Die Spitzohren machten da nicht viel Federlesens.

Nur einer unserer Besucher trug kostbare Kleidung. Er war bereits angejahrt, groß gewachsen und glich einem ausgetrockneten Baum, der sich aber noch fest in der Erde hielt. Dieser Elf saß am Tisch und musterte abschätzig mein Gesicht. Die Goldstickerei auf seiner Jacke verriet mir, dass ich einen Angehörigen aus dem Haus des Schwarzen Wassers vor mir hatte. Wunderbar. Das war nämlich eine der schlimmsten Elfenfamilien. Wenn die Burschen sich nicht gegenseitig im Kampf um die Krone benagen, reißen sie alle in Stücke, die ihnen in die dunklen Pfoten geraten. Und heute war ich das.

»Wer ist dieser Mann?«, wollte der Elf von Gosmo wissen. »Hatte ich nicht gesagt, dass niemand etwas von meiner Anwesenheit in der Stadt erfahren soll?«

»Verzeiht, Trash Elessa, aber die Umstände haben mich ...«, presste der alte Gauner Gosmo heraus. »Dieser Mann hat Euren Auftrag ausgeführt. Ich war der Ansicht, Ihr solltet ihn anhören.«

»Wo ist sie?«, kam der Elf gleich zur Sache.

»Ich denke, sie ist geflohen«, verdarb ich diesem hohen Herrn Elf mit Freuden die Stimmung.

Doch eins musste man ihm lassen: In seinem Gesicht zuckte nicht ein Muskel.

»Geflohen?«, fragte er zurück, sodass ich schon vermutete, Freund Gelbauge leide an Taubheit. Zumindest in bestimmten Fällen.

»Ja, diesen Eindruck hatte ich«, erwiderte ich mit entwaffnendem Lächeln. »Deshalb hielt ich es für meine Pflicht, hierherzukommen und Euch meine Entschuldigung zu überbringen.«

»Ich bin zutiefst geschmeichelt«, erwiderte er kalt. »Erzähl mir, was geschehen ist!«

»Vielleicht ein andermal, ja?«, schlug ich vor, denn allmählich brachten mich die Elfen mit ihren Bögen auf. »Heute ist nämlich nicht der angenehmste Tag, um ...«

Einer der Elfen stieß mir in den Rücken, worauf mir glatt die Spucke wegblieb.

»Es tut mir sehr leid, Gosmo«, sagte dieser Elessa. Mein alter Freund brachte jedoch nicht mehr als einen verängstigten Laut zustande. Gut. Auch ihm war der Ernst der Lage also bewusst. Aber warum hatte er mich überhaupt in diese Geschichte reinziehen müssen? Damit wir beide gemeinsam untergingen?! Denn was konnten wir jetzt noch tun? Durch das Fenster verschwinden? Das würde nicht klappen. Jeder Pfeil wäre schneller als wir. Sollte ich den Spitzohren also doch alles erzählen ...? Nur heißt es immer, Elfen könnten getrost auf Zeugen der kleinen Unstimmigkeiten zwischen ihren Häusern verzichten. Aber gut, da würde ich mir dann schon was einfallen lassen. Also, wohlan, und Sagoth, steh mir bei!

»Wenn Ihr denn unbedingt darauf besteht, werde ich alles berichten«, sagte ich und trat an den Tisch heran, um ohne Aufforderung des Elfen auf einem Stuhl Platz zu nehmen. »Allerdings kostet Euch das hundert Goldstücke.«

Nach diesen Worten fehlte nicht viel, und Gosmo wäre in Ohnmacht gefallen – was sonst nicht unbedingt seine Art war.

Als einer der Elfen meine Forderung vernahm, trug er sich ernsthaft mit dem Gedanken, mir angesichts dieser Respektlosigkeit das Leder zu gerben. Elessa gab ihm jedoch ein kaum erkennbares Zeichen mit der Hand, worauf das Spitzohr von seinem finsteren Plan absah und mich nur noch zornig anfunkelte.

»Glaubst du allen Ernstes, du würdest von mir auch nur ein Goldstück sehen, mein Junge?«, fragte Elessa mit zur Seite geneigtem Kopf, während er mich schon wieder so eingehend musterte, als wäre ich irgendein wildes Tier. Oder geistig etwas zurückgeblieben.

»O ja, das glaube ich«, erwiderte ich. Wenn es mir ans Leder gehen soll, ist meine Frechheit einfach nicht zu überbieten. »Und obendrein glaube ich, dass Ihr mir nicht ein Härchen krümmen werdet.«

»Dann sei so freundlich und nenne mir die Gründe für diese Annahme. Ich werde sie mir mit Vergnügen anhören«, versicherte der Elf und deutete ein Lächeln in den Mundwinkeln an. »Bisher bist du nämlich nur derjenige, der seine Arbeit nicht erledigt hat. Wie wir mit solchen Menschen verfahren, weißt du doch sicher, oder?«

Nur zu gut. Deshalb wollte ich diesen Spitzohren ja auch um jeden Preis entkommen.

»Ihr zahlt mir hundert Goldstücke, dann werde ich Euch

erzählen, was vorgefallen ist und wie Ihr die Ware in Eure Hände bringen könnt.«

Er lehnte sich auf dem Stuhl zurück, sah mich aufmerksam an und nickte schließlich.

»Gut«, sagte er, »dann erzähle.«

»Nicht so schnell. Zunächst hätte ich gern fünfzig Münzen als Anzahlung.«

»Erg«, sagte Elessa leise. »Zahle diesem … Herrn sein Geld.«

Kurz darauf ragten vor mir fünf gelbe Säulen zu je zehn Münzen auf. Ein nettes Sümmchen, ohne Frage, auf das ich trotzdem verzichtet hätte, wenn dafür mein Überleben gewährleistet wäre.

»Nach deinem Bericht erhältst du noch einmal die gleiche Summe.«

»An Eurer Rechtschaffenheit hege ich nicht den geringsten Zweifel, Trash Elessa.«

Dann erzählte ich ihm, was geschehen war. Anschließend herrschte im Raum lange Zeit Schweigen.

»Gut. Ich glaube dir«, sagte Elessa schließlich. »Wo finde ich das Mädchen?«

»Sie hat mir erlaubt, Euch den Ort zu nennen, wenn Ihr ihren Namen wisst«, log ich.

»Mila«, sagte er nach kurzem Zögern.

Der lügt doch, schoss es mir durch den Kopf. Ich war bereit, meine Hand dafür hinzugeben, dass er log.

»Ich fürchte, da habt Ihr … nicht den vollen Namen genannt, verehrter Elf.«

»So wird sie in unserer Familie genannt«, erklärte er grinsend – denn gegenüber einem Toten durfte er sich eine gewisse Offenheit erlauben. »Ihr voller Name ist Milaissa, Tochter des Herrschers im Haus des Schwarzen Wassers. Bist du nun zufrieden?«

Ich wäre beinahe vom Stuhl gefallen. Hat man da noch Töne?! Meine Schlange war längst nicht das schlichte Geschöpf, für das ich sie gehalten hatte! Sondern von höchstem Elfenadel! Sagoth sei gepriesen, dass sich meine Bestürzung nicht auf meinem Gesicht widerspiegelte. Das hätte mich bei Elessa Kopf und Kragen kosten können.

»Hervorragend«, sagte ich und schob das Gold vom Tisch in meine Tasche. »Dann, denke ich, sollten wir wohl zu einem kleinen Spaziergang durch die Stadt aufbrechen. Etwas frische Luft wird uns allen guttun.«

»Und wohin soll dieser Spaziergang gehen?«, hakte Elessa in giftigem Ton nach, verzichtete jedoch darauf, seinen Kriegern den Befehl zu erteilen, mir für meine Unbotmäßigkeit einen Pfeil in die Rippen zu jagen.

»Zu dem Treffpunkt, den sie mir genannt hat. Wenn ich Euch dorthin bringe, hat das einige Vorteile für Euch. Erstens kenne ich den kürzesten Weg. Zweitens habt Ihr dann die Gewissheit, dass ich nicht lüge. Und drittens wird Schl... Milaissa nicht auftauchen, wenn sie mich nicht sieht.«

Diesmal ließ sich Elessa mit einer Erwiderung sehr viel Zeit. Ich hoffte unterdes inständig, der Elf würde nicht sehen, wie mir der Schweiß aus allen Poren brach.

»Gut, du hast mich überzeugt, wir gehen zusammen. Lass es dir aber nicht einfallen, einen Fluchtversuch zu unternehmen.«

»Auf diesen Gedanken käme ich nie im Leben«, polterte ich. »Schließlich schuldet Ihr mir noch fünfzig Goldstücke.«

Obwohl ich offen zugeben will, dass Flucht mein einziger Gedanke gewesen war.

Zu meinem unsagbaren Bedauern musste ich mir diesen Gedanken aber tatsächlich aus dem Kopf schlagen. Die Gelbaugen nahmen mich fest in die Zange, sodass jeder Fluchtversuch von vornherein zum Scheitern verurteilt war. Obendrein hatten sie mir auch noch meine Waffen abgenommen. Gut, die Klinge in meinem Stiefel hatten sie nicht entdeckt – aber wie sollte ich an die herankommen?

Auch Gosmo schleppten die Elfen mit, sehr zum Entsetzen des Schankwirts. Er wusste genauso gut wie ich, dass mit aller Wahrscheinlichkeit die letzte Nacht in unserem Leben angebrochen war.

»Was hast du dir nur dabei gedacht, dich auf Spitzohren einzulassen?«, fauchte ich ihn an, als uns niemand hören konnte.

Bei Sagoth, aber bei diesem alten Dieb hätte ich mit einer solchen Dummheit wirklich nicht gerechnet.

»Woher hätte ich denn wissen sollen, dass es so übel ausgeht?«, brummte er.

»Haben dir deine Eltern nicht beigebracht, dich vor Elfen zu hüten?«

»Hast du irgendeinen Plan?«, fragte er bloß.

»Wie wär's damit, laut um Hilfe zu rufen?«, blaffte ich ihn an.

Was erwartete Gosmo eigentlich von mir?! In unserer Lage konnten wir doch nur auf ein Wunder hoffen. Zum Beispiel darauf, dass Elessa uns nach der Begegnung mit Schlange ein für alle Mal vergaß. Oder dass die Elfen von einem Mammut überrannt wurden, was obendrein den Vorteil hätte, uns ein ruhiges Gewissen zu bescheren.

Einstweilen blieb mir jedoch nichts, als meine Raff- und Neugier abermals zu verfluchen. Warum hatte ich mich bloß auf diese dämliche Geschichte eingelassen?

Schließlich erreichten wir den alten Pferdestall. Er lag nicht gerade in Awendums bestem Viertel. Genauer gesagt: Ein üblerer Ort war kaum denkbar. Es war schon tagsüber gefährlich, einen Fuß in diese Straßen zu setzen, und nachts sollte man die Gegend besser nur in Begleitung der königlichen Garde betreten. Wer hier lebte, verspeiste die Gäste aus dem *Messer und Beil* zum Frühstück. Selbst die Angehörigen der Mördergilde machten einen weiten Bogen um diesen Teil der Stadt. Schließlich konnten alle auf Schwierigkeiten verzichten. Zu allem Überfluss lag gleich nebenan auch noch das

Verbotene Viertel, jener Teil Awendums, der sich bereits vor Jahrhunderten in einen verfluchten Ort verwandelt hatte. Damit das Böse sich nicht von dort ausbreitete, hatten die Magier des Ordens eine Mauer darum gezogen, die mit etlichen Zaubern belegt war. Was hinter dieser Mauer geschah, wusste kein Mensch, denn niemand, der dort einen kleinen Spaziergang unternommen hatte, war je zurückgekehrt. Ich selbst würde nicht einmal für alles Gold der Welt über diese Mauer klettern.

»Wir sind da«, sagte ich.

Gosmo zitterte nicht einmal, das musste der Neid ihm lassen. Er hielt sich dicht an meiner Seite und beobachtete aufmerksam, was unsere lieben Elfen taten. Genau wie ich hegte er immer noch die Hoffnung, wieder aus der Falle herauszukommen, in die wir getappt waren.

»Wo ist sie?«, fragte Elessa, der sich misstrauisch umsah.

Bumm!, antwortete die magische Glocke der Kirche an meiner Stelle. Mitternacht.

»Sie wartet, bis Ihr mir den zweiten Teil des Goldes gezahlt habt«, antwortete ich, während ich fieberhaft überlegte, was mir wohl geschehen würde, wenn die Elfin nicht auftauchte. Vermutlich würden ihre dunklen Brüder mich mit meinen eigenen Eingeweiden erdrosseln …

»Gib ihm das Geld, Erg!«

Prompt wurde die berühmte Tasche Garretts so schwer, dass ich sie auf dem Boden abstellen musste.

In dieser Sekunde zeigte sich auch endlich Milaissa. Sie kam offen auf uns zu, langsam und die Hände deutlich sichtbar vorgestreckt. Als die Elfen sie sahen, überraschten sie mich einmal mehr.

»*Dulle!*«, schrie Elessa in seiner Elfensprache. Schießt!

Sofort griffen die Gelbaugen nach den Bögen.

Ich warnte Schlange, aber diese dachte gar nicht daran zu fliehen.

Zing!, flirrten die Sehnen. Die Pfeile surrten auf die

schmächtige Frau zu – und gingen in einer lilafarbenen Flamme auf. Die Elfen verzagten jedoch nicht, sondern schossen weiter Pfeil um Pfeil ab und vergaßen Gosmo und mich völlig. Der Wirt nutzte die günstige Gelegenheit klug und verschwand. Ich stand jedoch wie angewurzelt da und verfolgte das Geschehen.

Die Elfin fuchtelte mit den Armen, die Schlangen auf ihnen leuchteten silbern auf, und es bildeten sich erneut die beiden dunklen Silhouetten aus Luft, die ich mittlerweile ja schon kannte. Anscheinend wusste Elessa, was es mit ihnen auf sich hatte, denn er zog den S'kasch, stieß ein paar Worte in seiner kehligen Sprache aus, und die Klinge loderte mit einer gelben Flamme auf. Schon in der nächsten Sekunde hieb er auf einen der beiden durchscheinenden Krieger ein. Das andere Geschöpf griff derweil die Bogenschützen an. Diese wichen zurück und überzogen das Gespenst mit Pfeilen – aber das hätten sie sich auch sparen können.

Gerade wollte ich Gosmos Beispiel folgen, da bemerkte ich, dass einer der Elfen mit flinker Hand ein aufwendiges Muster auf den Boden zeichnete. Allem Anschein nach handelte es sich dabei um eine exakte Nachahmung des Bildes, das ich in dem Wagen gesehen hatte, in dem Milaissa gefangen gehalten worden war. Gegen sie hatte ich – im Unterschied zu diesem Überfallkommando von Spitzohren – nichts einzuwenden, auch wenn sie über dunkle Magie gebot. Außerdem gefiel mir nicht, wie diese Burschen auf die Frau losgingen, obwohl sie doch demselben Haus angehörten. Deshalb gab ich abermals der Versuchung nach, Edelmut zu zeigen – und rannte zu dem knienden Elfen, um ihm mit aller Kraft in die Visage zu treten.

Die Wirkung ließ nichts zu wünschen übrig. Das Bild verschwand, der Elf krümmte sich, das blutige Gesicht in den Händen geborgen. Das gab mir endlich die Gelegenheit, mich in Ruhe umzusehen. Elessa hielt sich zu meiner großen Überraschung immer noch gegen das Gespenst. Er wusste sein

Schwert meisterlich zu führen. Außer ihm waren nur noch der verletzte Elf am Boden und ein Bogenschütze am Leben. Dieser versuchte noch einmal, Milaissa zu treffen, aber auch diesmal erfolglos. Anscheinend hatte diese die Schnauze mittlerweile gestrichen voll, denn sie klatschte in die Hände, woraufhin ihr ein glühender Schädel zur Verfügung stand, den sie gegen den Bogenschützen schleuderte. Es donnerte derart, dass ich mich vorsichtshalber zu Boden warf und mir die Ohren zuhielt. Der Himmel schien gerade über Awendum einzustürzen …

Ich blieb so lange liegen, bis ich neben mir eine spöttische Stimme hörte: »Du bist mir ein schöner Lebensretter!«

Daraufhin wagte ich es, den Kopf zu heben. Die Schlangen auf Milaissas Armen fauchten fröhlich. Wir beide, sie und ich, waren die Einzigen, die noch lebten, alle anderen Teilnehmer dieses Schauspiels vorm alten Pferdestall waren tot. Elessa hatte sogar das Pech gehabt, dass ihm irgendjemand oder irgendetwas den Kopf abgerissen hatte.

»Wenn dieser tote Elf dort drüben sein Werk vollendet hätte, wärst du jetzt nicht so vergnügt«, sagte ich.

Sofort wurde sie ernst.

»Lass uns von hier verschwinden«, verlangte sie. »In einer Viertelstunde werden alle Magier des Ordens angerannt kommen.«

»Nur zu gern«, erwiderte ich und stand auf. »Im Übrigen hoffe ich, dass du mir jetzt erklärst, worum es eigentlich geht.«

»Wenn du das möchtest.«

»Glaub mir, ich träume von nichts anderem.«

»Dann stell halt deine Fragen«, sagte sie seufzend, als wir uns am Ufer des Kalten Meers niedergelassen hatten.

Es war noch dunkel und ziemlich frisch, aber Milaissa und mich störte das nicht. Die auf ihre Arme tätowierten Schlangen hatten sich eingerollt und schliefen. Weder von ihnen noch von der Elfin ging jetzt eine Gefahr aus.

»Diese Sache hat mir von Anfang nicht geschmeckt«, begann ich und streifte mir die Handschuhe ab. »Aber bisher habe ich immer noch nicht begriffen, weshalb die Elfen aus dem Haus des Schwarzen Wassers mir den Auftrag gegeben haben, dich zu entführen – wo sie dich doch ohnehin schon in ihrer Gewalt hatten.«

»Also: Elessa war mein innig geliebter Onkel. Er schielte aber schon seit einer ganzen Weile nach dem Amt meines Vaters. Ich bin die einzige Erbin. Wenn er mich aus dem Weg geräumt hätte, wäre er über kurz oder lang zum Oberhaupt des Hauses aufgestiegen.«

»Und wer hat dich dann in den Wagen gesperrt?«

»Mein Vater.«

»Damit Elessa dich nicht in die Hände bekommt?«

Sie brach in glockenreines Lachen aus.

»Oh, verzeih, aber du ist wirklich zu komisch«, sagte sie. »Nein, natürlich nicht. Die Sache verhält sich etwas anders. Du weißt, dass die Kinder der elfischen Adelsfamilien zusammen mit unseren Schamanen in Magie unterwiesen werden?«

»Mhm.«

»Gut. Ich wurde also auch entsprechend ausgebildet. Der liebreizende Elessa, möge er qualvoll verbrennen, hat mir ein verbotenes Buch zugesteckt. Zumindest nehme ich an, dass er es war, eindeutige Beweise dafür gibt es nicht. Aber als ich ihn heute gesehen habe, da fügte sich plötzlich alles zusammen. Kommen wir also zu dem Buch. In meiner Dummheit habe ich es gelesen. Elessa hat natürlich gehofft, damit sei der Weg zum Thron für ihn frei. Aber ich hatte Glück. Die Dämonen, die ich gerufen hatte, haben mich nicht getötet, sondern sich nur in mir eingenistet. Guck nicht so! Du glaubst doch nicht wirklich, sie seien gefährlich?«

Eine der Schlangen öffnete ein Auge, streckte mir die Zunge heraus und schlief dann wieder ein.

»Und deshalb hat dein Vater beschlossen, dich *loszuwerden?*«

Das verstand ich durchaus. Jemanden, in dem Dämonen hausten, musste man töten. Vor allem, wenn dieser Jemand auch noch über die Dämonen gebieten konnte.

»Auch da irrst du dich. Wenn man bei uns jemanden *loswerden* will, hat unser Volk andere Möglichkeiten. Das erledigt man schlicht und ergreifend mit einem Strick um den Hals. Aber ich bin die einzige Erbin in gerader Linie. Und mein Vater liebt mich sehr. Außerdem hält er mich nicht für einen hoffnungslosen Fall. Da unsere Schamanen im Unterschied zu den Magiern der Menschen jedoch nichts von Dämonologie verstehen, musste mein Vater mich zu euch nach Siala schicken, damit die Angehörigen des Ordens mich von diesen silbernen Tieren befreien. Nach meiner Meinung hat er mich vorher natürlich nicht gefragt.«

»Du willst ja wohl nicht behaupten, dass du Einwände erhoben hättest.«

»Doch, genau das. Ich habe mich an die Schlangen gewöhnt. Du ahnst ja gar nicht, wie überwältigend das ist: endlich unabhängig und obendrein ziemlich mächtig zu sein. Ohne sie kann ich nicht mehr leben. Es wäre, als würde dir die Hand abgehackt. Kannst du das verstehen?«

Darauf verkniff ich mir jede Antwort.

»Deshalb war ich aufs Entschiedenste dagegen. In meiner Ablehnung habe ich sogar den halben Palast in Trümmer gelegt. Daraufhin haben mich fünf Schamanen an Händen und Füßen gefesselt, im buchstäblichen wie auch im übertragenen Sinne. Die Schnüre mit den Knoten und die Zeichnung am Wagenboden hielten die Dämonen nämlich fester gefangen als Eisenketten. So bin ich nach Awendum gebracht worden. Als ein hilfloses Häufchen Elend. In Begleitung von zwei K'lissangs meines Vaters, also zwei besonders treuen Dienern.«

»Und außerdem im Schutz der fahrenden Schausteller …?«

»Das war keine Idee meines Vaters, das hat Elg sich ausgedacht. Er hat dem Herrn der Truppe etwas gezahlt und einen Wagen gekauft. So zogen wir kaum Aufmerksamkeit auf uns. Bis nach Awendum sind wir ohne Zwischenfälle gelangt. Wer hätte denn ahnen können, dass Elessa so hartnäckig ist? Irgendwie hat er herausgefunden, wo ich war, und dann …«

»… mich angeheuert«, beendete ich den Satz.

»Genau.«

»Trotzdem gibt es etwas, das ich nicht verstehe. Wenn er darauf gehofft hat, dass ich dich unter der Nase dieser beiden Leibwächter deines Vaters entführe, weshalb hat er den Wagen dann selbst noch einmal überfallen?«

»Wie kommst du darauf, dass das seine Krieger waren?«, schnaubte sie.

»Wer soll es denn sonst gewesen sein?«

»Keine Ahnung. Aber über einen Mangel an Feinden kann ich nicht klagen. Es gibt genug, die gern auf dem Thron säßen. Offenbar hat also noch jemand Drittes beschlossen, die günstige Gelegenheit zu nutzen.«

»Da kannst du ja von Glück sagen, dass du bisher mit heiler Haut davongekommen bist.«

»In der Tat. Aber gestern Nacht, als du wie vom Himmel herab in den Wagen gefallen bist, war ich wirklich verzweifelt. Ich habe sogar versucht zu fliehen, aber Elg und Est haben mir ziemlich schnell beigebracht, jede Dummheit zu unterlassen.« Sie berührte den blauen Fleck in ihrem Gesicht.

Verstehe einer diese Elfen. Schlagen ihre eigene Prinzessin …

»Du bist also gerade zur rechten Zeit gekommen. Sonst wäre ich heute Morgen den Dämonologen übergeben worden und …«

»… danach hätte nur noch eine Leiche an dich erinnert.«

»Eben. Aber du hast ja selbst gesagt, dass ich Glück habe.«

Ich schnaubte.

»Aber es war ja nicht damit getan, dass die Mörder die Würmer fütterten und ich meine Freiheit zurückhatte«, fuhr

Milaissa fort. »Als du gesagt hast, du hättest den Auftrag, mich zu entführen, da ist mir klar geworden, dass es in der Stadt noch mehr gibt, die nach meinem Blut dürsten.«

»Und um ihre Zahl etwas zu verringern, hast du beschlossen, mich in deine Ränke einzubeziehen«, brachte ich in angesäuertem Ton heraus.

»Spiel jetzt bloß nicht den Beleidigten. Schließlich bist du bei diesem Geschäft doch auf deine Kosten gekommen, oder? Mein Onkel ist sicher nicht geizig gewesen.«

»Als Zugabe hätte er mir fast auch noch die Kehle aufgeschlitzt …«

»Nun übertreib mal nicht. Dir hat nie eine Gefahr gedroht. Du bist ein gewitzter Bursche. Du wärst aus diesem Schlamassel schon wieder herausgekommen. Außerdem war ja noch ich da, die dich beschützt hat.«

»Vielen Dank auch.«

»Keine Ursache. Verrätst du mir jetzt deinen Namen?«

»Garrett.«

»Diesen Namen habe ich nie zuvor gehört.«

Ich starrte aufs Meer.

»Dein Feind ist tot …«, murmelte ich. »Was hast du jetzt vor?«

»Oh, um dich brauchst du dir keine Sorgen zu machen. Ich habe nicht die Absicht, dir ein Haar zu krümmen. Du gefällst mir nämlich, das gebe ich offen zu.«

»Wie schmeichelhaft«, sagte ich, nachdem ich mich geräuspert hatte. »Aber das meinte ich gar nicht. Elessa ist tot. Kehrst du jetzt nach Sagraba zurück?«

»Die heimatlichen Wälder müssen noch ein wenig auf mich warten«, antwortete sie nach kurzem Nachdenken. »Erstens ist die Zahl derjenigen, dir mir das Leder gerben wollen, mit dem Tod meines Onkels kaum nennenswert geringer geworden. Ich erinnere dich nur an diejenigen, die die K'lissangs meines Vaters getötet haben. Zweitens: Wenn ich jetzt nach Hause zurückkehren würde, dann würde mich mein Vater nur noch einmal zu den Dämonologen schicken. Ihm gefallen die Schlangen auf meinen Armen nämlich überhaupt nicht. Aber sie und ich – wir wollen uns einfach nicht voneinander trennen. Deshalb werde ich wohl ein Weilchen in dieser Stadt bleiben. Danach sehe ich weiter.«

»Und die Krone aus dem Haus des Schwarzen Wassers reizt dich gar nicht?«

»Wenn du mich fragst, ob es mich reizt, als Leiche zu enden, sage ich ganz deutlich: Nein, das tut es nicht. Außerdem würde ich meine einmal gewonnene Kraft nur ungern wieder einbüßen. Was meinst du, könntest du mir helfen, mich in dieser Stadt zurechtzufinden?«

Ich blickte finster drein. Die Schlangen auf ihren Armen sahen mich fragend an. In welche Schlinge hatte ich meinen Hals da schon wieder gelegt?! Was würde wohl geschehen, wenn ich ablehnte? Würden mir diese Biester dann den Kopf abreißen?

»Ich bezahle dich«, versicherte Milaissa.

»Ach ja? Und wie?«

Ihr Gesicht wurde sehr ernst.

»Indem ich dir meine Freundschaft anbiete.«

Kurz dachte ich noch über ihren Vorschlag nach. Dann willigte ich ein.

LENNART AUS GRÖNGRAS

Als die kalte Kugel der Sonne sich gerade dem Horizont zuneigte, um die heraufziehende Nacht anzukündigen, begann der Todeskampf seines Pferdes. Nachdem die schwarze Kruste im Nu Svegos Beine hinaufgeklettert war, blieb das Tier stehen und brach zusammen. Schnaufend wand es sich in Krämpfen, unfähig, sich noch einmal zu erheben.

Lennart aus Gröngras, auch als Solist bekannt, beobachtete mit steinerner Miene, wie seine Hoffnung, den Dieb einzuholen, dahinschwand. Der rasselnde Atem des Tieres wurde immer leiser, aus den Nüstern wölkte bereits kein Dampf mehr auf. Über Svegos Flanken sickerte streng riechender Schaum, der in der Kälte sofort gefror. Mittlerweile hatte die schwarze Kruste den Hals erreicht. Der Todeskampf währte nur kurz.

Jeder andere an Lennarts Stelle hätte nun wohl geflucht und von den Göttern Gerechtigkeit verlangt, der Solist jedoch spuckte nur wütend aus. Wenn jemanden Schuld am Tod dieses Tieres traf, dann einzig und allein ihn, Lennart, das wusste er nur zu genau. Er hatte den Dieb, dem er seit zwei Tagen nachsetzte, sträflich unterschätzt, sodass Svego in die Falle getappt war, die dieser Kerl so geschickt zu tarnen gewusst hatte.

Lennart schob die schwere, pelzgefütterte Kapuze zurück und hielt sein hageres Gesicht mit dem dunkelblonden Bart in den Wind. Die stechenden eisblauen Augen spähten misstrauisch unter buschigen Brauen hervor, während er zwischen den schneebedeckten Tannen zu beiden Seiten der Straße nach Gefahren Ausschau hielt. Doch der Wald lag ruhig und schweigend da. Nichts und niemand hatte ihn in Aufruhr versetzt.

Erst als Lennart sicher war, dass er in keinen Hinterhalt laufen würde, löste er die Hand von dem breiten Kurzschwert, das in einer Scheide an seinem Gürtel hing, um in die Hocke zu gehen und den Weg zu mustern. Abermals fällte er ein vernichtendes Urteil über sich. Zwei Fehler binnen eines Tages! Es war sehr lange her, dass ihm dergleichen widerfahren war …

Die Abdrücke der gespaltenen Hufe rissen ab, als wären sie geschmolzen. Dabei waren sie in den letzten Stunden doch klar zu erkennen gewesen. Allein aus diesem Grund hatte er die Jagd ja überhaupt aufgenommen, hatte nicht in Husnes übernachtet, sondern den Weg nach Födha fortgesetzt. Und diese Stadt gedachte er in Gesellschaft des von ihm geschnappten Diebes zu erreichen.

Nur hatte ihm der Kerl bislang einen Strich durch die Rechnung gemacht. In den letzten beiden Tagen hatte er sich wacker geschlagen und seinen Verfolger am Ende gekonnt abgeschüttelt. Mit jeder Minute schmolzen Lennarts Aussichten, den Dieb noch zu fassen.

Sobald die bleiche Sonne am bleigrauen Himmel untergegangen war, zeigte sich im Osten ein fahler Vollmond. Wenn erst einmal Sterne diese kalte Gegend beäugten, würde die längste Nacht des Jahres anbrechen. Die Nacht Otygs.

Was das hieß, wusste Lennart. Trotzdem konnte er nicht umhin, dem Dieb innerlich Beifall für seine gewitzte Flucht zu spenden. Mit der geschickt aufgestellten Falle und dem Tod Svegos hatte der Kerl dafür gesorgt, dass Lennart vor Einbruch der Nacht kein Gasthaus mehr erreichen konnte.

Geschweige denn, dass er es zurück nach Husnes schaffte. Selbst wenn er keine einzige Rast einlegen würde, wäre er erst am nächsten Morgen in der Stadt. Das Dorf Födha lag zwar näher und obendrein auf dem Weg, doch auch dort würde er bestenfalls um Mitternacht eintreffen. Das hieß, er würde bei Anbruch der Nacht Otygs kein Dach über dem Kopf haben.

Lennart trat noch einmal an sein totes Pferd heran und öffnete die Satteltasche, wobei er darauf achtete, das schwarze, von Geschwüren zerfressene Fell nicht zu berühren. Er hatte nicht die Absicht, sein gesamtes Gepäck mitzunehmen, denn jedes Gramm zu viel könnte ihn das Leben kosten. Aber einen Feuerstein, die Flasche mit dem starken Heidelbeertee sowie den kleinen Beutel, in dem sich eine Mischung aus zerstoßenen roten Pfefferschoten, Knoblauch und kräftigem Tabak befand, brauchte er unbedingt.

Mit den Zähnen löste er die Bänder seiner Fäustlinge und streifte sie ab. An den Händen nur noch von wollenen Fingerhandschuhen geschützt, streute er etwas von der Gewürzmischung auf den Schnee. Anschließend verstaute er die Sachen in der Tasche, die über seiner Schulter hing, befestigte die alten Skier an seinen Pelzstiefeln und zog den langen Umhang aus Schneeleopardenfell fest um sich. Nachdem er sich abgestoßen hatte, schob er auch die Kapuze wieder über den Kopf. Ohne sich noch einmal umzusehen, eilte er die verlassene Straße entlang.

So bemerkte er nicht, wie sein totes Pferd noch einmal den Kopf hob, ihm nachschaute und die gelben Zähne zu etwas bleckte, das man wohl als grässliches Grinsen bezeichnen musste.

In den Ländern des Nordens war der Sommer stets ein später, weiße Nächte als Geschenk mitbringender Gast, während sie der lange Winter gar nicht früh genug beehren konnte. In den ruhigen Wassern der Buchten schliefen hier die alten Götter, und fernab der Menschen lebte in den Mäusebergen das Volk der Nygiren. Doch seit Anbeginn der Zeiten galt in dieser Gegend die Nacht Otygs als besonderer Festtag.

Lange bevor die Kälte einbrach, sprach man bereits davon. Sobald im Herbst an den Espen die ersten gelben Blätter prangten und der Strömling von den felsigen Küsten Grünwards weit ins Meer hinauszog, traf man Vorbereitungen. Denn man fürchtete Otyg. In dieser längsten Nacht des Jahres verschwamm die Grenze zwischen der Welt der Menschen und der Welt des Dunkels. In dieser Nacht herrschten all jene Wesen, für die sonst kein Platz auf dieser Erde war. Deren Macht nahezu grenzenlos war …

Sicher war man in dieser Nacht nur am heimischen Herd, hinter fest verschlossenen Türen, wenn man auf den wütenden Wind draußen lauschte und unablässig Reisig ins Feuer gab, damit es nicht erlosch.

Ehe die Götter, an deren Namen man sich heute nicht einmal mehr erinnerte, diese Welt verließen, hatten sie noch ein Gesetz erlassen: Wer geschützt von vier Wänden am Feuer saß, dem durften die dunklen Wesen kein Leid antun. Und nicht einmal so mächtige und eigenwillige Kreaturen wie Rasmus der Köhler, der Verfemte Jäger, Dagny Zweistiefel oder Siw die Eisbraut wagten es, gegen dieses Gesetz zu verstoßen.

Die Menschen wiederum legten sich für die Nacht Otygs einen Reisigvorrat zu, damit das Feuer bis zum Morgengrauen ja nicht erlosch. Sie versammelten sich bei Tisch, aßen gefrorene Preiselbeeren, sauren Hering und gesüßtes Wild, tranken nach Mandel und Nelken duftenden heißen Wein und lauschten den Erzählungen der Alten, die von Menschen berichteten, die in dieser Nacht spurlos verschwunden waren, aber auch von Glückspilzen, die dem Schicksal ein Schnippchen hatten schlagen können und diese schreckliche Nacht überlebt hatten.

Lennart hatte in seinem Leben schon allerlei erlebt und ließ sich nicht leicht einschüchtern. Doch auch er hatte die Götter bisher noch nie herausgefordert, indem er die Nacht Otygs unter freiem Himmel verbrachte.

Der Solist eilte nun bereits über eine Stunde in Richtung Födha und hatte sich nur einmal eine kurze Rast gegönnt. Immer wieder warf er eine Prise jenes Gemischs aus Pfeffer, Knoblauch und Tabak hinter sich, um kleine Dämonen abzuschrecken, sollten sich welche in der Nähe herumtreiben.

Als auch noch leichter Schneefall einsetzte, schnaubte Lennart wütend. Er kannte diesen Schnee, diesen Wind und diese von Westen heranziehenden Wolken nur zu gut. Ein Unwetter drohte …

Der Wald schien den einsamen Mann scharf von der Höhe seiner Wipfel aus im Blick zu behalten und nur unbarmherzigen Spott für ihn übrig zu haben. Immerhin rührte sich nichts in den gefrorenen Schneewechten, dem Harsch und den mit lockerem Schnee bedeckten Zweigen der düsteren Tannen.

Bereits nach kurzer Zeit schneite es heftiger. Dennoch wollte der Solist den Schneesturm nicht abwarten, auch wenn es selbst ohne Spaten möglich gewesen wäre, sich in einer Schneewehe einen Unterschlupf zu graben. Notfalls hätte er sich auch in seinen Umhang gehüllt unter die Tannenzweige kauern können. Dabei hätte er einzig darauf achten müssen, dass der von den Ästen schmelzende Schnee nicht in sein Feuer fiel, das er sogar bei diesem Wetter hätte entfachen können. Freilich würde es ihn nicht nur wärmen, sondern unter Umständen auch ungewollte Aufmerksamkeit auf ihn lenken. Einmal mehr bedauerte er, in der Nacht Otygs kein sicheres Dach über dem Kopf zu haben. Denn Lennart wollte an seinem Feuer nicht von Tieren heimgesucht werden, geschweige denn von anderen Geschöpfen.

Dreimal hatte der Solist schon gemeint, ihm würde jemand folgen. Mal hatte er rasche Schritte gehört, mal das Klappern von Pferdehufen. Stets hatte er sofort im Schatten der Bäume Schutz gesucht, das Schwert halb aus der Scheide gezogen, die Kapuze zurückgeschoben, und ungeachtet der Kälte lange gelauscht, doch nie hatte sich jemand gezeigt, weshalb das Schwert jedes Mal wieder zurück in die Scheide gewandert war.

Auch die Kälte nahm immer mehr zu und biss Lennart selbst durch die warme, mit Schaffell gefütterte Jacke. Irgendwann zog er den Kragen des Pullovers bis zum Kinn hoch und wickelte seinen Schal so um den Kopf, dass nur noch ein Spalt für die tränenden Augen frei blieb. Der Wind konnte ihm nun nicht mehr derart heftig ins Gesicht peitschen, dass er kaum noch Luft bekam. So geschützt setzte er seinen Weg fort.

An einer Weggabelung, die mit einem kleinen, mittlerweile schräg stehenden Steinkreuz markiert war, machte Lennart halt.

Beide Wege führten nach Födha.

Der eine war kürzer, wurde aber schon lange nicht mehr benutzt. Lennart kannte ihn, denn vor ein paar Jahren war er auf ihm nach Födha geritten. Die Strecke ersparte einem viel Zeit, führte allerdings durch den Wald von Yosterlen, den die Menschen dieser Gegend fürchteten. Auch Lennart waren all die Geschichten über in der Nacht brennende Lagerfeuer und wilde Menschenfresser, die in Yosterlen ihr Unwesen trieben, zu Ohren gekommen. Doch auch in Gröngras, wo er geboren und aufgewachsen war, erzählte man sich solche Schauermärchen. Überhaupt spannen Bauern, Rentierzüchter und Holzfäller überall nur zu gern ihr Garn – bis sie es am Ende selbst für bare Münze nahmen.

Da aber in einer Lüge häufig ein wahrer Kern steckte, hielt selbst Lennart stets seine Waffe bereit, wenn er einen Weg zum ersten Mal einschlug. Damals indes war ihm auf dieser kürzeren Strecke keine Gefahr begegnet. Yosterlen hatte sich als Wald herausgestellt, der auch nur aus Bäumen bestand. Auf vereinzelten Torfbeerfeldern gab es windschiefe Hütten mit von Moos und Farn überzogenen Dächern, in denen er gefahrlos übernachtet hatte.

Deshalb wählte Lennart auch diesmal den kürzeren Weg.

Mittlerweile schneite es so stark, dass er die Straße kaum noch ausmachen konnte. Selbst auf Skiern kam er nur mehr mit größter Mühe vorwärts. Mit einem Mal schienen die Tannen zusammenzurücken, um ein Dach über Lennart zu bilden, nur um kurz darauf wieder auseinanderzuweichen und einer Ebene voller gewaltiger Basaltblöcke Platz zu machen. Die Blöcke glichen vom Sonnenlicht getöteten Steintrollen, während der Wind über die Lichtung fegte und mit den Schneeflocken Haschen spielte.

Im Sommer ist dieser Weg deutlich angenehmer, ging es Lennart durch den Kopf, während er bereits vor Kälte zitterte.

Die Nacht war mittlerweile endgültig heraufgezogen. Der Vollmond veranstaltete mit den Wolken ein Wettrennen, wobei er mal in ihnen verschwand, mal durch Risse in der Wolkendecke hervorlugte. Immerhin genügte Lennart sein fahles Licht, um nicht vom Weg abzukommen.

Kurz bevor Lennart die Ebene hinter sich gebracht hatte, hielt er jäh inne. Mitten auf der Straße lagen an einem noch immer brennenden Lagerfeuer die Leichen von Menschen. Etwa sechs Yard von ihnen entfernt entdeckte er ihre toten Pferde.

Lennart trat an einen Toten heran und strich ihm mit dem Fäustling den Schnee aus dem Gesicht. Als er das glückselige Lächeln im Gesicht des Mannes sah, entfuhr ihm ein Schnauben. Der Solist zweifelte nicht daran, dass dieser Unbekannte sich noch vor einer Stunde des Lebens erfreut hatte. Gleichzeitig schien er bereits seit Wochen im Eis zu ruhen. Die Lippen waren blau, die Haare mit Raureif überzogen. Auf der Haut hatte sich eine feine Eiskruste gebildet, die den Toten wie eine Statue aussehen ließ.

Lennart beugte sich daraufhin über die nächste Leiche. Das gleiche Bild. Ein glückseliges Lächeln, eine Eiskruste und offene weißliche Augen.

»Ihr hättet euch aber auch einen besseren Platz zum Sterben suchen können«, warf Lennart den Toten vor, die jedoch nichts erwiderten, sondern nur weiterhin glückselig lächelten.

All die Geschichten von Siw der Eisbraut fielen ihm ein, die an den kältesten Tagen im Jahr auf verlassenen Wegen erschien und alle Menschen küsste, die sie dort antraf. Angeblich waren ihre Küsse süß wie Berghonig, weshalb ein Mann, der von Siws Lippen berührt worden war, selbst im Tod noch lächelte.

Lennarts Blick wanderte über den Boden. Am Straßenrand entdeckte er, was er um keinen Preis hatte sehen wollen: hauchzarte Abdrücke weiblicher Füße. Die Spur riss nach zehn Yard ab, fast als hätte die Frau sich in Luft aufgelöst. Aber möglicherweise verhielt es sich ja tatsächlich so.

»Was ich jetzt machen muss, tut mir aufrichtig leid, Männer«, sagte der Solist voller Mitgefühl, als er sein Schwert blankzog. »Aber ich habe leider keine andere Wahl.«

Soweit er wusste, hatten die Menschen, die am Kuss der Eisbraut gestorben waren, zwar nicht die üble Angewohnheit, nach dem Tod durch die Gegend zu streifen, dennoch wollte er lieber jedes Risiko vermeiden. In der Nacht Otygs durfte er nicht plötzlich drei Untote im Rücken haben. Das käme Selbstmord gleich. Deshalb tat er schweren Herzens, was die kalte Stimme der Vernunft ihm befahl.

Der letzte der drei Toten bereitete ihm die größte Mühe. Das Blut hatte sich längst in Eis verwandelt und knirschte bei jedem Hieb der Klinge widerlich. Das gefrorene Fleisch war hart wie das Holz einer Wassereiche, mit dem man die Reling der königlichen Fregatten verkleidete. Mit der ihm eigenen Sturheit schaffte Lennart es am Ende freilich doch, auch diesem Mann den Kopf vom Rumpf zu trennen.

Danach steckte er das Schwert in die Scheide, holte die Flasche heraus und nahm einen winzigen Schluck. Die Flüssigkeit brannte in seiner Kehle, und auf seiner Zunge breitete sich der angenehme Geschmack frischer Heidelbeeren aus.

»Mögen die Götter sich eurer Seelen annehmen und ihnen

in ihren gesegneten Hallen einen Platz zuweisen«, murmelte Lennart.

Trotz der prachtvollen Kleidung und der kostbaren Waffen durchsuchte der Solist die Taschen der Unbekannten nicht. Er bestahl die Toten nicht gern, obwohl ihm das nachgesagt wurde. Um solches Gerede kümmerte sich Lennart ohnehin nicht. Es war ebenso unbegründet wie all die Gerüchte, denen zufolge er besonders grausam mit Mördern verfuhr, die er jagte. Als Kopfgeldjäger stand er im Ruf, ein Mann zu sein, mit dem man sich besser nicht anlegte. Vor allem dann nicht, wenn auf den eigenen Kopf eine hübsche Summe ausgesetzt war.

Nun setzte er sich wieder in Bewegung.

Kaum hatte der Wald Lennart jedoch wieder verschluckt, trottete Svego hinter dem Solisten aus dem Schneevorhang heraus, näherte sich den Toten, schnupperte an ihnen, schnaubte enttäuscht und lief zu den Pferden weiter. Er wühlte mit einem Huf im Schnee und berührte mit dem Maul jedes Tier. Diesmal wieherte er erfreut.

Denn Svegos Artgenossen standen langsam auf. Die Eiskruste, die sich auf ihrem Fell gebildet hatte, platzte und rieselte mit zartem Klirren zu Boden. Kurz darauf setzten die wiederbelebten Tiere Lennart nach.

Die Dicke ist weg, he, was für ein Spaß!
Die Dicke ist weg, ja, was heißt denn das?
Es heißt, dass Rasmus der Köhler allen,
Denen die Dicke nicht hat gefallen,
Nur ein halbes Vergnügen zumaß!

Dieses Lied liebten die Menschen in Strogmund. Auch Lennart hatte es plötzlich im Ohr, und es half ihm erstaunlich gut, schneller vorwärtszukommen.

Denn der Solist durfte auf gar keinen Fall innehalten.

Vor ihm lagen noch etliche Schneewehen und Hügel. Damals, vor Jahren, hatte es ihm nicht die geringste Mühe bereitet, diese unebene Straße hinter sich zu bringen. Aber das war ja auch im Sommer gewesen, außerdem hatte er damals ein Pferd gehabt. Heute jedoch spürte selbst der zähe Lennart Müdigkeit in seinen Knochen – was er freilich geflissentlich zu ignorieren trachtete.

Der Mond verschwand gerade wieder einmal hinter Wolken. Unablässig ging Schnee nieder. Zu beiden Seiten der Straße zog sich eine endlose Reihe dunkler Baumriesen dahin, die Lennart gleichsam in ihre pikenden Arme schließen wollten und ihm dadurch jede Sicht nahmen.

Mit einem Mal donnerte es vor Lennart ohrenbetäubend. Es folgte ein widerliches, lang anhaltendes Stöhnen, das von einem anschwellenden Knacken begleitet wurde. Schließlich erzitterte eine der riesigen Tannen, neigte sich erst zögernd zur Seite, fiel dann aber immer schneller, die Äste anderer Bäume zerbrechend und einen Schweif aus von den Zweigen hochgeschleudertem Schnee hinter sich herziehend.

Sechzig Yard vor Lennart krachte ein mächtiger Baum zu Boden und versperrte ihm den Weg. Ein sturer, unbeholfener Gigant schien in den Wald eingedrungen zu sein und nun in ihm sein Unwesen zu treiben.

Denn immer wieder war im Knacken berstenden Holzes ein schnaufendes *pah, pah, pah* zu hören.

Schon fiel die nächste Tanne auf den Weg.

Noch ehe derjenige, der hier wütete, Lennart entdecken konnte, stürzte dieser von der Straße und suchte zwischen den Bäumen vor dem Ruhestörer Schutz. Die Skier verhakten sich dabei immer wieder in abgerissenen Ästen, dicker Schnee fiel von den Zweigen auf Lennarts Kopf, Schultern und Rücken, allenthalben blieb der Umhang irgendwo hängen. Immerhin verebbte nach und nach das Knacken samt diesem *pah, pah, pah*. Erschöpft lehnte sich Lennart gegen einen rauen Baumstamm, der den zarten Duft von Harz und Tannennadeln verströmte, und atmete tief durch.

Anscheinend hatte er seinen Verfolger abgeschüttelt.

Dennoch zog er es vor, die Straße noch eine Weile zu meiden.

Als Lennart endlich auf den vereisten Fluss traf, hatte sich der Wind völlig gelegt. Falschen Hoffnungen gab er sich trotzdem nicht hin: Schon in der nächsten Sekunde konnte sich wieder alles ändern – und zwar nicht zum Besten. Yosterlen trennte nur ein Steinwurf vom Meer, sodass die Kapriolen des Wetters in dieser Gegend ebenso schlimm waren wie die jenes hübschen Mädchens aus Solvik, das der Solist kennengelernt hatte, als er noch ein grüner Junge gewesen war.

Lennart wanderte über den Fluss, wagte sich jedoch nicht zu weit an das rechte Ufer heran, das aufgrund der schnellen Strömung nicht restlos gefroren war. Nach etwa sechshundert Schritt kehrte er zu der im Osten liegenden Straße zurück.

Hier gab es nicht mehr den geringsten Hinweis auf einen Tannenausreißer. Allerdings heulten in der Ferne Wölfe. Die langen und hohen Wechselrufe ließen darauf schließen, dass das Rudel auf Jagd war. Da Lennart wusste, wie schnell diese Tiere rennen konnten und wie gefährlich sie zu dieser Jahreszeit waren, eilte er unermüdlich weiter, inständig hoffend, Födha zu erreichen, bevor die Wölfe ihn einholten.

Das Geheul kam jedoch rasch näher. Ausgelaugt stieß Lennart auf eine von Birken gesäumte Lichtung. Diese Bäume begegneten einem in Yosterlen eigentlich nie, sodass er verwundert stehen blieb. Obendrein zweigte hier ein breiter, glatter und noch dazu vorzüglich gesäuberter Weg nach Westen ab.

Lennart konnte sich beim besten Willen nicht an diese Straßengabelung erinnern. Mehr noch erstaunte ihn freilich, dass der frisch angelegte Weg offenbar erst vor Kurzem gesäubert worden war. Seinen Prinzipien gemäß entschied er sich jedoch für die ihm bereits bekannte Straße nach Nordwesten. Gerade als er sich wieder in Bewegung setzen wollte, kamen zehn Wölfe aus dem Wald gesprungen und bauten sich auf der Straße vor ihm auf. Zwei von ihnen waren bereits ausgewachsen, vier stammten aus dem letzten Jahr, vier aus diesem. Und in Lennarts Rücken schwoll das Gejaul der ihm nachsetzenden Tiere immer stärker an …

»Als ob ich mit denen da vorn nicht genug Gesellschaft hätte!«, murmelte er, wobei er die Augen nicht von den Wölfen ließ, die langsam auf ihn zutrotteten.

Er griff nach seinem Schwert und einem langen Messer und wich langsam zurück, um auf den anderen Abzweig einzubiegen.

Sobald er die Straße nach Westen eingeschlagen hatte, blieben die Tieren stehen, zogen den Schwanz ein und legten sich in den Schnee, um den Mann mit gierigen Blicken zu durchbohren. Zu allem Überfluss erhielten sie von neun weiteren Tieren Verstärkung. Sie alle knurrten grimmig.

Im Bruchteil einer Sekunde wurde Lennart klar, dass diese Tiere ihn nicht angreifen wollten, sondern Angst empfanden: Genau wie er fürchteten sie die Straße, die nach Westen führte. Nur blieb dem Solisten keine andere Wahl. Er musste ihr folgen.

Vor ihm lag noch ein weiter Weg. Den anzutreten vermutlich unvorstellbar dumm war.

Während er vorwärtseilte, sah er sich immer wieder um, doch kein Tier machte Anstalten, die Verfolgung aufzunehmen.

Seit über einer Stunde bewegte Lennart sich nun schon in Richtung Westen. Silbernes Mondlicht ergoss sich über den Wald, der dadurch geradezu verwunschen wirkte. Ruhig, einsam und majestätisch lag er da.

Es ging kein Lüftchen, nirgends war ein Laut zu hören. Nicht einmal der Schnee knirschte. Um sich zu vergewissern, dass nicht irgendein Dieb sämtliche Geräusche gestohlen hatte, hustete Lennart. Er kam sich vor wie ein Narr.

Die idyllische Stille vermochte Lennart freilich nicht zu

täuschen. Wenn die Tiere ihn nicht verfolgten, hieß das nichts anderes, als dass ihm auf dieser Straße eine Gefahr drohte.

Ohnehin musste man in der Nacht mit allem rechnen …

Doch an den Zweigen glitzerte nur betörend der Schnee, auf den riesigen Verwehungen bildete er gleichsam eine Topaskruste. Etwas Schöneres als diese winterlichen Juwelen um sich herum hatte Lennart nie zuvor gesehen. Selbst die Eisgrotten in Kunstardan mit ihren smaragdenen Wänden, den riesigen blauen Eiszapfen und der spiegelnden Kuppeldecke hatten ihn nicht derart überwältigt.

Am Himmel funkelte der Sternenreiter, auch er ein Schmuckstück aus Topas. Sein mattblaues Licht spielte immer wieder ins Azur. Schon bald schien das Sternbild den ganzen Himmel im Westen einzunehmen, fast als wollte es den Mond verdrängen. Dieser stand groß und voll am Firmament. Schwarze und violette Adern maserten seine gelbe Oberfläche. Bei seinem Anblick dachte Lennart unwillkürlich an einen Käse aus den südlichen Landesteilen.

Mit einem Mal explodierte im Norden ein salatgrünes Licht, das dann in einen Smaragdton überging und rasch verblasste.

Lennart runzelte verwundert die Stirn. Er hatte noch nie gehört, dass diese Gegend von einem solchen Leuchten heimgesucht wurde. Offenbar gebärdete sich Otyg in diesem Jahr noch verrückter als sonst.

Und dann funkelten ihn unter Tannenzweigen hervor zwei gelbe Augen an. Sofort schob Lennart seinen Umhang nach hinten und legte eine Hand aufs Schwert. Die Augen blinzelten zwar, das Geschöpf floh jedoch nicht. Vorsichtig setzte der Solist einen Fuß vor den anderen, den Blick starr auf diese zwei Lichtpunkte gerichtet.

Doch nichts geschah.

Worum auch immer es sich bei dieser Kreatur handelte, sie legte es nicht darauf an, den Kampf zu eröffnen.

Allerdings funkelten nun zu beiden Seiten des Weges überall unter den Bäumen gelbe, blaue und rote Augen. All diese unbekannten Wesen beobachteten denjenigen, der in ihr Gebiet eingedrungen war. Vielleicht waren es Waldgeister, vielleicht aber auch die Herren dieser Wurzeln oder zum Leben erwachte Röhrenpilze.

Jedes Mal, wenn Lennart eines dieser Wesen ansah, zwinkerte es grimmig, sprang ihn jedoch nicht an.

Schließlich zog Lennart einen Ast zur Seite, unter dem türkisfarbene Augen hervorlugten.

Sofort schlug ihm ein verärgertes Zischen entgegen, das klang, als hätte jemand Wasser auf glühende Steine gespritzt. Die Kreatur wich zum Baumstamm zurück, und Lennart traf ein Klumpen Schnee im Gesicht. Fluchend ließ er den Ast los und wischte sich mit dem Fäustling Bart, Nase und Wangen ab. Um ihn herum ertönte ein empörtes Fiepen, mit dem die Waldbewohner dem nassforschen Eindringling zu verstehen gaben, was sie von seinem dreisten Besuch hielten.

Begleitet wurde dieses Gejaul von winzigen Schneebällen, die von allen Seiten auf Lennart einprasselten. Sie wurden mit ungeheurer Zielsicherheit abgefeuert und trafen den Solisten an Schultern, Brust und Kopf. Lennart riss den Arm hoch, um sein Gesicht zu schützen, und stürzte davon. Hinter ihm erklang triumphierendes Geheul. Zum Glück setzte jedoch niemand zu seiner Verfolgung an.

Als Lennart kurz darauf zum Himmel hochspähte, um mithilfe der Sterne die Zeit zu bestimmen, musste er feststellen, dass ihm bis Mitternacht nur mehr eine Stunde blieb.

Da vernahm er plötzlich das Lachen einer Frau. Sofort blieb er stehen, zog die Kapuze vom Kopf und verharrte reglos, um das Geräusch zu orten. Das freche Lachen kam zwar immer näher, doch Lennart entdeckte die Verursacherin nicht, sosehr er den Kopf auch von einer Seite zur anderen riss.

Bis er dann endlich im Mondlicht eine dunkle Silhouette ausmachte. Und dann noch eine. Und noch eine … Ein ganzes Dutzend …

Über den Himmel tanzte eine fröhliche Prozession, die auf ihrem Weg von Norden nach Süden sogar die Sterne erschreckte. Ohne sich dessen recht bewusst zu sein, zog Lennart sein Schwert und suchte im Schatten eines Baumes Schutz. Von dort aus beobachtete er die ausgelassene Schar, die lachend und rufend, begleitet von Flötenspiel und Hundegebell, vom Himmel geschluckt wurde. Noch lange, nachdem die Prozession verschwunden war, klang Lennart das Lachen in den Ohren, pochte sein Herz wild.

Sobald Lennart glaubte, dass die Gefahr gebannt war, trat er wieder auf die Straße hinaus. Das Schwert schob er jedoch erst in die Scheide zurück, als er sich endgültig davon überzeugt hatte, dass die Verfemte Hochzeitsgesellschaft ihn nicht bemerkt hatte.

Die Geschichten über diese Schar gehörten zu den schauerlichsten, die man sich über die Nacht Otygs erzählte. Wer auch immer sie vortrug, kannte mindestens einen Menschen, der in irgendeinem Jahr von der Verfemten Hochzeitsgesellschaft in ihren ausgelassenen Reigen gezwungen worden war. In ganz Grünward gab es nicht eine Stadt, in der nicht mehrere Menschen auf diese Weise spurlos verschwunden waren, sofern sie in der Nacht Otygs das Haus verlassen hatten. Es hieß, sie tränken nun mit der über den Himmel ziehenden Gesellschaft, sängen, tanzten und freuten sich mit Braut und Bräutigam. Doch eigentlich bannte all diese Menschen ein alter Fluch, und sie mussten selbst wieder neue Wanderer auflesen und sie diesem tristen ewigen Leben zuführen.

Lennart aus Gröngras war unsagbar froh, dass die Schar ihn nicht bemerkt hatte, denn er zweifelte stark daran, dass er mit gewöhnlichem Stahl etwas gegen diese seelenlosen Gespenster hätte ausrichten können. Dass er ihnen jedoch niemals bei lebendigem Leib in die Hände gefallen wäre, das stand für ihn außer Frage. Mit einem Dankeswort an die Götter auf den Lippen setzte er seinen Weg fort.

Das Wetter schlug erneut um. Wolken hatten sich vor den Mond geschoben, die Straße lag weitgehend im Dunkeln. Mit einem Mal wirkte der Wald von Yosterlen nicht länger verzaubert, sondern bedrohlich.

Schon nahm Lennart abermals eine Bewegung wahr. Doch diesmal sollte es ihm nicht gelingen, die Straße rechtzeitig zu verlassen. Ein gigantisches Wesen tauchte drei Schritt vor ihm auf. Die Kreatur erinnerte an einen grauen Berg und war mit dichtem zauseligen Fell bedeckt. Die graublaue Nase in Form eines Tannenzapfens war so groß wie ein Nachttisch. Unter buschigen Brauen, die es mit jeder Bürste hätten aufnehmen können, spähten von flaumigen Wimpern umrahmte haselnussbraune Augen hervor. Erst da begriff Lennart, dass er einen echten Troll vor sich hatte.

»Pah, pah, pah«, murmelte auch dieser Riese.

Auf dem Kopf trug der Riese einen zerschlissenen Filzhut mit unglaublich breiter Krempe, in Händen hielt er einen hölzernen Spaten, mit dem er die Straße vom Schnee säuberte.

Der Troll beäugte Lennart, schob den Hut in den Nacken, nickte freundlich und verzog den riesigen Mund zu einem Lächeln, sodass eine beeindruckende Zahnfront den Solisten anfunkelte.

Obwohl Lennart die Freundlichkeit des Menschenfressers verblüffte, brachte er es fertig, ebenfalls zu nicken.

Daraufhin drehte sich der Gigant um, holte mit dem Spaten aus und schaufelte einen ganzen Berg Schnee an den Wegesrand, um sich auf diese Weise weiter die Straße vorzuarbeiten. Er schnaufte schwer, aus seiner Nase stiegen Schwaden heißen Dampfs auf. Sein Bauch schwabbelte im Takt seiner gewaltigen Schritte hin und her.

»Pah! Pah!«

Lennart fasste sich ein Herz, überholte den Troll und eilte weiter, wobei er inständig hoffte, seine Ängste seien ihm nicht anzumerken, auch wenn er sich immer wieder umdrehte. Doch der Troll war völlig mit dem Schneefegen beschäftigt und achtete nicht weiter auf den Menschen. Schon bald nahmen Bäume Lennart die Sicht, und er hörte nur noch dieses *pah, pah, pah*.

Als der Solist den Blick das nächste Mal auf den Schnee vor sich richtete, stöhnte er überrascht auf. Dort ließen sich die Abdrücke gespaltener Hufe erkennen.

Er ging in die Hocke, um sie genauer zu betrachten. Ohne Frage war derjenige, dem er die beiden letzten Tage nachgejagt war und den er in dieser irrsinnigen Nacht Otygs beinah vergessen hätte, vor gar nicht langer Zeit ebenfalls über diese Straße gezogen. Mit frischem Mut eilte Lennart den Spuren hinterher. Hatte er den Flüchtling doch noch eingeholt …

Die tiefen und ungleichmäßigen Abdrücke ließen darauf schließen, dass der Ziegenbock, auf dem der Kerl ritt, bereits so erschöpft war, dass er kaum noch einen Fuß vor den anderen zu setzen vermochte. Die Verfolgungsjagd hatte ihm offenbar die letzten Kräfte gekostet.

Und dann brach die erste Stunde nach Mitternacht an, die sogenannte Stunde der Hexen.

Prompt erhob sich ein Schneesturm. Wie sture kleine Fliegen bestürmten die Schneeflocken Lennarts Augen, klebten an seinen Wimpern und erschwerten ihm das Vorwärtskommen. Gegen diese Schneebiester schützte den Solisten nicht einmal seine Kapuze. Obendrein fürchtete Lennart, in den wirbelnden Flocken vom Weg abzukommen und stundenlang im Kreis herumzuirren.

Der Wind heulte wie tausend reuige Sünder. In dem wahnwitzigen Schneegestöber vermeinte Lennart Silhouetten auszumachen, tanzende Männer und Frauen, vier humpelnde Pferde, ein rasendes Wolfsrudel, dem ein einzelner schneeweißer Hund hinterhersprengte, sowie ein Fischerboot, das von den Wellen abhob und sich in einen weißen Albatros verwandelte, der dann wie eine schwerelose Schneeflocke in die Tiefe glitt, um in einem Wirbel mit Tausenden von seinesgleichen aufzugehen. Auch Laute hörte Lennart, schrille Triller einer Flöte, ein schmissiges Lied, hämisches Gelächter, ungehemmtes Schluchzen, das Heulen von Wölfen, den Knall einer Peitsche, grausame Flüche, zartes Flehen um Gnade sowie Schreie voller Schmerz, Entsetzen und Wonne.

Der Schneesturm war überall und nirgends zugleich.

Und dieser treue Diener Otygs trachtete danach, Lennart einem tödlichen Wahn aufsitzen zu lassen, indem er den einsamen Wanderer mit eisigen Schlangen umwand, mit fleischlosen Händen berührte, ihm in die Augen sah, ihn aufforderte, er möge ihm an den Ort folgen, an dem die Flöten erklangen, an dem man Lieder sang und um Hilfe rief.

Doch Lennart kämpfte sich gekrümmt durch die Windböen, setzte stur einen Fuß vor den anderen und arbeitete sich unbeirrt mit aufeinandergepressten Zähnen vorwärts.

Er durfte nicht stehen bleiben. Er durfte nicht auf die Stimme achten, durfte ihr keinen Glauben schenken.

Jedes Mal indes, wenn er in dem Gemenge unterschiedlicher Laute einen Schrei heraushörte, befiel ihn Panik. Dann hatte der Schneesturm noch leichteres Spiel mit ihm und saugte ihm wie ein gefräßiger Blutegel alle Kraft, alles Leben aus. Lennart spürte das ganz genau. Seine Finger waren längst taub. Immer wieder wurde ihm schwarz vor Augen, seine Lippen waren aufgesprungen und bluteten, doch das Blut gefror in der Kälte, bis der Schorf platzte und erneut Blut sein Kinn hinuntersickerte. Dann schien ihn eine riesige Kreatur von hinten anzufallen, ihm ins Ohr zu schnauben, die Luft abzudrücken und ihn am Vorwärtskommen zu hindern.

Lennart stolperte, fiel, schrie wie ein Tier, das in eine Falle geraten war, schüttelte den Kopf, richtete sich auf alle viere auf, stemmte sich mit letzter Kraft hoch und rollte die Schultern, und die Schwere ließ ein wenig nach. Er hätte schwören können, gehört zu haben, wie das abgeworfene Wesen ihn wütend anfauchte.

Und wieder zog der Solist weiter, dabei den flüchtigen Dieb und das ganze Volk der Mäuseberge verfluchend.

Nichts und niemand war diese Qualen wert.

Denn schon packte ihn erneut die Müdigkeit, saß ihm huckepack auf, zwang ihn mit ihrem Gewicht in die Knie. Als Lennart diesmal fiel, fehlte ihm die Kraft aufzustehen. Der Sturm bestäubte ihn sogleich mit einer warmen, zarten Seidendecke aus Schnee und sang ihm ein Wiegenlied.

Lennart aus Gröngras, auch als Solist bekannt, hatte den Kampf um sein Leben verloren.

Sobald er sich dem Schlaf überließ, träumte er von den Nygiren, dem Volk in den Mäusebergen.

Er hörte ihre zärtlichen, zwitschernden Vogelstimmen, sah die Eichhörnchenohren mit den puscheligen Pinseln. Mit Augen, die so blau wie das tausendjährige Eis Graiswarangens waren, blickten diese Kreaturen ihn an. Kunstvolle schwarze Tätowierungen zogen sich um die Mundwinkel, über die Stirn und die Wangen. Sie trugen derbe Kleidung aus dem Fell von Robben und Rentieren. Und besaßen Magie. Doch die Gabe, über die einst auch die Menschen verfügt hatten, fand sich selbst bei den Nygiren heute nur noch selten. So hatten es die alten Götter gewollt, aber niemand erinnerte sich daran, weshalb.

Doch seitdem gab es für das kleine Volk keinen Platz mehr unter den Menschen. Neid, Bosheit und Missgunst ihrer Nachbarn hatten sie gezwungen, weit nach Norden zu ziehen und sich zwischen den Eisbergen und dem Packeis zu verschanzen. In die bewohnten Lande kamen sie nur noch selten, noch seltener luden sie jemanden zu sich ein. Und uneingeladen sollte man die Grenze zu den Mäusebergen besser nicht überschreiten …

Dann hörte Lennart im Traum Gekläff, das immer lauter wurde. Er wachte auf, hob mühevoll den Kopf und machte durch den wirbelnden Schnee den Widerschein eines Lagerfeuers aus. Obwohl er seinen Augen nicht traute, stand er auf und stapfte auf das Feuer zu.

Lennart brauchte einige Sekunden, um zu begreifen, dass

es auf einem Friedhof entzündet worden war. Allem Anschein nach auf einem alten, der längst in Vergessenheit geraten war.

Die nicht sehr hohe Umfriedung aus Steinen vom Flussufer war großteils eingestürzt. Der Zugang wurde von zwei Espen gerahmt, deren obere Zweige miteinander verflochten waren, sodass sie einen natürlichen Torbogen bildeten. Im rötlichen Schimmer des Feuers erkannte Lennart schief stehende Grabsteine.

Die Flammen trotzten dem Wind ebenso wie dem Schnee und züngelten hoch auf.

Lennart spähte nachdenklich zurück zum finsteren Wald.

Otyg schickte ihm einen immer stärker werdenden Schneesturm hinterher, dessen grausames. vielstimmiges Lied mit jeder Sekunde lauter wurde. Obendrein fraß die beißende Kälte sich in seine Nase und benahm ihm den Atem.

Damit blieb dem Solisten nur die Wahl zwischen Regen und Traufe. Im Wald würde er bei dem Unwetter schon bald den sicheren Tod finden – doch an dem Feuer saßen gewiss keine gewöhnlichen Menschen, denn gewöhnliche Menschen zünden in der Nacht Otygs kein Feuer auf einem Friedhof an, schließlich wussten sie alle, dass dann Örvar Dickbauch auftauchte, der Herr der Friedhöfe.

Wenn jemand hier also ein Feuer entfacht hatte, fürchtete er Örvar oder jede andere Kreatur aus der tausendköpfigen Schar dunkler Geschöpfe nicht. Folglich sollte Lennart sich besser von diesem Burschen fernhalten. Wenn da nicht noch ein Aber wäre …

Der Solist wollte nicht sterben.

Und das Feuer bot ihm eine Möglichkeit, diese Nacht zu überleben. Die wollte er sich auf gar keinen Fall entgehen lassen.

Deshalb stapfte er entschlossen durch das Espentor und hielt aufs Feuer zu. Sofort sprangen ihm zwei riesige Hunde entgegen.

Ein Rüde und eine Hündin. Beide hatten einen breiten

Brustkorb, dichtes weißes Fell und lange Beine. Sie glichen weder den Hunden der Fleischer in Dutchwargs noch den grauen Wolfshunden von der Ahorninsel oder den Hütehunden aus den südlichen Landesteilen.

Lennart ließ den Blick aufmerksam über die Tiere wandern. Daraufhin fingen diese an, spöttisch zu schnauben. Die Augen der Hündin waren gelb und blickten so ausdruckslos drein wie der über den Himmel ziehende Mond. Ihr grünäugiger Gefährte wühlte mit der Schnauze den Schnee auf, verschlang diesen gierig, stieß einen tiefen Seufzer aus und sah Lennart abwartend an.

Dieser nahm klugerweise die Hand vom Schwert.

Prompt kehrten die Hunde zum Feuer zurück. Lennart schwankte kurz, folgte ihnen dann aber.

Das Lagerfeuer war sogar noch größer, als er bisher angenommen hatte. Die Flammen züngelten hoch über ihn hinaus, heulten wie ein Koboldhorn und schickten Abertausende von rubinroten Funken hinauf in den wolkenverhangenen Himmel.

Einen Schritt vor der Grenze zwischen Dunkel und Licht blieb Lennart stehen. Um ihn herum tobte der Sturm, am Feuer aber war es völlig windstill, und nicht eine Schneeflocke wagte es, dort niederzugehen.

Um das Feuer saßen sechs Menschen.

Ein Mann von etwa fünfzig Jahren, in dessen dichtem schwarzem Bart sich bereits etliche graue Strähnen zeigten. Die Adlernase und die über der Nasenwurzel zusammengewachsenen dunklen Brauen verliehen ihm ein bedrohliches Aussehen. Rußflocken wehten ihm auf die Jacke und die Hosen. Die Fuchspelzmütze mit Ohrenklappen hatte er neben sich auf das Fell gelegt, auf dem er saß. Er unterhielt sich mit einer wunderschönen rothaarigen Frau, die trotz der Kälte nur ein zartes smaragdgrünes Kleid mit einem purpurroten Streifen am Brustausschnitt und samtene, mit roten Bändern geschmückte Halbstiefel trug.

Ein junger Mann hatte drei Hunde an seiner Seite. Er war nicht sehr groß gewachsen und schmächtig, hatte graue Augen und ein unangenehmes, leicht aufgedunsenes Gesicht, das ein schütterer kastanienbrauner Bart bedeckte. Neben ihm lag eine kurze Lanze mit langer Spitze und ein Bogen samt Köcher, in dem bereits einige Pfeile fehlten. Der Mann war damit beschäftigt, einem blauäugigen Hund das Fell am Rist zu zausen, womit er das Tier dazu brachte, zufrieden wie eine Katze zu schnurren.

Eine hässliche junge Frau mit hellem Haar sang ein Lied und strich zärtlich mit der Hand über das Rentierfell, auf dem sie im Schneidersitz hockte.

Ein Gigant von Mann stierte ins Feuer, beide Hände auf der Parierstange seines Schwerts, das er vor sich in den Schnee gebohrt hatte. Sein Gesicht konnte Lennart nicht erkennen, denn es wurde von der Kapuze verschattet.

Auf der anderen Seite des Lagerfeuers hatte es sich ein echter Fettwanst bequem gemacht, der laut schmatzend gegrilltes Elchfleisch verschlang, das er mit seinen dicken Fingern in Stücke riss.

Der Hund mit den blauen Augen spitzte plötzlich die Ohren und drehte den Kopf in Lennarts Richtung. Die beiden anderen Tiere, mit denen der Solist bereits Bekanntschaft geschlossen hatte, würdigten ihn dagegen keines Blickes.

Nun verließ Lennart den Schutz der Bäume.

»Gute Leute«, sprach er die sechs Menschen an. »Erlaubt mir, mich zu wärmen.«

Der Gigant stand auf und zog das Schwert aus dem Schnee. Daraufhin unterbrach der ältere Mann sein Gespräch mit der Frau im grünen Kleid und schüttelte kaum merklich den Kopf. Sofort sank der Gigant wieder auf sein Fell, bettete das Schwert jedoch über seine Knie, bevor er abermals ins Feuer starrte.

»Mit den guten Leuten warst du womöglich etwas vorschnell, Menschlein«, wandte sich der ältere Mann an Lennart. »Ans Feuer kannst du jedoch gern kommen. In einer solchen Nacht sollte man niemanden in den Sturm hinausjagen. Sei also mein Gast.«

Als der Fettwanst diese Worte hörte, fing er an, mürrisch mit von Bratenfett triefenden Fingern zwischen den fauligen Zähnen zu polken. Der Kerl mit der platten Visage, der niedrigen Stirn, den tief liegenden bösen Augen und dem zotteligen rostfarbenen Bart missfiel Lennart auf Anhieb.

Doch der ältere Mann kümmerte sich nicht um seinen unzufriedenen Gefährten.

Nachdem Lennart ans Feuer getreten war, knöpfte er seinen Umhang auf und warf ihn auf die Sitzfelle. Die rothaarige Frau erhob sich und ging federnden Schrittes zu einem gusseisernen Topf, der überm Feuer hing. Mit einer langstieligen Kelle füllte sie einen Becher und brachte ihn Lennart mit freundlichem Lächeln.

Bevor er an dem warmen Getränk nippte, musterte er die Frau eingehend. Sie hatte ein prachtvolles Gesicht, das mit der geraden Nase, dem ovalen Kinn und den sinnlichen Lippen von einem meisterhaften Bildhauer geschaffen worden zu sein schien. Ihre Haut war schneeweiß, das Haar, die Brauen und Wimpern rot. Auf den hohen Wangenknochen ließen sich noch Sommersprossen erahnen. Wie nicht anders zu erwarten, waren ihre Augen grün. Frauen mit solch rotem Haar stammten von den östlichen Inseln Grünwards, und die Farbe ihrer Augen erinnerte stets an die einer Schlange. Als diese Schönheit lächelte, zeigten sich in ihren Mundwinkeln feine Falten. Da begriff der Solist, dass sie gar nicht mehr so jung war, wie er zunächst vermutet hatte.

Sie hatte ihm heißen Rotwein eingeschenkt, der nach Mandeln duftete und nach einem Gewürz, das Lennart nicht kannte. Misstrauisch schielte er in den Becher, fast als rechnete er damit, dass sich die Flüssigkeit unvermittelt in Blut verwandelte. Da er jedoch niemanden beleidigen wollte, nahm er einen Schluck.

Der Wein war erlesen, stark und aromatisch. Er ließ sein Herz schneller schlagen und vertrieb jede Müdigkeit.

Plötzlich richtete die blonde Frau ihre verhangenen blassblauen Augen auf Lennart, um dann geschwind aufzustehen und auf ihn zuzugehen. Ihre Füße setzte sie mit Bedacht, als fürchtete sie, auf im Schnee verstreute Nadeln zu treten. Sie trug lediglich ein ungegürtetes feines Bauernhemd, dazu jedoch noch nicht einmal Schuhe. Als Lennart die Abdrücke ihrer nackten Füße sah, entfuhr ihm ein leiser Aufschrei, doch noch ehe er in Panik geraten konnte, stellte sich die Rothaarige der Blonden in den Weg.

»Was ist, Siw?«, fragte die Rothaarige.

»Der da!« Die Blonde wies auf Lennart, der wie erstarrt dasaß und sogar den Atem anhielt. »Ist das mein Bräutigam?«

Die Rothaarige warf dem älteren Mann einen fragenden Blick zu, doch dieser schüttelte erneut den Kopf.

»Nein, mein Mädchen«, sagte die Rothaarige. »Das ist nicht dein Bräutigam.«

»Wirklich nicht?«, fragte Siw zurück.

»Wirklich nicht«, antwortete die Rothaarige. »Das ist ein anderer Mann. Ein Fremder.«

Sie machte trotzdem noch einen Schritt auf Lennart zu, sodass die Rothaarige sie von hinten umfassen und festhalten musste.

»Das ist ein Fremder«, flüsterte sie Siw ins Ohr.

»Ich küsse ihn. Einmal. Das wird ihm gefallen. Bitte, Tante«, flehte Siw.

»Nein, das ist unser Gast. Komm, gehen wir. Siehst du das kleine Rentier dort? Gefällt dir das nicht?«

Siw die Eisbraut nickte zögernd.

»Es ist schön silbrig«, sagte sie, den Blick auf das im Schnee liegende Fell gerichtet. »Und warm.«

Daraufhin vergaß sie Lennart, ließ sich auf dem Fell nieder und rollte sich zusammen. Die Rothaarige setzte sich neben sie und streichelte ihr sanft das Haar.

»Tante?«

»Ja, mein Kind?«

»Ich bin müde. Ich möchte dorthin. Ins Feuer. Dann vergesse ich alles.«

»Das darfst du aber nicht. Das ist dir verboten.«

»Ich … ich habe ihn heute den ganzen Tag lang gesucht. Aber jedes Mal habe ich mich geirrt. Warum sind sie alle erstarrt? Warum wollen sie mich nicht?«

»Sie alle waren deiner nicht würdig. Es waren nichtsnutzige Männer. Aber du wirst deinen Bräutigam schon noch finden, wart's nur ab. Und jetzt schlafe! Das ist nur ein Traum.«

»Ein Traum?«, murmelte Siw.

»Ja. Schließe deine Augen. Wenn du aufwachst, kommt er zu dir und bleibt bei dir.«

»Wirklich?«, fragte die Eisbraut glücklich. »Versprichst du mir das?«

»Ja, das tue ich.«

Das Holz knisterte im Feuer, der Fettwanst schmatzte widerlich, der Mann mit den Hunden lächelte rätselhaft. Der Ältere sah Lennart, der schweißüberströmt dahockte, nachdenklich an.

»Sag mir nicht, dass du nicht gewusst hast, wer in der Nacht Otygs hier draußen an einem Feuer sitzt!«, meinte der Mann dann.

»Ich … habe es nur vermutet.«

»Vermutet – und gehofft, dass du dich täuschst«, erwiderte der Mann kopfschüttelnd. »Aber inzwischen weißt du, wer ich bin?«

»Nein.«

»Aber wer Siw ist, das weißt du, ja?«

»So ist es.«

»Umso besser. Du gefällst ihr, und das Mädchen wird dich nicht so leicht vergessen, Lennart.«

»Ich kann mich nicht daran erinnern, mich vorgestellt zu

haben«, brachte der Solist in schärferem Ton als beabsichtigt heraus.

»Sogar ich habe bereits von Lennart aus Gröngras gehört«, herrschte der ältere Mann ihn an. »Von Lennart, dem Solisten, dem besten Kopfgeldjäger in ganz Grünward. Dein Ruhm eilt dir voraus, Mann. Doch meist hört man nichts Gutes von dir.«

»Man sollte nicht alles glauben, was man hört.«

»Bloß findet selbst in Gröngras niemand ein gutes Wort für dich. Was hast du nur angestellt, Menschlein?«

»Spielt das tatsächlich irgendeine Rolle?«

»Im Grunde nicht, nein«, erwiderte der Mann und grinste in seinen grau melierten Bart.

»Was hältst du dich mit dem überhaupt auf?«, brummte der Fettwanst. »Der ist doch dumm wie Bohnenstroh! Überlass ihn mir!«

»Halte den Mund, Örvar.«

»Du hast mir nicht den Mund zu verbieten!«, brüllte der Fettwanst, und seine dunklen Augen schienen rote Funken zu sprühen. »Hier bin ich der Herr!«

»Schämen solltet ihr euch, alle beide!«, mischte sich die rothaarige Frau ein. Dann wandte sie sich an Örvar. »Wir sind deine Gäste, Bruder. Ebenso wie dieser Wanderer. Sei also so gut und verhalte dich, wie es sich für einen Gastgeber geziemt.«

»Nur habe ich den da nicht an meinen Tisch eingeladen«, murmelte Örvar Dickbauch und bedachte Lennart mit einem finsteren Blick. »Höchstens *auf* ihn.«

Er prustete über seinen eigenen Witz, in dieses Gelächter stimmte jedoch niemand ein. Daraufhin widmete sich der Herr der Friedhöfe wieder dem Essen, wobei er diesmal ein Stück Ren aus der Luft zauberte.

»Du hast eine erstaunliche Begabung, Schwierigkeiten anzuziehen«, wandte sich der ältere Mann an Lennart. »Erst ziehst du Siws Aufmerksamkeit auf dich und nun die dieses

Fasses ohne Boden. Ich würde dir raten, die nächste Nacht Otygs am heimischen Herd zu verbringen, Menschlein. Denn wer weiß, ob Dagny und ich dann in deiner Nähe sind, um Siw und Örvar aufzuhalten?!«

»Ich könnte wetten, dass du Rasmus der Köhler bist«, sagte Lennart.

»Und wie kommst du darauf?«

»Es heißt, Dagny Zweistiefel und Rasmus der Köhler seien ein unzertrennliches Paar.«

»Nur im Winter, mein Junge«, sagte die Rothaarige, die unverwandt Siws Haar streichelte. Erneut wandte sie sich an Örvar. »Hast du das gehört, Bruder? So dumm ist er gar nicht.«

Örvar kaute weiter, brummte dabei jedoch, dass er solche wie Lennart nur aus dem Grab kenne. Da habe er sie zu Hunderten gesehen.

»Du hast von der nächsten Nacht Otygs gesprochen«, setzte Lennart das Gespräch mit Rasmus fort. »Die ist doch noch eine ganze Weile hin. Und erst einmal muss ich diese überleben.«

»Ob dir das gelingt, hängt allein von dir ab«, erwiderte Rasmus. »Denn wenn du willst, geben wir dir die Möglichkeit dazu.«

Lennart indes brannte nicht gerade darauf, sich auf einen Handel mit den Geschöpfen des Dunkels einzulassen.

»Möchtest du noch Wein?«, fragte Dagny ihn lächelnd.

Nach kurzem Zögern hielt er Dagny den leeren Krug hin. Schon beim nächsten Wimpernschlag stand vor Lennart auch eine Tonschale mit Essen auf dem Boden.

»Greif zu«, forderte Rasmus ihn freundlich auf. »Ich höre ja bis hierher, wie dein Magen knurrt. Verschone mich also bitte mit diesen Geräuschen. Wenn du satt bist, reden wir weiter.«

Auf Lennart warteten saurer Strömling, Preiselbeeren, Honig, Schwarzbrot und Auerhahn mit gedämpften Zwiebeln. Rasmus musste ihn nicht zweimal bitten. Seit dem frühen Morgen hatte er nicht einen Bissen zu sich genommen, nun hoffte er lediglich, das Essen würde in seinem Magen nicht genauso unversehens verschwinden, wie es gerade vor ihm erschienen war. Örvar schnupperte in der Luft, verzog verächtlich das Gesicht und begann grimmig einen Knochen abzunagen.

Der schweigsame Herr der Hunde warf noch mehr Holz ins Feuer. Sofort stieg eine weitere Funkengarbe gen Himmel auf und beleuchtete den Schneesturm, der jenseits ihres Kreises tobte.

»Warum habt ihr mich gerettet?«, fragte Lennart Rasmus.

»Wir sollen was getan haben?!«, fuhr ihn dieser an. »Rede bitte keinen Unsinn! Als ob wir unsere Zeit damit verschwenden würden, Menschen zu retten! Meist ist es uns ohnehin völlig einerlei, was mit Wesen wie dir geschieht.«

»Und trotzdem habt ihr mich hierhergeführt …«

»Falsch! Du bist aus freien Stücken zu uns gekommen. Wir haben dir lediglich erlaubt, als Gast an unserem Feuer Platz zu nehmen.«

»Vor allem weil die Hunde nichts gegen ihn hatten«, erhob der Mann neben den drei schneeweißen Tieren nun doch die Stimme. Sie war überraschend hoch und melodisch.

»Dann habe ich eine Frage an dich, Verfemter Jäger«, wandte sich Dagny an ihn. »Steckst am Ende vielleicht du dahinter?«

»Nein. Aber Yrväder und Hörntand wollten sich wohl einen besonderen Spaß gönnen«, antwortete er.

Nach diesen Worten trabte der Hund mit den blauen Augen auf Lennart zu und musterte ihn eindringlich. Der Solist war bereit, seine eigene Hand zu verwetten, dass in dem Hundeblick mehr Verstand lag als in zahlreichen Menschenaugen.

»Du gefällst Firn«, erklärte ihm der Verfemte Jäger voller Erstaunen. »Auch meine gute Yrväder hätte dich nicht zum Feuer gelassen, wenn sie dich nicht gemocht hätte. Meine Freunde lassen nicht jeden zu uns vordringen.«

Als Firn seine Neugier gestillt hatte und wieder abziehen wollte, schob Örvar seine fettigen Lippen vor, um eine Art Flöte zu bilden, und stieß einen leisen Pfiff aus, um die Aufmerksamkeit des Tiers auf sich zu lenken. Firn scherte sich jedoch nicht um ihn. Allerdings brannte der grünäugige Hörntand nun darauf zu erfahren, was der Herr des Friedhofs vorhatte, und obgleich der Verfemte Jäger missbilligend dreinblickte, stapfte der Hund auf Örvar zu. Dieser warf mit zufriedener Miene einen Knochen gegen das Tier, verfehlte indes sein Ziel.

Dennoch fiel Hörntand voller Wut über den Grobian her. Dicht an Örvars Hals schnappten die Hauer zu. Der Fettwanst fiel mit einem ebenso überraschten wie verärgerten Ausruf auf den Rücken. Hörntand setzte noch zu einem zweiten Angriff an, sprang dann jedoch flugs davon, um dem Steinhammer zu entgehen, den Örvar plötzlich in Händen hielt.

Der Fettwanst rappelte sich unter Geschimpfe hoch. Geifernd stapfte er dem Tier hinterher, doch Yrväder und Firn hatten sich schon neben ihrem Gefährten aufgebaut, weshalb Örvar jäh stehen blieb. Mit drei wütenden Hunden wollte selbst er sich nicht anlegen.

»Wenn du sie streichelst, gut und fein«, bemerkte der Verfemte Jäger, »willst du nichts von ihnen, lass den Knochen, lass ihn sein!«

Der Herr der Friedhöfe spuckte nur ein weiteres Mal wütend aus, machte auf dem Absatz kehrt und verschwand in der Dunkelheit. Einige Grabsteine fielen krachend um.

Dagny schüttelte bloß den Kopf, während Rasmus gar nicht auf das Gepolter achtete. Die Hunde legten sich wieder zu Füßen ihres Herrn.

»Wo findet man denn solche Tiere?«, erkundigte sich Lennart zu seiner eigenen Überraschung.

Daraufhin richtete der Verfemte Jäger seine ausdruckslosen Augen auf den Solisten. Dieser hatte bisher immer geglaubt, er könnte den Blick jedes Menschen aushalten. Jetzt wurde er eines Besseren belehrt. Freilich war der Verfemte Jäger auch kein Mensch. Er war der Tod selbst, und seine schmalen Pupillen, die kaum größer als ein Nadelöhr waren, zwangen Lennart, den Geruch feuchter Erde einzuatmen, die dahingleitenden Würmer zu hören und sich mit dem Gedanken abzufinden, dass er binnen weniger Minuten die Sonne nie wiedersehen würde.

Dann verflüchtigte sich diese Sinnestäuschung jedoch. Lennart atmete tief durch. Der Verfemte Jäger wandte den Blick ab und stimmte ein melancholisches Lied an.

Einen Hund schenk ich dir, im Dunkeln gefangen,
Einen Riesenrüden, den nie Menschen bezwangen ...
Klug wie ein Mensch, erkennt er den Freund, den Feind er verbellt,
Fängst selbst Blicke auf, die tückisch verstellt,
Und kennt – des sei dir gewiss –
Kein Zögern beim tödlichen Biss.

Offenbar war der Verfemte Jäger der Ansicht, Lennarts Frage damit beantwortet zu haben, denn nun hüllte er sich wieder in Schweigen. Dagny schenkte Lennart gerade zum dritten Mal heißen Wein ein. Als sie ihm den Becher reichte, nahm Lennart sich allerdings fest vor, keinen Schluck mehr davon zu trinken. Ihm dröhnte bereits der Kopf, denn der Wein war weitaus stärker, als er vermutet hatte.

»Diese Hunde sind die Geister des Winters«, teilte Rasmus ihm mit. »Mit dieser Antwort musst du dich allerdings begnügen, jede andere würdest du nicht verstehen. Bist du satt? Hast du dich gewärmt?«

»Ja. Hab Dank.«

Lennart fühlte sich in der Tat besser. Die Muskeln waren nicht mehr bleischwer, angenehme Wärme breitete sich in seinem Körper aus, der Schädel mochte ihm ein wenig dröhnen, aber das ging einzig auf den Wein zurück.

»Aber dir brennen noch mehr Fragen unter den Nägeln, nicht wahr?«, bohrte Rasmus nach. »Stelle sie nur, ich werde sie gern beantworten. Und da Yrväder schon so freundlich ist, dich an unserem Feuer zu dulden, werde auch ich dir einige Fragen stellen.«

Die Hündin mit den gelben Augen gähnte herzhaft. Gerade kam auch Örvar wieder aus dem Dunkel gestapft. Schwer atmend setzte er sich auf seinen Packen Felle, funkelte wütend in die Runde, klaubte sich eine Ochsenkeule aus der Luft und fing an, sie in aller Seelenruhe zu benagen. Das Fleisch spülte er mit irgendeinem Gesöff hinunter, wobei er nach jedem Schluck so theatralisch das Gesicht verzog, als hätte er in einen sauren Apfel gebissen.

»Dieser Mann ...« Lennart schielte zu dem in seine Gedanken versunkenen riesigen Schwertträger hinüber, der nach wie vor in die Flammen starrte. So reglos, wie er dasaß, hätte man meinen können, er wäre eingeschlafen. »Wer ist er?«

»Er ist ebenso ein Fremder«, antwortete Rasmus mit einem verstehenden Grinsen. »Genau wie du.«

»Ein hergelaufener Mistkerl!«, spie Örvar mit vollem Mund aus.

»Im Unterschied zu uns«, raunte Rasmus Lennart zu, »ist er aus Fleisch und Blut. Allerdings steckt er in Schwierigkeiten, die sogar noch größer sind als die, die dich zu uns gebracht haben. Er ist nämlich unsterblich.«

»Ist das so schlecht?«, fragte Lennart verwundert.

»Für Menschen schon. Wesen wie wir stehen dem ewigen Leben recht gelassen gegenüber. Aber ihr Menschen verliert nach drei- oder vierhundert Jahren den Kopf. Dann langweilt ihr euch oder leidet wegen jeder Nichtigkeit. Zum Beispiel wenn jemand stirbt.«

»Ihr Jammerlappen!«, knurrte Örvar.

»Das ewige Leben, das du vermutlich für ein Geschenk der Götter hältst, ist im Grunde eine Strafe. Und je länger du lebst, desto härter empfindest du das.« Dann drehte sich Rasmus dem Schwertträger zu. »Ingolf! Wie lange bist du nun schon Gast an diesem Lagerfeuer?«

»Das weiß ich nicht, Herr«, antwortete der Mann. »Sehr lange schon.«

»Siebenhundert Jahre werden es sein, vielleicht auch achthundert«, bemerkte Örvar. »Nicht eine Nacht Otygs hat er bisher ausgelassen. Dass du den Kerl immer noch erträgst!«

»Ingolf kann nicht sterben«, fuhr Rasmus an Lennart gerichtet fort. »Du malst dir nicht aus, Menschlein, wie sehr ihm das Leben inzwischen zum Hals raushängt. Was hat er nicht schon alles versucht! Aber es wollte ihm nicht einmal gelingen, sich selbst zu töten. Meiner Ansicht nach sollte seine Geschichte den Menschen eine Lektion sein! Denn er hat sein Wort gebrochen, und dafür wurde er verflucht.«

»Jetzt kann er den Tod nur noch in einem Duell finden«, sagte Dagny.

»Das dürfte doch eigentlich kein Problem sein«, murmelte Lennart. »Achthundert Jahre bringen doch ausreichend Gelegenheit mit sich, eine Prügelei anzufangen, die man nicht überlebt.«

»Aber nicht, wenn der Verfemte Jäger hinter dir steht«, widersprach Rasmus grinsend.

»Dann verhindert *ihr* also seinen Tod?«

»Völlig richtig«, bestätigte Dagny. »Denn seine Zeit ist noch nicht gekommen. Alles hat seinen Preis. Noch ist er nicht bereit, ihn zu zahlen. Wie steht es mit dir?«

»Die Frage verstehe ich nicht.«

»Was würdest du zahlen, um Erfolg bei deiner Jagd zu haben, mein Junge?«, fragte sie.

»Wisst ihr auch darüber Bescheid?«, brummte Lennart. »Habt ihr ihn etwa gesehen?«

»Ob wir ihn gesehen haben?«, murmelte Rasmus gedankenverloren. »Ja, das könnte man wohl so sagen, belassen wir es dabei. Er ist eine halbe Stunde, bevor du gekommen bist, von uns aufgebrochen.«

Der Solist wartete ab, ob Rasmus dem noch etwas hinzufügen wollte.

»Die nygirischen Zauberer verlassen ihr Land nur selten, deshalb habe ich nicht mit einer solchen Begegnung gerechnet.«

»Schöner Zauberer!«, spie Örvar aus und warf einen Knochen ins Feuer. »Nichts konnte der! Fuchtelte bloß immer mit einer Hand herum, brachte aber nichts zustande! Einen einzigen Zauber beherrschte er, und selbst den nicht richtig!«

»Bis zu den Mäusebergen ist es zwar nicht mehr weit, trotzdem kannst du ihn noch einholen«, sagte Dagny. »Wenn du dich beeilst.«

»Und ihr würdet mir helfen?«

Der Verfemte Jäger streckte sich aus und bettete den Kopf auf Firns Rücken. »Wenn *du* diese Sache beenden willst«, sagte er, »ja, dann schon.«

»Aber warum solltet ihr mir helfen?«

»Die Frage könnte ich dir auch stellen.« Örvar schob die Unterlippe vor. »Warum hast du dich auf diese Jagd eingelassen? Weißt du etwa nicht, dass Strohköpfe wie du uns nur im Weg sind?! Was also hat dich veranlasst, deinen Hintern aus dem Haus zu bewegen, auf den heimischen Herd, ein warmes Essen, Weiber und Schauermärchen zu verzichten und dich in die Kälte hinauszuwagen?«

»Wenn dir diese Frage keine Ruhe lässt, Bruder, werde ich dir die Antwort darauf zeigen«, mischte sich Dagny ein und klatschte sanft in die Hände. Die Luft fing zu flirren an …

Das Gasthaus in Goens unterstand zu Lennarts Glück dem König. Da häufig Ebbe im Geldbeutel des Solisten herrschte, hatte ein guter Bekannter aus dem Magistrat in Strogmund ihm ein Papier ausgestellt, das es ihm erlaubte, bei Geldmangel rasch in den Dienst des Königs zu treten und von der Großzügigkeit Seiner Majestät Gebrauch zu machen. Im Falle dieses Wirtshauses stellte der Begriff Großzügigkeit indes eine recht freie Umschreibung der Gegebenheiten dar.

Goens war eine kleine Stadt, eine der letzten an der Straße König Gustavs. Von der Schenke durfte niemand etwas Besonderes erwarten. Sie war klein, eng, dunkel und schlecht beheizt. Der Boden hätte mal wieder gewischt werden müssen, sämtliche Tische hatten mit den Messern der Gäste Bekanntschaft geschlossen. Und wer über Nacht blieb, wurde von Heerscharen von Wanzen empfangen, die in den Matratzen hausten.

Lennart stellte keine hohen Ansprüche, aber die Wanzen waren selbst für ihn zu viel. Deshalb stieg der Solist wieder aus dem Bett, ging in den Schankraum und setzte sich, in seinen Umhang gehüllt, ans Feuer, um dort den Rest der Nacht zu verbringen. Am nächsten Morgen ließ er sich nicht das Vergnügen nehmen, dem Wirt haarklein darzulegen, was er von der Herberge und ihren tierischen Mitbewohnern hielt.

Danach saß er übernächtigt auf einer grob gezimmerten Bank und aß ohne jeden Appetit eine rasch erkaltende Biersuppe. Mit einem Mal ging die Tür auf, und zusammen mit der Kälte kamen die Söhne des Wirts herein, die mehrere Bündel Reisig schleppten und in einer Ecke der Gaststube abluden.

Lennart richtete den Blick wieder auf die Suppe und beäugte misstrauisch die darin schwimmenden Zwiebeln und Eier, schob den Ingwer mit dem Holzlöffel an den Tellerrand und biss von einem großen, aber leider schon vertrockneten Stück Brot ab.

»Bleibt Ihr bis zur Nacht Otygs bei uns, Herr?«, fragte ihn der Wirt. »Das Feuer wird dann die ganze Zeit brennen.«

»Nein«, antwortete Lennart, ohne aufzusehen. »Denn deine Wanzen würden mir in dem Fall alles Blut aus dem Leib saugen.«

Der Wirt verzog das Gesicht, verkniff sich jedoch jede Erwiderung und machte sich wieder an seine Arbeit. Lennart beendete sein Frühstück und bat darum, noch etwas Reisig ins Feuer zu werfen, da ihn fröstle.

In diesem Moment ging die Tür erneut auf. Ein hochgewachsener, schlanker Mann betrat die Schenke. Er hatte ein grobes, verwittertes Gesicht, einen dichten grauen Schnurrbart und eine große, breite Nase. Als er Lennarts Blick auffing, nickte er, klopfte dann den Schnee von den Stiefeln, nahm den Umhang und die Mütze aus Biberfell ab und warf beides auf die Bank, die der Tür am nächsten stand. Lennarts scharfe Augen hatten den Gürtel des Unbekannten auf Anhieb entdeckt. Er war aus Elchleder gefertigt, die Silberschnalle war im Laufe der Zeit dunkel angelaufen und zeigte die Königskrone.

Der Stadtvorsteher Goens beehrte diese Schenke. Er sah sich nach dem Wirt um, zog eine Bank an Lennarts Tisch und setzte sich diesem gegenüber, ohne um Erlaubnis zu fragen. Der Solist zog wütend die Augenbrauen hoch, beschloss allerdings, kein Wort über dieses Verhalten zu verlieren, sondern abzuwarten, was als Nächstes geschah.

Zunächst brachte der Wirt zwei Krüge mit schäumendem Weizenbier, das in keiner Weise mit dem zu vergleichen war, das er für die Suppe verkocht hatte, dann servierte er ihnen je einen Teller dampfender Buchweizengrütze mit Hering.

»Ihr solltet öfter hier hereinschauen«, brummte Lennart, der keine Anstalten machte, Speis oder Trank anzurühren. »Das Essen wird gleich mit jedem Wimpernschlag besser.«

Der Stadtvorsteher lächelte verschmitzt, worauf sich um seine grauen Augen Lachfältchen bildeten. Er zog eine Pfeife mit einem langen Mundstück hervor, die aus dem teuren Wurzelholz der Baumheide geschnitzt worden war. Als Lennart zustimmend nickte, entnahm der Mann der Innentasche seiner Weste den Tabakbeutel. Auch dieser war nicht billig, sorgfältig gearbeitet und mit Goldstickerei verziert. Ein altes Stück, vermutlich eine Erinnerung an einen männlichen Vorfahren.

Während der Mann die Pfeife stopfte, machte sich Lennart

nun doch über die Grütze und das Bier her. Der Wirt hielt dem Stadtvorsteher einen glimmenden Span hin, der Mann zündete die Pfeife an, stieß eine beißende blaugraue Rauchwolke aus und kniff die Augen zusammen.

»Ich bin Halle, der Stadtvorsteher. Deshalb will ich gar nicht lange um den heißen Brei herumreden. Ich brauche Eure Hilfe.« Er schwieg einen ausgedehnten Moment lang, ehe er fortfuhr. »Ich selbst, aber auch ganz Goens und alle Menschen, die in dieser Stadt leben.«

»Ich hätte nie vermutet, ein derart bekannter Mann zu sein.«

»Stellt Euer Licht nicht unter den Scheffel.«

»Woher wisst Ihr von mir?«

»Jeder kennt Lennart aus Gröngras, auch der Solist genannt. Den Kopfgeldjäger. Euer Ruhm eilt euch voraus.«

»Und die Gerüchte über mein Auftauchen sind offenbar noch schneller vor Ort.«

»Was erwartet Ihr bei einer so kleinen Stadt?«, entgegnete Halle. »Wir leben von Gerüchten. Ihr steht im Ruf, ein zuverlässiger und ehrlicher Mann zu sein. Wir sind bereit, Euch gut für Eure Dienste zu bezahlen.«

»Worum geht es?«

»Heute Nacht hat jemand etwas gestohlen. Der Dieb ist mit der Beute entkommen. Eure Aufgabe wäre es, ihn zu finden und das Diebesgut seinem rechtmäßigen Besitzer zurückzugeben.«

»Wo ist der Haken an der Sache?«, fragte Lennart, nachdem er den zur Hälfte geleerten Bierkrug abgestellt hatte.

»Der Dieb gehört zum Volk in den Mäusebergen.«

Daraufhin zog Lennart lediglich eine Augenbraue hoch.

»Die Goenser haben die Verfolgung bereits aufgenommen«, fuhr Halle fort. »Allerdings sind es nicht sehr viele. Außerdem verstehen sie nichts davon, Spuren zu lesen und einem flüchtigen Dieb auf den Fersen zu bleiben. Ganz im Gegensatz zu Euch.«

»Mittlerweile sind einige Stunden vergangen. Und ich nehme an, er war nicht so dumm, zu Fuß zu fliehen, sondern ist mit einem Ziegenbock auf und davon. Stimmt's?«

»Ja«, räumte Halle ein.

»Trotz ihrer geringen Größe sind diese Tiere flink, wendig und leichtfüßig. Es gibt durchaus Pferde, die nicht mit ihnen mithalten können. Daher sehe ich kaum eine Möglichkeit, das Diebesgut zurückzuerobern.«

»Dies ist eine Frage des Prinzips, Herr Lennart.«

»Eures Prinzips, das jedoch nicht meines ist. Wenn er es bis zur Grenze der Mäuseberge schafft, ist er gerettet, denn der Weg in diese Berge ist uns letztendlich versperrt. Zumindest sollten wir uns davor hüten, sie zu betreten. Der Dieb wäre dort also so sicher wie im Schoß der Götter, selbst wenn diese in den letzten tausend Jahren geschlafen haben. Deshalb danke ich untertänigst für das Angebot, aber ich werde nicht an einer Verfolgungsjagd teilnehmen, die keinerlei Aussicht auf Erfolg hat.«

»Die Stadt wird wirklich gut zahlen.«

»Ja und?«, entgegnete Lennart. »Die Nacht Otygs steht vor der Tür. Und ein Toter braucht bekanntlich kein Geld.«

»Bis dahin sind es noch gut zwei Tage. Ich bin mir sicher, dass Ihr den Dieb noch vor Husnes einholt, wenn Ihr Euch beeilt. Wie ich gehört habe, wollt Ihr eh in diese Richtung. Und Ihr müsst zugeben, dass zwanzig Silberöre in diesem Fall leicht verdientes Geld sind.«

»Wenn es so leicht verdientes Geld wäre, würdet Ihr Euch gewiss nicht an mich wenden. Nein!«, erklärte Lennart in aller Entschiedenheit. »Ich will damit den Preis nicht in die Höhe treiben! Nur bedeutet mir Geld kurz vor der Nacht Otygs nicht gerade viel. Habt daher Dank für das Essen, aber wir kommen nicht ins Geschäft.«

Halle stieß nachdenklich einen Rauchring aus und beobachtete aus den Augenwinkeln, wie Lennart seinen Umhang an sich nahm.

»Ihr wollt also einfach aufbrechen?«

»Will mich vielleicht jemand aufhalten?«, fragte der Solist in scharfem Ton.

»Wartet! Ich zahle Euch vierzig Silberöre. Vierzig ganze Silberöre. Diese Kreatur hat es immerhin gewagt, gegen unsere Gesetze zu verstoßen.«

»Das ist natürlich bedauerlich«, erwiderte Lennart grinsend. »Aber auch vierzig Öre werden mich nicht veranlassen, vor der Nacht Otygs durch die Kälte zu jagen. Nein, diesen Dieb müsst Ihr schon mit Euren eigenen Leuten fassen, Herr Stadtvorsteher. Was hat er denn eigentlich gestohlen?«

»Ein Kind.«

Lennart runzelte die Stirn. Zuweilen stahl das Volk aus den Mäusebergen tatsächlich Kinder der Menschen. Die einzigen beiden Fälle, an die er sich erinnerte, lagen jedoch lange zurück. Im Übrigen hatten die Kinder damals eine natürliche Anlage zur Magie gezeigt, was bei Menschen ja eigentlich kaum noch anzutreffen war. Das Einzige, was Menschen noch zustande brachten, waren Possen, mit denen sogenannte Zauberer die Menge begeisterten.

»Hat das Kind eine Anlage zur Magie gezeigt?«

»Soweit ich weiß, nicht.«

»Die Nygiren legen sich doch nicht grundlos mit uns an. Warum sollte einer von ihnen einen derart langen Weg in Kauf nehmen, nur um ein Kind ohne Gabe zu entführen. Husnes, Födha und ein Dutzend Dörfer wären wesentlich dichter an ihrem Land als Eure Stadt. Was also hat es mit diesem Kind auf sich?«

»Es ist der Sohn des Oberkommandierenden der Königlichen Truppe.«

Diese Aussage entlockte Lennart einen leisen Pfiff.

»Eben«, sagte Halle. »Der Mann hat die Schauspieler begleitet, die auf Befehl Seiner Majestät zu uns in den Norden gekommen sind, um in unseren Städten einige Vorstellungen zu geben. Vor der Nacht Otygs sollen die Untertanen in den

Genuss von etwas Ablenkung kommen. Die Schauspieler wollten eigentlich weiter nach Strogmund ziehen, aber dann ist dieses Kind entführt worden … Damit steht der Ruf unserer Stadt auf dem Spiel. Deshalb wenden wir uns an Euch und sind bereit, Euch gut für Eure Dienste zu entlohnen. Wir wollen den König nicht gegen uns aufbringen, und wir wollen nicht, dass ein schlechtes Licht auf Goens fällt.«

Lennart trommelte nachdenklich mit den Fingern auf den Tisch.

»Der Entführer entfernt sich mit jeder Minute weiter von uns«, erklärte der Stadtvorsteher voller Nachdruck. »Wie also sieht Eure Entscheidung aus? Nehmt Ihr unser Angebot an?«

Und Lennart willigte ein.

Danach lichtete sich der Nebel um die Männer am Feuer wieder.

»Verstehe ich nicht«, knurrte Örvar. »Dir hat der Nygire doch nichts getan.«

»Ich habe etwas dagegen, wenn Kinder entführt werden«, antwortete Lennart mürrisch.

Dagny verengte die Augen zu Schlitzen, während der Verfemte Jäger schnaubte und den Kopf schüttelte, als traute er seinen Ohren nicht.

»Allmählich gefällt mir dieser Junge!«, brüllte Örvar. »Habt ihr das gehört?!«

»Das haben wir«, sagte Rasmus. »Und schrei nicht so, sonst weckst du Siw.« Dann wandte er sich an Lennart. »Hasst du das Volk aus den Mäusebergen?«

»Nein«, antwortete er, verwundert über diese Frage. »Hätte ein Mensch dieses Kind gestohlen, würde ich ihn jetzt ebenfalls verfolgen.«

»Was geschieht, wenn du den Nygiren fängst?«, wollte Örvar wissen. »Tötest du ihn dann?«

»Wenn es mir nicht gelingt, ihn nach Goens zu bringen, damit er vor Gericht gestellt wird – ja, dann töte ich ihn.«

»Meine Freunde und ich sind bereit, dir zu helfen«, erklärte Rasmus. »Damit du den Dieb fängst.«

»Und wie?«

»Wir verkaufen dir ein Pferd. Zu Fuß wirst du den Nygiren nie einholen.«

»Nur sehe ich hier nirgends Pferde.«

»Immer mit der Ruhe, mein Junge«, ermahnte ihn Dagny. »Solange unser Geschäft nicht zustande gekommen ist, brauchen wir auch kein Pferd. Also, was ist? Bist du bereit, eins zu kaufen?«

»Geld ist vermutlich nicht unbedingt das, was ihr dafür verlangen würdet.«

»Völlig richtig. Wir wollen dein Schwert.«

»Bitte?!«, rief Lennart entsetzt aus.

»Ganz recht, dein Schwert«, bestätigte Dagny. »Nicht mehr und nicht weniger. Dein Messer darfst du behalten. Du musst zugeben, dass eine Klinge für ein Pferd kein zu hoher Preis ist. Wir verlangen weder deine Hand noch dein Leben oder deine Seele.«

»Mein Schwert gebe ich unter keinen Umständen her«, erklärte Lennart. »Das brauche ich.«

»Wenn der Flüchtling erst einmal die Grenze zu den Mäusebergen überschritten hat«, mischte sich der Verfemte Jäger ein, »hilft dir dein Schwert auch nicht weiter.«

Lennart presste die Lippen aufeinander. Es käme Selbstmord gleich, sich in einer Gegend wie dieser von seinem Schwert zu trennen. Aber wenn er nicht auf das Geschäft einging, würde er das Kind wohl niemals nach Goens zurückbringen können, sodass es auf ewig bei dem Volk in den Mäusebergen bleiben müsste. Umgeben von gefrorenen Wasserfällen, eisiger Stille und einem bleigrauen Himmel.

»Was hat der Nygire von euch gekauft?«

»Dieser Junge ist wirklich nicht dumm«, bemerkte Örvar.

»Diese Frage beantworte ich dir nicht«, erklärte Rasmus, nahm Lennart den Krug mit dem kalt gewordenen Wein ab, trank ihn in einem Zug aus und zerquetschte den Becher, als bestünde dieser nicht aus Metall, sondern lediglich aus Papier, und warf ihn ins Lagerfeuer. »Aber ich zeige dir, was er uns gezahlt hat.«

Daraufhin griff er in den Ausschnitt seines Hemdes und streckte Lennart die offene Hand hin. Auf ihr lag eine kleine türkisfarbene Kugel mit silbernen Einsprengseln.

»Was für ein hübsches Ding«, bemerkte Lennart. »Allerdings hätte ich nicht vermutet, dass ihr euch für solche Kinkerlitzchen erwärmen könnt.«

»Sperr doch bitte mal deine Augen auf, Menschlein!«, herrschte Örvar ihn an.

»Er kann das gar nicht sehen«, beschwichtigte Dagny ihren Bruder. »Der Nygire hat uns mit seiner Zauberkraft bezahlt.«

Aus irgendeinem Grund hegte Lennart nicht den geringsten Zweifel an diesen Worten.

»Die dürfte weitaus mehr wert sein als dein Schwert«, sagte Rasmus, während er die Kugel wieder unter seinem Hemd verschwinden ließ. »Deshalb scheint mir unser Angebot recht günstig für dich.«

»Schon möglich. Allerdings wüsste ich einfach gern, was ihr ihm verkauft habt.«

»Ein gewisses Risiko musst du wohl eingehen.«

»Einverstanden«, sagte Lennart schließlich.

»Hervorragend«, erwiderte Rasmus und streckte die Hand aus.

Lennart knöpfte den Schwertgürtel auf und reichte ihn Rasmus, der ihn achtlos zu Boden fallen ließ.

»Such dir eins aus!«, forderte er Lennart auf, während er mit der Hand jemanden herbeiwinkte. Der Solist drehte sich um und erstarrte.

Aus dem Dunkel kamen vier Schatten heraus. In einem von ihnen erkannte er Svego.

»Aber …« Lennart schluckte. »… sie sind doch tot.«

»Keine Sorge«, beruhigte Dagny ihn. »Du wirst keinen Unterschied zwischen einem lebenden Tier und diesen toten bemerken.«

»Dann nehme ich Svego.«

»Eine gute Wahl«, bemerkte Rasmus. »Bei Tagesanbruch kannst du aufbrechen. Jetzt solltest du aber ein wenig schlafen.«

Und Lennart aus Gröngras sank in Schlaf, noch ehe er hätte widersprechen können.

Lennart begriff einfach nicht, ob er schlief oder wachte. Einerseits meinte er, nicht zu träumen, andererseits schien ihm alles viel zu albtraumhaft, als dass es tatsächlich wahr sein könnte. Stern um Stern stürzte mit einem breiten goldenen Schweif vom Himmel und schlug zischend irgendwo hinterm Horizont auf. Über den Bäumen flackerte der Widerschein eines Feuers. Die Flamme des Lagerfeuers fauchte wie ein aus Untiefen aufgestiegener Feuergeist.

Im Wald erklang ein Horn. Kurz darauf schloss sich ihm schüchtern ein Dudelsack an. Als Nächstes gab sich die Harfe von der Ahorninsel zu erkennen. Ein Tamburin wurde geschlagen ... Kraftvolle Musik erhob sich über dem verschneiten Friedhof, setzte sich in Bewegung, verfing sich jedoch in den kahlen Zweigen der alten Espen und erstarb wieder.

Die Erde bebte leicht. Irgendwo barst eine Grabplatte. Gleich darauf eine weitere. Jemand kratzte von unten wütend an dem Stein, der ihn daran hinderte, in die Freiheit zu gelangen. Lennart saß weder tot noch lebendig da. Er hörte, wie Gestalten durch die Dunkelheit liefen, mit Knochen klapperten, sich über ihre Freiheit freuten und beim Anblick der abstürzenden Sterne juchzten.

Inzwischen leckte das Feuer nicht länger am Holz, sondern hatte sich über unzählige menschliche Gebeine hergemacht. Die Flamme brannte mit einem kalten, blassblauen Licht, und alles, was sie berührte, veränderte sich.

Lennart umgab nicht länger der Wald, vielmehr stand er auf

dem Gipfel eines riesigen verschneiten Berges mit spitzem Kamm. Dieser ragte einsam über einem wahnsinnigen, aufrührerischen stählernen Meer auf, das dumpf und dräuend weit unter ihm toste. Die einstigen Bäume hatten sich in durch Krankheit entstellte, gigantische, zum Himmel gereckte verdorrte Hände verwandelt, die Sterne in die Seelen von Menschen. Es waren die Opfer Otygs, sowohl aus vergangenen Nächten wie auch aus dieser und aus kommenden. Sie stürzten schreiend in die Tiefe, um nie wieder aufzutauchen und bis ans Ende aller Zeiten der Vergessenheit anheimzufallen.

Ingolf saß nicht mehr am Lagerfeuer. Die anderen waren im Begriff, sich zu verwandeln. Lennart starrte sie mit weit aufgerissenen Augen an und wünschte, er würde endlich aufwachen.

Stattdessen musste er mit ansehen, wie Örvars Gesicht, ohnehin nicht besonders angenehm, noch widerwärtiger wurde. Schreckliche Falten entstellten es, die Augen rutschten tief in die Höhlen, der Mund erstreckte sich als zahnbestückter Spalt von einem Ohr zum anderen. Aus den Schultern und Ellenbogen bohrten sich schwarze Dornen heraus und zerrissen das Hundefell. Und der Knochen, den er so eifrig abnagte, stammte nicht von einem Rentier, sondern von einem Menschen.

Der Verfemte Jäger gewann an Größe und Muskelmasse. In einen schwarzen Kittel gehüllt, verbarg er sein Gesicht hinter einer Maske aus Birkenrinde. Die Hunde waren nicht bei ihm, an ihrer Stelle lag eine riesige silbrige Schlange mit drei Köpfen eingerollt neben ihm. Drei Augen, ein blaues, ein grünes und ein gelbes, stierten Lennart an, ohne auch nur einmal zu blinzeln.

Siw schlief noch immer und schien blass, durchscheinend und gespenstisch wie Morgennebel, bereit, sich jederzeit vor der aufgehenden Sonne zurückzuziehen. Neben ihr saß Dagny. Das Gesicht, die Figur und die Kleidung der schönen Frau sahen aus wie bisher, nur das Haar, die Brauen und die

Wimpern hatten sich in lebendige, stürmische und unruhige Flammen verwandelt.

Rasmus war gealtert und abgemagert. Seine Nase sprang hervor, die Brauen waren vollständig zusammengewachsen und hingen wie weißes Moos über den Augen. Die Haare schlängelten sich in dreckigen grauen Strähnen unter einem zerknautschten Lederhut hervor und fielen über Rücken und Schultern. Er rauchte eine Pfeife und beobachtete mit zusammengekniffenen Augen die abstürzenden Sterne.

Die Musik schwoll ohrenbetäubend an. Die Skelette fassten sich bei den Händen, tanzten einen wahnsinnigen Reigen um die offenen Gräber, lärmten mit ihren Knochen und lachten sardonisch, während ein ziegenfüßiger Hirte auf seiner Flöte eine immer schneller werdende Melodie spielte. Die Welt erzitterte und schmolz. Dann wurde alles um Lennart herum trübe, die Farben zerflossen und verwandelten sich in graue Klumpen …

Irgendwann wachte Lennart aus Gröngras, auch als Solist bekannt, endgültig auf.

Die Nacht Otygs war vorüber. Der Morgen zog gerade herauf. Der Horizont klarte bereits ein wenig auf, bis Sonnenaufgang blieb weniger als eine Stunde. Der Himmel hatte sich mit tief hängenden Wolken bezogen. Es schneite leicht, Wind ging keiner.

Es war so still, dass Lennart hörte, wie sein Herz so langsam schlug, als hätte es eigentlich gar keine Lust dazu.

Er lag im Schnee, in seinen Umhang gehüllt. Merkwürdigerweise befand er sich nun auf einer Lichtung, die von schweigend aufragenden Tannen umstanden war, irgendwo am Rand Yosterlens. Das war nicht mehr der von allen Göttern verlassene Friedhof mit den geschändeten Gräbern, den alten Espen, den verstreuten Knochen und dem erlöschenden Feuer. Um ihn herum erstreckte sich eine völlig unberührte Schneelandschaft.

Lennart setzte sich auf. Er kniff die Augen zusammen. Nach dem Schlaf war sein Kopf schwer. Er griff nach der Flasche und trank einen Schluck, verzog jedoch sogleich das Gesicht. Das Zeug schmeckte widerlich.

Lennart war nicht so dumm, sich einzureden, er habe *all das* nur geträumt.

Denn das hatte er nicht.

Das stand für ihn außer Frage. Außerdem fehlte sein Schwert. Es hing weder an seinem Gürtel, noch lag es neben ihm. Allerdings entdeckte er auch nirgends ein Pferd. Im Übrigen überwog die Freude, die Nacht Otygs überstanden zu haben. Das konnten nicht viele Menschen von sich behaupten.

Plötzlich wieherte es hinter dem Waldrand leise. Ungläubig drehte Lennart sich um. Svego kam über die Lichtung auf ihn zu. Als er neben ihm stehen blieb, schnaubte er ungeduldig und stieß Wolken heißen Dampfs aus. Lennart zögerte kurz, legte dann aber doch die Hand auf den Hals des Pferdes. Ein warmes, ein lebendes Tier. Ohne Geschwüre oder diese schwarze Kruste am Fell. Rasmus der Köhler hatte sein Versprechen gehalten.

Da sah Lennart, wie im Schnee die Spuren gespaltener Hufe erschienen, immer eine nach der anderen, fast als zöge jemand einen Nebelschleier vor seinen Augen weg. Die Ziege konnte höchstens vor drei oder vier Stunden hier vorbeigekommen sein.

Dieses Wesen des Dunkels hatte ihn tatsächlich nicht getäuscht. Es bestanden gute Aussichten, den flüchtigen Dieb einzuholen, noch ehe dieser die unsichtbare Grenze überschritten hatte und sich in die Berge zurückziehen konnte.

Eilends befestigte Lennart die Skier an der Satteltasche, saß auf und heftete sich dem Nygiren an die Fersen, nunmehr völlig überzeugt, diese Jagd noch heute zu einem guten Abschluss zu bringen.

Yosterlen endete, die stummen Tannen blieben hinter Lennart zurück, und er ritt in eine von Birken bestandene Niederung ein, in der er einem kaum noch auszumachenden Flussbett folgte. Die Gegend kannte er nicht, doch die Abdrücke wiesen ihm den Weg. Die Ziege musste einen unter dem Schnee begrabenen Pfad kennen. Selbstverständlich konnte Lennart dem Dieb nicht hinterhergaloppieren, denn er wollte nicht das Risiko eingehen, dass Svego sich die Beine brach. Trotzdem sorgte er sich nicht darum, abgehängt zu werden. Er wusste, dass er sich schneller vorwärtsbewegte als der seiner Magie beraubte Nygire.

Außerdem verrieten ihm die Spuren, dass die Ziege minütlich schwächer wurde. Sie schleppte sich mehr vorwärts, als dass sie durch den Schnee sprang, und dürfte über kurz oder lang zusammenbrechen.

Die trübe, bleichgraue Sonne kroch so unwillig hinterm Horizont hervor, als zwänge sie jemand dazu. Dann erklomm sie mit sehr langsamen, winzigen Schritten den Himmel. Mittlerweile hatte Lennart das Ödland von Rökwand erreicht, das bereits an die Mäuseberge angrenzte und von Hügeln durchsetzt war. Die Hügel waren nicht sehr hoch, dafür aber umso steiler. Sie lagen weit auseinander und waren mit dürren Heidekrautbüschen bewachsen, die unter dem Schnee kaum noch zu erkennen waren. Die Spuren führten in einem weiten Bogen um die Hügel herum und schlängelten sich zwischen Geröllbergen hindurch, die noch von alten Gletschern stammten.

Selbst nach einer Stunde auf diesem beschwerlichen Weg war Svego noch munter und voller Kraft – fast als hätte man ihn mit Wasser aus der legendären Quelle des Lebens getränkt.

Lennart entdeckte die Ziege hinter einem Basaltblock. Das schwarze Tier mit den spitzen, zu einer Spirale geformten Hörnern war groß, zerzaust, roch leicht nach Moschus und lag auf dem Boden. Der Schnee hatte sein Fell bereits bestäubt, die dunklen runden Augen waren gebrochen. Der Nygire hatte das Tier zu Tode geschunden.

Von dem Kadaver führten Spuren nach Norden. Ihrer Größe nach zu urteilen, konnte der Flüchtling nicht sehr groß sein. Er trat schwer auf, sank tief in den Schnee ein, anscheinend durch das gestohlene Kind eingeschränkt.

Die Hügel wurden immer flacher und bildeten schon bald eine steinige Ebene mit zahllosen gefrorenen Seen. Am Horizont zeichneten sich gleich milchigen Pyramiden die Mäuseberge ab. Lennart richtete sich im Sattel auf und kniff die Augen zusammen. Trotz der nur fahlen Sonne blendete ihn der Schnee, sodass er den dunklen Punkt am Horizont nicht auf Anhieb ausmachen konnte.

Dann aber trieb er Svego mit einem Unheil verkündenden Grinsen an. Plötzlich scheute das Tier jedoch. Irritiert schrie Lennart ihm einen weiteren Befehl zu, hieb ihm die Fersen in die Flanken, doch das Pferd wieherte nur missbilligend und weigerte sich, auch nur einen Schritt weiterzugehen.

Da wirbelte eine Windböe den Schnee auf, der sich als Spirale in die Luft erhob. Als er sich wieder legte, versperrte ein riesiger Mann Lennart den Weg. Er hatte breite Schultern, eine Adlernase, rotes Haar und graue Augen. Und er hielt Lennarts Schwert in der Hand.

Ingolf. Der Mann, den man nicht sterben ließ.

Nun wusste Lennart auch, was der Nygire Rasmus abgekauft hatte. Ingolf würde verhindern, dass er die Verfolgung fortsetzte. Und Lennart hatte nicht einmal ein Schwert. Schicksalsergeben sprang er aus dem Sattel.

Er starrte in die ausdruckslosen Augen, zog die Fäustlinge aus, bis er nur noch mit Fingerhandschuhen dastand, nahm das lange Messer in die rechte Hand, löste mit der linken die Schnalle des schweren Umhangs, streifte ihn ab und raffte ihn zusammen. Auch das könnte als Waffe dienen.

Lennart hatte bereits mehr als einmal an Schlägereien in

Wirtshäusern oder in den engen Gassen Strogmunds teilgenommen, in denen ein Messer häufig mehr wert war als ein Schwert. Hier draußen jedoch sah die Sache anders aus. Deshalb hatte er auch gar nicht die Absicht, einen ehrlichen Kampf auszutragen.

Lennart trat einen Schritt vor, wich jedoch rasch zur Seite aus, als Ingolf ihm das Schwert in den Bauch bohren wollte. Dadurch gelangte er neben seinen Gegner und konnte zweimal mit dem Messer auf ihn einstechen, wobei er zum Ziel die Leber wählte. Flink sprang er gleich danach zurück, um dem nächsten Hieb Ingolfs auszuweichen, den dieser von unten nach oben ausführte.

Obwohl an Lennarts Klinge bereits Blut glitzerte, schien Ingolf durch die Verletzung nicht im Geringsten geschwächt zu sein. Da meinte Lennart, für den Bruchteil einer Sekunde hinter seinem Gegner eine halb durchscheinende Silhouette vorbeihuschen zu sehen, die sich eine Maske aus Birkenrinde vors Gesicht hielt.

Offenbar verhinderte sie den Tod des Unsterblichen. Selbst in einem Duell.

Aus Leibeskräften brüllend, parierte Lennart den nächsten Angriff. Dabei entfernte er sich immer weiter von seinem Pferd, bis er knietief im Schnee stand und sich kaum noch zu bewegen vermochte. Ingolf ging es freilich nicht besser. Trotzdem musste Lennart dreimal das Schwert seines Gegners abwehren, während er Ingolf vergeblich den Umhang über den Kopf zu werfen versuchte.

Der Unsterbliche sagte kein einziges Wort, in seinem kalten, steinernen Gesicht spiegelte sich nicht eine einzige Regung. Mit letzter Kraft und fürchterlich schnaufend gelang es Lennart, sich wieder aus dem Schnee herauszuarbeiten. Dabei musste er in einem fort die Schwertschläge mit seinem kümmerlichen Messer parieren.

Doch dann schaffte Lennart es, den Umhang so um Ingolfs Beine zu werfen, dass dieser zu straucheln begann. Als der

Solist ihn zu sich herzog, verlor Ingolf das Gleichgewicht. Sofort sprang Lennart auf ihn zu, fing den Schwertarm geschickt ab, stach mit dem Messer fest in die Achsel und unters Brustbein, drehte die Klinge hin und her, warf sich mit seinem ganzen Körpergewicht auf seinen Gegner und begrub ihn unter sich.

Endlich öffnete Ingolf die Hand, sodass ihm das Schwert entglitt. Beide Männer rollten über den Schnee. Dabei traktierte Lennart den Unsterblichen unablässig mit dem Messer, bis dieser blutüberströmt war, doch sterben wollte er noch immer nicht. Denn das vereitelte nach wie vor der Verfemte Jäger.

Schließlich versetzte Lennart Ingolf mit letzter Kraft einen kräftigen Fausthieb und sackte erschöpft in den Schnee. Dabei stieß er so hart mit dem Kinn auf, dass ihm schwarz vor Augen wurde. Das von Blut glitschige Messer rutschte ihm aus der Hand. Gerade als er es im Schnee ertastete, hatte auch Ingolf sein Schwert zurückerobert. Nun kam er auf Lennart zu, bereit, ihn zu töten.

Doch da sah Lennart, wie der Mann mit der Birkenmaske jäh von Ingolf zurückwich und verschwand. Ingolf erschauderte und blickte noch einmal ungläubig über die Schulter zurück, ehe er zu schwarzer Asche zerfiel, die der Wind sofort erfasste, hochwirbelte und über die schneebedeckte Ebene davontrug.

Ingolf hatte seine Schuld beglichen und durfte sterben. Das hieß aber auch, dass der Nygire sein Ziel erreicht hatte. Lennart aus Gröngras stemmte sich mühevoll hoch auf die Knie und fuhr mit der Zunge über seine gesprungenen Lippen. Er hatte dieses Spiel verloren. Wut empfand er deswegen keine, nur Mitleid mit dem Kind, das er nicht hatte retten können.

Er nahm das Messer an sich, hob den Umhang auf, schüttelte den Schnee ab und warf ihn sich über die Schultern. Dann steckte er die blutgetränkten Fingerhandschuhe in die Satteltasche und streifte sich die Fäustlinge wieder über.

Als er im Sattel saß, blickte er ein letztes Mal nach Norden, dorthin, wo die Mäuseberge anfingen. Ungläubig runzelte er die Stirn.

Der dunkle Punkt auf dem weißen Feld hatte die rettende Grenze noch nicht erreicht. Mit pochendem Herzen trieb Lennart das Pferd vorwärts, zwang es, vom Schritt in Trab zu fallen, auch wenn damit die Gefahr drohte, dass Svego sich die Beine brach. Die Berge schienen ganz langsam näher zu rücken, als wollten sie sich über ihn lustig machen, doch er ließ den schwarzen Fleck auf dem weißen Grund nicht aus den Augen. Und dann bewegte der Nygire sich nicht mehr.

Den nicht enden wollenden, herzzerreißenden Schrei des Kindes hörte Lennart schon lange, bevor er sein Ziel erreichte. Zwanzig Schritt vor dem im Schnee ruhenden Körper zügelte er Svego, saß ab und zog im Gehen sein Messer. Das Kind schrie unablässig. Der Nygire rührte sich nicht.

Lennart ging in die Hocke und schielte zu dem schreienden Bündel, steckte das Messer aber nicht weg. Vorsichtig schob er die Kapuze zurück, die das Gesicht des Diebs bedeckte.

Eine Frau!

Das schwarze Ornament der Tätowierung auf der Stirn und in den eingefallenen Wangen hatte ihr erstarrtes, ruhiges Gesicht nicht entstellen können. Die Augen waren geschlossen, als schliefe sie. Mit der bloßen Hand berührte er vorsichtig ihre flauschige Wange. Sie war noch warm. Lennart hatte den Dieb am Ende doch besiegt, diese schier endlose Hatz in den letzten beiden Tagen hatte ihn nun das Leben gekostet. Aber aus irgendeinem Grund konnte Lennart sich nicht darüber freuen, dass er diese zermürbende Verfolgungsjagd gewonnen hatte.

Er bedeckte das Gesicht der toten Frau wieder und nahm das brüllende Fellbündel unbeholfen in die Hände. Vorsichtig wiegte er es. Erstaunlicherweise beruhigte es sich dabei und stimmte sogar ein zufriedenes Gebrabbel an.

Das Herz stockte Lennart und schien in einen eisigen Abgrund hinabzurutschen.

Er versuchte, das Zittern an seinen Fingern zu verscheuchen, als er die erste Schicht von zahllosen Decken lüftete. Eichhörnchenohren mit buschigen Pinseln und Augen mit dem Blau des tausendjährigen Eises von Graiswarangen. Dieser Anblick raubte ihm selbst zum Fluchen die Kraft.

Der Stadtvorsteher von Goens hatte nicht gelogen. Aber auch nicht ganz die Wahrheit gesagt.

Ja, der Dieb hatte ein Kind gestohlen. Nur war es sein eigenes Kind. Wie dieser Winzling in die Hände von Menschen und damit in die Menagerie des Königs geraten war, spielte dabei gar keine Rolle. Der Fehler ließ sich nicht wiedergutmachen, selbst wenn er nach Goens ginge und aus demjenigen, der ihn angeheuert hatte, die Wahrheit herausprügelte.

Vielleicht würde er das sogar machen. Später. Wenn er je zurückkehren würde.

Denn zunächst galt es, einen anderen Fehler zu bereinigen.

Lennart aus Gröngras, auch als Solist bekannt, stieg in den Sattel und hielt das ruhige Bündel behutsam mit beiden Händen fest, als er auf die Mäuseberge zuritt.

DER LEUCHTTURM

Eins, zwei, drei – brenn, mein Lämpchen, brenn!
Und aller Welt bekenn',
Vier, fünf, sechs, dass in der Nacht
Der alte Mizlaw seine Runde macht.
Der heut' schied aus dieser Welt
Und nach dir nun Ausschau hält!

Abzählvers der Kinder aus dem Herzogtum Lethos

Regen trommelte auf das Dach. Wind pfiff und trachtete, die schweren Fensterläden aus den Angeln zu heben, um unter dem wütenden Geheul des tosenden Meeres in das Haus einzudringen.

Die junge Scheron hielt beim Abtrocknen des gerade abgespülten Tellers inne, neigte den Kopf und lauschte auf das Unwetter. Einmal mehr dankte sie den Sechs Göttern dafür, dass die Stadt zwar am Meer, aber nicht unmittelbar am Ufer lag. Denn vor ihrem inneren Auge sah sie genau, was an einem Abend wie diesem dort vor sich ging.

Wie riesige bleigraue Wellen in hoher Front über die breite Bucht herfielen und gleich einer Herde jener Dämonen, die man als Schahuter kannte, landeinwärts auf die Stadt zuschossen. Diese Wellen gierten nach den am Ortsrand in ihren Häusern schlafenden Menschen, um sie mit sich in das eisige Meer zu schleifen. Dort wollten sie die Städter den Kraken weihen, sie den Meeresbewohnern, den Uynen, ebenso wie ertrunkenen Fischern überlassen, auf dass diese sich an ihnen labten. Einzig jene steinernen Hauer, die in den ersten Jahrhunderten nach der großen Katastrophe errichtet worden waren, vermochten die Wellen zu brechen und die Stadt gegen das gefährlich nahe, gegen das irrsinnige Meer zu schützen. Magier der Vergangenheit hatten ihnen diese Steinschöpfungen hinterlassen, die den krachenden Wellen ihre grausame Kraft nahmen und sie auseinandersprengten wie ein übermächtiger Gegner ein Heer von Soldaten. In ihrer Wut spuckten die Wellen dann stets wild mit Schaum und kalter Gischt um sich, ertränkten sie alles, dessen sie habhaft werden konnten, und zogen sich unter wütendem Heulen ins offene Meer zurück, dies freilich nur um sich neu zu formieren und kurz darauf abermals ohne jedes Erbarmen, ohne jede Müdigkeit anzugreifen.

Allein der Gedanke an das wütende Meer ließ Scheron erschaudern. Sie stellte den Teller in den Schrank, schnappte sich vom Stuhl ein warmes Tuch aus Schafswolle und wickelte es sich um die Schultern. Da aus dem auf dem Herd stehenden Kessel bereits Dampf aufwölkte, nahm Scheron ihn rasch vom Feuer. In einem blechernen Krug warteten schon zerstoßene Alantewurzeln darauf, mit heißem Wasser übergossen zu werden. Im Nu breitete sich im Raum der bittere Geruch des Heiltrunks aus. Die alte Auscha würde das heiße Getränk in einer Nacht wie dieser brauchen.

Der Wind peitschte abermals auf das Haus ein, verzweifelt und wütend wie ein harpunierter Schwertwal. Die Fensterläden erzitterten bei jedem Schlag. Scheron lauschte angespannt auf jedes Geräusch, doch im Zimmer oben blieb alles ruhig. Die kleine Naily weinte nicht.

Daraufhin setzte sich Scheron mit einem Buch an den nicht sonderlich großen Tisch und überließ sich der Lektüre. Sie las für ihr Leben gern, weshalb sie häufig alte Folianten von Joseph, ihrem einstigen Lehrer, entlieh. Das neue Werk erwies sich indes als höchst anspruchsvoll, sodass sie einige Absätze wieder und wieder studieren musste, um die Wortklaubereien des Textes zu verstehen.

Obendrein wollte es ihr an diesem Abend nicht gelingen, sich zu konzentrieren. Immer wieder kehrten ihre Gedanken zu dem Mann zurück, der ans Ufer gespült worden war und nun in Irmas Haus schlief, geborgen unter Wolldecken. Gleichwohl ließ ihn der Schiffbruch selbst jetzt noch zittern. Dabei war er doch eigentlich ein Glückspilz, denn er hatte überlebt, ganz im Unterschied zu Dimiter, den ihr das Meer für immer genommen hatte.

Vor Kurzem war Scheron fünfundzwanzig Jahre alt geworden, doch sah sie noch jünger aus. Möglicherweise lag das an ihrer geringen Größe und ihrer schmalen Figur, möglicherweise aber auch an dem kurz geschnittenen dunkelblonden Haar, das ihr etwas Knabenhaftes verlieh. Die großen hellgrauen Augen, das spitze Kinn und die Stupsnase verstärkten diesen Eindruck noch. Ein Blick auf ihre Lippen genügte indes, um unmissverständlich zu begreifen, dass eine Frau vor einem stand, so prachtvoll und weiblich waren sie.

Der fauchende Wind riss Scheron ein weiteres Mal aus ihrer Lektüre. Damit verlor sie erneut den Faden. Verärgert runzelte sie die Stirn, sodass sich eine steile Falte darauf bildete, blätterte eine Seite zurück und machte sich von Neuem an den letzten Absatz.

Mit einem Mal knarrten die Stufen. Die alte Auscha kam mit schwerem Geschnaufe herunter. Als sie Scherons fragenden Blick auffing, verzog sie ihren zahnlosen Mund zu einem Lächeln.

»Sie schläft, die Sechs seien gepriesen«, flüsterte Auscha. »Ich dachte schon, ich müsste die ganze Nacht mein Wiegenlied summen.«

Scheron nickte ihr dankbar zu, stand auf und reichte der Alten den Krug mit dem Kräuteraufguss. Diese hustete, setzte sich in ihren geliebten Korbsessel und nippte an dem Sud, wobei der bittere Geschmack sie zuweilen das Gesicht verziehen ließ. Auscha hing schweigend ihren Gedanken nach, Scheron nahm ihre Lektüre wieder auf, doch beide lauschten auf den Wind und das Meer, erleichtert darüber, dass solide Wände sie vor dem schrecklichen Unwetter schützten.

»Es geht ihr bereits besser«, brachte Auscha schließlich heraus, nachdem sie den leeren Krug auf den Tisch gestellt hatte. »Einige Kinder sind unausstehlich, wenn sie krank sind. Du gehörtest zum Beispiel auch dazu.«

Scheron lächelte daraufhin nur, ohne den Blick von den Seiten zu lösen.

»Du solltest jetzt besser auch schlafen, mein Mädchen«, ermahnte Auscha sie. »Ich möchte lieber gar nicht erst wissen, wann du das letzte Mal ein Auge zugemacht hast.«

Nach diesen Worten erlitt die Frau einen weiteren Hustenanfall. Ein beängstigendes Röcheln entrang sich ihrer Brust. Scheron legte das Buch sofort zur Seite und eilte auf Auscha zu, doch der Anfall verklang so rasch wieder, wie er die alte Kinderfrau befallen hatte.

»Um mich brauchst du dir nun wahrlich keine Sorgen zu machen«, grummelte Auscha und blickte mit trüben Augen ins Feuer, das im Herd tanzte. Sie wirkte so alt wie die Stadt, in der sie ihr ganzes Leben zugebracht hatte. »Gib mir eine Minute, dann hat sich in meiner Brust wieder alles beruhigt.«

»Dein Husten gefällt mir nicht«, entgegnete Scheron. »Du hättest in der letzten Woche auf gar keinen Fall zum Markt fahren dürfen. Wir hätten mit dem Kauf der Wolle schließlich noch warten können. Damals musst du dir diese Erkältung zugezogen haben.«

Auscha lächelte bloß und hob die Hände, als wollte sie von vornherein die Waffen strecken.

»Wenn du mich nicht mehr brauchst, würde ich gern zu Bett gehen«, sagte die Alte und erhob sich mühevoll. »Ich bin müde.«

Unverzüglich sprang Scheron auf, stützte Auscha am Unterarm und brachte sie zu ihrem Zimmer.

»Möge kein einziges blaues Licht aufflammen, mein Kind.«

»Und du schlafe wohl, Auscha.«

Sobald Auscha ihr Zimmer betreten hatte, verschloss Scheron es mit dem kunstvoll gearbeiteten Schlüssel, legte einen Riegel vor und hing eine Kette mit dem Zeichen der Sechs Götter an die Klinke. Jeden Abend empfand sie deswegen brennende Scham, doch eine andere Möglichkeit gab es nicht.

Denn Auscha zählte bereits neunzig Winter, ihr Leben neigte sich seinem Ende zu. Wenn sie jene Schwelle überschritt, von der es kein Zurück gab, würde Scheron das nie verkraften, sah sie in der alten Kinderfrau doch längst ein Mitglied ihrer Familie. Sollte Auscha ihren letzten Weg jedoch in einer Nacht wie dieser antreten, sollte sie sich in eine Verirrte Seele verwandeln, dann konnte selbst die gutmütige Alte zu einer Gefahr werden. Und Scheron würde kein Risiko eingehen, nicht jetzt, da Naily im Haus war; schließlich war dieses Mädchen das Einzige, was ihr von Dimiter geblieben war. Deshalb würde sie Auscha weiter bis zum Morgengrauen einsperren.

Trotz ihrer Müdigkeit sollte Scheron jedoch keinen Schlaf finden, eine Folge ihrer jahrelangen Arbeit als Kämpferin gegen Verirrte Seelen. Viele ihrer Zunft versuchten daher, bei Tage den fehlenden Nachtschlaf nachzuholen.

»Vor mir liegt ja eine ganze Woche«, murmelte Scheron, während sie sich in dem alten Spiegel betrachtete, den ihr Vater von seiner einzigen Reise ins Herzogtum Varen mitgebracht hatte. »Da werde ich sicher noch wie alle Menschen nachts zu meinem Schlaf kommen.«

Von diesem Abend an sollten nämlich Joseph und Clara eine Woche lang Dienst haben. Scheron beneidete sie nicht darum. Bei diesem Wetter bedeutete es wahrlich keine Freude, das Haus zu verlassen. Sie konnte nur hoffen, dass die Sechs Erbarmen mit ihnen hätten und nirgendwo in der halb verlassenen Stadt ein blaues Licht auflodern würde.

Sie hing noch kurz ihren Gedanken nach, dann nahm sie

ihre Lektüre wieder auf. Die dicke gelbe Kerze auf dem Tisch brannte langsam herunter, die Fensterläden klapperten, sie blätterte Seite um Seite um. Vertieft, wie sie war, begriff sie nicht gleich, dass es an der Tür klopfte, sondern meinte zunächst, der Wind wolle sie aus dem Haus locken, damit er endlich zu dem Vergnügen kam, ihr Regen ins Gesicht zu spucken. Als jedoch der Türklopfer zehnmal hintereinander betätigt wurde, sprang Scheron auf. Beinah in derselben Sekunde fing auch Naily an zu schreien.

Sie stieß einen unterdrückten Fluch aus, der den Verirrten Seelen dieser Welt ebenso galt wie allen, die bei diesem Wetter nicht zu Hause blieben, und eilte zur Tür.

»Anständige Menschen sitzen bei einem solchen Wetter zu Hause!«, rief sie.

»Scheron!«, vernahm sie daraufhin die Stimme eines Mannes. »Mach auf! Ich bin's, Wozlaw!«

Mit einiger Anstrengung legte sie den schweren Riegel zurück. Der Wind, der das Haus umgehend eroberte, schien ihr bis auf die Knochen zu dringen. In seinem Schlepptau schmuggelte er feuchte Kälte und den bitteren Geruch des Meeres ein. Kaum ins Zimmer eingebrochen, fiel er über die Kerze her, um sie zu löschen, und erschreckte die Flammen im Herd.

Trotz der Kapuzen und der unförmigen feuchten Umhänge erkannte Scheron die drei Männer auf Anhieb: der Bauer Wozlaw, der Bootsmann Myk und der Fischer Jun. Sie patrouillierten heute Nacht durch die Straßen, um nach Laternen mit einem blauen Licht Ausschau zu halten.

»Ein Unglück ist geschehen, Scher! Im Haus des Leuchtturmwärters hat es einen Toten gegeben!«, keuchte Jun, der vor der Tür von einem Fuß auf den anderen tippelte und es nicht wagte, das Haus zu betreten.

»Kommt rein! Rasch!«

Sie ließ die drei Männer ein und schloss die Tür wieder, dabei mühevoll gegen den Wind ankämpfend.

»Wann ist es geschehen?«, fragte sie, während sie sich einige Regentropfen von der Stirn wischte.

»Das wissen wir nicht«, erwiderte Wozlaw, dessen volles Gesicht kreidebleich war. »Wir sind sofort zu dir geeilt, als wir an Uwes Tür die blaue Laterne gesehen haben.«

Scheron presste verärgert die Lippen aufeinander. Die drei hatten das Haus also nicht betreten. Das bedeutete, dass es dort mittlerweile womöglich nicht nur eine, sondern zwei Verirrte Seelen gab, Uwe und seine Frau Nora. Verflucht! Was hatten sie sich bloß dabei gedacht?! Jun vergab sie diese verhängnisvolle Unterlassung noch, denn er lief erst seit Kurzem Patrouille. Aber Myk und Wozlaw waren doch alte Hasen in diesem Metier.

Nun kamen ihr jedoch alle drei Männer hilflos und verängstigt vor. Regen tropfte von ihren Segeltuchumhängen und tränkte den fadenscheinigen Teppich.

»Warum seid ihr nicht auf der Stelle zu Joseph oder Clara geeilt?«, fragte sie in barschem Ton. »Sie haben heute Nacht Dienst!«

Oben weinte Naily in einem fort.

Ein Unglück kommt wirklich selten allein!, dachte Scheron. Mögen mir die Sechs beistehen!

»Joseph ist vor einer Stunde ins Dorf Lida gerufen worden, dort ist der Kürschner gestorben. Und Clara ist am anderen Ende der Stadt, weil ein Gefängnisinsasse den Verstand verloren hat und nun droht, sich umzubringen.«

»Was ist mit Kriza?«

»Sie wurde zum Bürgermeister gerufen, da dieser wieder unter Nierenkoliken leidet.«

»Dann müsst ihr zu Niklas oder Mateusz gehen! Ich habe auf ein kleines Kind aufzupassen und kann nicht mit euch kommen!«

»Scheron, du wohnst näher als alle anderen am Leuchtturm«, sagte Myk. »Wir bräuchten zu lange, um Niklas oder Mateusz aufzusuchen …«

Obwohl der Bootsmann zwei Köpfe größer als Scheron war, fühlte er sich in Gegenwart der jungen Frau stets verlegen. Allein in seinem Kahn auf das vom Sturm gepeitschte Meer hinauszufahren erschien ihm ungleich einfacher, als ein Gespräch mit Scheron zu führen. Das lag keineswegs an ihrer Gabe, sondern daran, dass er Gefallen an der Frau gefunden hatte, dabei allerdings nie den Mut aufbrachte, ihr das einzugestehen.

»Kommst du nun mit?«, fragte er noch einmal, und in seiner Stimme lag ein flehender Unterton. »Gehst du in Uwes Haus?«

Sie bedachte die blassen Gesichter mit einem mürrischen Blick. Wie eine kleine Rohrkatze vor drei mit dem Salz des Meeres bestäubten Hunden.

»Verflucht! Warum musste das ausgerechnet heute Nacht geschehen?!«, stieß sie aus. »Wartet hier!«

Sie eilte nach oben und schloss Auschas Tür auf.

»Was ist, mein Kind?«, fragte die alte Kinderfrau.

»In Uwes Haus hat es ein Unglück gegeben«, teilte Scheron ihr mit. »Ich muss dorthin und mich um eine Verirrte Seele kümmern. Beunruhige dich jedoch nicht, in einer Stunde bin ich wieder da. Und Jun wird hier bei Naily bleiben.«

»Gib mir nur gut auf dich acht, mein Kind.«

Daraufhin schloss Scheron die Alte wieder ein, eilte zu Nailys Zimmer und beugte sich über das Bett des Kindes.

»Weine nicht, Naily«, flüsterte sie. »Ich bin ja da.«

Sobald das Mädchen Scherons Gesicht sah, beruhigte es sich. Scheron stimmte ein Wiegenlied an und verließ den Raum erst, als die Kleine eingeschlafen war.

Sie zog sich einen warmen Pullover an, nahm ihre Tasche aus derbem Leder vom Regal, die dort stets gepackt bereitlag, eben für Notfälle dieser Art. Dann kehrte sie nach unten zurück, wo die Männer schon ungeduldig auf sie warteten, und nahm ihren purpurfarbenen Umhang vom Haken.

»Jun«, wandte sie sich an den Fischer. »Du bleibst hier. Auf dem Herd steht heißes Wasser, auf dem Tisch noch etwas Essen. Lass Auscha auf keinen Fall aus ihrem Zimmer. Mach keinen Lärm, denn Naily schläft. Wenn sie zu weinen anfängt, musst du dich um sie kümmern.«

Jun setzte eine mürrische Miene auf, denn er hatte keine Vorstellung, wie er mit einem weinenden Kind umgehen sollte, nickte jedoch.

»Warte hier auf meine Rückkehr!«, schärfte Scheron ihm ein.

Erneut nickte Jun.

Nun schob sich Scheron die Kapuze über den Kopf.

»Sperre die Tür ab und öffne sie erst, wenn ich klopfe! Ich verlasse mich auf dich. Die Sechs mögen mir gnädig sein und dafür Sorge tragen, dass ich bald wieder hier bin.« Dann wandte sie sich an die beiden anderen Männer: »Gehen wir!«

Die alte, von allen Göttern vergessene Stadt fristete ein schweres Dasein. Zurzeit herrschten in ihr Wind und Regen, die beiden unangenehmsten Begleiter des nahenden Herbstes, die jahrein, jahraus über das Herzogtum Lethos herfielen. Sie dürsteten danach, die Felsen zu verschlingen, die Erde zu schlucken und die Bucht zu fluten, damit selbst die karge Erinnerung an diese Gegend noch getilgt wurde.

Scheron hasste die Nacht, wie nur jemand sie zu hassen vermochte, der all ihre grausamen Geheimnisse kannte. Sobald die Dunkelheit hereinbrach, verließ sie ihr Haus deshalb nur ungern. Tat sie dies dennoch, dann einzig aus Pflichtgefühl, das in ihr noch stärker ausgeprägt war als jeder Wunsch nach Heimeligkeit.

Von ihrer Arbeit hing das Leben aller Menschen in dieser Stadt ab. Von ihr hingen das Leben und der Tod von ganz Lethos ab, das die anderen Herzogtümer so fürchteten und hassten, das sie sich lieber nicht in Erinnerung riefen. Eben deshalb machte sie sich nun einmal mehr auf den Weg, die Stadt zu retten.

Die Fenster der Häuser, an denen Scheron und die beiden Männer vorbeikamen, waren mit schweren Läden verschlossen, die soliden Türen schienen uneinnehmbare Felsen. Einzig die Laternen, die über jeder Tür im Wind schwankten, durchbrachen die tiefschwarze Finsternis mit trübem Licht, glichen gespenstischen Leuchttürmen in diesen vom Regen belagerten Straßen.

Von Scherons Umhang tropfte es unablässig. Der Wind wollte ihr mit aller Kraft die Kapuze vom Kopf zerren. In der Dunkelheit übersah sie eine Pfütze, sodass sich unverzüglich Wasser den Stoff ihres langen schwarzen Rockes hochfraß. Obwohl sie das Kleidungsstück bereits ausgewrungen hatte, klebte es mit beißender Kälte an ihren Fesseln und schränkte jede ihrer Bewegungen ein. Einmal mehr wanderten Scherons Gedanken zu jenem Mann zurück, der heute bei den Haifischzähnen ans Ufer gespült worden war. Wie viel Glück er doch gehabt hatte …

Unterdessen hatten sie eine Straße erreicht, in der die Hälfte der Häuser seit Jahrzehnten leer stand. Die Menschen verließen Nimadh, zogen nach Süden, nach Aranth, in die Hauptstadt Lethos', sodass hier immer mehr Viertel verlassen zurückblieben.

An der Kreuzung mit der alten Säule – eines jener Zeugnisse, die von Lethos' großer Vergangenheit kündeten – rutschte Scheron aus. Wäre da nicht der starke Arm Myks gewesen, der sie rechtzeitig packte, wäre sie auf dem schlammigen Untergrund, den als Straße zu bezeichnen sich jedermann weigerte, ohne Frage hingefallen.

Der unablässige Regen flutete die Straßen, drang in Scherons Halbstiefel und ließ ihre Zehen vor Kälte fast erstarren. Dann strömte das Wasser Richtung Meer, um sich mit ihm zu verbinden. In der Kälte wich jedes Gefühl aus Scherons Händen. Vor dem Wind, der sie von den Füßen zu reißen drohte, suchte sie hinter dem breiten Rücken Wozlaws Schutz, dem sie dicht auf den Fersen blieb. Myk bildete den

Abschluss ihrer kleinen Prozession. Wenn er mitunter besonders eng zu ihr aufschloss, hörte sie seinen schweren Atem.

Am Marktplatz hielten sie, fest an die ihn umgebende, halb zerstörte Mauer geschmiegt, inne, um Atem zu schöpfen. Im Sommer wurden hier Schafswolle und Goldperlen an Händler aus Varen verkauft, die über das Meer zu ihnen kamen.

Scheron lauschte auf das Tosen des Meeres. Obgleich ihr dieses Heulen von klein auf bekannt war, hatte sie sich selbst heute noch nicht daran gewöhnt. Ihre Bücher wussten noch von einem Meer im Süden zu berichten, das völlig anders sein sollte, ruhig, glatt, zärtlich, glasklar und unendlich schön. Nur zu gern hätte Scheron an dieses Meer geglaubt oder es einmal mit eigenen Augen gesehen. Nachts träumte sie von diesem azurblauen Meer in Solana oder Iryastha. Bei Tage lösten sich all die angenehmen Traumempfindungen indes in nichts auf, denn am Ufer von Nimadh tobte fast das ganze Jahr hindurch ein wildes Tier.

»Lasst uns weitergehen«, verlangte Scheron und berührte kurz Wozlaws Arm. »Ich bin nicht müde.«

Der Mann nickte mit finsterer Miene, seufzte schwer und trat dem heulenden Wind wieder entgegen.

Sie durchquerten die nächste Straße, die mit zersprungenen Steinplatten ausgelegt war. Einst hatte sie zur Straße der Könige gehört, die sich durch das gesamte Geeinte Königreich zog, von der nördlichen Landzunge in Lethos bis nach Muth, das zu jener Zeit Teil des Festlands gewesen war. Nach zehn Minuten hatten sie die letzten vereinzelten Häuser am Stadtrand hinter sich gelassen. Heidekrautfelder, die dem Wüten des Windes preisgegeben waren, erstreckten sich vor ihnen. In dieser Gegend hatte Scheron auch jenen Schiffbrüchigen entdeckt.

Ein Blitz zuckte durch die Luft, erhellte in dem regnerischen Dunkel die Mauer des Friedhofs linker Hand. Die Umfriedung bestand aus den Überresten alter Gebäude. Die

Skulpturen und Grabplatten mit den kaum noch lesbaren Inschriften waren von grauen Flechten überzogen.

In ihrer Kindheit hatte sich Scheron vor diesem Friedhof gefürchtet, doch sobald sie herangereift war, hatte sie begriffen, dass diese Ängste unsinnig waren, ebenso grundlos wie die Hoffnung der Fischer, zu Frühlingsbeginn in den Netzen Fische zu fangen. Wer bei Tage starb, fand seinen Weg in die andere Welt ohne Mühe und hatte keinen Grund, den Lebenden Böses zu wollen. Es waren einzig die Verirrten Seelen, die ihren Weg in die andere Welt verfehlten und deswegen Menschen töteten, aus Neid, weil diese immer noch atmeten, liebten und lebten.

Zwischen der Stadt und dem Leuchtturm erhob sich ein ebenfalls mit Heidekraut bewachsener Hügel. Ihn mussten sie noch hinter sich bringen, um zum Haus des Leuchtturmwärters zu gelangen. Ein steiniger Pfad zog sich den Hügel hinauf. Zumindest war es vor Beginn des Unwetters so gewesen. Inzwischen wartete jedoch eine schlammige Schneise auf sie, weshalb es ebenso schwer war, diesen Hügel zu erklimmen, wie eine Festung im Bergigen Herzogtum einzunehmen.

Irgendwann gab der Wind seine erbitterten Versuche auf, Scheron den purpurfarbenen Umhang vom Körper zu reißen, und zog sich zurück, freilich nur, um sie sogleich so heftig von hinten zu stoßen, dass sie beinah gestürzt wäre. Dann hätte der Wind sie sicher voller Freude den Hang hinuntergetrieben. Doch obwohl Scheron ins Schwanken geriet, konnte sie sich auf den Beinen halten.

Nach der Hälfte des Weges hob Scheron den Blick. Die Finsternis durchzog ein bläuliches Licht, das der Leuchtturm aussandte. Sie stieß einen lautlosen Fluch aus. Also nicht nur Uwes Haus, sondern auch noch der Leuchtturm … Energisch stapfte sie weiter, sich innerlich dafür scheltend, den Wanderstab nicht mitgenommen zu haben.

Jeder in Lethos wusste, dass eine Flamme ihre Farbe veränderte, sobald eine Verirrte Seele in ihrer Nähe auftauchte.

Dann wich das warme gelbe Licht kaltem blauem. Dabei spielte es keine Rolle, ob es sich um ein Herdfeuer, eine Laterne oder einen Leuchtturm handelte.

Dieses Mal lag das grauenvolle Licht über dem ganzen Küstenstreifen. Die Wellen, die steinige Landzunge, die Haifischzähne, Uwes Haus, das Heidekraut und ihrer aller Gesichter zeigten einen unwirklichen Farbton. Dieser Anblick ließ selbst Scheron kurz erstarren.

Abermals zuckte ein Blitz. Scheron meinte, in seinem Licht eine Frau gesehen zu haben, die am Ufer entlangging, doch das musste sie sich eingebildet haben. Hier war niemand. Die Menschen hatten sich in ihren Häusern verkrochen.

»Bist du in Ordnung?«, fragte Wozlaw sie.

»Ich habe nicht angenommen, dass uns ein solches Grauen erwartet!«, antwortete Scheron und wandte sich dann an Myk. »Geh zurück! Suche Mateusz und Niklas! Am besten wäre natürlich Joseph! Ich brauche vermutlich Hilfe!«

In seinem kobaltblauen Gesicht mit den tief liegenden Augen rührte sich nicht ein Muskel. Ohne ein einziges Wort zu sagen, eilte Myk davon. Das an den Schlund eines Wals gemahnende Dunkel verschluckte ihn im Nu. Scheron und Wozlaw machten sich daraufhin an den Abstieg. Die junge Frau geriet immer wieder ins Schlittern, weshalb sie die Arme ausbreitete, um nicht zu fallen.

Die Natur wütete unermüdlich weiter. Der Wind hämmerte förmlich gegen die Felsen, die Uynen stimmten in sein Geheul ein. Scheron mied jeden Blick auf die tosenden Wellen. Das ergrimmte Meer jagte selbst denjenigen einen Schrecken ein, die das ganze Leben Seite an Seite mit ihm gelebt hatten.

Das Ziel von Wozlaw und Scheron war die hohe steinerne Landzunge, die weit ins Meer hineinragte, oder vielmehr das Haus neben dem Leuchtturm, in dem Uwe wohnte. Da Scheron den Blick fest auf den Boden vor sich gerichtet hielt, um auf den glitschigen Steinen nicht auszurutschen, bemerkte sie gar nicht, wie sie den von Meistern des Geeinten Königreichs aus rötlichem Stein geschaffenen Leuchtturm erreichten. Dann jedoch berührte sie voller Erleichterung den rauen, nassen und eisigen Turm.

Obwohl Uwes Haus bereits vor etwa fünfzig Jahren an den Leuchtturm angebaut worden war, hatte Scheron es bisher noch niemals betreten. Daher kannte sie dessen Grundriss nicht, was ihre Arbeit, die Verirrte Seele aufzuspüren, beträchtlich erschweren würde. Das Einzige, was Scheron wusste, war, dass es eine Verbindung zum Leuchtturm gab.

Im Stall blökten in einem fort die Schafe. Diesen Lärm konnte nicht einmal das Gewitter übertönen. Im Unterschied zu Menschen brauchten Tiere keine blaue Flamme, um zu wissen, dass in ihrer Nähe eine Gefahr lauerte.

Die Tür von Uwes Haus war, wie Scheron vermutet hatte, verriegelt. Dagegen hatte sich der Leuchtturmwärter auch heute nicht die Mühe gemacht, die Fensterläden zu schließen, obgleich Joseph ihm immer wieder gesagt hatte, dass diese Sorglosigkeit ihn eines Tages teuer zu stehen kommen könnte. In diesem Fall war Scheron dem Schicksal für die Nachlässigkeit Uwes jedoch dankbar.

»Wir müssen die Scheibe einschlagen!«, sagte sie zu Wozlaw.

Daraufhin hielten sie nach einem geeigneten Fenster Ausschau. Schließlich fanden sie eines, das in Höhe von Wozlaws Schultern lag. Der Mann zog eine kurze Keule unter seinem Umhang hervor und zerschlug mit einem einzigen kräftigen Hieb das Glas. Anschließend säuberte er den Rahmen von den noch drinsteckenden Scherben.

»Im Erdgeschoss liegen fünf Zimmer, außerdem gibt es dort einen Zugang zum Keller«, teilte er Scheron danach mit. »Dann sind da noch ein Lager und der Gang zum Leuchtturm. Im ersten Stock gibt es vier Zimmer und den Zugang zum Dachboden.«

»Warte hier«, sagte Scheron, nachdem sie ihm dankbar zugenickt hatte. »Was auch immer geschieht, betritt das Haus auf keinen Fall, solange die Laterne noch blau leuchtet! Wenn ich in einer halben Stunde nicht zurück bin, bring dich auf dem Hügel in Sicherheit! Warte dort auf Myk!«

Obwohl Wozlaw ihr bedeutete, dass er alles verstanden hatte, packte Scheron ihn nun am Arm, um sich seine ungeteilte Aufmerksamkeit zu sichern.

»Wenn du siehst, dass ich aus dem Haus komme, die Laterne aber trotzdem noch blau brennt, lauf weg!«, schärfte sie ihm ein. »Und sieh dich dann auf keinen Fall noch einmal um!«

»Das weiß ich doch. Ich habe ja nicht zum ersten Mal mit einer Verirrten Seele zu tun!«

Wenn ein Mensch bei Nacht starb, war die Verirrte Seele noch an den Ort des Todes gebunden. Schon in der nächsten Nacht durfte sie jedoch frei umherstreifen und Unheil verbreiten. Deshalb zählte jede Minute. Denn sobald man der Verirrten Seele den Weg in die jenseitige Sphäre zeigte, verschwand sie aus dieser Welt. Fand sie jedoch ein Opfer und tötete es, verwandelte sich auch dieses in ihresgleichen.

»Viel Glück, Scheron!«, wünschte Wozlaw noch und wischte sich mit der Hand das feuchte, besorgte Gesicht ab. »Gib auf dich acht!«

Scheron bedachte den Mann, der einst mit ihrem Vater befreundet gewesen war, mit einem letzten Lächeln. Dann packte Wozlaw sie bei der Taille und hob sie so mühelos an, als wöge sie nicht mehr als eine Feder. Scheron, die geschmeidig wie eine Katze war, schlüpfte durchs Fenster ins Haus. Auf dem Fußboden lagen Scherben, die anfangs bei jedem Schritt knirschten. Sie dachte noch einmal an Naily, Dimiters Kind, für das nun sie sorgte, und machte sich an die Arbeit.

Gegen eine Wand geschmiegt, lauschte sie aufmerksam.

Das Meer toste jedoch zu laut, als dass sie sich auf ihr Gehör verlassen durfte. Zu ihrem Glück verfügte sie jedoch über die Augen eines Luchses, sodass sie selbst im finsteren Dunkel dieses Raumes die helleren Grautöne des Tischs aus unbehandeltem Holz, des dreifüßigen Hockers und der großen Truhe an einer Wand auszumachen vermochte.

Und sie sah auch, dass niemand im Zimmer war.

Es stank nach abgestandenem Schweiß, bitterem Bier und verfaulten Zwiebeln, denn Uwe war nicht gerade für seine Reinlichkeit berühmt.

Im Nachbarzimmer brannte eine Kerze und schickte ihr bläuliches Licht durch die Tür, um auf diese Weise von der Anwesenheit von Toten zu künden. Da es der einzige Ausgang aus dem Raum war, behielt Scheron ihn fest im Blick, während sie mit vor Kälte fast tauben Fingern die hölzernen Knöpfe an ihrem purpurroten Umhang öffnete. Dieser war nass – um ihre Füße hatte sich bereits eine Pfütze gebildet – und schwer, sodass er ihre Bewegungen einschränkte. Kurzerhand ließ sie ihn zu Boden fallen.

Sie schob den heruntergerutschten Riemen ihrer Tasche wieder ein Stück auf die Schulter hoch, lauschte erneut, spähte um sich und öffnete die wildlederne Tasche, um nach ihren Würfeln zu tasten. Die beiden kleinen Artefakte glichen schlichtem Spielzeug, waren jedoch aus den Knochen eines Narwals geschnitzt und mit kaum noch erkennbaren aufgemalten Punkten an den Seiten versehen worden. Scheron ließ sie mit einem leisen Klickern auf die groben Holzdielen fallen und flüsterte dabei die zugehörigen Worte.

Die Würfel würden nun an den Ort rollen, an dem der Tod sich sein Opfer geholt hatte. Darüber hinaus hüllte eine vertraute Wärme die Finger von Scherons linker Hand ein und brachte diese fast zum Glühen. Scheron machte den ersten Schritt. Sofort kullerten die Würfel auf die Tür zu.

An der Schwelle blieb Scheron stehen, um in den in dunkelblaues Licht getauchten Raum zu spähen. Neben einem grob gezimmerten Schrank hing an der Wand das Geweih eines Rentiers, das als Kleiderhaken diente. Auch ein Regal war an dieser Wand angebracht, auf dem Tongeschirr stand.

Auf einer Werkbank lagen Tischlerwerkzeuge. Dort brannte in einer flachen Tonschale die Kerze.

Außerdem machte sie zwei sich gegenüberliegende Türen aus. Die eine führte aus dem Haus, die andere weiter ins Innere. Die Würfel blieben vor der Tür liegen, durch die Scheron tiefer ins Haus vordringen würde.

Womöglich hatte die Verirrte Seele die Ankunft Scherons ja gespürt und sich versteckt, um ihr aufzulauern. Im Übrigen konnte Scheron nur hoffen, dass sie es lediglich mit einer dieser Kreaturen zu tun hatte. Bisher wusste sie jedoch nicht einmal, wer überhaupt gestorben war, ob Uwe oder seine Frau. Und sollte sich die Verirrte Seele mittlerweile ihr erstes Opfer geholt haben, dann stünden Scheron zwei Wiedergänger gegenüber, eine Herausforderung, die sie nicht unterschätzen durfte.

Eine innere Stimme riet ihr daher, nicht Kopf und Kragen zu riskieren, sondern auf Hilfe zu warten. Andererseits war jede Minute kostbar, und Scheron war die Beste ihrer Zunft, das gab sogar ihr Lehrer Joseph zu. Sie hatte öfter als alle anderen gegen diese Kreaturen gekämpft und dabei Gefahren gemeistert, denen nicht einmal Clara je ausgesetzt gewesen war. Und Letztere rühmte sich stets ihres Mutes. Deswegen traf Scheron die Entscheidung, nicht auf Hilfe zu warten.

Krabbengleich, mit seitlichen Schritten und damit den Raum im Auge behaltend, arbeitete sich Scheron zunächst zur Eingangstür vor.

Erst beim dritten Versuch gelang es ihr, den schweren Riegel zurückzuschieben. Sobald sie die Tür aufgestoßen hatte, schien das Krachen der Wellen das ganze Haus auszufüllen. Nun bräuchte immerhin niemand mehr durchs Fenster zu klettern. Und auch ihr würde im Notfall ein Fluchtweg offen stehen.

Sie entnahm ihrer Tasche ein schmales Stilett, mit dem sie einige ungefüge Symbole in den Türpfosten einritzte. Als sie ihr Werk begutachtete, hielt es einer Prüfung stand. Daraufhin verstaute sie die Klinge wieder in der Tasche. Dieser Weg war der Verirrten Seele nunmehr versperrt.

Scheron atmete ein paarmal tief durch und machte sich auf, ins Hausinnere vorzudringen.

Konzentration, kühle Berechnung, innere Ruhe, Aufmerksamkeit und Umsicht. Diese fünf Komponenten gewährleisteten den Erfolg ihrer Arbeit, das hatte Joseph ihr bereits eingebläut, als sie noch ein Kind war, kurz nachdem sich ihre Gabe erstmals gezeigt hatte.

Nach wie vor konnte Scheron im Haus kein Geräusch ausmachen. Sie umgab der Geruch von Kerzenwachs, Zwiebeln und nassen Lappen. Inzwischen hatte sie die Treppe erreicht, die in den ersten Stock hinaufführte. Rechter Hand lagen die drei anderen Zimmer des Erdgeschosses, linker Hand der Gang zum Leuchtturm.

Die Würfel rollten zum Gang. Scheron folgte ihnen, riss jedoch nach wenigen Schritten den Kopf hoch, da sie meinte, ein Geräusch gehört zu haben, das weder von der Brandung noch vom Unwetter verursacht worden war. Vielmehr schien im ersten Stock eine Diele geknarzt zu haben.

Ihr Herz schlug wild, setzte aus und hämmerte dann mit doppelter Kraft erneut los. Scheron blieb reglos stehen, den Blick fest auf die Treppe gerichtet. Drei lange, quälende Minuten lauschte sie aufmerksam, doch das vermeintliche Geräusch wiederholte sich nicht, fast als wollte das düstere Haus sich über den ungebetenen Gast lustig machen.

Dennoch zweifelte Scheron nicht daran, dass sich im ersten Stock jemand versteckt hielt. Offenbar hatte er jedoch keine Eile, sich zu zeigen. Deshalb beschloss sie, den Würfeln in den Leuchtturm zu folgen. Daraufhin holte sie noch einmal das Stilett aus der Tasche und rammte es in einen Spalt zwischen den Dielen. Anschließend schnippte sie mit dem Fingernagel dagegen. Durch das graue Metall schoss ein helles Licht. Schon im nächsten Augenblick leuchtete die Waffe schneeweiß auf. Die Verirrte Seele würde nicht weiter als bis zum Flur kommen. Auch der Weg in die beiden Zimmer, in denen Scheron bereits gewesen war, war der Kreatur nun verschlossen.

Im Verbindungsgang zum Leuchtturm wurden Zwiebeln gelagert. Sie hingen in feinmaschigen Fischernetzen unter der Decke und verströmten einen unangenehmen Geruch. Scheron durchlief diesen Gang so schnell wie möglich.

Im Erdgeschoss des Leuchtturms brannte die Laterne mit blauer Flamme und tauchte die Wände, Spaten, Hacken und anderes Gerät, ein umgekipptes Ölfass, die niedrige Decke und die schmale Wendeltreppe nach oben in ihr Licht.

Ohne zu zögern sprangen die beiden Würfel auf die unterste Treppenstufe. Scheron eilte ihnen unverzüglich nach. Nachdem sie die erste Windung der Treppe hinter sich gebracht hatte, bemerkte sie bereits das fahle blaue Licht, das von oben herunterfiel. Auf halbem Weg hüpften die Würfel auf der Stelle und schlugen eifrig gegeneinander.

Mit aufeinandergepressten Lippen starrte Scheron auf das braune Rinnsal, das die Treppe hinuntersickerte. Hier hatte jemand den Tod gefunden, das teilten ihr die Würfel unmissverständlich mit.

Allerdings fehlte jede Leiche. Die Verirrte Seele musste inzwischen durchs Haus streifen, um nach Beute Ausschau zu halten.

Scheron tauchte einen Finger in die Flüssigkeit und schnupperte daran. Der Fleck erinnerte in keiner Weise an Blut. Das war Wein. Von Uwe hieß es, er trinke gern ein Schlückchen. Nun war es wohl eines zu viel gewesen. Wahrscheinlich hatte er in betrunkenem Zustand das Gleichgewicht verloren, war die Treppe hinuntergestürzt und hatte sich das Genick gebrochen.

Doch als sie sich nach einer Flasche umsah, konnte sie keine entdecken. Bestimmt war sie runtergekullert. Scheron steckte die Würfel wieder in die Tasche, denn diese konnten ihr nun nichts mehr verraten, und stieg die drei letzten Windungen der Treppe hinauf, bis sie den mit schmutzigem Glas geschützten Raum erreichte.

Doch auch hier war niemand.

Nur eine riesige blaue Flamme tanzte in ihrer Laterne und wurde von sich drehenden Spiegeln und einer kristallenen Linse in zahllosen Bildern zurückgeworfen.

Obgleich der Leuchtturm bereits genauso alt wie das Geeinte Königreich war, durfte man sich auf ihn immer noch verlassen. Es genügte, Öl in ein Behältnis zu füllen und einen bronzenen Schlüssel in dem alten, noch von Zauberern geschaffenen Mechanismus herumzudrehen.

Scheron trat an das Fenster und blickte auf das vom blauen Licht beschienene tosende Meer. Aus dieser Höhe nahm es sich schier endlos aus, eine in Bewegung geratene blaue Decke voller Falten. Das Schiff, das an den Haifischzähnen gekentert war, war mittlerweile längst untergegangen. Scheron erschauderte. Rasch begab sie sich wieder nach unten, um ihre Arbeit zu beenden.

Mit angehaltenem Atem durchquerte sie den Gang mit den Zwiebeln. Wieder im Haus, vernahm sie aus einem der hinteren Zimmer im Erdgeschoss einen unterdrückten Schrei, ausgestoßen von einer Frau. Ihm folgte ein dumpfer Schlag. Scheron meinte, ein schwerer Gegenstand wäre mit aller Kraft gegen die Wand geschlagen worden. Ihre linke Hand hüllte bereits wieder weißes Licht ein, das im Takt ihres Herzens pulste.

Sie stürzte nicht blindlings auf das Geräusch zu, zögerte jedoch auch nicht, sich ihm zu nähern. Kaum hatte sie die Tür aufgestoßen, kroch das weiße Licht bis zu ihrer Schulter hinauf. Funken, die wie kleine Sterne aussahen, stiegen zur Decke auf und verströmten den für das Herzogtum Lethos so seltenen Geruch von frischen Apfelsinen.

Scheron betrat das Zimmer. Es war größer als die beiden anderen, in denen sie schon gewesen war. Im Kamin brannte ein Feuer. Die Verirrte Seele versuchte gerade in eine Kammer einzudringen, in der sich vermutlich die Frau des Leuchtturmwärters verschanzt hatte. Noch hielt die Tür, aber die Bretter zeigten bereits erste Risse. Die Verirrte Seele hieb auf sie ein, schlug unermüdlich immer wieder gegen sie.

Dabei gab sie nicht einen Laut von sich, ächzte und stöhnte nicht einmal. Und an ihre Opfer richteten diese Kreaturen ohnehin nie das Wort. Scheron bewegte sich lautlos vorwärts, sodass die Verirrte Seele sie nicht hörte, die überdies ganz in ihrem Bemühen aufging, an lebendes Fleisch heranzukommen.

»Lass sofort die Frau zufrieden!«, schrie Scheron.

Die Verirrte Seele wirbelte herum und vergaß ihr Opfer sofort.

Einst war diese Kreatur Uwe gewesen.

Noch sah er fast aus wie zu Lebzeiten, ein hagerer, buckliger Mann in dreckiger Kleidung, mit einem unangenehmen Gesicht, das durch den vielen Schnaps stets gerötet war. Wären da nicht die Zähne und die Augen gewesen, hätte er niemandem auch nur den geringsten Schrecken eingejagt.

Die Zähne indes waren nicht länger die eines Menschen, sondern gehörten einem Wolf. Jeder einzelne von ihnen war halb so groß wie Scherons kleiner Finger, gelb und krumm. Scheron wusste, was solche Zähne anrichten konnten, denn sie hatte oft genug mit ansehen müssen, wie sie einem lebenden Menschen das Fleisch stückweise herausrissen.

Augen besaß die Verirrte Seele gar keine. Die Höhlen waren leer. Ebendies war der Grund, weshalb diese Kreaturen den Weg in die jenseitige Welt nicht zu finden vermochten.

Obwohl der ehemalige Leuchtturmwärter das für ihn so gefährliche Licht, das von Scheron ausging, wahrnahm, siegten sein Hass und sein Blutdurst. Mit einer Wut, wie die junge Frau sie noch nie erlebt hatte, stürzte sich die Kreatur auf sie. Scheron klaubte etwas Licht von der linken Hand und schleuderte es ihrem Gegner ins Gesicht, woraufhin dieser, als wäre er gegen eine unsichtbare Mauer geprallt, zu Boden fiel. Er versuchte noch einmal aufzustehen und wandte ihr sein augenloses Gesicht zu, als wollte er sich ihre Züge einprägen. Dann jedoch zerfiel er zu unzähligen weißen Funken und ließ nur die Erinnerung an sich zurück. Kurz darauf erloschen auch diese Funken und verwandelten sich in nichts. Die Verirrte Seele hatte endlich ihren Weg gefunden.

Scheron trat an die Kammer heran. Ein leises Wimmern war zu hören.

»Nora, ich bin es, Scheron«, sagte sie. »Mach auf!«

Ihr antwortete nur Stille.

»Nora, Uwe ist fort und wird niemandem mehr irgendein Leid zufügen.«

Daraufhin hörte Scheron, wie ein Möbelstück zur Seite geschoben wurde. Die Tür öffnete sich einen Spalt. Schon im nächsten Moment lag die völlig aufgelöste Frau des Leuchtturmwärters Scheron in den Armen. Diese strich ihr beruhigend über den Kopf, als wäre Nora ein kleines Kind und nicht diese widerliche Fuchtel, die einst Scheron und auch andere Kinder mit einem nassen Scheuerlappen verjagt hatte, damit sie nie wieder in der Nähe ihres Hauses spielten.

»Es ist alles gut«, redete Scheron auf Nora ein. »Hörst du, es ist alles in Ordnung. Die Gefahr ist gebannt.«

Doch noch immer ließ Noras Weinkrampf nicht nach.

Scheron sprach mit ihr sanft wie mit Naily, um sie zu beruhigen – bis sie mitten im Satz verstummte. Sie meinte, alles in ihrem Innern würde sich mit Eis überziehen.

Im Kamin flackerte noch immer eine blaue Flamme.

»Wer außer euch war noch hier im Haus?«, wollte sie in scharfem Ton von Nora wissen, während ihr Blick das Zimmer absuchte, das sich mit einem Mal erneut in einen Ort der Gefahr verwandelt hatte.

Der dunkle Tisch, der Schrank, hinter dem die Dunkelheit besonders geballt wirkte, die offene Tür in die Kammer.

»Was hast du gesagt?«, fragte Nora benommen und hob das verweinte Gesicht.

»Wer war noch im Haus?!«

Nun fiel auch Uwes Frau die Farbe des Feuers auf, und in ihrer Angst brach sie erneut in Winseln aus. Scheron musste ihre Frage noch zweimal mit sehr ruhiger Stimme wiederholen, ehe Nora sie überhaupt verstand.

»Lukas, der Gerber aus Spyn«, flüsterte sie schließlich. »Die beiden haben zusammen getrunken.«

»Geh zurück in die Kammer!«, befahl Scheron ihr daraufhin. »Schließe sie ab und komme nicht heraus, bis ich es dir sage!«

Diese Bitte brauchte Scheron nicht zu wiederholen. Nora huschte in die Kammer und schlug die Tür zu.

Scheron holte abermals die Würfel heraus. Bisher hatte sie nur an einen Toten gedacht, nämlich an Uwe, weshalb die Würfel sie zu dem Ort geführt hatten, an dem der Leuchtturmwärter gestorben war. Nun jedoch galt es, den Gerber aufzuspüren.

Die Begegnung, die ihr damit bevorstand, erfüllte sie mit Schrecken. Zu Lebzeiten hatte Lukas einem Bären geglichen, so kräftig, zauselig und wild war er gewesen. Deshalb wollte sie sich lieber gar nicht erst vorstellen, was für ein Wesen der Tod aus ihm gemacht hatte.

Scheron hatte das Zimmer, in dem sie Nora getroffen hatte, bereits wieder verlassen, sodass sie Lukas gleich sah, als er die Treppe heruntergestürzt kam. Trotzdem schrie sie bei dem Anblick überrascht auf und wich zurück. Als sie das weiße Licht gegen die Verirrte Seele schleuderte, stolperte sie und fiel, wobei sie schmerzhaft mit beiden Ellbogen aufschlug. Dadurch verfehlte das Licht sein Ziel, flog über der Schulter des Gerbers hinweg, schlug in die Wand ein und verpuffte dort.

Polternd kam Lukas die letzten Stufen zu ihr herunter. Wolfszähne hatten einen Teil seines Halses zerfleischt, Blut troff auf seine Kleidung. Er blickte Scheron aus leeren Augenhöhlen an. Sie kroch flink zurück und tastete dabei nach dem

Stilett, das in der Diele steckte. Sobald sie es spürte, zog sie es heraus, um es wie ein Messer gegen die grauenvolle Kreatur zu werfen.

Dimiter hatte ihr das Messerwerfen beigebracht, als sie beide noch Kinder gewesen waren. Scheron hatte es nie verlernt. Wie eine weiße Lanze bohrte sich das spitze Stilett in die Brust der Verirrten Seele und funkelte grell auf. Nun fand auch Lukas' Seele ihren Weg.

Der Gerber zerfiel zu unzähligen schneeweißen Funken, die für den Bruchteil einer Sekunde die düstere Umgebung erhellten.

Scheron blieb auf dem Fußboden sitzen und lauschte auf das Meer, das draußen tobte. Noch zitterte sie heftig, aber sie würde die Kontrolle über sich zurückerlangen.

DER SEELENVERSCHLINGER

Eine Geschichte aus der Welt Haras

Vögel kündigten ihn bereits an. Ein Dutzend Krähen stieg aus den Zweigen der schwarzen Tannen auf und flog mit empörtem Gekrächz davon. Ein paar Minuten später trat er aus dem Wald heraus. Dabei schien es, als bewegten sich die dichten Tannenzweige kurz zur Seite, damit er nur endlich den Wald verließ. Ohne noch einmal zu der finsteren grünen Baumwand zurückzublicken, stapfte er über eine von Morgentau überzogene kleine Wiese auf einen trägen, hinter einem Nebelvorhang liegenden Bach zu. Dort nahm er die Tasche von der Schulter, legte seinen Stab ins Gras, schöpfte mit den Händen etwas Wasser und wusch sich unter lautem Geschnaube. Das Wasser roch nach frischem Nadelwald – und nach Tod. Dieser lauerte schwebend über der Gegend, breitete seine ledrigen schwarzen Flügel aus und warf seinen Schatten über den ganzen Landstrich, von den flachen, durch tobende Winde zerklüfteten Bergen im Süden bis hin zu dem bleigrauen, kalten Meer im Norden. Möglicherweise spürten andere Menschen seine unsichtbare Anwesenheit nicht, aber er war ihm bereits zu oft begegnet. Er erkannte seinen Atem.

Von dem unangenehmen Beigeschmack des Wassers gänzlich unbeeindruckt, trank er einen großen Schluck und füllte anschließend seine Flasche. Nachdem der Bach ihm diese Eigenmächtigkeit nicht verübelt hatte, fuhr der Mann aus einer übermütigen Laune heraus mit dem schmalen Finger über die glatte Oberfläche, um mit dem schwarz gefärbten

Nagel das Wasser aufzuwühlen. Es dauerte jedoch nicht lange, bis es sich wieder beruhigt hatte und die schwarz-weiß gesprenkelten Steine am Grund erneut ebenso klar zu erkennen waren wie das Abbild des kecken Ruhestörers.

Bei diesem genügte ein Blick, um zu wissen, dass er aus dem fernen und heißen Sdiss kam. Er war ein sehniger, hochgewachsener und dunkelhäutiger Mann, mit eingefallenen Wangen, einer großen Adlernase, einer hohen Stirn, schmalen, zu einer Linie aufeinandergepressten Lippen, einem kahl geschorenen Kopf und buschigen Augenbrauen. Ein schwarzes Stutzbärtchen verlieh seinem Antlitz eine kaum zu übertreffende Einfältigkeit, die sicher den einen oder anderen Spötter auf den Plan gerufen hätte – wenn es da nicht ein Aber gegeben hätte: die Augen des Sdissers. Wen nur ein Blick aus ihnen traf, dem blieb jede spöttische Bemerkung im Halse stecken. Die beiden kalten schwarzen Schlunde brachten fast jeden dazu, den Blick zu senken. Und wer abergläubisch war, meinte, das Reich der Tiefe selbst schaue ihn an. Möglicherweise steckte darin sogar ein Körnchen Wahrheit …

Schließlich erhob sich der Sdisser, schulterte die Ledertasche, strich den einst weißen, mittlerweile jedoch völlig verdreckten Umhang glatt und zog sich die Kapuze tief ins Gesicht. Nachdem er auch den Gürtel, an dem ein Krummschwert in einer abgegriffenen violetten Scheide hing, wieder angelegt hatte, nahm er den Stab aus dem Gras auf.

Dieser Gegenstand verdient freilich eine nähere Betrachtung.

Mannshoch und schwarz wie die lange Nacht des Nordens mündete er am oberen Ende in einen menschlichen Schädel mit gebleckten Zähnen. Ein solcher Stab hieß Hilss. Menschen, die etwas von diesen Dingen verstanden, verriet er eine Menge. Wobei: In gewisser Weise verriet er auch denjenigen, die von dergleichen nichts verstanden, eine Menge. Denn die einen wie die anderen zogen es vor, einen weiten Bogen um einen Sdisser mit Hilss zu machen.

Mit zusammengekniffenen Augen spähte der Sdisser einige Sekunden nach Norden. Nach seinen Überlegungen musste dort, hinter einigen Grabhügeln, ein Dorf liegen. Denn dort stank es am stärksten nach Tod.

Kurz entschlossen watete er durch den Bach und hielt auf die Hügel zu. Er glitt so rasch und lautlos durch den Nebel wie eine Wanze über einen See.

Nach zwanzig Yard runzelte der Mann die Stirn, als wäre ihm etwas eingefallen, dann lächelte er, wiewohl dieses Lächeln seine Augen nicht erreichte. Er stieß einen Pfiff aus, als riefe er einen Jagdhund herbei, machte sich indes nicht die Mühe, sich zu vergewissern, ob dieser ihm auch folgte. Doch ganz selbstverständlich stapften auf seinen Ruf hin sieben Gestalten in Fetzen, die als Kleidung zu bezeichnen jede Zunge sich weigern würde, aus dem Wald, der sich in ihrer Nähe vor Ekel fast zusammenzukauern schien. Von diesen Geschöpfen ging ein fürchterlicher Gestank aus, ihre Augen brannten mit grüner Flamme. Sie trippelten nebeneinander hinter ihrem Herrn her, ohne ihm allzu nahe zu kommen, jedoch auch ohne zurückzubleiben. Alle sieben waren bewaffnet, einige mit Langschwertern, die sie über der Schulter trugen, andere mit einer Axt oder einem Streitkolben.

Im Unterschied zu ihrem Herrn kannten diese Geschöpfe weder Müdigkeit noch Schmerz. Selbst der ewige Hunger, der diese dummen Kreaturen sonst marterte, war bei ihnen gebannt. Der Sdisser hatte sich aus toten Körperhüllen unübertroffene Leibwächter geschaffen. Ergebene, anspruchslose und – was das Wichtigste war – ebenso unerschrockene wie treue Diener. Sie verschlangen zwar einen gewissen Teil seiner Kraft, hatten ihm dafür jedoch hier oben, in den eisigen Nordlanden des Imperiums, bereits mehr als einmal geholfen.

Nach einer Weile erreichte er einen Steinpfad, der sich durch gelbe, einen benebelnden Duft verströmende Blumen wand und zu den Grabhügeln führte. Deren kahle Hänge umrundend, verschwand er hinter ihnen. Der Sdisser folgte ihm, denn seine Neugier war zu stark: Warum stank es dahinter so nach Tod?

Genau wie der Sdisser angenommen hatte, kroch der Geruch nämlich nicht aus Grabhügeln heraus. Durch die dicke Erdschicht nahm er die Gebeine derjenigen wahr, die schon seit sehr langer Zeit in den Eishallen des Gottes der Barbaren aus dem Norden zechten und schmausten. An der Tafel dieses Ug. Ihre Knochen hatte niemand aufgestört, kein Untoter hatte sich aus ihnen erhoben.

Der Sdisser lief weiter. Seine Diener eilten ihm nach, trampelten dabei erbarmungslos das hohe, welke Gras auf den Hügeln nieder und jagten die Heuschrecken auf, die den kurzen, kalten Sommer genossen. Der Nebel hing inzwischen als dichter Vorhang in der Luft und verbarg mit seinem durchscheinenden Körper alles, was fünfzehn Yard vor dem Sdisser lag. Trotzdem drosselte dieser den Schritt nicht, sondern ging forsch weiter, schließlich war er nicht auf seine Augen angewiesen, um ans Ziel zu gelangen. Mit zitternden Nasenflügeln sog er den Gestank des Todes ein, folgte ihm, näherte sich seiner Quelle.

Den letzten Grabhügel, den flachsten von allen, säumte ein Ring aus Dolmen. Die finsteren, mit purpurnen Flechten überzogenen Steingebilde waren mit Blut bespritzt. Sie schienen den Sdisser förmlich davor zu warnen, seine Schritte weiter in diese Richtung zu lenken, doch der Mann achtete nicht auf sie. Ein paar alte Steine vermochten ihm keinen Schrecken einzujagen.

Im Kreis, den diese Dolmen bildeten, stand ein blutüberströmter steinerner Opferaltar. Daneben waren Lanzen in die Erde gebohrt, die mit bunten Fetzen und Lappen umwickelt waren, fast als sollten sie Schaustellern als Stelzen dienen. Allerdings steckte auf jeder Lanze auch ein Ziegenschädel. Folglich waren es dem Gott Ug dargebrachte Opfer.

Der Sdisser untersuchte den Ort aufmerksam, bis er fand,

wonach er suchte: das Bild einer Schneekatze. Damit wusste er, welcher Klan in diesem Dorf lebte. Die rothaarigen Kinder des Irbis, einer der sieben Barbarenstämme hier in den Eisigen Landen.

Hinter den Grabhügeln erstreckte sich ein breites Tal. Im Süden und Osten begrenzten es die Wände undurchdringlicher Nadelwälder, im Westen säumte es eine von Kiefern bestandene Hügelkette, und im Norden begann jener Wald, der nach achtzig League in Tundra überging, die erst am Bleiernen Meer wieder endete.

Auch durch das Tal waberte Nebel, wiewohl nicht so dichter wie bei den Dolmen. Dennoch bemerkte der Posten auf dem Wachtturm den Sdisser erst, als diesen nur noch hundert Yard vom Palisadenzaun trennten. Bei allen Schwierigkeiten, in dieser Brühe etwas zu erkennen – ein solcher Fehler hätte dem Mann oben im Ausguck nicht unterlaufen dürfen. Und obschon der Sdisser die Kapuze vom Kopf streifte, begriff der Wachtposten selbst jetzt nicht, um wen es sich bei dem Fremden eigentlich handelte. Als dann jedoch sieben Geschöpfe aus dem Nebel auftauchten, schlug der Irbissohn Alarm.

Der Sdisser blieb fünfzehn Yard vor dem Dorfeingang stehen. Seine Diener taten es ihm auf einen wortlosen Befehl hin gleich. Neugierig musterte der Sdisser die Barbaren, die sich nun vor dem Tor aufbauten. Zwanzig Mann. Groß gewachsene Burschen mit rotem Haupt- und Barthaar. Jeder von ihnen trug einen Kilt und ein offenes Wollhemd oder eine Lederweste. Alle waren sie bewaffnet. Und auch der Posten auf dem Wachtturm hielt nun den Bogen auf den Sdisser gerichtet.

Die Nordmänner sahen ihn finster und feindselig an, wenn auch ohne Furcht oder Hass. Er betrachtete das als großes Glück, begingen die Menschen seiner Ansicht nach doch dumme Fehler meist nicht aus einem Mangel an Verstand, sondern aus Furcht. Von diesen Nordländern würde jedoch keiner vorschnell einen Pfeil auf ihn abschießen oder sich mit der Waffe in der Hand auf ihn stürzen. Deshalb durfte er darauf hoffen, von diesem ungastlichen Volk erst einmal zu erfahren, warum ihr Dorf nach Tod stank.

Auf seinen Stab gestützt und mit gänzlich undurchdringlicher Miene ließ er die schwarzen Augen einzig über den hohen Palisadenzaun, den Wachtturm und das Tor wandern, ohne jedoch die Männer anzusehen. Ihnen gab er Zeit, eine Entscheidung zu treffen, wie sie sich ihm gegenüber zu verhalten gedachten.

Nach schier endlosem Schweigen trat schließlich ein massiver, groß gewachsener Mann in fortgeschrittenen Jahren aus der Reihe heraus, reichte einem Gefährten seine Waffe und ging entschlossenen Schrittes auf den Sdisser zu. Die sieben Untoten hinter dem ungebetenen Gast würdigte er nicht eines Blickes.

Der Sdisser stieß ein zufriedenes Brummen aus. Wenn man den Barbaren eines nicht absprechen konnte, dann waren es Unerschrockenheit und Kühnheit. Andernfalls hätten sie die Anwesenheit seiner untoten Diener nicht so gelassen hingenommen. Bei Menschen, die in weniger rauen Gebieten lebten, wäre dergleichen völlig undenkbar gewesen.

Der Irbissohn war einen Kopf größer als der Sdisser und wesentlich breiter in den Schultern. Er verströmte den Geruch von Schweiß und Rauch. Der Blick seiner blauen Augen bohrte sich in den Sdisser.

»Ich bin Ra-ton«, sagte der Nordländer schließlich. »Was willst du, Zauberer?«

»Gewöhnlich verschweigen die Menschen denjenigen, die ihre Kraft aus dem Reich der Tiefe schöpfen, ihren Namen«, bemerkte der Nekromant mit schiefem Grinsen. Seine Stimme klang trocken und unangenehm.

»Das müssen dumme Menschen sein«, entgegnete Ra-ton. »Denn nur ein böser Geist oder der Schneedämon rauben dir den Namen und nisten sich in deinen Körper ein. Aber du siehst weder wie der eine noch wie der andere aus. Dein Blut ist genauso warm wie meines.«

»Vielleicht hast du recht, Barbar«, erwiderte der Sdisser, und seine schwarzen Augen funkelten spöttisch.

»Was willst du?«

»Dass du all meine Wünsche erfüllen kannst, wage ich zu bezweifeln. Aber ein Dach über dem Kopf und etwas gebratenes Fleisch würden mich bereits glücklich machen.«

»Du gibst zu, deine Kraft aus dem Reich der Tiefe zu schöpfen. Für so einen gibt es in unserem Dorf keinen Platz. Denn so einer öffnet dem Tod Tür und Tor.«

»Nur hat der Tod längst Einzug in euer Dorf gehalten, Barbar.«

»Woher weißt du das?«, fragte Ra-ton aufgewühlt.

»Vermagst du mir etwa zu erklären, woher du weißt, wann mit einem Schneesturm zu rechnen ist, wo ein Luchs entlangschleicht oder wo ein Eiswurm kriecht?«

»Du verlangst, dass wir einem Sdisser vertrauen? So verschlagen, wie ihr Menschen des Südens seid«, murmelte Ra-ton und sah sich unsicher nach den anderen um.

»Ich habe keinen Grund, euch ein Leid zuzufügen. Im Gegenteil, vielleicht kann ich sogar helfen«, sagte der Sdisser. »Sage dies euren Ältesten. Sollen sie die Entscheidung treffen, ob sie mich ins Dorf lassen, ich werde derweil hier warten.«

In diesem Augenblick trat hinter den Barbaren entschlossenen Schrittes eines kleine, füllige Frau hervor. Sie trug ein Gewand, das sie als Magierin des Imperiums auswies. Als Schreitende. Der Sdisser runzelte verärgert die Stirn und schloss die Hände derart fest um seinen Hilss, dass die Knöchel weiß hervortraten.

»Das hat mir gerade noch gefehlt«, knurrte er, worauf die untoten Diener in seinem Rücken einige Schritte an ihn heranrückten.

Doch nun tat Ra-ton etwas, das der Sdisser nie im Leben erwartet hätte: Er stellte sich zwischen den Nekromanten und die Schreitende. Kaum sah die Frau dieses lebende Hindernis, das ihr den Weg versperrte, kniff sie wütend die Augen zusammen. Der Blitz, der auf ihrem rechten Handteller getanzt hatte, erlosch und floss die faltigen Finger hinab. Gleichwohl hing nach wie vor der Geruch eines heraufziehenden Gewitters in der Luft.

»Wie bist du hierhergekommen, Nekromant?«, fragte sie, und ihr altes, spitzes Gesicht wirkte sehr müde.

»Gestatte mir, über meine Wege zu schweigen, Hexe«, zischte der Nekromant.

»Ich denke gar nicht daran«, keifte die Schreitende. »Wer den Verdammten dient, gilt in den Ländern des Imperiums als vogelfrei. Und in diesem Dorf ist kein Platz für einen Vogelfreien, der über die dunkle Gabe gebietet. Mach also, dass du fortkommst, du Stück Dreck! Und nimm deine Untoten mit!«

»Und wenn ich mich weigere? Willst du mich dann dazu zwingen, Frau?«, fragte der Sdisser mit einem verschlagenen Grinsen. »In dem Fall würde mich doch brennend interessieren, wie.«

Rote Flecken entflammten auf dem bleichen Gesicht der Schreitenden, in den grauen Augen loderte Hass. Die Blitze nahmen ihren Tanz wieder auf, diesmal auf beiden Handtellern. Das bewirkte freilich, dass auch in den Schädel auf dem Hilss des Nekromanten Leben kam. Er stieß ein hallendes Gähnen aus und starrte die Schreitende mit offenem Spott an. Die Untoten rückten noch näher heran und bildeten einen Halbkreis um die Nordmänner. Zudem stierten sie die Schreitende, die nicht auf Anhieb verstand, dass sie in die Zange genommen wurde, aus ihren grünen Augenhöhlen heraus an.

»Du bist zu schwach, um es mit meinen Dienern aufzunehmen, denn totes Fleisch bezwingt man nicht so mühelos wie lebendes«, erklärte der Nekromant genüsslich. »Selbst wenn es dir also gelingen sollte, mich zu ermorden, wird einer meiner braven Gefährten dich zusammen mit deinen Blitzen verschlingen. Keine besonders verlockende Aussicht, oder?«

Die Schreitende kaute auf ihrer Unterlippe und war unverändert bereit, sich in den Kampf zu stürzen. Der Nekromant verzog verärgert das Gesicht.

Was für ein dummes Weibsstück!

Warum musste es immer diesen Gang nehmen, wenn sich die Vertreter der beiden magischen Schulen begegneten, die nun schon seit Jahrhunderten miteinander verfeindet waren? Warum musste es stets zu einem Kampf kommen, von dem am Ende blühende Gärten oder ein Aschefeld zeugten. In ihrem Fall wohl eher Letzteres.

Derweil flehte Ra-ton mit angehaltenem Atem Ug an, er möge dieses Duell verhindern. Und sein Gott erhörte ihn. Denn mit einem Mal zog Ra-tons zwölfjähriger Sohn diesen am Ärmel. Eigentlich hätte der Junge dafür eine gewaltige Tracht Prügel verdient: Wie konnte er es wagen, ungefragt vorzutreten?! Stattdessen beugte sich Ra-ton jedoch zu dem Jungen hinunter, damit dieser ihm sagen konnte, was offenbar keinen Aufschub duldete.

»Na-gor lässt ausrichten, dass der Fremde ins Dorf darf.«

Endlich! Die Angelegenheit war entschieden!

»Das reicht, Herrin!«, fuhr Ra-ton die Schreitende an. »Der Älteste hat entschieden, den Zauberer ins Dorf zu lassen.«

»Das ist ein Fehler! Dieser Mann ist ein gefährliches Tier!«, zischte die Schreitende. »Ich verbiete, dass er das Dorf betritt!«

»Ihr seid hier im Norden, Herrin, und wir sind ein freies Volk«, entgegnete Ra-ton. »Bei uns ist das Wort des Ältesten Gesetz, nur er allein darf uns Befehle erteilen.«

»Dieser Sdisser wird euch Schaden zufügen!«

»Als ob wir nicht schon Schaden genommen hätten!«, blieb Ra-ton stur. »Tretet also zur Seite, Herrin!«

»Ihr Narren! Ihr werdet noch bedauern, einen Nekromanten in euer Dorf eingelassen zu haben. Nur wird es dann zu spät sein.«

»In meinem Land heißt es: Bellt laut der Hund, die Karawane reitet weiter gesund«, bemerkte der Nekromant grinsend. »Beruhige dich also, Frau. Und noch besser: Schnür dein Säckel und geh! Denn mit dem, was hier geschieht, wirst du nicht fertig.«

Sie schüttelte daraufhin bloß mit verbitterter Miene den Kopf, trat aber immerhin zur Seite.

»Du begleitest mich ins Dorf«, erklärte Ra-ton, »aber deine Untoten bleiben draußen. Für sie ist unter uns Lebenden wahrlich kein Platz.«

»Von mir aus«, sagte der Nekromant ungerührt. »Mögen meine Diener an den Grabhügeln auf mich warten. Allerdings sollte dann niemand aus dem Dorf dort einen kleinen Spaziergang unternehmen.«

Daraufhin drehten die Untoten sich um und begaben sich gemessenen Schrittes zu den Grabhügeln zurück.

»Wie heißt du?«, fragte Ra-ton, während er den Abzug der knöchernen Silhouetten mit finsterem Blick verfolgte.

»Gafur«, antwortete der Sdisser nach kurzem Zögern. »Gafur ibn Assad al Sakhal-Neful.«

Das Dorf erwies sich als weit größer, als Gafur vermutet hatte. Sechzig Steinhütten mit spitzen Erd- oder Strohdächern, kleinen, mit Fischblasen bespannten Fenstern und soliden Türen. Von außen wirkten diese Hütten kalt und dunkel.

Als Gafur Ra-ton folgte, behielten ihn vier bewaffnete Nordmänner in seinem Rücken fest im Auge. Die Menschen mochten das Risiko eingehen, ihn in ihr Dorf zu bitten – unbeaufsichtigt würden sie ihn jedoch auf keinen Fall lassen. Verständlich. Sollte er indes tatsächlich die Absicht haben, ihnen Schaden zuzufügen, würde selbst das ihn nicht aufhalten.

Das ganze Dorf stierte ihn an. Vor allem die Kinder. Doch

niemand zeigte mit dem Finger auf ihn, rannte ihm nach oder schrie auf. Im Gegenteil, niemand brachte auch nur ein einziges Wort heraus. Alle sahen ihn bloß schweigend an. Dieses Volk unterschied sich grundlegend von dem im Süden. Die Kälte hatte es gestählt. Gleichwohl spürte der Sdisser die Angst, die durch das Dorf wogte. Fast meinte er, es wäre jemand mit einem Kessel voller Furcht durch die Straßen gelaufen und hätte den Inhalt im ganzen Dorf verteilt. Die unsichtbare Anwesenheit des Todes setzte allen zu. Zudem hing ein merkwürdiger Geruch in der Luft, den selbst der Sdisser nicht zu erklären vermochte.

Im westlichen Teil des Dorfes fielen Gafur einige zerstörte Hütten auf. Sie sahen aus, als hätte ein Riese sie mit einem einzigen Faustschlag zerquetscht. Da ihm diese zerstörerische Tat offenbar noch nicht gereicht hatte, musste er im Anschluss auch noch den Palisadenzaun auseinandergenommen haben, indem er die massiven Holzbalken aus dem Boden gerissen hatte. Als Ra-ton den Blick des Nekromanten bemerkte, stieß er einen Fluch aus.

»Das ist bloß der Schwanz des Eiswurms«, knurrte der Irbissohn.

In der Tat. Wer auch immer hier gewütet hatte, er hatte auch vor der Mitte des Dorfes nicht haltgemacht: Zwei große Gemeindehäuser stellten nur noch Fladen dar.

»Ich würde mich hier gern ein wenig umsehen«, erklärte Gafur.

»Später, Zauberer. Jetzt wartet unser Ältester auf uns.«

»Ich habe gehört, ihr hättet mehrere Älteste.«

»Inzwischen ist es nur noch einer«, murmelte Ra-ton. »Die anderen … sind dortgeblieben.«

Er nickte in die Richtung einer der verheerten Hütten.

Den Rest des Weges sprach keiner von ihnen ein Wort. Schließlich blieb Ra-ton vor einem Haus stehen, murmelte: »Warte hier« und betrat es. Kurz darauf kehrte er zurück, wobei er einen halb blinden Alten mitbrachte. Trotz seiner

Jahre war der Mann noch kräftig. Gafur hegte keinen Zweifel daran, dass seine schwieligen Hände einst mühelos ein Hufeisen hatten verbiegen können.

»Ich bin Na-gor, Sa-rons Sohn. Was hat dich in unser Dorf verschlagen, Gast?«

»Du weißt, woher ich komme?«, fragte Gafur unumwunden.

»Ja«, antwortete Na-gor. »Aber bisher ist noch kein Sdisser hier oben in den Eisigen Landen gewesen, von einem Nekromanten ganz zu schweigen. Dein Weg war lang und schwer, denn für einen Anhänger der Verdammten ist es kein Kinderspiel, das Gebiet des Imperiums zu durchqueren. Was hat dich dazu bewogen?«

»Ich reise halt gern«, erklärte Gafur leichthin. »Ich wollte mir die Welt ansehen.«

»Dein Stab verrät mir, dass du stark genug bist, diesem Wunsch bedenkenlos nachzugeben«, hielt Na-gor fest. »Allerdings hätte ich nie gedacht, einmal froh zu sein, einen Nekromanten zu sehen.«

»Niemand von uns weiß, worüber er irgendwann einmal froh sein wird.«

»Das sind weise Worte«, sagte Na-gor. »Genau wie wir nie wissen, wann uns das Böse ereilt. Aber jetzt lass uns ins Haus gehen, denn du musst hungrig sein.«

In der Hütte schlug Gafur der Geruch von alten Fellen, frischen Pilzen und Kiefernharz entgegen. Der Boden aus festgestampfter Erde war mit Bärenfellen ausgelegt. In einem Lehmherd züngelten Flammen. Hier war es so warm wie in der Großen Wüste, was dem an Hitze gewöhnten Gafur jedoch nicht auffiel.

Man bot ihm gebratenes Elchfleisch und geräucherten Lachs, süßliche Hackfrüchte, Zedernnüsse in Honig sowie starkes Bier an. Während er aß, schwiegen Ra-ton und Na-gor. Der Erste rührte das Essen nicht an, der Zweite trank einen Aufguss aus aromatischen Kräutern, den ihm eine junge

Frau – vielleicht seine Enkelin, vielleicht auch jemand anders – zubereitet hatte.

»Nun sprich«, wandte sich Gafur an Na-gor, nachdem er sein Mahl beendet hatte.

Der Älteste nickte, stellte den grob gearbeiteten Tonbecher auf einem niedrigen Eichentisch ab und strich sich gedankenverloren über den Bart.

»Was spürst du in unserem Dorf?«, fragte er schließlich.

»Angst und Tod.«

»Genau. Viel Tod. Und noch mehr Angst. Wir Irbiskinder fürchten den Tod jedoch nicht. Nein, was uns Angst einjagt, ist etwas anderes. Jemand anderes. Ein Seelenverschlinger. Und nicht einer der Menschen, die er getötet hat, vermochte Ugs Eisige Hallen zu erreichen …«

»Wann hat das alles angefangen?«

»Vor acht Tagen. Da kam der Rückkehrer zum ersten Mal zu uns.«

»Der Rückkehrer?«

Diese Bezeichnung hatte Gafur noch nie gehört. Sie konnte alles Mögliche bedeuten, angefangen von einem gewöhnlichen Untoten über eine hiesige Spielart des Ghuls bis hin zu einem Al-Gast. Und auf eine Begegnung mit Letzteren konnte er getrost verzichten …

»Oh, in den heißen Wüsten von Sdiss gibt es ihn nicht. Wir nennen ihn auch noch anders«, sagte Na-gor und sah Gafur forschend an. »Helblar. Vielleicht hast du diesen Namen schon einmal gehört?«

Die Augen des Nekromanten funkelten. In dieser Sekunde wünschte er aus tiefstem Herzen, es ginge lediglich um einen Al-Gast. Der war stark und wild – aber weit weniger gefährlich als jenes Geschöpf, das dieses Dorf heimgesucht hatte.

»Ja, diesen Namen habe ich bereits gehört. Fahre fort.«

»Er kommt jede zweite Nacht, um Mensch und Tier zu töten. Man kann sich nicht vor ihm verstecken, und kein Irbissohn weiß, wer das nächste Opfer sein wird.«

»Habt ihr versucht, gegen ihn zu kämpfen?«

»Die Irbissöhne sind Krieger, die besten im ganzen Imperium. Wir sind es, die die Burg der Sechs Türme bewachen«, antwortete Na-gor in scharfem Ton. »Selbstverständlich haben wir versucht, den Helblar unschädlich zu machen. Doch alle, die so kühn gewesen waren, in jener Nacht den Kampf aufzunehmen, sind tot. Diejenigen, die die Höhle des Geschöpfes gesucht haben, wurden nie wieder gesehen. Der Helblar schreckt vor Waffen nicht zurück. Man kann ihn nicht mit Stahl besiegen. Nur durch Magie.«

»Aber die Schreitende hat nichts ausrichten können?«

»So ist es«, presste Ra-ton hervor. »Sie ist vor sechs Tagen eingetroffen. Seitdem versucht sie, den Rückkehrer zu töten, doch der ist gewitzt und einfallsreich. Er hat unverdrossen weiter getötet und ist ihr stets entwischt. Nur ein einziges Mal hat sie ihn überhaupt mit einem Zauber getroffen, aber selbst der hat ihm keinen Schaden zugefügt.«

Wie auch?! Diese Schreitende war bei Weitem nicht stark genug. Mit ihren Blitzen, mit Eis und ähnlichen Schaustellertricks richtete sie bei ihm nichts aus, denn ein Helblar war weit schrecklicher als jeder andere wiederbelebte Tote. Er war der Löwe im Königreich der Untoten.

»Wie viele Dorfbewohner hat er in diesen Tagen getötet?«

»Dreiundzwanzig. Ich habe befohlen, sie zu verbrennen.«

Gafur nickte zustimmend. Das musste sein. Nur Feuer verhinderte, dass sich der Körper desjenigen, dem die Seele weggefressen worden war, aus dem Grab erhob und unter den Lebenden wütete. Und Gafur malte sich lieber nicht aus, wie es um dieses Dorf stünde, hätte sich der Helblar auch noch Gefolge zugelegt.

»Ihr wisst, um wen es sich bei dem Rückkehrer handelt?«

Betretenes Schweigen breitete sich aus. Der Älteste durchbohrte Ra-ton mit seinem Blick, bis dieser schließlich widerwillig antwortete: »Ja. Er war einer von uns. Da-rom.«

»War er noch jung?«, wollte Gafur wissen.

»Ist das tatsächlich von Bedeutung?«, fragte Ra-ton zurück.

»Ja.«

»Ja, er war noch jung.«

Das hieß, dass er die Seelen wesentlich langsamer verschlang, als ein alter Toter es getan hätte. Immerhin etwas.

»Wie ist er gestorben?«

»Er hat sich umgebracht«, brummte Ra-ton, dem dieses Gespräch ganz offensichtlich nicht behagte.

Gafur stieß ein ungläubiges Schnauben aus.

Umgebracht?!

Gut, ein Selbstmörder erhob sich zuweilen aus dem Grab und streifte nachts durch die Gegend, gelegentlich saugte er auch Tieren das Blut aus. Aber dass er sich in einen Helblar verwandelte …?! Nein, das war kaum denkbar. Dahinter musste etwas anderes stecken. Und nach all den Jahren seiner Suche meinte Gafur zum ersten Mal, auf eine Spur gestoßen zu sein …

»Weißt du, warum er seinem Leben ein Ende gesetzt hat?«

»Er hat eine Frau getötet«, antwortete Na-gor an Ra-tons Stelle. Diesem stand die Erleichterung ins Gesicht geschrieben. »Weil sie nicht die Seine werden konnte. Anschließend ist er ihr gefolgt. Ug lässt einen Mörder jedoch nicht in die Eishallen ein, sodass er zurückkehren musste.«

»Ich fürchte, so einfach lässt sich das Ganze nicht erklären«, widersprach Gafur. »Ein Helblar stellt die höchste Form eines Untoten dar. Er verschlingt nicht nur das Fleisch der Lebenden wie andere Untote, sondern ernährt sich von Seelen und vermehrt auf diese Weise seine Kraft. Mit jedem Mord, mit jeder Seele wird er stärker. Dann wird er als etwas wiedergeboren, vor dem sogar die Schneetrolle davonlaufen – und denen wird wohl kaum jemand Feigheit vorwerfen. Ich habe meine Zweifel, dass sich das Auftauchen des Helblars damit erklären lässt, dass Ug den Mann nicht in seine Hallen gelassen hat. Nein, es muss etwas anderes dahinterstecken.«

»Und was?«, hakte Ra-ton nach.

»Das weiß ich noch nicht. Erzähl mir etwas von dieser Frau.«

»Na-ara war sehr schön«, begann Ra-ton. »Sie hat vielen Männern gefallen, aber ihre Eltern hatten bereits vor langer Zeit entschieden, wem sie gehören soll. Im nächsten Monat hätten Na-ara und Cha-son, unser bester Krieger, durch Ugs Knoten miteinander verbunden werden sollen. Aber Da-rom hat Na-ara geliebt und sie getötet, damit kein anderer sie bekommt.«

Der Nekromant verzog nur verächtlich das Gesicht. Mitunter verschlug ihm das Verhalten der Menschen die Sprache.

»Kannst du diesen Rückkehrer vertreiben?«, fragte Na-gor, der Gafur dabei fest im Blick behielt.

»Vielleicht«, antwortete der Nekromant nach ausgedehntem Schweigen.

»Wir schaffen das auf keinen Fall. Schwert und Axt richten bei ihm nichts aus. Deshalb muss Ug dich uns geschickt haben, ob du selbst das nun glaubst oder nicht. Wenn du den Helblar nicht verjagst, werden die Menschen weiter sterben, bis am Ende niemand von uns mehr übrig ist.«

Gafur wäre fast damit herausgeplatzt, dass ihn das nichts anginge, meinte dann jedoch: »Heute Nacht wird er dieses Dorf wieder heimsuchen, da will ich bei euch bleiben. Ich verspreche nichts. Die Schreitende soll mir aber unter keinen Umständen in die Quere kommen. Kannst du dafür sorgen?«

»Ja.«

»Und meine Diener müssen heute Abend ins Dorf gelassen werden, sie werden gebraucht.«

Diesmal zögerte der Alte lange mit einer Antwort.

»Wenn es unbedingt sein muss«, presste er schließlich heraus.

»Das muss es.«

»Dann sei es so«, traf Na-gor die Entscheidung. »Hauptsache, du verjagst den Rückkehrer.«

Als der Abend anbrach, dachte die Sonne des Nordens gar nicht daran unterzugehen. Sie berührte lediglich den Horizont, um dann zu erstarren und sich bis zum Morgen nicht mehr von der Stelle zu rühren. Die Nacht verwandelte sich auf diese Weise in eine bedauernswerte Stieftochter der Dämmerung. So lange Gafur nun schon in diesen Teilen des Imperiums unterwegs war, er konnte sich einfach nicht daran gewöhnen, dass es um Mitternacht genauso hell war wie in den frühen Morgenstunden.

Wie anders waren da doch die Nächte in Sakhal-Neful. Schwarz wie Samt aus Syn und warm wie der Atem einer geliebten Frau. Die Nacht des Nordens schien dagegen einzig des Wesirs Naf-Sarats Worte zu verspotten: »Schütze uns vor Licht und Lüge. Schütze uns vor dem Löwen, der Hyäne und der Trauer. O Nacht, schließe uns in die Arme deiner süßen Dunkelheit, wirf deinen Schleier über uns, damit weder Zorn noch Stahl uns finden.«

Über diesem Dorf prangte jedoch nach wie vor der Stern, der in Sdiss als Königin und Gebieterin des Mondes bezeichnet wurde, lauerte wie eine große hungrige Katze hinter den südlichen Hügeln und wartete auf seine Stunde, in der er losspringen und seine blutige Ernte einfahren würde.

Obwohl der Nekromant im Laufe des Tages in verschiedenen Häusern gewesen war, hatte er nichts Neues in Erfahrung bringen können. Nach wie vor nahm er nur eines wahr: Tod, Angst, Rachedurst und etwas, das sich nicht fassen ließ. Etwas sehr Altes. Deshalb sah er sich zunehmend bestätigt in seiner Vermutung, bei seiner Suche, die ihn hier in den Norden geführt hatte, endlich auf eine Spur gestoßen zu sein: Für das Auftauchen des Helblars gab es einen Grund. Um jedoch hinter diesen zu kommen, musste er diese Kreatur umbringen. Was wiederum kein leichtes Unterfangen war.

Sobald die Sonne ein wenig verblasste und die Schatten länger wurden, barsten die undurchdringlichen Masken, die die Nordländer bis dahin getragen hatten. Nackte Angst wütete in ihren Augen. Immer wieder spähten sie zum Himmel hoch, um sich zu vergewissern, ob sie sich schon ins Haus zurückziehen und sämtliche Türen und Fensterläden fest verriegeln sollten. Um dann Ug anzuflehen, der Helblar möge sie nicht heimsuchen.

Inzwischen waren die Kinder und das Vieh bereits in die Hütten getrieben worden. Gerade verließ der Posten den Wachtturm, während die Männer an den Lagerfeuern verstummten. Schon bald würde eintreten, was alle fürchteten. Der Tod würde für einige Stunden seine Schwingen über das Dorf ausbreiten.

Allein die Vögel zeigten sich nun noch unerschrocken, vermochten sie Tag und Nacht doch nicht auseinanderzuhalten, weshalb sie weiterhin aus voller Kehle in den Baumkronen tschilpten. Gafur und Ra-ton saßen am Ufer eines trägen Flusses und lauschten auf das Vogelgezwitscher. Der Nekromant betrachtete schweigend die schwarze Wasseroberfläche, auf der sich die tief hängenden Wolken spiegelten. Der Irbissohn ließ ihn keine Sekunde aus den Augen. Er kauerte auf einem Stein, der mit Flechten bewachsen war und sich im Laufe des Tages überhaupt nicht erwärmt hatte. Neben dem Nordmann lag seine Streitaxt. Immer wieder blickte er kurz zur fahlen Sonne hinauf. Mit jeder Minute wurde er ruheloser, doch das schien der Nekromant überhaupt nicht zu bemerken.

Noch immer grübelte er darüber nach, was in diesem Dorf nicht stimmte. Denn etwas passte hier nicht zusammen. Ein Helblar war kein harmloser Shui-agul oder ein durch Zauber aus dem Grab gelocktes Skelett. Ein Helblar gebot selbst über Magie, und nicht jede Waffe konnte ihm etwas anhaben. Blieb die Frage, woher er kam.

»Habt ihr euch das Grab angesehen, Barbar?«, wollte Gafur von Ra-ton wissen.

Daraufhin löste dieser den Blick vom Himmel. »Ja«, sagte er. »Es war das Erste, was wir getan haben, sobald der Rückkehrer auftauchte. Das Grab war leer. Sonst wären wir wohl auch mit diesem Wesen fertiggeworden. Aber der Helblar muss sich irgendwo im Wald eine Höhle gebaut haben.«

»Was ist mit dem Körper des Mädchens?«

»Wenn du auf ihr Grab anspielst, das ist unberührt.«

Gafur presste die Lippen aufeinander, sagte aber kein Wort.

»Lebt derjenige noch, der ihr Mann werden sollte?«, fragte er nach einer Weile.

»Ja«, antwortete Ra-ton mit steinerner Miene.

»Ich würde gern mit ihm reden.«

»Dafür haben wir jetzt keine Zeit. Die Nacht rückt immer näher. Wir sollten uns besser ins Haus zurückziehen.«

»Das schaffen wir schon noch.«

»Weshalb ist er zu uns gekommen?«, wechselte Ra-ton das Thema. »Ob Ug uns zürnt?«

Gafur wusste jedoch rein gar nichts von den Launen dieses kriegerischen Gottes der Barbaren.

»Ich kann nur sagen«, antwortete er auf die Frage des Irbissohns, »dass die Erde nichts ohne Grund hervorbringt. Nicht einmal einen Helblar.«

»Aber selbst du kennst diesen Grund nicht?«

»Nein«, gab der Nekromant zu.

»Ich habe immer geglaubt, Menschen wie du wüssten alles über das Dunkel.«

»Das Dunkel hat viele Gesichter, Barbar. Mitunter gibt es sich sogar als Licht aus. Und nicht jeder kann das eine vom anderen unterscheiden.«

»Dunkel bleibt Dunkel«, knurrte Ra-ton. »Es vollbringt ebenso wenig Gutes wie das Licht Schlechtes.«

»Dann hältst du mich also für eine Lichtgestalt?«, erkundigte sich Gafur in sanftem Ton, wobei er den finsteren Nordmann unverwandt ansah.

»Bitte?!«

»Ich habe euer Dorf nicht zu Kleinholz zerhackt, obwohl ich das hätte tun können. Und ich helfe euch gegen den Helblar. Damit lege ich ja wohl ein ausgesprochen lobenswertes

Verhalten an den Tag, oder? Folglich stünde ich nicht mit dem Dunkel im Bunde.«

»Was weiß denn ich«, knurrte Ra-ton.

Gafur lachte nur und griff nach seinem Hilss.

»Warum sehen die Menschen immer bloß zwei Seiten?«, wandte er sich wieder an Ra-ton. »Nur Licht und Dunkel? Warum halten sie uns Nekromanten für böse, nur weil wir über Untote gebieten können? Warum fürchten uns die Menschen – obwohl wir nicht schlechter sind als die Schreitenden? Und die hältst du doch für gut, oder, Barbar?« fragte Gafur und lachte erneut. »Aber, glaub mir, der Turm trachtet gewiss nicht nach Frieden. Die Schreitenden sind genau wie wir, weder rein licht noch rein dunkel. Denn das unverfälschte Gute gibt es ebenso wenig wie das unverfälschte Böse. Es gibt nur Menschen, ihre Wünsche und Träume, ihre Ziele und ihr Verhalten. Alles andere ist lediglich ein Ausdruck davon.«

»Trotzdem werden die Menschen diejenigen immer fürchten, die über Tote gebieten können. Wer von uns gegangen ist, hat seinen Platz unter der Erde – nicht unter lebenden Menschen.«

»Furcht ist ein schlechter Gefährte. Sie raubt einem den Verstand, die Kraft und am Ende sogar das Leben. Sobald du erst einmal Furcht zeigst, taucht der Tod hinter deiner linken Schulter auf.«

»Du fürchtest also gar nichts, ja, Zauberer?«, fragte Ra-ton mit einem Grinsen, das ihn wie einen gemeinen Straßenräuber aussehen ließ.

»Nichts und niemanden, Barbar«, antwortete Gafur. »Angst ist ein allzu großer Luxus für mich und meine Kunst.«

»Warum bist du in unser Dorf gekommen?«

Die schwarzen Augen bohrten sich in den rothaarigen Krieger.

»Wenn ich mich recht erinnere, hatte ich bereits gesagt, dass ich gern reise.«

»Ich weiß nicht, wonach du eigentlich suchst«, erwiderte Ra-ton daraufhin schnaubend, »aber wir haben bestimmt nichts von Wert.«

Gafur beobachtete, wie eine Ameise einen halben Käfer in den Ameisenhügel schleifte. Danach richtete er den Blick nach Norden, wo sich der Tannenwald schwarz abzeichnete. Die Sonne schien sich in den Zweigen verfangen zu haben.

»Ich werde mir deine Worte merken. Und jetzt lass uns gehen, denn niemand sollte den Tod herausfordern.«

»Nicht einmal du?«, fragte Ra-ton spöttisch zurück, während er nach seiner Axt langte.

»Nicht einmal ich«, antwortete Gafur ernst. Er hielt bereits ohne jede Hast auf das Dorf zu, ohne sich zu vergewissern, ob Ra-ton ihm auch folgte.

Was dieser jedoch selbstverständlich tat.

Obwohl es immer noch nicht dunkelte, herrschte im Haus Ra-tons wegen der dicht verschlossenen Fensterläden und der fest verriegelten Tür tiefe Finsternis. Niemand wagte es, ein Feuer im Herd zu entfachen. Alles war still. So still, dass Gafur hörte, wie im Keller die Herzen von Ra-tons Frau und Kindern hämmerten. Der Irbissohn selbst saß vor dem erkalteten Herd, die Axt quer über den Knien. Obwohl er sich nicht einmal rührte, wusste Gafur genau, dass Ra-ton nicht schlief. Dazu ging sein Atem zu schnell und zu kurz, dazu schlug sein Herz zu laut, dazu stand ihm die Sorge um seine Familie zu deutlich ins Gesicht geschrieben.

»Hör auf, an deine Kinder zu denken, Barbar«, befahl Gafur ihm. »Deine Gedanken ziehen den Helblar nur zu deinem Haus.«

Ra-ton stieß einen schweren Seufzer aus.

»Willst du etwa nicht, dass der Rückkehrer hierherkommt?«, fragte er dann schüchtern. »Ich dachte, darauf hättest du es angelegt.«

»In dem Fall bist du wirklich der dümmste aller Väter«,

erwiderte Gafur und lachte höhnisch. »Wenn du wirklich angenommen hast, ich wollte den Helblar in dein Haus locken, dann hättest du deine Frau und deine Kinder von hier wegschaffen sollen.«

Ein verärgertes Gebrumm ließ sich vernehmen, fast als säße vorm Herd ein großer Bär.

»Siehst du das etwa anders, Ra-ton?«

»Nein«, knurrte der Irbissohn. »Mag Ug dich vernichten, aber du hast recht!«

»Trotzdem hast du deine Kinder nicht aus dem Haus gebracht. Warum nicht?«

»Das spielt keine Rolle.«

»O doch«, widersprach Gafur mit eisiger Stimme. »Das ist sogar sehr wichtig. Wenn ein Mann bereit ist, das Leben seiner Kinder aufs Spiel zu setzen, dann ist das immer wichtig. Denn sie sind das Wertvollste, das du besitzt, oder etwa nicht?«

»Ja«, gab Ra-ton nach einem ausgedehnten Schweigen zu. »Das sind sie.«

»Du hast mich in dein Haus gebeten. Das weiß ich zu schätzen. Vor allem, weil du weißt, dass das Dunkel stets das Dunkel wittert. Der Helblar wird meine Anwesenheit früher oder später spüren. Dann wird er hier auftauchen, um zu sehen, wer ihm die Herrschaft streitig machen möchte. Deshalb frage ich dich noch einmal, warum deine Familie noch hier ist. Hätte wirklich keiner deiner Freunde zugestimmt, deine Frau und die beiden kleinen Kinder aufzunehmen?«

»Doch, das hätten sie, davon darfst du ausgehen. Sie haben es mir sogar von sich aus angeboten.«

»Aber du hast abgelehnt. Warum?«

Abermals breitete sich bedrückendes Schweigen aus. Dennoch drängte Gafur den Nordländer nicht zu antworten, sondern wartete ruhig ab. Gleichzeitig erteilte er seinen Dienern den Befehl, das Haus zu umstellen. Jetzt *sah* er mit den Augen eines dieser Geschöpfe. *Sah,* dass das Dorf wie ausgestorben war, nicht eine Menschenseele lief durch die Straßen.

»Ich bin ein Irbissohn. Meine Familie würde es sich nicht verzeihen, wenn ihretwegen noch jemand stürbe.«

»Was heißt das: *noch* jemand? Ist euretwegen denn schon einmal jemand gestorben?«

»Das nicht. Aber der Rückkehrer sucht uns womöglich.«

»Meinst du nicht, dass du mir das früher hättest mitteilen sollen?«, zischte der Nekromant. »Außerdem würde ich gern erfahren, warum er ausgerechnet euch suchen sollte. Was habt ihr ihm getan, Barbar? Beim Reich der Tiefe, nun rück schon mit der Sprache heraus!«

»Da-rom war mein ältester Sohn«, gestand Ra-ton mit kaum vernehmbarer Stimme.

»Aha«, bemerkte Gafur, obgleich er von dieser Eröffnung kaum überrascht schien. »Du glaubst also, der Helblar könnte das verwandte Blut wittern. In dem Fall wäret ihr aber bereits tot. Nein, dein Sohn ist gestorben. Derjenige, der jetzt in der Nacht wütet, hat nichts mehr mit einem Menschen gemein. Dieses Geschöpf kennt keinen Vater und keine Mutter. Es weiß nicht, wer es zu Lebzeiten gewesen ist. Deshalb seid ihr ihm völlig egal. Glaub mir, hier steckt etwas anderes dahinter.«

»Aber was?«

»Das weiß wohl niemand. Vielleicht geht es um Rache, vielleicht aber auch um etwas anderes.«

»Warum sollte sich der Rückkehrer denn rächen wollen? Was haben wir ihm getan?«

»Das wisst ihr besser als ich.«

»Wenn der Helblar auftaucht, stellst du dich ihm dann entgegen und tötest ihn?«

»So verrückt bin ich nicht.«

Der Sdisser spürte, wie Ra-ton ihn musterte.

»Du hast Angst vor ihm«, sagte der Nordländer schließlich.

»Nein. Aber ich habe auch nicht die Absicht zu sterben. Und jetzt schweig. Er ist in der Nähe.«

»Woher weißt du …?«

»Die Vögel … sie sind verstummt.«

Kurz darauf waren schwere Schritte zu hören. Die Erde bebte unter dem Gewicht desjenigen, der sich ihnen näherte. Doch damit hatte Gafur gerechnet. Ein Helblar war kein gewöhnlicher Untoter, er gewann derart an Gewicht und Größe, dass selbst der stärkste Mensch ihn wohl kaum auch nur einen Zoll anheben könnte.

Etwas knackte, splitterte, jemand schrie verzweifelt, verstummte dann aber jäh. Eines der Nachbarhäuser hatte ohne Frage ein übles Schicksal ereilt. Der kurzen Stille folgte neuerliches Gepolter. Das nächste Dach stürzte ein. Es kam zu einer blendenden Explosion, die ihr Licht selbst durch die geschlossenen Fensterläden in Ra-tons Haus schickte. Nun war es in ihm so hell, dass der Irbissohn klar das spitze, fahle Gesicht des Nekromanten erkannte.

»Was war das?«, fragte der Nordländer.

»Die Schreitende. Der Helblar hat sich das Haus vorgenommen, in dem sie sich aufhält. Da hat sie ihn mit Blitzen empfangen.«

»Ob sie ihn getötet hat?«

»Wohl kaum.«

»Kannst du ihr helfen?«

»Für sie kommt bereits jede Hilfe zu spät. Übrigens lenkt der Helblar seine Schritte jetzt in unsere Richtung«, sagte Gafur und schickte dieser Kreatur seine Untoten entgegen.

Er wusste, wie dieser Kampf ausgehen würde, aber er hatte nicht damit gerechnet, dass alles *so* schnell enden würde. In dem Helblar brodelten die Kraft und die Leidenschaft all der fremden Seelen, die er bereits verschlungen hatte. Selbst Gafur stockte angesichts dieser Gewalt kurz der Atem. Keiner seiner sieben Diener konnte dem Helblar irgendein Leid zufügen. Er zerriss seine Feinde, ohne auch nur den Schritt zu verlangsamen. So starben die Untoten ein zweites Mal. Diesmal endgültig.

Schon im nächsten Augenblick ging ein fürchterlicher Schlag auf das Dach von Ra-tons Haus nieder. Staub segelte auf die beiden Männer herab. Über ihnen knarrte, knarzte und krachte es wütend. Ein Teil des Daches stürzte ins Hausinnere und hätte dabei beinahe Ra-ton unter sich begraben. In dem Loch zeichnete sich gegen den schummrigen Himmel eine riesige bekrallte Pfote ab.

»Zur Seite!«, brüllte Gafur. Sein Stab flammte in einem silbrigen Licht auf. Ra-ton ließ die Axt fallen und hechtete fluchend in die nächste Ecke.

Gafur schrie einen Zauberspruch. Der Schädel am Hilss erwachte zum Leben, fauchte wütend und spuckte Klumpen grauer Luft aus. Das Dach verwandelte sich daraufhin in Mulm. Der Helblar wurde einige Dutzend Yard weggeschleudert. Gafur hörte, wie der schwere Körper in eine Scheune krachte und diese in Kleinholz zerlegte.

Der Staub, der in der Luft hing, nahm ihm die Sicht. Jeder Atemzug verursachte Schmerzen. Am liebsten hätte Gafur gehustet und geniest, doch er setzte sein Werk unbeirrt fort, schickte all die Kraft, die ihm zu Gebote stand, in seinen Hilss. Dieser heulte lauthals auf.

Trotz des Waltens der Urkräfte versuchte Ra-ton aufzustehen. Gafur wirkte bereits den nächsten Zauber, musste sich diesmal aber unverrichteter Dinge geschlagen geben: Der Helblar katapultierte sich mit einem mächtigen Sprung durch das zerstörte Dach ins Haus. Der Geruch von verfaultem Gras, Tannennadeln und Fleisch stieg ihnen in die Nase. Gafur blieb keine Zeit, sich seinen Gegner genauer zu besehen. Der Hilss kreischte hysterisch und spuckte abermals Klumpen grauer Luft aus. Sie bohrten sich dem Helblar in die Brust und schleuderten ihn nach hinten, sodass er mit dem Rücken gegen die Steinwand knallte, ein Loch in sie brach und im Hof landete.

Gafur ließ den Stab über dem Kopf kreisen und stieß einige Sätze in seiner kehligen Sprache aus. Es polterte und leuchtete. Ra-ton wurde kurz geblendet, und als er danach wieder klar sehen konnte, machte er in dem Loch der Wand eine riesige Schlange aus, die aus fahlblauen Flammen bestand. Das Feuer war kalt und tot, wie alles, was die Magie eines Nekromanten schuf. Statt eines Kopfes besaß das Untier einen Pferdeschädel, in den Augenhöhlen pochte ein purpurrotes Licht. Die Kreatur zischte bedrohlich, worauf durch das zerstörte Dach eine Garbe blauer Funken in einem irrsinnigen Tanz zum Himmel aufstieg.

Doch selbst das genügte Gafur nicht. Deshalb klaubte er etwas Staub auf, der sich nach der Zerstörung des Daches über den Boden gelegt hatte, und pustete ihn von seinem Handteller nach oben. Ra-ton meinte, der Himmel selbst würde sich verdichten und zu einem neuen Dach zusammenfügen. Es war von durchscheinend taubengrauer Farbe und wirkte äußerst zerbrechlich. Diesen Eindruck hatte im Übrigen nicht nur der Irbissohn, sondern auch der Helblar – der sich nach Gafurs Angriff bereits erneut in die Luft geschraubt hatte und nun mit seinem ganzen Gewicht auf das magisch geschaffene Dach knallte.

Ra-ton stieß einen unterdrückten Angstschrei aus und griff nach seiner Axt. Entgegen allen Befürchtungen hielt das magische Dach jedoch nicht nur dem Aufprall stand, sondern versengte den Helblar auch noch. Er fiel zu Boden, sodass die Erde neuerlich bebte. Sofort erhob er sich und stürzte sich mit der Wut eines Wahnsinnigen auf die Feuerschlange in der Hauswand, wobei er Teile seines Fleisches verlor. Die kalten fahlblauen Flammen der Schlange loderten wieder und wieder auf. Schließlich erhob sich ein grimmiges Heulen voller Schmerz und Verzweiflung, das sich bis zu den Sternen hinaufschwang. Da verlor Ra-ton das Bewusstsein.

Ra-ton dröhnte der Kopf, in seinem Mund schmeckte er Blut. Mit Ugs Namen auf den Lippen schüttelte er seine Benommenheit buchstäblich ab und setzte sich schwerfällig auf. Wenn er lebte, konnte das nur eins bedeuten: Der Rückkehrer war nicht zu ihnen vorgedrungen. Nur zu gern hätte der Irbissohn vergessen, dass er in Ohnmacht gefallen war. Seine Schwäche war ihm peinlich, und er hoffte inständig, bis auf den Sdisser würde nie jemand von dieser Schande erfahren. Ein Irbissohn fällt nicht in Ohnmacht, schließlich war er keiner dieser zartbesaiteten Bewohner des Imperiums.

Er wollte aufstehen, doch der Boden schwankte unter ihm, die Wände führten einen irren Reigen um ihn herum auf. Deshalb kroch er auf allen vieren zum Herd, sackte gegen diesen und sah sich um.

Die Sonne war inzwischen bereit, wieder aus der Umklammerung der Tannenzweige herauszuspringen und einen neuen Tag anzukündigen. Die Nacht war überstanden, Ug sei gepriesen. Einen Tag lang hatten sie nun Ruhe vor dem Rückkehrer. Als Ra-ton sich nach dem Nekromanten umsah, entdeckte er ihn in der gegenüberliegenden Ecke, dicht neben dem Loch in der Wand. Er saß im Schneidersitz da, eingehüllt in den schmutzigen Umhang und wiegte seinen Stab in den Armen, als wäre dieser ein Kind. Der Schädel an der Spitze war nun wieder lediglich eine kunstvolle Schnitzerei. Für den Bruchteil einer Sekunde meinte Ra-ton, alles, was er in der Nacht erlebt hatte, sei bloß ein schrecklicher Traum gewesen. Aber das Dach war tatsächlich eingestürzt, die Hauswand eingerissen. Obendrein hatte die Feuerschlange eine Spur auf dem Boden hinterlassen, und über allem lag eine dicke Schicht seltsamen grellorangefarbenen Schimmels.

Gafur hatte sich die Kapuze tief ins Gesicht gezogen, sodass Ra-ton nur den komischen Ziegenbart sah. Er war sich nicht sicher, ob der Nekromant schlief oder wachte.

»Alles in Ordnung, Zauberer?«, fragte er deshalb nach einer Weile.

»Durchaus«, erfolgte die knappe Antwort.

»Der Rückkehrer … Was ist mit ihm?«

»Er ist uns leider entkommen. Immerhin ist er verwundet, falls man das überhaupt von jemandem sagen kann, der bereits tot ist. Aber nicht sehr stark. Freut dich das, Barbar?«

»Die Frage verstehe ich nicht.«

»Schließlich war er dein Sohn«, sagte Gafur.

»Einen solchen Sohn habe ich nicht!«, brauste Ra-ton auf. »Ich habe meinen Sohn verloren, als er Na-ara umgebracht und damit die Ehre seiner Vorfahren besudelt hat. Ich habe ihn verloren, als er seinem eigenen Leben feige ein Ende gesetzt hat. Diese Kreatur ist nicht mein Sohn. Das ist ein Rückkehrer. Wenn ich könnte, würde ich ihn eigenhändig töten! Und ich bedauere zutiefst, dass du ihn nicht einen zweiten Tod hast erleiden lassen.«

»Alles ist noch viel vertrackter, als ich bisher angenommen habe«, bemerkte Gafur so leise, als rede er nur mit sich selbst. »Er ist unglaublich schwer auszuschalten. Meine Zauber haben mich noch nie im Stich gelassen – aber dieser Helblar hat sich kaum um sie geschert. Dergleichen habe ich noch nie erlebt.«

»Ein Rückkehrer ist eben kein gewöhnlicher Untoter.«

»Als ob ich das nicht wüsste!«, stieß Gafur aus, und Ra-ton meinte, der Nekromant setze bei diesen Worten ein schiefes Grinsen auf. »Aber selbst er hätte einen Schlag der Ascheschlange nicht aushalten dürfen. Doch das hat er, Barbar. Dir ist klar, was das bedeutet?«

»Nein.«

»Die Geschichte, die du mir erzählt hast, kann nicht stimmen. Der Helblar sucht euer Dorf aus einem bestimmten Grund auf. Etwas muss ihn aus dem Grab geholt haben, etwas lässt ihm keine Ruhe.«

»Und was soll das gewesen sein?«

»Was – oder wer«, brummte Gafur. »Ich weiß es nicht.

Das werden wir wohl erst erfahren, wenn wir den Helblar töten.«

»Schaffst du das?«

»Auch auf diese Frage kann ich dir nur antworten: Ich weiß es nicht. Er ist verletzt, aber immer noch stark. Außerdem hat er alle Hunde getötet, bevor er abgezogen ist. Nicht einmal das konnte ich verhindern.«

»Was haben die Hunde damit zu tun?«

»Mit dem Hundeblut hätte ich verhindern können, dass er weitere Kraft sammelt. Jetzt muss ich mir etwas anderes einfallen lassen. Wer immer den Helblar aus dem Grab geholt hat, weiß von meiner Anwesenheit. Deshalb hat er sich in Sicherheit gebracht. Zumindest vorübergehend.«

»Von uns Irbissöhnen hat jedenfalls keiner den Helblar gerufen. Wir befassen uns nicht mit dunkler Magie.«

»Vielleicht stimmt das, vielleicht aber auch nicht. Das werde ich morgen in Erfahrung bringen.«

»Morgen? Warum nicht heute?«

»Weil ich heute zu müde bin. Diese Nacht wird sich der Helblar nicht mehr zeigen, denn er muss erst seine Wunden heilen. Und auch ich muss wieder zu Kräften kommen. Ich muss etwas essen und mich ausschlafen. Morgen früh aber werde ich seinen Unterschlupf finden und der Sache auf den Grund gehen.«

»Ich vertraue dir ja … aber trotzdem. Was, wenn der Rückkehrer doch heute auftaucht. Dann wird wahrscheinlich keiner von uns die Nacht überleben.«

»Nicht *wahrscheinlich*, sondern *mit Sicherheit* nicht. Der Helblar hat dieses Dorf bereits fünfmal heimgesucht, er hat getötet, Seelen verschlungen und an Kraft gewonnen. Eine sechste Nacht würde niemand überleben. Aber heute Nacht kommt er nicht, das darfst du mir glauben, Barbar. Morgen begebe ich mich jedoch gleich bei Sonnenaufgang auf die Jagd nach ihm.«

»Dann werde ich dich begleiten.«

»Gut«, sagte Gafur. »Außer dir brauche ich noch fünf Krieger. Kannst du ein paar kühne Männer finden, die es wagen würden, mich zu begleiten?«

»Ja.«

»Einer von ihnen sollte der Mann sein, der die Frau eigentlich hätte heiraten sollen. Wie hieß er doch gleich? Cha-son?«

»Ja. Warum brauchst du ihn?«

»Das würde zu weit führen, aber ohne ihn geht es auf keinen Fall. Außerdem sind da noch zwei Dinge, die du erledigen musst, während ich schlafe.«

»Ich werde alles tun, worum du mich bittest.«

»Du kennst meine Bitte ja noch nicht einmal, erklärst dich aber bereits mit allem einverstanden. Wo bleibt da deine Umsicht, Barbar?«

»Hör endlich auf, mich Barbar zu nennen!«, verlangte Raton wütend. »Wir sind keine Wilden. Und was die Umsicht angeht, die will ich diesmal außer Acht lassen. Was soll ich tun?«

»Erstens: Besorg zwei Schweine. Zweitens: Du musst das Grab der Frau öffnen, die dein Sohn getötet hat. Ich brauche eine Locke ihres Haares und ein Stück vom Fingernagel des linken Zeigefingers.«

»Das werde ich auf gar keinen Fall tun!«, schrie Ra-ton. »Ug würde mir das nie …«

»Dann werden alle sterben, und Ug bleibt nur ein leerer Altar und ein totes Dorf«, fiel ihm Gafur ins Wort. »Mir steht es frei, jederzeit zu gehen, euch nicht. Ob du meine Bitte erfüllst, musst du selbst wissen, ich werde dich jedenfalls zu nichts zwingen. Jetzt hol aber erst einmal deine Familie aus dem Keller und bringe sie fort. In diesem Haus darf niemand mehr wohnen. Am besten wäre es eh, alles, was in Flammen aufgeht, zu verbrennen und den Rest dann niederzureißen.«

Am frühen Morgen des nächsten Tages warteten fünf Krieger im Kilt vor dem Haus des Ältesten auf den Sdisser. Die hochgewachsenen, muskulösen Männer mit dem zu Zöpfen geflochtenen roten Haar und den mit roter Farbe bemalten Gesichtern glichen den Feuerdämonen aus Bragun-San. Alle waren bewaffnet, zwei mit Bogen und Köcher. Obwohl Gafur bezweifelte, dass diese Waffe dem Helblar irgendetwas anhaben könnte, sagte er kein Wort. Wenn diese Ausrüstung das Vertrauen der Männer in die eigenen Kräfte stärkte, umso besser.

Cha-son war älter, als Gafur vermutet hatte, schon weit über dreißig. Der breitschultrige, grünäugige Mann mit dem gepflegten Bart hatte am Hals eine feine, kaum zu erkennende Narbe. Er blickte genauso finster drein und war ebenso wortkarg wie alle anderen. Allerdings fiel Gafur auf, dass Cha-son Ra-ton mied, ja sogar seinem Blick auswich. Merkwürdig …

»Hast du alles vorbereitet?«, fragte Gafur nun Ra-ton.

»Ja«, antwortete der Irbissohn und überreichte dem Nekromanten einen kleinen Lederbeutel. »Hier ist das drin, worum du mich gebeten hast.«

Die Haare und der Fingernagel. Bestens. Zu Lebzeiten hatte der Helblar diejenige geliebt, die er umgebracht hatte. Das würde Gafur sich jetzt zunutze machen. Denn die Liebe ist ein hervorragendes Mittel, um jemanden zu bändigen. Selbst einen Untoten.

»Sind da die Schweine drin?« Gafur nickte in Richtung von zwei Säcken, aus denen ein Quieken herausklang.

»Ja.«

»Die müssen wir mitnehmen.«

»Wir sind Krieger und keine Träger«, zischte einer der Nordländer. »Das wäre eine Schande.«

»Eine Schande wäre, wenn ich dich im Dorf lasse, während deine Gefährten in den Kampf ziehen«, entgegnete Gafur. »Die Wahl liegt bei dir, mein Freund, ist aber nicht sehr groß. Entweder du schleppst ein Schwein, oder du bleibst hier.«

Der Irbissohn brummte missmutig. Sobald er jedoch den strengen Blick Ra-tons auffing, verstummte er.

Sie mussten das ganze Dorf durchqueren. Erstaunlicherweise weinte keine der Frauen, die ihren Abzug beobachteten. Sie ließen ihre Männer und Söhne mit einem Lächeln auf den Lippen gehen und beteten nur, Ug möge ihnen beistehen. Wie anders die Menschen des Nordens doch sind, dachte Gafur einmal mehr. Man durchschaut sie kaum. Die Kälte hat ihr Äußeres in eine harte, eisige Schale verwandelt, die selten einen Riss zeigt, durch den man das Innere erkennen könnte.

Nachdem die Männer den Fluss hinter sich gebracht hatten und vor ihnen die Grabhügel lagen, wandte sich Gafur nach Westen.

»Wir müssen nach Süden«, sagte Ra-ton. »Alle Spuren weisen in diese Richtung.«

»Damit will er uns verwirren«, entgegnete Gafur. »Keine Sorge, ich weiß, was ich tue.«

Ohne sich weiter in Einzelheiten zu ergehen, hielt Gafur auf die Hügelkette zu. Er wusste genau, wo sein Ziel lag. Selbst heute hing noch der erstickende Geruch in der Luft, den der Helblar verströmte. Die fünf rothaarigen Nordländer nahmen ihn selbstverständlich nicht wahr, aber Gafur war nicht so leicht zu täuschen. Er wusste, dass das Geschöpf sich irgendwo hinter diesen Hügeln ein Nest gebaut hatte.

Da die Schweine wie außer sich quiekten, berührte Gafur ihr Bewusstsein und brachte sie zum Einschlafen. Die Gruppe wanderte über Felder, die mit Johanniskraut und Hahnenfuß bewachsen waren. An sie schlossen sich winzige Birkenwäldchen an, um die ein aufgebrachter Wind wehte. Die Luft hallte vom Surren der Insekten wider.

Bei niedrigen, mit blutroten Blüten besetzten Sträuchern begann ein Pfad, der zu den Hügeln führte. Er wand sich zwischen duftenden Gräsern hindurch und zog sich an einem flachen See mit dunklem, torfigem Wasser entlang. Am Ufer hüpften zahllose wilde Vögel herum. Unmittelbar hinter dem See lag ein Kiefernwald, der unerschrocken die steilen Hügel erklomm.

Würde die Gruppe versuchen, einen dieser Berge auf geradem Weg zu erklimmen, würden sie im Nu ihre Kräfte einbüßen, das begriff Gafur mit einem Blick. Deshalb beschloss er, dem Pfad zu folgen. Er brachte sie in eine schmale Schlucht, die mit wilden Himbeeren, Tannen und allen nur denkbaren, rot blühenden Dornensträuchern bestanden war. Der Pfad verengte sich, verwandelte sich in einen kaum noch auszumachenden Faden. Durch das Dickicht neben ihm hatte sich jemand einen Weg gestampft. Und keiner von ihnen hegte einen Zweifel daran, um wen es sich bei diesem *Jemand* handelte.

Vom Berg strömte mit ohrenbetäubendem Rauschen ein Bach herab, der über spitze Steinstufen sprang und unter abgebrochene Zweige oder umgestürzte Baumstämme kroch. Hier war es schattig und kühl, denn die Kiefern an den Hängen schirmten den Pfad gegen das Sonnenlicht ab. Irgendwann erreichten sie einen Granitfelsen, von dem sich ein Vorsprung weit über den Pfad schob. An dieser Stelle ergoss sich ein kleiner Wasserfall in ein Becken.

Die Nordländer tranken etwas und wuschen sich, dann wendeten sie sich nach rechts, um den Hang weiterzuerklimmen. Es war ein beschwerlicher Marsch, immer wieder mussten sie sich beim Anstieg an goldschimmernden Kieferwurzeln festhalten, die aus dem Erdboden herausragten. Schließlich erreichten sie aber doch die Hügelspitze. Die Kiefern wuchsen nun viel höher und gerader als am Hang, das Gras bildete einen dichten Teppich. Wohin der Blick auch fiel, funkelten die rötlichen Mützen der Butterpilze.

Gafur drehte sich in die Richtung um, aus der sie gekommen waren. Das Dorf wirkte von hier oben kaum größer als der Nagel des kleinen Fingers. Sie hatten ein gutes Stück zurückgelegt. Weit mehr, als er angenommen hatte, aber es hatte sich gelohnt: Diese Lichtung war wie geschaffen für sein Vorhaben.

Die Sonne strahlte am Himmel, Schatten fehlte fast völlig.

Schon bald würde der Mittag heran sein – die beste Zeit, um demjenigen zu begegnen, der für das Sonnenlicht nicht viel übrighatte. Zu dieser Zeit war der Atem aus dem Reich der Tiefe deutlicher spürbar. Das würde den Helblar schwächen. Es wäre dumm, diese Gelegenheit ungenutzt verstreichen zu lassen.

Gafur wandte sich wieder den Nordländern zu, die ihn erwartungsvoll ansahen.

»Wir bleiben hier«, sagte Gafur. »Schlachtet die Schweine!«

»Und was machst du?«, wollte Cha-son wissen.

»Das wirst du schon sehen.«

Während die Nordländer die Tiere töteten, sah sich der Nekromant noch einmal um. Er stellte fest, wo Osten lag, ließ sich auf die Knie nieder und sprach mit raschen Worten ein Gebet. Er war zwar nicht gläubig, doch schaden konnte eine solche Geste gegenwärtig nicht. Dann nahm er die Tasche von der Schulter, öffnete sie, holte ein dickes, in die Haut eines Menschen gebundenes Buch heraus und schlug eine Seite mit Sternenkarten samt Mondkalender auf. Nachdem er sich in diese vertieft hatte, entnahm er der Tasche ein kleines Fass mit schwarzer Farbe, die aus dem Speichel singender Würmer im Osten gewonnen worden war, sowie einen feinen Pinsel aus Haar vom Hermelin. Mit klaren, kurzen Strichen zeichnete er sich zwei Dutzend kleiner Runen der Unterwerfung auf den linken Handrücken. Nun war er unverbrüchlich mit seinem Hilss verbunden. Anschließend setzte er noch auf das mittlere Gelenk jedes Fingers dieser Hand eine Pyramide der Stabilität. Was auch immer geschehen mochte, jetzt konnte ihn niemand von seiner Gabe abschneiden. Aus irgendeinem Grund zweifelte Gafur nämlich nicht eine Sekunde daran, dass derjenige, der hinter dem Helblar stand, etwas in der Art versuchen würde.

Nachdem er das Fässchen mit der Farbe wieder verschlossen und den Pinsel abgewischt hatte, steckte er diese Utensilien zusammen mit dem Buch zurück in die Tasche und stand auf. Mit einem seiner spitzen schwarzen Fingernägel fuhr er sich über den rechten Unterarm und ritzte die Haut auf. Blut trat aus. Gafur ließ es zu seinen Fingern hinunterfließen, dann schüttelte er die Hand in der Luft, sodass die heißen purpurroten Perlen aufs Gras fielen. Danach ging er zu den Irbissöhnen hinüber, die inzwischen die Schweine getötet hatten, und ließ etwas von seinem Blut auf die Seiten der Tiere tropfen.

»Macht das auch«, verlangte er von den Nordländern.

Diesmal fragten sie nicht nach und taten, was er wollte. Gafur beobachtete jeden der Krieger genau und nickte zufrieden, als ihr Blut austrat.

Nun musste er noch einmal die Runen der Unterwerfung, die Pyramide der Stabilität, die Anrufung und einen Zauber zur Verstärkung zeichnen. Den Abschluss bildete das aufwendige, fragile und für den Künstler selbst unglaublich gefährliche Hexagramm, das Al-la-ad-jilja, mit dem er einen körperlosen Dämon aus dem Reich der Tiefe rufen konnte. Jeder noch so kleine Fehler bei Erstellung des Bildes konnte zum Tod des Nekromanten führen. Dennoch versah Gafur den Rücken beider Schweine mit je einem Hexagramm – und seine Hand zitterte nicht einmal, während er die nötigen Worte klar und in der vorgegebenen Zeit aussprach. Die Nordländer starrten die Zeichnungen auf den schwarzen Seiten der unglücklichen Tiere finster an, schwiegen jedoch.

Gafur entnahm seiner schier bodenlosen Tasche eine kleine Flasche aus blauem, außergewöhnlich schönem Glas. In ihr schwappte eine mysteriöse Substanz, die in den Farben des Regenbogens schimmerte und geradezu vergnügt funkelte. Fast konnte man meinen, es handle sich um geschmolzenes Metall. Ein Umstand sprach allerdings dagegen: Das Glas war eisig kalt. Nachdem Gafur mit den Zähnen den fest eingestöpselten Korken herausgezogen hatte, gab er auf jedes Schwein einen scharf nach Nelken riechenden Tropfen. Es zischte, als übergösse er die Tiere mit kochendem Wasser. Anschließend zog Gafur unter seinem Umhang zwei lange schwarze Nadeln hervor, die er den Schweinen jeweils in das linke Schulterblatt trieb. Danach packte er seinen Hilss mit beiden Händen.

Der Schädel erwachte und gähnte herzhaft. Die Nordländer wichen einige Schritte zurück, denn die toten Körper der Tiere bewegten sich mit einem Mal. Was dann geschah, wollte niemand von ihnen glauben: Die Schweine schwollen unter wütendem Gebrüll zu ungeahnter Größe an. Ihre Haut wurde schwarz, die Schnauzen streckten sich in geradezu monströser Weise in die Länge, die Zähne ragten immer höher auf, der Körper ging in die Breite und legte sich wahre Muskelberge zu. Die ohnehin kleinen Äuglein schrumpften dagegen noch weiter. In ihnen brannte jetzt ein smaragdgrünes Feuer. Röchelnd und schnaufend wie ein alter Blasebalg erhoben sich die albtraumhaften Wesen und strebten zum anderen Ende der Lichtung, ohne für die Nordländer auch nur einen Blick übrig zu haben.

»Bei Ug«, hauchte Ra-ton schließlich. »Das ist zu viel …«

»Des Guten? Dafür ist es wirkungsvoll. Sie werden den Helblar eine Zeit lang aufhalten.«

»Was ist mit der Feuerschlange?«

»Sie ernährt sich vom Mond, deshalb ist sie tagsüber wertlos.«

Gafur schritt unterdessen die Lichtung ab und verteilte auf ihr ein graues Pulver, das er einer mit Wachs versiegelten Schachtel entnahm. Er war froh über den Wind. Jeder Untote wittert den Geruch der Pollen des Schwarzen Auges über einige Leagues hinweg. Dieses Pulverchen übt einen noch betörenderen Reiz aus als das Blut von Menschen, von dem der Schweine ganz zu schweigen. Dem Geruch von Blut mochte der Helblar zumindest bei Tage noch widerstehen können – dem Geruch dieser Pollen nicht. Vorsichtshalber gab Gafur auch noch etwas Pulver in den Beutel, der das Haar und den Fingernagel der Frau enthielt, die Da-rom getötet hatte. Danach verbrannte er alles und überantwortete die Asche der Luft. Nun blieb ihnen allen nichts anderes übrig, als zu warten.

Die Nordländer hielten ihre Waffen bereit und stierten unverwandt auf die *Schweine*, die bei den Kiefern lauerten. Sie rissen ihre Rüssel von einer Seite zur anderen und grunzten angriffslustig. Gafur bändigte sie allein mit der Kraft seines Willens. Nur gut, dass die Tiere kaum etwas von seiner magischen Kraft verschlangen.

»Wann gehen wir zu ihm?«, wollte Ra-ton wissen,

»Ich bin nicht so wahnsinnig, ihm einen Besuch abzustatten. In seinem Nest werden wir alle zu einer leichten Beute für ihn. Die Lichtung dagegen ist ein offenes Feld, außerdem scheint hier die Sonne. Er wird hierherkommen. Sage deinen Männern, sie sollen sich bereithalten. Wenn er auftaucht, sollen sie aus Leibeskräften brüllen, sich ihm aber nicht in den Weg stellen. Stahl richtet hier nichts aus.«

»Warum hast du uns dann überhaupt mitgenommen?«

»Irgendjemand musste doch die Schweine tragen, oder?«, erwiderte Gafur. Und ohne auf die unterdrückten Flüche des Barbaren zu achten, wandte er sich von dem Mann ab. Er musste seine Zaubersprüche wiederholen.

Sie brauchten nicht einmal so lange zu warten, wie Gafur angenommen hatte. Irgendwann änderte sich der Wind – und ihm schlug der mittlerweile vertraute Geruch von verfaultem Gras, Tannennadeln und Fleisch in die Nase. Mit einem Schrei setzte er die Barbaren von der Gefahr in Kenntnis. Der Hilss in seinen Händen brüllte entrüstet, und die Welt wurde trüb, versank in Grau. Die Lichtung ging in einem gespenstischen Feuer auf, das alles Gras, die Blumen und Bäume verschlang, um die Luft mit dem aus den Pflanzen gepressten Leben und der schwindelerregenden Kraft des Todes zu sättigen. Prompt loderte die Zeichnung an Gafurs linker Hand purpurrot auf. Die ihn anfallende unsichtbare Kraft schien ihn fast zu zerreißen. Er achtete jedoch nicht auf den Schmerz, sondern setzte zum Gegenschlag an. Dabei zielte er auf den südlichen Rand des Hügels. Die Kiefern zerfielen mit einem ohrenbetäubenden Stöhnen zu schwarzer Asche, die in einer Wolke über das nun tote Gras getragen wurde. Der Helblar stand jedoch längst nicht mehr dort.

Er hatte es geschafft, mit einem gewaltigen Satz auf die Lichtung zu springen. An der Stelle, wo er gelandet war, hatte er einen tiefen Abdruck hinterlassen. Erst jetzt konnte Gafur seinen Gegner richtig erkennen. Er hatte Da-rom zu Lebzeiten nicht gekannt – aber *so* konnte er nicht ausgesehen haben. Der Helblar zeigte überbreite Schultern, einen tonnenförmigen Rumpf und lange Arme, die in bekrallte Finger ausliefen. An den Ellbogen und Knien ragten Dornen auf. Die Haut war blassblau und fehlte teilweise, sodass Fleisch und Knochen zu erkennen waren. Offenbar war die letzte Begegnung mit dem Nekromanten für den Helblar nicht ohne Folgen geblieben. In dem flachen Gesicht saß eine breite Nase, die oberen Ränder der Augenhöhlen traten stark hervor, das Kinn wirkte unnatürlich schwer. Lippen besaß der Helblar keine, dafür waren die wenigen gelben Zähne derart groß, dass sie selbst einen Schneetroll zerfleischt hätten. Die Augen waren zwei weiße Kugeln. Nur die grellroten Haare dürften wohl noch an den einstigen Da-rom erinnern.

Kurz entschlossen griff Gafur ihn mit einem Zauber an. Der Helblar stockte daraufhin für den Bruchteil einer Sekunde, ansonsten zeigte die Magie jedoch nicht die geringste Wirkung. Der Zauber floss einfach an der blauen Haut herab, ohne dem Untoten irgendeinen Schaden zuzufügen.

Mit einem Mal versengte Schmerz Gafurs linke Hand. Damit gaben die Pyramiden der Stabilität ihm zu verstehen, dass gerade jemand einen Schlag ausgeführt hatte, mit dem er von seiner Gabe abgeschnitten werden sollte. Der Angriff war so stark gewesen, dass drei der fünf Pyramiden niedergebrannt waren. Die beiden verbliebenen genügten Gafur allerdings, um weiterhin über seine Gabe zu verfügen.

Der Helblar nahm sich nun ausschließlich die Nordländer

vor und hätte Ra-ton beinah getötet. Dieser konnte sich erst im letzten Augenblick in Sicherheit bringen. Gleichzeitig gab ein anderer Irbissohn einen Schuss mit dem Bogen ab. Der Pfeil prallte jedoch an der Haut des Rückkehrers ab. Auch als Cha-son mit der Axt auf den Untoten einschlug, zerfiel bloß die Waffe des Irbissohns scheppernd, fast als wäre sie aus Glas gefertigt. Daraufhin stürzten sich endlich die beiden einstigen Schweine von links und rechts auf den Helblar.

Tod traf Tod, und ein jaulendes Knäuel rollte über die Lichtung. Die Zähne der Schweine waren weitaus stärker als die Waffen der Menschen. Sie versuchten unerbittlich, an das Herz des Untoten zu gelangen, doch der Helblar schleuderte das linke Tier mit einer einzigen Bewegung von sich. Das zweite Schwein hatte inzwischen jedoch den Rücken des Helblars erobert und sich in seinen Hals verbissen, sodass es nun wie ein Blutegel an ihm klebte. Der Helblar schrie – und tauchte in die Erde ein, um auf diese Weise dem wütenden Gegner zu entgehen.

Sobald die Schweine ihren Gegner aus den Augen verloren hatte, rasten sie wild schnaubend über die Lichtung. Die Nordländer standen dicht aneinandergedrängt da, Rücken an Rücken, und hielten ihre Waffen bereit.

Diese Narren!

Begriffen sie nicht, dass sich der Helblar dank seiner Magie unter der Erde zu bewegen vermochte! Und zwar ziemlich schnell! Gafur rammte kurzerhand seinen Hilss in den Boden, schrie etwas und zwang die in der Luft geballte Kraft, in die Erde einzudringen.

Das Ergebnis ließ nicht lange auf sich warten.

Keifend schoss der Helblar wieder aus der Erde heraus. Von seiner Haut stieg Rauch auf, das Fleisch war an einigen Stellen verkohlt. Sofort stürzten sich die Schweine wieder auf ihn. Gafur setzte derweil alles daran, den Faden, der dieses Monster mit der hiesigen Welt verband, zu kappen, doch die Zauber – die ihn noch nie zuvor im Stich gelassen hatten! –

versagten allesamt. Etwas hielt den Helblar in dieser Welt. Und zwar fest.

Leicht zitternd spuckte der Hilss Zauber um Zauber aus, die Schweine quiekten, der Helblar heulte, die Nordländer versuchten alle, sich möglichst fern von dem Rückkehrer zu halten. Die beiden Bogenschützen leerten ihre Köcher. Einige Pfeile bohrten sich dem Helblar sogar an den Stellen, an denen ihm bereits die Haut fehlte, ins Fleisch, richteten jedoch keinen Schaden an. Aber das war auch nicht zu erwarten gewesen.

Gafur beschloss nun, zu einer List zu greifen. Mit einem winzigen Teil seiner Gabe formte er aus Asche die tote Frau nach, in der Hoffnung, sie möge ihm in dem schweren Kampf zur Seite stehen. Ein körperloses, im Licht der Mittagssonne kaum zu erkennendes Gespenst erschien auf der Lichtung. Zu Gafurs Überraschung stürzte sie sich jedoch nicht auf den Helblar, sondern auf Cha-son, packte mit einer Hand dessen Haar, während sie mit der anderen auf sein Gesicht einschlug. Der Mann schrie und versuchte verzweifelt, die unsichtbare Feindin abzuschütteln, aber weder ihm noch den anderen Nordländern, die ihm zu Hilfe eilten, wollte das gelingen.

Fluchend zerschlug Gafur den eigenen Zauber und überließ das Gespenst erneut dem Tod. Der Helblar erledigte unterdessen das eine Schwein, indem er es mit beiden Händen zerriss. Anschließend schüttelte er sich, als wäre er ein großer Hund, und warf damit das Tier in seinem Nacken ab. Bevor das Schwein ihn freigab, riss es allerdings noch ein gewaltiges Stück Fleisch aus seinem Körper. Doch selbst verletzt stellte der Helblar noch eine Gefahr dar, denn er eilte dem Schwein nach und erschlug es mit seinen Fäusten.

Nur traten daraufhin die durch das Hexagramm gerufenen körperlosen Dämonen auf den Plan.

Diese erfüllten gehorsam Gafurs Befehl. Sie stürzten sich auf die Fäden, die den Helblar mit seinem Herrn verbanden. Der unbekannte Magier würde nun diese wilden Monster bändigen müssen. Damit bliebe ihm keine Zeit mehr, sich auch noch um seinen Schützling zu kümmern …

Und so stand der Helblar schon kurz darauf hilflos da.

Ein Faden nach dem anderen wurde gekappt. Gafur eilte auf den Helblar zu, stieß ihm den beißenden Schädel des Hilss ins Gesicht und brüllte einen Zauberspruch.

Es donnerte.

Zischte widerlich.

Der Rückkehrer krachte schwer auf den Rücken. Sofort trieb Gafur ihm den Hilss zwischen die Rippen, durchbohrte das Herz und nagelte es an den Boden. Irgendwo in der jenseitigen Welt riss mit einem ohrenbetäubenden Knall nun auch der letzte Faden, der den Helblar noch am Leben hielt. Die weißen Augen brachen.

Um die Leiche herum stieg Nebel hoch in die Luft. Wind kam auf und bildete über dem Helblar einen wütenden Strudel. Der Körper schien förmlich zu schmelzen. Gafur ließ ihn nicht eine Sekunde aus den Augen – bis er dann die Hand schützend vors Gesicht legen musste, da der Wind zu stark wurde. Als er wieder freie Sicht hatte, war der Rückkehrer verschwunden. Stattdessen lag auf dem toten grauen Gras ein noch junger rothaariger Mann. Neben ihm kniete Ra-ton. Sein Gesicht war undurchdringlich. Die anderen Nordländer waren von den Ereignissen völlig benommen und hielten sich hinter Ra-ton. Fassungslos starrten sie auf den toten Da-rom.

»Konntest du ihn also doch besiegen, Nekromant«, sagte Ra-ton schließlich. »Mein Geschlecht steht tief in deiner Schuld.«

»In wenigen Minuten wird diese Schuld noch tiefer sein«, erklärte Gafur mit einem unschönen Grinsen. Ihm schwindelte, Schwäche durchfuhr seinen Körper, sodass er sich am liebsten hingelegt hätte und eingeschlafen wäre. Trotzdem blieb er tapfer stehen. »Warum hast du Na-ara getötet, Chason?«

Der Nordländer, dessen Gesicht von der gespenstischen

Frau zerkratzt worden war, sah den Nekromanten mit gesenktem Kopf von unten herauf an, sagte jedoch kein Wort.

»Deine Braut hat dich mit diesem Jungen betrogen? War es nicht so?«

»Wovon redest du da?«, wollte Ra-ton wissen.

»Davon, dass dein Sohn diese Frau nicht ermordet hat. Das war Cha-son. Und Da-rom hat er ebenfalls getötet. Ich vermute, er hat die beiden bei einem Stelldichein erwischt. Das muss für ihn wie eine schallende Ohrfeige gewesen sein: Der beste Krieger des Dorfs soll das Nachsehen gegenüber einem grünen Jungen haben …«

»Stimmt das, Cha-son, La-rogs Sohn?«, fragte Ra-ton und ballte die Fäuste.

»Die Zunge des Südländers ist die Zunge der Schlange. Er lügt.«

»Möglicherweise lüge ich«, antwortete Gafur mit einem angedeuteten Lächeln. »Schließlich lügen Menschen häufig. Aber diejenigen, die sich aus dem Grab erheben, lügen niemals. Einer der Gründe, warum der Helblar aufgetaucht ist, liegt in seinem Bedürfnis nach Rache. Die ganze Zeit über hat er seinen Mörder gesucht. Deshalb hat er sich auch nicht auf mich, sondern auf dich gestürzt.«

»Nun ja, er hat sich auf uns alle gestürzt«, gab einer der Irbissöhne zu bedenken.

»Weil ihr rein zufällig neben ihm standet, Barbar. Abgesehen davon dürft ihr das Gespenst der Frau nicht vergessen. Na-ara ist nicht zu ihrem einstigen Liebsten, dem Helblar, geeilt, um ihn von seinem Tun abzuhalten, sondern hat sich auf Cha-son gestürzt. Ihr habt es selbst miterlebt. Das Gespenst wollte seinen Mörder bestrafen. Dieser Beweis müsste doch selbst euch überzeugen, oder?« Dann wandte sich Gafur an Cha-son. »Du hast sie getötet, Krieger. Alle beide. Sei wenigstens Manns genug, deine Taten einzugestehen.«

Cha-sons Blick huschte nach rechts, wo niemand stand. Daraufhin vereitelten die anderen Nordländer sofort jeden

Fluchtgedanken. Sie fesselten ihn, brachen ihm die Arme und zwangen ihn auf die Knie. Einer der Krieger packte den Mörder bei den Haaren und zog seinen Kopf nach hinten, setzte ein Messer an seine Kehle und verlangte: »Sprich!«

Die Tür zum Haus des Ältesten war verschlossen. Gafur klopfte dreimal mit dem Hilss dagegen und wartete. Es öffnete jene Frau, die Na-gor beim letzten Mal einen Trank gegen Husten zubereitet hatte. Ohne sie anzusehen, trat der Nekromant ein und setzte sich unaufgefordert an den Tisch.

Der Älteste sprach gerade mit Ra-ton. Dieser begrüßte Gafur wie einen guten, alten Freund. Kein Wunder, schließlich hatte der Nekromant ihm seinen Sohn zurückgegeben und die Ehre der Familie wiederhergestellt. Dergleichen wussten Irbiskinder zu schätzen.

»Du hast recht gehabt, Südländer«, sagte Na-gor und schenkte dem Gast eigenhändig etwas Honigwein ein. »Cha-son hat alles zugegeben. Möge Ug seine verwirrte Seele schützen.«

»Es war so, wie ich gesagt habe?«

»Ja. Obwohl beide Eltern die Ehe beschlossen hatten, liebte Na-ara ihn nicht und wollte nicht seine Frau werden. Sie wollte mit Da-rom das Dorf verlassen, aber das hat Cha-son verhindert. Er hat sie abgepasst und beide getötet. So wurde aus dem Feuer der Rache der Rückkehrer geboren. Wir sind dir zu Dank verpflichtet, Zauberer. Du hast uns alle gerettet.«

»Es ist noch zu früh, mir zu danken, Na-gor. Das Reich der Tiefe hat ihn hervorgebracht, das Reich der Tiefe hat ihn auch wieder zu sich genommen«, sagte der Nekromant ernst. »Aber du weißt genau, weshalb ich hier bin. Und glaub mir, ich werde diesen Weg bis zum Ende gehen und notfalls jedem Einzelnen von euch die Augen ausstechen, bis ich endlich erfahre, was ich wissen will. Habe ich mich klar und deutlich ausgedrückt?«

Na-gor stierte sehr lange in die Flammen im Herd.

»Ja«, antwortete er schließlich mit einem Seufzer. »Ra-ton, lass uns allein.«

Der rothaarige Riese begriff zwar nicht, wovon die beiden überhaupt redeten, stand aber widerspruchslos auf.

»Du hast Angst vor der Vergangenheit, ja, Na-gor?«, fragte Gafur da.

»Nein. Bis heute hatte ich das. Aber nun ist das vorbei. Seiner Vergangenheit entkommt niemand.«

»Dann soll Ra-ton bleiben. Ich sehe keinen Grund, unser Gespräch vor ihm zu verheimlichen.«

Na-gor nickte kaum merklich. Ra-ton blickte nur noch verwirrter drein und nahm wieder Platz.

»Wie bist du darauf gekommen, Nekromant?«, wollte Na-gor wissen, der mit einem Mal doppelt so alt schien.

»Das ist einfach. Du hast recht, wenn du sagst, der Rückkehrer sei gekommen, um Rache zu üben. Gleichzeitig hast du jedoch auch nicht recht. Wenn es einzig um persönliche Rache ginge, dann hätte sich ein gewöhnlicher Untoter aus dem Grab erhoben. Allenfalls ein Blutsauger, der euren besten Krieger bis auf den letzten Tropfen leer getrunken und dann Ruhe gegeben hätte. Die Erde hat jedoch einen Helblar hervorgebracht. Die Rache eines Menschen mag noch so grausam sein, sie bringt niemals eine derartige Kreatur hervor. Die blindlings tötet. Die Seelen verschlingt – und dadurch Kraft sammelt. Diese braucht der Helblar nicht nur für sich. Er hat einen Herrn, den er mit den verschlungenen Seelen füttern muss. Auf *diese Weise* rächt sich dieser Herr an euch. Und jetzt warte ich auf eine Antwort von dir, Na-gor.«

»Die Suche nach diesem Herrn hat dich zu uns geführt, oder?«

»Ja. Obgleich ich nicht erwartet hatte, dass ich ihn in dieser *Form* vorfinde. Erzählst du mir, wie ihr ihn getötet habt?«

»Selbst das weißt du?«

»Wäre es anders, hätte er sich nicht von Seelen ernähen müssen«, erklärte Gafur.

Na-gor schloss müde die Augen.

»Wie ich schon sagte«, setzte er dann an, »entkommt niemand seiner Vergangenheit. Obwohl wir gehofft hatten, dass sie uns nie einholt. Ich bin der Letzte von denjenigen, die sich noch an diese alte Geschichte erinnern. Alle anderen sitzen längst an Ugs Tafel in den eisigen Hallen. Als sich diese Ereignisse zutrugen, zählte ich erst wenige Winter. Ja ... Er ist vor fünfundachtzig Wintern zu uns gekommen. Aus einer Gegend, die hinter den Grabhügeln liegt. Genau wie du hat er einen weißen Umhang und einen Stab mit einem Schädel an der Spitze getragen. Ich habe dich also angelogen, als ich sagte, es sei noch nie ein Nekromant aus Sdiss bei uns gewesen.«

»Das war mir klar«, erklärte Gafur gelassen. »Fahre fort.«

»Wie viel Zeit seitdem vergangen ist ...«, murmelte Na-gor und grinste in seinen Bart. »Trotzdem erinnere ich mich noch an sein Gesicht. Das Böse vergisst man nur schwer.«

»Da kann ich dir nur zustimmen«, sagte Gafur mit einem schiefen Grinsen. »Das Gute vergessen die Menschen viel leichter. Was hat er getan?«

»Wir wollten ihn nicht ins Dorf lassen. Für jemanden, der Tote aus dem Grab holt, ist bei uns kein Platz. Das gefiel dem Nekromanten jedoch nicht. Da hat er angefangen zu töten.«

»Und ihr ... habt ihn dann vernichtet?«

»Ja. Aber dafür waren schwere Kämpfe nötig. Wieder und wieder hat er uns heimgesucht, zusammen mit denjenigen, die einst unsere Brüder gewesen waren. Dass wir ihn dann töteten, war reiner Zufall. Ug hat den Pfeil eines unserer Krieger gelenkt.«

»Deshalb hast du mich also in euer Dorf gelassen ... Gut, dann hast du wenigstens diese Lektion gelernt. Im Übrigen habe ich schon von dir gehört, Na-gor, Sa-rons Sohn. Ich weiß nicht, ob du mir die Wahrheit gesagt hast oder nicht, aber das spielt keine Rolle.«

»Du willst dich nicht rächen?«

»Rache ist nicht gerade die beste Beraterin«, erklärte Gafur. »Sie frisst einen von innen auf wie ein hungriger Wurm. Obendrein ist es derjenige, den ihr getötet habt, nicht wert, dass er gerächt wird. Er war ein Abtrünniger, der ausgestoßen worden ist und sich seiner gerechten Strafe durch Flucht entzogen hat.«

»Aber wieso hast du ihn nach all den Jahren noch gesucht? Du musstest doch annehmen, dass er tot ist. Schließlich ist das alles viel zu lange her …«

»Trotzdem habe ich ihn gesucht, genau wie einige andere Nekromanten auch. Und nun habe ich ihn gefunden. Verrätst du mir, was ihr mit seinem Körper gemacht habt?«

»Er wurde aus dem Dorf gebracht, zu alten Höhlen im Wald. Vor ihnen wurde er vergraben. Außerdem hat man ihm einen Pfahl in die Brust gerammt, ihn mit Salz bestreut und Flachs angepflanzt. Die Ältesten verboten allen Dorfbewohnern, diesen Ort aufzusuchen. Sie sagten, bei den Höhlen hause das Böse.«

»Das war sehr klug von ihnen. Nur bedauerlich, dass sie nicht auf den Gedanken gekommen sind, den Körper zu verbrennen. Salz und Flachs genügen bei einem so starken Nekromanten nämlich nicht … Und nun lass mich vermuten, wie es weitergegangen ist. Da-rom und Na-ara sind für ihre Liebesspiele zu den Höhlen gegangen? Sie wussten, dass ihnen dorthin niemand folgen würde, und sie selbst glaubten nicht an die alten Märchen. Wie anmaßend von ihnen …«

»Es stimmt. Dort haben wir die beiden gefunden. Tot.«

»Es würde mich nicht wundern, wenn ihr sie genau neben dem Grab des Nekromanten gefunden hättet. Ihr Blut hat ihn dann erstarken lassen und zu Leben oder Nicht-Leben erweckt. Wir nennen eine solche Kreatur Lich. Dann hat er euch den Tod gebracht und sich mit dem Helblar einen Helfer geschaffen. Dieser hat ihn mit Seelen gemästet und damit noch stärker gemacht. Zu bedauerlich, dass ich das erst nach dieser Nacht im Dorf verstanden habe. Sonst hätte ich verhindert, dass er sich die Seele der Schreitenden einverleibt, denn sie war wertvoller als die aller anderen. Auch wenn ihr das nicht gern hört. Aber mit ihr ist der Lich zu einem wirklich gefährlichen Gegner geworden.«

»Wirst du mit ihm fertig werden?«

»Habe ich mit einem Wort angedeutet, dass ich das beabsichtige?«

»Ich denke, dein Ziel war es nicht bloß, zu erfahren, was mit diesem Abtrünnigen geschehen ist. Die Erzählung eines alten Mannes wäre den langen Weg aus Sdiss hoch zu uns in den Norden nicht wert gewesen.«

»Alles hat seinen Preis.«

»Du bist wie eine Schneekatze, denn du ziehst sehr lange deine Kreise, Nekromant«, sagte Na-gor erschöpft. »Also, was willst du?«

Gafur sah den schweigenden Ra-ton an, danach richtete er den Blick wieder auf den Ältesten.

»Als der Abtrünnige uns verlassen hat«, antwortete er schließlich auf Na-gors Frage, »hat er etwas mitgenommen. Etwas, das seit Jahrhunderten uns gehörte. Deswegen bin ich hier. Was habt ihr mit seinen Sachen gemacht?«

»Glaubst du etwa, die würde ich im Keller aufbewahren?«, fragte Na-gor unter schallendem Gelächter. »Niemand hätte je mit diesem Plunder das Böse in sein Haus geholt. Was genau aus seinen Sachen geworden ist, weiß ich nicht. Als Kind zerbrichst du dir über solche Fragen nicht den Kopf. Vielleicht haben die Ältesten sie verbrennen lassen. Vielleicht wurden sie auch zusammen mit seiner Leiche vergraben. Auf jeden Fall sind sie nicht mehr im Dorf.«

»Dann bleibt mir nichts anderes übrig, als zum Grab zu gehen. Wie finde ich es?«

»Ich werde es dir zeigen«, ergriff Ra-ton nun wieder das Wort.

»Es ist nicht meine Art, auf Gefahren hinzuweisen, aber in

diesem Fall mache ich eine Ausnahme«, sagte Gafur. »Möglicherweise wirst du dort den Tod finden, Barbar.«

»Ich habe dich schon einmal darum gebeten, mich nicht Barbar zu nennen, Nekromant. Ich werde dich führen. Meine Familie steht in deiner Schuld.«

»Mein Dank ist dir gewiss«, schnaubte Gafur. »Im Übrigen ist es deine Entscheidung und dein Leben. Tu also, was du für richtig hältst.«

»Was du von diesem Lich willst, hat also nichts mit uns zu tun?«, wollte Na-gor wissen.

»Stimmt. Ich habe meine eigenen Gründe, das Grab aufzusuchen.«

»Und ohne diese Gründe hättest du uns nicht gegen den Helblar geholfen.«

Gafur schwieg sehr lange, dann erhob er sich, nahm seinen Hilss an sich und ging zur Tür. Im letzten Augenblick drehte er sich noch einmal zurück.

»Gestatte mir, auf eine Antwort zu verzichten, Na-gor«, sagte er mit vielsagendem Lächeln. »Denn du kennst sie ohnehin.«

»Ja«, erwiderte dieser mit einem Seufzen. Die Müdigkeit stand ihm deutlich ins Gesicht geschrieben. »Möge Ug mit dir sein, Gast. Ich werde für dich beten.«

»Ein Gebet kann nicht schaden«, sagte Gafur und verließ das Haus.

Die Eichhörnchen in dem Zedernwald waren riesig, bösartig und laut. Mit Fremden, die sich in ihr Reich vorwagten, kannten sie kein Erbarmen. Sie sprangen von Ast zu Ast und stießen dabei empörte Laute aus, welche die Stille zerrissen. Eines dieser frechen Tierchen warf sogar einen Tannenzapfen nach Ra-ton, verfehlte ihn jedoch. Der Nordländer drohte dem Biest mit der Faust, was ihm jedoch nur aufgeregtes Geschrei seitens dieser Meute eintrug.

Der Nordländer ging mit der Axt in der Hand voraus. Sie

liefen bereits über eine Stunde nach Süden, aber sosehr Gafur auch versuchte, die Anwesenheit des Lichs zu spüren, es gelang ihm nicht. Entweder hatte dieser sich verborgen, oder aber er war weitaus stärker, als der Nekromant bisher angenommen hatte.

»Ist es noch weit?«

»Nein. Wir sind fast am Ziel. Siehst du die Wiese dort drüben? Gleich dahinter ist es.«

»Dann lass uns kurz rasten, ich muss einiges vorbereiten.«

Gafur setzte sich und stellte einige Fläschchen vor sich auf, die er seiner Tasche entnommen hatte. Er erneuerte die Zeichnung auf seiner linken Hand. Nachdem er den Pinsel abgewischt hatte, entkorkte er eine Flasche mit einer durchscheinenden Flüssigkeit, schnupperte daran und verzog das Gesicht, um anschließend noch zwei weitere zu öffnen.

»Woher kommen die Höhlen in diesem Wald?«

»Keine Ahnung. Es hat sie schon immer gegeben.«

»Was weißt du von ihnen?«

»Ich habe sie nie betreten, das ist verboten. Aber die Legenden besagen, dass sie sehr groß sind.«

»Ein sehr profundes Wissen«, höhnte Gafur. »Habe keine Angst vor dem, was jetzt geschieht. Bleib ganz ruhig sitzen.«

Er trank nacheinander die drei Flaschen bis zur Neige aus. Daraufhin bekam er einen entsetzlichen Hustenanfall und krümmte sich in peinigendem Schmerz.

Als die Krämpfe abklangen, war seine Haut nicht mehr dunkel, sondern bleich, wächsern, nahezu durchscheinend. Brauen und Bart waren ergraut, die Augen purpurrot. Die Pupillen darin hatten sich zu aufrechten Schlitzen umgeformt, wie bei einer Katze.

»Bringen wir es hinter uns, Barbar, sonst schwinden meine Kräfte.«

»Wie oft soll ich dir noch sagen, dass du mich nicht Barbar nennen sollst. Im Übrigen siehst du aus wie ein Gespenst, Nekromant.«

»Vielleicht bin ich das ja sogar. Aber das wird verhindern, dass er meine Gabe spürt und mich sieht. Aus diesem Grund bin ich gern bereit, das Gespenst zu spielen.«

»Aber ich sehe dich doch.«

»Du lebst ja auch noch«, entgegnete Gafur, und seine blutleeren Lippen verzogen sich zu einem Grinsen. »Und jetzt lass uns gehen. Mir bleibt nicht viel Zeit.«

Nach ein paar Schritten fiel Gafur auf, dass er die Eichhörnchen nicht mehr hörte. Auch die Vögel sangen nicht mehr, die Bienen hatte ihr Gesumme eingestellt. Selbst der Wind schien sich davongemacht zu haben. In diesem Teil des Waldes hing eine erstickende, klirrende Stille.

»Er weiß, dass ich komme, und wartet auf mich.«

»Wenn du es sagst. Da drüben ist der Eingang zu den Höhlen.«

Er befand sich in einer Art Hügel. Ein riesiger, mit schmutzig grünen Flechten bewachsener Felsvorsprung ragte über einem schwarzen, mannshohen Schlund hinaus, der in tiefste Finsternis führte.

»Und da ist das Grab«, erklärte Ra-ton.

Gafur ging zu der aufgerissenen Erde, die nahe am Höhleneingang lag, und spähte in die Grube. Ohne sich darum zu scheren, dass er sich beschmutzte, sprang er in sie hinein, um die Knochen, die Überreste des vermoderten Umhangs und die verrostete Scheide mit dem noch immer funkelnden Krummschwert aus Sdisser Stahl zu untersuchen.

»Ist er das?«, fragte Ra-ton, der oben am Rand des Grabes stand.

»Ja.«

»Aber der Schädel fehlt …«

»Selbstverständlich. Schließlich braucht die Seele eine Behausung, und der Schädel ist dafür wie geschaffen.«

»Wohin ist er verschwunden?«

»Er ist weggeflogen«, antwortete Gafur mit offenkundigem Vergnügen an der Schwindelei.

Ra-ton streckte die Hand aus und half dem Nekromanten, aus dem Grab herauszuklettern.

»Du hast nicht gefunden, was du gesucht hast, oder?«, fragte der Nordländer.

»Nein.«

»Wie hat er seinen Stab mitnehmen können? Denn den suchst du doch, oder?«

»Pass jetzt genau auf, was ich dir sage, Mensch«, verzichtete Gafur auf eine Antwort. »Falls ich nicht zurück bin, wenn die Sonne die Baumkronen berührt, verschwinde von hier. Wenn du dich beeilst, bleibt dir genug Zeit, um die Dorfbewohner zu den Grabhügeln zu führen. Der Altar Ugs wird euch über Nacht schützen. Der Lich wird sich nicht in seine Nähe wagen.«

»Glaubst du, dass er zu uns kommt, wenn du stirbst?«

»Wenn ich sterbe, wird er sich meine Kraft einverleiben. Und in meinen Körper schlüpfen. In dem Fall würde ich euch raten, möglichst weit weg von diesem Ort zu sein. Wenn ihr die Nacht übersteht, verlasst am nächsten Tag diese Gegend. Hast du das verstanden?«

»Ja. Ich werde auf dich warten, solange ich kann.«

»Das ist sehr schmeichelhaft«, sagte Gafur, und seine purpurroten Augen funkelten spöttisch.

»Sag mir noch eins: Was ist mit der Seele meines Sohnes geschehen? Ist sie nun bei Ug?«

»Nein. Die hat *er*.«

Ohne sich noch einmal umzusehen, eilte Gafur nach diesen Worten auf den Höhleneingang zu.

Regen und Schmelzwasser hatten den holprigen Boden feucht werden lassen. Der Gang war so schmal, dass zwei Menschen in ihm nur mit Mühe aneinander vorbeigehen konnten. Die Decke hing tief und griff mit den spitzen Zähnen eigenartiger Vorsprünge nach Gafur. Bereits auf den ersten Blick war klar, dass diese Höhlen nicht von Menschenhand, sondern vom

Wasser geschaffen worden waren. Das bezeugten die Form und die Zeichnung der Wände sowie das kaum hörbare Rauschen, das aus der Tiefe heraufdrang.

Nach dreißig Schritten fiel der Gang steil ab. Die Sonnenstrahlen drangen längst nicht mehr bis hierher vor, sodass Gafur sich in den Armen undurchdringlicher Finsternis wiederfand. Doch das ließ ihn nicht langsamer werden, geschweige denn umkehren. Auch zündete er kein Feuer an, rief keine magischen Glühwürmchen herbei. In der Dunkelheit mochten Gefahren lauern, gleichzeitig bot sie aber auch Schutz. Licht wäre also völlig fehl am Platze gewesen. Obendrein konnte Gafur getrost darauf verzichten. Die durch Magie und die Elixiere veränderten Augen nahmen selbst den schwächsten Schatten im Dunkel wahr und gestatteten es Gafur zu sehen, als spazierte er an der Erdoberfläche umher.

Er trat weich auf, verursachte mit seinen aus dem geschmeidigen Leder des Krokodils gefertigten Stiefel keinen einzigen Laut. Aufmerksam lauschte er auf jedes Geräusch, doch sein scharfes Gehör nahm einzig das ferne Rauschen unterirdischen Wassers wahr. Alle fünfzehn Schritt blieb er stehen, presste sich an die Wand, zählte bis zehn, setzte dann einen kleinen Teil seiner Gabe ein, um die Umgebung abzutasten, in der Hoffnung, den Lich zu spüren. Doch stets antwortete auf seinen gedanklichen Ruf nur kaltes Gestein. Und zwar in gänzlich gleichgültiger Weise.

Mittlerweile hatte er jedes Zeitgefühl verloren. Der Gang weitete sich nun, die Decke hing nicht mehr ganz so niedrig. Von irgendwo aus der Tiefe kroch beißende Kälte heran. Sonst gab es nur Windstille und Wasser. Viel Wasser. Es war am Boden, sammelte sich in Nischen und verwandelte sich in einen kleinen See mit schwarzem Bodensatz. Nun kam Gafur in eine Reihe von kalten, gleichförmigen, bizarren Sälen. Er vermutete, dass ihm mit Raureif überzogene Wände begegnen würden, wenn er noch weiter in die Tiefe hinabstieg. Bisher befand er sich im Grunde noch nicht sehr weit unter der

Erdoberfläche – doch im Norden erwärmte sich der Boden eben nicht einmal im Sommer.

Immer wieder luden ihn Abzweigungen ein, einen neuen Gang oder Saal zu erkunden. Möglicherweise steckte in einem von ihnen ja der Lich. Trotzdem folgte Gafur weiter dem Hauptweg. Früher oder später würden er und der Lich sich schon begegnen. Die Frage war nur, wer den anderen zuerst ausmachte.

Von der Antwort darauf hing vieles ab, denn Gafur ahnte, dass es kein langes Duell geben würde. Diese Auseinandersetzung würde nichts mit einem Schwertkampf gemein haben. Denn ein Schwert würde gar nicht zum Einsatz kommen. Sondern nur ein Dolch. Und den rammte man seinem Gegner am besten in den Rücken …

Gafur erreichte einen tosenden Wasserfall. Hinter diesem veränderten sich die unterirdischen Säle erneut. Die Höhlen waren nun trocken und erinnerten an die Glieder von Würmern, ein wenig auch an Löcher in einem Käse. Es wurde so kalt, dass er ohne seine Magie am ganzen Leib geschlottert und mit den Zähnen geklappert hätte. Eine Fackel hätte an den Wänden Millionen von Eiskristallen zum Funkeln gebracht, die dann wohl wie die Sterne am samtenen Himmel über Sakhal-Neful angemutet hätten. Da den Steinboden inzwischen eine unsichtbare, wiewohl keineswegs eingebildete Eisschicht überzog, rutschte er nun des Öfteren aus.

All das scherte ihn jedoch nicht, denn er war nicht länger ein Mensch aus Fleisch und Blut. Er war nun das genaue Gegenstück zu seinem Feind. Kalt. Körperlos. Tot. Nicht einmal Dampf stieg aus seinem Mund und seinen Nasenlöchern auf. Sein Herz schlug so schwach und langsam, dass jeder ihn für eine lebende Leiche oder ein körperloses Gespenst gehalten hätte.

Irgendwann gelangte er abermals an eine Abzweigung. Auch sie würdigte er keines Blickes. Zum tausendsten Mal lauschte er, bevor er seinen Weg fortsetzte. Vorwärts. Immer nur vorwärts. Er blieb erst stehen, als er sich in einem breiten Saal mit niedriger Steindecke, gewaltigen Eiszapfen an den Wänden und einem dicken Schneeteppich auf dem Boden wiederfand. Hier ging es nicht weiter. Gafur verzog enttäuscht das Gesicht, verbot sich aber jedes stärkere Gefühl.

Nachdem er zur letzten Abzweigung zurückgegangen war und nun überlegte, welche Richtung er einschlagen solle, nahm er am Rande seines Bewusstseins den Lich wahr. Auch dieser tastete vorsichtig die Umgebung ab, um den ungebetenen Gast aufzuspüren.

Damit hatte die Spinne sich verraten …

Gafur verzog die Lippen zu einem Grinsen. Hätte ihn jetzt irgendjemand gesehen, wäre er schreiend und die Götter um Gnade anflehend davongestürzt. Denn diese dünnen lilafarbenen Lippen hatten nichts Menschliches mehr an sich.

Den Zauber hatte Gafur längst vorbereitet. Über eine Stunde mühseliger und nicht sonderlich angenehmer Arbeit war dafür nötig gewesen. Das Einzige, was noch fehlte, war Blut. Daher zog Gafur eine kleine Flasche aus der Tasche, deren dunklen Inhalt er über den kalten Boden goss. Schon eine Sekunde später stand neben dem Gespenst Gafur der Mensch.

Dunkel. Echt. Lebend.

Eine verlockende und leicht zu fassende Beute.

Beide Gafurs nickten einander zu wie alte Freunde, dann zog das Trugbild ein Krummschwert aus der Scheide. Die Klinge flammte glutrot auf – um gleich darauf auf Mannshöhe langsam in den linken Gang vorzudringen und die Wände in das Licht des magischen Feuers zu tauchen. Groteske Schatten tanzten über die Decke.

Auf seinen Stab gestützt folgte das Trugbild dem Schwert nach. Das Gespenst erinnerte weit stärker an einen Menschen als sein rotäugiger Gebieter. Dieser schlich ihm verstohlen in einem Abstand von dreißig Schritt hinterher. So streiften sie durch die Gänge, kamen an Eispalästen und Steinstatuen vorbei, die allesamt von der Natur selbst geschaffen worden waren. Während Gafur Saal um Saal hinter sich brachte, hoffte er inständig, der Lich würde das Trugbild angreifen und dadurch abgelenkt sein, sodass er ihn überwältigen könnte. Anschließend würde er tun, was ihm aufgetragen worden war. Gerade als ihn die Furcht beschlich, der Lich würde nicht in die Falle tappen, fing der Hilss leicht zu zittern an: Er warnte ihn vor einer drohenden Gefahr.

Der Schlag war entschlossen. Der Zauber wurde im Schutz gigantischer Stalaktiten abgefeuert und hatte die Form eines schwarzen geschliffenen Brillanten. Dreißig Fuß vor dem Trugbild zerplatzte er lautlos – nur damit an seiner Stelle zwei kleinere Brillanten entstanden, die abermals platzten und vier weitere Brüder hervorbrachten. Als der Zauber das Trugbild erreichte, schwirrten um dieses bereits mehr als sechs Dutzend Steine, die schwarz wie das Reich der Tiefe und groß wie ein Hühnerei waren.

Gafur blieb stehen und beobachtete, wie sein Abbild sich vor Schmerzen krümmte und das Fleisch von ihm abfiel. Es schrie so überzeugend, dass es sofort Arbeit als Schauspieler gefunden hätte. Das glutrote Schwert flog nach rechts, um Gafur zu zeigen, wo sich der Lich versteckte. Die Klinge hatte den Feind jedoch noch nicht erreicht, als sie wie die Luft in der Wüste zu flirren anfing und in eine harmlose Funkengarbe aufging.

Gafur näherte sich seinem Trugbild im Schatten der Wand etwas.

Er machte den Lich nicht auf Anhieb aus, denn die breitschultrige Figur war halb durchscheinend. Sie kam mit kleinen Schritten hinter Steinsäulen hervorgetrippelt. Einzig der Schädel mit den toten blauen Augen, die an verfaultes Holz denken ließen, und der Hilss waren echt, alles andere war gespenstisch grau und körperlos. Gafur starrte den schwarzen Stab in der fleischlosen Hand an. Ihn zierten goldene Kerben, die matt im Licht der Augen des toten Nekromanten schimmerten. Diese Kerben bildeten ein versponnenes Muster aus Runen, die so alt wie die Welt waren. Acht Wirbel im oberen Teil gingen in den rubinroten Schädel über, der fauchte und mit einer Kraft strahlte, die aus dem Reich der Tiefe selbst stammte. Der Große Stab der Nekromanten von Sdiss. Die Verdammten hatten ihn einst den Angehörigen des Achten Kreises anvertraut, bis er vor über achtzig Jahren verloren gegangen war. Nun hatte Gafur ihn mit unendlicher Mühe hier am Rande der Welt wiedergefunden.

Diesen Hilss richtete der Lich jetzt auf das Trugbild, worauf es zerfloss. Mit jeder Sekunde wurde es für Gafur schwieriger, sein Geschöpf noch unter seiner Kontrolle zu halten.

Deshalb durfte er nicht länger zögern. Der Lich könnte jederzeit verstehen, dass er schlicht und ergreifend getäuscht worden war. So schlug Gafur zu, legte in diesen Zauber all seine Kraft, seine Wut und seinen Hass. Viele hätten ihn um dieses aufwendige Geflecht beneidet, das zugleich doch so simpel war. Nur selten wagte es jemand, Dunkel und Licht in einem Zauber zu verbinden, das Geflecht zudem mit der eigenen Seele zu tränken – und es einem Seelenverschlinger zum Fraß vorzuwerfen, ohne zu fürchten, dass dieser zusammen mit dem Zauber auch den Körper des Zauberers verschlingen könnte. Aber Gafur hatte keine andere Wahl. Wer sich bereits so viele Seelen einverleibt hatte, war anders nicht zu packen. Gafur musste das Risiko also eingehen.

Es gab weder Donner noch Blitze oder blendende Explosionen. Auch keine brüllenden Dämonen. Das Einzige, was es gab, war Wind. Eine Bö, leicht wie eine Morgenbrise über dem Austernmeer. Gleich einem Dieb schlich er sich von hinten an den Lich heran, fuhr ihm unter die Achseln, blähte den durchscheinenden Umhang, blies ihm, kaum hatte er sein ahnungsloses Opfer in der Gewalt, ins Ohr und zerfetzte mit stählernen Krallen das, was die Seele des Abtrünnigen mit der Körperhülle verband.

Als der Lich begriff, dass er in eine Falle getappt war, zirpte er wie eine alte Grille und versuchte, den Tod abzuschütteln, doch der Wind der Bändigung war kein leicht zu überwindender Gegner. Mit Dunkel lässt sich nicht töten, was Licht enthält. Licht lässt sich nur mit Licht vertreiben, erst dann vermag an seine Stelle Dunkel zu treten.

Der Lich versagte. Entweder hatte er diesem Zauber grundsätzlich nichts entgegenzusetzen, oder er schaffte es nicht mehr rechtzeitig.

Dafür gelang ihm etwas anderes. Blindlings schleuderte er Kampfzauber um sich. Er wusste nicht, wo sein Mörder lauerte, sah ihn nicht, begriff aber, dass er in der Nähe sein musste. Einer der Zauber würde ihn am Ende erwischen, da war sich der Lich ganz sicher.

Und er sollte recht behalten.

Gafur war zu sehr damit beschäftigt, die Kontrolle über den Wind zu behalten, sodass es bereits zu spät war, als er einen aus Dunkel gewebten Schild aufstellte. Etwas Eisiges, Funkelndes und Glattes zerschlug dieses Hindernis mühelos, traf Gafurs rechte Seite und verbrannte ihn mit unerträglicher Kälte … Stöhnend fiel er auf die Knie, bereits blind vor Schmerz. Trotzdem gab er seinen Angriff nicht auf. Er brachte das, was er begonnen hatte, zu Ende. Erst danach verlor er das Bewusstsein.

Als er irgendwann wieder zu sich kam, versagten ihm Arme und Beine fast den Dienst. Aber immerhin lebte er noch. Die Elixiere wirkten nun nicht mehr. Im Dunkeln tastete er nach seinem Hilss und flüsterte einen Zauber, worauf der Stab ein graues Licht abgab und damit die Finsternis vertrieb. Gafurs rechte Seite war feucht, ein schrecklicher Schmerz marterte sie. Er verbot sich jedoch, an diesen zu denken, stand mit unsagbarer Mühe auf und schlurfte an die Stelle, wo der Schädel des Lichs lag.

Mit aufrichtiger Dankbarkeit murmelte er ein Gebet. Sein Plan war aufgegangen. Der Lich war tot, in den Augenhöhlen des Schädels loderte kein Feuer mehr. Dass Gafur für diesen

Sieg mit dem eigenen Leben bezahlen musste, nahm er hin. Mit dieser Wunde blieb ihm nicht mehr viel Zeit, aber gut. Das Einzige, was er bedauerte, war, dass er inmitten von Steinen und Eis sterben würde und die Sonne nicht noch einmal sehen konnte.

Bevor er jedoch starb, musste er noch etwas erledigen, eine letzte Sache.

Er zog das Schwert blank, und die Runen an der Klinge füllten sich mit Blut. Mit einem einzigen kraftvollen Schlag spaltete er den Schädel. Eine blendende Säule aus grellem, perlmuttfarbenem Licht schoss zur Höhlendecke auf. Gafur trat einen Schritt zurück und schirmte die Augen mit der Hand ab. Er vernahm ein fröhliches Schluchzen, Freudenschreie und Gelächter. Eine Seele nach der anderen wurde aus ihrer schrecklichen Gefangenschaft entlassen. Sie alle hatte der Helblar verschlungen, sie alle hatten dem Lich Kraft gegeben. Nun tanzten sie wie grelle Schmetterlinge, nun schwebten sie wie leichte Schwanenfedern um ihren Retter herum. Und jede einzelne Seele sagte ihm ein Wort des Dankes.

Sie glichen warmen Sonnenstrahlen, großen und kleinen, grellen und mit Staub durchsetzten. Wenn man genau hinsah, konnte man in ihnen die Umrisse derjenigen ausmachen, die hatten sterben müssen. Zwei pulsierende Lichtflecken schaukelten dicht beieinander. In ihnen erkannte Gafur die Gesichter Na-aras und Da-roms, Ra-tons Sohn. Auch das Gesicht der Schreitenden schimmerte auf.

Sie alle blitzten auf und erloschen.

Ballten sich zusammen und zerstoben.

Tanzten immer schneller, bis sie zu Flammenschnörkeln verschmolzen, die ihrerseits einen Kokon bildeten, der den Sdisser einhüllte. Sanfte Wärme umschmeichelte seinen Körper. Der Schmerz ließ nach, das Leben kehrte in ihn zurück. Jeder dieser Schmetterlinge des Lichts gab demjenigen, der das Dunkel in sich trug, einen Teil von sich. Das dauerte unendlich lange und doch nur den Bruchteil einer Sekunde, dann endete alles unter dem Schellen von Kristallglöckchen, das mit der Finsternis zu einem einzigen Ganzen zusammenfloss.

Als Gafur wieder aus der Höhle trat, hatte Ra-ton bereits jede Hoffnung aufgegeben. Schmutzig, mit geröteten Augen, in einem zerfetzten, blutverschmierten Umhang trat er vor den Nordländer. Mit zwei Hilssen in den Händen und einem rätselhaften Lächeln auf den schmalen, eigensinnigen Lippen.

Gafur ibn Assad al Sakhal-Neful setzte sich in das duftende Gras und hörte nicht auf das Knurren des Barbaren, der seine fast schon geschlossene Wunde verband, sondern schnurrte wie ein Kater. Sah in die zärtliche Abendsonne hinauf.

Und lächelte.

DIE HEXENJÄHE

Über das Roggenfeld lief nicht eine einzige Krähe, was mich jedoch nicht erstaunte. Nicht bei der Vogelscheuche. Wäre ich eine Krähe mit auch nur einem Funken Verstand, dann wäre ich beim Anblick einer solchen Schreckensfigur bestimmt bis zum Fürstentum Leserberg geflogen. Und die ganze Zeit hätte ich vor Entsetzen lauthals gekrächzt.

Denn diese Vogelscheuche strahlte etwas aus.

Ob das am Ende gar keine gewöhnliche Vogelscheuche war, sondern ein belebter Gegenstand? Ein Animatus?

Hatte ich womöglich einen Vogelscheuch vor mir?

Das Ungetüm steckte in einer löchrigen Soldatenuniform aus der Zeit Fürst Georgs und war auf einen Stock gepfropft. Das Gesicht verschattete ein breitkrempiger Strohhut. Ein alter, unzählige Male geflickter Sack war mit wer weiß was für Zeug gestopft und bildete den Kopf, der allerdings wie aufgeblasen und viel zu groß für den Körper wirkte. Jemand hatte mit schwarzer Farbe einen Mund auf den Sack gemalt. Dieser griente hinterhältig über das ganze Gesicht und brachte jeden Betrachter dazu, über die geistige Verfassung des Herrn Vogelschreck nachzudenken.

»Dieses Grinsen – falls man es denn überhaupt als solches bezeichnen kann – jagt dir ja eine Gänsehaut über den Rücken«, bemerkte Apostel.

Da ich ihm nicht antwortete, sondern lediglich gereizt mit der Schulter zuckte, verkniff er sich jede weitere Bemerkung.

Wenn mich etwas beschäftigte, dann die Sichel, die der Vogelschreck in der rechten Hand hielt. Sie war mit einem seltsamen bräunlichen Belag überzogen, möglicherweise Rost, möglicherweise aber auch etwas ganz anderes. Das genau herauszufinden hatte ich freilich nicht die Absicht. Schon allein deshalb nicht, weil ich mich bei dem Grinsen nicht gewundert hätte, wenn über dem ganzen Roggenfeld die Knochen irgendeiner armen Menschenseele verteilt wären. Wusste ich denn, was dieser Vogelscheuche so alles in den Sinn kam, sobald des Nachts, wenn der Mond diese Gegend in sein Licht tauchte, ein einsamer Wanderer auf der Landstraße auftauchte?

Ich warf einen letzten abschätzenden Blick auf das Biest und seine Sichel.

»Gut, wenn ich tagein, tagaus, bei Wind, Regen und Schnee an diesem gottverlassenen Ort stehen müsste, würde ich meinem Schicksal vermutlich auch grollen«, murmelte ich in Richtung des Vogelscheuchs. »Mittlerweile hängt es dir wahrscheinlich zum Hals raus, Krähen zu verjagen. Warum schließt du dich also nicht unserer kleinen Gemeinschaft an? Viel Abwechslung verspreche ich dir zwar nicht, aber besser als sich auf einem Roggenfeld zu langweilen, dürfte es allemal werden.«

Als Apostel meine Worte hörte, brach er in schallendes Gelächter aus. Nach einer Weile beruhigte er sich und wischte sich das Blut ab, das ihm unablässig aus der aufgeschlagenen Schläfe strömte.

»Was willst du mit diesem Schreckgespenst, Ludwig?«, fragte er.

»Das wird sich noch zeigen.«

Apostel schnaubte höchst theatralisch und fingerte am blutigen Kragen seiner Soutane. Weiß war der schon lange Zeit nicht mehr. Immerhin versuchte er nicht, mir den Vorschlag wieder auszureden.

»Also?«, wandte ich mich erneut an den Vogelscheuch. »Wie lautet deine Entscheidung?«

Der Herr Vogelschreck ließ mich jedoch nicht einmal wissen, ob er mich überhaupt verstanden hatte. Regungslos stand er im Wind, der ihm einige unter dem Strohhut hervorlugende Haarsträhnen zerzauste und die Roggenähren auf dem Feld niederdrückte.

»Na, wie du meinst«, sagte ich und nahm meine Tasche an mich. »Solltest du es dir noch anders überlegen, kannst du ja nachkommen.«

Daraufhin setzte ich meinen Weg fort. Apostel folgte mir, dabei das Gebet Anima Christi vor sich hin singend, dem er eine Melodie unterlegte, die er sich aus Solia, diesem ketzerischen Land, geliehen hatte. Das war typisch! Nicht einmal im Fürstentum Vitil – in dieser Hinsicht noch schlimmer als Solia – fand man einen größeren Gotteslästerer. In früheren Jahren hätten ihn die Hunde des Herrn mit Freuden auf den Scheiterhaufen geschickt, doch die Zeiten, da ihm diese Schergen der Inquisition etwas anhaben konnten, waren mittlerweile vorbei. Apostel durfte sich schadlos über seine Glaubensbrüder in den schwarzen Soutanen lustig machen.

Als die Straße abbog, sah ich mich noch einmal um. Der Vogelscheuch stand nach wie vor an seinem angestammten Platz.

»Vielleicht gefällt es ihm ja, Krähen zu verjagen«, murmelte Apostel.

»Kann schon sein. Aber ein Versuch schadet ja nie.«

So wanderten wir an Feldern vorbei, auf denen die Ernte längst hätte eingefahren werden müssen. Überhaupt schien in dieser Gegend schon seit Langem keine einzige Menschenseele mehr gewesen zu sein. Der Eindruck musste allerdings trügen, denn wer hätte sonst den Zaun am Straßenrand erneuert?

Schließlich erreichten wir eine Kreuzung. Von hier aus würde uns ein Weg nach Vion bringen, der drittgrößten Stadt im Fürstentum Vierwalden.

Die heiße Sommerluft roch nach einem von Osten heraufziehenden Gewitter. Schwalben schossen unermüdlich hin und her, Grashüpfer zirpten wie besessen. Mich berührte das Idyll allerdings nicht, und wenn ich mein lahmes Pferd nicht einem ominösen Herrn hätte verkaufen müssen, wäre meine Umgebung mir nicht einen Blick wert gewesen.

An der Wegmarkierung blieb ich stehen und spähte aus den Augenwinkeln zu Apostels hagerer Gestalt hinüber. Gerade als ich erwog, eine Rast einzulegen, rumpelte eine Kutsche heran. Innig dankte ich meinem Schicksal.

Nachdem ich den Kutscher für die Fahrt entlohnt hatte und die Pferde wieder losgetrabt waren, stieß ich freilich insgeheim einen Stoßseufzer der Erleichterung aus, dass die Fahrt weniger als eine Stunde dauern würde. So wie die Kutsche durch die Schlaglöcher polterte, würden meine Knochen sich andernfalls in Staub verwandeln.

Mit mir nahmen noch drei weitere Reisende dieses fragwürdige Vergnügen auf sich. Zum Glück bot die Kutsche ausreichend Platz, sodass wir es auf den Ledersitzen recht bequem hatten. Apostel war nicht eingestiegen. Entweder saß er vorn auf dem Kutschbock, oder er hatte beschlossen, weiterhin zu Fuß zu gehen. Um ihn machte ich mir jedoch keine Sorgen. Letzten Endes würde er zu mir zurückkehren, das wusste ich aus Erfahrung.

Neben mir saß eine ältere Dame mit verkniffenem Gesicht, die eine schwarze Haube trug. Sie bedachte mich mit einem Blick, in dem wenig Begeisterung lag, und presste mit ihrer faltigen Schildkrötenhand ihre Tasche an sich, als fürchtete sie, ich wollte sie ausrauben. Ich lächelte sie leutselig an, vermochte sie aber nicht für mich einzunehmen. Ein Herr, der zu Fuß über eine Landstraße zog, konnte ihr Vertrauen nun einmal nicht gewinnen.

Mir gegenüber flegelte sich ein junger Mann mit einem schwarzen Samtbarett auf dem Kopf, dessen Stickerei ihn als Angehörigen der Universität von Sawran auswies, einer allseits geachteten und respektierten Einrichtung. Allem Anschein nach kehrte der Studiosus während der Ferien in sein Elternhaus zurück. Seine Augen waren flink, sodass er meinen Dolch fast auf Anhieb erspähte. Damit wusste er unfehlbar, wen er vor sich hatte. Angewidert verzog er das Gesicht und gab mir die nächsten zwanzig Minuten, in denen er mich nicht einen Wimpernschlag lang aus den Augen ließ, zu verstehen, was er von mir hielt.

Nur focht mich das nicht im Geringsten an. So hüstelte der Herr Student denn.

»Für solche wie Euch ist in einem freien Fürstentum kein Platz!«, teilte er mir barsch mit.

»Habt Dank, dass Ihr mich darüber aufklärt«, entgegnete ich höflich, während mein Blick zu dem dritten Fahrgast wanderte.

Dieser grinste und funkelte verschmitzt mit den Augen.

»Eure Arbeit widert mich an!«, polterte der Student weiter.

Da war mir das Glück ja wirklich hold gewesen, mich mit einem solchen Fahnenträger des Fortschritts zusammenzuführen. Doch da ich ein friedliebender Mann bin, beförderte ich den Hitzkopf nicht zur Kutsche hinaus.

»Dabei könnt ihr noch froh sein, dass ich meine Arbeit nicht in Eurer Anwesenheit erledige«, ließ ich den Heißsporn wissen.

Daraufhin sah er mich mit großen Augen an.

»Ja, was glaubt Ihr denn, wie viele Reisende sich in dieser Kutsche befinden?«, fragte ich.

»Nur wir beide natürlich!«

Der Sitznachbar des Studenten amüsierte sich wirklich köstlich über diesen. Seine Schultern bebten bereits, so sehr schüttelte ihn das Lachen.

»Welch Irrtum«, entgegnete ich. »Wir sind nämlich zu viert.«

Er starrte mich an, als säße ihm ein Wahnsinniger gegenüber, der sich nur zu gern auf ihn stürzen wollte. Ich tat, als entginge mir dieser Blick, und zeigte mit dem Finger auf die Dame neben mir.

»Hier hätten wir eine Frau. Ihre Kleidung lässt darauf schließen, dass sie nicht erst ein Jahr durch die Gegend reist.«

Die Frau sah mich entrüstet an, drehte den Kopf weg und schaute zum Fenster hinaus, wobei ihre Lippen einen lautlosen Fluch formten.

»Und neben Euch sitzt ein ausgesprochen bemerkenswerter Zeitgenosse. Ein Mann der Armee, würde ich meinen, denn er trägt eine reichlich verdreckte Uniform der Artillerie des Fürstentums Leserberg sowie die Schulterstücke eines Unteroffiziers. Ihr erinnert Euch vielleicht noch an diese drei Jahre währende Auseinandersetzung, als Vierwalden kurz davor war, seine territoriale Integrität einzubüßen? Dieser Mann muss daran teilgenommen haben. Eine Kugel hat ihm den Unterkiefer weggerissen, sodass ich seinen Anblick nicht gerade appetitlich nennen würde. In dieser Sekunde pustet Euch der wackere Kerl ins Ohr, während aus seiner Wunde Blut auf Eure Schulter tropft.«

Erschaudernd beäugte der Student seine saubere Kleidung. Offenbar wollte er mich schon in meine Schranken weisen, doch sah er mir an, dass ich weder log noch ihn zum Besten hielt.

»Ihr beliebt zu scherzen?«, krächzte er dennoch, mittlerweile freilich kreidebleich.

»Mit diesen Dingen scherze ich nie, das dürft Ihr mir glauben.«

Abermals huschte sein Blick über die für ihn leeren Sitzplätze. Vergeblich versuchte er zu erkennen, was wahrzunehmen ihm nicht vergönnt war.

»Und Ihr …«, setzte der Student an. »Habt Ihr denn nicht vor, etwas zu unternehmen?«

»Nein, denn heute ist mein freier Tag. Abgesehen davon billigt Ihr dergleichen ja nicht.«

Und noch etwas hielt mich ab: Nicht alle ruhelosen Seelen

wurden dem Menschen gefährlich. O nein! Manche wollten einfach bloß leben, auch wenn ihr Leben wenig mit dem eines Menschen gemein hatte. Dass diese Geister mitunter harmlos waren, band ich dem Studiosus jedoch nicht auf die Nase. Sollte dieser Querkopf ruhig weiter in seiner Angst schmoren. Verdient hatte er es.

So schielte er denn auch ständig angespannt um sich und beleckte sich die ausgetrockneten Lippen. Jedes Mal, wenn er sich fast sicher war, dass ich ihn angelogen hatte, obsiegte die Angst vor dem, was er nicht sah. Irgendwann hämmerte er gegen die Kutsche, um den Kutscher zum Anhalten zu bringen, und stürzte mit schreckgeweiteten Augen ins Freie.

Und natürlich hielt er es nicht einmal für nötig, sich zu verabschieden.

Den Unteroffizier, den das Ganze einfach zu sehr amüsierte, hielt es nun freilich auch nicht mehr auf seinem Platz, und er folgte dem Herrn Studiosus.

»Warum habt Ihr dem armen Jungen von uns erzählt und ihn auf diese Weise erschreckt?«, wollte die Dame wissen, als sich die Kutsche wieder in Bewegung setzte.

»Weil dieser arme Junge über Dinge urteilt und Menschen verachtet, ohne allzu viel davon zu verstehen. Das sollte ihm eine Lehre sein!«

»Trotzdem war es grausam«, sagte die Dame und schüttelte den Kopf mit dem langsam ergrauenden Haar.

»Keineswegs«, widersprach ich. »Grausam wäre es gewesen, ihm zu sagen, dass ihm der Unteroffizier gefolgt ist.«

»Einer wie Ihr sollte heute nicht nach Vion fahren«, sagte die Dame dann.

»Und warum nicht?«

Darauf unterblieb jedoch jede Antwort ihrerseits. Überhaupt wechselten wir kein Wort mehr miteinander, bis die Kutsche vor dem Rathaus von Vion hielt.

Das Gewitter war uns auf den Fersen geblieben. Meiner Ansicht nach würde keine Stunde vergehen, dann würde es uns eingeholt haben und der Himmel über dieser Stadt seine Schleusen öffnen.

Bei unserer Ankunft wurde der Gemüsemarkt bereits abgebaut. Die Verkäufer packten die Waren in Körbe und beluden die Wagen. Die städtischen Gesetze verboten es Menschen, die nicht in Vion lebten, die Früchte ihrer Felder auch am Nachmittag feilzubieten. Der Glockenturm des Heiligen Nikolaus, ein grauschwarzes Trumm, rief in dieser Minute jedoch zur Non, schlug also drei Uhr. Die beiden Wächter vorm Rathaus sollten, mit Armbrüsten und Pistolen ausgestattet, eigentlich darauf achten, dass das Gesetz auch ja nicht verletzt wurde, behielten heute aber eher den Himmel als die Händler im Auge.

Ich wippte auf den Absätzen meiner Schuhe auf und ab und überlegte, was ich nun tun sollte. Sicher konnte es nicht schaden, zunächst mein Gepäck irgendwo unterzubringen. Deshalb ging ich die Schluckstraße hinunter, die mich vom Südtor, durch das ich nach Vion gekommen war, wegführte. In ihr kannte ich nämlich eine hervorragende Herberge.

Vion prunkte mit großen, hellen Häusern, die mit leuchtend roten Ziegeln gedeckt waren, sodass sie noch freundlicher anmuteten. Ich gab dieser Stadt allemal den Vorzug vor der Hauptstadt unseres Fürstentums. Gotthausen erstreckte sich an einigen Seen und erinnerte irgendwie an einen bedauernswerten Frosch, der unter ein schweres Wagenrad geraten war. Insgesamt gefiel mir das Fürstentum Vierwalden mit all seinen Wäldern und den endlosen Feldern jedoch ausnehmend gut. Es war wesentlich besser, als seine Bewohner annahmen, außerdem traf man hier auch nicht auf so viele umherschweifende Seelen wie in anderen Gegenden.

Auf dem Weg zur Herberge begegnete mir nur eine einzige, ein blasser Junge von etwa zehn Jahren, der mit ausgebreiteten Armen den Dachfirst einer Bäckerei entlangbalancierte. Als er mich entdeckte, winkte er mir zu. Ohne zu wissen, warum, lächelte ich zu ihm hoch.

Seinen Gepflogenheiten gemäß tauchte auch Apostel wieder auf.

»In dieser Stadt herrscht Angst«, teilte er mir mit, während er die Menschen um uns herum im Auge behielt und sich das Blut von der Wange wischte.

»Das ist mir auch schon aufgefallen.«

In der Luft hing der unterschwellige Geruch von Furcht, der beißend war wie Pferdeschweiß und gefährlich wie ein tollwütiger Wolf. Nach und nach benebelte er das Denken aller Menschen von Vion.

Die Herberge gehörte einer Frau. Für mich gab es ein Zimmer unterm Dach, sodass ich aus dreieckigen Fenstern eine fabelhafte Sicht auf die Straße hatte. In den Nachbarhäusern hingen Spitzengardinen vor den Fenstern und standen zahlreiche Blumentöpfe auf den Fensterbrettern. So kräftig, wie die Blumen leuchteten, so fröhlich, wie ihr Anblick war, nahm sich die Angst, welche die Stadt in ihren Würgegriff genommen hatte, erst recht wie ein Gast aus einer anderen Welt aus.

Ich stellte die Tasche auf den Tisch, öffnete sie und betrachtete gedankenversunken den Inhalt.

»Was meinst du, was geht hier vor?«, fragte Apostel, der es sich auf einem Stuhl gemütlich gemacht hatte.

Ich betrachtete sein gelbes, von Falten durchzogenes Gesicht. Seit neun Jahren zogen wir nun schon gemeinsam durch die Gegend. Begegnet waren wir uns in Malm, der Hauptstadt Leserbergs. Damals hatten Soldaten Seiner Majestät Alexander-Augusts in einigen Dörfern gewütet. IrgendeinUeckskerl hatte Apostel die Schläfe mit dem Griff seines Säbels zertrümmert.

»Das werden wir bald wissen«, antwortete ich ihm nun auf seine Frage. »Ich will mich ein wenig umhören. Begleitest du mich?«

»Nein, danke.«

Sollte mir auch recht sein. Mitunter fiel er mir nämlich gewaltig auf die Nerven.

Der Himmel bezog sich immer stärker. Der Wind fiel über die aparten Wetterfahnen her und zwang sie, sich wie irr um sich selbst zu drehen. Inzwischen donnerte es beinahe minütlich. In den Straßen begegnete mir kaum noch eine Menschenseele, der Geruch von Furcht nahm mehr und mehr zu. Würde ich einfach irgendjemanden fragen, was hier eigentlich im Schwange war, würde ich nur die halbe Wahrheit erfahren und jede Menge Märchen und Gerüchte zu hören bekommen.

Deshalb beschloss ich, jemanden aufzusuchen, der es wissen musste. Diesen Jemand würde ich im Rathaus finden. Da heute der letzte Freitag des Monats war, tagte der Stadtrat, und der dürfte mir auf alle meine Fragen antworten können.

Gerade als ich den Rathausplatz überquerte, setzte der Regen ein. Schwere Tropfen fielen laut klatschend auf das Pflaster und überzogen meine Stiefel mit feinen Spritzern. Noch waren es nur erste Vorboten des heraufziehenden Gewitters, sodass ich mein Ziel fast trocken erreichte. Dann jedoch brach das Unwetter wie eine zweite Sintflut über Vion herein.

Die beiden Wächter vor dem Rathaus, die ich bereits vorhin bemerkt hatte, nahmen mein Kommen äußerst misstrauisch zur Kenntnis.

»Wohin willst du?«, fragte mich der grauhaarige Mann mit dem aufwendig gezwirbelten Schnurrbart.

Ich lüpfte wortlos meine Jacke, um ihm den Dolch zu präsentieren, der an meinem Gürtel hing.

»Gib mir den mal!«, verlangte er.

Ich zog die Klinge aus der Scheide und hielt sie ihm hin. Eingehend betrachtete er die gierige schwarze Schneide, in deren Stahl ein ganzes Meer Dunkel tobte. Nachdem er auch noch den Griff, dessen Knauf aus echtem Sternsaphir bestand, untersucht hatte, reichte er mir die Waffe zurück.

»Ihr kommt höchst gelegen«, sagte er nun respektvoll. »Folgt mir, ich bringe Euch hinauf!«

Er stieß die Tür mit der Schulter auf und hielt sie auf. Dann führte er mich durch die leeren, halbdunklen Gänge in den ersten Stock hoch.

»Wartet hier, ich melde Euch!«

Während ich der Rückkehr des Mannes harrte, beobachtete ich, wie wahre Flüsse über das Fensterglas rannen. Die gegenüberliegende Seite des Platzes hatte sich in einen verwaschenen grauen Fleck verwandelt. Auch gut. Die Hitze der vergangenen Woche hatte mich völlig ausgelaugt. Nun hoffte ich inständig, es würde etwas abkühlen. Mein Hemd hatte mir nämlich lange genug am Körper geklebt.

Schließlich wurde die Tür geöffnet, und der Wächter bedeutete mir einzutreten. Er selbst blieb draußen.

In dem großen Raum mit den breiten Fenstern stand ein langer Tisch. An ihm saßen fünf Herren. Zwei waren von Adel, das verrieten mir die Kleidung und die finsteren Mienen. Ihnen gegenüber saß ein kahlköpfiger Alter mit kräftigen Pranken, dessen bestickte Weste ihn als Kanonikus oder Mitglied des hiesigen Kirchenkapitels auswies. Der Vierte im Bunde, ein fettleibiger Mann mit dem Emblem der Händlergilde auf der prachtvollen Schärpe dürfte allerdings kaum in diesem Fürstentum geboren worden sein. Eher schien er aus Sigisien oder Iliath zu stammen. Und am Kopfende des Tisches thronte ein breitschultriger Herr mit einem dichten rostbraunen Bart und der schweren Kette des Bürgermeisters um den Hals.

Er packte den Stier bei den Hörnern:

»Ihr gestattet, dass auch wir uns noch einmal Euren Dolch ansehen, Herr …?«

»Ludwig«, stellte ich mich vor und zog die Waffe, um sie ihm über den Tisch hinweg zuzuschieben. »Ludwig van Normayenn.«

Der Bürgermeister nahm den Dolch an sich und musterte ihn ausgiebig von allen Seiten. Dann fragte er die übrige Gesellschaft mit einem Blick, ob noch jemand die Waffe inspizieren wolle, um sich davon zu überzeugen, dass ich tatsächlich derjenige war, für den ich mich ausgab. Alle vier deuteten ein Kopfschütteln an. Daraufhin schob mir der Bürgermeister den Dolch über den Tisch zurück. Die Klinge glitt darüber, als wäre die Holzplatte eine Eisbahn. Ich steckte den Dolch wieder in die Scheide.

»Setzt Euch!«, forderte mich der Bürgermeister auf. »Wollt Ihr einen Wein?«

»Gern.«

Der Bürgermeister stand persönlich auf, um eine Kanne samt einem sauberen Becher zu besorgen und mir Rotwein einzuschenken.

»Ihr seid aus Albaland?«, fragte er dann.

»Völlig richtig.«

»Das Land hoch im Nordwesten ist recht weit von unserem Fürstentum entfernt. Was hat Euch zu uns geführt?«

»Mein siebter Sinn.«

»Dann hatten wir ja Glück, dass Gott Eure Schritte in unser Fürstentum gelenkt hat«, erwiderte er. »Gestattet, dass ich mich vorstelle! Ich bin Otto Meyer, der Bürgermeister von Vion. Diese Herren sind Mitglieder des Magistrats, die Edlen Wolfgang Schreyberg und Hein Hoffmann. Ferner hätten wir hier den Kanonikus Karl Werner und den Vorsitzenden der Händlergilde Helmut Podolski. Ich will ohne Umschweife zur Sache kommen: Auf dem alten Friedhof, der neben der Kapelle der Heiligen Margarita liegt, wurde heute ein Totentanz aufgeführt.«

Er sah mich erwartungsvoll an.

»Dergleichen geschieht immer wieder«, entgegnete ich jedoch bloß. »Hat jemand Schaden genommen?«

»Nein. Aber die Angst hat sofort um sich gegriffen. Die Stadt ist in Panik. Viele Menschen fürchten sich mittlerweile, einen Fuß vor die Tür zu setzen.«

Das erklärte, warum mir kaum jemand begegnet war.

»Etwas hat die Toten aus ihren Gräbern geholt, Herr van

Normayenn. Wir Stadtherren wünschen nun, dass in Vion wieder Ruhe und Ordnung einkehren.«

Draußen donnerte es. Heftig, fast wie Kanonenschüsse auf einem Schlachtfeld. Ich nippte am Wein, wenn auch nur der Höflichkeit halber, und betrachtete der Reihe nach die angespannten Gesichter der Männer vor mir.

»Was sagen denn die Hunde des Herrn dazu, dass es auf dem Friedhof, also auf geweihter Erde, zu einem Totentanz kam? Immerhin sind ja eigentlich sie für wild gewordene Tote zuständig, nicht ich.«

»Unser Inquisitor weilt gegenwärtig nicht in Vion. Und Ihr seid immerhin ein Seelenfänger.«

»Nur lässt sich meine Aufgabe nicht unbedingt mit der Tätigkeit der Inquisition vergleichen«, stellte ich klar. »Aber ich werde mir den Friedhof ansehen und versuchen, Euch zu helfen.«

»Hervorragend. Die Stadt wird es Euch zu danken wissen.«

»Daran habe ich nicht den geringsten Zweifel.«

So weit käme es noch, dass sie mit mir feilschen würden, wenn Skelette ihren Reigen aufführten.

»Ist in der letzten Zeit in der Stadt noch etwas anderes vorgefallen?«

»Etwas, das außergewöhnlicher als der Totentanz gewesen wäre?«, fragte Otto Mayer amüsiert. »Ich denke nicht.«

»Die Ratten verlassen die Stadt«, mischte sich da der Kaufmann Podolski ein. »In meinen Lagern habe ich schon seit zwei Wochen keines dieser grauen Mistviecher mehr gesehen, während man sich bis dahin kaum vor ihnen retten konnte. Und der Konkurrenz ergeht es genauso.«

»Das werde ich im Hinterkopf behalten.«

»Nicht nur die Ratten haben die Stadt verlassen, verehrter Podolski«, bemerkte da Hein Hoffmann, ein schmallippiger Zeitgenosse in teurer Kleidung, der sich auch als Veteran nicht von seinem Degen trennte und den die Rubinschnalle am Gehänge als einstiges Mitglied der Kompanie von Leserberg auswies. »Nicht nur sie … Man trifft auch keine ruhelosen Seelen oder Animati mehr. Euch dürfte das ebenfalls aufgefallen sein, Herr van Normayenn.«

»Ihr seid ein Schattenseher?«, fragte ich, wobei ich meine Verwunderung zu verbergen suchte. »Eine seltene Gabe.«

»Über die ich auch nicht verfüge«, gab Hoffmann zu. »Aber meine Gattin schon, wenn auch in geringem Maße. Ihr Können lässt sich nicht mit dem eines Seelenfängers vergleichen, es reicht jedoch aus, um zuweilen jene Schatten auszumachen, die unter uns leben. Deshalb konnte sie mir sagen, dass die Seelen und die zum Leben erweckten Gegenstände die Stadt verlassen.«

Ich merkte mir vor, mit einer Seele darüber zu reden. Genauer, mit Apostel. Er spürte sicher, was hinter alldem steckte. Jedes einzelne dieser Vorkommnisse war zwar bedeutungslos, zusammengenommen schrien sie jedoch förmlich danach, sich eingehender mit ihnen zu beschäftigen.

Denn hier braute sich etwas zusammen. Etwas Schreckliches. Andernfalls würde mich nämlich nicht dieser leichte Schmerz in der Brust plagen, ein untrügliches Zeichen für nahende Gefahren. Wahrscheinlich wäre es nicht das Dümmste, sofort meine Siebensachen zu packen und weiterzuziehen, vor allem da ich ohnehin nur auf der Durchreise war. Aber das wäre nicht gerade ein feiner Zug von mir. Apostel würde mir einen solchen Schritt ewig vorhalten, denn bei all seiner Grobheit war er im Grunde ein herzensguter Kerl. Mein Gewissen auf zwei Beinen sozusagen, das ich nur schwer zum Schweigen brachte.

»Verlangt Ihr einen Vorschuss?«, wollte der Bürgermeister wissen.

»Nein, denn ich kann den Preis nicht nennen, bevor ich nicht weiß, womit ich es eigentlich zu tun habe. Wenn ich Geld brauche, lasse ich es Euch wissen.«

»Können wir sonst irgendwie helfen?«

»Auch davon werde ich Euch gegebenenfalls in Kenntnis

setzen«, sagte ich und stand auf. »Habt Dank für den Wein. Doch jetzt empfehle ich mich.«

Als die Männer den Gruß erwiderten, las ich in drei Augenpaaren Hoffnung. Der Kaufmann dagegen bedachte mich mit einem Blick voller Zweifel, während der Kanonikus eine durch und durch finstere Miene aufsetzte. Er hätte es wohl vorgezogen, wenn die Hunde des Herrn sich der Angelegenheit angenommen hätten.

Wenn ich ehrlich sein soll, erging es mir nicht anders.

Es regnete unaufhörlich. Das Wasser spülte sämtlichen Schmutz vom Pflaster und schäumte in den Kanälen am Straßenrand. Nach wie vor begegnete mir keine Menschenseele, und selbst der Regen hatte den Gestank der Furcht nicht fortschwemmen können. Dieser unangenehme Geruch hatte sich lediglich in dunkle Winkel zurückgezogen, um das Unwetter abzuwarten. Als ich die Herberge erreichte, hätte man aus mir einige Meere auswringen können, und selbst dann wäre noch genug Wasser übrig geblieben, um ein paar Seen zu füllen.

Eine kleine Glocke über der Tür machte die Wirtin auf mich aufmerksam.

»Ich hätte gern heißes Wasser, heißen Wein, trockene Handtücher und etwas zu essen«, sagte ich ihr. »Bringt bitte alles auf mein Zimmer.«

Jetzt sah sie auch den Sternsaphir am Griff meines Dolchs. Die Augen wollten ihr schier übergehen.

»Es kommt alles sofort«, versicherte sie untertänig. »Nur einen Augenblick, Herr Ludwig.«

So war das immer. Manch einer fürchtete Menschen wie mich, weil wir über die Gabe verfügten, ruhelose Seelen zu entdecken und zu vernichten. Manche hassten uns sogar. All das spielte jedoch keine Rolle mehr, sobald eine übergeschnappte Seele anfing, Menschen oder anderen Geschöpfen Schaden zuzufügen. Dann galt ich mit einem Mal als Gast, der willkommener nicht sein konnte. Zur ihrer aller Ehrenrettung sei jedoch zugegeben, dass vernünftige Menschen uns Seelenfängern voller Gleichmut begegnen. Im Unterschied zu den Hunden des Herrn bereiteten wir *ihnen* nämlich kaum Probleme.

Auf meinem Weg hinauf in mein Zimmer hinterließ ich riesige Pfützen. Apostel lag auf dem Bett und lauschte dem Regen, der aufs Fensterbrett trommelte. Zu meiner Überraschung hielt sich aber noch jemand im Raum auf: Am Tisch saß der Vogelscheuch. Er sah mich wortlos an und nickte. Vielleicht wollte er das Gespräch nicht eröffnen, vielleicht konnte er aber auch gar nicht sprechen. Bei Animati wusste man letzten Endes nie so recht, woran man war.

Kurz darauf brachten mir die Wirtin und ihre Tochter Handtücher und Wasser. Selbstverständlich bemerkten die beiden Frauen meine zwei *Mitbewohner* nicht. Der Vogelscheuch hingegen bekundete sofort heftiges Interesse für das Fräulein Tochter und verschlang die junge Dame förmlich mit Blicken.

»Schlag dir das lieber gleich aus dem Kopf«, sagte ich zu ihm, sobald die beiden Frauen das Zimmer wieder verlassen hatten.

Der Scheuch ließ langsam die Schultern sinken. Damit räumte er mir das Recht ein, ihm Befehle dieser Art zu erteilen. Dann schnappte er sich die Sichel und begann sie vom Rost zu säubern. Sehr schön. Gewisse grundlegende Fragen hätten wir also geklärt …

Während ich mich wusch und mir ein trockenes Obergewand überstreifte, wurde das Essen gebracht.

»Nieren«, sagte Apostel versonnen. »Mit Bohnen und Tomaten.«

Ich knöpfte den Gürtel mit der schweren Schließe auf und warf ihn samt Dolch auf das Bett. Danach berichtete ich meiner hauseigenen Seele erst einmal von dem Gespräch im Rathaus.

»Ja, was glaubst du denn, warum wir ruhelose Seelen heißen?!«, sagte Apostel und lachte über seinen eigenen Witz. »Aber mal ganz ehrlich, die Seelen können die Stadt aus den unterschiedlichsten Gründen verlassen haben.«

»Klar«, brummte ich bloß, während ich mich mit Messer und Gabel bewaffnete. »Zum Beispiel weil sie nach Disculta pilgern und dort vor den heiligen Reliquien auf die Knie gehen. Wirklich, Apostel, spar dir diesen Unsinn! In Vion ist etwas geschehen. Danach hielten die Seelen es für geraten, die Stadt so schnell wie möglich zu verlassen. Hier findest du nicht mehr eine einzige von ihnen.«

»Das stimmt nicht ganz. Hast du den Jungen schon vergessen, der auf dem Dach balanciert ist?«

»Du schlägst mir jetzt aber nicht vor, bei diesem Wetter zu ihm hochzuklettern?«

»Gott bewahre, mein Sohn, wenn du dir den Hals brichst, sterbe ich ganz gewiss an Langeweile.«

Was Scheuch von alldem hielt, wusste ich nicht. Er schärfte seine Sichel.

Gegen Morgen zog das Gewitter nach Westen ab. Da war es bereits so schwach, dass es nicht einmal mehr brummen konnte, geschweige denn donnern. Hinter den Wolken spähte die Sonne hervor, die sich in den feuchten purpurroten Dächern spiegelte und alle Tauben der Stadt in Begeisterung versetzte.

Apostel und Scheuch waren nicht mehr im Zimmer. Ich zog mich rasch an und ging nach unten, verzichtete jedoch auf das Frühstück, weil ich mich schnurstracks zum Westtor begeben wollte. Heute wurde abermals Markt abgehalten, sodass alle Straßen verstopft waren. Der Gestank von Furcht hing noch immer in der Luft, jedoch schwächer als gestern. Er hatte sich nun mit dem Geruch von besorgter Erwartung vermischt. An allen Ecken sprachen die Menschen darüber, was am Vorabend geschehen war, bekreuzigten sich in einem fort und riefen die Schutzheiligen an.

Sie glaubten aufrichtig, dies würde sie vor dem Bösen bewahren. Ich will die Kraft des göttlichen Gebets keineswegs in Abrede stellen, denn selbst wenn es kein Mann der Kirche, sondern ein gewöhnlicher Mensch spricht, kann es einiges bewirken. Dennoch hegte ich gewaltige Zweifel daran, dass es den nächsten Totentanz würde verhindern können. Wie hieß es doch so schön: Ist der Reigen erst im Gange, bleibt er länger meist im Schwange.

Einen Totentanz hatte ich das letzte Mal in Lus erlebt, diesem ausgemachten Hexennest. Dort schwangen bei Lichtmess plötzlich Skelette das Tanzbein und wollten in ihren Reigen unbedingt auch den Priester einbeziehen, der sich jedoch solcher Vergnügung abhold in der Kirche verschanzt hatte. Womit er sie gegen sich aufgebracht hatte, wusste ich nicht. Damals hatten die Hunde des Herrn ihre Klientel im Handumdrehen wieder in die Gräber geschickt. Ich selbst hatte bisher noch nie an einer solchen Bändigung teilgenommen, denn fröhliche Gerippe bildeten nun mal nicht den Kern meiner Arbeit. Ich war Seelenfänger. Ich schnappte mir die bösen unter ihnen, die den Menschen Schaden zufügten, und vernichtete sie.

»Hör mal«, sagte Apostel, der mich gerade einholte, »Seelen sind im Vergleich mit lebenden Menschen die reinsten Lämmer. Sieh dir nur einmal an, was sich Menschen gegenseitig für Leid zufügen.«

»Wenn ich dir hin und wieder gestatte, meine Gedanken zu belauschen, heißt das noch lange nicht, dass du sie auch noch alle einzeln kommentieren musst.«

»Trotzdem kannst du meine Bemerkung nicht von der Hand weisen«, konterte Apostel grinsend, um dann voller Anteilnahme zu fragen: »Hast du etwas zum Frühstück gegessen?«

»Nein.«

»Genau deshalb bist du morgens so griesgrämig. Du wirst jetzt auf der Stelle etwas zu dir nehmen!«

Ich grummelte vor mich hin, wusste aber, dass er recht hatte, weshalb ich in ein kleines Gasthaus einkehrte, das ich noch von meinem letzten Besuch in Vion kannte. Hier bereitete man hervorragendes Omelett mit Steinpilzen und Käse zu. Auch das Bier war nicht zu verachten, ein dunkles Lager.

Während ich auf das Essen wartete, strich Apostel die Soutane glatt, auch wenn diese nicht die geringste Falte aufwies. Er legte den Kopf auf die Seite und zwinkerte mir zu.

»Es gibt in der Tat nur noch wenige Seelen in Vion«, teilte er mir dann mit. »Ich habe noch vor Tau und Tag die ganze Stadt durchstreift, womit ich mir wohl ein herzliches Dankeschön verdient habe.«

»Danke schön!«

»Insgesamt sind mir jedoch nur drei Seelen begegnet. Sie kamen im Übrigen alle von außerhalb und sind erst gestern Abend oder heute früh hier eingetroffen. Bei einer würde es sich um ein recht knuspriges Weibsbild handeln, wäre sie nicht vor zweihundert Jahren von einem Karren überrollt worden. Leider weiß keine der drei Seelen Näheres über den Totentanz. Und als sie gehört haben, dass ein Seelenfänger in der Stadt ist, haben zwei auf der Stelle beschlossen, sich davonzumachen, solange sie noch in einem Stück sind.«

»Wahrscheinlich hast du mich mal wieder als echtes Ungeheuer dargestellt.«

Apostel setzte eine bedrückte Miene auf und wartete kurz mit der Erwiderung, da mir gerade mein Essen gebracht wurde.

»Du weißt ganz genau«, sagte er dann, »dass einige deiner werten Kollegen jede Seele töten, die sie erblicken. Ihr verdient viel zu gut an ihnen, als dass ihr euch einen solchen Braten entgehen ließet. Du bist die einzige Ausnahme von dieser Regel, die ich kenne.«

»Wenn du annimmst, du könntest mich mit deinen Schmeicheleien zum Erröten bringen, dann irrst du dich gewaltig. Hast du den Jungen zufällig noch einmal gesehen?«

»Ja, auf dem Glockenturm. Er ist auf der Turmspitze rumgeturnt und hatte nicht die geringste Absicht, sich zu mir runterzubegeben.«

»Was hat dich daran gehindert, zu ihm hochzuklettern? Immerhin ist er von hier.«

»Weil ich schon als kleines Kind unter Höhenangst gelitten habe.«

Einige alte Ängste überwand man nicht einmal nach dem Tod. Ich kannte zum Beispiel eine Dame, die selbst achtzig Jahre nach ihrem Dahinscheiden beim Anblick einer Maus noch in Ohnmacht fiel.

»Was ist mit Scheuch?«, fragte ich weiter.

»Der ist noch vor Tagesanbruch auf und davon, wohin, weiß ich nicht, denn er ist ja nicht gerade gesprächig. Überhaupt hättest du besser eine Frau aufgefordert, sich uns anzuschließen. Dann hätten wenigstens meine Augen etwas, an dem sie sich erfreuen könnten.«

»Nur leider sind uns keine Animati mit prachtvollen Kurven über den Weg gelaufen. Apropos: Hast du auch etwas über Scheuchs hiesige Standesgenossen herausgefunden?«

»Nicht alle Animati haben Vion verlassen, denn ein paar sind mir begegnet. Aber die tragen ihr Herz ebenso auf der Zunge wie unser Scheuch. Ach ja, noch was: In der Kirche des Heiligen Nikolaus hat sich ein wahres Drecksviech in der Glocke eingenistet. Irgendeine wirklich miese dunkle Kreatur, der Herr möge mir meine Ausdrucksweise vergeben.«

Davon würde ich den Bürgermeister unterrichten müssen. Dann sollte der Kanonikus ein paarmal mit der Hand herumfuchteln und es vertreiben. Oder die Inquisition sollte sich darum kümmern, wenn einer ihrer Hunde sich wieder in die Stadt bequemte. Ein dunkles Wesen in einer Kirchenglocke war nämlich eine ausgesprochen unangenehme Nachbarschaft. Das Geläut dürfte die Menschen dann nicht länger auf gottgefällige Taten einstimmen. Eher im Gegenteil. Streitsüchtig und grausam würden sie werden. Und Krankheiten würden um sich greifen. Selbstverständlich nicht sofort. Manchmal dauerte das Jahre. Je früher man die Sache also in Ordnung brachte, desto besser.

»Halten wir noch einmal fest, was wir wissen«, sagte ich und tupfte mir den Mund mit der Serviette ab. »Die Ratten verlassen die Stadt, als wäre diese ein sinkendes Schiff.«

»Das ist ein höchst anschaulicher Vergleich, mein Freund. Allerdings solltest du bedenken, dass Ratten dunkle Kreaturen sind. Wenn sich irgendwo ein Unglück zusammenbraut, eilen sie sofort herbei. Angeblich sind sie während der Pest vor achtzig Jahren wie ein Sturzbach durch die Straßen geströmt.«

»Aber sobald Gefahr droht, ziehen Ratten ab«, entgegnete ich. »Bleibt die Frage, was diese Biester in Angst und Schrecken versetzt hat.«

»Wenn ich daran denke, fühle ich mich in dieser Stadt auch nicht mehr besonders wohl«, gestand Apostel. »Außerdem verlassen ja nicht nur die Ratten Vion, sondern auch die Seelen. Was meinst du, sollten wir nicht besser ebenfalls aufbrechen?«

»Hast du eigentlich je zuvor von einer solchen Kombination gehört? Flucht von Ratten und ruhelosen Seelen plus Totentanz …«

Apostel zuckte die Schultern. »Und, hast du wenigstens eine Ahnung, was dahinterstecken könnte?«

»Als ob ich so ein kluger Kopf wäre! Du weißt doch, dass ich weder in Magie noch in Religion besonders beschlagen bin, wenn es um theoretische Dinge geht. Meine Sache ist das Handwerk. Deshalb schwöre ich dir bei meinem Dolch, dass ich mir schon lange nicht mehr so inständig gewünscht habe, es möge ein Inquisitor greifbar sein.«

»Das kennt man ja«, grummelte Apostel. »Der Inquisitor drückt sich vor der Tür herum, während der Teufel im Haus wilde Urständ feiert.«

»Unke nicht schon wieder!«

»Als ob das noch nötig wäre!«

»Ludwig van Normayenn?«

Der Mann, der an unseren Tisch herantrat, war nach der allerneuesten Mode gekleidet. Sein Aufzug musste ihn ein Vermögen gekostet haben, jedenfalls hätte ich mit dem Geld sicher eine sehr lange Zeit in Saus und Braus leben können. Allein der pekuniäre Gegenwert der purpurroten Lackschuhe hätte mir etliche sorgenfreie Wochen beschert! Dann noch die Silberknöpfe an dem hochwertigen Gehrock und die brillantenen Manschettenknöpfe, die das Hemd aus echter Saroner Seide zierten … O ja, dieser Herr wusste, wie er die Aufmerksamkeit auf sich zog. Meine war ihm jedenfalls in ungeteilter Form sicher.

»Ich meine nicht, dass mir bereits die Ehre zuteilwurde, Euch vorgestellt zu werden«, sagte ich.

»Nennt mich Alexander.«

Das gepflegte Äußere und der Hut mit der Feder verrieten mir jedoch, dass Alexander mindestens drei oder vier weitere Vornamen sowie einen ellenlangen Familiennamen samt Titel unterschlagen hatte.

»Darf ich mich setzen?«, fragte er.

Wie so oft in den letzten Monaten zuckte ich lediglich mit den Schultern und sah zu Apostel hinüber.

Der ungebetene Gast stieß sanft mit einem kurzen Stock auf den Stuhl, auf dem mein Gefährte saß.

»Ihr gestattet?«, brachte er in kaltem Ton heraus.

Sobald Apostel den Stuhl geräumt hatte, ließ sich Alexander darauf nieder. Immerhin machte mich der Mann damit neugierig. Er nahm jene Schatten um uns herum wahr, obwohl er kein Seelenfänger war, denn dann hätte ich ihn gekannt. Es musste sich bei ihm also entweder um einen Schattenseher oder einen Inquisitor beziehungsweise einen Träger der Wahrheit handeln.

Letztere waren ein selten dämlicher Haufen von hirnlosen Strohköpfen, die am nächsten Baum aufgehängt gehörten, weil sie alle töteten, die ruhelose Seelen wahrnahmen. Wer das vermochte, lud ihrer Ansicht nach nämlich eine unverzeihliche Sünde auf sich.

Dann jedoch hielt mir Alexander eine silberne Plakette hin, die bereits abgegriffen und nachgedunkelt war. Auf ihr las ich die Worte *Lex Prioria*, Sondergesetz, und einige Ziffern. Der Kerl gehörte also dem Orden der Gerechtigkeit an, der uns Seelenfänger im Auge behielt.

»Nun könnt Ihr mir nicht vorwerfen, Ihr hättet nicht gewusst, mit wem Ihr es zu tun habt«, erklärte er mir lächelnd.

Dieser Mann hatte mir von Anfang an missfallen, was vor allem an seinen tief liegenden Triefaugen lag. Offenbar mit gutem Grund.

»Wie kommt es, dass sich der Orden für mich interessiert?«

»Betrachtet es als reine Formalie.«

»Und dennoch kümmert sich einer der höchsten Priester des Ordens darum? Die Nummer auf Eurer Plakette sagt mir schließlich, dass Ihr kein Laufbursche dieser Einrichtung seid.«

Er deutete ein Lächeln an, mit dem er mir zu verstehen gab, dass ich keine weiteren Auslassungen zu seiner Person erwarten durfte. Dann legte er den Stock auf den Tisch.

»Ihr seid gestern in unserer prachtvollen Stadt eingetroffen?«, fragte er geradezu beiläufig.

»Völlig richtig.«

»Dann lasst mich Euch einen Rat geben.«

Aus irgendeinem Grund war ich mir sicher, dass mir der Rat noch weniger gefallen würde als der Ratgeber. Auch hier sollte ich recht behalten.

»Nehmt die nächste Kutsche, die Euch von hier wegbringt. Gegenwärtig seid Ihr zur völlig falschen Zeit am völlig falschen Ort. Mit dieser Angelegenheit müssen sich die Hunde des Herrn befassen, nicht Ihr, denn Eure Arbeit besteht bekanntlich darin, gefährliche Seelen zu fangen. In Vion läuft jedoch seit einer Woche keine einzige Seele mehr herum, einmal abgesehen von der in Eurer Begleitung.«

»Dürfte ich trotzdem erfahren, warum der Orden der Gerechtigkeit wegen eines schlichten Totentanzes derart in Sorge gerät?«

Alexander brach in schallendes Gelächter aus, das indes nicht von Herzen kam.

»Ihr seid ein Fremder in dieser Gegend«, sagte er dann, »und mit unseren Gesetzen nicht vertraut. Bei Euch in Albalanda mag ein Seelenfänger ja den Hopfen in Nachbars Gemüsebeet stibitzen dürfen, ohne dass er dafür zur Verantwortung gezogen wird. Wir jedoch achten strikt auf die Einhaltung unserer Gesetze. Und laut Gesetz zählt es nicht zu den Aufgaben eines Seelenfängers, sich mit einem Totentanz zu beschäftigen. Dafür seid Ihr schlicht und ergreifend nicht zuständig. Überlasst die Sachen also denjenigen, die etwas davon verstehen. Morgen trifft der Inquisitor ein.«

»Und bis dahin wollt Ihr die Hände in den Schoß legen?«

»Ganz gewiss nicht. Doch ist es die Aufgabe des Ordens, Seelenfänger im Auge zu behalten, damit diese ihre Macht nicht missbrauchen. Ferner sorgen wir dafür, dass die Träger der Wahrheit gar nicht erst in Vion Fuß fassen oder Schattenseher an jeder Ecke verkünden, wer noch unter uns lebt. Aber es ist nicht Aufgabe des Ordens, sich mit Magie oder seltsamen göttlichen Erscheinungen zu befassen, um es einmal so auszudrücken.«

Klare Worte. Der Totentanz galt jetzt als *göttliche Erscheinung*. Unser aller Herrgott hatte kurz mit den Fingern geschnippt, daraufhin hatten die Skelette ihren Reigen aufgenommen, zum Ruhm unseres Herrn Jesus. Und schon war keine Rede mehr davon, dass der Tanz auf einem Grab eine Sache des Dunkels war. Man müsste dem Orden die Kirche auf den Hals hetzen. Wegen Gotteslästerung …

»Ihr werdet diese alte Wahrheit kennen: *Ne noceas, si ju-*

vare non potes? Schade nicht, solange du nicht helfen kannst. In dieser Angelegenheit könnt Ihr nicht das Geringste ausrichten. Ihr würdet alles nur noch schlimmer machen. Nehmt also meinen freundschaftlichen Rat an und verlasst die Stadt. Sie wird auch ohne Euch mit diesem Problem fertig.«

»Ich weiß Euren freundschaftlichen Rat durchaus zu schätzen, Herr Alexander«, parierte ich. »Aber ich vergöttere Vion nun einmal und habe zu lange davon geträumt, eine Woche in diesem hübschen Städtchen zu weilen.«

Er grinste und stand auf.

»Es sei euch unbenommen«, sagte er. »Hauptsache, Ihr haltet Euch aus dieser Angelegenheit heraus.«

Ich grinste ebenfalls. Wir verstanden einander geradezu blendend.

»Wie alt seid Ihr eigentlich, Herr Ludwig?«, erkundigte er sich voller Anteilnahme.

»Es mag unhöflich sein«, erwiderte ich mit kalter Stimme, »aber das geht Euch nichts an.«

»Ein kluger Mann sollte die ihm zugewiesenen Tage gut zu nutzen wissen. Manchmal vergisst auch ein Wucherer über all seinem Reichtum, dass er sterblich ist. Habe ich mich klar und deutlich ausgedrückt?«

Es juckte mich gewaltig in den Fingern, ihm den Dolch in den Hals zu rammen. Das Gesicht, das er dann machen würde, hätte ich zu gern gesehen. Stattdessen grinste ich jedoch über beide Backen.

»Selbstverständlich. Ich werde mir Eure Worte in aller Ruhe durch den Kopf gehen lassen«, säuselte ich. »In ihnen liegt sicher ein tieferer Sinn, der sich mir auf Anhieb wohl nicht erschließt.«

»Welch Vergnügen, einem vernünftigen Mann zu begegnen. Erlaubt mir, Euer Frühstück zu zahlen. Meine Empfehlung!«

Er warf einige Münzen auf den Tisch, die ausgereicht hätten, um damit auch noch Mittagessen und Abendbrot zu bezahlen, und ging davon, mit den Absätzen seiner prachtvollen purpurroten Schuhe klappernd.

Selbstverständlich schäumte ich vor Wut. Dieser aufgeblasene Lackaffe hatte es gewagt, mir zu drohen, obwohl der Orden der Gerechtigkeit sich nur dann in meine Belange hätte einmischen dürfen, wenn ich die Gesetze des Fürstentums verletzt hätte.

Aber von diesen Ordensburschen ging ja immer ein Aasgeruch aus. Sie halfen niemandem und hielten sich für etwas Besseres, als stünden sie über uns allen. Außerdem schmorten sie ausschließlich im eigenen Saft und pressten die Fürstentümer geradezu aus. Diese ließen dem Orden Geld zukommen, weil sie Menschen wie mich fürchteten und darauf hofften, Burschen von der Sorte Alexanders würden uns im Gegenzug für Reichtum und Macht unter Kontrolle behalten.

Als ob wir uns nicht ohnehin an die Gesetze des Landes halten müssten, in dem wir gerade weilten. In der Regel war das auch nicht allzu schwierig. Und es war noch ein wenig leichter, wenn niemand uns ins Handwerk pfuschte oder etwas Unmögliches von uns verlangte. Umgekehrt mischten wir uns nie in Staatsangelegenheiten, auch wenn diese uns mitunter bei der Ausübung unserer Arbeit behinderten. Sobald jedoch der Orden auf den Plan trat, war der Tag gelaufen, um es einmal so salopp zu formulieren. Dann ging es nicht mehr um irgendeine Behinderung bei der Ausübung, dann ging es schlicht und ergreifend darum, überhaupt noch Luft zum Atmen zu haben. Denn diese nichtsnutzigen Dreckskerle stellte ihre *unschätzbaren* Ratschläge nur zu gern als Landesgesetze hin.

Wir Seelenfänger versuchen deshalb, uns den Orden vom Hals zu halten, und achten penibel darauf, diese Herren nicht gegen uns aufzubringen. Meist wissen und können sie weitaus weniger als wir, aber sie haben nun einmal den jeweiligen Staat hinter sich, und dieses Tier zerreißt jeden, mag es sich bei ihm auch um ein winziges Herzogtum am Rande der belebten Welt handeln.

Der Orden hatte die Macht, die Möglichkeiten und die Mittel, diejenigen zu fangen, denen sie einen Gesetzesbruch vorwarfen. Das hieß, sie hatten Geld und die nötigen Verbindungen. Und nicht zu vergessen die Armee. Einmal hatte der Orden in Disculta einen Seelenfänger aufgespürt, der irgendwelche ungeschriebenen Gesetze gebrochen hatte. Diese Mistkerle jagten ihn wie einen Wolf in die Berge und töteten ihn dort. Anschließend pfropfte der Orden den Kopf des armen Kerls auf eine Stange, die er mitten in der Hauptstadt aufstellte, damit alle sahen, was mit jemandem geschieht, der sich gegen den ruhmreichen Orden stellt.

»Und?«, durchbrach Apostel das Schweigen. »Verlässt du die Stadt jetzt?«

»Du bist doch nicht erst seit gestern bei mir, oder?«, parierte ich. »Kannst du dich daran erinnern, dass ich je einen Rückzieher gemacht hätte?«

»Er könnte dir Befehlsverweigerung anlasten.«

»Normalerweise halte ich mich an die Gesetze. Abgesehen davon hat der Stadtrat selbst mich mit dieser Angelegenheit betraut. Deshalb sind dem Orden die Hände gebunden.«

»Du bist doch sonst nicht so ein Einfaltspinsel, Ludwig. Dieser Herr wird notfalls selbst ein Gesetz brechen und die Tat dann dir anlasten.«

»Dann werde ich halt auf der Hut sein«, erwiderte ich und hob die rechte Hand in einer Weise, als leistete ich einen Schwur. »Das verspreche ich dir.«

Blieb die Frage, warum der Orden wegen des Erscheinens eines Seelenfängers derart in Aufruhr geriet. Und dass er mir sogar drohte, sollte mir zu denken geben. Letzten Endes dürfte selbst der gute Herr Alexander ja wohl kaum annehmen, dass ich den Karren noch weiter in den Dreck ziehen würde, wenn ich Vion half. Er kannte meinen Namen – und damit auch den Ruf, in dem ich stand.

Was also wollte er von mir? Warum sollte ich unbedingt die Stadt verlassen? Was war so wichtig, dass er mich sogar einzuschüchtern versuchte, obwohl ich deswegen durchaus Beschwerde beim Stadtrat einlegen könnte?

Auf all diese Fragen wusste ich keine Antwort. Doch ich würde wachsam sein und den herausgeputzten Herrn mit seiner Silberplakette stets im Hinterkopf behalten.

Wie nicht anders zu erwarten, war das Heutor geschlossen. Dahinter lag der Friedhof, der zur Kirche der Heiligen Margarita gehörte, und natürlich wollte man verhindern, dass die tanzwütigen Skelette von dort in die Stadt kamen. Das Tor war jedoch nicht bloß mit einem Riegel gesichert, sondern auch noch mit Fässern und Karren verbarrikadiert. Als ob dergleichen die Untoten wirklich aufhalten würde …

Neben dem Wachhaus saßen zwei Soldaten, die nicht allzu glücklich aussahen. Wahrscheinlich wollte niemand hier heute Dienst schieben.

»Das Tor ist geschlossen!«, schrie mir der Jüngere von ihnen zu.

»Dann öffnet es«, verlangte ich und zeigte ihm meinen Dolch.

Der Ältere, ein Sergeant mit dem Gesicht eines gewohnheitsmäßigen Trinkers, warf einen Blick auf den Sternsaphir.

»Wir öffnen nur die Pforte im Tor«, teilte er mir mit. »Außerdem müsst Ihr durch ein anderes Tor in die Stadt zurückkehren. Hier lasse ich niemanden raus, da könnt Ihr mir hundertmal Euren Dolch unter die Nase halten.«

Ich willigte ein.

Kaum waren Apostel und ich durch die Pforte gegangen, knallte diese scheppernd hinter uns zu.

In einer Mühle arbeitete man selbst heute. An einem Flussarm erstreckte sich ein Birkenhain, dahinter ragten die Türme des Malisser-Klosters auf.

Dieses Nonnenkloster war ausgesprochen reich und nicht

nur in Vion, ja nicht einmal nur im Fürstentum Vierwalden berühmt. Angeblich verbannte die Kirche alle fortschrittlich gesinnten Frauen aus anderen Orden dorthin. Da es sich dabei jedoch meist um Damen aus begüterten Familien handelte, mangelte es dem Kloster nie an etwas.

Der Friedhof lag an der Straße, die zum Kloster führte. Auf ihm war seit zwanzig Jahren niemand mehr beerdigt worden. sodass er mittlerweile verödet war. Überall wucherten Unkraut, Wegerich, Brennnesseln und Heckenrosen. Eine alte Kapelle, deren Wände im Laufe der Zeit grau geworden waren und deren Tür sich schon lange nicht mehr öffnen ließ, wirkte in dieser Ödnis völlig unangemessen. Dieser Ort war von Gott gründlich vergessen worden.

Das Gitter um den Friedhof herum schien vor Unzeiten errichtet worden zu sein, so verrostest und erbärmlich sah es aus. Auf dem Gelände trieb sich bereits Scheuch herum und stierte neugierig auf die Kreuze der Gräber.

»Das nenn ich eine Überraschung!«, sagte Apostel. »Sei gegrüßt, du Strohkopf!«

Scheuch erwiderte natürlich kein Wort, sondern stapfte davon, bis er hinter einer grauen Gruft verschwand.

Der Friedhof war verheert, die Grabsteine gespalten, die Erde aufgewühlt. Etliche Kreuze und Skulpturen standen schief, manche waren sogar umgefallen. In den pikenden Zweigen einer Heckenrose hing ein Fetzen gelbbraunen Stoffes, offenbar von einem Leichengewand. Die zahlreichen Abdrücke knöcherner Füße in der nach dem Regen aufgeweichten Erde zeugten davon, dass es hier hoch hergegangen sein musste.

»Ich habe noch nie einen Totentanz gesehen«, sagte Apostel, der vorsichtig in eine Grube spähte.

»Dann hast du zu Lebzeiten viel Glück gehabt. Das Ganze ist nämlich nicht ungefährlich. Sobald diese Gerippe einen Menschen erblicken, ziehen sie ihn erst in ihren Tanz hinein und anschließend ins Grab hinab.«

»Aber an Menschen wie dir vergreifen sie sich natürlich nie.«

»Weil sie sich an uns Seelenfängern die Zähne ausbeißen. Abgesehen davon sind wir miese Tänzer.«

Apostel grinste bloß.

»Übrigens locken die Tänzer nur dann einen Menschen zu sich, wenn sie kein Ziel haben.«

»Zum Beispiel eine Stadt …«, sagte Apostel.

»Mhm«, brummte ich, während ich ein Loch im Gitter und den zum Wald führenden Pfad dahinter betrachtete. »In der Vergangenheit haben Hexen oft genug die tanzenden Gebeine auf Menschen gehetzt.«

»Ich erinnere mich noch gut an alte Kupferstiche, auf denen dargestellt war, wie Skelette einen Bischof, eine Frau, den König und einen Bettler hinter sich herziehen.«

Mit einem Mal tauchte Scheuch wieder auf. Er kam auf uns zu und blieb in unserer Nähe stehen, um dem Gespräch zu lauschen. Aus der Ferne drang Glockengeläut an unsere Ohren. Die Kirche des Heiligen Nikolaus schlug Mittag. Der laute Ruf der schwergewichtigen Glocke wurde von anderen Kirchen aufgegriffen. Mit einer Minute Verspätung stimmte auch die Klosterkirche ein.

Scheuch erschauderte, denn dieser Klang bereitete ihm kein Vergnügen. Allerdings zeigte er sich als weitaus stärker als alle anderen Animati, die mir bisher begegnet waren. Das verwunderte mich nicht: Wäre dem nicht so, hätte er nicht unbeschadet über die geweihte Erde eines Friedhofs streifen können.

Apostel stimmte die *Oratio ad Sanctum Michael* an, eigentlich ein Gebet an den Erzengel Michael, dem er jedoch eine Melodie unterlegte, die bei den Hirten meiner Heimat beliebt war. Allerdings sang er es ein paar Oktaven tiefer, sodass es ziemlich brummig klang. Scheuch starrte den Sänger unter dem tief ins Gesicht gezogenen Hut hervor an.

»Du wirst noch in der Hölle schmoren, mein Freund«,

sagte ich zu Apostel. »Was quälst du den armen Scheuch so?«

Doch meine sture ruhelose Seele dachte gar nicht daran, den Gesang einzustellen. Apostel liebte das Singen einfach. Jedes Gebet, das er sprechen musste, brachte er deshalb in gesungener Form vor. Vermutlich hätte sich zu Apostels Lebzeiten jeder Jahrmarkt um diesen Spaßvogel gerissen. Allerdings dürfte meinem Begleiter keine lange Karriere durch die Lappen gegangen sein, denn für seine eigenwilligen Darbietungen hätte man ihn mit Sicherheit schon bald in ein Narrenhaus gesteckt. Oder den Inquisitoren übergeben.

Nun machte ich mich daran, den Friedhof abzuwandern. Alle Gräber waren leer. Aber wohin war die Horde Toter verschwunden?

Das Einzige, was ich mit Sicherheit wusste, war, dass dunkle Magie dahintersteckte. Und zwar reichlich. Sie verströmte den Geruch von Eichenrinde und Teer. Ich selbst nahm ihn nur schwach wahr, aber jeder Inquisitor hätte ihn wahrscheinlich erkannt, noch ehe er sich dem Friedhof auf einhundert Schritt genähert hatte.

Scheuch kletterte plötzlich in eines der Gräber, trampelte darin herum und warf polternd morsche Holzbretter und Erdklumpen heraus. Apostel gab mir mit einem Schulterzucken zu verstehen, dass er auch keine Ahnung hatte, was das sollte.

Ich streifte noch eine Weile über den Totenacker. Das Häuschen des Wärters war genauso verlassen wie der ganze Friedhof. Ich zeichnete einige Figuren mit Kreide auf die wenigen Grabplatten, die noch nicht zerstört waren. Menschen ohne Gabe konnten sie nicht sehen, denn es war ein Mittel jener Magie, über die nur wir Seelenfänger geboten. Mit ihrer Hilfe wollte ich herausfinden, wo die Magie eingesetzt worden war, welche die Toten aus den Gräbern geholt hatte.

Nirgends.

Laut den Figuren war auf diesem Friedhof kein Ritual durchgeführt worden. Der Totentanz musste auf etwas zurückgehen, das ich mir beim besten Willen nicht zu erklären vermochte.

»Du siehst aus, als hättest du gerade eben entdeckt, dass in deinen Taschen Ebbe herrscht.«

»Etwas in der Art. Wenn die Skelette ihren Tanz aus freien Stücken begonnen hätten, dann wären sie jetzt noch auf dem Friedhof. Da sie jedoch verschwunden sind, muss ein bestimmtes Ritual durchgeführt worden sein. Oder aber das Gitter um den Friedhof ist nicht geweiht.«

»Das ist es aber.«

»Ich weiß, das habe ich überprüft. Was also hat die Skelette veranlasst, den Friedhof zu verlassen? Die Antwort darauf können uns vermutlich nur Kirchenmänner geben. Sie sind erfahrener in diesen Dingen.«

In diesem Augenblick kam Scheuch auf uns zu und bedeutete mir mit rätselhaftem Grinsen, ihm in den Wald zu folgen.

»Das ist nicht gerade klug, Ludwig!«, warnte mich Apostel. »Ich würde sogar sagen, das ist ausgesprochen töricht. Selbst für dich.«

»Scheuch hat recht. Wir müssen uns im Wald umsehen.«

»Für einen Mann Gottes ziemt es sich nicht, der Kinder des Herrn angesichtig zu werden, wenn diese in einer derart erbärmlichen Verfassung sind.«

»Glaubst du etwa, dass sie am Jüngsten Tag besser aussehen?«

Statt mir zu antworten, stimmte Apostel schon wieder ein Lied an, diesmal sogar recht melodiös.

Lacrimosa dies illa qua resurget ex favilla judicandus homo reus. Tag der Zähren, Tag der Wehen, da vom Grabe wird erstehen zum Gericht der Mensch voll Sünden.

»Dann bleib halt hier oder gehe zurück in die Herberge«, sagte ich zu ihm.

»Ist dir eigentlich klar«, schrie mir Apostel hinterher, »dass deine Knochen für immer zwischen Birken und Espen bleiben, wenn du jetzt stirbst?!«

Als ich bloß abwinkte, hob er schon wieder mit seinem Gesang an und intonierte das ganze Lied von Anfang an. Was für ein Anblick für alle, die ihn sehen konnten! Ein Prediger mit blutverschmiertem Gesicht auf einem verlassenen Friedhof, der vom Tage der Zähren und Wehen singt. Wenn man da nicht unwillkürlich an das Nahen des Jüngsten Gerichts glaubte, wann dann?!

Im Wald rauschten alte Birken, plätscherte ein klarer Bach dahin, kletterte ein lackgepanzerter Hirschhornkäfer über Wurzeln, und rief in der Ferne ein Kuckuck.

Natürlich, dieser Vogel musste ja Laut geben. Ein Prophet des Todes war er. Ein dunkles Geschöpf. Schlimmer noch als die Krähen, über die immer alle lauthals schimpften und die gemeinhin als Diener des Teufels galten. Meiner Ansicht nach brachte so ein Kuckuck jedoch weit mehr Unglück als ein ganzer Schwarm jener schwarzen Vögel. War er in der Nähe, brauchte man bloß ein falsches Wort zu sagen und musste mit verheerenden Folgen rechnen. Dann konnte man noch froh sein, wenn man Gelegenheit bekam, die Folgen ausbaden zu dürfen – und nicht gleich Hungersnöte, Seuchen, Heuschreckenschwärme oder toll gewordene Seelen die ganze Umgegend ausschalteten.

Der Pfad, den Hunderte von Füßen getrampelt hatten, zog sich durchs Unterholz und führte mich tief in den Wald hinein. Da es heller Tag war, fürchtete ich weder Schwierigkeiten noch Waldgeister, denn diese würden sich erst bei Einbruch der Nacht zeigen.

Scheuch lief zwanzig Schritt hinter mir und verschwand immer mal wieder. Letzten Endes war er schon eine seltsame Kreatur. Doch obwohl er mir im Grunde keine Hilfe war, freute ich mich über seine Gesellschaft.

Eine graue Ratte mit nacktem rosafarbenem Schwanz sprang vor mir davon, um Schutz im Gras zu suchen. An den sich biegenden Halmen konnte ich den Weg des Tieres verfolgen. Es hatten sich also nicht nur die Toten in den Wald zurückgezogen. Die Ratten aus Vion wollten offenbar auch einmal die Natur genießen.

Der Wald wurde zunehmend dichter, nur selten stieß ich noch auf sonnendurchflutete Lichtungen, ja mir begegneten nicht einmal mehr Stellen, an denen Bäume gefällt worden waren. Es gab nur noch Tierpfade und die Abdrücke von knöchernen Füßen. Außerdem wichen die Birken nun Espen. Ich marschierte an einem Bach entlang, bis ich eine Senke erreichte, die schon bald in Sumpf überging, sodass ich nach einem trockenen Weg Ausschau halten musste.

Es war purer Zufall, dass ich den ersten weißgelben Fleck bemerkte. Ich kniff die Augen zusammen und betrachtete das Skelett rechts von mir, das auf einem Baumstumpf saß. Es rührte sich nicht. Ich schob den Gürtel noch einmal zurecht, damit ich den Dolch notfalls mühelos würde ziehen können, und stapfte auf das Knochenwesen zu. Ein erstaunliches Bild bot sich mir dar.

Tote hatten den Wald erobert. Alte Gebeine, bei denen mir nicht einmal klar war, wieso sie nicht auseinanderfielen. Einige lagen auf dem Boden, als schliefen sie. Ein paar waren sogar mit grauen Blättern aus dem letzten Jahr bedeckt. Andere standen aufrecht da, wieder andere saßen. Manche baumelten an Armen oder Beinen an niedrigen Baumzweigen wie frisch gewaschene Wäsche, die zum Trocknen aufgehängt worden war. Soweit das Auge reichte, nahmen einzelne Tote, aber auch ganze Skelettgruppen den Wald ein. Ruhig in ihren Gräbern zu liegen, das wollte diesen Gerippen offenbar gar nicht in den Sinn kommen.

Keines der Gebeine rührte sich, obwohl meine Gabe mir verriet, dass sie das gekonnt hätten. Ich spazierte zwischen ihnen herum und sah mich nach allen Seiten um, eher neugierig als ängstlich oder angewidert. Einige Skelette waren echte Originale, die majestätische, urkomische oder durch und durch groteske Stellungen einnahmen.

Eines saß zum Beispiel in Denkerpose auf einem Stein, das gelbe Jochbein in die Knochenfaust gestützt. Ein junger Bursche focht mit einer unsichtbaren Klinge und stand reglos da, als führte er gerade einen Schwertstreich aus. Ein Pärchen war in einer beinernen Umarmung verschmolzen und küsste sich selbstvergessen mit gebleckten Lippen. Ein Dichter erfreute mit seinen Versen ein Dutzend hingerissener Zuhörer. Neben einer schiefen Espe debattierten zwei stattliche Männer. In ihrer Nähe bereute ein Mönch all seine Sünden, indem er mit ausgebreiteten Armen auf dem Boden lag. Ein Bauer bearbeitete mit einem unsichtbaren Pflug den Boden, eine Frau wiegte neben moosbewachsenen Steinen ein nicht vorhandenes Kind in den Schlaf.

Sie waren gar nicht zu zählen, all diese Toten.

Einige Schädel drehten sich auch nach mir um und schickten mir Blicke aus leeren Augenhöhlen nach. Ein gelbknochiges Skelett, das seinen linken Arm und einen Großteil seiner Rippen verloren hatte, setzte sich sogar in Bewegung und trabte mir hinterher. Ihm schlossen sich kurzerhand zwei weitere Knochenwesen an, die ihren Stellungen nach zu urteilen bisher gewürfelt hatten. Kurz darauf lenkte allerdings ein Kohlweißling, der durch die Bäume flatterte, die Aufmerksamkeit der drei auf sich, sodass ich sie wieder los war.

An einigen dieser *Waldbewohner* hingen noch Fetzen des Leichenhemdes, die meisten waren jedoch nackt. Und bei keinem einzigen saß auch nur eine Faser Fleisch auf den Knochen.

Plötzlich bemerkte ich in einiger Entfernung zwischen den Bäumen eine Frau. Sie war nicht sehr groß und trug eine graue Weste sowie einen langen Rock, hatte schmutzige, ungewaschene, zerzauste graue Haare, kräftige Hände ohne Fingernägel und ein erschreckend bleiches, schlaffes Gesicht, in dem es weder Augen noch eine Nase, sondern nur einen Mund gab.

Ich schnalzte mit der Zunge. Eine Fleischvertilgerin. Keine sehr angenehme Erscheinung. Auf sie war ich nun wirklich nicht vorbereitet. Normalerweise hätte ich eine solche dunkle Seele nicht ungeschoren davonkommen lassen. Wenn ich sie jedoch vernichtete, lief ich Gefahr, dass dieses ruhige Totenreich in Aufruhr geriet. Und ich war mir nicht sicher, ob meine Kräfte ausreichen würden, um die Tänzer wieder zu beruhigen.

Deshalb ging ich weiter, nahm mir aber fest vor, zurückzukehren und diese Kreatur zu vernichten, bevor sie jemanden umbrachte. Zu meinem großen Erstaunen erblickte ich kurz darauf zwei weitere Fleischvertilgerinnen. Sie spielten Bockspringen, indem sie begeistert über die Rücken einer ganzen Kette von Skeletten hüpften. Scheuch hatte für sie nicht einen Blick übrig, sondern trottete schnurstracks an ihnen vorbei, um auf den dichtesten Teil des Waldes zuzuhalten, in dem es besonders viele Tote gab.

Als die Fleischvertilgerinnen mich bemerkten, unterbrachen sie ihr Spiel, verständigten sich durch einen Blick und machten einen Schritt in meine Richtung. Sofort zog ich den Dolch. Beim Anblick der schwarzen Schneide blieben sie stehen und sahen sich erneut an, um ihr wortloses Gespräch fortzusetzen.

Schließlich zogen sie ab und gaben mir den Weg frei, während sie selbst ihr merkwürdiges Spiel wieder aufnahmen. Ich spürte ihren Hunger und den Wunsch, mich zu töten, doch auch ihre Angst entging mir nicht.

Schon bald stieß ich auf eine vierte Fleischvertilgerin, die im Gras hockte. Hier musste doch der Teufel seine Finger im Spiel haben! Die Frau hatte einem Skelett in ihrer Nähe den Schädel stibitzt und polierte diesen nun sorgfältig mit dem Saum ihres zerrissenen Rockes. Vier Fleischvertilgerinnen auf einen Schlag! Was hatte diese Kreaturen bloß hierher gebracht?!

Ich drehte mich noch einmal um. Den beiden Bockspringerinnen hatte sich inzwischen die erste Fleischvertilgerin hinzugesellt. Alle drei beobachteten mich. Zum ersten Mal beschlich mich in diesem Wald ein mulmiges Gefühl.

Verschwinde, solange noch alles an dir dran ist, erklang Apostels Stimme in meinem Kopf.

Mein Gefährte hatte gut daran getan, mich nicht zu begleiten.

Immerhin traf ich nun einige Vorsichtsmaßnahmen. Ich holte etwas Kleingeld aus meiner Tasche und warf es über die Schulter hinter mich, dabei die nötigen Worte murmelnd. Wenn mir diese Kreaturen folgen sollten, würden die Münzen sie aufhalten.

Die Schädelpoliererin riss sich von ihrer Beschäftigung los. Ihr konturloses Gesicht war mit widerlichen Geschwüren bedeckt. Es juckte mich förmlich in den Fingern, diese Fleischvertilgerinnen zu vernichten. Da mich jedoch auch die vierte dieser Damen nicht angriff, behielt ich diese Kreaturen lediglich im Blick und stapfte so lange rückwärts weiter, bis ich sie nicht mehr sah.

Was braute sich hier bloß zusammen?! Der rechte Ort für Fleischvertilgerinnen war ein Schlachtfeld! Aber was suchten sie hier?! Die Toten hatten kein Fleisch mehr auf den Knochen, die Lebenden mieden diesen Platz. Ob sie vielleicht auf dem alten Friedhof ein Zuhause gefunden hatten und dann mit dem Totentanz in den Wald gelockt worden waren?

Inzwischen war ich zum Kern der Totenversammlung vorgestoßen. Auf einer Lichtung drängten sich derart viele Gebeine, dass ich an Pilze dachte, die nach einem Regen aus dem Boden gesprossen waren. Der muffige Geruch von Gebeinen überlagerte jeden anderen Duft. Scheuch blieb am Rand der Lichtung stehen. Er drehte mir den Rücken zu und hatte den Kopf auf die Seite gelegt, als horchte er auf etwas.

»Ich suche euren König«, wandte ich mich an das erstbeste Skelett. »Wo finde ich ihn?«

Das Knochenwesen klapperte mit dem Kiefer, drehte sich aber nicht einmal zu mir um. Dafür hob das Skelett neben ihm den Arm, um mir die Richtung zu weisen. Insgesamt gaben sich die Toten hier weniger starr als ihre Gefährten, die ich bisher gesehen hatte.

Der König des Totentanzes war zu Lebzeiten vermutlich Ritter gewesen. Zumindest hielt er ein verrostetes Flammenschwert in der Hand, während auf seinem Kopf eine eingedellte Hundsgugel mit hochgeschobenem Visier saß. Auch seine Haltung war herrschaftlich, so kerzengerade, als hätte man seine Wirbelsäule an einen Pfahl gehämmert.

»Warum könnt ihr nicht einfach in der Erde ruhen wie alle anständigen Toten?«, fragte ich ihn. »Euretwegen ist die ganze Stadt in Aufruhr. Außerdem ist der Friedhof völlig leer, das ziemt sich doch nicht.«

Es steht einem Seelenfänger nicht zu, uns zu belehren, erklang das Flüstern des Königs in meinem Kopf. *Wir kehren erst in die Gräber zurück, wenn das vorüber ist.*

»Wenn *was* vorüber ist?«

Das, was uns überhaupt aus den Gräbern gelockt hat.

Auf eine vernünftige Antwort brauchte ich wohl nicht zu hoffen. Er würde sie mir nicht geben. Und ich würde sie nicht aus ihm herauspressen können. Über ein umherstreifendes Skelett hatte ich nämlich genauso viel Macht wie über einen gewöhnlichen Menschen. Also gar keine. Spuren würde so eine Kreatur nur, wenn ein Hund des Herrn auftauchte. Widerstandslos würde sie dann jeden Befehl ausführen, darunter auch den, der da hieß: Abmarsch zurück ins Grab.

Zu allem Überfluss traten nun auch noch vier weitere Fleischvertilgerinnen auf die Lichtung. Und von der anderen Seite rückten drei der freundlichen Damen heran, denen ich bereits begegnet war. Die vierte im Bunde fehlte. Wenigstens sie mussten meine Münzen aufgehalten haben.

Lauf!, empfahl mir der König des Totentanzes.

Ich bleckte die Zähne nicht schlechter als er und zog den Dolch.

Sieben dieser dunklen Seelen! Wenn die über Vion herfielen, gab es keine Rettung mehr für die Menschen. Sie würden ihnen das Leben aussaugen, ehe sich's jemand versah.

So schnell ich konnte, malte ich mit der Hand eine riesige Krake mit ihren acht Fangarmen in die Luft. Wenn ich mich nicht täuschte, grinste der König daraufhin bloß, sagte jedoch kein Wort. Scheuch hatte sich längst verdrückt, allerdings hätte er mir beim besten Willen nicht helfen können. Nur in Ausnahmefällen vermochten Animati ruhelosen Seelen Schaden zuzufügen. Wenn es dann auch noch dunkle waren, Fleischvertilgerinnen …

Nun drehte ich mich um. Die drei Damen von vorhin hielten auf mich zu, die Hände mit den gekrümmten schmutzigen Fingern vorgestreckt. Ich fuhr mit dem Dolch durch die Luft und zeichnete eine Spirale. Anschließend beschwor ich eine lange goldene Schnur herauf. Ich fasste nach ihr und riss sie mit aller Kraft an mich. Daraufhin zog sich die Spirale zusammen. Als die drei die Spirale fast erreicht hatten, ließ ich die Schnur los.

Die Spirale schnellte im Nu auseinander. Sie glich dabei einer Sehne, mit den Fleischvertilgerinnen in der Rolle der Armbrustbolzen, die nun weit weggeschleudert wurden. Wie sie diesen *Schuss* verkrafteten, konnte ich nicht sehen, weil ich mich bereits wieder zu den vier anderen dunklen Seelen umgewandt hatte, die inzwischen bei der Krake angelangt waren.

Sobald die erste in diese Figur geriet, begann sie sich in Rauch aufzulösen, denn die Krake saugte der Fleischvertilgerin jene Kraft heraus, die sie in dieser Welt hielt. Das würde jedoch noch einige Zeit in Anspruch nehmen, genauer gesagt an die vier Minuten. So lange durfte ich aber nicht warten, da sie in dieser Zeit immer noch eine Gefahr darstellte.

Deshalb rannte ich augenblicklich auf die erste Dame zu,

rempelte sie mit Schulter und Ellbogen an und trieb ihr den Dolch in den Körper. Die Kreatur heulte auf und *floss* die Klinge herab.

Ein kurzes Zittern in meinen Händen, ein leichter Würgereiz und ein Rauschen in den Ohren machten sich bemerkbar. Darauf achtete ich jedoch nicht weiter.

Denn noch waren die drei Gefährtinnen der Dame nicht ausgeschaltet. Ich riss den Arm hoch und streckte ihnen den Handteller entgegen. Die Fleischvertilgerin, die mir am nächsten war, fiel sofort zu Boden und geriet dabei in die Krake. Sich krümmend versuchte sie, wieder aufzustehen. Da unter ihr bereits Dampf aufquoll, erinnerte sie an einen Fisch, der in einer heißen Pfanne zappelt.

Die dritte Fleischvertilgerin stürzte sich auf mich und umklammerte meine Beine. Ich trat ihr mitten ins Gesicht und rammte gleichzeitig den Dolch in den Hals der vierten und letzten dunklen Seele.

Da drückte mich eine Last zu Boden und presste mir die Schläfen zusammen. Mit einem Mal sah ich alles doppelt. Danach ratterte ich die notwendigen Worte herunter, fuchtelte mit den Händen und spuckte Flammen, die kein menschliches Auge sehen konnte, auf die drei Fleischvertilgerinnen, die ich mit der Spirale zurückgeworfen hatte. Sie stürmten bereits wieder auf mich zu, obendrein begleitet von der vierten, die ich an den Münzen gescheitert gewähnt hatte.

Eine umklammerte bereits meinen Hals. Mit dem Dolch schlitzte ich ihr die Hand auf und wand mich mit aller Kraft aus ihrem Griff heraus. Danach bohrte ich ihr sofort die Klinge ins Herz.

Doch schon stürzte sich die nächste Kreatur auf mich und versuchte, mich zu ersticken. Und natürlich erhielt sie Unterstützung von den anderen Damen. Das Blatt hatte sich endgültig zu meinen Ungunsten gewendet. Schlimmer konnte es jetzt nicht mehr werden. Die Kraft sickerte aus mir heraus wie Wasser aus einem durchbohrten Trinkschlauch.

Am Ende meiner Möglichkeiten angelangt, rappelte ich mich hoch und stieß eine Fleischvertilgerin in die Figur der Krake. Obwohl mir kurz schwarz vor Augen wurde, nahm ich noch einen Schatten wahr, der auf mich zusprang. Instinktiv riss ich den Dolch hoch und spießte die dunkle Seele auf. Erzitternd saugte die Klinge die Kraft aus ihr heraus.

Doch da umklammerte schon wieder jemand meine Beine. Ich war dabei, das Bewusstsein zu verlieren, konnte jedoch in letzter Sekunde noch eine Figur aktivieren, die ich vorsorglich bereits gestern Abend geschaffen hatte.

Für jedes Auge sichtbare Zeichen, eine weitere Form unserer Magie, tanzten nun durch die Luft und saugten sich an den Fleischvertilgerinnen fest, um sie zu schwächen. Dieses Schicksal traf natürlich auch meine unmittelbare Gegnerin, der ich denn auch gleich den Dolch in den Leib rammte.

Dieser Stich hatte mir nahezu übermenschliche Kraft abverlangt. Danach sackte ich ermattet zu Boden. Doch nur wenige Meter vor mir erhob sich wieder die Fleischvertilgerin, der ich lediglich schnell ins Gesicht getreten hatte. Sie würde mich nun vernichten, das war mir klar.

Mit einem Mal senkte sich tintenschwarze Finsternis herab. Johlendes Geschrei, wildes Gelächter und lautes Getrommel waren zu hören. Doch schon kurz darauf wich die Dunkelheit grauem Zwielicht. Mit dem Dolch in der Hand versuchte ich, mir darüber klar zu werden, was nun schon wieder geschehen war.

Der Zauber, der den Wald in Dunkelheit getaucht hatte, verlor rasch seine Kraft. Ich erblickte eine Frau.

Sie trug blendend weiße Kleidung, die aus einem Barett, einem kurzen Herrenwams, einem Hemd mit Spitzenbesatz an Kragen und Ärmeln, Reithosen und Stiefeln bestand. Die wenigen roten Elemente wirkten fast wie Blut in frischem Schnee, dazu gehörten die purpurrote Fasanenfeder am Barett, die rubinrote Halsbrosche und je ein purpurroter Streifen an Kragen, Wamsärmeln und Stiefeln.

Sie kam über die rauchende Erde auf mich zu. In den weiß behandschuhten Händen hielt sie einen schwarzen Dolch mit einem Saphirknauf. Sie blieb neben der letzten Seele stehen. Diese war bereits fast ganz zersetzt.

»Du hast doch nichts dagegen, oder?«, fragte die Frau mich und richtete den Blick ihrer hellbraunen Augen auf mich.

Ich schüttelte lediglich den Kopf und wischte mir das Blut ab, das mir aus der aufgeschlagenen Lippe tropfte. Der Dolch meiner Retterin vernichtete die letzte der Fleischvertilgerinnen.

»Sei gegrüßt, holdes Blauauge«, sagte die Frau.

»Sei auch du gegrüßt, Gertrude«, erwiderte ich. »Wenn ich mit jemandem nicht gerechnet habe, dann mit dir.«

»Ich muss zugeben, ich bin genauso überrascht wie du«, sagte sie und steckte den Dolch in die Scheide. »Und jetzt kümmere ich mich erst einmal um die Tänzer.«

Die Skelette, die von der eingesetzten Magie und dem Kampf völlig aufgewühlt waren, tobten schier. Sie klapperten mit Kiefern und Knochen und versammelten sich im Kreis, um ihren Tanz zu beginnen. Der König legte sich das Flammenschwert über die Schulter und schob das Visier seines Helms hinunter. Gleich würde er den Befehl erteilen, den Tanz aufzunehmen. Keine Ahnung, was genau Gertrude tat, aber das Ergebnis hätte nicht besser sein können. Schon in der nächsten Sekunde erstarrten die Skelette großteils wieder in ihren absurden Stellungen.

Gertrude war nicht nur eine Seelenfängerin, sondern auch eine Zauberin. Eine Hexe, wenn man so will. Im klassischen Sinne des Wortes. Das heißt, im Notfall konnte sie auch auf einem Besen fliegen und jemanden mit einem Fluch belegen.

Der König wandte sich noch theatralisch von mir ab und dachte gar nicht daran, das Visier wieder hochzuschieben. Der Kampf auf der Lichtung und meine Figuren hatten etlichen Skeletten gewaltigen Schaden zugefügt. Manche von ihnen waren derart auseinandergefallen, dass es keine Hoffnung mehr gab, die Knochen je wieder zusammenzusetzen.

Ich stand nun auf, obwohl ich weiche Knie hatte und mir immer noch alles vor den Augen verschwamm. Gertrude hielt mir wortlos eine kleine Flasche hin.

»Alles, nur keinen Schnaps«, murmelte ich.

»Das ist Milch«, entgegnete sie. »Trink etwas.«

Danach ging es mir sofort besser.

»Hat unser Blauauge also mal wieder ein Wunder vollbracht … Mit wie vielen Fleischvertilgerinnen hast du es aufgenommen? Sechs?«

»Acht. Wenn wir die mitzählen, die du vernichtet hast.«

In ihren Augen leuchtete etwas auf, doch ich hätte nicht schwören wollen, dass es Anerkennung war.

»Solche Taten vollbringen in der Regel nur Magister.«

»Du weißt genau, dass ich kein Magister bin«, murmelte ich. »Und ohne dich hätte ich diesen Zusammenstoß niemals überlebt. Was hat dich eigentlich in diese Gegend verschlagen?«

»Ein Zufall. Ich war gerade auf dem Weg nach Gotthausen, da habe ich sie gespürt.« Sie nickte in Richtung der Skelette. »Natürlich wollte ich mir einmal ansehen, was hier los ist. Wer hätte denn ahnen können, dass ich dabei auf dich treffe? Das Schicksal muss seine Finger im Spiel gehabt haben …«

»Mhm«, war alles, was ich herausbrachte.

»Kannst du laufen?«, erkundigte sie sich.

»Selbstverständlich. Bist du etwa zu Fuß unterwegs?«

»Das Pferd habe ich an der Straße zurückgelassen. Ich habe unsere Freunde nur für kurze Zeit eingelullt, sie werden deshalb bestimmt bald wieder das Tanzbein schwingen. Sieh also zu, dass du nicht zurückbleibst.«

Sie ging voraus, ich folgte ihr, mich dabei am Anblick ihrer schlanken Figur weidend. In der Zeit, in der wir uns nicht gesehen hatten, hatte sich Gertrude das Haar wachsen lassen, sodass sie einen kurzen Zopf binden konnte, in den sie ein purpurrotes Band geflochten hatte. Ansonsten hatte sie sich seit unserer letzten Begegnung nicht verändert. Genauer gesagt seit unserem letzten Abschied. Offen gestanden, waren wir nicht gerade im Guten auseinandergegangen. Es war mir damals nur durch ein Wunder gelungen, nicht in eine erbärmliche Raupe verwandelt zu werden. Und bis heute wusste ich nicht, was die hitzköpfige Zauberin damals von diesem Schritt abgehalten hatte.

Im Weiteren hatte ich mich zwar gelegentlich nach ihr umgehört, doch stets waren wir in unterschiedlichen Ländern und mit den eigenen Angelegenheiten beschäftigt gewesen. Nun hatten wir uns also wiedergetroffen.

Gerade drehte sie sich zu mir um.

»Was lächelst du?«, fragte sie.

»Ich freue mich wirklich, dich zu sehen.«

Sie schnaubte, verkniff sich indes jede Erwiderung.

»Im ersten Augenblick habe ich dich gar nicht erkannt«, gestand sie dann aber nach einer Weile. »Früher hattest du keinen Bart. Du siehst aus wie ein zerzauster Hund, bei deinem Anblick muss man unwillkürlich grinsen.«

Sofort strich ich über meinen Dreitagebart, den ich nun freilich schon einen geschlagenen Monat trug. Ich hatte ihn wirklich nicht gepflegt, außerdem zeigte er die unterschiedlichsten Farben, von hellem Sand bis zu dunklem Blond, meiner Haarfarbe. Wahrscheinlich gab ich in der Tat eine nette Promenadenmischung ab.

»Sobald ich wieder in Vion bin, werde ich mich rasieren.«

»Nicht nötig, mir gefällt der Bart. Wie gesagt, er sieht lustig aus.«

Daraufhin hüllte ich mich in beleidigtes Schweigen.

»Ich habe dich nur an dem Ring erkannt«, fuhr Gertrude nach einer Weile fort. »Natürlich fühle ich mich geschmeichelt, dass du ihn immer noch trägst.«

Diesen Ring hatte sie für mich angefertigt. Ich trug ihn am Ringfinger der linken Hand. Drei flach gehämmerte Stränge aus weißem, rotem und gelbem Gold bildeten eine schlichte Spirale. Jeden Strang zierten eingravierte Brennnesseln, Rautengewächse und Bärentrauben. Gertrude hatte behauptet, dieser Ring würde mir irgendwann einmal das Leben retten. Ich hatte ihr geglaubt und gleichzeitig auch wieder nicht. Inzwischen trug ich ihn schon über ein Jahr am Finger. Geholfen hatte er mir bisher aber noch nie. Er störte mich allerdings auch nicht.

»Glaub mir, der Bart gefällt mir wirklich«, kam Gertrude noch einmal auf das Thema zurück.

Noch im selben Augenblick blieb sie jäh stehen und zog den Dolch.

»Tu ihm ja nichts«, sagte ich sofort. »Das ist ein Freund von mir.«

Scheuch stand zwischen moosbewachsenen Steinen und musterte Gertrude misstrauisch.

»Und wo steckt Apostel?«, fragte sie, während sie Scheuch mit finsterer Miene musterte.

Einzig und allein meine Bitte hielt sie davon ab, Scheuch etwas anzutun.

»Er hat es vorgezogen, mich nicht in den Wald zu begleiten.«

»Das sieht dem alten Feigling ähnlich! Was weißt du über den Burschen hier?«

»Nur, dass er ein Animatus ist.«

»Deine Unbedarftheit verschlägt mir immer wieder den Atem, Blauauge«, erklärte Gertrude und seufzte. »Ich würde dem Kerl nicht vertrauen, aber gut, das ist deine Sache.«

»Er und ich, wir haben eine stillschweigende Übereinkunft getroffen.«

»Du scharst einfach zu gern merkwürdige Kreaturen um dich«, stellte sie fest, als sie sah, wie Scheuch sich uns anschloss. »Und jetzt verrat mir mal, was du hier eigentlich machst! Du wirst ja wohl nicht in der Hoffnung auf ein trautes Stelldichein mit den Fleischvertilgerinnen hierhergekommen sein, oder?«

Ich erzählte ihr kurz, was geschehen war. Als wir die Straße erreichten, beendete ich meinen Bericht gerade. Gertrudes Pferd, eine goldfarbene Schönheit, wartete in der Nähe des Friedhofs.

»Eigentlich muss ich dringend nach Gotthausen«, erklärte Gertrude. »Aber du hast mit dieser Geschichte meine Neugier geweckt. Falls du nichts dagegen hast, bleibe ich über Nacht in Vion, um mir selbst ein Bild von der Sache machen.«

»Heiliger Strohsack!«, rief Apostel und sprang auf, kaum dass ich das Zimmer betreten hatte. »Wo zum Teufel hast du so lange gesteckt?! Und was um alles in der Welt macht sie hier?!«

»Sei gegrüßt, Apostel«, sagte Gertrude. »Dass du immer noch auf dieser Erde wandelst, statt die paradiesischen Wonnen zu kosten …«

»Wag es nicht, mit mir übers Paradies zu reden, Hexe!«

»Oh, ganz nebenbei, ich bin eine offiziell registrierte Hexe«, konterte Gertrude und setzte sich auf einen Stuhl, zog die Handschuhe aus und warf diese auf den Tisch. »Wenn du willst, kann ich dir gern das Schreiben zeigen, das mir die Hunde des Herrn ausgestellt haben. Es trägt sogar ihr Siegel!«

Apostel konnte Gertrude nicht ausstehen. Sie stammte aus dem kleinen Herzogtum Barburg, in dem man sich Zauberei gegenüber weitaus aufgeschlossener zeigte als in anderen Ländern. Apostel wiederum kam aus Leserberg, dem konservativsten Fürstentum in dieser Region. Ihm wollte einfach nicht in den Kopf, warum die Kirche Gertrude nicht auf den Scheiterhaufen gezerrt hatte, sondern ihr stattdessen auch noch erlaubte, als Seelenfängerin tätig zu sein.

Für all das gab es jedoch eine einfache Erklärung. Ein Großonkel Gertrudes war in Barburg Kardinal. Und wenn

Menschen wie sie die Macht des Heiligen Vaters, das Kreuz, das Abendmahl und die Dreieinigkeit anerkannten, ging die Kirche ihnen nicht ans Leder. Im Gegenteil. Es war ja gar nicht schlecht, eine Hexe in den eigenen Reihen zu haben, wusste sie über dunkle Magie doch weit mehr als manch gottesfürchtiger Inquisitor. Konnte es also eine geeignetere Waffe im Kampf gegen das Böse geben? Selbstverständlich legte die Inquisition diesen loyalen Hexen verschiedene Einschränkungen auf und beobachtete sie besonders in der ersten Zeit misstrauisch.

Mit ihrem Großonkel stand Gertrude dann erst recht der Weg als Seelenfängerin offen …

»Sei schon friedlich, Apostel«, ermahnte ich meinen Gefährten und entkorkte eine Flasche Wein.

Scheuch saß am Kopfende des Tisches und schärfte schon wieder seine Sichel. Nach meinem Dafürhalten hätte er sich das durchaus sparen können. Mit der Klinge konnte man sich auch jetzt schon bestens rasieren.

»Zumindest ein Rätsel kann ich übrigens für dich lösen«, wandte sich Gertrude an mich. »Das Verhalten der Ratten und der Totentanz haben einen schlichten Grund.«

»Ich bin ganz Ohr …«, versicherte ich.

Apostel schnaubte verächtlich, doch ich achtete nicht weiter auf ihn.

»Ratten gelten als Diener des Dunkels. Viele Menschen sehen in ihnen auch Totemtiere kleiner Dämonen.«

»Wenn man bedenkt, dass sie die Pest verbreiten und Getreide vernichten, ist das eigentlich nicht weiter erstaunlich.«

»Trotzdem ist es ein Irrtum, Ludwig«, stellte Gertrude klar. »Ratten kommen ohne Frage auf ihre Kosten, sobald es ein Unglück gibt. Aber sie ertragen das Dunkel nicht. Damit meine ich, das wahre Dunkel. Deshalb halten sie sich von ihm fern.«

»Willst du damit andeuten, das Böse wäre in Vion eingezogen?«

»Oder es wird demnächst hier einziehen, ja ganz genau. In der Stadt braut sich etwas zusammen, das spüre ich, aber leider kann ich dir nicht sagen, was es ist. Doch übermorgen erreiche ich die Hauptstadt. Dann begebe ich mich sofort zu den Hunden des Herrn und teile ihnen mit, dass Vion es mit ernsthaften Schwierigkeiten zu tun hat.«

»Meiner Ansicht nach wissen sie längst Bescheid«, bemerkte ich. »Stehst du immer noch in Diensten der Kirche?«

»Hat eine ehrliche Zauberin denn eine andere Wahl? Mich den Rest meines Lebens vor der Inquisition zu verstecken, das wäre nichts für mich«, antwortete sie grinsend. »Doch nun zum Totentanz. Da hast du dich in einem Punkt geirrt. Die Skelette wurden nämlich doch mit einer bestimmten Absicht aus den Gräbern geholt.«

»Aber auf dem Friedhof wurde kein Ritual durchgeführt! Da bin ich mir völlig sicher!«

»Stimmt. Wahrscheinlich wollte der Zauberer nicht, dass man ihm allzu schnell auf die Schliche kommt. Vermutlich hat er auch darauf gehofft, dass sich jemand mit der Sache beschäftigt, der nicht allzu viel von dunkler Magie versteht. Dergleichen triffst du auch bei Inquisitoren häufig genug an. Dann hätte der Hund des Herrn denselben Schluss gezogen wie du: Dass die Skelette von sich aus irgendwie außer Rand und Band geraten sind. Aber glaube mir, Blauauge, hinter dem Totentanz steckt ein Zauberer. Oder eine Hexe. Wenn ich etwas mehr Zeit hätte, würde ich hierbleiben und den Ort ausfindig machen, an dem das Ritual durchgeführt worden ist. Wenn man weiß, wonach man suchen muss, entdeckt man immer Spuren.«

»Nur leider weiß ich nicht, wonach ich suchen muss.«,

»Das brauchst du ja auch nicht«, erwiderte sie und lächelte mich aufmunternd an. »Tanzende Gerippe gehören schließlich nicht zu deinen Aufgaben. Überlass es also der Inquisition, sich darum zu kümmern.«

»Nur sind die Hunde des Herrn gerade nicht in der Stadt. Deshalb habe ich ja versprochen zu helfen.«

»Deine Versprechen bringen dich noch ins Grab«, knurrte Apostel.

»Ausnahmsweise stimme ich mit dieser ruhelosen Seele überein«, bemerkte Gertrude. »Aber so, wie ich dich kenne, wirst du die Hände nicht in den Schoß legen. Was glaubst du, warum die Seelen aus der Stadt abgezogen sind?«

»Das kann alle möglichen Gründe haben.«

»Wenn du diese Frage beantworten kannst, dann weißt du, was hier vorgeht. Was mich wundert, ist, dass du zuerst unseren fröhlichen Tänzern einen Besuch abgestattet hast. Warum hast du nicht nach diesem Jungen gesucht, von dem du mir erzählt hast, und mit ihm einen Plausch in luftiger Höhe abgehalten? Er kann dir womöglich weiterhelfen.«

»Das werde ich gleich nach dem Mittagessen machen«, erklärte ich.

»Es ist bereits Zeit fürs Abendbrot. Und in einer Stunde dämmert es. Im Dunkeln solltest du vielleicht nicht auf irgendwelchen Dächern herumkraxeln.«

Sie hatte ja recht. Und ich verschob die Suche nach dem mysteriösen Jungen auf morgen.

Gertrude war noch vor Tagesanbruch weitergeritten, ohne mich zur Verabschiedung zu wecken. Irgendwann hatte ich gespürt, dass niemand mehr neben mir im Bett lag. Trotzdem war ich erst aufgewacht, als die Morgendämmerung sich verzogen hatte. Auf dem Tisch lag ein Brief von Gertrude, in der vertrauten klaren Handschrift.

Nur wenige Worte: *Pass auf dich auf!*

»Hat sie noch etwas gesagt?«, wollte ich von Apostel wissen.

Der saß in tiefem Schatten, sodass ich nur seine Silhouette ausmachen konnte.

»Ja«, grummelte er. »Nämlich dass sie mir den Kopf abreißt, wenn ich dich noch einmal allein lasse.«

Scheuch sah derweil nachdenklich zum Fenster hinaus.

»Wir mussten die ganze Nacht unten in der Gaststube zubringen, während ihr euch hier oben vergnügt habt.«

»Oh, verzeih mir« sagte ich, ohne auch nur den Hauch von Reue zu spüren.

Ich dachte an Gertrude. Sie war wie eine Katze, die zuweilen auf leisen Pfosten durch leere Straßen schlich. Sie kam und verschwand wieder und ließ nur die Erinnerung an sich zurück. Wenn wir längere Zeit zusammen waren, endete das stets in einer Katastrophe, ohne dass wir beide wussten, warum eigentlich.

An diesem Morgen trug die Wirtin ein prachtvolles Kleid. Auch als ich die Schenke verließ, begegneten mir fast ausnahmslos Menschen in frischer, sauberer Kleidung. Da die Stadt keinen Festtag beging, packte ich in meiner Neugier einen Sattler bei der Schulter und hielt ihn an.

»Guter Mann«, sagte ich. »Was ist hier los?«

»Bitte?!«

»Ist heute irgendein Feiertag? Alle Straßen sind gekehrt, die Menschen tragen frisch gewaschene Kleidung …«

»Bist du gerade vom Mond gefallen, oder was? Der Bischof Urban besucht Vion.«

»Heute?«

»Ganz genau! Er war auf dem Weg zum Heiligen Vater, als er gehört hat, dass uns das Dunkel heimsucht und die Toten aus den Gräbern steigen. Da hat er seine Reise sofort unterbrochen, um uns zu helfen. In der Kirche des Heiligen Nikolaus hält er einen Gottesdienst ab. Vielleicht kann ich ja wenigstens einen Blick auf ihn werfen.«

Verwirrt ging ich weiter, spähte dabei aber immer wieder zu den Dächern hinauf.

Bischof Urban war ein bekannter Mann. Bei allen Gläubigen hatte sein Wort Gewicht. Letzten Endes war er eine Art Vertreter des Heiligen Vaters in Vierwalden. Seine Macht war genauso groß wie die des Fürsten. Urban eilte der Ruf voraus, ein aufrechter Verteidiger der Kirche zu sein, ja er galt geradezu als Heiliger. Sein Sinn für Gerechtigkeit prägte alle seine Entscheidungen, nie lud er irgendwelche Sünden auf sich. Die Frau des Fürsten hing in letzter Zeit förmlich an seinen Lippen, was wiederum dazu führte, dass Seine Durchlaucht einige Sünden weniger auf sich lud, um bei seiner Gemahlin gut dazustehen. Obendrein hatte er verschiedene Gesetze erlassen, die nicht allen schmeckten. Besonders den Orden der Gerechtigkeit hatte er damit vor den Kopf gestoßen. Wäre es freilich nach Urban gegangen, dann hätte man den Orden längst aus dem Fürstentum gejagt.

Doch auch Adligen machte Urban das Leben schwer. Er focht gegen Trunkenheit, Völlerei, Lüge, Bestechung und Ehebruch. Legte jemand die Beichte nicht ab, brauchte er nicht auf sein Verständnis zu hoffen. Und was dem Bischof missfiel, das missfiel zunehmend auch dem Fürsten.

»Nur bleibt der Fürst immer Fürst, und niemand tastet seine Macht an«, sagte Apostel, der mal wieder meine Gedanken gelesen hatte. »Aber der Bischof ist und bleibt ein Fremder, den erst der Heilige Vater nach Vierwalden geschickt hat.«

»Völlig richtig«, erwiderte ich und verübelte ihm seinen Spaziergang durch meinen Kopf ausnahmsweise nicht. »Männer wie er kommen und gehen. Und wenn sie gehen, nimmt in der Regel alles wieder seinen alten Gang.«

»Bloß hat Urban freilich nicht die Absicht, sich allzu schnell davonzumachen«, stellte Apostel grinsend klar. »Ich habe gehört, ihm sei bereits ein weißes Pferd mit roter Decke und goldenem Geschirr angeboten worden. Doch nicht einmal das Amt des Kardinals konnte ihn dazu bringen, das Fürstentum zu verlassen.«

»Man hat ihm bereits achtmal nach dem Leben getrachtet. In zwei Fällen wusste man nicht einmal, wer dahintersteckte, obwohl die Hunde des Herrn das Unterste zuoberst gekehrt haben. Einmal hat die Menge von Gläubigen den Verantwortlichen in Stücke gerissen. Und auf die anderen Kerle wartete der Scheiterhaufen.«

»Das heißt nur, dass der Bischof über eine gute Leibwache verfügt.«

»Ich glaube nicht, dass seine Gebete Vion helfen werden. Aber die Menschen werden sich durch sie sicherer fühlen.«

»Wenn du mich fragst, müssten sie eigentlich viel aufgelöster sein«, schnaubte Apostel. »Aber ich habe ja schon immer gewusst, dass die Menschen in Vierwalden nicht die hellsten sind.«

»Du hast recht. Obwohl dir an jeder Ecke der Geruch von Furcht entgegenschlägt, wirken die Menschen ruhig. Doch wenn sich der Tanz wiederholt oder irgendetwas anderes geschieht, bricht in der Stadt Panik aus. Daher ist die Ankunft des Bischofs durchaus zu begrüßen. Außerdem bringt er die Hunde des Herrn mit. Die Kirche bezieht ihre Stärke schließlich auch nicht nur aus Gebeten.«

»Willst du dir diese Veranstaltung ansehen?«, fragte Apostel mit unfrohem Grinsen.

»Nein. Ich muss diesen Jungen finden.«

Die nächsten drei Stunden streifte ich mit Blick auf die Dächer durch die Stadt, sodass ich mir teuflische Nackenschmerzen einhandelte. Abgesehen davon wäre ich beinahe unter die Räder einer Postkutsche geraten, was meine Stimmung auch nicht gerade hob. Außerdem lag mir Apostel irgendwann in den Ohren, er habe die Nase gestrichen voll und es sei an der Zeit, mit diesem Unfug aufzuhören, doch ich war stur genug, die Suche fortzusetzen.

Am Ende half mir ein Zufall. Ich bog in eine schmale Gasse ein, um dem Gedränge in einer der größten Straßen Vions zu entkommen. Der Junge saß auf einem kunstvoll gestalteten Dachfirst und ließ die Beine baumeln. Ich winkte ihm zu, er winkte zurück.

»Kann ich vielleicht zu dir hochkommen?«, rief ich und

erschreckte mit dem Gebrüll einen Mann, der gerade an mir vorbeiging.

Ohne Frage hielt der Mann mich für einen Verrückten, der meinte, mit dem Herrn persönlich sprechen zu können, wenn er nur laut genug in den wolkenlosen Himmel hinaufkeifte. Der Junge nickte mir jedoch zu.

»Ich würde ihn ja auch zu gern kennenlernen«, presste Apostel heraus. »Aber ich klettere nicht auf dieses Dach!«

»Soll mir recht sein«, versicherte ich. »So, wie du aussiehst, würdest du den Jungen ohnehin nur erschrecken.«

»Der schaut selbst nicht besser aus, seit er vom Dach gefallen ist. Deshalb klettert er ja auch bis zum Jüngsten Gericht da oben herum.«

Ich winkte bloß ab, während ich bereits überlegte, wie ich zu dem Jungen gelangen könnte. Ohne auf einen kläffenden Hund zu achten, kletterte ich über eine Leiter auf einen Schuppen und von dort aus weiter aufs Dach. Ein Mann, der zusammen mit seinem Sohn Holz hackte, hielt sofort inne, als er einen Unbekannten erblickte, der ihm ohne viel Federlesens aufs Dach stieg. Ich zeigte ihm wortlos den Saphir am Dolch.

Daraufhin wurde er kreidebleich. Anscheinend nahm er an, bei ihm habe sich eine böse Seele eingenistet. Mit einem Nicken erlaubte er mir den Aufstieg, packte seinen Sohn beim Kragen, schleifte ihn ins Haus und verriegelte die Tür.

Wie aus dem Nichts war auch Scheuch aufgetaucht. Er saß neben dem Jungen und schmiss mit kleinen Steinen nach Apostel, der unten zeterte und schimpfte.

»Hör auf damit!«, bat ich meine ruhelose Seele. »Der Junge muss diese Wörter nicht lernen!«

»Aber mit Steinen schmeißen, das muss er unbedingt lernen, ja?!«, polterte Apostel und fuchtelte mit beiden Fäusten herum. »Warum sagst du Scheuch nicht, dass er aufhören soll?!«

»Sei gegrüßt«, wandte ich mich an den Jungen, ohne weiter

auf Apostel einzugehen. »Achte nicht auf meinen Gefährten da unten. Eigentlich ist er ein ganz passabler Zeitgenosse.«

Aus der Nähe sah der Junge noch bleicher und magerer aus. Unter seinen blauen Augen lagen tiefe Ringe, das Hemd war an einer Seite blutgetränkt. So, wie es abstand, musste eine gebrochene Rippe aus dem Körper herausragen. Der kleine Kerl tat mir unsagbar leid. Manchmal grämte es mich sehr, dass ich diesen friedlichen ruhelosen Seelen ihr altes Leben nicht zurückgeben konnte. Oder wenigstens einen vollwertigen Ersatz. Ehrlich gesagt war ich mir nicht einmal sicher, ob Gott das vermochte.

»Ich weiß, wer Ihr seid«, sagte der Junge. »Der gute Seelenfänger.«

»Bitte?«

»Ihr seid der gute Seelenfänger«, wiederholte er im Brustton der Überzeugung. »Ich habe schon von Euch gehört. Ihr vernichtet nur diejenigen von uns, die böse sind. Wir anderen brauchen Euren Dolch jedoch nicht zu fürchten. Den lernen wir nur kennen, wenn wir Euch darum bitten, uns einen Fortgang aus dieser Welt zu ermöglichen.«

Scheuch maß mich mit neugierigem Blick. Ich versuchte, die Fassung zurückzugewinnen. Bisher hatte ich nicht gewusst, dass ich unter den Seelen ein solcher Ruf vorauseilte.

»Möchtest du denn darum bitten?«, fragte ich den Jungen.

Er erschauderte in einer Weise, als wäre ihm kalt.

»Ich weiß es nicht«, sagte er nach einer Weile. »Angeblich ist es dort sehr schön, viel besser als hier. Vor allem die Nächte sollen nicht so viele Schmerzen mit sich bringen.«

Dass sie überhaupt Schmerzen empfinden konnten, war mir auch neu.

»Ich weiß leider auch nicht, wie es dort ist, mein Junge.«

Er seufzte bloß, vertiefte das Thema jedoch nicht.

»Ich brauche Hilfe«, gestand ich. »Verrätst du mir, wohin die anderen gegangen sind?«

»Sie wurden fortgejagt. Mich wollte man auch vertreiben,

aber ich kann schnell rennen«, erklärte er, und seine blauen Lippen verzogen sich zu einem Grinsen.

»Und wie wurden sie fortgejagt?«

Er zeichnete etwas in die Luft, das wie ein Seepferdchen aussah. Eine der Figuren von uns Seelenfängern. Sie bewirkte, dass alle Seelen im Umkreis vertrieben wurden.

»War das Zeichen sehr groß?«, bohrte ich weiter.

»Ja.«

»Weißt du auch, wer es gemalt hat?«

»Ein Mann mit roten Schuhen.«

So jemanden kannte ich doch … Nur wusste ich bisher nicht, dass der Herr Alexander sich auch als Seelenfänger betätigte.

»Hast du ihn später noch einmal gesehen?«

»Ja«, antwortete der Junge, der die Beine baumeln ließ und sich gelangweilt nach allen Seiten umsah. Anscheinend hatte er das Interesse an unserem Gespräch bereits verloren. »Vorgestern. Da hat er noch mehr gemalt.«

»Was denn?«

»Eine Mondsichel. So!« Er zeichnete mit seinem dünnen Finger das Bild in die Luft. »Nur hier war es irgendwie abgeschnitten. Und hier war eine Art Fortsatz.«

Alles in mir gefror. Das war keine Figur. Trotzdem kannte ich dieses Symbol aus meiner Ausbildung. Da hatte ich es in alten Büchern gesehen. Einmal hatten auch Gertrude und ich darüber gesprochen. Damit stand die Sache plötzlich auf einem anderen Blatt. Es war noch viel ernster, als ich gedacht hatte.

Als Scheuch das Bild sah, wäre er beinahe vom Dach gestürzt und Apostel auf den Kopf gefallen.

»Wohin hat er das gemalt?«, fragte ich, wobei ich darauf achtete, dass der Junge meine Aufregung nicht mitbekam.

»Auf das Dach da drüben«, sagte er und deutete nach Osten. »Aber er hat nicht gemerkt, dass ich ihn beobachte.«

»Vielen Dank, du hat mir sehr geholfen.«

Das Dach, auf dem der Herr Alexander sein Werk vollbracht hatte, war kein schlichtes Dach. Ebenso wenig wie das Gebäude ein schlichtes Gebäude war. Bei ihm handelte es sich um die Kirche des Heiligen Nikolaus …

Die Uhr am Blumenplatz teilte mir mit, dass es Viertel vor zwölf war. Damit blieben Bischof Urban noch fünfzehn Minuten bis zu seinem Tod. Das Gleiche galt für alle, die an seinem Gottesdienst teilnahmen. Eigentlich glaubte ich kaum, dass ich noch etwas ausrichten konnte, aber versuchen musste ich es.

Ich quetschte mich durch die Menschenmenge in der Straße, indem ich meine Ellbogen ungehemmt zum Einsatz brachte. Ständig rief man mir Flüche und Verwünschungen hinterher. Irgendwann stürzte ich mich in das Labyrinth aus Gassen und Hinterhöfen, das die Alte Stadt durchzog. Leider wusste ich nur noch, dass ich an einer Kreuzung mit einer Apotheke abbiegen musste, um zur Kirche zu gelangen.

Für eine Weile verstummte der Lärm, der die großen Straßen erfüllte, und ich hörte lediglich das Klappern meiner eigenen Absätze und meinen schweren Atem. Apostel und Scheuch hatte ich längst abgehängt. Um mich herum gab es immer weniger Menschen. Als ich an der Apotheke mit ihrer verstaubten Auslage abbog, erblickte ich endlich den Glockenturm, der von Häusern gleichsam in die Zange genommen wurde.

Erst als ich kurz stehen blieb, um Atem zu holen, hörte ich, dass mir jemand hinterherjagte. Schon zogen zwei Herren in unzweideutiger Absicht ihre Stilette und stürzten sich auf mich. Ungelegener hätten sie mir gar nicht kommen können.

Ich duckte mich unter dem Angriff weg, drehte mich um, schlitzte dem ersten Herrn mit dem Dolch die Seite auf und zerfetzte seine mit Watte gefütterte geckenhafte Jacke. Als nun der zweite Herr angriff, parierte ich mit einer Finte.

Kaum riss er den Arm hoch, um seine Kehle zu schützen, bot er mir seine Achselhöhe dar. Eine Gelegenheit, die ich mir nicht entgehen ließ.

Der Verletzte stieß ein unterdrücktes Fiepen aus, sprang zurück, knallte gegen eine Hauswand und rutschte an dieser hinunter, wobei er die Hand auf die Wunde presste. Sein Kumpan griff mich trotz des tiefen Schnitts in seiner rechten Seite erneut an. Ich vereitelte seine Attacke jedoch mit meinem Unterarm, setzte den Arm des Feindes wie einen Hebel ein und katapultierte den Kerl gegen die Hauswand. Der Dolch hatte ihn im Unterschenkel erwischt. Damit stellte dieses Pärchen für mich nicht länger ein Hindernis dar.

Dafür sollte es neue geben. Herr Alexander, der heute schlichter und unauffälliger gekleidet war, versperrte mir den Weg. In seiner Begleitung fanden sich vier weitere Männer, allesamt mit Armbrüsten bewaffnet. Ohne es selbst zu wollen, drehte ich mich zurück. Leider gab es in der Gasse keinen Abzweig.

Der Magister des Ordens bemerkte meine Bewegung und lächelte freundlich.

»Ihr habt doch wohl nicht angenommen, dass wir Euch nicht im Auge behalten, Herr van Normayenn? Doch wie es scheint, habt Ihr Euch meine Worte über den Wucherer, der nur immer mehr Geld scheffelt, ohne je welches auszugeben, nicht zu Herzen genommen. *Memento mori,* ist meine Devise. *Vergiss nie, dass du sterblich bist.*«

»Die Idee, die Toten auf dem Friedhof aus ihren Gräbern zu holen, war nicht übel«, sagte ich. »Damit habt Ihr den Bischof gezwungen, auf seinem Weg einen Abstecher nach Vion zu machen. Und schon konnte die Falle zuschnappen, die Ihr für ihn aufgestellt habt. Auch die Seelen habt Ihr geschickt aus der Stadt vertrieben. So hatte kein Seelenfänger die Möglichkeit, sie auszuquetschen.«

»Leider haben wir nicht alle vertrieben, doch das spielt nun keine Rolle mehr«, sagte er und bedeutete den Armbrustschützen vorzutreten. »Wollt Ihr noch ein letztes Wort sagen?«

»Es war auch kein schlechter Gedanke, eine dunkle Kreatur in der Glocke unterzubringen. Aber die Kirche wird Euch das nie verzeihen.«

»Uns?«, brummte er in geheucheltem Ton. »Aber was sollte der Orden damit zu tun haben? Dahinter stecken Zauberer und Hexen, womöglich auch Adlige, die unzufrieden mit dem Bischof waren. Doch das werden Kirche und Fürst schon herausfinden. Aber wisst Ihr was, Ludwig? Allmählich frage ich mich, ob nicht am Ende Seelenfänger dafür verantwortlich sind. Womöglich ist ja deshalb heute einer von ihnen erschossen worden …«

In diesem Augenblick sprang Scheuch vom Dach und landete mitsamt seiner Sichel vor den feinen Herren. Der Teufel selbst hätte keinen glanzvolleren Auftritt hinlegen können, wenngleich Donner, Blitze, Höllenfeuer und Schwefelgeruch bedauerlicherweise fehlten.

Die grauenvolle Sichel schlitzte Herrn Alexander, dem einzigen dieser Burschen, der Scheuch außer mir überhaupt sehen konnte, das linke Bein von der Hüfte bis zum Knöchel auf. Ich brachte mich mit einem Hechtsprung außer Reichweite von zwei Armbrustbolzen, die nun ziellos an mir vorbeizischten. Weitere Schüsse gab niemand mehr auf mich ab, denn der alte Scheuch fuhr seine blutige Ernte ein. Ohne auch nur zu wissen, was hier eigentlich vor sich ging, fielen die Männer mit aufgeschlitzten Kehlen und Bäuchen auf das von Blut bereits purpurrote Pflaster.

Alexander stemmte sich auf den Ellbogen hoch und schickte eine graue Wolke gegen Scheuch. Der geriet ins Schwanken, und einige Strohhalme krümmten sich, als hielte jemand eine Flamme unter sie. Aber ganz wie ich es erwartet hatte, stellte sich dieser Animatus als ausgesprochen stark heraus, denn er brachte es immer noch fertig, an den Verletzten heranzutreten und ihm mit einer einzigen, weit ausholenden Bewegung seiner Sichel den Kopf vom Hals abzutrennen. Anschließend aalte er sich voller Genuss in der Blutlache.

Ich ließ ihm den Spaß, stürmte die Gasse hinunter und raste zum Haupteingang der Kirche. Davor drängten sich wahre Massen, darunter auch Stadtwächter und Hunde des Herrn.

»Beendet den Gottesdienst!«, schrie ich. »Sofort!«

Es wäre recht schwierig gewesen, meine Worte nicht zu hören. Zwei kräftige Burschen mit rasierten Schädeln, die aus unerfindlichen Gründen in Kutten steckten, drehten sich nach mir um. Einer versuchte, mich mit seinen schaufelartigen Pranken am Kragen zu packen, doch ich entschlüpfte ihm und rempelte den anderen Kraftbolzen so heftig an, dass er aufstöhnte und einen Schritt zurückwich. Allerdings blieb mir keine Zeit, diesen Erfolg zu genießen, denn in meinem Kopf erklang mit einem Mal die Kirchenmusik, und meine Beine versagten mir den Dienst. Ich fiel auf die Knie, als wollte ich beten.

Sofort drehte mir einer der Schlägermönche die Arme auf den Rücken. Noch ehe ich etwas sagen konnte, rammte mir sein Kumpan die Faust in den Magen. Eine gänzlich überflüssige Maßnahme. Auch so hatte ich bereits keine Möglichkeit mehr, ein Wort herauszubringen, denn mit einem weiteren Zauber hatte jemand meine Zunge an den Gaumen genagelt. Schon eilte ein Mann in der dunkelbraunen Kutte eines Oberinquisitors herbei. Jener liebenswerte Gesell hatte mich mit seiner frommen Magie ausgeschaltet.

»Schafft diesen Aufwiegler weg!«, zischte er.

»Was haben wir denn hier?!«, stieß der Kerl aus, der mich gerade durchsucht hatte. Er hielt dem Inquisitor meinen Dolch hin. »Der mimt den Seelenfänger!«

In dieser Sekunde schlugen die Glocken zwölf. Voller Verzweiflung stöhnte ich auf. Der Inquisitor, ein noch blutjunger Bursche, beugte sich zu mir vor. »Was hast du zu sagen?!«, zischte er mir ins Ohr. »Solltest du schreien …«

»Unterbrecht den Gottesdienst«, keuchte ich, denn er hatte den Zauber aufgehoben. »Jemand hat das Symbol der Hexenjähe aufs Kirchendach gemalt. Außerdem hockt in der Glocke eine dunkle Kreatur.«

Eines musste ich dem Kerl lassen: Er verlor keine Zeit damit, mich nach Einzelheiten auszuquetschen, sondern drängelte sich sofort zum Eingang durch. Ich wusste jedoch, dass es bereits zu spät war. Er würde nicht mehr hineinkommen. Einer der Schlägermönche rannte ihm hinterher, der andere blieb bei mir und hielt mich immer noch schmerzhaft gepackt.

»Lass mich los!«, verlangte ich, als ich sah, wie Scheuch blutverschmiert und hochzufrieden um die Ecke bog. »Wenn wir jetzt nichts tun, fallen die ruhelosen Seelen aus dem ganzen Fürstentum hier ein.«

Er murmelte etwas, doch da schrie die Menge am Eingang wie aus einem Munde auf. In diesem Augenblick begriff er, dass ich recht hatte, und ließ mich los. Der Haupteingang wuchs gerade ebenso rasch mit Ziegelsteinen zu wie die Buntglasfenster und die Nebeneingänge.

Ich nahm meinem Aufpasser meinen Dolch ab und stürzte zu der Wand, in die Stahlbügel eingelassen waren. Wie ein waschechter Seemann kletterte ich sie hinauf. Scheuch, der mich von unten beobachtete, wurde kleiner und kleiner. Die Glocke schlug unablässig, wobei außer Frage stand, dass dies nicht auf den Glöckner zurückging. Der tiefe Ton wurde durch ganz Vion getragen. Jeder Schlag ließ mich zusammenfallen, als wäre ich eine Sandburg.

Die Hexenjähe gehört zur höchsten Magie von Zauberern. Sie verlangt nach kolossalen Kräften, viel Zeit und einer exakten Ausführung des Symbols. Mit diesem werden böse Seelen an den Ort gerufen, an dem es gemalt worden ist. Die Glocke mit der dunklen Kreatur dient dabei als Auslöser.

Heimtückischer konnte man nicht morden. Schrecklicher auch nicht. Alle Menschen, die sich im Gotteshaus befanden, waren dem Tode geweiht, denn die Kirchenmagie war viel zu langsam, um die Seelen zu bezwingen, die aus dem Dunkel hervorsprudeln würden. Aus ebendiesem Grund knöpften ja auch wir Seelenfänger uns diese Wesen vor.

Die Glocke über mir dröhnte inzwischen derart, dass ich allmählich taub zu werden begann. Mittlerweile lagen sämtliche Hausdächer unter mir. Hätte ich wie Apostel an Höhenangst gelitten, wäre ich wohl schon längst abgestürzt. Doch auch wenn mir diese Angst nicht zusetzte, machte mir der Weg zu schaffen, denn die Bügel waren ordentlich durchgerostet. Leider war mir die Treppe im Kircheninnern jedoch gerade versperrt.

Als ich über die hohe Steinbrüstung stieg und mich neben der läutenden Glocke wiederfand, meinte ich, endgültig zu ertauben, und zwar für immer. Die beiden Glöckner waren tot, die riesige Glocke schwang von allein hin und her. Dafür bewegten sich zwei hagere, schillernde Wesen auf mich zu, in denen ich mit einiger Mühe die einstigen Menschengesichter ausmachen konnte.

Ich schrie die nötigen Wörter, ohne meine Stimme zu hören, führte die dazugehörigen Gesten aus – und die erste Kreatur strauchelte und fiel zu Boden. Die zweite hätte mich beinahe erwischt, aber es gelang mir gerade noch rechtzeitig, ihr den Dolch in den Leib zu rammen. Das erste Biest schnellte jedoch bereits wieder wie eine Feder in die Höhe. Noch im selben Augenblick prasselte allerdings ein Gebet des jungen Inquisitors auf dieses Mistviech ein.

Der Hund des Herrn war mir gefolgt und kletterte gerade bleich und durchgeschwitzt über die Brüstung. Wie ein Sack plumpste er nun zu Boden. Er wusste genauso gut wie ich, dass die Glocke die Wurzel allen Übels war. Wenn sie ausgeschaltet wurde, verlor die Hexenjähe einen Großteil ihrer Kraft. Die Seelen würden verschwinden, der Rest ließe sich ohne größere Schwierigkeiten bewältigen.

Seit das Glockengeläut eingesetzt hatte, waren vielleicht

vier Minuten vergangen. Mittlerweile drängten sich bereits die ersten Seelen, verschwommene graue Flecken, um den Glockenturm. Sie würden sich zusammenballen, das Dach durchschlagen und in der Kirche aufkommen. Mitten in der Menschenmenge. Meine Kraft würde nie im Leben ausreichen, alle Seelen zu vernichten, die auf den Ruf herbeieilen würden.

Ich stürzte zu der Glocke, um die sich eine schwarze Aureole gebildet hatte. Dabei zeichnete ich mit dem Dolch Figur um Figur in die Luft. Doch nichts geschah, im Gegenteil, das Schwarz wurde immer kräftiger. Verzweifelt schlug ich mit dem Dolch darauf ein, erntete dafür aber einen derart heftigen Hieb gegen die Brust, dass ich übers Geländer geschossen und unsanft aufs Straßenpflaster geknallt wäre, hätte mich der Inquisitor nicht aufgefangen.

Er schrie mir etwas zu, aber natürlich verstand ich nicht, was. Daraufhin schob er mich zur Seite, trat nahe an die gigantische Glocke heran, faltete die Hände, schloss die Augen und senkte den Kopf. Tief in der Bronze rührte sich das dunkle Wesen, als würde es ihm dort zu eng. Eine zottelige Pfote blitzte auf, purpurrote Augen funkelten mich für den Bruchteil einer Sekunde voller Hass und Bosheit an. Dann traten die ersten Risse in der schwarzen Hülle um den Bronzegiganten auf, und schließlich platzte sie wie eine Eierschale.

Wenn man der Heiligen Kurie eines nicht absprechen konnte, dann ihr Wissen, wie sie mit teuflischen Ausgeburten umzugehen hatte. Der Inquisitor und ich, wir schlugen gleichzeitig zu. Ich mit dem Dolch, er, indem er sich mit weit ausholenden Gesten bekreuzigte und großzügig den dieser Geste entströmenden göttlichen Segen versprengte.

Der Dolch drang in die Bronze, als handelte es sich bei dem Metall um lebendes Fleisch. Es war ebenso weich und nachgiebig. Die Glocke erzitterte, bis sie ein dunkelbraunes, zotteliges und stinkendes Etwas ausspuckte, ein Zwitterwesen aus Spinne und Hund. Das Biest schnappte mehrmals mit seinem schrecklichen Maul nach meinen Beinen und hätte mir fast den Unterschenkel abgebissen. Es heulte so laut, dass selbst ich es hörte, obwohl ich eigentlich noch immer völlig taub war.

Der Dämon wand sich brüllend in Krämpfen und verteilte das schwarze Blut, das ihm aus der Wunde strömte, die mein Dolch hinterlassen hatte. Im Sonnenlicht brodelte dieses Blut, zischte und dampfte. Der Inquisitor zog mich zur Seite und deutete mit einem Kopfnicken in Richtung Treppe. Ohne zu zittern, legte er die Hand auf den Kopf dieser Ausgeburt der Hölle. Seine langen, eleganten Finger verfingen sich in dem störrischen Fell wie Zangen. Dieses Mal spürte selbst ich die Kraft des Gebets.

Das Ergebnis sah ich mir nicht mehr an. Der Inquisitor hatte recht, jede Sekunde zählte. Der vernichtete Dämon war verstummt, aber diejenigen, die er bisher herbeigerufen hatte, reichten bereits aus, um mehr als genug Schaden anzurichten.

Die schmale Wendeltreppe brachte mich mit jeder Biegung hinunter zum Kirchendach. Ein Geländer gab es nicht, nur ein dickes Seil, an dem ich mich auch besser hätte festhalten sollen, um nicht abzurutschen und meine Knochen in feine Splitter zu verwandeln. Ich verzichtete jedoch auf diese Vorsichtsmaßnahme, damit ich mehrere Stufen mit einem einzigen Satz nehmen konnte.

Auf diese Weise erreichte ich in kürzester Zeit die Tür, die aufs Kirchendach führte. Ein Schloss gab es nicht, doch der Stein, der sich auch hier gebildet hatte, hielt mich mehrere Minuten auf. Sobald ich ins Freie trat, legte ich den Kopf in den Nacken. Über mir hing eine fahlgraue Wolke, die sich immer tiefer senkte.

Die ersten Seelen hatten das Kirchendach bereits durchbohrt. Ich spürte ihren Hass und ihre Wut. Und ich hörte das nicht abreißende Geschrei der Menschen, die zu Hunderten im Innern der Kirche gefangen waren und keinen blassen

Schimmer hatten, was hier eigentlich vor sich ging. In diesen Schreien, in dem Stöhnen und in dieser Angst badeten die herbeigerufenen Seelen wie Haie in blutgetränktem Wasser. Zuweilen gab es in der Dunkelheit grelle Explosionen. Sie rührten von den Gebeten der Inquisitoren her. Die Kirchenmänner blieben selbst jetzt gefasst und leisteten erbitterten Widerstand. Nur machte die Hexenjähe alle ihre Anstrengungen zunichte.

Vor dem Haupteingang der Kirche herrschte ebenfalls Chaos. Menschen stürzten blindlings davon, andere eilten mit langem Hals herbei, um zu erfahren, was los war. Die Stadtwächter versuchten, die Menge in Zaum zu halten, die Priester setzten alles daran, das vermauerte Tor zu öffnen. Bisher vergebens.

Deshalb zeichnete ich mit dem Dolch zunächst eine Figur in die Luft, welche die Menge für einige Sekunden zum Stillstand bringen würde. Anschließend machte ich mich daran, die Hexenjähe zu übertünchen, indem ich Figur um Figur darübermalte, und zwar dieselben, die auch der tote Alexander gewählt hatte: Seepferdchen. Sie würden alle ruhelosen Seelen von diesem Ort vertreiben.

Obwohl mich meine Kräfte allmählich verließen, vollendete ich mein Werk und sprach die notwendigen Worte. Als sich die Konturen auf den Dachziegeln mit Licht füllten und zu pulsieren anfingen, wich ich zurück, um mich außer Gefahr zu bringen.

Die graue Wolke begann sich aufzulösen. Zunächst nur langsam und geradezu widerwillig, dann jedoch schneller und schneller, bis am Himmel kein einziger Hinweis mehr auf diese Gefahr zu entdecken war. Daraufhin setzte sintflutartiger Regen ein und fiel geradezu über die Kirche her. Eine schönere Auszeichnung für meine Tat als jenen leuchtenden Regenbogen über dem Glockenturm hätte ich mir nicht wünschen können.

Wie üblich verspätete sich die Kutsche. Apostel lief mit mürrischer, gleichzeitig aber auch aufgeblasener Miene herum. Wenn man ihn ansah, hätte man meinen können, ganz Vion stünde in seiner Schuld. Ich saß auf meiner Reisetasche, die ein wenig schwerer war als bei meiner Ankunft. Der Stadtrat hatte mich gut entlohnt. Gedankenversunken sah ich mich um. Ich mochte diese Stadt, aber jetzt musste ich mich erst einmal von ihr erholen. Deshalb wollte ich gen Westen fahren, wo es keinen Totentanz gab und das Leben weit ruhiger verlief.

In der Innentasche meiner Jacke lag ein schwerer Goldring, den ein großer dunkler Rubin zierte. Ein Geschenk von Bischof Urban. Selbstverständlich hatte er keine Zeit gefunden, irgendeinen Seelenfänger persönlich zu empfangen. Doch zu seiner Ehrenrettung sei gesagt, dass er immerhin seine Dankbarkeit auszudrücken gewusst hatte.

Gerade näherte sich eine weitere Prozession von Betenden. Die ganze Stadt war von religiösem Eifer erfasst. Alle dankten dem Herrn für die Rettung und hätten beinahe Freudentänze aufgeführt. Um die Ereignisse in der Kirche gab es bereits derart viele Gerüchte, dass man sicher sein durfte: Hier war ein Wunder geschehen! Der Bischof galt auf der Stelle als noch einmal so heilig wie bisher, denn schließlich hatte er den Teufel verjagt. Die Kirche dürfte zufrieden mit diesem Triumph sein.

Erst gestern hatte mir Apostel seine Empörung darüber ausgedrückt, dass jemand anders den ganzen Ruhm einheimste. Diesen würde er jetzt nicht nur in diesem Fürstentum, sondern in der ganzen zivilisierten Welt verbreiten. Sollte er ruhig murren. Ich war ganz froh, dass die ungeteilte Aufmerksamkeit dem Bischof galt und nicht mir. Wir Seelenfänger schätzen diese Art von Bekanntheit nicht, unter anderem deshalb, weil sie unsere Arbeit erschwert.

»Die Toten sind vorgestern auf den Friedhof zurückgekehrt«, teilte mir Apostel mit.

»Ich weiß.«

»Aber wahrscheinlich weißt du noch nicht, dass sie wie die Soldaten Seiner Exzellenz König Louis dorthin marschiert sind.«

»Typisch! Aber wenn sie Trommeln dabeigehabt hätten, wäre das Ganze wahrscheinlich noch eindrucksvoller gewesen.«

Er wusste, dass mich der Totentanz nicht interessierte, und brummte einen Fluch.

»Du sollst Gott nicht lästern«, ermahnte ich ihn.

»Gott wird mir das schon verzeihen.«

»Gott macht mittlerweile nichts anderes mehr, als allen irgendwas zu verzeihen. Meinst du nicht, dass ihm das früher oder später zum Hals raushängt?«

»Darüber zerbreche ich mir nun wirklich nicht den Kopf. Was ich viel lieber wissen würde, ist, wie es nun mit dem Orden der Gerechtigkeit weitergeht.«

»Der hat nichts zu befürchten. Er hat diesen Alexander bereits zum Abtrünnigen erklärt, zu einem Verbrecher, der vom Teufel selbst verführt worden ist. Sie werden Dutzende von Zeugen finden und Hunderte von Schriftstücken vorlegen, aus denen hervorgeht, dass dieser Mann seit Langem sein eigenes Süppchen gekocht hat. Das Übliche halt. Was *ich* viel lieber wissen würde, ist, was mit den Seelen geschieht.«

Scheuch saß ebenfalls bei uns, achtete jedoch nicht auf unser Gespräch. Stattdessen begaffte er eine junge hübsche Frau, die Semmeln verkaufte. Bei ihr handelte es sich wirklich um eine Schönheit. Zu bedauerlich, dass sie bereits tot war.

»Sie kommen nach Vion zurück«, sagte Apostel lächelnd.

Kurz darauf tauchte auch unsere Kutsche auf.

Im selben Augenblick machte ich meinen alten Bekannten aus, den Herrn Studiosus. Als er seinerseits mich bemerkte, blieb er wie angewurzelt stehen, zögerte kurz, verzog dann aber doch das Gesicht, spuckte aus und eilte davon.

Manche Menschen waren einfach außerstande, die Lektion zu begreifen, die das Leben ihnen erteilte.

Ich wechselte einen höflichen Blick mit dem Unteroffizier, der dem Studenten noch immer auf den Fersen war, stand auf, nahm meine Tasche an mich und ging der Kutsche entgegen, flankiert von Apostel und Scheuch.

DIE SONDERKURIERE

Eine Geschichte aus der Welt der Dunkeljäger

Erstes Kapitel,

in dem es zu einer überraschenden Begegnung mit noch überraschenderen und leider höchst unangenehmen Folgen kommt

Schon aus einer Kanone beschossen zu werden ist nicht gerade ein Vergnügen. Was aber soll man dann erst sagen, wenn man frontal von sage und schreibe zweiunddreißig Kanonen unter Beschuss genommen wird und die Schützen dabei noch nicht einmal ein schlechtes Gewissen verspüren.

Allerdings sind, recht bedacht, Gnome und Gewissen auch zwei paar Schuhe. Genau wie Verstand und Goblins. Oder Oger und Sinn für Humor. Doch zurück zu den Gnomen. Dass ich diese Bartwichte hasste, lag durchaus nicht an ihrer Gewissenlosigkeit, nein, das hatte einen ganz anderen Grund, nämlich ihren schrecklichen Verfolgungswahn. Deswegen sollte man einem Gnom auf gar keinen Fall zu nahe kommen, es könnte einen den Kopf kosten.

Denn diese Burschen lassen in ihrem Misstrauen und Argwohn beim geringsten Anlass die Waffen sprechen, sei es nun eine Enteraxt oder eine Kanone von vierzig Pfund, die mit irgendwelchem magischen Mist geladen ist.

Womit mein Freund Ogg und ich die Bartwichte so aufgebracht hatten, hätte ich beim besten Willen nicht zu sagen gewusst. Vielleicht glaubten sie ja, wir wollten uns auf ihre

Kosten bereichern, vielleicht hatte aber auch die hummelartige Bemalung unserer *Schwalbe* mit ihren goldenen und schwarzblauen Streifen ihnen missfallen oder die Langeweile sie um den Verstand gebracht.

Jedenfalls hatten wir mit unserem Aeroplan kaum die Wolkendecke durchbrochen, als eine Galeone der Gnomischen Ost-Gorhen-Kompanie uns mit einer Salve in Empfang nahm. Zum Glück war unser Vögelchen flink und wendig, ganz im Unterschied zu dem Klotz der Gnome. Sobald die Galeone das Feuer eröffnete, holte ich aus unserem Dämon das Letzte heraus. Das Biest, das im Stahlbauch unseres Areoplans saß und uns in der Luft hielt, fauchte wütend.

Wir tauchten im Sturzflug unmittelbar unter dem Bauch der gnomischen Galeone weg. Wenn ich gewollt hätte, dann hätte ich gut und gern den leuchtend purpurroten Kiel berühren können.

Ogg saß wie immer vor mir. Jetzt drehte er sich zu mir um. In der Schutzbrille seines alten Helms spiegelte sich die Sonne. Mein Freund sagte etwas, doch der Wind trug seine Worte davon.

»In…ken!«, war alles, was ich verstand. »In…ken!«

In die Wolken, das war ohne Frage ein guter Gedanke, denn ein Versteck dürfte jetzt nicht schaden. Vor allem da fünfhundert Yard vor uns auch noch eine Fregatte auftauchte, die bereits die Geschützpforten öffnete.

Ogg brüllte noch etwas. Sein wütendes grünes Gesicht ließ mich annehmen, er verwünschte mich, weil ich noch zögerte, seiner Aufforderung nachzukommen. Bis zu den Wolken mussten wir jedoch mehr als eine Meile ungeschützt dahinfliegen. Jeder Magier behielte uns dann im Auge, und jede Kanone wäre auf uns gerichtet, denn die Bartwichte hielten unsere *Schwalbe* ja offenbar für einen fetten Erpel, der nur darauf wartete, von ihnen abgeschossen zu werden.

Mit einem Mal nahm ich einen Laut wahr, als zerrissen ein paar Riesen im Suff die eigenen Unterhosen. Der magische

Schild über uns, der uns gegen die Angriffe schützte, flackerte mit kaltem Licht auf. Beim Himmel! Die Mistkerle holten uns mit ihrem Beschuss noch die ganze Farbe von der *Schwalbe!* Ogg würde vor Wut platzen, wenn er wieder den Pinsel schwingen musste!

Ich legte das Aeroplan erst einmal auf die Seite und beschrieb eine Kehre, um der Fregatte zu entkommen. Danach achtete ich darauf, dass sich die Galeone zwischen uns und der Fregatte befand. Letzterer durften wir uns nicht einmal dann nähern, wenn man uns alle gnomischen Reichtümer dafür böte. Dieses Ungeheuer würde uns in Staub verwandeln, ohne auch nur mit der Wimper zu zucken.

Irgendwann las ich den Namen der Galeone: *Allerschönste und allerjüngste, allercharmanteste und allererfolgreichste Fröken Valentina die Fünfte die Kluge aus Gorhen.* Das war auch so ein Beispiel für den Verfolgungswahn der Gnome. Sie glaubten, jedes andere Wesen – ob nun ein Ork und ein Elf wie Ogg und ich oder ein Mensch – würde sich bei einem solchen Namen die Zunge brechen und das Hirn verknoten und sich deshalb niemals merken können, wie das Luftschiff hieß.

Bei unserem Ausweichmanöver musste uns doch etwas erwischt haben, denn der magische Schild platzte, als wäre er aus Glas und nicht aus den besten Verteidigungszaubern geschaffen. Die *Schwalbe* wurde derart durchgeschüttelt, dass meine Zähne in wildem Takt aufeinanderschlugen.

Nun hielten auch noch zwei graublaue *Hammer der Tiefe* auf uns zu. Wo die bisher gesteckt hatten, war mir schleierhaft.

Diese Areoplane ähnelten ihren Erbauern, den Gnomen, in ganz bemerkenswerter Weise: Sie waren gedrungen, ungelenk und mit jeder Menge Stahl bepackt. Außerdem besaß ein solches Vögelchen mehr Schilde als ein Kohlstrunk Blätter. Und mit Waffen hatten die Bartwichte ebenfalls nicht gegeizt, sondern den Schiffen alles gegönnt, was das Lager hergab.

Damit verbot sich jeder Gedanke an eine offene Auseinandersetzung. Ja, mit einer *Silberquelle* von uns Elfen oder auch einer *Rüpel* der Menschen sähe die Sache anders aus. Eine schnelle, aber schwache *Hornisse* – und bei unserer *Schwalbe* handelte es sich genau darum – hatte einem schweren Luftschiff jedoch nichts entgegenzusetzen. Und zweien schon gar nichts. Die würden uns ins Kreuzfeuer nehmen oder Fangen mit uns spielen, indem sie uns vor die Fregatte trieben, wo man uns dann Feuerbienen in den Hintern jagte.

Anscheinend hatten die Gnome meine Gedanken gelesen, denn die erste *Hammer der Tiefe* brachte sich bereits in eine günstige Angriffsstellung, während sich die zweite abseits hielt, damit Nummer eins uns ungehindert in ein Sieb verwandeln konnte.

Nun musste unsere *Schwalbe* zeigen, wozu sie imstande war. Wir flogen einen Salto nach dem nächsten. Purpurrote Feuerbienen schossen in gefährlicher Nähe an uns vorbei. Noch lief sich unser Gegner warm, bald aber würde er mit Sicherheit größere Geschosse einsetzen.

Da eine *Hammer* nicht gerade schnell aufsteigen konnte, beschloss ich ein altes Spiel zu wagen. Ich ging hoch, legte die *Schwalbe* auf die rechte Seite, presste den Knüppel nach vorn und schoss im Sturzflug wieder nach unten.

Natürlich fielen die Gnome darauf herein. Alles andere hätte mich auch überrascht. Beim Kampf und beim Glücksspiel vergaßen diese Burschen alles, darunter auch ihr Hirn. Sie stürzten hinter uns her wie ein Greif hinter einem Stück Fleisch, das jemand von einem Felsen warf. Es hätte nicht viel gefehlt, und sie hätten vor Begeisterung gequiekt. Über all dem Spaß hätte ich beinahe den Moment verpasst, in dem ich das Aeroplan wieder in die Horizontale bringen musste. Bei dem Manöver drückte mich eine unsichtbare Kraft in die Sitze. Kurz wurde mir schwarz vor Augen. Schadenfroh malte ich mir aus, wie es den Gnomen ergehen würde.

Die Bartwichte hatten ihre *Hammer* ohne Frage mit unserer *Hornisse* verwechselt. Doch eine *Hammer* kam nicht so mühelos aus dem Sturzflug heraus, dafür war sie zu schwer und zu träge. Wenn sie dann vorher noch richtig angepeitscht wird, verwandelt sie sich geradezu in einen Pflasterstein, den niemand mehr zu steuern vermag.

Die eine *Hammer* riss den Bug gerade noch hoch, pflügte aber mit dem Bauch fast das salzige Wasser. Der andere Vogel hatte nicht so viel Glück. Er stürzte ins Wasser und durfte wohl nicht darauf hoffen, allzu schnell wieder aufzutauchen.

Bevor der Glückspilz unsere Verfolgung wieder aufnehmen konnte, winkte ich ihm zum Abschied noch einmal mit dem Seitenflügel zu. Danach verschwand ich in den Wolken.

Dort verloren uns sämtliche Gnome aus den Augen. Wir nahmen Kurs in Richtung Heimathafen auf, sodass alles bestens gewesen wäre, hätte Ogg jetzt nicht einen Wutanfall bekommen.

Mir fiel bei dem Gezeter nichts Besseres ein, als vorzugeben, dass ich stocktaub wäre. Wenn ich Ogg nicht gekannt hätte, wäre ich vermutlich nie so gelassen geblieben. Mein Freund war dreimal so stark wie ich, seine Unterkiefer schmückten Fangzähne, er hatte riesige Pranken und konnte einen sehr wütenden Blick aufsetzen.

Trotzdem grinste ich ihn bloß an und gab ihm zu verstehen, dass es gar nicht so schlimm stünde.

Daraufhin spuckte mein Freund wütend aus und wandte sich von mir ab.

So lief das nun einmal mit uns beiden. Wenn ich jemandem erzählte, dass Ogg und ich nun schon seit Jahren gemeinsam durch die Lüfte zogen, glaubte er mir das erst einmal nicht, schließlich waren Elfen und Orks erbitterte Feinde. Wir bildeten jedoch tatsächlich ein gutes Gespann.

So erstaunlich das auch klingen mag.

Deshalb verstand ich nicht ganz, warum Ogg offenbar meinte, ich hätte uns die Sache mit den Gnomen eingebrockt.

In einem Punkt hatte er allerdings recht: Diese Begegnung

war merkwürdig. Ohne Frage. Die Bartwichte wagten sich normalerweise nicht bis zur Schildkröteninsel vor, da es über den Vereinten Inseln von Luftpiraten nur so wimmelte. Vor allem der Schwarze Agg und seine Bande trieben hier oben ihr Unwesen.

Was also hatte die Galeone dieses unterirdischen Volkes bei uns zu suchen?

Dass die Dinge nicht so gut standen, wie ich Ogg weisgemacht hatte, begriff ich eine halbe Stunde später.

Zunächst fiel mir auf, dass Ogg verdächtig ruhig war. Wenn er einmal loszeterte, hörte er normalerweise erst nach einer Woche wieder auf. Frühestens.

Dann entdeckte ich die beiden Reihen von Einschusslöchern. Wir konnten von Glück sagen, dass wir uns nicht längst auf dem Weg zu unseren Vorvätern befanden. Mit einer Salve Feuerbienen holte man selbst Vögel, die größer waren als unserer, vom Himmel.

Ogg hob den Zeigefinger und beschrieb ungeduldig eine Kreisbewegung. Mit dieser Geste forderte er mich auf, einen Zahn zuzulegen. Als ich seiner Bitte nachkommen wollte, merkte ich, dass der Dämon nicht mitspielte. In den nächsten zwanzig Minuten konnte ich die *Schwalbe* kaum noch steuern. Schließlich schmolz eines der magischen Siegel, das den Dämon im Zaum hielt.

Beißender schwarzer Rauch quoll aus dem beschädigten Rumpf. Unwillkürlich verloren wir an Höhe.

»Kannst du irgendwas machen?!«, brüllte ich.

Ogg, der gerade wie wild etwas auf der Schwarzmagischen Tafel berechnete, zuckte bloß die Achseln, ließ sich dann aber doch noch zu einer wortreicheren Antwort herab: »Alle drei Siegel sind beschädigt!«

Na wunderbar! Diese Siegel verhinderten, dass der innigste Wunsch des Dämons in Erfüllung ging und er in seine Heimat zurückkehren konnte, die Kehrseitenwelt. Erste Anzeichen von Rebellion machten sich bereits bemerkbar. Die

Schwalbe bockte wie ein störrischer Esel, scherte mal nach links, mal nach rechts aus und verlor jäh an Geschwindigkeit. Ich umklammerte den Steuerknüppel mit beiden Händen und setzte alles daran, den Kurs zu halten.

Die runde, einer überreifen Kirsche gleichende Sonne tauchte langsam ins Meer ein. Bald würde finstere Nacht über uns hereinbrechen. Das geht in tropischen Gefilden im Nu. Man hatte kaum geblinzelt, da war es auch schon stockdunkel. Vermutlich würden wir vor Einbruch der Nacht nicht mehr in unserem Heimathafen einlaufen. Das wiederum bedeutete, wir würden ihn mehr oder weniger blind ansteuern müssen.

»Schaffen wir das noch?«, brüllte Ogg.

»Keine Ahnung! Hast du eine Idee, wie wir's schaffen, dass unser Dämon wieder spurt? Wir sinken nämlich bereits!«

»Ich arbeite daran!«

»Dann leg einen Zahn zu, sonst musst du zum Ufer schwimmen!«

Es verstrichen endlos lange Minuten. Zweimal verstummte das Brüllen des Dämons nahezu ganz. Jedes Mal sackten wir gleich mehrere Dutzend Yard ab. Mein Rücken war schweißnass, meine Arme völlig steif, die Hände brannten, und meine auf die Fußhebel gepressten Beine jaulten vor Schmerz.

Endlich loderte vor Ogg eine Flamme auf: Mein Steuermann hatte eine seiner kostbaren rubinroten Nadeln in die Schwarzmagische Tafel gerammt und auf diese Weise den Dämon zumindest vorübergehend unter Kontrolle gebracht. Der kleine Rebell heulte enttäuscht auf, wir aber stiegen wieder auf.

Ogg reckte den Daumen in die Höhe. Ich erwiderte die Geste. Vielleicht entgingen wir dem Bad im Salzwasser ja doch noch einmal, selbst wenn noch ein weiter Weg vor uns lag.

Irgendwann tauchten zwei Punkte am Himmel auf. Sie kamen rasch näher, sodass ich schon kurz darauf *Rüpel* in ihnen erkannte, die Aeroplane der Patrouille bei uns auf der Schildkröteninsel.

Unsere *Schwalbe* musste ihre Neugier geweckt haben. Sie schlossen auf, erkannten die auffällige Bemalung unseres Vogels und wackelten mit den Flügeln, um uns anzuzeigen, dass sie uns nach Hause geleiten würden.

Als ich dann die ersten Felsen sah, freute ich mich, als begegnete ich einem alten Freund wieder. Bis nach Hause war es nun nicht mehr weit.

Wir näherten uns der Schildkröteninsel von Norden. Am Ufer erstreckten sich hier nur steile Felsen und bewaldete Berge, sodass wir erst noch zum Südufer fliegen mussten. Ich zog den Knüppel verzweifelt an mich, doch die *Schwalbe* weigerte sich schlicht und ergreifend, noch einmal höher zu gehen. Wir flogen mit größter Kraft nur knapp über den Bäumen auf den Gipfeln dahin. Der Dämon, der spürte, dass er bald in die Freiheit ausbrechen konnte, weckte mit seinem Geschrei sämtliche Vögel, die in den Kronen schliefen. Die Minuten, die wir brauchten, um die Waranenberge zu überwinden, dehnten sich zu einer Ewigkeit. Das hätte gerade noch gefehlt, dass wir im letzten Moment doch noch abstürzten.

Aber der Himmel erbarmte sich unser.

Wir ließen die Bäume hinter uns und folgten einem gewundenen Fluss. Die Silhouetten der Aeroplane spiegelten sich in seinem unruhigen Wasser. Dann hatten wir auch diesen Abschnitt hinter uns, und es tauchten die Lichter St. Vincents auf.

An den Bäuchen der beiden *Rüpel* loderten purpurrote Flammen. Sie kündigten Nest, einem der vier Landeplätze der Insel, unsere Ankunft an. Dort würde man nun alles für eine Notlandung vorbereiten.

In diesem Augenblick schmolz erneut ein Siegel. Sofort schrie unser Dämon ohrenbetäubend los. Ich war mir sicher, dass sein Geheul die gesamte Gegend aufweckte und in Angst und Schrecken versetzte.

Die *Schwalbe* verlor rasch an Höhe. Diesmal würde uns der kleine Rebell mit Sicherheit ins Grab bringen. Im Bauch des Aeroplans knisterte etwas. Selbst durch das Brüllen des Dämons und das Heulen des Windes war zu hören, wie Nieten absprangen und Metall barst. Aus dem Bug quoll so dicker Rauch auf, dass ich kaum noch zu erkennen vermochte, was vor meiner Nase geschah.

Dann blitzte weißer Sand vor mir auf. In letzter Sekunde gelang es mir, den störrischen Vogel in die Mitte des Landestreifens zu bringen, den die kleinen Feyer mit ihren Flügeln beleuchteten.

Knapp überm Boden presste ich meinen Finger mit dem Ring der Bändigung gegen das letzte Siegel, das noch nicht geplatzt war. Peinigende Stille machte sich breit. Die gewaltige Magie dieses Artefakts hatte den Dämon in den Schlaf geschickt.

Schon in der nächsten Sekunde zerrissen die Lathimeren mit ihrem Geheul die Stille. Sie schlugen in ganz Nest Alarm, damit uns jetzt niemand in die Quere kam. Als wir aufprallten, ging das vordere Fahrgestell mit markerschütterndem Geknacke zu Bruch. Die *Schwalbe* schoss weiter und riss den Boden auf. Ich wurde erst nach vorn, dann nach hinten geworfen. Die Riemen schnitten mir in Schultern, Brust und Bauch und pressten mich derart in den Sitz, dass ich kaum noch Luft bekam.

Ohne das Aeroplan noch lenken zu können, rasten wir auf dem Bauch weiter, dabei wild Funken sprühend. Schließlich streiften wir das gewaltige Gerippe eines alten Kahns und wurden herumgeschleudert. Nach einer letzten kurzen Schlitterpartie knallten wir frontal mit dem Bug in eine Steinwand.

Zweites Kapitel,
in dem es um das fehlende Gewissen bei Leprechauns und die enormen Reichtümer, die sie nicht immer durch ehrliche Arbeit angehäuft haben, geht

Als ich die Augen wieder aufschlug, begriff ich, dass nicht ein weiteres Kind des Goldenen Waldes im Schatten einer Eiche seine letzte Ruhestätte gefunden hatte. Denn wenn ich von etwas wirklich fest überzeugt war, dann davon, dass in der jenseitigen Welt von uns Elfen kein Platz für einen Ork war. Da mich jedoch Ogg anstarrte, wusste ich mit Sicherheit, dass ich noch in der diesseitigen weilte und mich nach einer Landung, die ich nicht gerade zu meinen besten zählen würde, auf der Schildkröteninsel befand.

Mein Freund und Geschäftspartner war bereits aus dem Aeroplan geklettert und hielt mir eine Flasche mit irgendeinem widerlich stinkenden Zeug unter die Nase. Ihm stand der Rachedurst offen ins Gesicht geschrieben.

»Igitt!«, stieß ich aus, verzog das Gesicht und wandte mich so weit von Ogg ab, wie es der Riemen zuließ. »Nimm das weg!«

»Du bist also noch am Leben«, stellte er sachlich fest und verkorkte das Fläschchen wieder. »Ich hatte schon gedacht, es gäbe niemanden mehr, dem ich meine Faust ins Gesicht rammen könnte!«

»In deinem Zustand solltest du dich nun wirklich nicht prügeln«, entgegnete ich und löste die Riemen.

Er streckte mir schweigend die Hand hin und half mir aus dem Aeroplan. Nachdem ich den Helm abgenommen hatte, betrachteten wir beide schweigend den Schaden an unserer *Schwalbe*.

»Es hätte aber auch noch schlimmer kommen können«, brachte ich leicht schuldbewusst heraus. »Oder etwa nicht, Partner?«

»Ach ja?«, giftete Ogg und spuckte aus. »Ich habe zwar

nicht genug Finger, um alle Schäden einzeln aufzuzählen, kann dir aber auch so eine klare Antwort geben: Wir sind am Arsch, Partner! Und da kommt auch schon Freund Tull, Herr von Nest und unser verehrter Arbeitgeber!«

Tatsächlich eilte der Leprechaun bereits mit zwei Dämonologen im Schlepptau auf uns zu.

»Hol mich doch der Himmel!«, polterte er los. »Wenn ihr nicht mehr leben wollt, bitte! Aber stellt bei mir keinen Vogel ab, der uns alle gleich mit in den Tod zieht!«

Ausnahmsweise hatte der alte Raffzahn recht. Ich hatte den Dämon zwar in den Schlaf geschickt, doch wenn das letzte Siegel platzte und der Dämon wieder erwachte, sollte besser niemand in der Nähe sein. Dann würde er wüten und toben und alles daransetzen, in seine geliebte Kehrseitenwelt zurückzukehren. Und in der Regel flog bei einem solchen Anfall alles um den kleinen Rebellen herum in die Luft.

Deshalb war es wirklich gut, wenn die beiden Dämonologen den Kampf mit dem Dämon sofort aufnahmen. Blieb zu hoffen, dass Tull den beiden Magiern ihr Geld aus gutem Grund zahlte und sie die Siegel rasch erneuern konnten, damit das kleine, possierliche Kerlchen wieder unter Kontrolle war. Abgesehen davon hätte ich nur ungern ein halbes Vermögen für einen neuen Dämon ausgegeben. Erst im letzten Jahr hatten die Gnome die Preise für die Dämonen noch weiter in die Höhe getrieben. Leider konnten sie sich das erlauben, besaßen sie doch das Monopol auf diese Wesen.

»Das war eine beschissene Landung, Lass«, erklärte mir Tull unverblümt auf dem Weg in sein Arbeitszimmer.

»Ach ja?«

»Für mein Geschäft absolut verhängnisvoll!«, bekräftigte Tull. »In den Augen der Flieger hast du natürlich eine Glanzleistung vollbracht. Ein anderer an deiner Stelle könnte jetzt seine Knochen einzeln einsammeln.«

»Und wieso war diese Landung verhängnisvoll für dein Geschäft?«

»Stell dich nicht dümmer, als du bist. Ihr habt alles in Schutt und Asche gelegt, was euch vor den Bug gekommen ist. In den nächsten Tagen kann hier niemand landen. Oder ist dir vielleicht entgangen, dass du den Boden teilweise völlig aufgerissen hast?«

»Red keinen Unsinn. Gerade damit kannst du hervorragendes Geld verdienen.«

»Wie das?«, fragte Tull, der die grünen Augen zu gefährlichen Schlitzen verengte, weil er einen Hinterhalt witterte.

»Indem du dort Kaffee anbaust und den dann irgendwo im Norden verkaufst. An meine Artgenossen zum Beispiel. Glaub mir, da scheffelst du enormes Geld. Elfen vergöttern Kaffee nämlich geradezu.«

Bei dieser Bemerkung hätte ihn beinahe der Schlag getroffen. Tull verschluckte sich an seiner eigenen Spucke, lief rot an und zischte wütend. Die Wendeltreppe, die in sein Arbeitszimmer hinaufführte, erstürmte er förmlich. Ogg warf mir bloß einen finsteren Blick zu.

Ach ja! Unter Abertausenden von möglichen Geschäftspartnern oder Arbeitgebern hatte ich mir ausgerechnet die beiden ausgesucht, die nicht einen Funken Humor besaßen …

Bei Tulls Arbeitszimmer handelte es sich im Grunde um ein riesiges Wasserglas. Es war im Gipfel des höchsten Berges an der Küste von St. Vincent untergebracht, sodass man eine fabelhafte Aussicht auf die Bucht, einen Teil der Stadt und die umliegenden Berge hatte.

Der alte Raffzahn lümmelte sich nur zu gern auf seinem Stuhl, die Füße auf den Tisch gelegt, befreit von seinem grünen Zylinder. Dann beobachtete er voller Wonne, wie die Aeroplane bei ihm landeten. Und da jeder Vogel klingende Münze für seinen Geldbeutel bedeutete, nahm es nicht wunder, dass er so gern zum Fenster hinausblickte.

Auf der Schildkröteninsel gab es außer Nest noch drei

andere Landeplätze. Bei dem Verkehr am Himmel waren sie auch alle voll ausgelastet. Unser Heimathafen war jedoch Tulls Nest, denn der Leprechaun war, wie gesagt, auch unser Arbeitgeber. Und unsere Geschäfte waren etwas besonderer Natur …

Tull holte nun zunächst aus der oberen Schreibtischschublade einen Bernsteinkamm heraus und bearbeitete in alter Gewohnheit seinen feuerroten Backenbart.

Ich konnte mir nur mit Mühe ein Grinsen verkneifen. Leprechauns hatten einen durchaus eigenen Begriff von Schönheit. Zu ihrem leuchtend roten Bart- und Kopfhaar ließen sie nichts anderes gelten als ein grünes Wams. Darüber hinaus schworen sie auf knallrote Socken, Lackschuhe mit Silberschnallen und einen elfenbeinernen Spazierstock. Über ihre Festtagskleidung möchte ich an dieser Stelle lieber das Mäntelchen des Schweigens ausbreiten. Auf alle Fälle gingen selbst den unerschütterlichen Trollen bei ihrem Anblick die Augen über.

Ohne auf eine Aufforderung zu warten, inspizierte ich Tulls Getränkevorrat.

»Was nimmst du, Ogg?«, fragte ich meinen Freund.

»Malzschnaps.«

Wenn nötig, vergaß mein Geschäftspartner seine gute Erziehung ebenso mühelos wie seinen bescheidenen Charakter.

»Wag es ja nicht, eine Flasche zu öffnen, die älter als zehn Jahre ist!«, zischte Tull mich an. »Diese edlen Tropfen sind nichts für eure Kehlen.«

»Wie gastfreundlich du heute wieder bist!«

»Hör mal, ihr sauft wie Kamele, die kurz vor dem Verdursten sind! Jeder Besuch von euch kostet mich eine ganze Flasche, manchmal sogar zwei.«

»Ach was«, erwiderte Ogg, »die ein, zwei Fläschchen bringen dich schon nicht an den Bettelstab.«

»Außerdem müssen wir doch die glückliche Landung feiern, oder?«, bemerkte ich, als ich Ogg eine Flasche Malzschnaps reichte und mir selbst eine mit Rum schnappte.

»Ein Elf sollte Wein trinken«, tadelte Tull mich.

»Vergiss nicht, dass ich ein Ausnahmeelf bin. Und wenn du mir schon mit solchen Märchen kommst: Sollte ein Leprechaun nicht Töpfe voller Gold um sich herum stehen haben? Was bist du also bloß für ein armseliger Vertreter deiner Art?! Ich sehe hier nicht einen einzigen Topf. Besitzt du überhaupt einen?«

»Ja, einen Nachttopf, und der steht unterm Bett!«, knurrte Tull, während er sich eine Pfeife stopfte. »Und falls du nach dem Regenbogen fragst, der besteht in der Rechnung, die ich euch ausstelle. Ihr kommt mir nicht nur für die Schäden in Nest auf, sondern auch für den Malzschnaps.«

»Sag mal, meint er das ernst?«, wandte sich Ogg an mich und riss den Blick von der Flasche, die er bereits zur Hälfte geleert hatte. Orks saufen wie Schweine, werden jedoch einfach nicht betrunken.

»Sei ganz unbesorgt, mein Freund, er beliebt zu scherzen.«

»Ach ja?«, giftete Tull und stieß eine Reihe von Rauchringen aus. »Und was verleitet dich zu dieser Annahme?«

»Meine angeborene Frechheit ebenso wie der mir eigene Charme. Reicht dir diese Antwort?«

Er schnaufte zwar, nickte aber. Der alte Raffzahn war nicht so dumm, wie er mitunter gern vorgab. Ihm war klar, dass er von uns keinen müden Louisdor sehen würde. Zum einen hatten wir kein Geld, zum anderen schweißten uns drei die festen Bande der Freundschaft zusammen.

Oder vielmehr die festen Bande gemeinsamer Geschäftsinteressen – und die bedeuteten für einen Leprechaun weit mehr als jede Freundschaft. Denn wir waren seine Sonderkuriere, die ihm Ware lieferten, die eigentlich auf der Insel verboten war. Tull verkaufte sie weiter und erzielte dabei enormen Gewinn. Deshalb würde er sich hüten, sich mit uns zu überwerfen.

»Dabei solltest du eins nicht vergessen«, murmelte Tull schließlich. »Es wird Unsummen kosten, die *Schwalbe* wieder flottzumachen. Diese Kosten trage ich nicht allein.«

»Was glaubst du, wie hoch sie sein werden?«

»Keine Ahnung, das lässt sich nicht leicht abschätzen. Wir müssen uns den Schaden erst einmal genauer ansehen. Vielleicht hat sich im Bauch eures Vogels alles in Kokosraspel verwandelt. Wenn ja, steht den Magiern ein Haufen Arbeit bevor. Und die erledigen sie nicht aus reiner Liebe zu ihren Mitwesen. Außerdem haben sie auch sonst alle Hände voll zu tun. Sicher, wenn sie ihr Geld gleich erhielten, würden sie sofort anfangen …«

Diese Aussicht war nicht gerade geeignet, uns Freudentänze aufführen zu lassen. Kein Aeroplan, keine Arbeit. Und damit meine ich nicht einmal Schmuggelware. Selbst schlichte Post würden wir nicht zu anderen Inseln der Pfauenkette bringen können. Damit fiel auf unbestimmte Zeit jeder Verdienst ins Wasser.

Abgesehen davon war ich mir völlig sicher, dass die Ersparnisse von Ogg und mir niemals für die Ausbesserung unserer *Schwalbe* ausreichen würden.

Ogg schob die mittlerweile völlig leere Flasche zur Seite.

»Ich habe einen anderen Vorschlag«, sagte er. »Du machst uns die Schwalbe auf deine Kosten wieder …«

»Sehe ich vielleicht aus wie jemand, der den Verstand verloren hat?«, fiel Tull ihm ins Wort.

»… wieder flott, und danach ziehst du uns die Ausgaben von unserem Lohn ab«, fuhr Ogg gelassen fort. »Du musst zugeben, dass das äußerst vorteilhaft für dich ist. Wenn wir die Flüge nicht einstellen, füllt sich dein Goldtopf weiter, und der Regenbogen darüber strahlt heller denn je. Wenn wir uns dagegen am Strand die Sonne auf den Pelz brennen lassen, stehst du ohne dein Schmuggelgut da.«

»Unsinn! Ich finde jederzeit andere Flieger!«

»Das kannst du einem Goblin erzählen! Du bist viel zu

misstrauisch, als dass du dich auf Unbekannte einlassen würdest«, widersprach ich. »Was, wenn sie dich ans Messer liefern? Oder wenn ich in dem Fall auf die Idee käme, an entsprechender Stelle mal ein Wort darüber fallen zu lassen, dass du verbotene Artefakte auf die Insel bringen lässt? Der Galgen mit einer phantastischen Aussicht auf den Marktplatz wäre dir sicher! Doch ich hege keinen Zweifel daran, dass du nicht die geringste Absicht hast, deinen Regenbogen gegen einen Hanfstrick einzutauschen!«

»Dir wäre in der Tat zuzutrauen, dass du den Kopf zum Fenster rausstreckst und die ganze Stadt in meine Geschäfte einweihst!«, zischte Tull. »Aber gut! Soll der Himmel euch doch holen! Ich bin mit dem Vorschlag einverstanden. Allerdings unter einer Bedingung: Bis ihr die Kosten für die Ausbesserung abgestottert habt, kriegt ihr fünfzehn Prozent weniger Lohn.«

»Bitte?!«, keuchte Ogg. »Aber die Schnallen an deinen Schuhen sollen wir dir nicht auch noch polieren?!«

»Schaden könnte es nicht«, sagte Tull kalt. »Schließlich setze ich für euch mein gesamtes Hab und Gut aufs Spiel. Aber was, wenn eure nächste Landung genauso grandios wird wie die heutige, und ich irgendwann nur noch die Überreste von euch vom Glas kratzen kann?!«

»So läuft der Hase nicht«, stellte ich klar. »Wir gehen ein viel größeres Risiko ein als du. Und ich fliege ganz bestimmt nicht mit irgendwelchem verbotenen Mistzeug über das halbe Meer, nur damit du dir einen neuen Zylinder kaufen kannst. Vier Prozent – weiter gehen wir auf gar keinen Fall runter. Und auch das nur aus alter Freundschaft.«

»Zehn.«

»Drei.«

»Acht … He, was hast du da eben gesagt?!«

»Zwei.«

»Ihr Elfen seid noch schlimmer als Gnome! Fünf! Das ist mein letztes Wort! Sonst könnt ihr zusehen, wie ihr euern

Schrotthaufen aus Nest herausbekommt! Dann sind wir geschiedene Leute!«

Ogg und ich sahen uns an.

»Also gut, Tull«, lenkte ich ein. »Aber nur, solange wir die Kosten der Ausbesserung abarbeiten. Nur in der Zeit darfst du uns fünf Prozent weniger bezahlen als bisher.«

»Hervorragend!«, frohlockte Tull. »Es geht doch nichts über eine einvernehmliche Einigung!«

Einvernehmlich war gut. Der alte Raffzahn nutzte unsere Lage schamlos aus, um Bedingungen durchzusetzen, die für ihn vorteilhafter nicht sein könnten. Wir jedoch würden den Gürtel in nächster Zeit enger schnallen müssen. Aber bei der erstbesten Gelegenheit würde ich Tull nicht nur höheren Lohn abverlangen, sondern ihn auch noch um seine Silberschnallen und die diamantenen Manschettenknöpfe erleichtern. Denn wir hielten den Kopf für ihn hin. Dass man uns noch nie mit verbotenen Artefakten erwischt hatte, war das reinste Wunder. Zweimal hätte allerdings nicht viel gefehlt …

»Recht hast du, Tull, die Lösung lässt uns geradezu in Freudentränen ausbrechen«, säuselte ich und nippte am Rum. »Kein schlechtes Tröpfchen im Übrigen!«

»Kein schlechtes Tröpfchen«, äffte Tull mich nach. »Hör mal, das ist Rum von bester Qualität, nicht dein üblicher *St. Rafael* oder *Atacames*. Teureren findest du nur beim Statthalter.«

Das stimmte insofern, als der Statthalter den gleichen Tropfen in seinem Keller lagerte, für diesen aber deutlich mehr bezahlt hatte: Tull hatte ihm den Rum für den doppelten Einkaufspreis verkauft.

»Habt ihr eigentlich nichts für mich dabei?«, fragte Tull nun.

Ich kramte in der Tasche auf dem rechten Hosenbein meines Fliegeranzugs und zog einen versiegelten Brief heraus.

»Hier, du widerlicher Hai.«

Grinsend nahm er den Brief an sich und erbrach das Siegel. Er enthielt ein Blatt Papier aus Schilfrohr.

»Ach ja, was würde ich nur ohne euch tun, Freunde? Ich kriege nun einmal für mein Leben gern Post. Vor allem von meinen geliebten Enkeln«, säuselte er, zerknüllte den Brief und warf ihn ungelesen zu Boden.

»Was denn, willst du ihn gar nicht lesen?«

»Wozu?«, fragte Tull erstaunt zurück. »Ich weiß genau, was drinsteht. Sie wollen doch nur wieder Geld von mir, diese Nichtsnutze!«

Nach diesen Worten schüttelte er aus dem Umschlag zwei leuchtend gelbe Steine auf seinen Handteller, die nicht größer waren als ein Hirsekorn.

Gelbsteine! Für sie bekam man entweder fünfhundert Louisdor pro Stück oder lebenslänglich in den Silberminen, falls man beim Verkauf, der Einfuhr oder der Ausfuhr erwischt wurde.

Die Steine wurden unter Punkt sechs einer Liste geführt, die alle Artefakte aufzählte, die bei uns auf der Schildkröteninsel verboten waren. Mit einem solchen Stein konnte man selbst schrecklichste Flüche von sich abwenden, vor allem aber Geschöpfe herbeizitieren, die auf Befehl jeden Widersacher töteten. Mit den Dingern war also nicht zu spaßen.

»Gut«, sagte Tull, nachdem er die Steine eingehend untersucht und sie anschließend in die Innentasche seiner Weste gesteckt hatte, »dann will ich euch nicht länger aufhalten.«

»Du bist uns auf der Stelle los, wenn du uns unser Geld gezahlt hast«, teilte ich ihm grinsend mit. »Und damit wir uns gleich richtig verstehen. Unsere Abmachung gilt erst ab dem nächsten Flug. Für diese Steinchen kriegen wir noch den vollen Lohn.«

Tull hustete wie wild und schien kurz vor einem Herzanfall zu stehen, zog dann aber doch die Schreibtischschublade auf. Jeder wusste, dass es nur eine wirklich schlimme Tragödie im Leben eines Leprechauns gab: sich von Geld zu trennen.

Er kratzte das Geld zusammen, zählte es uns in penibler Langsamkeit vor und nickte zur Bestätigung, dass alles seine Richtigkeit hatte.

»Hier!«, zischte er. »Und jetzt verschwindet! Euretwegen habe ich schon Kopfschmerzen!«

»Mach's gut, Tull. Es ist doch immer wieder angenehm, mit dir Geschäfte zu machen«, sagte ich auf dem Weg zur Tür. Von der Rumflasche hatte ich mich nicht getrennt.

»He, Lass!«, rief mir der Leprechaun hinterher. »Ich habe ganz vergessen zu fragen, wer euch eigentlich so durchlöchert hat!«

»Das Meeresvolk«, antwortete Ogg, noch ehe ich den Mund aufmachen konnte. »Die Krashshen.«

»Das Meeresvolk?«, echote Tull in einem Ton, als wäre er gerade des einmaligen Wunders teilhaftig geworden, wie sich Ogg, der ewig nüchterne Ork, mit einer einzigen Flasche Malzschnaps betrunken hatte. Denn die Krashshen blieben normalerweise unter Wasser und scherten sich nicht um das, was am Himmel vor sich ging.

»Ganz genau, das Meeresvolk«, spann Ogg sein Garn fort. »Wir sind im Tiefflug übers Meer geflogen, da haben sie uns erwischt. Sie haben aus dem Wasser zwei Korallenschleier auf uns losgelassen.«

»Aber was habt ihr denen denn getan? Sie haben doch schon vor zwanzig Jahren einen Waffenstillstand mit den Vereinten Inseln geschlossen!«

»Woher sollen wir das denn wissen?!«, knurrte Ogg. »Wenn es dir keine Ruhe lässt, begib dich halt zu ihnen und frag sie! Dann kannst du ihnen auch gleich in unserem Namen die Rechnung für die Wiederherstellung unserer *Schwalbe* unter die Nase halten!«

Ohne die nächste Frage abzuwarten, verließen wir Tulls Arbeitszimmer.

Drittes Kapitel,

in dem bewiesen wird, dass beschwipste Flieger ihre Nase stets in Dinge stecken, die sie nichts angehen

In der flirrenden Hitze des Abends wirkten die Lichter St. Vincents wie gigantische Glühwürmchen, die aus dem Wald herbeigeflogen waren und sich auf allen umliegenden Hügeln niedergelassen hatten. Sie waren noch heller als die Flügel der Feyer. Diese kleinen Wesen spendeten mit ihren Libellenflügeln blaues, grünes und rotes Licht, um allen Fliegern am Himmel anzuzeigen, wo sie landen konnten.

Erst als wir am Strand waren, blieb Ogg stehen, rammte die Hände in die Taschen seines schmutzigen Fliegeranzugs und atmete aus voller Brust die Luft der tropischen Nacht ein. Unterdessen lauschte ich den unermüdlichen Zikaden, die in den Palmen zirpten, aber auch den Fröschen, die in den Bäumen ihr Lied anstimmten. Nach einer Weile holte Ogg eine Pfeife samt Tabakbeutel hervor, betrachtete beides gedankenversunken und steckte es wieder zurück.

»Manchmal«, durchbrach Ogg das Schweigen, »muss man sich zwischen Himmel und Erde befinden, um das Leben wirklich genießen zu können.«

»Du hast gerade einen der ältesten Gedanken meines Volkes ausgesprochen. Bist du sicher, dass du keine Elfen zu deinen Vorfahren zählst?«

»Das bin ich«, beteuerte Ogg grinsend. »Außer mir kann kein Ork euer überhebliches Volk ausstehen.«

»Darauf sollten wir einen trinken«, sagte ich und hielt ihm den Rum hin, doch Ogg bedeutete mir mit einer Geste, dass er seinem Malzschnaps ewige Treue geschworen habe.

In diesem Augenblick setzte die Ebbe ein. Fahlweiße Krabben huschten auf der Suche nach Nahrung über den Sand. Als sie uns bemerkten, flitzten sie, wütend mit ihren Scheren klappernd, davon. Ogg schickte einer von ihnen einen nachdenklichen Blick hinterher.

»In der nächsten Zeit müssen wir uns wohl jede Prasserei aus dem Kopf schlagen. Wir können noch froh sein, wenn wir nicht als Krabbenfänger enden.«

Kaum kam Ogg auf unsere traurige Lage zu sprechen, verlor der Rum all seinen Zauber.

»So schlecht stehen die Dinge nun auch wieder nicht«, versuchte ich mich selbst aufzumuntern. »Und was das Prassen angeht ... Das haben wir doch eh schon lange nicht mehr getan. Wir ackern doch nur noch. In den letzten beiden Jahren sind wir knapp neuntausend Stunden in der Luft gewesen. Allerdings hast du insofern recht, als wir den Gürtel vorübergehend etwas enger schnallen müssen.«

Eine Weile liefen wir schweigend weiter.

Elend lange, nach Fisch stinkende Luftschiffe zogen an uns vorbei. Dieser Teil der Stadt war für seine Schenken bekannt, für seine Spielhöllen und öffentlichen Häuser. Hier kam jeder auf seine Kosten. Überall traf man Flieger, Söldner, Schmuggler, Schilfrohrpflücker, Schatzsucher, Verkäufer magischer Erzeugnisse, Scharlatane, Matrosen, Luftpiraten, Fischer, Werftarbeiter und allerlei Wesen, die vom Kontinent oder anderen Inseln zu uns kamen. Alle vergnügten sich, tranken, aßen, rauchten, bedienten sich eines gewissen Puders des Meeresvolks, begrapschten Frauen, würfelten, spielten Karten und erörterten vergangene wie zukünftige Flüge oder Kämpfe. Man betrog einander, und man starb.

Vor einer Schenke, an der wir vorüberliefen, wälzten sich einige Schweine in trauter Eintracht mit einem betrunkenen Kerl in dreckiger Kleidung auf dem Boden herum. Aus dem Wirtshaus klang ein lautes, unmelodisches, aber voller Inbrunst dargebotenes Lied zu uns heran. Vermutlich feierte die Mannschaft eines großen Luftschiffs irgendeinen Erfolg.

»Das Meeresvolk hat uns also angegriffen?«, fragte ich, als wir die Uferstraße hinter uns ließen.

»Komm schon«, erwiderte Ogg achselzuckend. »Das glaubt Tull doch eh nicht.«

»Natürlich nicht. Außer stinkenden Goblins würde doch niemand auf einen solchen Unsinn hereinfallen! Aber ich verstehe nicht, warum du ihn angelogen hast.«

»Das hat mir eine innere Stimme geraten. Sie hat gesagt, dass ich nicht an jeder Ecke was von den Gnomen erzählen soll. Das könnte Unglück bringen.«

»Nun hör schon auf mit dem Quatsch! Als ob sich irgendjemand um diese Kümmerlinge scheren würde!«

»Allmählich dämmert mir, dass du die Bartwichte nicht leiden kannst.«

»Mit Gnomen haben wir Elfen noch ältere Rechnungen offen als mit euch Orks.«

»Freut mich zu hören, dass es jemanden gibt, den ihr noch stärker hasst als uns«, entgegnete Ogg lachend. Dann wechselte er abrupt das Thema: »Wie sieht es aus? Soll ich dir deinen Anteil von dem Lohn, den Tull uns gerade gezahlt hat, geben?«

Darüber dachte ich kurz nach. Noch klimperten ein paar Münzen in meiner Tasche, im Grunde brauchte ich also nichts.

»Nein, behalte ihn ruhig.«

Ogg war meine Bank. Er war zuverlässig wie ein Drachentresor und hilfsbereit wie ein Freund. Außerdem würde nur ein Narr versuchen, Geld aus einem Haus zu stehlen, in dem eine ganze Familie grünhäutiger Orks lebte.

An einer Kreuzung verlangsamten wir unsere Schritte. Mein Weg führte mich zur Straße der Pelikane und Schwäne, Ogg musste zum Statthalterberg.

»Meine Mama wollte heute Langusten mit Knoblauch machen«, sagte Ogg. »Die magst du doch so. Willst du vielleicht noch mit zu mir kommen?«

Oggs Mutter war eine fabelhafte Frau. Sie würde einen Elefanten im vollen Galopp aufhalten und eine Fregatte mit der Schöpfkelle zertrümmern. Sie verwöhnte sämtliche Flieger, zwang sie aber gleichzeitig, sich die Ohren zu waschen und die Nase zu putzen. Und obwohl sie eine Orkin war, kochte sie derart gut, dass selbst der Statthalter, sollte er sie je besuchen, vor Wonne schmatzen würde.

Die Herrin Gu versuchte wacker, mich wie ihresgleichen zu behandeln. Stets tat sie so, als säße nicht ein Erzfeind der Orks, sondern irgendein entfernter Vetter aus ihrer alten Heimat mit ihnen am Tisch. Ihr Blut schrie nach Rache für all die Orks, die von uns Elfen in unzähligen Schlachten getötet worden waren, aber ihr Kopf und ihr Herz sagten ihr immer wieder, dass alle Streitereien zwischen den beiden Rassen auf dem Kontinent zurückgeblieben waren. Obendrein hatte Mutter Gu sehr schnell verstanden, dass ein Elf und ein Ork auf der Schildkröteninsel nicht nur zusammen harte Louisdors verdienen, sondern tatsächlich miteinander befreundet sein konnten.

Letzten Endes fühlte sie sich in meiner Anwesenheit dennoch nicht ganz unbefangen. Deshalb besuchte ich Ogg trotz des wunderbaren Essens seiner Mutter nicht allzu oft, vor allem weil auch seine Brüder nicht unbedingt glücklich waren, mich gesund und munter in ihrem Haus zu sehen.

»Heute besser nicht«, antwortete ich also auf Oggs Frage. »Ich bin furchtbar müde. Aber grüß deine Mutter von mir. Und komm morgen bei mir vorbei, damit wir alles Weitere besprechen können.«

»Mach ich«, erwiderte Ogg, der seine Enttäuschung vergeblich zu verbergen suchte. »Falls dir zufällig jemand aus meiner Familie begegnen sollte, verrat ihm nicht, dass unsere *Schwalbe* gerade kränkelt. Mama soll sich nicht aufregen.«

»Versprochen«, sagte ich. »Mach's gut.«

Nach diesen Worten stiefelte ich nach Hause.

Manchmal beneidete ich Ogg sogar ein wenig um seine Familie und sein Zuhause. Mein Zuhause war der Goldene Wald, doch der wartete nicht gerade sehnsüchtig auf meine Heimkehr. Im Gegenteil: Würde ich je dorthin zurückkehren, hinge ich gleich am nächsten Baum. Man hatte mir nicht vergeben, dass ich an unserer großen Königin gezweifelt und nach der Flucht aus dem Gefängnis drei Aeroplane abgeschossen hatte, mit denen mich meine einstigen Gefährten zurückbringen sollten.

Mit finsterer Miene versuchte ich, die unangenehmen Erinnerungen abzuschütteln. Jammern änderte ja auch nichts.

Ich lief rechter Hand an einer hohen, mit Efeu bewachsenen Mauer vorbei. Dahinter ragten Häuser mit flachem Dach und Balkonen auf. In den Fenstern brannte kein Licht. Drei Soldaten kamen mir entgegen. Da ich mir nichts hatte zuschulden kommen lassen und die Aufnäher am Ärmel meines Fliegeranzugs mich als Kurier auswiesen, achteten sie nicht weiter auf mich. Linker Hand wühlten drei hagere, dreckige Goblins im Müll und schmissen mit dem stinkenden Inhalt der Holzkästen um sich. Als sie mich erblickten, fauchten die Zottelwesen mich an, damit ich ja nicht auf die Idee käme, mich ihrem Gelage anzuschließen. Ich hielt nach einem Stein Ausschau, den ich gegen die Biester schleudern wollte, fand aber keinen. Und meine Flasche war mir für die Burschen zu schade, denn sie enthielt noch ein wenig Rum. Deshalb spuckte ich bloß enttäuscht aus und ging weiter.

Am Platz des Gegenwindes vergnügte sich am Springbrunnen eine illustre Gesellschaft. Dem Geschrei und der Sprache nach zu urteilen waren es Menschen. Über diese Rasse konnte ich jedes Mal aufs Neue staunen. Sie brauchten tagelang keinen Schlaf, wenn sie nur genug zu trinken und eine ausreichende Zahl schöner Frauen an ihrer Seite hatten. Ich umrundete sie weitläufig, um ihr Vergnügen nicht zu stören.

Dann endlich hatte ich die Straße der Pelikane und Schwäne erreicht. Nun trennten mich nur noch fünf Minuten von meinem Haus. Die Straße war stockdunkel. Hinter einem Tor kläffte ein Hund los, ihm antworteten die Tiere aus den anderen Höfen. Sobald ich einen Pfiff ausstieß, verstummten sie jedoch. Mich kannte hier jeder Köter.

Ich spürte schon förmlich den Zauber und die Zärtlichkeit meines prachtvollen, mir stets zugeneigten Bettes, als ich mit einem Mal Hilfeschreie hörte. In der Regel mische ich mich nicht in die Angelegenheiten anderer ein, aber in dieser Nacht sollte mir der Rum wohl tatsächlich zum Verhängnis werden. Denn nur so lässt sich erklären, warum ich kehrtmachte und auf die Schreie und das grobe Geschimpfe zustürzte.

Als ich eine kleine Wiese an einer Flusskrümmung erreichte, hielt ich jäh inne. Was ich sah, vermochte ich kaum zu fassen. Um zwei Kokospalmen tobten drei kräftige Kerle, die mit Sicherheit vom Festland stammten, denn Einheimische verhalten sich anders. Die Kerle wollten unbedingt etwas haben, was zwischen den Blättern einer der beiden Palmen steckte. Ein vierter Bursche kraxelte deswegen sogar unter lautem Gefluche den Stamm hoch.

Doch da traf ihn auch schon eine Kokosnuss. Der Bursche am Stamm krachte schreiend zu Boden. Prompt knallte eine zweite Nuss auf seinen Schädel und raubte ihm das Bewusstsein.

Ich beschloss, das Schauspiel erst einmal aus der Ferne zu genießen. Mittlerweile prasselten weitere Kokosnüsse auf die drei anderen Burschen runter. Sie schafften es kaum, dem Nussregen zu entgehen. Irgendwann konnte ich das Lachen nicht länger zurückhalten und platzte damit heraus.

Als die Männer das hörten, stapften zwei von ihnen auf mich zu. An ihren Gürteln hingen kurze, breite Enterschwerter.

»Können wir dir irgendwie helfen?«, fragte der Linke barsch.

»Ich will nur wissen, wie viele Nüsse noch nötig sind, damit ihr begreift, dass ihr bei diesen Palmen nichts verloren habt.«

Die Antwort gefiel den beiden in keiner Weise.

»Uns solltest du besser nicht frech kommen, Flieger. Sieh also zu, dass du abhaust, solange du noch laufen kannst.«

»Ach was, achtet einfach nicht weiter auf mich, Jungs!«,

sagte ich und trank den letzten Schluck Rum. Betrübt schaute ich auf die leere Flasche in meiner Hand. »Sonst dauert es womöglich die ganze Nacht, bis euch jemand auf die Palme gebracht hat.«

Der Rechte knurrte mich wütend an, aber sein Kumpan packte ihn bei der Schulter.

»Sag mal, Flieger«, wandte er sich an mich, »ist das wirklich so schwer zu begreifen? Du sollst abschwirren! Was mischt sich ein Elf überhaupt in fremde Angelegenheiten ein?«

»Das liegt daran, dass ich heute Nacht zu guten Taten aufgelegt bin. Zum Beispiel möchte ich ein paar Bäume davor bewahren, dass irgendwelche Nichtsnutze auf sie raufklettern.«

Wenn Ogg mich jetzt hören würde, dann würde er mich nach diesen Worten ohne jedes Wenn und Aber für mindestens einen Monat ins Krankenhaus der Fliegenden Fische stecken.

Damit ich meinen Kopf auskurierte.

»Lass ihn!«, wiegelte der Linke ab. »Der ist doch besoffen.«

»Umso besser«, entgegnete der Rechte grinsend und zog das Schwert blank. »Ich konnte diese widerlichen Stinkelfen noch nie ausstehen!«

Irgendwie mochte niemand Elfen. Betrunkene schon gar nicht. Und ganz besonders dann nicht, wenn diese betrunkenen Elfen in der Unterzahl waren.

Kurz entschlossen schleuderte ich die Flasche auf den Mistkerl, verfehlte ihn aber leider. Dann zog ich die Pistole, die in meinem Rücken hinter dem Gürtel steckte, und drückte ab, ohne lang zu zielen. Es loderte purpurn auf, als eine Feuerbiene aus dem Lauf schoss und einen der Burschen für immer zum Schweigen brachte.

Prompt stürzte sich der Kumpan des Toten auf mich. Obwohl er ein Mensch war, bewegte er sich genauso flink wie ich. Mittlerweile tauchte auch der Kerl auf, der bisher die Palmen hatte bewachen sollen.

Die beiden Burschen legten das eingespielte Verhalten erfahrener Mörder an den Tag und versuchten, mich in die Zange zu nehmen. Ich legte die Pistole in die linke Hand und zog mit der rechten mein Messer.

»Du hättest dich besser nicht mit uns angelegt«, sagte der Bursche vor mir und holte mit der Klinge nach mir aus. Das ging so schnell, dass ich noch nicht mal in Panik geraten konnte.

Allerdings hüllte meinen Oberkörper sofort kaltes Licht ein. Zwischen mir und dem Stahl meines Feindes loderte nun ein türkisfarbener Schild. Als das Schwert auf ihn traf, prallte es mit jaulendem Klirren ab, flog zu seinem Besitzer zurück und bohrte sich zwischen dessen Augen.

Die Spiegelwand, eines meiner liebsten Artefakte, hatte nicht nur mein Leben gerettet, sondern auch das meines Angreifers ausgelöscht.

Daraufhin wich der andere Bursche einige Schritte zurück.

»Hast du gar keine Angst, verbotene Artefakte mit dir rumzuschleppen, Elf?«, zischte er. »Wenn ich dich verpfeife, steckst du in ernsten Schwierigkeiten.«

Das stimmte. Die Spiegelwand stand auf der Liste verbotener Artefakte. Wenn einfache Flieger auf der Schildkröteninsel mit ihr erwischt wurden, warteten die Silberminen auf sie.

»Bist du sicher«, entgegnete ich gelassen, während ich das Schwert des Toten vom Boden aufhob und mich gleich viel besser fühlte, »dass du noch in der Lage sein wirst, irgendetwas mitzuteilen?«

»Du hältst dich wohl für allmächtig, was?«

Sein Schwert gab einen langen, klirrenden Ton von sich. Die Klinge glühte in einem blendend weißen Licht auf. Damit war mein Spiel aus. Gegen eine solche Klinge half nämlich keine Spiegelwand der Welt etwas.

Im Grunde hielt ich mit der Waffe des Toten ja eine ebensolche Klinge in Händen. Nur wollte bei mir kein weißes

Licht aufschimmern. Dazu hätte ich die nötigen Worte wissen müssen.

Deshalb brachte ich mich lieber rasch in Deckung.

Über die Klinge in den Händen des Mörders liefen immer wieder grelle Explosionen.

»Die Stadtwache!«, erschallte es da. »Werft sofort die Waffen weg!«

Ich kam der Aufforderung ohne zu zögern nach und hob die Hände weit über den Kopf, um von vornherein jedes Missverständnis zu vermeiden. Mein Gegner stürzte sich dagegen auf die beiden Ordnungshüter. Das hätte er besser nicht getan. Ein weiterer Schuss knallte, abermals zog sich der purpurrote Schweif einer Feuerbiene durch die Nacht. Der verhinderte Mörder fiel zu Boden. In seinem Brustkasten klaffte ein Loch.

Ohne mich zu rühren, wartete ich ab, bis die Soldaten an mich herantraten.

»Offenbar bist du nicht so dumm wie dein Freund«, sagte ein Halbork, der eine Muskete auf mich gerichtet hielt.

»Er ist nicht mein Freund«, stellte ich klar. Die Hände behielt ich immer noch oben. »Ich kenne diese Bande überhaupt nicht. Deshalb bin ich wirklich froh, euch zu sehen.«

»Kann ich mir gut vorstellen«, sagte der zweite Mann, ein Mensch. »Lass ihn, Iggy. Der Kerl ist harmlos.«

»Der hat zwei Tote auf dem Gewissen.«

»Ich habe nur mein Leben verteidigt!«, ereiferte ich mich.

»Wem willst du das Märchen denn erzählen?!«, blaffte mich der Halbork an und wandte sich dann wieder dem Menschen zu: »Kennst du den?«

»Ich habe ihn schon mal gesehen. Das ist ein Kurier. Aus Nest. Der kreuzt schon seit einer ganzen Weile mit einem Ork durch die Lüfte.«

Die meisten auf dieser Insel kannten mich vom Sehen, schließlich war ich der einzige Elf unter ihnen. Zögernd senkte der Halbork nun die Muskete.

»Ist das dein Werk?«, fragte der Mensch und nickte in Richtung des erschossenen Kerls.

»Ja. Kuriere dürfen anstelle gewöhnlicher Kugeln Feuerbienen benutzen. Ich habe also nicht gegen die Gesetze der Insel verstoßen.«

»Was die Gesetze zulassen und was nicht, wissen wir auch ohne deine schlauen Vorträge«, murmelte der Halbork, der gerade eines der Schwerter näher untersuchte. »Aber sieh dir das mal an, Octavio. Das dürfen selbst Kuriere nicht bei sich haben! Vier Gerten des Lichts. Dritte Kategorie, wenn ich mich nicht täusche.«

Es gab auf der Schildkröteninsel eine Liste verbotener Gegenstände. Sie umfasste einhundertfünfzig Artefakte, die nicht auf die Vereinten Inseln eingeführt werden durften. Die ersten zwanzig gehörten zur sogenannten ersten und zweiten Kategorie und waren noch rot hervorgehoben. Ein solches Artefakt durfte nur ein hoher Magier besitzen, und selbst der musste noch eine schriftliche Erlaubnis des Statthalters vorweisen können. Die Posten der dritten Kategorie durften zwar Admiräle bei sich haben, gedungene Meuchelmörder aber bestimmt nicht.

Meine Spiegelwand steht übrigens recht weit unten auf dieser Liste. Den Offizieren von Entermannschaften, die der Flotte des Statthalters unterstehen, ist es sogar offiziell erlaubt, sie zu benutzen.

»Das geht uns nichts an«, sagte der Mensch. »Sollen sich die Magier darum kümmern.«

»Aber solche Klingen sind ziemlich selten«, hielt der Halbork dagegen. »Und hier haben wir gleich vier davon. Noch dazu bei irgendwelchen zweifelhaften Gestalten, denn an den Schultern dieser Kerle sehe ich nichts, was sie als Admiräle ausweist.« Dann wandte er sich an mich. »Erzähl uns mal, was hier los war, Elf!«

»Ich war auf dem Weg nach Hause. Da habe ich Hilfeschreie gehört.«

»Und dann wolltest du den Lebensretter spielen?«

»Richtig.«

»Natürlich«, höhnte der Halbork. »Aber von mir aus, spinn dein Lügenmärchen ruhig weiter.«

Unterdessen knüpfte er vom Gürtel eines Toten einen der prallen Lederbeutel. Das Geld wechselte seinen Besitzer. Ich gab selbstverständlich vor, diesen Besitzerwechsel nicht beobachtet zu haben.

»Diese Dreckskerle wollten irgendwas von der Palme holen«, fuhr ich fort. »Als ich auftauchte, haben sie beschlossen, mich erst einmal umzubringen. Das war auch schon alles. Einer von denen lebt noch. Er liegt da drüben und ist ohnmächtig, seit er eine Nuss abgekriegt hat. Befragt am besten ihn!«

»Oh, den nehmen wir uns schon vor, keine Sorge«, sagte der Mensch, und ich begriff, dass demjenigen, der da ohnmächtig am Boden lag, nichts Gutes bevorstand. Möglicherweise würde er ja nie wieder aufwachen.

»Die wollten also was von der Palme holen, ja?«, murmelte der Halbork. Er trat an die Palme und legte den Kopf in den Nacken. »He, ist da wer? Wenn ja, runter mit dir!«

Mit offenem Mund beobachtete ich, wie eine Frau vom Baum sprang. Sie reichte mir bloß bis zur Brust, war mager wie ein Schilfrohr und hatte eine Spitznase sowie sehr kurze rote Haare. Sie trug einen knöchellangen Rock aus feinem Gewebe und ein Hemd mit schmalen Ärmeln. Über die Schulter hatte sie sich eine kleine dunkelgrüne Tasche geworfen.

Ein Blick genügte, um zu erkennen, dass ich eine Gnomin vor mir hatte. Im Unterschied zu den männlichen Bartwichten sind die weiblichen Kümmerlinge sogar recht hübsch. Und diese Gnomin war eine echte Schönheit.

»He, Elf!«, brüllte der Halbork. »Sieh dir mal an, wen du da retten wolltest!«

Unwillkürlich entglitten mir meine Gesichtszüge. Wenn ich

gewusst hätte, dass ich mir all diese Scherereien wegen einer Angehörigen des unterirdischen Volkes einhandeln würde, hätte ich selbstverständlich keinen Finger gekrümmt. Für Gnome hatte selbst ich nichts übrig.

»Hast du gehört, was der Bursche da erzählt hat?«, fragte der Mensch die Gnomin.

Diese nickte.

»Sagt er die Wahrheit?«

Ein weiteres Nicken.

»Was wollten die Kerle von dir?«

Die Gnomin schielte zu einer der Leichen hinüber.

»Was will dieses Vieh eurer Meinung nach denn von einer Frau, die allein unterwegs ist?«, erwiderte sie mit heiserer Stimme.

Aus irgendeinem Grund glaubte ich ihr nicht. Vier Meuchelmörder, von denen jeder mit einer Gerte des Lichts bewaffnet war, sollten nichts Besseres zu tun haben, als irgendeiner schmutzigen Gnomin nachzusteigen?

In diesem Augenblick stöhnte der von der Kokosnuss getroffene Dreckskerl leise auf. Anscheinend kam er allmählich wieder zu sich. Damit hatte die Stadtwache jedes Interesse an der Gnomin und mir verloren.

»Gut, Elf«, wandte sich der Halbork an mich, während sein Gefährte dem gerade aufwachenden Mörder die Hände fesselte. »Du kannst gehen. Sollten wir noch Fragen haben, finden wir dich.«

Der Hinweis hätte deutlicher nicht sein können: Falls ich irgendjemandem auch nur ein Wort von der heutigen Nacht erzählte, würde ich das sehr schnell bereuen. Denn wenn diese beiden Soldaten nicht völlig auf den Kopf gefallen waren, würden sie zwei der vier Klingen auf dem Schwarzmarkt verkaufen.

»Natürlich. Vielen Dank noch einmal für die Hilfe. Guten Abend«, sagte ich und zog ab, erleichtert darüber, dass ich so glimpflich davongekommen war.

»He!«, erklang da hinter mir die Stimme der Gnomin. »Ich gehöre zu ihm!«

Diese Frechheit verschlug mir glatt die Sprache.

»Was ist, Flieger?«, rief mir der Halbork grinsend hinterher. Ihm bereitete diese ganze Angelegenheit ungeheures Vergnügen. Ich konnte es ihm nicht verdenken. Ein Elf und eine Gnomin – das ist wirklich noch komischer als ein Elf und ein Ork. »Gehört sie zu dir?«

Ich blickte in die flehenden Augen der Gnomin.

»Ja«, sagte ich zu meiner eigenen Überraschung. »Sie gehört zu mir.«

Viertes Kapitel,

das eine bittere Lektion für all diejenigen bereithält, die das private Eigentum anderer nicht achten

Die Stille weckte mich.

Seit ich auf der Schildkröteninsel lebte, hatte ich noch nie eine solche Ruhe erlebt. Sogar zu Hause hörte ich sonst Tag und Nacht das Brüllen der Dämonen in den Aeroplanen.

Ich stand auf, schnappte mir meine Hosen von einem Stuhl – und hielt jäh inne. Ein Kurier war nur selten zu Hause, meist nur zwei- oder dreimal im Monat, und selbst dann nur für ein oder zwei Nächte. Da ich aber mehr Zeit in der Luft als in meinem eigenen Bett verbrachte, räumte ich nur selten auf. In den letzten beiden Jahren hatte ich das, soweit ich mich erinnerte, überhaupt nicht getan. Diese Unordnung begeisterte mich nicht, aber nach vierzehn Stunden in der Luft fehlte mir einfach die Kraft zum Putzen.

Doch an diesem Morgen war es bei mir blitzblank. Die Gnomin musste kräftig gefuhrwerkt haben. Dabei kannte ich noch nicht einmal ihren Namen. Gestern Abend war ich so müde gewesen, dass ich ihr nur noch die Hängematte im

Nebenzimmer gezeigt hatte und anschließend ins Bett gefallen und sofort eingeschlafen war.

Als ich einen Blick aus dem offenen Fenster warf, entdeckte ich am klaren Himmel kein einziges Aeroplan. Dafür saß die Gnomin auf der Treppe vor dem Haus und beobachtete mit angehaltenem Atem einen grünen Kolibri. In den Sonnenstrahlen glänzte das Gefieder des Vogels metallen, die Flügel schienen verwischte Striche, so oft schlug er mit ihnen, während er vor einer lilafarbenen Springkrautblüte schwirrte.

»Hast du diese Vögel noch nie gesehen?«, fragte ich sie.

Die Gnomin fuhr herum und sah mich besorgt an. Nach und nach verzog sie die Lippen zu einem unsicheren Lächeln.

»Nein. In meinem Land gibt es sie nicht.«

»In meinem auch nicht.« Ich hatte nichts übrig für dieses Volk, aber jetzt brachte ich all meine Höflichkeit auf, um zu sagen: »Vielen Dank, dass du bei mir aufgeräumt hast.«

»Vielen Dank, dass ich hier schlafen durfte«, erwiderte sie, diesmal sogar mit einem strahlenden Lächeln. »Und dafür, dass du mir gestern geholfen hast, auch.«

Ich zuckte die Achseln. Für solche Kleinigkeiten brauchte sie mir doch nun wirklich nicht zu danken. Schließlich dachte ich in meinen langen, schlaflosen Nächten einzig und allein darüber nach, wie ich das Leben von Gnomen auf möglichst unterschiedliche Art und Weise retten könnte.

»Gira«, stellte sie sich mir vor und sah mich fragend an.

Ihre Augen waren sehr dunkel, fast schwarz.

»Ich bin Lass. Ich hoffe, die Hängematte war nicht unbequem.«

»Nein, alles war bestens.«

»Was wollten diese Kerle von dir?«

»Das habe ich doch schon gestern gesagt!«

»Und du glaubst, dass ich dir diese Geschichte abkaufe?«

Sofort schlich sich wieder ein verängstigter Ausdruck in ihre Augen.

»Tut mir leid, Elf, aber das geht dich nichts an.«

»Natürlich nicht, stimmt«, erwiderte ich. »In der Tat zerbreche ich mir nur selten den Kopf über die Probleme von Gnomen. Also gut, es hat mich gefreut, dich kennengelernt zu haben. Ich wünsche dir alles Gute, vielleicht sehen wir uns ja eines Tages wieder.«

Nach diesen Worten ging ich ins Haus, schloss die Tür aber nicht ab. Natürlich wurde sie eine Minute später geöffnet. Ich brauchte mich nicht einmal umzudrehen, um zu wissen, wer eingetreten war.

»Musst du nicht aufbrechen?«, fragte ich, während ich den Schrank nach meiner Pistole durchsuchte. Wo hatte ich das Ding bloß hingelegt?

»Es gibt niemanden, zu dem ich gehen könnte.«

»Kein Grund, bei mir zu bleiben, oder?«

»Was suchst du eigentlich?«

»Meine Pistole.«

»Ich habe sie gereinigt und aufs Fensterbrett gelegt.«

Die Waffe lag tatsächlich auf dem Fensterbrett und war sauber wie selten. Der Feuerstein war ausgetauscht worden, der Hahn funkelte.

»Keine schlechte Arbeit«, lobte ich sie.

»Mein Vater hat viel von Waffen verstanden.«

»Gut«, murmelte ich, denn wahrscheinlich hatte ich ein viel zu weiches Herz. »Versuchen wir es noch einmal: Was wollten diese Kerle von dir? Wer sind sie? Und warum haben sie mich gestern Abend beinahe erledigt?«

Gira presste die Lippen aufeinander, begriff aber, dass ich nicht lockerlassen würde. »Die wollten mich umbringen«, rückte sie schließlich mit der Sprache heraus:

»Warum?«

Doch diesmal stellte sie sich stur.

Seufzend schüttelte ich theatralisch den Kopf, während ich etwas Pulver in den Lauf gab, eine Kapsel mit einer Feuerbiene aus meiner Tasche holte und die Pistole lud.

»Lass«, sagte sie nach einer Weile. »Ich brauche Hilfe.«

»Ich wüsste nicht, wie ich dir helfen kann. Abgesehen davon habe ich nicht die geringste Absicht, noch einmal vier Kerlen in die Arme zu laufen, die mit einer Gerte des Lichts bewaffnet sind.«

»Du bist ein Flieger.«

»Das ist kein Grund, seinem Leben in nächster Zeit durch Selbstmord ein Ende zu setzen.«

»Kannst du nicht einmal ernst sein?!«, knurrte Gira. »Hast du ein Aeroplan?«

»Gehen wir mal davon aus, dass die Antwort Ja lautet.«

»Ist es ein Zweisitzer? Ich würde dir nämlich gutes Geld zahlen, wenn du mich an einen bestimmten Ort bringst.«

»Ich bin Kurier, kein Fuhrmann. Mit der Bitte musst du dich schon an jemand anders wenden.«

»Du bekommst wirklich gutes Geld.«

»Schön, dann zeig es mir mal, dein gutes Geld.«

Sie wurde verlegen.

»Verstehe«, bemerkte ich mit einem breiten Grinsen.

»Ich habe ausreichend Mittel! Aber nicht hier auf der Insel. Wenn du mich an diesen Ort bringst, wirst du großzügig dafür belohnt werden!«

»Es geht nicht darum, dass ich dich für eine Lügnerin halte, Gira«, stellte ich klar. »Aber ich habe einfach keine Zeit, mich mit einer dahergelaufenen Rotzgöre zu beschäftigen.«

»Ich bin keine *Göre,* Lass. Alle Frauen in meinem Stamm sehen sehr jung aus. Das ist genau wie bei den Elfinnen.«

»Möglich. Trotzdem bist du nicht über vierzig, da bin ich mir ganz sicher. Bei euch Gnomen bedeutet das, dass du noch nicht aus dem Kindesalter heraus bist. Deshalb kannst du auch kein Geld haben, denn eure Ältesten verbieten es Kindern, eigenes Geld zu besitzen.«

Daraufhin holte Gira mit finsterem Blick Ohrringe in Form von Seesternen aus ihrer Tasche.

»Hier«, fuhr sie mich an. »Wenn du mir hilfst, gehören sie dir.«

Diese Schmuckstücke schienen mehr Brillanten zu zieren, als Sterne am Himmel strahlten. Möglicherweise erklärten sie, warum sich Gira auf der Palme in Sicherheit hatte bringen müssen. Wahrscheinlich hatte sie die Ohrringe irgendeinem reichen Pinsel geklaut – und der hatte ihr dann seine Meuchelmörder auf den Hals gehetzt.

»Ich frage lieber nicht, woher du diesen Schmuck hast.«

»Was soll dieser Unsinn?!«, fuhr sie mich an und bewegte die Hand, sodass die Steine im Sonnenlicht auffunkelten. »Diese Ohrringe gehören mir. Aber wenn du nur ein paar Handschläge für mich tust, gehören sie dir!«

Noch ehe ich etwas antworten konnte, flog die Tür aus den Angeln. Menschen stürmten in mein Haus. Gira schrie auf.

Ein Schuss knallte.

Die Kugel pfiff an mir vorbei, hätte mir aber fast das Ohr abgerissen. Fluchend sprang ich zur Seite. Beißender Pulverdampf wogte durchs Zimmer. Diese günstige Gelegenheit nutzten Gira und ich, um aus dem Fenster zu hechten. Die weitere Entwicklung der Geschehnisse wollten wir lieber nicht abwarten. Wir landeten im Springkraut und stürzten auf der Stelle über ein Beet davon, das wir auf diese Weise gekonnt in einen Nashornpfad verwandelten.

Sobald Riolka sehen würde, was ich in ihrem geliebten Garten angerichtet hatte, würde sie mir ihre Akazien auf den Hals hetzen. Die Bäume würden mich mit Haut und Haar verspeisen. Denn meine Vermieterin kannte keine Gnade, wenn sich jemand an Blumen verging, war sie doch durch und durch Dregaika. Eine Gebieterin über Pflanzen. Das Sommerhaus auf ihrem Anwesen hatte sie mir auch nur überlassen, weil ich ein Elf war. Sie hielt mich deswegen wenn schon nicht für eine Art Verwandten von ihr, dann doch zumindest für jemanden, der Pflanzen achtete.

Hinter uns erklangen bereits Schreie und Gefluche. Etwas barst, donnerte und krachte …

Dann trat auch noch Riolka aus dem großen Haus. Ihre kurze hellgrüne Tunika bedeckte ihren vollendeten Körper kaum. Das honigfarbene Haar floss anmutig über ihre Schultern, doch ihre veilchenfarbenen Augen sandten wütende Blitze in unsere Richtung.

»Hatte ich dich nicht gebeten«, schrie sie mich an, »keine Frauen mitzubringen, die hitzköpfige Verwandte haben?!«

Bevor ich etwas antworten konnte, schoss einer dieser Dreckskerle erneut auf uns, verfehlte uns aber auch diesmal. Allerdings hätte ihm kaum etwas Schlimmeres passieren können: Die Kugel schlug in die alte Akazie ein, die unter dem Fenster von Riolkas Haus wuchs.

»Das hätte er besser nicht getan«, murmelte ich, ehe ich Riolka, die vor Wut tobte, zuschrie: »Das sind nicht ihre Verwandten!«

»Bist du bei deiner Arbeit jemand auf die Füße getreten?«, fragte Riolka, die sicher gleich vor Wut platzen würde.

»Ich sehe diese Kerle heute zum ersten Mal.«

Daraufhin blickte Riolka zu den Männern hinüber.

Mein Volk leidet ja bekanntlich unter übermäßiger Neugier. Ich war da keine Ausnahme, denn ich brannte darauf zu sehen, was Riolka mit diesen Rohlingen anstellte. Deshalb zog ich Gira hinter mir her, um Riolka freie Bahn zu geben, suchte aber gleichzeitig nach einem Platz für uns, von dem aus wir gute Sicht hatten.

Es waren drei Kerle. Drei weitere kamen gerade von der Straße in den Garten hereinspaziert. Ein weiteres Pärchen näherte sich vom Hintereingang.

»Sind die alle hinter dir her?«, fragte ich Gira leise.

Sie schniefte schuldbewusst und nickte zögernd.

»Dann bist du anscheinend doch ein ziemlich hohes Tier. Denn deine Ohrringe mögen zwar kostbar sein, aber ihretwegen würde niemand Meuchelmörder dingen und ganz St. Vincent durchkämmen.«

Inzwischen waren die Dreckskerle offenbar zu der Auffassung gelangt, sie hätten leichtes Spiel mit uns. Ihr freches Auftreten und die grinsenden Visagen ließen darauf schließen, dass sie in ihrem ganzen Leben noch nie von einem Wesen wie meiner Vermieterin gehört hatten, geschweige denn einer solchen Frau schon einmal begegnet waren. Andernfalls hätten sie nämlich längst Fersengeld gegeben. Doch genau wie die Kerle gestern Abend waren auch diese hier nicht aus den Schlaubergern der Menschen rekrutiert worden.

»Verlasst sofort meinen Garten!«, schrie Riolka wütend.

Die alte Akazie, die die Kugel abbekommen hatte, knackte bedrohlich mit den Zweigen, um den Worten ihrer Herrin Nachdruck zu verleihen.

Allerdings war ich wohl der Einzige, der das bemerkte. Vorsichtshalber trat ich einen Schritt zur Seite, damit die Zweige erst gar nicht auf die Idee kamen, mich für ihren Feind zu halten. Sie sind nämlich furchtbar eifersüchtig. Wenn sie mitbekommen hatten, dass Riolka mich gerade angeschrien hatte, würden sie mich womöglich gleich mit in den Boden stampfen. Rein zufällig, versteht sich.

»Wir ziehen ganz bestimmt wieder ab, meine Hübsche«, sagte einer der ungebetenen Gäste. »Das Mädchen würden wir aber gern mitnehmen.«

»Diese Frau ist Gast in meinem Haus, und das bleibt sie auch. Verschwindet!«

»Was für ein störrisches Weibsbild!«, meinte ein anderer grinsend.

»Und strohdumm«, sagte der Erste.

»Bestimmt 'ne läufige Hündin«, sagte der Dritte, der den lüsternen Blick nicht von den langen, schlanken Beinen der Dregaika ließ. »Die lechzt ja förmlich nach uns!«

»Was ist? Wollen wir uns erst mit ihr vergnügen?«

Während diese Kerle noch sabbernd davon träumten, was sie gleich mit Riolka anstellen würden, gingen in ihrem Rücken ganz erstaunliche Dinge vor sich.

Drei Akazien zogen ihre weißen Blüten ein und ließen stattdessen an den Zweigen riesige Stacheln sprießen. Anschließend befreiten sie sich aus der Erde und schlichen sich lautlos wie Katzen auf spitzen Wurzelfüßen an die ahnungslosen Menschen an.

Gira fiepte, schlug aber sofort ihre Hand vor den Mund, um dann mit weit aufgerissenen Augen diese unwahrscheinlichen Veränderungen zu verfolgen. Schon machten sich die Akazien in unserer unmittelbaren Nähe zum Angriff bereit.

»Schnappt sie euch!«, befahl einer der Kerle.

Daraufhin stapften zwei Burschen grinsend auf Riolka zu und packten sie bei den Armen. Noch im selben Moment schrien sie panisch auf.

Abermals war mir die eigentliche Verwandlung entgangen. Eben noch hatte ich eine junge schöne Frau vor mir gehabt, bei der jeder Mann seine Seele verkauft hätte, damit sie nur eine Nacht mit ihm verbrachte, nun nahm ihre Stelle eine gekrümmte Alte ein. Mit dem faltigen Gesicht, der grauen Mähne, dem weit vorspringenden Kinn und der Hakennase bot sie einen widerlichen Anblick. Nur die Augen waren unverändert geblieben, jung, durchdringend – und sehr wütend.

Die alte Akazie schnellte in die Höhe und krachte mit ihrem ganzen Gewicht auf den Kerl, der sie vorhin mit seiner Kugel verletzt hatte. Das war das Zeichen zum Angriff. Die mörderischen Bäume richteten ein Massaker unter den Mistkerlen an. Die Zweige dienten ihnen als Lanzen, die Wurzeln als Schwerter. Voller Ingrimm zerhackten und durchbohrten sie die Menschen. Die beiden, die Riolka hatten packen wollen, wurden von einer Weinrebe umschlungen, die sich von der Hauswand gelöst hatte, und auf der Stelle erstickt.

Als alles vorüber war, schnappten sich die Bäume die Leichen, warfen sie in eine Grube und nahmen ihre früheren Plätze wieder ein, trieben die Wurzeln in die Erde und erstarrten, somit ein Grabmal für die acht Toten bildend. Sie sahen jetzt auch wieder wie gewöhnliche Akazien aus, denn erneut bildeten ihre weißen Blüten lustige Girlanden.

»Was schmunzelst du so?«, fragte Riolka, deren Zorn noch immer nicht verraucht war.

Sofort setzte ich eine Unschuldsmiene auf und ließ meinen Finger durch die Luft kreisen. »Könntest du dich vielleicht …?«

Die Dregaika wusste, dass mich die Gestalt der Alten stets etwas verlegen machte, deshalb verwandelte sie sich umgehend wieder in eine junge Schönheit mit honigblondem Haar – die sehr wütend war.

»Ihr solltet jetzt besser gehen«, fuhr sie mich an.

»Ich …«

»Verschwinde, sonst mache ich Dünger aus dir!«, schrie sie. »Und wenn du es noch einmal wagst, meine Blumen zu zertrampeln, kannst du dir eine andere Unterkunft suchen!«

Darauf sagte ich besser kein Wort. Leider nahm sich Gira kein Beispiel an mir.

»Habt Dank, Herrin«, sagte die Gnomin. »Danke, dass Ihr mich denen nicht überlassen habt.«

Zu meiner grenzenlosen Verwunderung lächelte Riolka.

»Gern geschehen, mein Mädchen«, sagte sie. »Ich hoffe, meine Freunde haben dich nicht allzu sehr erschreckt.«

Die Gnomin schüttelte den Kopf, obwohl zu sehen war, dass sie selbst jetzt noch verängstigt war.

»He, Lass«, rief Riolka, als wir zur Pforte liefen. »Da ich deinetwegen so viele Scherereien habe, zahlst du ab nächsten Monat mehr Miete. Das Doppelte.«

Das drohte sie mir aus purer Gemeinheit an. Wenn sich ihre Wut in etwa einer Stunde gelegt haben würde, dann würde sie diese Drohung wieder vergessen haben. Zumindest hoffte ich das. Zusätzliche Kosten würden mir in meiner derzeitigen Misere nämlich den Boden unter den Füßen wegziehen.

Fünftes Kapitel,
in dem die Patrouille uns zu sich bittet und wir einen kleinen Waldspaziergang antreten

Auf dem Weg zum Statthalterberg versuchte ich, weder in Laufschritt zu fallen noch mich ständig umzusehen. Ich musste Ogg finden, bevor er der wütenden Riolka in die Arme lief.

»So«, sagte ich an der nächsten Kreuzung zu Gira, »dein Weg ist dort, meiner hier. Alles Gute!«

»Was soll das heißen?«, presste sie heraus.

»Ganz einfach. Du ziehst Schwierigkeiten geradezu an. Deshalb trennen sich unsere Wege. Es hat mich gefreut, dich kennengelernt zu haben.«

Ohne ihre Antwort abzuwarten, stapfte ich eine schummrige Gasse hinunter.

Was mich dann dazu brachte, mich noch einmal umzudrehen, könnte ich nicht sagen.

Gira stand da, hatte das Gesicht in den Händen vergraben und weinte.

Warum musste so etwas immer mir passieren?!

Leise fluchend kehrte ich um.

»Ich habe ganz vergessen«, murmelte ich, »dich zu fragen, ob du eigentlich Hunger hast.«

Sie erschauderte, löste die Hände vom Gesicht, sah mich mit verweinten roten Augen an und nickte.

In einer der Schenken am Ufer ließen wir uns ein reichhaltiges Frühstück schmecken. Gira beruhigte sich ein wenig. Ich beschloss, ihr einiges über die Schildkröteninsel zu erzählen, vor allem weil ich hoffte, dass sie sich danach von mir trennen würde.

»Auf dieser Insel gibt es mehr als genug hervorragende Flieger«, holte ich aus. »Die Hälfte von ihnen bringt dich für diese Ohrringe auf schnellstem Weg bis in die Kehrseitenwelt.

Den alten Ull könnte ich dir wärmstens empfehlen. Er lebt im Vergessenen Viertel und ist in den Lüften kaum zu schlagen. Oder Gruke, ein Kobold, der immer wieder das Sechsstundenrennen gewinnt. Er braucht gerade Geld und würde mit Sicherheit jeden Auftrag annehmen. Wenn du willst, bringe ich dich zu ihm.«

»Nein, ich brauche dich.«

Ich stieß einen tragischen Seufzer aus und stierte auf den Melonensaft in meinem Glas. Ich verzichtete sogar darauf, von ihr eine Antwort auf die Frage zu verlangen, die mich am meisten beschäftigte: Warum ausgerechnet mich?

»Du hast mir gestern sehr geholfen«, sagte Gira und legte die Gabel an den Rand des leeren Tellers. »Und heute auch. Einem anderen vertraue ich nicht.«

»Aber mir schon, ja?! Mir?! Kann es sein, dass du bei all der Aufregung einiges vergessen hast?! Falls ja, rufe ich es dir gern in Erinnerung! Ich bin ein Elf, du bist eine Gnomin. Du wirst in deinen Höhlen doch schon von den Bewohnern des Goldenen Waldes gehört haben, oder? Deine Vorfahren haben dir doch sicher erzählt, dass wir alle Ungeheuer sind!«

»Mhm.«

»Aber ...?«

»Ich mag keine dummen Märchen«, gestand sie mit traurigem Lächeln. »Es gibt in der Welt schon genug Hass. Warum sollen wir uns da auch noch ständig an längst vergangene Streitereien erinnern? Mir haben die Elfen nämlich nichts Böses getan.«

»Mir dagegen bereiten die Gnome schon seit meiner Geburt Schwierigkeiten!«

»Du willst also behaupten«, fragte sie mit kalter Stimme, »dass du uns mit abgrundtiefem Hass begegnest, ja?«

Ich zuckte die Achseln in einer Weise, die ebenso gut Ja wie Nein heißen konnte.

Gira sah mich unverwandt mit fragendem Blick an.

»Nein, ich hasse euch nicht«, strich ich die Segel. »Aber ich vergehe auch nicht gerade vor Zuneigung zu euch. Ihr Bartw… Gnome seid … seltsame Geschöpfe, mit denen man sich besser nicht ernsthaft einlässt. Trotzdem kreuzen Gnome ständig meinen Weg, noch dazu immer im unpassendsten Moment.« Ich verstummte kurz. »Aber lassen wir das. Du hast doch vermutlich Verwandte. Können sie dir nicht helfen?«

»Ich habe keine Verwandten. Und in dieser Stadt kenne ich nur dich.«

»Aber wenn du so dringend meine Hilfe brauchst, dann musst du mir auch erzählen, was diese Meuchelmörder eigentlich von dir wollen.«

Gira zögerte eine Weile.

»Der Auftraggeber dieser Menschen hat bereits meinen ganzen Klan ausgelöscht«, sagte sie schließlich. »Ich bin die Einzige aus meiner Familie, die noch am Leben ist.«

»Das tut mir leid. Und jetzt will dieser grausame Kerl auch dich töten?«

»Richtig. Mein Tod würde ihn sogar sehr glücklich machen. Er braucht mein Geld. Als ich dir eine stattliche Belohnung für deine Hilfe versprochen habe, da habe ich dich nicht angelogen. Ich besitze wirklich genug Louisdors. Du musst mich nur zu ihnen bringen, dann erhältst du sie.«

»Das hört sich ja sehr reizvoll an. Und wohin möchtest du gebracht werden?«

»Das erfährst du, wenn du mir deine Hilfe zugesichert hast.«

Das verstand ich ganz gut. Nicht einmal, wenn man jemandem vertraute, durfte man gleich zu Beginn des Spiels alle Karten auf den Tisch legen.

»Einverstanden«, sagte ich deshalb. »Wie viel erhalten mein Partner und ich, wenn wir den Auftrag annehmen?«

»Bist du mit fünftausend Louisdors einverstanden?«

Ich hätte mich beinahe an den Resten meines Safts verschluckt. Fünftausend Louisdors! Wenn das ihr Ernst war, waren wir unsere Schulden endgültig los.

»Die Ohrringe kannst du jetzt schon haben. Für sie bekommst du sicher achthundert Louisdors.«

»Ich glaube ja gern, dass sie wertvoll sind – aber achthundert Louisdors?«

»Es sind Artefakte«, antwortete Gira, um dann lächelnd hinzuzufügen: »Aber keine Sorge, sie stehen nicht auf der Verbotenen Liste.«

»Was bewirken sie?«

»Sie sorgen im Sommer für Kühle und im Winter für Wärme. Nichts Besonderes also, aber trotzdem ein angenehmer kleiner Luxus. Was ist, willst du sie haben?«

»Ja. Aber nicht jetzt, sondern erst, wenn wir wirklich ins Geschäft kommen. Und nun lass uns gehen!«

»Wohin?«

»Zu meinem Geschäftspartner.«

»Ist er auch ein Elf?«

»Ein Vertreter aus dem Goldenen Wald dürfte dir doch reichen, oder?«, entgegnete ich grinsend. »Nein, mein Freund ist ein Ork.«

»Sag mal, Lass, willst du mich auf den Arm nehmen?«

»Bestimmt nicht!«

»Was verbindet eingeschworene Feinde wie einen Elfen und einen Ork miteinander?«

»Und was verbindet so unterschiedliche Wesen wie eine Gnomin und einen Elfen miteinander? Noch gestern hätte ich auf die Frage mit einem glatten *Nichts* geantwortet.«

»Deine Vermieterin macht nicht viel Federlesen«, wechselte Gira mit einem Mal das Thema.

»O nein«, bestätigte ich. »Ganz und gar nicht.«

Riolkas Entschlossenheit war einer der Gründe, warum ich bei ihr eingezogen war. Es gab nur einen Ort, der noch sicherer war als ihr Haus: der Friedhof.

»Was ist das für eine Frau?«

»Sie ist eine Dregaika.«

»Von solchen Wesen habe ich noch nie gehört.«

»Ihr Volk lebt im Westen des Kontinents. Viele glauben, sie wären mit uns Elfen verwandt.«

»Sie sind es aber nicht?«

»Nicht ganz. Sie sind … unsere Freundinnen«, sagte ich. »Und auf gar keinen Fall sollte man in Riolkas Nähe Blumen herausreißen oder zertrampeln. Dann wird sie etwas … unwirsch.«

»Das ist mir inzwischen auch klar. Ist sie deine Frau?«

»Also das geht dich nun wirklich nichts an.«

»Tut mir leid.«

Riolka stand für mich außerhalb jeder Kategorie, sie war viel mehr als eine Vermieterin, eine Frau oder eine Geliebte. Sie war weise, ein wenig aufbrausend, manchmal gemein, die meiste Zeit über umwerfend schön und fast allmächtig. Viele aus meinem Volk – und ich gehörte auch dazu – hielten eine Dregaika für eine Göttin. Und wer wollte bei einer Göttin schon von *seiner Frau* sprechen?!

An diesem Tag sollten wir Oggs Haus nicht erreichen. Kurz davor hielt uns ein Angehöriger der Patrouille an, ein gedrungener Halbling. Hinter ihm ragten zwei weitere kräftige Burschen auf. Ihre Muskelmassen legten nahe, dass sich ihre Mütter mit Grollen eingelassen hatten.

»Du bist doch Lass, oder?«, wollte der Halbling wissen.

»Ja.«

»Mein Hauptmann will dich sehen.«

»Warum das?«, fragte ich zurück. »Was will er von einem schlichten Kurier?«

»Ich habe nicht die geringste Ahnung. Uns wurde nur gesagt, dass wir dich suchen und zu ihm bringen sollen.«

Das hatte mir gerade noch gefehlt. Ob Tull mit der Schmuggelware erwischt worden war und alles auf Ogg und mich abgeschoben hatte?

»Aber ihr verhaftet mich doch jetzt nicht, oder?«, hakte ich noch einmal nach.

»Wie kommst du denn darauf?«, fragte einer der Riesen lachend. »Sehen wir etwa aus, als würden wir dich verhaften? Mann, wir haben dich bloß gebeten, mit uns mitzukommen. Noch dazu in aller Höflichkeit.«

Diese Höflichkeit würde sich aber vermutlich rasch in nichts auflösen, sollte ich mich weigern, ihrer Einladung zu folgen. Dann würden mich diese Riesen packen und mit aller Gewalt zu ihrem Hauptmann schleifen.

»Gut, dann gehen wir. Aber vorher will ich noch eure Zeichen sehen!«

Immerhin war das die Patrouille, die in der Luft, nicht an Land tätig war.

»Was bist du bloß für ein misstrauischer Kerl«, meinte einer der Soldaten grinsend.

Dann krempelte er jedoch seinen Ärmel hoch. Auf seinem Unterarm leuchtete ein schwarzes magisches Siegel in Form eines Kopfes. Das Zeichen der Patrouille.

»Bist du jetzt zufrieden?«

»Ja.«

»Gehört das Mädchen zu dir?«

Ich sah Gira an und zog fragend eine Augenbraue hoch. Sie nickte kurz.

»Ja, sie gehört zu mir.«

Das Hauptquartier der Patrouille befand sich auf einer kleinen Landzunge im Süden von St. Vincent. Hier gab es eine Festung, zwei größere Landeplätze, etliche Gebäude, Kasernen, Lager und Speicher, aber auch ein eigenes Gotteshaus, einen weitläufigen Park und Hafenanlagen.

Vor ewigen Zeiten hatte mich die Patrouille schon einmal zu sich gebeten. Damals hatten die Jungs auf mir unbekanntem Wege von meiner Kampferfahrung gehört und mir daraufhin den Posten als Kommandeur einer Staffel angeboten.

Es waren zwei Gründe, die mich veranlassten hatten, das Angebot abzulehnen, und die meisten meiner Freunde und Bekannten hielten diese Gründe für dumm. Zum einen wollte ich Ogg nicht im Stich lassen, mit dem ich zu der Zeit ja schon in unserer *Schwalbe* unterwegs war. Zum anderen hatte ich die Nase voll davon, für eine offizielle Einrichtung tätig zu sein. Das Spiel hatte ich bei den Elfen im Goldenen Wald lange genug gespielt.

Seitdem hatte ich nie wieder etwas mit der Patrouille zu tun gehabt. Es gehörte nicht zu ihren Gepflogenheiten, ein Angebot zweimal zu unterbreiten …

Auf dem Weg zu ihrem Quartier grübelte ich darüber nach, was mich wohl heute erwartete. Wenn die Einladung des Hauptmanns mit dem Vorfall gestern Nacht zu tun hatte, dann brauchte ich mir keine Sorgen zu machen. In dem Fall drohte mir mit Sicherheit keine Gefahr, nicht einmal angesichts der beiden Toten. Die Patrouille war nicht die Wache. Sie kümmerte sich um die Lüfte, was am Boden vorging, war ihr ziemlich einerlei. Wenn sie aber Tull erwischt hatten, dann musste ich mit gewaltigen Schwierigkeiten rechnen. Die Patrouille hatte vom Statthalter den Auftrag, darauf zu achten, dass keine verbotenen Artefakte auf die Insel gelangten.

Am Ende sollten wir aber auch das Hauptquartier der Patrouille nicht erreichen. Uns passten zwei weitere Angehörige dieser Einrichtung ab. Hinter ihnen stand ein Planwagen.

»Steigt ein!«, befahl der Halbling. Seine bisherige Freundlichkeit war wie weggeblasen.

»Seid ihr sicher, dass ihr euch noch an eure Anweisungen haltet?«, zischte ich und machte vorsichtig ein paar Schritte rückwärts. Doch schon blies mir einer dieser Riesen seinen Atem in den Nacken. An eine Flucht war nicht zu denken.

»Vorwärts! In den Wagen!«, fauchte der Riese. »Sonst helfen wir nach!«

Jeder Widerstand war zwecklos. Gira warf mir den Blick

eines gehetzten Tieres zu, denn sie wusste nur zu gut, dass wir in eine Falle geraten waren.

Den Riesen in meinem Rücken ging das alles immer noch nicht schnell genug, sodass mir einer von ihnen einen kräftigen Schubs verpasste. Auch Gira stießen sie hinein. Anschließend stiegen diese Riesen ein. Sie mussten sich gewaltig bücken, um nicht gegen die Plane zu stoßen. Der Halbling kletterte vorn auf den Kutschbock.

Dann setzte sich der Wagen in Bewegung.

»Was hat das zu bedeuten?«, wollte Gira von mir wissen.

»Schnauze!«, brüllte einer der Riesen. »Alle beide!«

Wir hielten es für geraten, dem Befehl zu folgen.

Wir waren recht lange unterwegs. Und ganz bestimmt ging es nicht zum Hauptquartier der Patrouille, sondern eher in Richtung Stadtrand, denn mit jeder Minute entfernten wir uns weiter vom Meer.

Nur in einer Frage war ich mir sicher. Die Kerle hatten mich nicht wegen Gira geschnappt. Der Halbling hatte sich das Mädchen nicht einmal genauer angesehen. Er war ausschließlich an mir interessiert. Was das bedeutete, war mir ein Rätsel. Wahrscheinlich lag es tatsächlich an meiner Arbeit als Sonderkurier. Ohne dass wir es gemerkt hatten, mussten wir irgendjemandem in die Quere gekommen sein. Dieser Unbekannte hatte nun einige Angehörige der Patrouille gedungen. Denn die Zeichen der Burschen ließen keinen Zweifel zu, die waren echt. Allerdings dürfte das auch auf das Geld zutreffen, das man ihnen für die Gefälligkeit gezahlt hatte, mich an einen bestimmten Ort zu bringen.

Die Sonne brannte unbarmherzig. Ich war völlig durchgeschwitzt, außerdem hatte ich mir den Hintern auf der harten Pritsche wund gesessen. Dann rumpelte der Wagen plötzlich einen ausgetretenen Weg in Richtung Wald. Nach weiteren vierzig Minuten blieben wir endlich stehen.

Sobald die Riesen ins Freie gesprungen waren, steckte der Halbling seinen Kopf zu uns herein.

»Raus mit euch!«, verlangte er. »Wir sind da!«

Wir hatten neben einem trägen Bach angehalten, der aus dem Wald hervorsprudelte. Rechter Hand vom Wagen begann eine große gerodete Fläche. Weiter hinten erkannte ich Lehmhütten mit Dächern aus Palmwedeln sowie ein verwildertes Feld mit einem Landestreifen. Dort standen sechs Aeroplane von schwarzer Farbe. *Witwen*, *Monde* und *Nashörner*.

»Mir nach«, befahl der Halbling.

Wir eilten ihm hinterher, wobei ich spürte, wie sich mir die aufmerksamen Blicke der Riesen in den Rücken bohrten. Als uns von den Hütten noch höchstens hundert Schritt trennten, entschloss sich Gira zur Flucht. Sie scherte zur Seite aus, tauchte unter der Hand eines der Riesen hinweg und schlüpfte zwischen den Beinen des zweiten Kerls hindurch. Dann rannte sie Haken schlagend zum Wald hinüber.

Der Halbling zog seine Pistole, aber da griff ich ein und trat ihm in dem Moment, in dem er abdrückte, gegen die Hand. Die Waffe flog in die Luft, die Kugel stieg zum Himmel auf. Für einen zweiten Angriff blieb mir allerdings keine Gelegenheit, denn die übrigen Burschen packten mich und warfen mich mühelos zu Boden.

»Lasst ihn am Leben!«, schrie der Kommandeur wütend.

Daraufhin wurde ich wieder aufgestellt. Allerdings behielten mich die Kerle nach wie vor fest im Griff. Gira war in der Zwischenzeit längst im Wald verschwunden.

»Sollen wir ihr nach?«, fragte einer der Riesen.

»Nicht nötig!«, knurrte der Halbling. »Die brauchen wir eh nicht.« Dann wandte er sich mir zu. »Und du Dreckskerl merk dir eins: Noch eine unbedachte Bewegung, und du stehst ohne Zähne da!«

Daraufhin wurde ich in eine große Hütte gebracht. Hier erblickte ich zu meiner Verwunderung Ogg. Sein Gesicht war finster, unter seinem Auge leuchtete ein Veilchen von beachtlicher Größe.

Außerdem befand sich ein hochgewachsener Mann von etwa fünfundvierzig Jahren im Raum. Er war eine gepflegte Erscheinung mit schmalem, edlem Gesicht. Von einem solchen Herrn waren bekanntlich nur Unannehmlichkeiten zu erwarten. Er musterte mich mit festem Blick, trat an den Tisch und setzte sich.

»Freut mich, euch kennenzulernen«, sagte er mit heiserer Stimme, fast als wäre er erkältet. »Ich bin Toni. Toni die Schlinge. Vielleicht habt ihr schon von mir gehört.«

Wie hätten wir noch nicht von ihm hören sollen? Toni die Schlinge war die rechte Hand vom Schwarzen Agg. Vor uns stand also einer der gefährlichsten Luftpiraten der Vereinten Inseln. Man konnte sich schönere Überraschungen vorstellen.

»Gestern haben zwei Patrouillenflugzeuge berichtet, dass sie euch mit starken Schäden zur Schildkröteninsel zurückbegleitet haben«, fuhr Toni fort. »In Nest habt ihr eine Bruchlandung hingelegt. Stimmt das?«

Da die Bande des Schwarzen Agg ohnehin schon alles wusste, sah ich keinen Sinn darin, das Offensichtliche zu leugnen.

»Ja. Allerdings verstehe ich nicht, wieso sich … kecke Männer wie ihr dafür interessieren.«

»Uns ist es völlig einerlei, an welcher Stelle und wie stark ihr aufgeprallt seid« stellte Toni klar. »Was wir wissen wollen, ist, woher die Schäden an eurem Aeroplan kamen?«

Wir hatten schon früher irgendwelche Schäden an unserem Vogel gehabt, darunter auch solche, die von außen herbeigeführt wurden, um es einmal so auszudrücken. Für sie hatte sich jedoch nie jemand interessiert. Schließlich widerfährt Kurieren auf ihren langen Flügen allerlei. Warum fragten also plötzlich Männer, die in gewissen Kreisen nicht gerade zu den unbedeutenden Persönlichkeiten zählten, nach Einzelheiten unseres kleinen Zusammenstoßes in der Luft?

Was war diesmal anders? Wieso zogen wir diese Aufmerksamkeit auf uns, auf die wir getrost verzichten konnten?

»Wir hatten einen kleinen Zusammenstoß«, sagte ich.

»Wer hat euch angegriffen?«

»Das Meeresvolk.«

Toni setzte eine steinerne Miene auf, verschränkte seine schlanken Hände vor der Brust und wandte sich Ogg zu.

»Und was sagst du dazu, Ork?«

»Das Gleiche.«

»Aha. Bisher hatte ich eine wesentlich bessere Meinung von Sonderkurieren. Und von euch beiden ganz besonders. Allerdings sind uns Gerüchte zu Ohren gekommen, dass ihr nicht nur schlichte Briefe zustellen würdet. Bisher konnten wir ihnen leider noch nicht nachgehen, aber jetzt werde ich mich persönlich damit befassen. Jedenfalls wenn ihr nicht damit aufhört, uns für dumm zu verkaufen.«

Er zog eine Schublade vom Tisch auf und holte ein Blatt festen Papiers heraus, auf dem ein Insekt von der Größe seiner Hand lag. Die Flügel waren zerbrochen, der Kopf von einem schrecklichen Schlag zerschmettert.

»Meine Männer haben euer Aeroplan einmal gründlich untersucht. Diese Feuerbiene wurde unter der Panzerung gefunden. Wollt ihr mir etwa auch weismachen, das Meeresvolk habe euch mit *diesen* Geschossen angegriffen?! Wo alle wissen, dass die Krashshen überhaupt keine Feuerbienen besitzen! Nein, wenn ihr mich fragt, dann haben Gnome den Rumpf eurer *Schwalbe* durchlöchert. Liege ich mit der Annahme richtig?«

»Ja«, presste ich heraus.

»Wunderbar! Und nun seid so freundlich und erzählt mir, was im Einzelnen geschehen ist.«

Diese Bitte mussten wir wohl oder übel erfüllen.

»Wie hieß die Galeone?«, fragte Toni am Ende des Berichts beiläufig.

»Es war die *Allerschönste Valentina die Fünfte*«, antwortete ich deshalb.

»Es geht doch. Ist es nicht die reinste Wohltat, die Wahrheit zu sagen?«, säuselte der Kerl. »Könnt ihr uns auch zeigen, wo sie euch beschossen haben?«

»Natürlich.«

Ich ging zu einer Karte und wies mit dem Finger auf eine Stelle, wobei ich nur rein zufällig zweihundert Meilen danebentippte. Ogg bestätigte meine Angabe mit einem Nicken.

»Und sie sind nach Südosten weitergeflogen«, log ich.

»Bist du dir ganz sicher, Elf?«

Ich nickte. Wie wollte er mir auf die Schliche kommen?

»Die beiden Flieger hier wollen sich *ausruhen*«, teilte Toni den Riesen mit, wandte sich dann aber wieder uns zu. »Unterdessen werde ich eine Bestätigung deiner Worte einholen.«

»Und was geschieht dann mit uns?«

»Das entscheiden wir, nachdem ich die Antwort kenne«, erklärte Toni.

Dieser Ton gefiel mir überhaupt nicht …

»Vorwärts, ihr zwei!«, brüllte uns der Halbling an. »Hoffentlich wird es euch ohne eure Freundin nicht langweilig!«

»Was für eine Freundin?«, wollte Toni sofort wissen.

»Der Elf war mit irgendeiner Gnomin unterwegs«, teilte der Halbling ihm mit. »Aber die ist geflohen, kurz bevor wir die zwei hier abgeliefert haben.«

Der edle Toni wurde buchstäblich grün vor Wut. Er schrie derart laut, dass wahrscheinlich sogar die Kaimane am Flussufer vor Furcht verreckten.

»Ihre Blassnasen! Findet sie!! Auf der Stelle!!!«

»Aber sie ist in den Wald abgehauen!«

»Das ist mir doch egal! Trommelt alle Männer zusammen! Stellt einen Suchtrupp auf!« Dann wirbelte er zu mir herum. »Wer ist sie, Elf?«

»Eine Freundin von mir.«

»Unsinn! Wenn sie diejenige ist, die ich vermute, dann hat Agg auf ihren Kopf fünfhundert Louisdors ausgesetzt! Glaub mir, ich bringe ihm diese Frau! Gern auch am Strick!«

Ich war nur froh, dass Gira rechtzeitig entkommen war.

Sechstes Kapitel,

in dem die Ereignisse einen ganz und gar unerwünschten Verlauf nehmen

Wir wurden in eine Hütte gebracht, die schlimmer nicht hätte sein können. Dicke Lehmwände und eine massive Tür ließen den Gedanken an Flucht gar nicht erst aufkommen. Fenster gab es im Übrigen auch keine. Wenigstens blieben uns faules Stroh und blutdürstige Parasiten erspart.

»Da stecken wir mal wieder in der Bredouille, nicht wahr, Partner?«, fragte Ogg, nachdem er sich auf den Boden gesetzt hatte.

»Das kannst du laut sagen. Bleibt die Frage, warum eigentlich.«

»Darauf verlangst du ja wohl nicht ernsthaft eine Antwort, oder?«, entgegnete Ogg. »Du wirst doch wissen, was hier vorgeht.«

»Leider blieb mir keine Zeit, die jüngsten Neuigkeiten in Erfahrung zu bringen. Ich hatte genug mit meiner neuen gnomischen Bekannten zu tun.«

»Was ist das überhaupt für eine Geschichte?«

Daraufhin erzählte ich sie ihm.

»Du hast gehört, was Toni über den Schwarzen Agg gesagt hat? Fünfhundert Louisdors für den Kopf irgendeiner Gnomin. Was meinst du, warum ist der ekelhafteste Kerl der Vereinigten Inseln hinter ihr her?«

»Keine Ahnung, mein Freund, aber es sind ja nicht die Einzigen, die hinter ihr her sind.«

»Stimmt auch wieder«, sagte Ogg. »Und jetzt höre zu, was ich dir zu berichten haben. Dir ist sicher schon aufgefallen, wie still es heute ist. Sämtliche Flieger sind nämlich längst weit weg. Noch bevor ich geschnappt wurde, habe ich erfahren, dass es heute Morgen im Königreich der Gnome einen kleinen Aufstand gegeben hat.«

»Oh …«, stieß ich aus. »Allerdings verstehe ich nicht, was

unsere Flieger mit den Bartwichten auf dem Kontinent zu tun haben. Von denen trennen uns mehr als zweitausend Meilen. Warum sollten wir uns also um die kümmern? Und was hat Agg mit alldem zu tun?«

»Zurzeit brauchst du gar nicht so weit zu fliegen, denn du triffst gerade überall auf Gnome. Westheim wurde immer von drei Klanen regiert, den Karhen, den Lorhen und den Gorhen.«

»Das weiß ich gerade noch.«

»Vor ein paar Wochen ist es zwischen diesen Familien zum Streit gekommen. Ich weiß nicht, weshalb, aber die Gorhen wurden vernichtet. Die beiden anderen Familien bekämpfen sich zwar noch, aber es sieht so aus, als würden die Lorhen am Ende als Sieger dastehen. Viele der Karhen sind inzwischen geflohen. Dabei haben sie einen großen Teil des Schatzes der Gorhen mitgenommen. Und weißt du, wie sie dieses Gold abtransportiert haben? Auf einer Galeone der Gorhen mit dem wunderschönen Namen …«

»*Allerschönste und allerjüngste, allercharmanteste und allererfolgreichste Fröken Valentina die Fünfte die Kluge aus Gorhen*«, stieß ich aus.

»Eben!«

»Soll das heißen, diese Galeone war voller Gold?«

»Jedenfalls hat sie so viel Gold geladen, dass alle Luftpiraten aus unserer schönen Gegend auf die Suche nach dem schnellen Geld ausgeflogen sind.«

»Woher wissen die überhaupt alle, dass dieses dicke Fräulein in der Nähe ist?«

»Auf dem Kontinent gibt es viele schwatzhafte Vögel«, sagte er. »Vielleicht hat jemand beobachtet, in welche Richtung die Galeone aufgebrochen ist, und diese Nachricht an vermeintlich treue Leute auf der Schildkröteninsel weitergegeben. Unsereins hat vermutlich auch mit der Hälfte des Schatzes für alle Zeiten ausgesorgt, schließlich gehörten die Gnome nie zu den Ärmsten der Armen.«

»Jetzt ist mir klar, warum Agg sich so für unseren kleinen Unfall und die Feuerbiene interessiert hat. Er und seine Bande lieben das Geld genauso sehr wie alle anderen.«

»Nur werden sie die Galeone nicht finden. Wenn sie nicht wissen, wo wir auf die Gnome gestoßen sind und in welche Richtung die dann weitergeflogen sind, können sie die Kümmerlinge so lange suchen wie einen Floh im Pelz eines Trolls. Selbst die Magier können ihnen in diesem Fall nicht helfen.«

In diesem Augenblick heulte draußen ein Dämon. Das Geräusch kam sehr schnell näher.

»Da jagt jemand über den Landestreifen hinaus!«, rief Ogg.

Mit dieser Vermutung lag er richtig. Inzwischen heulte es direkt hinter der Wand. Doch selbst durch das Heulen des rasenden Dämons hindurch vernahm ich das Surren aufgeregter Feuerbienen.

»Runter!«, schrie ich Ogg zu.

Schon donnerten schwere Kanonen los. Die Wand bebte. Ich lag fest auf dem Boden gepresst da, als ein ganzer Schwarm von Feuerbienen über mich hinwegschoss.

Dann trat Stille ein. Ich schielte vorsichtig nach oben. Die Hütte war völlig durchsiebt. Jedes Loch war so groß wie mein Kopf. Die Tür gab es nicht mehr. In dem klaffenden Loch stand allerdings Gira.

»Hoch mit euch, Freunde! Wir haben nicht viel Zeit! Hauen wir hier ab, bevor diese Burschen wieder zu sich kommen!«

»Warum bist du zurückgekommen? Und woher hast du einen Ring der Bändigung?«

»Das erzähl ich dir später«, sagte Gira. »Hauen wir erst mal ab!«

Vor der Hütte wartete eine *Witwe*. Dieses Aeroplan war ein Dreisitzer, gedacht für den Steuermann, der vorn saß, den eigentlichen Flieger und einen zweiten Schützen hinten.

Unter allen möglichen Vögeln hatte Gira den besten für uns gewählt.

Ogg kletterte sofort auf den Sitz des Steuermanns. Ich half Gira auf den hinteren Sitz.

»Haltet euch fest!«, schrie ich, sobald ich saß.

Ich wendete das Aeroplan und lenkte es zum Streifen. Während ich mich noch mit dem unbekannten Dämon vertraut machte, schloss ich mit meinem Ring der Bändigung den magischen Kreis und zwang das Tier damit, meine Befehle auszuführen. Die *Witwe* holperte über kleine Unebenheiten und gewann an Geschwindigkeit.

Schon feuerte einer dieser Dreckskerle mit einer Muskete auf uns, der Abstand war zu groß, sodass für uns zu keiner Sekunde irgendeine Gefahr bestand. Wir rasten an den Hütten, Palmen und dem Wald vorbei und stiegen in die Luft auf.

Diesmal steckten wir wirklich tief im Schlamassel.

Nach unserer Flucht wäre es, gelinde gesagt, nicht gerade ratsam, auf die Schildkröteninsel zurückzukehren. Die Bande des Schwarzen Agg würde keine Ruhe geben, bis sie uns aufgespürt hatte. Und auch auf den anderen Inseln wäre es schwer, sich zu verstecken. Was wir jetzt brauchten, war irgendein abgeschiedener Fleck, an dem wir in aller Ruhe abwarten konnten, bis sich die Wogen geglättet hatten. Er sollte möglichst weit weg von zu Hause sein, aber natürlich nicht auf dem Kontinent. Mir fiel nur eine Lösung ein: der Seidenstern.

Dabei handelte es sich um eine der wenigen Inseln der Krashshen. Oder auch des Meeresvolks. Dieses Eiland gehörte nicht zur Pfauenkette, Gäste sah man dort nur selten. Möglicherweise konnten wir uns dort in aller Ruhe überlegen, was wir als Nächstes tun sollten.

»Berechne den Weg zum Seidenstern«, rief ich Ogg zu.

Wegen des Windes verstand mich mein Freund erst, als ich die Worte wiederholte. Dann wandte ich mich an Gira.

»Bist du in Ordnung?«, erkundigte ich mich.

Sie reckte den Daumen in die Höhe und grinste mich zufrieden an.

»Kannst du mit diesem Ding umgehen?«, fragte ich sie und deutete auf den leichten Blitz, eine Kanone, die auf einem drehbaren Untersatz befestigt war.

»O ja!«, erwiderte sie und packte die beiden glatten Griffe, um damit den bronzenen Lauf hin und her zu bewegen. Dabei achtete sie penibel darauf, nicht den Kristall zu berühren, der die magischen Geschosse auf ihre Reise schickte.

Fünfzehn Minuten später beendete Ogg seine Arbeit an der Schwarzmagischen Tafel und schickte ein Bild des Weges, den wir nehmen mussten, in die magische Kugel vor mir. Ich versuchte, eine Höhe von zweitausend Yard und Kurs nach Süden zu halten.

Nach einer Stunde schrie Gira plötzlich auf. Weit unter uns bewegten sich drei Punkte über das Meer.

Monde.

Damit hatte ich gerechnet. Toni durfte uns einfach nicht entkommen lassen. Inzwischen hatten die Verfolger uns ebenfalls entdeckt und bereiteten alles vor, um uns in die Zange zu nehmen.

Drei gegen einen war leider keine günstige Ausgangslage. Außerdem waren Aggs Aeroplane ernst zu nehmende Gegner. Immerhin saß in unserer *Witwe* aber der stärkere Dämon, obendrein hatten wir bessere Waffen als die *Monde*. In geringer Höhe neigte unser Vögelchen zu einem gewissen Eigensinn – aber wenn wir es schafften, den Kampf in größerer Höhe auszutragen, war die Sache nicht von vornherein verloren.

»Schneller!«, schrie Gira. »Warum haust du nicht ab?!«

»Das schaffen wir nicht! Die lassen uns nicht entkommen! Besser, wir erledigen sie!«

Daraufhin flog ich den Verfolgern entgegen, allerdings ohne tiefer zu gehen, denn diesen kostbaren Vorteil wollte ich auf keinen Fall aufgeben. Als wir uns dem ersten Aeroplan näherten, presste ich den Knüppel von mir weg und schoss wie ein Geier auf den Gegner zu.

Dieses Manöver wird häufig unterschätzt. Doch während eines solchen Sturzflugs ist die Geschwindigkeit sehr hoch. Das bedeutet, dass das Aeroplan nur für ein paar jämmerliche Sekunden im Richtaufsatz zu erkennen ist. In dieser knappen Zeit darf man es nicht verfehlen, sonst jagt man einfach tatenlos am Gegner vorbei in die Tiefe. Schlimmstenfalls kracht man sogar in ihn hinein.

Da die *Mond* verstand, was ich vorhatte, wich sie nach unten aus. Ich verfolgte sie selbstverständlich nicht weiter, sondern schraubte mich mit einer Spirale wieder in die Höhe.

Daraufhin wollte einer unserer beiden anderen Gegner mit uns das alte Spiel aller Flieger spielen und uns beim Anstieg überholen.

Das war ziemlich unüberlegt von seiner Seite.

In großen Höhen lässt der Dämon einer *Mond* wesentlich schneller nach als der einer *Witwe*. Das liegt daran, dass der Dämon mit wachsendem Abstand zur Kehrseitenwelt immer schwächer wird.

Mittlerweise befanden wir uns in einer Höhe, in der die Kehrseitenwelt kaum noch zu spüren war. Selbst unserem Dämon ging nun allmählich die Puste aus, sodass die Geschwindigkeit der *Witwe* bedenklich nachließ. Das Aeroplan bebte, als prügelten betrunkene Leprechauns mit ihren Stöcken darauf ein. Aber wie ich vermutet hatte, verreckte die *Mond*, überschlug sich und stürzte rücklings in die Tiefe.

Trotz Giras unterdrücktem Schrei legte ich mit der *Witwe* einen Salto hin, sodass wir das Meer und den hellgrauen Bauch des feindlichen Aeroplans vor uns hatten. Ohne zu zögern gab Ogg einen Schuss mit dem Bienenwerfer ab.

Ein blendendes blaues Licht schlug in der Mitte des Rumpfs ein und spaltete den Vogel dieser Luftpiraten in zwei Hälften.

Die brennenden Teile fielen in die Tiefe, der in die Freiheit gelangte Dämon verschwand mit einem Triumphschrei in der Kehrseitenwelt.

Wir blieben ziemlich lange im Sturzflug, um auf diese Weise auf die beiden noch unversehrten *Monde* zuzuhalten. Sobald ich eines der Aeroplane im Richtaufsatz sah, berührte ich mit einem Finger den Kristall an meinem Knüppel. Lange, leuchtend rote Schweife zischten durch die Luft, durchbrachen den Schild und zerfetzten den Bug des Gegners.

Das letzte feindliche Aeroplan ging tiefer, um uns zum Meer hinunterzulocken. Als ich darauf jedoch nicht hereinfiel, versuchte der Vogel, sich uns an den Schwanz zu heften. Dabei unterlief ihm ein Fehler, und Ogg durchlöcherte ihn. Ich verfolgte den Absturz der *Mond*. Erst als sie im Wasser versank, nahm ich den alten Kurs wieder auf.

Als am Horizont die Umrisse der Insel mit dem hohen erloschenen Vulkan erschienen, gingen wir tiefer. Noch im selben Moment nahmen wir unter Wasser eine Bewegung wahr. Drei große dreieckige Schatten glitten unter uns dahin. Ich wusste, was das war: die Kampfrochen der Krashshen.

Sie stiegen rasch vom Boden auf und sprangen elegant wie Delfine aus dem Wasser. Indem sie mit den flügelartigen Flossen im Takt wedelten, gewannen sie an Höhe. Auf dem Rücken der Tiere saßen Reiter, die sich rein äußerlich gar nicht so stark von Menschen unterschieden.

Krashshen lehnten Dämonen traditionell ab und zogen es vor, auf Lebewesen zu fliegen oder zu kämpfen. Flugfische durfte man im Übrigen nicht unterschätzen. Nur wenige andere Wesen wagten es, sich mit diesen Kreaturen auf einen Kampf einzulassen.

Nachdem die Ehrengarde uns zum Ufer geleitet hatte, tauchten die Rochen wieder wild spritzend ins Wasser ein. Wir hielten auf den mit rosafarbenen Muscheln ausgelegten Landestreifen zu. Erst als wir bereits gelandet waren, sahen wir, dass dort etliche Aeroplane mit schwarz-roter Bemalung standen.

»Sofort weg hier!«, schrie Ogg.

Doch als ich die *Witwe* wenden wollte, versperrte uns eine gigantische Krabbe den Weg. Sie hätte uns mit einem Schlag ihrer Zange zermalmen können. Und auch die auf ihrem Rücken sitzenden Schützen, die mit dem Korallenschleier bewaffnet waren, stellten keine geringe Gefahr dar.

Damit war uns jeder Fluchtweg abgeschnitten.

»Tut mir leid, mein Freund, aber dieses Mal dürfte es sich ausgeflogen haben«, sagte ich und ließ mich müde in meinen Sitz zurücksinken.

Der Seidenstern hatte uns einen Empfang bereitet, mit dem ich nun wahrlich nicht gerechnet hatte.

Siebentes Kapitel,

in dem sich herausstellt, dass es immer mehr zwielichtige Gestalten gibt, die sich auf Kosten der Prinzessin bereichern wollen

Massive breitschultrige Burschen mit rosafarbener Haut, Schwimmhäuten an Händen wie Füßen und Fischköpfen führten uns zu einem Gebäude, das an eine Perlmuttmuschel erinnerte.

»Mussten wir wirklich so weit fliegen, nur um wieder in einem Kerker zu landen?«, fragte ich mein Schicksal, als ich an die Wand gelehnt zu Boden sackte.

»Das habe alles ich euch eingebrockt«, stieß Gira leise aus.

»Unsinn«, sagte Ogg und setzte sich ebenfalls. »Es hat sich alles bloß etwas unglücklich gefügt.«

Voller Hoffnung, in meinen Taschen eine schreckliche und gemeine Waffe zu finden, kramte ich eine nach der anderen durch. Aber natürlich entdeckte ich nichts. Enttäuscht presste ich die Lippen aufeinander, sah die Gnomin an und wiederholte die Frage, die ich ihr schon vorhin gestellt hatte: »Gira, woher hast du eigentlich einen Ring der Bändigung?«

Sie griff nach einer feinen Halskette, die unter ihrer Kleidung kaum zu erkennen war. Wir sahen, dass sich daran ein schwerer Platinanhänger befand.

»Dieser Ring gehört meiner Familie.«

»Irre ich mich, oder ist darauf das Wappen der Gorhen zu erkennen?«

»Das ist es.«

»Willst du uns jetzt vielleicht erzählen, wer du eigentlich bist?«, fragte ich.

»Im Grunde gibt es da nicht viel zu erzählen. Als es bei uns zum Aufstand kam, konnte mein Vater mich mit treuen Gefährten auf das Nachtigallenkap schicken. Die Karhen haben uns jedoch aufgespürt und alle, die mit mir geflohen waren, getötet. Daraufhin habe ich die erstbeste Schaluppe genommen und bin mit ihr zur Schildkröteninsel geflogen. Allerdings haben die Verfolger auch dort schon auf mich gewartet.«

»Aber was wollen sie von dir – das ist mir immer noch nicht klar.«

»Die Karhen haben uns ein magisches Artefakt gestohlen. Es ist seit Anbeginn der Zeiten im Besitz meiner Familie. Solange jemand aus dem Gorhener Klan lebt, kann daher niemand dieses Stück einsetzen. Sobald ich es jedoch in Händen halte, erlaubt mein Blut es mir, das Artefakt zu benutzen. Davor fürchten sich die Karhen. Noch mehr fürchten sie sich davor, dass die Lorhen mich gegen sie ausspielen. Diese wollen nämlich auch gern zum herrschenden Geschlecht bei uns aufsteigen. Und natürlich wollen sie reich werden.«

Ich wollte sie gerade fragen, was das für ein seltenes und kostbares Artefakt sei, als das Schloss in der Tür knackte und Besucher eintraten.

Kein Geringerer als Toni die Schlinge betrat den Raum.

Sein Blick verhieß nichts Gutes. Neben ihm stand ein breitschultriger Ork mit einer schwarzen Binde über dem linken Auge.

Der Schwarze Agg.

Hätte ich gewusst, dass er mit den Krashshen gut stand, wäre ich nie auf dem Seidenstern gelandet.

Der dritte Besucher war ein rotnasiger Gnom, dessen Gesicht bis hoch zu den Augen mit einem roten Zottelbart zugewachsen war. Dieser Kerl war mit einem großen karierten Taschentuch und einer Erkältung bewaffnet. Ogg und mich beachtete der Kümmerling überhaupt nicht, aber als er Gira sah, hätte er beinahe einen Freudensprung vollführt. Dann schnäuzte er sich ausgiebig, wischte sich schicksalsergeben die geplagte Nase ab, verteilte einen Großteil des Rotzes in Ohren und Bart und steckte das Taschentuch wieder weg.

Ich konnte mich nur wundern, dass ein derart bezauberndes Mädchen wie Gira Seite an Seite mit einem ungehobelten Kerl wie diesem Bartwicht aufgewachsen war.

»Ist das jenes Fräulein, werter Herr?«, wollte der Schwarze Agg wissen.

»O ja!«

»Hervorragend«, frohlockte Agg. »Ist dir wenigstens klar, was für ein Mädchen du uns da gebracht hast, Elf?«

»Aber selbstverständlich«, antwortete ich völlig ruhig. »Sie ist meine zweite Schützin.«

Das war ein Witz nach dem Geschmack des Schwarzen Agg. Er wieherte los und bot dabei allen Anwesenden den Anblick seiner verfaulten Zähne dar.

»Ehrlich gesagt«, gestand er, nachdem er sich beruhigt hatte, »war ich mir fast sicher, dass die Karhen sie längst zu den Toten geschickt haben.«

»Die Karhen!«, spie der erkältete Gnom aus. »Diese Kümmerlinge finden nicht mal einen Nachttopf unterm Bett! Zu unserem Glück allerdings.«

Er schnäuzte sich erneut und prustete wie ein Mammut in

sein Taschentuch, sodass mit Sicherheit alle Kakerlaken im Umkreis erschrocken davonkrabbelten.

»Dann komm mal her!«, verlangte er von Gira.

»Gleich«, erwiderte Gira mit einem bezaubernden Lächeln, auch wenn sie keine Anstalten machte, sich zu erheben. »Sobald ihr meine Bedingungen erfüllt habt.«

»Du bist nicht in der Lage, irgendwelche Bedingungen zu stellen!«, fuhr Toni die Schlinge sie an.

»Ach nicht?«, entgegnete sie und legte den Kopf auf die Seite. »In dem Fall würde mich doch sehr interessieren, wie ihr ohne meine Hilfe die *Allerschönste Valentina die Fünfte* finden wollt!«

»Hören wir die junge Dame doch erst einmal an«, schlug der Schwarze Agg da zur Überraschung aller vor. »Vielleicht stellt sie ja gar keine übertriebenen Forderungen.« Dann drehte er sich Gira zu. »Also, Fröken? Was wollt Ihr?«

»Meine Freunde bleiben ständig bei mir.«

»Ausgeschlossen!«, entschied Toni kategorisch. »Hör auf mit diesen Mätzchen, mein Mädchen! Wir können auch anders!«

»Ach ja? Dann seid doch so freundlich und verratet mir, wie! Wollt Ihr mich töten? In dem Fall darf ich euch versichern, dass ihr die Galeone mit Sicherheit nicht findet.«

»Niemand hat die Absicht, dich umzubringen«, murmelte der Gnom. »Und wenn du dem Klan der Lorhen hilfst, krümmt dir niemand ein Härchen. Dann werden wir alle in Frieden miteinander leben und die Macht der Sprechenden anerkennen. Glaub mir, niemand aus meiner Familie wird je die Bergblume kontrollieren. Dieses Artefakt ist viel zu stark. Nicht umsonst steht es auf der Farblosen Liste.«

Die Bezeichnung »Bergblume« sagte mir nichts, aber als er die Farblose Liste erwähnte, spitzte ich die Ohren.

»Und?« Der Bartwicht zerquetschte sein malträtiertes Taschentuch zwischen seinen stählernen Fingern. »Was sagst du zu meinem Vorschlag? Bist du einverstanden?«

»Ja«, sagte Gira. »Aber die beiden bleiben an meiner Seite.«

»Gut«, entschied der Gnom. »Dem Elfen und dem Ork wird auch kein Härchen gekrümmt. Zumindest so lange nicht, wie du tust, was ich sage.«

»Das kann ich nicht billigen!«, entfuhr es Toni, dessen Geduld nun endgültig erschöpft war.

»Lass das!«, polterte der Gnom. »Ich zahle euch beiden genug, da muss ich nicht meine Zeit mit Streitigkeiten wegen solcher Nichtigkeiten verplempern!«

Meiner Ansicht nach waren unsere Leben zwar keine Nichtigkeiten, aber den Bartwicht darüber aufzuklären hielt ich nicht für ratsam.

»Gut, Herr Lorhen. Der Ork und der Elf bleiben am Leben«, brummte der Schwarze Agg. »Seid Ihr jetzt zufrieden, Fröken?«

»Durchaus.«

»Dann zeigt uns bitte im Gegenzug auf der Karte den Punkt, an dem die Karhen die Galeone verstecken!«

»Aber gern« sagte Gira.

»Dir ist klar, dass man uns am Ende doch umbringt, oder?«, wollte ich von Gira wissen, als wir wieder allein waren.

»Selbstverständlich. Halte mich doch bitte nicht für eine vertrauensselige Närrin. Aber wir kommen schon raus aus dem Schlamassel. Vertraut mir einfach.«

»Deine Selbstsicherheit möchte ich haben«, stieß Ogg aus. »Sag mal, wie kommt hier eigentlich die Farblose Liste ins Spiel? Ich habe nicht gern etwas mit einem Stück zu tun, das darin aufgeführt ist. Das ist nicht einfach eine Verbotsliste von Artefakten. Mit den Dingen, die dort draufstehen, kannst du wirklich verheerenden Schaden anrichten.«

Mit diesen Worten hatte Ogg den Nagel auf den Kopf getroffen. Ich selbst hatte bisher erst von einem Artefakt gehört, das auf dieser Liste stand, der Einhornträne. Damit konnte man aus einer Entfernung von zwei Meilen die Mauern jeder Stadt oder Burg schmelzen.

»Es ist ein Artefakt der Gorhen. Die Bergblume unterwirft sich den Sprechenden, in dem Fall also uns Gorhen. Sie ist der größte Schatz meines Klans.«

»Aber kaum jemand weiß etwas von diesem Schatz, oder?«

»Richtig.»

»Was bewirkt das Artefakt?«

»Wenn man in der richtigen Weise darum bittet, dann öffnet es stabile Türen zwischen unserer Welt und der Kehrseitenwelt.« Sie achtete nicht darauf, dass mir fast die Augen aus den Höhlen traten. »Das ist ja der alte Traum aller Dämonologen der Welt, denn auf diese Weise wäre es viel leichter, einen Dämon einzufangen und abzurichten. Außerdem bestünde die Möglichkeit, weitaus größere Fische aus der Kehrseitenwelt herauszulocken als bisher.«

»Allmählich schwant mir, warum ihr Gnome ein Monopol auf die Wesen der Kehrseitenwelt habt«, murmelte Ogg.

»Richtig«, sagte Gira. »Ich glaube, ich brauche nicht näher zu erklären, warum die Karhen das Artefakt gestohlen haben und die Lorhen es sich aneignen wollen.«

Natürlich brauchte sie das nicht.

Denn wer die Dämonen besaß, der scheffelte unglaublich viel Geld. Ein Aeroplan ohne Dämon war nur nutzlos zusammengeschraubtes Metall, das sich nie in die Lüfte erheben würde.

Daher erstaunte es mich nicht, dass nicht nur die Gnome ihre Finger begehrlich nach diesem Artefakt ausstreckten, sondern auch alle Luftpiraten. Im Vergleich mit der Bergblume waren alle anderen Schätze der *Allerschönsten Valentina die Fünfte* wertloser Plunder.

»Beeil dich, Gira«, verlangte Lorhen. »Wir warten schon.«

Wir standen in einem kleinen Saal, der von hellgrünen Laternen erleuchtet wurde. Die Decke, die Wände und der

Boden waren durchsichtig. Hinter dem Glas schwammen riesige Fische mit unglaublichen Zähnen vorbei. Mir gefiel dieser Ort ganz und gar nicht. Es war, als hätte man uns in ein Aquarium gesteckt.

»Ich brauche eine Karte.«

Der Gnom schnäuzte sich, sah das völlig verdreckte Taschentuch bedauernd an, warf es in die Ecke und zog ein neues aus seiner Tasche.

»Hier! Und nun zeig uns endlich die Stelle.«

Gira stand vom Tisch auf, strich die Falten ihres langen Rockes glatt und ging mit langsamen Schritten auf die Karte zu. Sofort sprang ich auf und stellte mich neben sie. Ogg folgte meinem Beispiel.

Schon ein komisches Bild: zwei unbewaffnete Einfaltspinsel, die eine junge Gnomin bewachten. Der einzige Trumpf, mit dem wir aufwarten konnten, war der, dass diese Dummköpfe uns nicht nach allen Regeln der Kunst durchsucht hatten. Deshalb hatte ich immer noch die Spiegelwand bei mir. Sie war zwar bereits halb leer, doch eine Kugel oder einen Schwertstreich würde sie noch abwehren. Und Ogg versteckte in seinem linken Stiefel einen Froschsprung, auch das keine Wunderwaffe, aber besser als nichts.

»Euer Edelmut verblüfft mich, meine Herren«, spöttelte der Schwarze Agg spöttisch. »Ihr wisst noch, wie man eine Frau beschützt. Allerdings würde ich darum bitten, sämtliche Dummheiten zu unterlassen. Ich will doch diese wundervolle Karte nicht mit Eurem Blut beschmieren.«

»Ich fürchte, gerade diese Unannehmlichkeit wird sich nicht vermeiden lassen«, mischte sich Gira ein. »Die Karte wird beschmutzt werden. Denn für das Ritual ist Blut nötig.«

»Blut?«, hakte Toni nach und warf einen begehrlichen Blick auf Ogg und mich. »Ich wüsste da schon zwei Männer, die ihres nur zu gern lassen würden.«

Wer wollte nach diesen Worten noch behaupten, die Menschen seien keine rachsüchtigen Schweinehunde?

»Immer mit der Ruhe«, verlangte der Gnom. »Abgesehen davon antwortet die Bergblume ausschließlich auf das Blut des Mädchens. Ist es nicht so, Gira?«

»Gebt mir ein Messer«, verlangte sie bloß und streckte die Hand fordernd aus. Der Schwarze Agg reichte ihr nach kurzem Zögern seinen Dolch.

Die Gnomin nahm ihn an sich und fuhr mit einer entschlossenen Bewegung über ihr linkes Handgelenk. Anschließend warf sie die Klinge auf die Karte und hielt die Hand über die Waffe. Das Blut lief über ihre Finger und tropfte auf den Dolch, der schon in den nächsten Sekunden in Bewegung geriet und zappelte wie ein Fisch auf dem Trockenen.

Gira stand mit geschlossenen Augen da. Es schüttelte sie. Vorsichtig stützte ich sie am Ellbogen. In der Zeit bildete sich auf der Karte eine handtellergroße Lache. Diese streckte blutige Finger aus, die sich flink über die Karte hermachten, bis sie abrupt an deren Rand innehielten, etwa an der Nebelflut.

»Das Blut hat uns den Weg gewiesen! Dort ist die Galeone mit der Bergblume«, rief der Gnom begeistert aus. »Jetzt sollen die Karhen meinen Zorn zu spüren bekommen!«

Im Unterschied zu dem Gnom empfand ich keine Freude.

Achtes Kapitel,

in dem wir zu einem kleinen Ausflug mit hohem Risiko eingeladen werden

Sobald diese Banditen wussten, wo sich die *Allerschönste und allerjüngste, allercharmanteste und allererfolgreichste Fröken Valentina die Fünfte die Kluge aus Gorhen* befand, bereiteten sie alles für den Aufbruch zur Nebelflut vor. Eine Stunde, nachdem Giras Blut den Kerlen den Weg gewiesen hatte, verließen wir den Seidenstern.

Wir drei wurden auf der *Spielbrise* untergebracht, dem

Flaggschiff des Schwarzen Aggs, einem alten, jedoch noch immer Furcht einflößenden Schoner. Obwohl das Schiff gut in der Luft lag und mit starken Waffen ausgerüstet war, hegte ich so meine Zweifel, dass die *Spielbrise* es mit der Fregatte und der Galeone aufnehmen konnte. Selbst die Tatsache, dass der Schoner von mehreren Aeroplanen tatkräftige Unterstützung erhielt, änderte daran nichts.

Anstelle des Kapitäns hätte ich daher jede Auseinandersetzung mit diesen beiden Schiffen gemieden. Allerdings kennt die Geschichte genügend Fälle, in denen mit noch geringeren Kräften ein noch größeres Schiff genommen wurde. In einem Punkt konnte es freilich keinen Zweifel geben: Es brachte einige Risiken für das eigene Wohl mit sich, sich bei einem Gefecht von zwei Giganten an Bord eines offenen Luftschiffs wie der *Spielbrise* zu befinden.

Auf dem Schoner waren wir so etwas wie Ehrengefangene. Wir wurden nicht in eine Kajüte eingeschlossen, sondern durften uns frei bewegen. Allerdings hatte man zwei Aufpasser für uns abgestellt. Sie waren zwar nicht gerade Muskelpakete, schleppten dafür aber etliche verbotene Artefakte mit sich herum. Meiner Ansicht nach war das eine übertriebene Vorsichtsmaßnahme. Die *Spielbrise* flog eine Meile über dem Meer dahin. Keiner von uns wäre so wahnsinnig, ohne ein Luftkissen über Bord zu springen. Dieses Artefakt bildete eine unsichtbare Kuppel, die jeden Sturz abfing. Und auch die *Witwen*, die an den Seiten des Schoners befestigt waren, nutzten uns nichts, da wir ja keinen Ring der Bändigung hatten.

Der Gnom zwang Gira noch zweimal, ihr Blut auf die Karte tropfen zu lassen. Dieses Ritual kostete sie enorme Kräfte, und sie konnte sich danach kaum noch auf den Beinen halten. Trotzdem wollte der Bartwicht noch eine dritte Bestätigung dafür, dass die Karhen sich nicht von der Stelle bewegt hatten. Da verpasste ich ihm einen derartigen Kinnhaken, dass er beinahe in den Wolken gelandet wäre. Beim nächsten Versuch wäre es mir bestimmt geglückt, ihn diesen Weg antreten zu lassen, doch den verhinderte Toni, der mich genüsslich am Ohr zog.

Das wiederum konnte Ogg nicht mit ansehen, weshalb er Toni ein Veilchen verpasste. Es begann eine ordentliche Schlägerei, bei der die ganze Mannschaft auf uns einhaute. Die Keilerei hatte jedoch gerade richtig angefangen, als der Schwarze Agg auftauchte. Er ließ uns in eine winzige Zelle im Unterdeck bringen.

Vermutlich wurden wir aber gar nicht weggeschlossen, um bestraft zu werden, sondern weil Agg der Ansicht war, er müsse uns vor den Pranken des Gnoms in Sicherheit bringen.

»Diese Burschen machen uns doch mit Sicherheit kalt«, brummte Ogg. »Jetzt, da sie wissen, wo der Schatz versteckt ist …«

»Wenn man weiß, wo die Bergblume ist«, entgegnete Gira, »weiß man noch lange nicht, wie man sie einsetzt …«

»Heißt das, die Karhen können überhaupt nichts damit anfangen?«

»Im Augenblick jedenfalls noch nicht. Dieses Artefakt unterwirft sich, wie gesagt, nur jemandem, in dessen Adern das Blut der Gorhen fließt.«

»Glaubst du, dass der Lorhen dich am Leben lässt, wenn du seinem Klan dienst?«, wollte Ogg wissen.

»Der Gnom hat kein Interesse am ganzen Klan, sondern handelt auf eigene Faust«, sagte Gira. »Wenn das nicht so wäre, warum ist er dann nicht mit der ganzen Flotte, sondern nur mit einem lächerlichen Dutzend *Hammer der Tiefe* hier? Wenn der Klan hinter ihm stünde, hätte er auch nie den Schwarzen Agg anheuern müssen.«

»Und warum lebst du dann noch?«, wollte ich wissen.

»Du hörst nicht richtig zu. Ich bin die letzte Gorhen. Wenn ich allerdings sterbe, unterwirft sich die Bergblume dem Klan, in dessen Händen sie sich gerade befindet. Wenn der Lorhen mich tötet, ist das also nur zum Vorteil der Karhen.

Deshalb werde ich so lange leben, bis er selbst das Artefakt in Händen hält.«

»Und dann?«

»Du fragst mich, ob wir dann alle sterben?«, fragte Gira mit finsterer Miene zurück.

»So könnte man es ausdrücken, Prinzessin, ja.«

Daraufhin sagte sie kein Wort mehr.

Die Nebelflut war eine Gruppe von Inseln, zu der man von den Vereinten Inseln aus über einen Tag unterwegs war. Ich hatte von diesem Ort schon gehört, ihn aber noch nie gesehen.

Aber was hätte ich dort auch gesollt? Die unbewohnten Eilande lagen fernab aller Luftwege. Ein Aeroplan war hier ein noch seltenerer Gast als ein Menschenfresser an der Festtafel des Statthalters. Es war nicht leicht, auf diesen Inseln überhaupt zu landen. Nicht nur, dass die Inseln von Felsen gespickt waren, die scharf wie Drachenzähne waren, nein, da war auch noch der Nebel, der dicht über dem Boden wölkte.

Wir wurden erst aus der Zelle herausgeholt, als bereits Land in Sicht war. Der Erste, den ich auf der Brücke erblickte, war Toni. Er war noch immer stockbeleidigt, sodass er fast nach der Pistole gegriffen hätte.

Das Gesicht des Gnoms war noch röter geworden. Er saß in einem riesigen Stuhl und trank Bier. Als er uns erblickte, winkte er uns so freundlich zu, als hätten wir uns nie geprügelt.

»Nimm mir das nicht übel, Elf. Du hast ja mit der ganzen Sache nichts zu tun«, erklärte er, um dann hinzuzufügen: »Endlich ist das Ende der Karhen gekommen.«

Keine Ahnung, wieso er das glaubte, aber für irgendjemanden würde bestimmt bald das Ende kommen.

»Fröken, erweist mir bitte einen Gefallen«, sagte der Schwarze Agg. »Es wird jetzt gleich eine kleine Auseinandersetzung geben, da sollte eine junge Dame nicht an Deck sein.

Begebt Euch also bitte in eine Kajüte. Meine Männer werden dafür sorgen, dass es Euch an nichts mangelt.«

»Ich bleibe lieber bei meinen Freunden«, versicherte Gira.

»Ich bestehe darauf, dass Ihr unter Deck geht«, entgegnete Agg mit stahlharter Stimme. »Ihr seid zu kostbar, als dass wir Euer Leben aufs Spiel setzen dürften. Und um Eure Freunde braucht Ihr Euch nicht zu sorgen. Ihnen wird nichts geschehen.«

Gira verstand, dass jeder Streit aussichtslos war, und bedachte mich mit einem Abschiedsblick, als sie mit den Männern Aggs in Richtung Achterdeck davonging.

»Ich glaube, dass wir eine Dummheit machen, wenn wir Burschen wie denen trauen!«, platzte es aus Toni heraus.

»Halt den Mund und tu, was ich dir gesagt habe«, fuhr ihn Agg an. Dann wandte sich der Ork an uns. »Und ihr hört mir jetzt aufmerksam zu. Unsere Späher sind auf ein weiteres Schiff der Karhen gestoßen. Zweihundert Meilen von hier. Es hält Kurs auf uns. Ich denke, die Gnome wollen den Schatz von der *Allerschönsten Valentina der Fünften* auf ein anderes Schiff umladen, denn die *Valentina* ist viel zu auffällig.«

»Wozu erzählst du uns das?«, fragte Ogg und rammte die Hände in seine Taschen.

»Weil ich nicht genug Flieger habe, um den Schoner abzufangen, bevor er die Insel erreicht. Dafür würde ich drei *Nashörner* und vier *Witwen* zur Verfügung stellen. Letztere haben Schnapper dabei.«

Auch Schnapper kamen aus der Kehrseitenwelt. Diese Kreaturen bestanden nur aus einem riesigen Maul und zahllosen Zähnen. Sie waren echte Zerstörer aller fliegenden Giganten, denn sie fraßen sich durch ein Schiff und verschlangen alles, was ihnen in die Quere kam. Ihr eigentliches Ziel war jedoch ihre Leib- und Magenspeise, der Dämon.

»Nicht gerade viel«, sagte ich.

»Richtig. Aber es ist alles, was wir haben. Mein Vorschlag ist nun folgender: Für eine der *Witwen* brauche ich noch

Männer. Ihr beide sollt ja am Himmel wahre Wunder vollbringen, auch wenn ihr wie gewöhnliche Kuriere ausseht. Außerdem hast du die Aeroplane meines Volkes im Krieg auf dem Kontinent nicht schlecht durchlöchert, Elf. Helft mir also, dann helft ihr auch euch selbst.«

»Das heißt?«, hakte ich nach.

»Wenn der Schoner nicht landet, kommt ihr mit dem Leben davon«, erklärte Agg. »Und ich lasse euch frei. Dann könnt ihr gehen, wohin ihr wollt.«

»Einverstanden«, sagte Ogg prompt.

Agg schielte zu dem Gnom hinüber und überzeugte sich, dass dieser viel zu sehr mit seinem Bier beschäftigt war, als dass er uns hörte.

»Wenn ihr abhaut oder versucht, uns übers Ohr zu hauen«, fuhr er mit gesenkter Stimme fort, »stirbt die Gnomin, was auch immer dieser Bartwicht sagt. Sein magisches Spielzeug interessiert mich überhaupt nicht. Mir reicht das Gold völlig.«

Wir erhielten unseren Ring der Bändigung, Helme, warme Handschuhe, Jacken, Schals, Brillen, die uns gegen die Sonne schützen sollten, und sogar Luftblasen, kleine Artefakte, mit deren Hilfe man auch in großer Höhe noch atmen konnte. Und wir mussten mit sehr großen Höhen rechnen, um einen Überraschungsangriff auf den Schoner zu fliegen.

Ich machte mich schnell mit dem Aeroplan vertraut und zurrte die Riemen fest.

»Was meinst du«, fragte Ogg, »bringt er Gira wirklich um, wenn wir abhauen?«

»Ich bin wohl nicht der Einzige, der sich Sorgen um sie macht«, erwiderte ich grinsend.

»Sie ist kein schlechtes Mädchen.«

»Dann sollten wir wohl besser nicht abhauen, mein Freund.«

»Es würde uns vermutlich eh nicht gelingen, uns dünnezumachen«, murmelte er, als wollte er mich trösten.

»Seid ihr bereit?«, brüllten die Männer von der *Spielbrise*.

»He!«, schrie ich und versuchte das Brüllen des erwachenden Dämons zu übertönen. »Hier fehlt noch der dritte Schütze!«

»Sollen wir dir vielleicht auch noch ein Fässchen Rum mitgeben, Elf?!«, konterte jemand.

Noch im selben Augenblick sackten wir in die Tiefe.

Diese Dreckskerle! Und der Schwarze Agg war der Oberdreckskerl! Wenn uns jemand von hinten angreifen würde, dann würden wir ziemlich dumm aus der Wäsche gucken.

Wegen des Schnappers am Kiel ließ sich die *Witwe* etwas schlechter steuern. Deshalb drehte ich zunächst einige Runden um die *Spielbrise*, damit ich mich an den Vogel gewöhnte. Unmittelbar hinter uns kam ein *Nashorn*. Es war ein grobes und unelegantes Aeroplan, wie alles, was die Orks hervorbrachten. Aber es war genauso schnell und gut bewaffnet wie unsere *Witwe* und könnte uns, wenn es das denn wollte, eine Menge Schwierigkeiten bereiten.

Fünfzig Yard über uns zogen zwei weitere *Nashörner* und drei *Witwen* dahin. Ich schloss mich der Gruppe an, und wir flogen nach Norden, dabei immer mehr an Geschwindigkeit gewinnend.

Der Tag brach gerade an, am Himmel war keine einzige Wolke zu sehen. Wir müssten das Schiff der Karhen bereits aus weiter Ferne ausmachen. Wenn wir möglichst weit oben flogen, gab es für uns durchaus Aussichten, den entscheidenden Treffer zu landen.

Die Kälte fraß sich durch bis auf die Knochen. Ich zog mir den Schal vor die Nase. Ohne die Luftblase wären Ogg und ich längst erstickt.

Der Dämon genoss diesen Ausflug auch nicht gerade. Zu viel trennte ihn von der Kehrseitenwelt. Dreimal wäre die *Witwe* beinahe in die Tiefe gesackt.

Irgendwann kamen der Schoner und vier *Hammer der*

Tiefe in Sicht. Sie flogen fünftausend Yard unter uns in Richtung Nebelflut.

Die Richtung und Geschwindigkeit deuteten darauf hin, dass sie uns noch nicht entdeckt hatten. Wir flogen einen großen Bogen und hefteten uns ihnen an den Schwanz.

Oggs Aufgabe war es, den Schnapper auf die Zielgerade zu setzen. Das ließ sich jedoch nur unter einer Bedingung bewerkstelligen: Wenn die *Witwe* beim Sturzflug nicht ausscherte. Wenn wir nur einen Zoll von unserer Bahn abkamen, konnte das ganze Manöver in die Binsen gehen.

Schließlich bemerkten die Karhen uns. Vier *Hammer* gaben die Begleitung des Schoners auf und schossen auf uns zu, wobei sie die Geschwindigkeit immer weiter steigerten. Damit hatten die *Nashörner* endlich eine Beschäftigung. Begeistert fielen sie über die Gnome her. Die *Witwen* dagegen ließen sich von dem Kampfgetümmel um sie herum nicht von ihrem Ziel abbringen und behielten den Kurs strikt bei.

Ich drosselte die Geschwindigkeit, damit die beiden Aeroplane in der Mitte unserer Viererreihe als Erste ihre Angriffe fliegen konnten. Sie gingen sanft nach unten und richteten die Schnapper auf das Ziel aus.

Der Schoner verschwand in einer Wolke graublauen Rauchs. Mit Greifentränen gefüllte Geschosse durchkreuzten den Himmel. Kurz riss ich mich von dem Anblick los, um mich zu überzeugen, dass keine *Hammer* in der Nähe war. Als ich dann wieder in die Tiefe blickte, war bereits ein Aeroplan Aggs in brennende Einzelteile aufgegangen.

Nun war es an uns, den Schnapper abzuschicken. Ich presste den Knüppel von mir weg und zwang unseren Vogel damit in den Sturzflug. Meiner Ansicht nach würden wir nichts ausrichten, wenn wir allzu sanft runtergingen. Das dauerte zu lange, dann wäre das Aeroplan nur ein hervorragendes Ziel für die Kanoniere. Das zeigte sich auch, als die Gnome mit einem sicheren Schuss die zweite *Witwe* vom Himmel holten.

Bei einem solchen Manöver musste man fast senkrecht in

die Tiefe gehen. Die andere *Witwe* dieses zweiten Angriffs legte sich etwa fünfzehn Yard vor uns in den Sturzflug. Die Gnome täten nicht schlecht daran, sich nun einige Gedanken um ihre Sicherheit zu machen, auch wenn es ihnen gelungen war, das erste Paar *Witwen* abzuschießen.

Der Wind heulte. Es wurde immer schwieriger, die *Witwe* zu steuern. Irgendwann donnerten alle Kanonen der Karhen los. Feuerblumen blühten auf, und auf allen Seiten spritzten brennende Topastropfen auf. Die Greifentränen. Sobald sie mit Luft in Berührung kamen, verwandelten sie sich in spitze Steine, die jeden Panzer durchbohrten.

In unmittelbarer Nähe krachte es. Etwas barst. Wir überstanden das Ganze nur, weil die andere *Witwe* uns gegen die Topastropfen abschirmte, bei der es einem Wunder gleichkam, dass sie nicht längst abgestürzt war. Leider feuerte sie ihren Schnapper zu früh ab, sodass dieser mit ohrenbetäubendem Geheul am Schoner vorbei in die Tiefe flog. Der Flieger brachte die *Witwe* wieder in die Horizontale, doch nun unterlief ihm ein verhängnisvoller Fehler und er drehte den Schützen der Gnome den breiten Bauch seines Vogels zu. Die Topase fanden ein weiteres Ziel.

Damit blieben von den vier *Witwen* nur noch Ogg und ich übrig.

Während die Kanoniere ihre Waffen neu ausrichteten, feuerte Ogg den Schnapper ab. Dieser schoss geradenwegs auf den Schoner zu. Ohne die Geschwindigkeit zu drosseln, brachten wir uns außer Reichweite ihrer Kanonen.

Nachdem ich einen großen Kreis beschrieben hatte, überzeugte ich mich davon, dass der Schoner dem Untergang geweiht war. Der dicke schwarze Rauch deutete auf ein gewaltiges Feuer hin. Dann hüllte ein grelles blaues Licht das Schiff ein. Sein Boden platzte wie eine überreife Melone. Die Karhen stürzten ins Meer.

Neuntes Kapitel,
in dem jeder bekommt, was er verdient

Weder die *Nashörner* noch die *Hammer der Tiefe* waren irgendwo zu sehen. Es wäre eigentlich eine wunderbare Gelegenheit gewesen zu fliehen. Leider konnten wir sie nicht beim Schopfe packen.

Denn wir durften Gira nicht diesen Haien überlassen. Und was gerade auf dem Schiff des Schwarzen Aggs geschah, konnten wir nur mutmaßen. Mit Sicherheit würden wir es erst wissen, wenn wir es erreichten.

Vor uns ragten die lilafarbenen spitzen Gipfel der Insel auf. Ich starrte mir mittlerweile die Augen wund, um am leeren Himmel eine Spur von Agg zu entdecken. Wenn es hier einen Kampf gegeben hatte, dann war er längst vorüber.

Ich trommelte gegen den Rumpf der *Witwe*, um Oggs Aufmerksamkeit auf mich zu lenken. Er drehte sich zu mir um.

»Fliegen wir eine Runde um die Insel?«, wollte ich wissen.

Er nickte.

Als wir bereits einen großen Teil des westlichen Ufers hinter uns gelassen hatten, tauchten vom Meer zwei der *Nashörner* auf, mit denen wir vorhin die Karhen angegriffen hatten. Sie flogen nebeneinander. Sobald sie uns sahen, gingen sie jedoch auseinander, um uns in die Zange zu nehmen. Sofort rechnete ich mit dem Schlimmsten.

Der erste gab ohne jede Vorwarnung zwei lange Salven von Feuerbienen auf uns ab. Zum Glück hatte ich uns da schon hochgebracht, sodass die Geschosse an unserem Heck vorbeizischten. Dieses Mal hatte der Kerl mich noch verfehlt.

Nun aber tauchte ich in den Nebel ein. Die beiden Aeroplane folgten mir auch auf diesem Weg und hefteten sich hartnäckig an meinen Schwanz. Es störte sie überhaupt nicht, dass es sie das Leben kosten konnte, wenn sie mir bei dieser schlechten Sicht derart auf die Pelle rückten. Als vor mir plötzlich ein Felsen auftauchte, schaffte ich es gerade noch, das Aeroplan herumzureißen und in eine enge Schlucht zu fliegen. Hinter mir gab es jedoch einen dumpfen Knall. Einem meiner Verfolger war es nicht gelungen, mein Manöver nachzuahmen. Der Überlebende gab den Versuch, uns abzuschießen, jedoch nicht auf. Etliche Feuerbienen zischten dicht an uns vorbei.

»Ogg«, schrie ich. »Übernimm das Steuer!«

Daraufhin löste ich die Riemen und tat etwas, das man durchaus als nackten Wahnsinn bezeichnen durfte. Ich kletterte mitten im Flug auf den Sitz des hinteren Schützen.

Das war selbst für einen Elfen nicht gerade leicht. Der Wind hätte mich beinahe weggefegt. Bevor ich mich überhaupt mit dem Riemen sicherte, packte ich den Blitz.

Der erste Schuss ging daneben, da hatte ich zu hoch gezielt. Beim zweiten Schuss stellte ich mich jedoch geschickter an. Ein leuchtend blauer Strahl durchbohrte unseren Verfolger. Hunderte kleiner Blitze huschten wie flinke Echsen über die *Nashorn*. Das Aeroplan explodierte und stürzte als brennende Fackel in die Tiefe.

Erleichtert ließ ich mich zurücksacken und wischte mir die schweißnassen Hände ab. Ogg brachte uns derweil aus diesem Nebel heraus.

Der Rückflug erwies sich als weit schwieriger, denn nun hatten wir es mit Gegenwind zu tun.

»Du bist krank, Elf!«, schrie mir Ogg zu, als ich ihm zu erkennen gab, dass ich wieder auf meinem Platz war und das Steuer übernehmen konnte. »Wie haben sie dich damals nur in einem Geschwader ertragen?!«

Das Gesicht fiel mir ein, das die Kyralletha, unsere Königin, gemacht hatte, als ich mit meiner *Silberquelle* bei einer Ehrenparade für einige Verwirrung sorgte. An diesem Tag hatte sie, die auch meine Cousine war, getobt wie nie zuvor. Von ihrer berühmten Ruhe und Gelassenheit war nicht das geringste bisschen mehr übrig geblieben. Daher hatte Ogg recht. Man konnte mich nicht ertragen. Und dass ich dem

Herrscherhaus angehörte, machte die Sache nur noch schlimmer.

»Such uns mal einen Landeplatz!«, verlangte Ogg.

Ich nickte und flog mit geringster Geschwindigkeit weiter, wobei ich nach links und rechts Ausschau hielt. Wir hatten fast die ganze Insel umflogen, als wir endlich einen Landestreifen entdeckten.

Das Fahrgestell setzte auf, und das Aeroplan rollte noch zweihundert Yard weiter, um dann vor einer Ehrengarde stehen zu bleiben.

»Geschafft!«, jubelte Ogg und stieg aus.

Da jedoch bereits zehn Musketen auf ihn gerichtet waren, hob er sofort die Hände. Ich hielt es für das Beste, seinem Beispiel zu folgen.

»Folgt uns!«, sagte einer der Herren Ehrengardisten. »Und ja keine Dummheiten!«

»Wohin geht es?«

»Zur Galeone.«

Am Landestreifen standen vier Dutzend Aeroplane, dahinter machte ich die Steinbauten aus. Dort befanden sich auch die *Spielbrise* und die *Allerschönste Valentina die Fünfte*. Daneben entdeckte ich die gefangenen Gnome. Es waren etwas mehr als zwei Dutzend. Sie mieden jeden Blick auf die über dreihundert Toten in ihrer Nähe. Bei diesen Toten handelte es sich nicht nur um Gnome, sondern auch um Männer Aggs. Einige der Schatzsucher hatten ihren Wunsch, sich auf Kosten anderer Wesen zu bereichern, mit dem Leben bezahlen müssen.

Als ich mir die *Spielbrise* näher ansah, stellte ich fest, dass sie stärker beschädigt war, als ich auf den ersten Blick gedacht hatte. Die Gnome hatten ihr ordentlich eingeheizt. Ein Teil der Brücke war zerstört und rauchte noch immer. Das Backbord war an etlichen Stellen durchschossen, die Aufbauten am Achterdeck gab es schlicht und ergreifend nicht mehr, während die Waffentürme völlig zerquetscht waren. Die Fregatte hatte gute Arbeit geleistet, bevor Aggs Männer sie ausgeschaltet hatten.

Dagegen hatte die *Allerschönste Valentina die Fünfte* nicht den geringsten Schaden davongetragen. Vermutlich hatte sie überhaupt nicht am Kampf teilgenommen, sondern die ganze Zeit vor Anker gelegen. Um sie herum wuselte es nur so. Menschen, Gnome, Orks, Halblinge, Oger, Trolle und zahlreiche Vertreter weiterer Rassen bildeten Ketten und reichten sich Kisten, Fässer und Truhen aus den riesigen Frachträumen weiter. Die ganze Beute wurde auf einem Berg zusammengetragen, um anschließend geteilt zu werden.

Der Schwarze Agg, Toni und der Gnom standen in der Nähe all dieser Reichtümer. Vor Gier troff ihnen fast der Sabber aus dem Mund. Gira wirkte neben ihnen völlig verloren.

»Ihr seid in der Tat hervorragende Flieger!«, begrüßte der Schwarze Agg uns.

»Haben deine Leute deshalb versucht, uns abzuschießen?«, wollte Ogg wissen.

»Das ist ihnen ja nicht gelungen«, erwiderte Agg gelassen. »Der Schoner der Karhen wird uns hoffentlich nicht mehr in die Quere kommen?«

»Gut möglich«, antwortete ich vage.

»Schluss jetzt mit dem Gerede!«, verlangte Toni. »Überlass sie mir!«

»Bitte«, sagte Agg, nachdem er kurz nachgedacht hatte. »Ich brauche keine Kuriere.«

»Wagt es nur! Danach könnt ihr euch allein mit dem Artefakt abplagen!«, mischte sich Gira ein. Sie wandte sich vor allem an den Gnom. Der verzog zwar das Gesicht, richtete dann aber doch die Bitte an Toni: »Lass sie ja zufrieden!«

Der Blick des Kümmerlings verriet Toni jedoch, dass er seinen Wunsch am Ende doch erfüllt bekäme.

»Warum geht das nicht schneller?«, wollte der Gnom nun von Agg wissen.

»Weil Eure Verwandten den Frachtraum von oben verrammelt haben«, antwortete Agg. »Deshalb brauchen wir noch ein bisschen Zeit.«

»Die Karhen sind nicht meine Verwandten!«, polterte der Lorhen und stieß ein ohrenbetäubendes Niesen aus. »Abgesehen davon will ich nicht wissen, wann der Frachtraum leer ist, sondern wann ihr mir das Artefakt bringt.«

In diesem Augenblick schrie jemand auf der Galeone, dass sie gefunden hätten, was der Gnom so sehr begehrte. Zwei Männer Aggs kamen schnell auf uns zugeeilt. Einer von ihnen trug eine kleine, mit Metall beschlagene Schatulle. Als der Lorhen sie sah, hätte er beinahe einen Freudentanz aufgeführt. Gira nutzte das allgemeine Gewusel, um mir rasch etwas zuzuflüstern.

»Bleibt so dicht wie möglich bei mir. Verlasst den Kreis auf gar keinen Fall! Hast du mich verstanden?«

Ich wollte sie gerade auffordern, sich etwas deutlicher auszudrücken, als der Gnom wieder für Ruhe und Ordnung sorgte.

»Passt auf das Mädchen auf!«, befahl er Toni. »Sie darf den Stein auf gar keinen Fall in die Hände bekommen!«

»Nur zu gern!«, erwiderte Toni und packte Gira beim Ellbogen. Als sie sich aus dem Griff herauswinden wollte, drückte er nur fester zu.

»Das wirst du noch bereuen, du Miststück!«, fauchte Gira.

»Ich sterbe bereits vor Angst«, beteuerte Toni grinsend. »Und jetzt halt den Mund und hör auf, so herumzuzappeln!«

Lorhen hatte die Schatulle auf den Boden gestellt. Auf dem Deckel waren die Buchstaben der Bartwichte eingeritzt. Was sie bedeuteten, konnte ich jedoch nicht erkennen. Jemand machte sich an dem kleinen Vorhängeschloss zu schaffen und brauchte zehn Minuten, um es durchzuschlagen. Dann öffnete Lorhen mit zitternden Händen den Deckel und stöhnte ergriffen auf.

Entgegen meinen Erwartungen erinnerte die Bergblume

nicht an ein Schmuckstück. Bei ihr handelte es sich um ein schlichtes Vulkangestein, in dem aus irgendeinem Grund einige große Stücke trüben Bergkristalls steckten.

»Ist es das, was Ihr gesucht habt?«, wollte der Schwarze Agg mit zweifelnder Stimme wissen.

»Ja«, hauchte Lorhen.

»Dann darf ich davon ausgehen, dass wir unseren Teil der Abmachung erfüllt haben?«

»Völlig richtig.«

»Die Schätze der Galeone gehören also uns?«, hakte Agg nach.

»Ja. Ich brauche nur den …«

Noch ehe der Gnom den Satz beenden konnte, sprang der Dolch, der an Aggs Gürtel hing, von selbst aus der Scheide und flog sechs Yard durch die Luft, um sich Toni bis zum Griff in die Brust zu bohren.

»Verrat!«, schrie jemand.

Ein Schuss knallte, der erste Verletzte jaulte auf. Waffen klirrten.

»Diese verfluchte Elfenmagie!«, schrie Agg, denn aus irgendeinem Grund meinte er, ich sei schuld daran, dass seine Klinge zum Leben erwacht war und Toni ausgeschaltet hatte.

Er griff nach der Pistole und zielte auf mich, aber da setzte Ogg den Froschsprung ein, der ihn im Bruchteil einer Sekunde hinter den Banditen brachte, sodass er ihm den Hals umdrehen konnte.

Auch ich legte die Hände nicht in den Schoß, sondern schürte das bereits entstandene Chaos noch, indem ich auf irgendeinen Musketier zusprang. Neben meinem Ohr knallte etwas, meine Wange wurde versengt, doch ich holte den Schützen bereits von den Beinen und rammte ihm den Ellbogen ins Gesicht.

Gira stürzte zu der Schatulle. Der Lorhen stellte sich ihr in den Weg, was ihm einen Tritt zwischen die Beine eintrug. Aufschreiend taumelte er zur Seite. Die Gnomin legte die

Hand auf die bucklige Oberfläche des Steins und stieß einige unverständliche Worte aus.

Etwas flackerte.

Die Welt erstarrte.

Um die Bergblume schoben sich purpurrote kristallene Zähne aus dem Boden. Sie bildeten einen Kreis, in dem Ogg, Gira, Lorhen und ich standen, und gaben ein rubinrotes Licht ab, das uns alle wie blutüberströmt aussehen ließ.

Die Welt außerhalb dieses Kreises war dagegen weiß und durchscheinend.

Gira war offenbar in Trance gefallen. Sie bemerkte nicht, was um sie herum vor sich ging. Lorhen zog wutschnaubend die Pistole hinter seinem Gürtel hervor. Ich stieß einen Warnschrei aus, aber das Mädchen hörte mich nicht einmal. Ogg stürzte sich auf den Bartwicht und beförderte ihn mit einem kräftigen Tritt aus unserem Kreis hinaus. Der Kümmerling schrie erbärmlich, sein Körper wurde immer dünner und dünner, bis er schließlich verschwand und sich einfach in nichts auflöste.

Schon in der nächsten Sekunde war alles vorüber. Der Zahnkreis verblasste, die Welt erhielt ihre Farben zurück. Gira verlor das Bewusstsein und fiel mir ohnmächtig in die Arme.

Es war so still, als hätten Drachen alle Lebewesen verschlungen. Außer Gira, Ogg und mir schien niemand auf dieser Insel mehr zu leben.

Ich bettete die Gnomin vorsichtig ins Gras.

»Pass auf sie auf«, bat ich Ogg.

Ogg war noch völlig benommen. Er sah mich geistesabwesend an, sodass ich meine Bitte zweimal wiederholen musste, bevor er mir bedeutete, dass er mich verstanden habe.

Die *Allerschönste Valentina die Fünfte* schien tot. Noch vor wenigen Minuten hatten hier eifrig Männer herumgefuhrwerkt, die in ihrer Vorfreude auf ihren Anteil der Beute nahezu außer sich waren, aber jetzt war kein einziges Lebewesen mehr an Bord. Die Truhen standen an Deck, ihrem Schicksal überlassen.

Die Aeroplane waren zum Glück unversehrt. Bei dreien überzeugte ich mich davon, dass die magischen Siegel nicht geplatzt waren und die Dämonen im Bauch des Schiffs hockten. Alles sah weitaus besser aus, als ich es zu hoffen gewagt hatte. Wir konnten abfliegen.

Als ich wieder bei Ogg anlangte, hatte sich dieser bereits ein beachtliches Schwert unter den Arm geklemmt und schlenderte zwischen den Truhen und Fässern umher. Immer mal wieder steckte er eine Hand in die Smaragde oder Saphire, hielt sie sich unter die Augen und pfiff leise eine fröhliche Melodie vor sich hin. Als er mich erblickte, grinste er. Ich grinste zurück, denn mir war klar, dass alles, was da auf dem Boden lag, nur ein kleiner Teil dessen war, was der Frachtraum der *Allerschönsten Valentina der Fünften* barg.

Gira kam erst zwei Stunden später wieder zu sich. Sofort griff sie nach dem kostbaren Stein.

»Herzlich willkommen in der Welt der Munteren und Wachen«, sagte ich zu ihr.

Sie lächelte unsicher.

»Ihr seht aus, als hättet ihr gerade ein Wunder erlebt.«

»Das kannst du laut sagen«, versicherte Ogg. »Was ist hier geschehen? Wohin sind der Schwarze Agg und seine Bande verschwunden?«

»Oh«, stieß Gira nur aus. »Sie sind eingestürzt.«

»Zum Mittelpunkt der Erde?«, fragte ich grinsend. »Und dann erklär mir bitte mal, was es mit dieser Klinge auf sich hatte!«

Sie blickte auf den toten Toni.

»Ich habe ihm doch gesagt, dass er seine Worte noch bedauern würde. Erinnerst du dich noch an das Ritual, als ich ihnen zeigen sollte, wo die Karhen die Galeone versteckt haben? Da ist mein Blut auf den Dolch getropft. Die Lorhen sind Händler. Die Karhen Krieger. Aber wir Gorhen sind Sprechende. Das Metall spürt unser Blut und fügt sich uns, wenn die Bergblume in der Nähe ist. Deshalb war es nur eine Frage der Zeit, wann ich den Dolch zu meinen Zwecken einsetzen konnte. Mit dem Rest der Bande war es schon schwieriger. Ich habe bis zur letzten Sekunde nicht geglaubt, dass es mir gelingen würde, das Artefakt zu berühren. Ohne diese Verbindung hätte ich nichts ausrichten können. Wir hatten jedoch Glück. Und diese ehrenwerten Herren befinden sich nun alle in der Kehrseitenwelt.«

»Und wie sind sie dahingekommen?«

»Das ist natürlich nicht ganz so einfach«, sagte sie und zwinkerte mir zu. »Die Bergblume öffnet ein Tor, damit wir Sprechenden die Dämonen in unsere Welt locken können. Aber das Artefakt kann noch etwas anderes. Bei Bedarf schickt es nämlich auch jemanden in diese unwirtliche Gegend. Alle, die nicht das Glück hatten, in diesem Kreis zu stehen, durften deshalb eine Reise antreten, die keine Rückkehr vorsieht.«

Ogg stieß einen Pfiff aus und kratzte sich den Nacken.

»In der Kehrseitenwelt bei den Dämonen … Man könnte fast Mitleid mit den Burschen haben.«

»Und wie geht es jetzt weiter?«, fragte ich Gira.

»Alles, was sich auf der *Allerschönsten Valentina der Fünften* befindet, gehört mir«, sagte sie grinsend. »Weder die Karhen noch die Lorhen bekommen etwas von diesem Gold. Und die Bergblume schon gar nicht. Ich werde so lange nicht nach Hause zurückkehren, wie diese beiden Klane existieren. Deshalb muss ich mir wohl eine neue Bleibe suchen. Geld hab ich ja genug, das reicht notfalls sogar noch für andere. Außerdem kann ich es allein gar nicht von hier fortschaffen. Reicht das, oder muss ich noch deutlicher werden?«

»Oh, wir helfen dir gern.«

»Ihr habt mir schon so sehr geholfen, dass ich das mein Leben lang nicht wiedergutmachen kann. Deshalb schlage ich folgende Lösung vor: Wir werden gleichberechtigte Partner.

Ich denke, uns reichen die Louisdors, um nicht nur Nest zu kaufen, sondern auch noch alle anderen Landeplätze auf der Schildkröteninsel. Lasst uns ein gutes Geschäft aufbauen, Freunde! Was meint ihr dazu?«

»Selbst wenn wir die ganze Schildkröteninsel kaufen, bleibt uns immer noch genug übrig«, sagte Ogg, der vor Glück strahlte.

»Oh, das wäre auch kein Problem«, erwiderte Gira. »Glaubt mir, wir Gnome wissen immer, wie wir unser Geld anlegen müssen.«

Dieser Aussage konnte ich nur vorbehaltlos zustimmen.

»Wir stürzen ab«, sagte ich voller Ironie, als ich sah, wie Ogg eine Unmenge von Edelsteinen unter seinen Sitz schob. »Ganz bestimmt stürzen wir ab. Oder du hast keinen Platz mehr. Lass wenigstens die Hälfte von dem Zeug hier.«

»Ich denke ja überhaupt nicht daran!«

»Hast du etwa Angst, dass jemand die Galeone entdeckt?«

»Das Leben hält immer die unwahrscheinlichsten Überraschungen bereit. Da bist du heute ein Sonderkurier und morgen der reichste Ork der Welt. Und jetzt stör mich nicht. Das ist schließlich nur zum Besten für uns alle.«

Gira, die wieder auf dem Sitz des dritten Schützen Platz genommen hatte, bekam einen Lachanfall.

»Ogg, du vergisst, dass wir die Bergblume haben. Mit dem Verkauf von Dämonen erarbeiten wir leicht noch einmal das Doppelte. Also mach dir keine Sorgen. Der größte Schatz ist bereits an Bord. Und jetzt lasst uns von hier verschwinden, Freunde!«

»Seid ihr bereit?«, fragte ich.

Ogg reckte den Daumen in die Höhe. Gira ahmte die Geste nach. Kaum berührte ich die magischen Siegel, setzte sich das Aeroplan in Bewegung und stieg in die Lüfte auf.

LA NARANJA

Gegen Mittag verwandelte die Sonne die kleine Stadt förmlich in einen Glutofen. Nicht einmal der Schatten unter den Aprikosenbäumen spendete nun noch Abkühlung. Man hielt Fensterläden und Türen fest verschlossen, um die Häuser gegen die Hitze zu schützen. Um diese Tageszeit verließ kaum jemand die halbschattigen Räume, selbst die Katzen, die unter der Hitze ebenso litten wie die Menschen, verzogen sich in die hintersten Winkel und flehten den Erlöser an, er möge endlich Regen schicken. Die zweibeinigen Bewohner der Stadt taten es ihnen im Übrigen gleich.

In dieser Mittagsglut bemerkte Raúl einen Reiter, der auf einem erschöpften Pferd auf die Stadt zuhielt. Sofort stülpte sich der Hauptmann einen Hut über den mit einem feuchten Tuch umwickelten Kopf und trat notgedrungen in die Sonnenglut hinaus. In den unerbittlichen Strahlen vermeinte er, wie Kerzenwachs zu schmelzen.

Diese Hitze begrüßten vermutlich einzig die Aufständischen, denn niemand durchkämmte nun noch die Hügel, niemand streifte auf der Suche nach ihnen durch die wilden Akazien. Freilich hieß das nicht, dass die Hitze die Rebellen weniger marterte als die königlichen Soldaten.

Der Kurier, der in diesem Augenblick sein Pferd vor Raúl zügelte, war noch blutjung, doch seine verstaubte Uniform zierten bereits die Schulterstücke eines Unteroffiziers des Dragoner-Regiments.

»Sucht Ihr mich, Señor?«, sprach Raúl den Reiter an.

»Seid Ihr Hauptmann Raúl Carlos de Altamirano?«

»Der bin ich.«

»Dann ist das hier für Euch«, sagte der Kurier, während er eine Filztasche aufknöpfte und einen gelben Umschlag herauszog, den vier Wachssiegel schmückten.

»Vielen Dank«, erwiderte Raúl. »Sollt Ihr auf meine Antwort warten?«

»Nein.«

»Brecht trotzdem nicht gleich wieder auf«, empfahl Raúl ihm, als er sah, dass der Unteroffizier bereits wieder kehrtmachen wollte. »Wenn Ihr Euch schon nicht schonen wollt, dann habt wenigstens Mitleid mit dem Pferd. Reitet in einer Stunde zurück, da zeigt sich die Sonne nicht mehr ganz so unbarmherzig.«

Der Unteroffizier nahm die Einladung mit einem Nicken an.

»José!«, rief Raúl. »Kümmre dich um den Señor!«

Während Raúl in den Hof ging, riss er den Umschlag auf und las stirnrunzelnd das Schreiben. Zwei seiner Korporale, Miguel und Fernando, saßen am Springbrunnen und leerten eine Flasche mit einem Wein, der klar wie Tränen war. Auch der Kavallerie-Sergeant Ignacio hielt sich hier im Hof auf und fuchtelte mit einem Schwert herum, wobei er in der linken Hand ein leeres Glas hielt. Ohne jede Aussicht auf Erfolg versuchte er, mit der Rechten den eigenen Schatten zu erstechen. Als er den offenen Umschlag und die roten Siegel erblickte, unterbrach Ignacio seinen ungleichen Kampf.

»Sind gute Nachrichten eingetroffen, Señor?«, erkundigte er sich.

»Durchaus. Morgen früh werden wir dieses Provinznest verlassen.«

»Na endlich!«, rief Miguel erfreut aus.

Fernando nickte ihm zustimmend zu und versenkte dann den Kopf im Brunnen. Nachdem er schnaubend wieder aufgetaucht war, wischte er sich das Gesicht mit dem Hemdsärmel ab.

»Geht's in die Hauptstadt?«, wollte Miguel wissen.

»Zunächst sollen wir uns nach Istremara begeben, von dort aus ziehen wir jedoch in der Tat zur Hauptstadt weiter«, antwortete Raúl. »Sagt den Männern, sie sollen sich für den Aufbruch bereithalten.«

Der Hauptmann selbst eilte wieder ins Haus. Den Klängen einer Gitarre folgend, stieg er die nach Kiefer riechende Holztreppe in den ersten Stock hinauf. Alejandro, der Kommandeur über eine Reiterschar, war ein hochgewachsener, sehniger und schwarzäugiger Mann. Er saß im Schneidersitz auf dem Tisch und zupfte mit seinen groben Fingern die Saiten. Sobald sein Freund eintrat, begrüßte er diesen mit einem strahlenden Lächeln.

»Du scheinst der Einzige zu sein, dem die Hitze nichts ausmacht«, sagte Raúl und schleuderte den breitkrempigen Hut auf den Tisch, um anschließend das Tuch abzuwickeln, das längst getrocknet war. »Hier, lies das mal!«

Er hielt Alejandro das Schreiben hin.

»Das lob ich mir, mein Freund! Wurde ja höchste Zeit, das wir aus diesem vom Erlöser verfluchten Kaff herauskommen! Die Kompanie wird zufrieden sein!«

»Nur sind von dieser Kompanie bloß noch achtunddreißig Mann übrig! Und dabei habe ich dein Dutzend schon mitgezählt!«

»Es bleibt leider nur am Leben, wer Glück hat. Dafür schmausen die anderen heute im Paradies, während wir beide nach wie vor in dieser Höllenglut geröstet werden wie die Verdammten.«

»Das hier *ist* die Hölle! Lass dich von der Ruhe nicht täuschen, die Rebellen haben wir längst noch nicht in die Knie gezwungen.«

»Als ob wir das nicht alle genau wüssten. Doch wir sind am Ende unserer Kräfte. Bei Corvera haben uns diese Dreckskerle mit ihren Kartätschen ordentlich eingeheizt. Den Urlaub haben wir uns also mehr als verdient. Mag nun unsere Ablösung an der Reihe sein zu sterben«, erklärte Alejandro, legte die Gitarre beiseite und nahm die Tasche mit den drei schweren Pistolen an sich. Diese breitete er nacheinander auf dem Tisch aus, um anschließend den Putzstock, die Kugeln, die Pulverflasche, den Schlüssel fürs Radschloss und ein schmales Stilett mit einer Messskala an der Klinge danebenzulegen. »Aber du wirkst bedrückt. Bereiten dir die ach so frommen Schützlinge Sorge, die wir begleiten sollen?«

»Nein.«

»Und ich wette, sie tun es doch«, widersprach Alejandro und grinste in seinen Bart hinein. »Mir wäre auch wohler, wenn man uns nicht noch die Verantwortung für diese heiligen Herren aufbürden würde.«

»Wir werden sie schon gesund und munter abliefern, das steht für mich außer Frage. Ich habe halt einfach kein Faible für die Inquisition.«

»Nenn mir doch mal einen Mann, der diese Einrichtung in sein Herz geschlossen hat! Allein schon, was sich diese Angeber auf ihre magische Gabe einbilden!« Alejandro fuchtelte verächtlich mit einer der Pistolen herum. »Als ob solider Stahl und eine anständige Kugel nicht weit wirkungsvoller wären! Im Übrigen wissen die Kirchenmänner das selbst am besten. Warum bestehen sie denn auf der Begleitung von Soldaten?! Warum fürchten sie sich wohl, allein über die Straßen zu ziehen?! Denen rutscht doch bei dem bloßen Gedanken, den Aufständischen in die Hände zu fallen, das Herz in die Hose, weil ihnen nämlich völlig klar ist, dass diese Burschen sie genauso schnell aufknüpfen wie wir umgekehrt sie. In dem Fall wird keine Soutane, nicht einmal die purpurne, die Herren Inquisitoren davor bewahren, fröhlich am Stick zu baumeln.«

»Dass du deine Zunge nie im Zaum halten kannst …«

»Stimmt, das kann ich nicht«, gab Alejandro ohne Umschweife zu. »Dabei haben die Wände überall Ohren, und der

Scheiterhaufen dürfte sogar noch etwas heißer sein als diese Gluthitze.«

»Aber zurück zu deiner Frage«, sagte Raúl. »Wenn mir etwas nicht schmeckt, dann der Umstand, dass wir nicht nur Leibwächter, sondern auch noch Gefängniswärter spielen sollen!«

»Du meinst diese Hexe?«

»In dem Schreiben wurde mit keinem Wort erwähnt, dass die Frau eine Hexe ist.«

»Wenn die Inquisition sich mit ihr beschäftigt, muss sie eine Hexe sein. Wahrscheinlich hat sie irgendeinen Dummkopf verführt oder ihre Nachbarin scheel angesehen und soll jetzt dafür auf dem Scheiterhaufen brutzeln. Vielleicht hat sie auch nur irgendeinen Unsinn von sich gegeben. So oder so dürfte es auf dasselbe hinauslaufen: Es wird ihr sehr heiß unterm Hintern werden.«

»Wenn du mich fragst, sollte niemand getötet werden, weil er einem anderen Glauben anhängt.«

»Wie weltfremd!«, stichelte Alejandro und zog aus dem Stiefelschaft eine weitere Pistole heraus. Sie war geradezu winzig. Er legte sie neben die drei anderen. »Denn seit Anbeginn der Zeiten töten Menschen andere Menschen wegen ihrer Überzeugungen. Enden wird das Ganze wohl erst am Tag des Jüngsten Gerichts. Bis dahin erhöhen aber selbst wir die Zahl der Toten noch ein wenig. Oder was glaubst du, weshalb wir die Aufständischen umbringen?«

Raúl knöpfte sein Schultergehänge auf und warf Degen wie Dolch aufs Bett. In dem Messingbecken war noch etwas Wasser, sodass er sich voller Genuss wusch und den beißenden Schweiß aus dem Gesicht spülte.

»Du solltest einfach nicht zu viel darüber nachdenken«, fuhr Alejandro fort. »Wenn die Kirchenleute in einer gottgefälligen Angelegenheit unsere Hilfe brauchen, kriegen sie diese auch und basta! Denn falls du auf die glorreiche Idee kommen solltest, dich mit der Inquisition anzulegen, könnte dich das nicht nur deine Karriere, sondern auch deinen Kopf kosten.«

»Spar dir diese Binsenweisheiten!«, blaffte Raúl ihn an. »Mir ist ja ebenso klar wie dir, dass wir gar keine andere Wahl haben.«

Nach diesen Worten schenkte sich der Hauptmann Wein ein, der jedoch bereits warm war, sodass Raúl angewidert das Gesicht verzog und das Glas auf dem Fensterbrett abstellte.

»Trotzdem lässt dir die Geschichte keine Ruhe, oder?«

»Was weiß denn ich«, polterte Raúl. »Jedenfalls haben wir auch so schon genug Probleme!«

»Das kannst du laut sagen. Meine Männer haben hinter der Mühle einige verdächtige Burschen beobachtet.«

»Wann war das?«

»Vor einer Stunde«, antwortete Alejandro und griff nach der Pulverflasche. »Irgendwelche Bauern.«

»Nur dass jeder Bauer eine alte Arkebuse im Stroh versteckt haben kann.«

»Oh, diese Kerle hatten die Arkebusen bereits aus dem Stroh geholt und fröhlich damit herumgeballert, allerdings ohne uns zu treffen. Ich habe sie aufhängen lassen, damit sie in der Sonne dörren. Als Ignacio den Strick vorbereitet hat, meinte er doch allen Ernstes, mich darauf hinweisen zu müssen, dass wir damit nur weitere Bauern gegen uns aufbringen würden. Also, wenn du mich fragst, können die uns sowieso nicht leiden. In der letzten Woche hat mein Trupp achtzehn Mann verloren. Die meisten von ihnen wurden aus dem Hinterhalt erschossen. Oder nachts mit einem Navaja erstochen.«

»Selbst nachdem wir den Aufstand niedergeschlagen haben, findest du in dieser Gegend noch mehr Unzufriedene als Ratten auf einem Schiff. Deshalb bin ich wirklich froh, dass wir hier endlich wegkommen.«

Alejandro hatte inzwischen die Pistolen geladen und legte sie zur Seite.

»Ich auch, mein Freund«, versicherte er. »Ich auch.«

Am Abend trafen die drei angekündigten Inquisitoren ein. Sie wurden von vier berittenen Grenadieren begleitet, die finster mit gezückter Pistole nach allen Seiten Ausschau hielten. Auf dem Weg hierher war die kleine Gruppe an einer Straßenbiegung von Aufständischen beschossen worden, und einzig der Dämmerung war es zu verdanken, dass keine der Kugeln ihr Ziel gefunden hatte.

Während der Sergeant der Grenadiere Bericht erstattete, fluchte er in einem fort, enthielt sich dabei jedoch klugerweise aller gotteslästerlichen Bemerkungen. Eine Kugel sei unmittelbar an seinem Kopf vorbeigezischt, es habe also nicht viel gefehlt, und er läge jetzt mit einem Loch im Schädel im Straßengraben.

»Und das alles nur wegen dieser Hexe, Señores!«, schloss er. »Im ewigen Feuer soll sie schmoren!«

In den ehrwürdigen Vätern selbst hätte man im Übrigen niemals Angehörige der gefürchteten Inquisition vermutet. Die Reise hatte sie erschöpft, obendrein waren sie über und über mit dem weißen Staub der Straße bedeckt. Statt purpurner Soutanen trugen sie schlichte graue Kutten, nie erhoben sie die Stimme, an Raúl wandten sie sich mit ausgesuchter Höflichkeit.

Dieser verhielt sich im Gegenzug nicht minder höflich. Wenn die Herren Inquisitoren ihm nicht vorzuschreiben gedachten, was er zu tun hatte, sah er keinen Grund, sich aufmüpfig zu zeigen. Vater Augusto, der Älteste der drei, war der Einzige von ihnen, der über die magische Gabe verfügte. Er war nicht sehr groß und hatte ein trauriges Gesicht mit klugen Augen. Vielleicht lag es an diesen Augen, dass er nicht wie ein hartherziger Mensch, geschweige denn wie ein Fanatiker wirkte. Zudem war er außerordentlich bescheiden und erbat für sich und seine Brüder lediglich Wasser und einen Ort, an dem sie ihre Gebete sprechen konnten.

Korporal Miguel, ein gottesfürchtiger Mann, fragte, ob die Soldaten zusammen mit den ehrwürdigen Vätern beten dürften, was ihm sogleich ein wohlwollendes Lächeln eintrug. Vor der nahen Kapelle hatten sich bereits etliche Männer versammelt.

Das Gebet war rasch gesprochen. Vater Daniel trug es vor, und seine hohe, ungewöhnlich klare Stimme glitt über die stumm gewordenen Männer dahin und schien sogar die unermüdlichen Zikaden zum Schweigen zu bringen. Die Worte drangen bis zu Raúl auf der anderen Straßenseite hinüber. Der Inquisitor bat den Erlöser, ihnen allen Kraft, Glauben und Demut zu verleihen, sie gegen die Versuchungen des Dunkels zu feien und vor den Feinden des Königreichs zu schützen.

Nachdem er das Amen gesprochen und alle Anwesendem gesegnet hatte, wollte er sich zusammen mit den beiden anderen Kirchenmännern ins Haus begeben, doch Raúl passte sie an der Tür ab.

»Ehrwürdige Väter, braucht Ihr noch etwas?«, erkundigte er sich.

»Achte mir auf die Sünderin, mein Sohn«, sagte Vater Augusto, während der Rosenkranz wie Wasser durch seine Finger glitt. »Sie darf auf gar keinen Fall entkommen.«

»Ich stelle zwei Posten bei ihr ab.«

»Gut, doch die Männer sollen sich hüten, mit ihr zu reden, denn die Worte dieser Hexe entspringen dem Dunkel.«

»Ich werde ihnen einen entsprechenden Befehl erteilen.«

»Dafür habt Dank.«

Daraufhin verschwanden die Kirchenmänner im Haus. Raúl gab noch letzte Anweisungen und zog sich dann ebenfalls zurück. Fernando war mittlerweile stockbesoffen, Ignacio konnte sich ebenfalls kaum noch auf den Beinen halten. Alejandro zupfte nachdenklich die Saiten seiner Gitarre und schien im Unterschied zu seinen jüngeren Kameraden nicht die Absicht zu haben, in den nächsten Stunden unter den Tisch zu sinken. Nachdem die beiden betrunkenen Männer mit letzter Kraft von der Bildfläche verschwunden waren, legten Raúl und Alejandro die Route für den morgigen Tag fest.

Am sichersten schien es, nach Ciervo zu reiten, denn auf diese Weise würden sie anfangs den dicht bewachsenen Wald umgehen, in dem sie nur allzu leicht zur Beute bei einer *Fasanenjagd* hätten werden können. Als der zunehmende Mond über der Stadt aufstieg und die blassen Sterne überstrahlte, beendeten die beiden Freunde ihr Gespräch.

Irgendwann in der Nacht wachte Raúl auf. Er tastete nach der Kanne und setzte sie an die Lippen, um gierig daraus zu trinken. Das Wasser sickerte ihm übers Kinn und tropfte auf seine Brust.

Selbst jetzt war nicht die geringste Abkühlung zu spüren. Die Luft stand heiß und stickig im Raum. Raúl hatte einen schweren Kopf und verworrene Gedanken. Er war schweißgebadet, Hemd und Hose klebten an seinem Körper.

Als er an das offene Fenster herantrat und sich aufs Fensterbrett setzte, hoffte er inständig, ein Lüftchen, und sei es noch so milde, möge ihn streifen. Doch vergeblich. Nach einer Weile hielt er es nicht mehr im Zimmer aus, schnappte sich Pistole wie Degen und verließ das Haus, um zum Springbrunnen zu gehen.

Hier schnarchte auf einer ausgebreiteten Decke Ignacio. Wie immer hatte der Pfiffikus den besten Platz ergattert. Kaum war Raúl die verlassene Straße ein paar Schritt hinuntergegangen, verlangte ein Wachhabender zu wissen, wer er sei. Raúl nannte seinen Namen und lief anschließend alle sechs Punkte ab, an denen seine Soldaten Wache standen. Eine Stunde mussten die Männer noch durchhalten, dann würden sie abgelöst werden.

»Ihr könnt sicher auch nicht schlafen, was, Señor Capitán?!«, fragte ein rothaariger Schütze und spuckte aus. »Kein Wunder, die Hitze bringt einen ja um. So schwül, wie es hier ist, könnte man glatt meinen, gleich gibt's ein Gewitter.«

»Mir würd' ja schon ein kleiner Schauer genügen«, bemerkte sein Kamerad, der im Schneidersitz neben einer in die Erde gerammten Gabel für eine Muskete saß. Die schwere Waffe selbst lag auf seinen Beinen.

Raúl wechselte noch einige Worte mit den beiden, dann hielt er auf die Aprikosenbäume zu, die in einer Ecke des Hofes wuchsen und deren dichte Zweige am Tage Schatten spendeten. Hier stand das Fuhrwerk mit dem Holzkäfig. In ihm hatten die Inquisitoren die Hexe hergebracht. Raúl hatte sich bei der Ankunft jedoch absichtlich vom Käfig ferngehalten, widerte es ihn doch an, einen gewöhnlichen Menschen anzugaffen, als wären diesem ein zweites Paar Hände samt Hörnern als Zugabe gewachsen.

Noch ehe Raúl den Wagen erreicht hatte, hörte er das leise Klirren einer Kette. Sofort blieb er stehen und runzelte die Stirn.

»López!«, rief der Hauptmann mit gedämpfter Stimme.

»Ja, Señor?«, erklang es kurz darauf aus dem Halbdunkel.

»Wurde die Frau etwa nicht ins Haus gebracht?!«

»Nein, Señor. Die ehrwürdigen Väter haben uns verboten, sie aus dem Käfig zu holen. Sie haben gesagt, wir dürfen das Dunkel auf keinen Fall ins Haus einlassen. Deshalb hat Miguel befohlen …«

Der Hauptmann stieß einen unterdrückten Fluch aus. Wenn es um Fragen des Glaubens ging, war Miguel zu nichts mehr zu gebrauchen. Würde Vater Augusto ihm befehlen, in die Luft zu springen, dann würde der Mann sich prompt zum Mond hinaufkatapultieren.

»Verstehe«, sagte Raúl dann zu López. »Wer ist noch bei dir?«

»Pablo, der Kavallerist.«

»Gut. Warte hier auf mich, ich bin gleich wieder da.«

»Zu Befehl, Señor.«

Raúl besorgte sich rasch eine Laterne und trat dann an den Käfig heran. Ein unangenehmer Geruch schlug ihm entgegen, durch den Raúl sich jedoch nicht abschrecken ließ. Um mehr Licht zu haben, drehte er an einem Rädchen, sodass der Docht länger wurde. Die Frau im Käfig musste nun ihre Augen sogar mit der Hand abschirmen.

»Wer seid Ihr?«, fragte sie mit krächzender und müder Stimme. »Was wollt Ihr?«

Raúl musterte sie jedoch nur schweigend. Die Gefangene war keine junge Frau mehr, sondern längst jenseits der dreißig. Sie war hager und hatte markante Wangenknochen, eine etwas zu lange Nase sowie erstaunlich blondes Haar, wie man es in diesem Teil des Landes nur sehr selten sah.

An den beiden schmalen bloßen Händen bemerkte Raúl getrocknetes Blut, auf der Stirn eine tiefe, schlecht verheilende Schnittwunde. Das linke Fußgelenk der Frau umspannte eine feine, aber solide Metallfessel, ihren Hals umschloss ein Eisenring mit dem Zeichen des Erlösers.

Die Inquisitoren hatten die Frau in einen weißen Kittel gesteckt, das Zeichen dafür, dass sie zum Scheiterhaufen verurteilt worden war.

Das Gericht hat sein Urteil also schon gefällt, ging es Raúl durch den Kopf. Mitleid mit der Frau empfand er keines, denn bei ihr musste es sich um eine gefährliche Verbrecherin handeln, andernfalls hätte man nicht darauf bestanden, sie in der Hauptstadt auf dem Platz des Heiligen Barnabas zu verbrennen.

»Wer seid Ihr?«, wiederholte sie ihre Frage.

»Keine Angst«, beruhigte Raúl sie. »Ich will dir nichts tun.«

»Seid Ihr ein Adliger?«

Er fragte sie nicht, welche Bedeutung das für sie hatte, sondern nickte lediglich.

»Weshalb seid Ihr hier?«

»Pablo!«

Der riesige Kavallerist trat an den Kommandeur heran, dabei die Hexe aus den Augenwinkeln beobachtend. Sofort eilte auch López herbei.

»Hat sie etwas zu essen bekommen?«, erkundigte sich Raúl.

»Man hat uns verboten, ihr etwas zu bringen, Señor. Selbst als ich ihr Wasser geben wollte, hat Vater Rojos …«

»Soll das etwa heißen, sie hat nicht einmal ein paar Schluck getrunken?!«, fragte Raúl in barschem Ton.

Wie konnte man jemandem bei dieser Hitze Wasser vorenthalten – noch dazu, wenn bloß zehn Yard weiter der Springbrunnen sprudelte?! Die Qualen dieser Frau wollte sich Raúl lieber nicht ausmalen.

»Pablo, sei so gut, und bring ihr etwas Wasser.«

»Sofort, Señor«, erwiderte der Mann, der im Unterschied zu López, dem diese Entscheidung offenbar nicht vorbehaltlos gefiel, die ehrwürdigen Väter nicht fürchtete. Schon gar nicht, wenn diese schliefen und nicht wussten, was hier vor sich ging.

Es dauerte nicht lange, da kam er mit einem vollen Krug vom Brunnen zurück.

»Der passt aber nicht durch die Gitterstäbe«, sagte López, wobei er die schweigende Frau ängstlich im Auge behielt. »Wir müssen die Käfigtür öffnen.«

»Dann tu das! Worauf wartest du denn noch?«

López befolgte den Befehl, ohne seinen Unmut zu verhehlen. Pablo reichte Raúl den Krug und gab dem Hauptmann anschließend Deckung. Dieser bezweifelte jedoch, dass überhaupt eine Bedrohung gegeben war.

»Hier!«, sagte er zu der Frau und hielt ihr den Krug hin. »Trink etwas!«

Mit zitternden Händen nahm die Gefangene die Kanne entgegen. Sie machte sich so gierig über das Wasser her, dass sie nicht einmal ein Wort des Dankes verlor. López versperrte den Käfig rasch wieder, wobei er in einem fort Schutzgebete vor sich hin murmelte. Pablo steckte grinsend die Pistole weg und zog nun aus der Patronentasche eine Apfelsine, die er mit einer Hand hoch in die Luft warf und mit der anderen wieder auffing.

»Was tut Ihr da, Señor de Altamirano?«, zischte Vater Rojos, der lautlos an die drei Männer herangetreten war. Sein Gesicht war in kalter Strenge erstarrt. »Ich hatte darum gebeten, diese Hexe zu bewachen, nicht etwa, sie zu mästen.«

López wich sofort ängstlich einen Schritt zurück, Pablo hörte auf, die Apfelsine in die Luft zu werfen.

Raúl indes blieb gelassen.

»Guten Abend, ehrwürdiger Vater«, sagte er höflich. »Ich habe es für nötig erachtet, dieser Frau etwas Wasser zu geben.«

»Ich sehe hier keine Frau«, entgegnete Rojos, der jeden Blick auf den Käfig geflissentlich vermied. »Ich sehe hier nur Fleisch gewordene Sünde.«

»Das mag sein.«

»Zweifelt Ihr das Urteil des Heiligen Gerichts etwa an?«, fragte er, allerdings ohne seiner Stimme einen bedrohlichen Unterton zu verleihen.

Zumindest noch nicht.

Gleichwohl hätte Rojos mit diesen Worten die meisten Menschen wohl eingeschüchtert. Bei Raúl verfingen sie indes nicht, denn er war sich keiner Schuld bewusst.

»Ehrwürdiger Vater«, sagte er ruhig, »ich weiß das Vertrauen zu schätzen, das die Inquisition mir und meinen Männern entgegenbringt, indem sie Euer Leben in unsere Hände gelegt hat. Aber ich bitte Euch, nicht zu vergessen, dass noch immer ich der Kommandeur dieser Soldaten bin.«

»Das ist mir durchaus bewusst. In dem Fall gewährt Ihr jedoch einer Abtrünnigen Hilfe.«

»Wenn ich jemandem Hilfe gewähre, dann ausschließlich unserer Mutter Kirche!«

»Ach ja?«, fragte Rojos und zog zweifelnd eine Augenbraue in die Höhe. »Aber doch wohl nicht, indem Ihr dieser Hexe ihr Los erleichtert?«

»Ihr Los dürfte des ungeachtet schwer genug bleiben. Aber wenn ich mich nicht irre, beabsichtigt Ihr doch, sie öffentlich in der Hauptstadt zu verbrennen, oder?«

»Ganz genau. Am Tag des Heiligen Koloman.«

»Nur fürchte ich, die Gefangene wird diesen Tag gar nicht mehr erleben, wenn sie auch weiterhin kein Wasser erhält. Sie ist ja bereits jetzt völlig entkräftet. Seht sie Euch doch nur einmal an!«

Rojos faltete die Hände vor dem Bauch.

»Möglicherweise war ich tatsächlich etwas zu streng«, gab er zu. »Beseelt vom Wunsch, dieser Hexe die verdiente Strafe angedeihen zu lassen, habe ich, so scheint's, etwaige verhängnisvolle Folgen aus den Augen verloren. Gebt ihr ruhig etwas Wasser. Jedoch nur ein paar Tropfen.«

»Wie sieht es mit Essen aus?«

»Wenn man mir nicht versichert hätte, dass Ihr ein tapferer Sohn der Kirche seid«, bemerkte Rojos und sah Raúl fest an, »dann würde ich meinen, Ihr stündet aufseiten der Ausgeburten des Dunkels. Fleisch würde dieser Kreatur nur Kraft verleihen, deshalb gestatte ich ausschließlich Wasser. Nehmt Euch meinen Rat zu Herzen, Señor: Richtet nicht das Wort an diese Frau, berührt sie nicht und seht ihr nicht in die Augen. Sie ist der Hölle entsprungen und verbrennt jeden Menschen, wenn ihr der Sinn danach steht, mag er auch noch so kühn sein.« Den letzten Satz brachte Rojos mit besonderem Nachdruck heraus. »Nicht einmal Ihr seid also vor ihr sicher.«

»Mein Glaube wird mir der Schild sein, mich gegen jedwede Versuchung feien …«

»… und der Erlöser ist bei Euch«, schloss Rojos. »Das solltet Ihr nie vergessen, Señor de Altamirano. Bei der Gelegenheit … Unser Leben liegt durchaus nicht in Eurer Hand, sondern in der unseres Erlösers. Ihr seid lediglich sein Werkzeug, und er allein bestimmt, was mit uns geschieht. Doch dies ist weder der Ort noch die Zeit für Wortklaubereien. Mag der Erlöser Euch und Eure Männer in dieser Nacht schützen.«

Sobald er nach diesen Worten davongegangen war, atmete López erleichtert durch.

»Gib mir die bitte«, wandte sich Raúl an Pablo, der ihm sofort die Apfelsine zuwarf.

Der Hauptmann fing die Frucht geschickt auf und schob die Hand durch die Gitterstäbe.

»Nimm die«, forderte er die Gefangene auf. »Du musst etwas essen!«

Für den Bruchteil einer Sekunde berührten ihre Finger die des Hauptmanns. Er spürte die Hitze ihrer Haut.

»Danke, Señor.«

»Wie ich gehört habe, hast du dich mit einem der Inquisitoren angelegt«, begrüßte Alejandro Raúl am nächsten Morgen.

Der Hauptmann brummte daraufhin nur mürrisch. Da die drei Stunden, die Raúl noch bis zum Tagesanbruch geblieben waren, nicht ausgereicht hatten, um genügend Schlaf zu finden, hatte er selbst für seine treuen Gefährten nur finstere Blicke übrig.

»Fernando, trommle die Männer zusammen! In einer Stunde brechen wir auf«, befahl er, nachdem er sich gewaschen hatte. »Sind die ehrwürdigen Väter schon aufgestanden?«

»Du stellst Fragen! Fast könnte man meinen, die wären überhaupt nicht im Bett gewesen. Die Prim haben sie mit den Hirten abgehalten. Du dagegen siehst aus, als wärst du die ganze Nacht mit der schweren Kavallerie durchgeritten.«

»Ich habe schlecht geschlafen.«

Ihn hatten in der Tat schlimme Träume heimgesucht.

In ihnen fauchte in der hitzestarren Stadt eine Flamme, stieg Rauch am klaren Himmel auf, roch es widerwärtig nach verkohltem Fleisch. Das heisere Krächzen der Krähen vermischte sich mit den Gebeten der in Purpur und Grau gewandeten Kirchenmänner. Sowohl die Menschen als auch die Vögel weideten sich an den Qualen der auf den Scheiterhaufen brennenden Hexen. Irgendwann zeugten von den verurteilten Frauen nur noch schwarze Knochen. Diese wurden auf

Fuhrwerke geladen, während man die Asche mit Spaten zusammenschaufelte und die Schädel mit den Füßen forttrat. Dann wurde alles im Fluss versenkt oder zum Pestfriedhof weit außerhalb der Stadt gebracht und dort vergraben.

»Pablo hat uns erzählt, dass Vater Rojos heute Morgen die Soldaten nach dir ausgehorcht hat«, fuhr Alejandro fort. »Hast du eigentlich nichts Besseres zu tun, als dich mit der Inquisition anzulegen?!«

Mit finsterer Miene nahm Raúl sich ein Stück Brot, ein Ei, eine Zwiebel, Käse und Oliven.

»Als ob du die Frau hättest verdursten lassen«, brummte er schließlich.

»Zu deinem Glück sieht Rojos das inzwischen genauso. Trotzdem würde ich dir empfehlen, lieber bei der nächsten Parade einem unserer Generäle den Kopf abzuschießen, als noch einmal die Kirche gegen dich aufzubringen.«

Alejandro war so frisch und munter wie stets, wenn sie zu einem neuen Ort aufbrachen – vor allem, wenn dieser Ort sein Zuhause war.

Er hatte bereits seinen brünierten Harnisch und die Armschienen angelegt, den Pallasch an den Gürtel geknöpft und das Schultergehänge mit den Pistolen umgeschnallt. Unterm Arm hielt er den Helm mit dem hohen Federbusch, um den Kopf hatte er ein zerschlissenes violettes Tuch gewickelt, das ihm Glück bringen sollte.

»In dieser Aufmachung erlebst du den heutigen Mittag bestimmt nicht mehr«, murmelte Raúl. »Du verbrutzelst doch in deiner Rüstung.«

»Besser das, als von einer Kugel erwischt zu werden«, erwiderte Alejandro lachend.

Raúl beendete geschwind sein Frühstück und eilte dann nach unten. Bereits eine halbe Stunde später verließ der Trupp die Stadt.

Bedauern empfand dabei niemand, denn nichts hielt sie an diesem Ort. Die aufrührerische Provinz hatte sich aufseiten jener Barone gestellt, die einer widerlichen Religion anhingen, welche die Allmacht des Erlösers leugnete und in ihm kein göttliches Wesen, sondern einen gewöhnlichen Menschen sah. Raúl und seine Männer waren hier tief durch Blut gewatet und hatten mehr als genug Pulver gerochen. Jetzt brannten sie alle darauf, das Meer wiederzusehen sowie diese vermaledeiten Hügel, die verhasste Hitze und die Gefahren, die sie alle noch in den Irrsinn trieben, endlich hinter sich zu lassen.

Da sie gut vorankamen, hatten sie bereits eine gewaltige Strecke des Weges zurückgelegt, als die Sonne schließlich mit aller Kraft vom Himmel sengte.

Die Straße war staubig und so heiß wie eine Ofenplatte. Vertrocknete Disteln bildeten am Wegesrand eine gefährliche Krone, vermischten sich mit Akazien und verschwanden dann jäh, fast als hätte es sie nie gegeben. Einige Felder waren gar nicht bestellt, andere ausgetrocknet, da sie nur selten gewässert wurden. Sie hatten sich bereits in schwarzes, verbranntes Ödland verwandelt. Neben der Sonne trug daran vor allem der Aufstand die Schuld, der sich zu ihrer aller Überraschung zu einem kleinen Bürgerkrieg ausgewachsen hatte. Die Verfechter des alten und des neuen Glaubens waren nämlich zu sehr damit beschäftigt, sich gegenseitig niederzumetzeln, als dass sie die Ernte hätten einfahren können.

Raúl war sich sicher, dass im Land schon bald Hunger herrschen würde. Wenn es erst einmal so weit war, würden auch die stursten Anhänger des neuen Glaubens sich jeden Gedanken an einen Aufstand aus dem Kopf schlagen, galt es dann doch, eine wichtigere Frage zu klären.

Die Männer ritten durch kleine Dörfer mit strohgedeckten Häusern aus weißem Stein. Die Bewohner starrten sie bloß schweigend an. In einem Kaff befahl Raúl zu rasten, damit er zwei Kundschafter zu den Hügeln vorausschicken konnte.

Die ganze Zeit über behielten die Bauern sie furchtsam im Auge. In letzter Zeit hatten einfache Dörfler allzu oft die

Erfahrung machen müssen, dass bewaffnete Männer einem mitunter eine Kugel in den Leib jagten, ohne vorher zu fragen, auf wessen Seite man stand und welchen Gott man verehrte.

Als die Späher zurückkehrten, berichteten sie, dass alles ruhig war. Daraufhin setzte die Einheit ihren Weg fort, doch schon nach einer halben Stunde entdeckten sie an einem fast ausgetrockneten Bach die Leichen von zwei Soldaten des Achtzehnten Infanterieregiments. Beide Männer waren an grob gezimmerte Kreuze geschlagen worden. In ihren Augen steckten Pfähle.

López, José und der rothaarige Carlos nahmen die Männer ab. Miguel befahl, Gräber für sie auszuheben.

»Das Leid dieser Armen hat nun ein Ende«, sagte Ignacio, und sein verschmitztes, lebhaftes Gesicht nahm einen strengen Ausdruck an. »Möge der Erlöser ihren Seelen Frieden schenken.«

»Es muss sie heute morgen erwischt haben«, bemerkte López kopfschüttelnd. »Diese Narren. Was haben sie sich nur dabei gedacht, zu zweit aufzubrechen?«

»Die Gegend gilt als sicher«, murmelte Fernando und zündete sich eine Pfeife an. »Die Kämpfe sind hier schon vor anderthalb Monaten eingestellt worden.«

»Aber das werden sie doch wohl nicht geglaubt haben, oder?! Ein Geschwür brennst du nicht von heute auf morgen aus, das dauert Jahre«, sagte Alejandro und spähte aufmerksam in die Akazien. Mehrere Männer folgten seinem Beispiel, und alle hielten ihre Musketen bereit.

Sie konnten keine tiefen Gräber für die beiden toten Soldaten ausheben, denn auch so kostete sie das Ganze schon eine Menge Zeit. Sobald Vater Augusto ein Gebet gesprochen hatte, schaufelten Carlos und José die Gruben mit Erde zu und warfen die Spaten wieder auf ein Fuhrwerk mit allerlei Geräten.

»Ich an deren Stelle würde die Straße im Auge behalten«,

murmelte Fernando, der voller Rachsucht Ausschau hielt. Hinter einer Biegung begann der Wald.

»Glaubst du, es waren Bauern aus dem Dorf?«

»Wer denn sonst? Hast du nicht gesehen, was für einen Schrecken ihnen unser Auftauchen eingejagt hat?«

»Ein Tier beschmutzt sein Nest aber nur selten«, widersprach Ignacio, der sich mit dem Hut Luft zufächelte. »Allerdings muss das nicht unbedingt auch für Menschen gelten …«

Es tauchte jedoch niemand auf. Raúl verstärkte die Patrouillen und befahl, dass alle Augen und Ohren offen hielten.

Mittags litten sie schier unerträgliche Qualen. Menschen wie Pferde waren völlig ausgelaugt, und jeder Soldat erachtete es für seine Pflicht, über die Hitze zu klagen. Dazu kamen noch die Bremsen. Die Biester stürzten sich auf sie, sobald sie an einem der vielen namenlosen Teiche vorbeikamen, die allesamt nahezu ausgetrocknet waren. Obendrein ging das Trinkwasser in ihren Flaschen rasant zur Neige, weshalb alle um Regen flehten. Am Himmel wollte sich indes nicht eine Wolke zeigen.

Trotz allem bedrängte José seinen Hauptmann jedoch bereits den ganzen Vormittag: »Señor, legt einen Harnisch an!«

Doch Raúl hatte nicht die Absicht, in seiner Rüstung zu verschmurgeln. Ihm war völlig schleierhaft, wie die Männer es in diesen Dingern aushielten. Jeden Gedanken an eine etwaige Gefahr wies er ohnehin strikt von sich. Irgendwann ging ihm das ständige Genörgel jedoch über die Hutschnur, und er verwünschte José und verlangte, er möge auf der Stelle damit aufhören.

In dem Dorf, in dem jenes Achtzehnte Infanterieregiment einquartiert worden war, deren Angehörige sie beerdigt hatten, legten sie eine Rast von zwei Stunden ein. Als die Sonne dann nicht mehr ganz so mörderisch sengte, setzten sie ihren

Weg fort. Nach Raúls Berechnungen müssten sie heute Nacht bereits in Narail, auf alle Fälle aber in Almadena sein.

Endlich kamen sie auch in die Gunst von etwas Schatten. Zunächst ritten sie zwischen aufgegebenen Weinbergen dahin, dann folgten Orangenhaine. Einzig die Straße mit dem weißen Staub änderte sich nicht. Letzterer hatte sich bereits auf der Kleidung, den Waffen und den Fellen der Pferde abgesetzt und gleichmäßig mit Schweiß vermischt.

Fünfzig Yard vor dem Trupp führte Fernando die Vorhut an, die Nachhut bestand aus drei Reitern Alejandros. Der Wagen mit den Gerätschaften des Trupps sowie der mit dem Käfig befanden sich in der Mitte.

Neben der Hexe ritten Pablo und Rodrigo Einauge, die sich weder um Aberglaube noch um Magie scherten. Das Einzige, was ihnen Angst einjagte, waren ein leerer Geldbeutel und ein Abendbrot ohne eine Flasche Rotwein. Alle anderen hielten sich jedoch von der Gefangenen fern.

Den Wagen lenkten Daniel und Rojos, während Vater Augusto sich nicht zu vornehm war, mit einem Pferd vorliebzunehmen. Irgendwann passte er die Gelegenheit ab, sich Raúl zu nähern, und bat diesen um ein Gespräch. Dem Hauptmann blieb nichts anderes übrig, als der Bitte stattzugeben.

»Ich wollte Euch danken, mein Sohn«, begann Augusto. »Ihr habt der Kirche einen großen Dienst erwiesen.«

»Es ist uns eine Ehre, Euch zu begleiten.«

»Oh, das meine ich nicht«, entgegnete Augusto lächelnd. »Ich danke Euch dafür, dass Ihr Bruder Rojos daran gehindert habt, Sünde auf sich zu laden.«

»Wäre es denn eine Sünde gewesen, die Hexe sterben zu lassen?«, fragte Raúl verwundert.

»Im gegebenen Fall ja.«

»Sie ist doch ohnehin bereits des Todes«, bemerkte Raúl mit einem Blick auf den Käfig. »Immerhin trägt sie den weißen Kittel. Spielt es da noch eine Rolle, ob sie einen Tag früher oder später stirbt?«

»Leider ja. Die Seele dieser Hexe muss Qualen auf sich nehmen und durch das reinigende Feuer gehen. Auf diesem Wege vergibt ihr der Erlöser. Bliebe all das aus, würde ihr Geist bis zum Tag des Jüngsten Gerichts ruhelos umherirren. Und die Schuld dafür trüge Bruder Rojos.«

»Und was hieße das für ihn?«

»Nichts«, erklärte Augusto. »Aber am Tag des Jüngsten Gerichts würde man ihn mit dem gebotenen Nachdruck fragen, warum er verhindert hat, dass diese Seele in die paradiesischen Gefilde eingeht.«

»Hat die Frau denn Reue gezeigt?«

»Nein«, knurrte Augusto. »Doch bleibt ihr noch ausreichend Zeit, sich eines Besseren zu besinnen.« Dann wechselte er unvermittelt das Thema. »Ich habe Euch gestern gar nicht beim Gebet gesehen. Oh, ich mache Euch deswegen keinen Vorwurf, Señor, denn ich bin mir sicher, dass Ihr Eurer Kirche ein braver Sohn und unserem Erlöser ein folgsames Kind seid. Es tut wohl zu sehen, dass selbst Soldaten in diesen wirren Zeiten nicht verroht sind.«

»Und nicht auf eine Ketzerin hereinfallen …«

»Empfindet Ihr etwa Mitleid mit dieser Hexe?«, fragte Augusto und verengte die Augen auf gefährliche Weise zu Schlitzen.

»Wo denkt Ihr hin!«, log Raúl, ohne mit der Wimper zu zucken. »Ich will nur nicht, dass sie mir unterwegs stirbt. Viele meiner Männer glauben nämlich, es bringe Unglück, wenn eine Hexe in der Nähe zu Tode kommt. Ihr malt Euch nicht aus, wie abergläubisch manche Soldaten sind. Daher will ich verhindern, dass meine Männer hinter jedem Strauch eine Gefahr wittern.«

»Die Angst dieser Männer ist natürlich übertrieben«, entgegnete Augusto. »Andererseits darf man die Hexe auch nicht unterschätzen.«

»Wollt Ihr etwa behaupten, von ihr ginge selbst jetzt noch eine Gefahr aus?«, fragte Raúl.

»Solange wir in der Nähe sind, mit Sicherheit nicht.«

»Stimmt es eigentlich, dass sie über die Gabe verfügt?«

»Ihre Magie ist dem Dunkel entsprungen!«, zischte Vater Augusto. »Und sie ist stark!«

»Aber Ihr fürchtet sie nicht?«

»Nein, denn das heilige Halsband der Inquisition macht es ihr unmöglich, ihre verfluchte Kraft einzusetzen. Und dieses Artefakt kann ihr einzig ein Kirchenmann mit reiner Seele abnehmen.«

Zu der reinen Seele so manches Kirchenmannes hatte Raúl zwar seine eigenen Ansichten, die er jedoch für sich behielt.

»Ihr zweifelt daran?«, fragte Augusto ihn.

»Wie kommt Ihr denn darauf? Ich würde Euch nie unterstellen, die Wahrheit …«

»Die Wahrheit kennt nur unser Erlöser, mein Sohn. Das hat bereits Luchezar Visari in seiner Schrift festgehalten, der ein heiliger Mann war. Wir alle können nur hoffen, Seinen Willen treu auszuführen.«

»Gilt das etwa auch für die Inquisition? Kann auch sie nur *hoffen?*«

»Für die Inquisition gilt dies zuallererst.« Er stieß einen kurzen Seufzer aus. »Doch wie Ihr versuchen auch wir unsere Pflichten, die wir gegenüber dem Glauben, dem Land und den Menschen haben, treu zu erfüllen.«

Welch aufschlussreiche Reihenfolge, dachte Raúl. Wahrscheinlich vergisst er die Menschen sogar manchmal …

»Aber das Heilige Gericht irrt selten«, fuhr Augusto fort. »Deshalb ist bisher noch kein Schuldiger ungestraft davongekommen.«

»In Zukunft dürfte der Inquisition aber noch viel Arbeit ins Haus stehen, wenn sie alle Ketzer fassen will, die auf dieser Erde ihr Unwesen treiben.«

»So der Erlöser es will, werden wir auch diese Aufgabe meistern. Den hinter uns liegenden Aufstand haben gottlose Menschen angezettelt. Sie wird das himmlische Feuer strafen, nicht das irdische. Denn entgegen der landläufigen Meinung reichen die Scheiterhaufen gar nicht für alle Ketzer aus. Sonst müssten wir sämtliche Wälder des Königreichs fällen.«

»Aber für die Hexe wird ein Feuer auf dem Platz des Heiligen Barnabas lodern.«

»Davon dürft Ihr ausgehen. Sünderinnen wie sie muss man verbrennen.«

»Darf ich fragen, wessen sie sich schuldig gemacht hat?«

»Sie hat ihre Seele an die Schlange der Versuchung verkauft.«

»Soll das heißen, sie war so dumm, einen Zauber zu wirken?«

»Das war sie.«

Eines der kirchlichen Dogmen lautete, dass man die Mönchsweihe erfahren und die Kutte angelegt haben musste, um Magie anwenden zu können. Gelang es indes jemandem, der kein Diener des Erlösers war, einen Zauber zu wirken, bedeutete dies, dass er sich auf einen Handel mit dem Dunkel eingelassen hatte.

»Ihr habt von Juescar gehört?«, fragte Augusto.

»Wer hätte nicht davon gehört!«

Diese Stadt im äußersten Süden ging mit besonderem Feuereifer gegen den Irrglauben vor. Nachdem man alle Abtrünnigen an den Stadtmauern aufgehängt hatte, belagerte jedoch die Armee der Barone Juescar und nahm die Stadt unter Beschuss.

Anfangs hatten die Menschen in Juescar noch auf die Armee des Königs gehofft. Diese hatte aber mit erbittertem Widerstand zu kämpfen, sodass sie lange in den Hügeln im Süden feststeckte, um jeden Yard Boden mühselig focht und kaum vorwärtskam. Unterdessen setzten die Belagerer den Angriff auf die Stadt fort und töteten alle, derer sie habhaft werden konnten. Die Bewohner Juescars hielten sich tapfer und schafften es sogar, den Feind immer wieder in hohem Bogen von den Mauern zu werfen. Dann erhielt die Stadt endlich Verstärkung vom Sechsten Gendarmerieregiment und von Truppen aus Tusere, sodass man die Belagerer in die Zange zu nehmen und ihre übereilt gebildete Verteidigungsfront auseinanderzureißen vermochte. Überlebt hatten nur die, denen die Flucht gelang.

»Diese Frau kommt aus Juescar. Letzten Endes ist ihr der Sieg in dieser Schlacht zu danken, nicht den Soldaten des Königs, denn sie war es, die mit ihrer Gabe die Aufständischen bezwungen hat.«

Raúl drehte sich zum Käfig um und betrachtete die Frau nachdenklich.

»Mir fehlen die Worte, ehrwürdiger Vater«, wandte er sich dann wieder an Augusto. »Bisher hatte ich angenommen, sie stünde aufseiten derjenigen, die den neuen Glauben vertreten.«

»Nein, diese Frau, die nichts mit den wahren Dienern des Erlösers verbindet, hat an jenem Tag trotz allem aufseiten des alten Glaubens gekämpft.«

»Was für eine merkwürdige Geschichte«, stellte Raúl fest. »Warum hat sie das getan?«

»Wer weiß! Jedenfalls hat sie sich freiwillig dazu bereit erklärt, als im Gottesdienst alle vor dem Zeichen des Erlösers um Hilfe für die Stadt und um Vernichtung der Sünder gefleht haben. Danach hat sie binnen weniger Minuten die Belagerer ausgeschaltet.«

»Diese Hexe hat Juescar also unschätzbare Hilfe geleistet?«

»Im Grunde schon, ja«, murmelte Augusto. »Trotzdem müssen wir uns vor ihr hüten. Vielleicht sollte diese Kreatur ja in den reinen Seelen der Menschen aus Juescar Zweifel säen? Und dieses Korn hätte durchaus auf fruchtbaren Boden fallen können.«

Aber vielleicht wollte sie auch bloß helfen, ging es Raúl durch den Kopf. Diese Geschichte widerte ihn an, und er hätte es vorgezogen, die Wahrheit nicht erfahren zu haben.

»Und sobald die Gefahr gebannt war, hat Juescar die Frau an die Inquisition ausgeliefert?«

»Selbstverständlich«, sagte Augusto mit allem Nachdruck. »Es dauerte nicht länger als ein paar Stunden, dann hatte man dieses Werkzeug der Versuchung gefesselt und geknebelt.«

Raúl nickte bloß. Die meisten Menschen waren undankbare Schweine. Zunächst flehten sie auf Knien um Hilfe, doch kaum waren sie am Ziel ihrer Wünsche angelangt, rammten sie ihrem Retter einen Dolch in den Rücken. Die Menschen in Juescar waren offenbar keinen Deut besser. Die Gemengelage aus übertriebener Frömmigkeit, Furcht vor göttlichen Strafen und dem Fehlen jeglichen Gewissens vollbrachte schon höchst seltsame Wunder.

»Und obwohl sie Juescar gerettet hat, soll sie jetzt auf dem Scheiterhaufen brennen?«, fragte Raúl, der sich bemühte, gelassen zu wirken, obwohl in seiner Brust ein Sturm tobte.

»So hat es das Heilige Gericht entschieden. Die Schlange der Versuchung hat sich in ihrer Seele festgebissen, daran ändert nicht einmal die Tatsache etwas, dass sie der Stadt zu Hilfe kam. Letzten Endes wissen wir auch gar nicht, welche Folgen das noch haben kann. Vielleicht vermag einzig das Feuer, das diese Frau läutern wird, Juescar vor einem Fluch zu bewahren. Die göttliche Strafe …«

Doch er konnte seinen Satz nicht zu Ende bringen, denn mit einem Mal krachten Schüsse. Die Vorhut war in einen Hinterhalt geraten. Schon erhoben auch in den hohen Geißblattbüschen, die an beiden Seiten der Straße vor den Orangenhainen wuchsen, Musketen ihre Stimme.

Eine Kugel zischte an Raúl vorbei, streifte ihn aber nicht einmal. Beißender graublauer Rauch hing über der Straße, die Angreifer stürmten mit lautem Geschrei auf sie zu.

Die Männer bewahrten indes Ruhe. Sie waren alte Hasen, die mehr als ein Gefecht auf dem Buckel hatten. Ein Teil saß nun ab und ging mit Musketen zum Gegenangriff über, ein anderer Teil eröffnete von den Pferden aus mit Pistolen das Feuer.

Sie alle hofften darauf, diejenigen ihrer Feinde zu treffen, die gerade nachluden. Mittlerweile gaben auch hinter ihnen Aufständische Schüsse ab, mit denen sie ihnen begreiflich machten, dass der Feind sie in die Zange genommen hatte und es keine Möglichkeit zum Rückzug gab.

»Señor!«, rief Pablo, der eigentlich zur Vorhut gehörte, jetzt aber auf Raúl zuritt. »Fernando ist tot!«

»Alejandro! Halte die Straße! Miguel! Bringe die Inquisitoren zur Mühle!«

Raúls Befehle wurden sofort ausgeführt. Überall erschallten kurze Kommandos, die meisten Soldaten saßen wieder auf. Einige durchbrachen die Büsche am linken Straßenrand und hielten auf die kleine Mühle etwa sechzig Yard von der Straße entfernt zu, deren Flügel erstarrt zu sein schienen.

»José! Haben wir Verluste?«, fragte Raúl, der hörte, wie Alejandro im Rauch fluchte.

»Ich weiß es nicht, Señor! Sieben bis zehn Mann würde ich vermuten! Die Vorhut hat es fast vollständig erwischt.«

Seit dem Beginn des Angriffs war nicht mehr als eine Minute vergangen. Abermals knallte es, und Raúls Pferd kippte auf die Seite. Der Hauptmann sprang aus dem Sattel, rollte sich ab, verlor dabei den Hut und fand sich Auge in Auge mit einem Aufständischen in schlichter Bauernkleidung wieder, der bereits mit einem Kurzschwert nach ihm ausholte. Ohne lange zu überlegen, blieb Raúl am Boden, lud die Pistole und zielte auf das Gesicht des Angreifers. Das schwere Geschoss riss dem Kerl den halben Schädel weg.

Raúl blieb keine Zeit, die Waffe nachzuladen, denn in dem graublauen Pulverschleier, der in der absolut windstillen Luft hing, bewegten sich dunkle Schatten. Deshalb zog er Degen und Dolch. Mittlerweile bedauerte er, dass er Josés Rat hartnäckig ignoriert und auf einen Brustharnisch verzichtet hatte.

Alejandro lud fluchend eine Pistole nach der nächsten,

während Raúl nun einem Gegner die Klinge tief in den Leib rammte. Anschließend wehrte er einen Angriff mit dem Dolch ab und bewegte sich im Kreis um sein Gegenüber, bis er ihm den Degen schließlich mit einem überraschenden Ausfall in den rechten Schenkel bohren konnte. Er bellte einen knappen Befehl, jemand möge sich um die Verwundeten kümmern, und eilte seinem nächsten Feind entgegen. Der Kerl war weniger wendig und griff auf eine sehr grobschlächtige Weise an, sodass Raúl ihm sofort einen Schlag auf das Handgelenk verpassen konnte. Es folgte ein Stich in die Leber, dann beendete er diesen Kampf, indem er dem Burschen die Kehle aufschlitzte.

Die ganze Zeit über gab José ihm Deckung. Nach und nach zog auch der Rauch ab, sodass man ein großes Stück der Straße einsehen konnte. Der Kampf tobte bis hin zu jener Biegung, an der die Vorhut angegriffen worden war.

Gerade hielt eine Gruppe von Raúls Männern auf sechs feindliche Schützen zu, die hastig ihre Pistolen reinigten. Hinter ihnen stieß Ignacio einen scharfen Pfiff aus, um den Rückzug zu befehlen. Gleichzeitig warf er eine Granate ins Dickicht, in dem die Aufständischen lauerten. Die Feinde sprengten prompt völlig aufgelöst mit lautem Geschrei in alle Richtungen davon. Dennoch erwischte es etliche von ihnen. Und die Flüchtigen wurden auf der Stelle von Raúls Männern unter Beschuss genommen.

Zwei weitere Reiter warfen nun Granaten auf die Straße und in die Geißblattbüsche, um die Panik unter den Feinden zu schüren und ihre Reihen weiter zu lichten. Hinter den Orangenhainen war ein tiefes Geheul zu vernehmen, und einige Herzschläge später explodierte vierzig Yard von Raúl entfernt ein Geschoss.

»Rückzug!«, brüllte er, bereits mit dem nächsten Gegner beschäftigt.

Diesmal hatte er es mit einem Adligen zu tun, der äußerst geschickt zu kämpfen verstand. Sein Rapier fuhr ebenso eindrucksvoll durch die Luft wie der Degen des Hauptmanns. Glücklicherweise ritt gerade Pablo mit völlig verrußtem Gesicht und angesengtem Bart heran, hieb mit dem Langschwert auf Raúls Gegner ein und schlitzte diesem den Brustkorb auf.

Ihm folgte José, der Raúl hinter sich aufsitzen ließ. Sobald er in Richtung Mühle davongaloppierte, jagten ihnen die anderen Reiter nach.

An der Mühle, die von einer halb mannshohen Lehmmauer umgeben war, knallten bereits Schüsse. Der Gegner setzte alles daran, Raúls Männern den Fluchtweg abzuschneiden. Diese leisteten freilich erbitterten Widerstand. Der Feind musste denn auch zurückweichen, zog allerdings keineswegs endgültig ab.

»Die Musketiere haben ihren Posten bezogen, Señor!«, rapportierte Miguel.

»Bestens, Korporal«, erwiderte Raúl, der nach dem Absitzen bereits seine Pistole nachlud, indem er die Patronen anbiss und dann in den Lauf stopfte. »Verluste?«

»Neun Mann.«

»Ich habe zwei«, sagte Alejandro vom Pferd aus.

»Fünf sind verletzt, aber nicht lebensgefährlich«, fuhr Miguel fort. »Bloß ein paar Kratzer.«

»Sind die Kirchenmänner wohlauf?«

»Nur zwei von ihnen. Sie sind mit der Hexe hinter der Scheune. Vater Augusto wurde jedoch von einer Kugel getroffen.«

»Die Inquisition dürfte über die Nachricht vom Tod eines ihrer Männer nicht gerade erfreut sein«, knurrte Raúl.

»Sollen sie den Aufständischen deswegen die Füße rösten«, knurrte Miguel, der während des Kampfes einen großen Teil seiner Gottgläubigkeit eingebüßt hatte. »Uns trifft in diesem Fall jedenfalls keine Schuld, Señor.«

»Pablo!«, wandte sich Raúl an den Sergeanten. »Was ist eigentlich geschehen?«

»Wir sind der Vorhut des Feindes geradewegs in die Arme gelaufen, Señor! Der Rest von den Dreckskerlen kam dann die Hügel herunter. Es waren über achtzig, und dem Banner nach zu urteilen, gehören sie zu einem der Barone. Sie haben drei Kanonen dabei.«

»Und noch einen Mörser«, zischte der Hauptmann mit einem Blick auf die Straße, auf der die feindlichen Reiter geschäftig hin und her eilten. Ihre Helme blitzten in der Sonne. »José! Gib mir einen Brustharnisch!«

»Sofort, Señor!«

»Ich hatte eigentlich angenommen, die Barone wären samt und sonders in Corvera gefallen«, sagte Ignacio, der verwundet war, sich jedoch wacker hielt.

»Offenbar haben wir uns da getäuscht«, erwiderte Raúl und drehte sich dem noch zu Pferd sitzenden Alejandro zu. »Du solltest endlich absteigen.«

»Wir haben zwar ordentlich etwas abgekriegt«, sagte dieser und strahlte Raúl an, »bis zum Einbruch der Nacht halten wir jedoch ohne Frage durch. Das sind ja schließlich nicht mehr als drei Stunden.«

»Aber nicht hinter dieser Lehmmauer, Señor«, mischte sich Miguel ein, der sich ein schmales Fernrohr ans Auge hielt und die Straße absuchte. »Diese Mistkerle bringen nämlich schon ihre Kanonen in Position!«

Raúl nahm ihm das Fernrohr ab und spähte in die Richtung, in die Miguels Finger wies. Vier Pferde zogen eine Lafette, auf der der Mörser stand.

»Wo kommen die eigentlich her?«, presste Pablo heraus.

»Das spielt jetzt auch keine Rolle mehr«, bemerkte Alejandro. »Durch die Büsche werden sie sich jedenfalls mit dem Ding nicht vorkämpfen. Da warten nämlich Schützen auf sie.«

»López! Mureño!«, schrie Raúl. »Zu mir! Miguel! Die Schützen sollen vom Dach der Scheune und von der Mauer abgezogen werden! Sie sollen sich hinter der Scheune bereithalten und erst eingreifen, wenn der Feind das Feuer eröffnet. José! Schnapp dir das Banner und pflanze es auf dem Dach auf!«

»Aber das werden sie sofort unter Beschuss nehmen, Señor!«

»Es ist mir lieber, sie schießen auf die Fahne als auf meine Männer! Und jetzt tu endlich, was ich dir gesagt habe!«

Sofort eilten alle davon. Die Schützen an der Mauer zogen die Musketengabeln aus dem Boden, klemmten sie sich unter den Arm, schulterten die Waffe und rasten hinter die Scheune.

»Das stehen wir schon durch, oder, mein Freund?«, fragte Alejandro grinsend.

»Wenn nicht, liegen wir es durch«, entgegnete Raúl. »Und nun wollen wir uns mal umsehen.«

Sie führten die Pferde hinter die Scheune. Hier stand auch der Käfig. Neben ihm sprachen Rojos und Daniel leise ein Gebet. Die könnten auch gleich noch die Totenmesse für uns abhalten, dachte Raúl. Schaden würde es bestimmt nicht. Beide Inquisitoren waren kreidebleich, was indes kein Wunder war, denn wenn jemand den Aufständischen nicht in die Hände fallen sollte, dann sie. Gewöhnliche Soldaten mochten noch ohne viel Umschweife erschossen werden, doch den ehrwürdigen Vätern drohten grauenvolle Folterqualen. Diese konnten sich durchaus mit denen messen, welche die Inquisition Ketzern angedeihen ließ.

Raúl bedauerte, dass Augusto gestorben war. Er war der Einzige der drei, der über die Gabe verfügte. Mit ihr hätte er ihnen nun tatkräftig helfen können.

Gerade als der Hauptmann auf die beiden Kirchenmänner zuhielt, schob sich eine schmale Hand durch die Gitterstäbe des Käfigs, packte ihn bei der Schulter und schien ihn mit sengender Hitze zu verbrennen.

»Señor! Lasst mich frei!«, flüsterte die Frau flehend. »Ich kann Euch helfen.«

»Warum solltest du das tun?«, fragte er, während er sich mit sanfter Entschlossenheit aus ihrem Griff befreite. »Die Aufständischen befreien dich doch sicher.«

»Ihr wart gut zu mir, Señor«, sagte sie, wobei sie traurig lächelte und ihre Wange gegen das Gitter schmiegte. »Lasst mich aus diesem Käfig … Ich kann euch wirklich helfen, Señor. In Juescar …«

»Ich kenne deine Geschichte«, fiel ihr Raúl ins Wort. Dann sah er die beiden Inquisitoren an. »Könnt Ihr dieser Frau den Eisenring abnehmen? Vorübergehend, versteht sich.«

»Das kommt überhaupt nicht infrage!«, fuhr ihn Vater Rojos an. »Schlagt Euch das aus dem Kopf! Wer dem Dunkel dient, muss das heilige Halsband tragen! Aus ihrem Mund kommen nur Lügen! Glaubt mir, diese Hexe will uns alle ins Verderben reißen!«

Es wäre sinnlos gewesen, sich auf einen Streit einzulassen. In dem schweißüberströmten Gesicht des Inquisitors spiegelten sich einzig Hass und Furcht.

»In dem Fall will ich hoffen, dass Ihr Eure Entscheidung nicht bereut, ehrwürdige Väter«, zischte Raúl. »Und nun würde ich einen von Euch bitten, José zu begleiten. Er wird Euch andere Kleidung geben. Die Kutten könnten Euch das Leben kosten.«

»Wir werden unseren Erlöser niemals verraten!«, fauchte Vater Daniel.

Raúl ließ ihn einfach stehen und eilte endlich Alejandro hinterher. In diesem Augenblick krachten Kanonenschüsse. Die erste Kugel pfiff durch die Luft und flog östlich an der Mühle vorbei auf den Wald zu. Die zweite durchschlug das Scheunendach, explodierte aber nicht. Mit dem dritten Angriff zerfiel die Mauer in Lehm und Steine. Gleich darauf donnerte auch der Mörser los. Raúl blieb nichts anderes übrig, als sich auf den Boden zu werfen und das Gesicht im allgegenwärtigen Staub zu vergraben.

Die Explosion erfolgte in unmittelbarer Nähe.

Jemand schrie schmerzgepeinigt auf. Im Nu breitete sich überall der Geruch von Stahl, Pulver, Rauch und Blut aus.

»Joveljanos!«, schrie Miguel. »Wir haben einen Verletzten! Komm sofort her!«

Der Feldscher eilte bereits mit seiner Tasche zu dem blutüberströmten López, der lautstark fluchte. Zehn Schritt von ihm entfernt lag jemand. Wer, konnte Raúl auf die Entfernung nicht erkennen.

Zwei Männer versetzten den verwundeten Pferden den Gnadenschuss. Das Tier, das den Wagen mit dem Käfig gezogen hatte, war bereits in Stücke gerissen worden. Zusammen mit ihm hatte es auch Vater Rojos erwischt. Der Inquisitor lag mit weit von sich gestreckten Armen auf dem Boden. Blut hatte die Kutte an der Brust schon dunkel gefärbt. Vater Daniel stand fassungslos mit Armeekleidung in den Händen da und dankte mit zitternden Lippen seinem Erlöser dafür, dass dieser ihm das Leben geschenkt hatte.

Raúl eilte zurück zum Käfig. Einige Stäbe waren zerstört.

»Bist du verletzt?«, fragte er keuchend.

»Nein, Señor«, sagte die Frau.

In diesem Augenblick kam Alejandro auf einem Pferd, das wütend die Nüstern blähte, herangesprengt.

»Sie laden nach!«, schrie er. »Wir müssen uns sofort zum Angriff formieren! Lass mich mit den Männern …«

»Die würden euch abknallen, noch ehe ihr überhaupt bei den Waffen seid! Du bleibst hier!«

Der Hauptmann trat entschlossen an Vater Daniel heran.

»Ehrwürdiger Vater, für lange Auseinandersetzungen bleibt nun keine Zeit mehr«, sagte er. »Denn schon in wenigen Minuten sind wir alle tot. Diese Frau stellt unsere einzige Hoffnung dar, doch noch lebend aus dieser Falle herauszukommen! Könnt Ihr ihr den Eisenring abnehmen?«

»Sicher, das könnte jeder Inquisitor. Doch wäre dergleichen Wahnsinn! Wenn diese Hexe ihre Magie einsetzt, vermag ich sie nicht zu bändigen!«

»Darum macht Euch keine Sorgen! Meine Männer werden sie im Auge behalten! Mit der Waffe in der Hand!«

»Trotzdem bleibt es eine Sünde, eine Frau wie sie freizulassen! Der Erlöser wird mich in den paradiesischen Gefilden fragen, warum ich der Ketzerin die Freiheit geschenkt …«

»Der Erlöser wird Euch in der Hölle fragen, warum Ihr es zugelassen habt, dass alle Soldaten sterben!«, brüllte Raúl, dem nun der Geduldsfaden riss.

Mit einem Blick auf Rojos' Leiche nickte Vater Daniel, wenn auch zögernd.

Auf eine Geste des Hauptmanns hin öffneten Mureño und Rodrigo Einauge das Schloss des Käfigs. Ignacio, der viel Blut verloren hatte und infolgedessen kreidebleich war, hatte sich inzwischen verbinden lassen. Er befahl Carlos, die Leiche des getöteten Inquisitors zu durchsuchen. Sobald der Soldat den Schlüssel für die Fesseln fand, warf er ihn Mureño zu. Dieser befreite die Frau rasch, fasste sie am Arm und zog sie aus dem Käfig.

»Meine Männer sind gute Schützen«, warnte Raúl sie, auch wenn er wusste, wie töricht diese Worte klangen. Der Tod durch eine Kugel war in jedem Fall besser als der Scheiterhaufen, der auf sie wartete.

»Ich will Euch helfen, Señor«, erklärte die Frau bloß.

Vater Daniel fuhr nun langsam und widerstrebend mit dem Finger über das Zeichen des Erlösers, das in den Eisenring graviert war. Mit leisem Klirren sprang der Ring auf. Miguel fing prompt an, ein Schutzgebet aufzusagen. Die Frau sonderte sich jedoch sofort von den Männern ab und reckte die Hände zum Himmel.

Raúl ahnte, welche Überwindung es seine Männer kostete, in diesem Augenblick keinen Schuss abzugeben.

Letzten Endes geschah indes nichts, das Anlass zu Misstrauen gegeben hätte. Über sie senkte sich nicht ewige Nacht herab, ja nicht einmal die Wolken bewegten sich und schoben sich vor die Sonne, was vielleicht schlicht und ergreifend daran lag, dass es keine einzige Wolke am Himmel gab. Es brach auch kein höllisches Geheul los, geschweige denn, dass sich die Schlange der Versuchung manifestiert hätte.

Allerdings lösten sich von den Mauern der Scheune drei halb durchscheinende Silhouetten. Im grellen Sonnenlicht hätte Raúl sie beinahe nicht bemerkt. Bei ihnen handelte es sich um gigantische Wölfe. Wären diese Tiere tatsächlich aus Fleisch und Blut gewesen, hätten sie mit einem Biss mühelos ein halbes Pferd verschlungen.

Die drei Gespenster schossen wie der Blitz auf die Aufständischen zu. Raúls Soldaten mochten durch diese Ausgeburten des Dunkels noch so sehr in Schrecken versetzt worden sein – sie ließen es sich nicht nehmen, den Kreaturen zu folgen, um zu beobachten, was geschehen würde. Der Hauptmann dagegen blieb, wo er war. Er, Vater Daniel, Rodrigo, Mureño, Pablo und Carlos ließen die Hexe keine Sekunde aus den Augen.

Schüsse waren zu hören, gleich darauf auch panische Schreie. Doch schon beim nächsten Wimpernschlag gingen alle Geräusche in einem Heulen unter, das unsagbares Entsetzen ausdrückte.

»Mureño«, murmelte Raúl, während er die Frau beobachtete, die inzwischen in Trance gefallen zu sein schien. »Sieh mal nach, was da los ist!«

Binnen einer Minute war der Soldat wieder da.

»Dort … dort … Señor!«, stammelte er erschüttert. »Die Schatten reißen die Feinde in Stücke und verschlingen sie! Nur ein kleiner Teil der Männer konnte Hals über Kopf fliehen!«

»Das ist die Saat der Versuchung!«, entfuhr es Vater Daniel, der den Eisenring in den zitternden Händen hielt.

Kurz darauf kam Alejandro zu Raúl.

»Der Feind ist vollständig zerschlagen, mein Freund!«, berichtete er. »Die Straße ist frei. Die Tiere hatten nicht die geringste Mühe, mit dem Gegner fertigzuwerden.«

Während er Bericht erstattete, überschlug sich seine

Stimme nicht, verriet sein Gesicht nicht die geringste Empfindung. Seine Augen indes waren wie ein offenes Buch. In ihnen las Raúl sowohl Angst und Fassungslosigkeit als auch Begeisterung und Verblüffung.

Die Kraft, die in dieser barfüßigen Frau im weißen Kittel steckte, beeindruckte alle. Ganz besonders erstaunte die Männer jedoch der Umstand, dass sie nicht gezögert hatte, sie einzusetzen. Darin unterschied sie sich nur zu augenfällig von den meisten Kirchenmännern, mischten diese sich doch höchst selten in irdische Belange ein. Oft genug rührten sie nicht einmal im Krieg, ja nicht einmal in einem Glaubenskrieg einen Finger, um das Leben der Soldaten zu retten.

Doch es wären wohl nur drei solcher Frauen mit magischer Gabe nötig, um jeden Krieg zu gewinnen …

Nun begriff Raúl auch, wie es in Juescar möglich gewesen war, den Feind in die Knie zu zwingen.

»He!«, rief José, um die Aufmerksamkeit der anderen auf sich zu lenken. »Seht mal da!«

Er zeigte auf den Wald, in dem sich die aufständischen Schützen verborgen hielten. Dort war eine riesige Flamme aufgelodert. Wer nicht auf der Stelle vom Feuer erfasst worden war, stürzte nun blindlings davon.

»Schlaft nicht!«, befahl Raúl. »Die Musketiere zu mir! Rasch!«

Umgehend eröffneten die Männer das Feuer. Vater Daniel legte unterdessen der Frau wieder den Eisenring um den Hals.

Almadena schien bereits seit über einer Woche in Erwartung einer nahenden Dürre erstarrt und sank unter den Liedern der Grillen und Zikaden, aber auch unter Gitarrenklängen allmählich in ruhelosen Schlaf.

Alejandro saß am Fenster und spielte eine getragene Melodie auf seinem Instrument. Neben ihm stand eine bauchige Flasche Commandaria-Wein. Er nahm als Einziger nicht an dem Festmahl teil, das im Hof des prachtvollen Hauses abgehalten wurde. Doch auch an der Tafel herrschte keine ausgelassene Freude. Die Männer sprachen nur leise miteinander, entkorkten dafür aber umso lieber Flasche um Flasche. Sie waren einmal mehr den kraftvollen Armen des Todes entkommen und suchten nun Vergessen im Rebensaft.

Mureño war nach Fernandos Tod von Raúl zum Korporal ernannt worden. Irgendwann brach er über den Verlust seines Waffengefährten in Tränen aus. Diese rannen ihm ungehemmt über die braun gebrannten Wangen. Die anderen schenkten ihm so lange Rotwein nach, bis der frischgebackene Korporal einschlief. Ignacio, Pablo und Miguel stritten darüber, ob sie nun, da sie die Hilfe einer Hexe in Anspruch genommen hatten, in der Hölle landen würden. Jedes Für und Wider wurde mit einem Schluck Wein hinuntergespült. So gelangten sie ständig zu einer neuen Meinung, was sie weiter verwirrte und den ohnehin verzwickten, von derben Flüchen begleiteten Streit über Glaubensfragen noch vertrackter machte. Etliche Männer schliefen nach dem schweren Tag auch schlicht und ergreifend auf den Bänken im Hof ein.

Raúl saß ebenfalls in düsterer Stimmung da. Auch er fühlte sich innerlich leer. Seine einzige Freude bestand darin, dass er den Harnisch hatte ablegen dürfen. Der Staub der Straße hatte sich seinen Weg durch die Spalten der Rüstung gebahnt, sich mit Schweiß vermischt und in schmierigen Dreck verwandelt. Darunter hatte der Hauptmann gelitten, solange er das vermaledeite Ding hatte tragen müssen.

Als er nun aufstand, musste er den Kopf beugen, um nicht gegen die Äste eines Orangenbaums zu stoßen. Nach ein paar Schritten lief er Joveljanos in die Arme.

»Wie geht es López?«, erkundigte sich der Hauptmann sogleich bei dem Feldscher.

»Er wird es überleben, Señor. Zumindest hatte er mehr Glück als der arme Javier und alle anderen, die wir heute verloren haben.«

Im Gesicht des hochgewachsenen, fülligen Mannes spiegelten sich Müdigkeit und Erschütterung. Die Ereignisse des Tages hatten ihm ebenso zu schaffen gemacht wie allen anderen.

»Lass es für heute genug sein und schlaf dich aus«, sagte Raúl zu ihm. »Du hast gute Arbeit geleistet. Wie wir alle.«

Als der Hauptmann weitergehen wollte, hielt Joveljanos ihn jedoch zurück. »Kommandeur!«

»Ja?«

»Ich hoffe, ich habe mir nicht zu viel herausgenommen«, begann der Feldscher, »aber ich habe dem Wachtposten gesagt, dass Ihr befohlen hättet, die Frau aus dem Käfig zu lassen und sie in den Pferdestall zu bringen. Außerdem habe ich angewiesen, ihr etwas zu essen zu geben.«

»Weiß Vater Daniel davon?«

»Ja. Er wollte es mir auch verbieten, allerdings mit wenig Nachdruck, Señor. Er scheint inzwischen völlig gebrochen, sodass ihm vieles einerlei ist.«

Raúl hielt es zwar für etwas gewagt, den Inquisitor als gebrochenen Mann zu bezeichnen, widersprach Joveljanos jedoch nicht.

»Ich hoffe, Ihr lastet mir mein Verhalten nicht an, Señor?«

»Bestimmt nicht, Joveljanos. Letzten Endes hast du mir damit nur eine Arbeit abgenommen.«

»Dann ist es ja gut.«

»Eine Frage habe ich aber noch«, sagte Raúl. »Warum hast du das getan?«

Der Feldscher trat dicht an seinen Hauptmann heran und strich sich nachdenklich über den Bart.

»Aus einem dämlichen Gefühl von Dankbarkeit heraus, Señor«, gab er dann zu. »Seit fünfzehn Jahren flicke ich unsere wackeren Männer nun mit einer krummen Nadel zusammen oder ziehe Kugeln und Splitter aus ihnen heraus. Leider bin ich nicht so gottesfürchtig wie Miguel. Ich hoffe nicht auf die paradiesischen Gefilde, fürchte mich aber auch nicht vor dem Backofen der Hölle. Deshalb gebe ich nicht allzu viel auf die Meinung der Kirchenmänner. Für mich ist diese Gefangene eine Frau wie jede andere, selbst wenn sie über Magie gebietet. Der Inquisition würde ich das jedoch trotz allem nicht auf die Nase binden.«

Raúl bedeutete ihm mit einer Geste, dass auch er niemandem etwas von diesem Gespräch erzählen würde.

»Alle beteuern, dass sie uns heute geholfen hat. Und recht haben sie, Señor. Die Frau hat uns allen in diesem Kampf die Haut gerettet. Und beim Erlöser, eine Schale warmen Essens ist wahrlich kein zu hoher Preis für unser Leben. Wer weiß, ob sie überhaupt noch einmal …«

»Ich verstehe dich ja. Und nun geh schlafen.«

»Gute Nacht, Señor«, wünschte Joveljanos.

»Dir auch«, erwiderte Raúl.

Nach diesen Worten ging der Feldscher in Richtung der Gitarrenklänge davon.

Raúl sah ihm noch eine Weile nach, dann schlenderte er zum Stall hinüber.

Almadena war eine Grenzstadt mit eigener Garnison. Raúls Männer brauchten deshalb keine eigenen Wachtposten aufzustellen. Sobald die zwei Hellebardiere den Hauptmann sahen, unterbrachen sie ihr Würfelspiel und begrüßten Raúl wie einen alten Bekannten.

»Wir haben Eure Ketzerin gefüttert, ganz wie Ihr es befohlen habt, Señor«, teilte ihm einer der beiden mit, dessen Gesicht hoch bis zu den Augen von einem lockigen Bart bedeckt wurde. »Können wir sonst noch etwas tun?«

»Nein. Ich werde jetzt kurz mit der Gefangenen sprechen.«

»Wie Ihr wollt, Señor«, erwiderte der Mann und griff nach dem Würfelbecher.

Die Frau saß im Schein einer Laterne auf sauberem Stroh und war mit einer Kette an die Wand gefesselt wie ein Hund. Der Eisenring um ihren Hals schimmerte matt, über ihr

Gesicht tanzte der Widerschein des Lichts, sodass ihre Züge noch schärfer hervortraten.

»Señor?«

Er blieb vor ihr stehen, verschränkte die Hände hinterm Rücken und wippte auf den Füßen hin und her.

»Warum hast du diese Gelegenheit nicht genutzt?«, fragte er schließlich unumwunden. »Warum bist du nicht geflohen? Mit deiner Magie hast du die Aufständischen mühelos vernichtet, deshalb bin ich mir sicher, dass wir dich nicht hätten aufhalten können. Warum bist du also immer noch hier?«

Sie schwieg sehr lange.

»Weil ich meinte, ich dürfe nicht fliehen«, sagte sie dann lächelnd. »Der Erlöser hat mir eine Prüfung auferlegt, diesen Weg muss ich nun bis zum Ende gehen.«

»Der Erlöser?«

»Juescar ist eine sehr gottesfürchtige Stadt, Señor«, erklärte die Frau. »Alle in meiner Familie sind gläubig. Auch mich hat man dazu erzogen, stets die Gebote des Erlösers zu befolgen. Seit ich denken kann, glaube ich an ihn, und selbst jetzt zweifle ich nicht, dass Er mich behütet und mir zur Seite steht. Das ist sehr einfach, Señor, den Glauben zu bewahren, meine ich.«

»Aber wie verträgt sich der Glaube an den Erlöser mit jener Magie, die vom Dunkel herrührt?«

»Die Kirche sagt, dass die unreine Gabe eine Sünde ist. Doch sie wurde mir in die Wiege gelegt. Außerdem setze ich sie nur ein, um Gutes zu schaffen, wie es uns der Erlöser lehrt. Trotzdem billigt die ehrwürdige Inquisition meine Gabe nicht. Deshalb währt meine Prüfung inzwischen vierzig lange Jahre, doch nun findet sie wohl endlich ihren Abschluss. Dem Los, das der Erlöser für uns bereithält, entkommt niemand, Señor.«

»Trotz deines Glaubens wirst du aber schon bald auf dem Scheiterhaufen brennen.«

»Meint Ihr etwa, das wüsste ich nicht, Señor?«, fragte die Frau.

»Warum hast du der Stadt überhaupt geholfen? Dir muss doch klar gewesen sein, dass du damit dein Leben in Gefahr bringst.«

»Viele Heilige kommen aus Juescar, Señor. Es ist, wie gesagt, eine gottesfürchtige Stadt, obendrein ist es meine Heimat. Und ich glaube tief an die alte Lehre, nicht an diese neue, für die die Aufständischen mit Lanzen und Musketen kämpfen. Als die Stadt Hilfe brauchte, ist mir nicht eine Sekunde in den Sinn gekommen, sie ihr zu verweigern. Das hätte der Erlöser niemals gebilligt, denn es ist die Pflicht eines jeden, den Menschen um ihn herum zu helfen.«

»Wäre es dann nicht auch die Pflicht der Menschen aus Juescar, dich vor dem Scheiterhaufen zu retten? Wenn sie dich stattdessen den Inquisitoren ausliefern, scheint mir das nicht gerade ein Ausdruck von Dankbarkeit.«

»Diesen Schritt müssen sie allein vor ihrem Gewissen verantworten, Señor.«

»Hast du denn nie bereut, der Stadt geholfen zu haben?«

»Weshalb hätte ich das tun sollen, Señor? Ich habe wahrlich nichts Böses getan und trete reinen Gewissens vor meinen Erlöser. Die Menschen aus meiner Stadt begreifen vermutlich selbst nicht, was sie eigentlich getan haben. Doch Gott wird ihnen ihr Verhalten verzeihen.«

»Soll er ihnen etwa auch verzeihen, dass du ihretwegen auf dem Scheiterhaufen verbrannt wirst?«

»Ich bin mir ganz sicher, dass er das tut«, antwortete die Frau leise. »Ich habe von Anfang an gewusst, worauf ich mich einlasse, Señor. Aber manchmal hat man keine Wahl und muss nach seinem Herzen handeln, selbst wenn schreckliche Folgen drohen. Versteht Ihr das, Señor?«

Raúl schwieg sehr lange. Mit einem Mal sah er die Frau mit anderen Augen.

»Ja«, sagte er schließlich leise. »Das verstehe ich.«

Vier Tage später hatten sich die Wege der Gruppe getrennt. In einem kleinen Dorf gabelte sich die Straße. Der eine Abzweig führte nach Istremara, wohin der Hauptmann musste, der andere brachte Daniel in die Hauptstadt des Königreichs, in der bereits der Scheiterhaufen auf die Hexe wartete. Vater Daniel hatte sich überraschend herzlich von den Soldaten verabschiedet, ihnen für die Hilfe gedankt, sie gesegnet und versprochen, den Erlöser um Wohlergehen für sie zu bitten. Anschließend hatte er Raúl zur Seite gebeten.

»Ich kann nicht schweigend darüber hinweggehen, was geschehen ist, mein Sohn«, hatte er mit gefalteten Händen verkündet. »Aber ich werde tun, was in meinen Kräften steht, damit niemand Euch einer Schuld bezichtigt. Die Kirche verzeiht alles, und Ihr seid ihr ein treuer Sohn, der seine Gottesfürchtigkeit mehr als einmal unter Beweis gestellt hat. Da dürfte ein kleiner Augenblick der Schwäche wie der, als Ihr eine Abtrünnige vorübergehend aus ihrem Käfig gelassen habt, Euch kaum zur Last gelegt werden. Diese Sünde werde ich auf mich nehmen.«

»Mir fehlen die Worte, ehrwürdiger Vater.«

»Worte sind auch keine nötig. Und nun geht mit Gott!«

Der Hauptmann nickte und wollte sich schon abwenden, fragte dann aber zu seiner eigenen Überraschung: »Aber die Frau soll nach wie vor auf dem Scheiterhaufen landen?«

»Selbstverständlich«, antwortete Daniel.

»Obwohl sie uns gerettet hat?«

»Diese Tat wird ihr am Tag des Jüngsten Gerichts angerechnet werden. Hier auf Erden ist sie indes ohne Bedeutung, denn wenn das Heilige Gericht sein Urteil einmal gefällt hat, bleibt es dabei. Doch nun lebt endgültig wohl.«

»Was wollte der Inquisitor von dir, mein Freund?«, fragte ihn Alejandro, nachdem sie eine Garnison erreicht hatten, in der sie über Nacht bleiben wollten.

»Mir noch ein paar kluge Worte mit auf den Weg geben«, antwortete Raúl.

Näher mochte er nicht darauf eingehen. Aus irgendeinem Grund kam er sich hundserbärmlich vor. Als es dunkelte, schnappte er sich Alejandros Gitarre. Das Saitenspiel wollte ihm jedoch nicht gelingen, da er unablässig an etwas anderes denken musste und sich das Gespräch mit der Frau immer wieder in Erinnerung rief. Alejandro, der am Tisch eine Patience legte, blickte ein ums andere Mal zu seinem Freund hinüber. Seine Miene wurde dabei finsterer und finsterer, vielleicht weil er kein Glück mit den Karten hatte, vielleicht aber auch, weil er allmählich ahnte, was in Raúl gärte.

»Er dürfte das Dorf noch nicht verlassen haben«, stellte der Hauptmann denn auch unvermittelt fest.

Alejandro seufzte, sammelte die Karten ein und sah seinen Freund nun offen an.

»Selbstverständlich ist der Mann noch da«, sagte er. »Was hast du vor?«

Raúl trommelte nachdenklich mit den Fingern auf den Tisch, nahm den Degen an sich und überließ sich einer eingehenden Musterung des Griffs. Alejandro drängte ihn nicht zu antworten.

»Ich möchte einen kleinen Ausritt machen«, murmelte Raúl irgendwann. »In etwa einer Stunde.«

Nun war es an Alejandro, in Grübeleien zu versinken. Nach einer Weile ließ er sich auf dem Stuhl zurückfallen und grinste.

»Dann werde ich dich wohl begleiten«, sagte er. »Wann hast du das entschieden?«

»Kaum dass wir uns von Daniel verabschiedet hatten.«

»Wenn du sie befreist, wird man sie suchen. Eigentlich können wir getrost darauf verzichten, die Inquisition auf den Fersen zu haben. Das könnte nämlich für alle übel ausgehen.«

»Das will ich doch nicht hoffen.«

»Du hast hier den Befehl«, meinte Alejandro lediglich. »Auf mich kannst du jedenfalls zählen.«

»Ich weiß.«

»Davon abgesehen würde ich dir raten, den Soldaten nicht auf die Nase zu binden, was wir vorhaben. Sie könnten dich sonst fesseln und in einem Sack nach Istremara schleifen. Und zwar nicht, weil sie den Zorn des Erlösers fürchten, sondern einzig und allein deshalb, damit du dir nicht durch weitere Dummheiten noch mehr Schwierigkeiten einhandelst.«

»Mitunter neigen sie in der Tat dazu, ihre Fürsorge zu übertreiben«, erwiderte Raúl grinsend und stand auf.

Alejandro nahm sein Langschwert und wollte den Raum verlassen, blieb dann jedoch in der Tür stehen.

»Warum tust du das, mein Freund?«, wollte er wissen.

Sie sahen sich fest an.

»Schieb es auf meinen Sinn für Gerechtigkeit«, antwortete Raúl schließlich. »Sie hat meinen Männern das Leben gerettet. Deshalb stehe ich in ihrer Schuld. Mitleid spielt wohl ebenfalls eine Rolle, das will ich gar nicht verhehlen.«

»Dann sollten wir diese Geschichte endlich zu ihrem Abschluss bringen.«

Das Wetter war umgeschlagen. Von Norden waren Wolken heraufgezogen und hatten sich vor die Sterne geschoben. Die lang ersehnte kühle Brise strich mit leichter Hand über die verlassene nächtliche Straße. Am Rand wuchsen vertrocknete Buchsbäume. Raúl ließ sein Pferd in einem kleinen Hain zurück und ging das letzte Stück zum Dorf zu Fuß. Am Fluss traf er auf Alejandro, der bereits vor einer Stunde aufgebrochen war.

»Sie wird in einem Schuppen hinter der Kirche gefangen gehalten. In den Straßen habe ich keine Patrouillen entdeckt, auch sonst ist alles ruhig. Die Hunde bellen zwar, aber darauf achtet niemand. Dazu sind die Aufständischen zu weit weg.«

»Wer bewacht sie?«

»Zwei einfache Diener der Inquisition, ein Inquisitor ist jedoch nicht in der Nähe.«

»Was ist mit Vater Daniel?«

»Den habe ich nirgends gesehen.«

Auf dem Weg zur Kirche begegnete ihnen tatsächlich keine Menschenseele. Vor einer Schenke kläffte sie ein Hund an, doch sobald ihm aufging, dass die beiden Männer keine Furcht vor ihm hatten, verstummte er und zog sich in seine Hütte zurück. Die kleine Kirche empfing sie mit bedrückender Stille. Alejandro betrat den dahinterliegenden Hof durch eine schmale Tür, Raúl folgte ihm auf dem Fuß. Im Hof gab es mehrere Schuppen.

In seine Jacke gehüllt schlief auf einem Strohballen einer der beiden Posten. Der zweite gähnte herzhaft auf einem anderen Strohballen. Raúl und Alejandro schickten die beiden Wachtposten kurzerhand in einen noch längeren Schlaf. Sie hatten kein Mitleid mit jemandem, der auf einen Befehl hin eine unglückliche Seele erbarmungslos in die Folterkammern der Inquisition schleppte. Raúl fingerte den Schlüssel für die Zelle von einem großen Eisenring.

»Warte hier auf mich«, sagte er zu Alejandro. »Es wird nicht lange dauern.«

Alejandro nickte wortlos.

Raúl nahm noch eine Laterne von einem Haken, schloss auf, öffnete die Tür und stieß sie hinter sich sofort wieder zu. Im Schuppen roch es ekelerregend nach altem Stroh, Zwiebeln und Mäusedreck. In der Dunkelheit klirrte eine Kette. Raúl hielt auf das Geräusch zu.

»Señor?«, fragte die Frau verwundert, als sie Raúl erkannte. »Ihr solltet nicht hierherkommen.«

Ihre Lippen waren aufgeschlagen, ein Auge völlig zugeschwollen. Nachträglich wogte Hass auf ihre Gefängniswärter in Raúl auf.

»Wie heißt du?«, fragte er, obwohl er eigentlich etwas anderes hatte sagen wollen.

»Naranja«, antwortete die Frau. »Ich bin Naranja die Zigeunerin.«

»Ich werde deinen Namen nicht vergessen.«

»Danke, Señor«, flüsterte sie. »Doch ist es zu spät, um noch etwas zu ändern. Ich werde nicht mit Euch kommen. Und das wisst Ihr genau.«

»Stimmt, das weiß ich.«

Es stand nicht in seiner Macht, ihr den Eisenring abzunehmen. Nicht einmal mit nackter Gewalt hätte er das geschafft …

»Morgen Abend wirst du in der Hauptstadt sein. Und übermorgen wartet der Scheiterhaufen auf dich. Warum lächelst du da noch?«

»Über meine Dummheit, Señor. Damals in Juescar habe ich tief in meiner Seele geglaubt, dass man mich verstehen, meine Sicht teilen und mich von dieser Strafe verschonen würde. Doch das Heilige Gericht hat sein Urteil nun einmal gefällt …«

»Ich würde dich gern vor dem Scheiterhaufen bewahren.«

»Das war mir in dem Augenblick klar, als Ihr eingetreten seid, Señor. Der Erlöser hat meine Gebete erhört und Euch zu seiner Hand gemacht, mit der er Barmherzigkeit übt. Etwas Besseres hätte ich mir nicht wünschen können.«

Raúl zog den Dolch. Sie wich nicht zurück und flüsterte, als wollte sie sich selbst überzeugen: »Ich glaube fest, dass der Erlöser sich meiner erbarmt hat, deshalb brauche ich nicht durch das Feuer zu gehen. Diese Strafe habe ich nicht verdient. Habt Dank, dass Ihr mich nicht wie eine Hündin behandelt habt, Señor. Falls es möglich ist, verrichtet Eure Tat schnell.«

»Das war's?«, fragte Alejandro, zu dessen Füßen die Leichen der beiden Posten lagen.

»Ja. Lass uns die Toten in den Schuppen bringen.«

Sobald das erledigt war, schnappte sich Raúl eine Laterne und warf sie in den Schuppen. Das Glas barst, das Öl sickerte die Wand hinunter und tränkte das Stroh. Rasch griffen die Flammen um sich. Sie schlugen bis zur Decke hinauf, erfassten den ganzen Raum und bahnten sich durch die kleinen

Fenster fauchend ihren Weg ins Freie. Alejandro gab sich damit noch nicht zufrieden, sondern schleuderte eine zweite Laterne hinterher.

»Gehen wir!«, verlangte er. »Gleich wird es hier von aufgebrachten Männern wimmeln!«

Nachdem sie das Dorf in aller Eile verlassen hatten, drehten sich beide noch einmal um, ohne dass es dafür eines Wortes der Verständigung bedurft hätte. Selbst von hier aus war der Widerschein des Feuers zu sehen. Mittlerweile züngelten die Flammen hoch über dem Dorf auf.

Erst als die beiden Freunde wieder auf ihren Pferden saßen, läutete man Alarm. Raúl drehte sich ein letztes Mal um, dann gab er seinem Pferd die Sporen.

Der Wind frischte unterdessen immer mehr auf, fachte das Feuer stärker und stärker an.

DER PREIS DER FREIHEIT

Eine Geschichte aus der Welt Haras

Knofer war außer sich. Er behauptete allen Ernstes, einflussreiche Freunde zu haben, weshalb die Soldaten mit dem Kommandeur an der Spitze demnächst auf Knien bei ihm angekrochen kämen, um ihn um Verzeihung zu bitten. Aber dann würde er diesem Vieh erst mal klarmachen, was Manieren bedeuteten.

Kurz und gut, er war ein Schwätzer. Mag ja sein, dass der Grünschnabel tatsächlich einflussreiche Gönner hatte – aber seit man mich vor zwei Tagen in dieses Loch geschmissen hatte, war keiner von ihnen aufgetaucht. Trotzdem weigerte sich der Junge nach wie vor zu glauben, dass er genauso tief in der Scheiße saß wie wir alle. Das änderte sich erst, als die Gittertür geöffnet wurde und bewaffnete Soldaten in das halbdunkle Verlies traten.

»Raus mit euch, ihr Kakerlaken!«, brüllte einer von ihnen. »Der Galgen sehnt sich schon nach euch!«

Bei diesen Worten knickten Knofer die Beine weg. Er jammerte lauthals, dass alles ein Fehler und er unschuldig sei, dass er Freunde habe, die ihn gleich hier rauspauken würden. Er schrie, hustete, verteilte Rotz und Tränen über sein Gesicht und verkroch sich in die hinterste Ecke. Die Begegnung mit dem Galgen war mit Sicherheit nicht das Ereignis, auf das er sich am meisten in seinem Leben gefreut hatte.

»Hat unser letztes Stündlein also geschlagen«, meinte der alte Oll seufzend.

»Scheint mir ein wenig früh dafür zu sein«, entgegnete ich. »Sonst gönnen sie sich diesen Spaß doch am frühen Morgen.«

»Als ob es eine Rolle spielt, ob die Sonne gerade aufgeht oder am Horizont verschwindet.«

»Na, und ob es das tut!«, mischte sich ein kräftiger Bursche ein, dessen Namen ich immer noch nicht kannte. »Wenn sie erst am Morgen kämen, könnten wir ein paar Stunden länger leben.«

»Haltet jetzt endlich die Schnauze und bewegt euren Hintern!«

Was hätten wir dagegen sagen oder tun sollen? Gegen zwanzig gut bewaffnete Soldaten würden fünf Gefangene nichts ausrichten.

Deshalb traten wir in den Gang des Gefängnisses hinaus. Alle bis auf Knofer.

»He!«, schrie einer der Soldaten. »Du sollst rauskommen, du Ratte! Also los!«

Der Junge schrie und heulte immer noch, wiederholte ohne Unterlass, niemand habe das Recht, so mit einem Menschen umzugehen, und sie alle würden ihr Verhalten noch bedauern. Irgendwann platzte dem Kommandeur die Hutschnur, und er befahl kurzerhand, den Sturkopf an den Beinen zu packen und aus der Zelle zu schleifen. Bei der Gelegenheit sorgten die Soldaten auch gleich mit ein paar gezielten Tritten dafür, dass Knofer sein Geheul einstellte.

Die Hände wurden uns auf dem Rücken gefesselt, wobei die Dreckskerle die Schnüre so festzurrten, dass mir vor Schmerz die Gesichtszüge entglitten.

»Vorwärts!«, brüllte der Kommandeur. »Und ja keine Dummheiten!«

»Wie sieht es mit einem letzten Wunsch aus?«, wollte der alte Oll wissen.

»Gibt's nicht. Du kannst dich aber gern darüber beschweren, wenn du in den Glücklichen Gärten bist. Und jetzt Abmarsch!«

Knofer war vor Panik so schwach, dass die Soldaten ihn hinter sich herziehen mussten. Ihre Stimmung wurde dadurch nicht gerade gehoben.

Der lange Gang brachte uns zu einer Gittertür. Nachdem sie aufgeschlossen worden war, verließen wir über eine breite Treppe den Keller. Es folgte ein weiterer Gang voller Wachen, finster dreinblickender Hellebardiere, zahlloser blakender Fackeln und mit unserem Ziel: der Tür in den Hof.

Ein Wärter klimperte mit Schlüsseln, danach wurden wir in den Gefängnishof hinausgeführt. Da wir alle kein Licht mehr gewöhnt waren, kniffen wir die Augen zusammen. Nach einer Weile ging es besser, und wir erkannten die rechte Hand des Kommandeurs, die Angehörigen des Stadtrats, einen Heiler, einen Schreiber, einen Diener Meloths und den Henker mit seinen zwei Spießgesellen.

Der Galgen ragte in der Mitte des Hofs auf und schien uns förmlich zu belauern. Die beiden in die Erde gerammten Pfähle mit dem Querbalken dazwischen weckten nicht gerade Freude in mir. Nicht zu vergessen die vier Schlingen. Aber wieso vier, nicht fünf? Offenbar erwartete einen von uns noch eine besondere Überraschung …

Als Knofer den Galgen sah, schiss er sich prompt in die Hosen. Einer der Soldaten fluchte unflätig, einer der Stadträte verzog das Gesicht.

»Vorwärts, ihr Kakerlaken!«, brüllte der Kommandeur. »Der Galgen hat schon Sehnsucht nach euch.«

Alle außer Knofer wurden nach vorne gestoßen. Jemand schubste auch mich. Beim Reich der Tiefe, das war's dann wohl! Ich spuckte aus und trottete dem alten Oll hinterher.

»Du da! Blondschopf!«, rief mir der Kommandeur zu. »Stehen geblieben!« Dann wandte er sich an zwei Soldaten: »Tschu! Mart! Schnappt euch erst den Jammerlappen dahinten! Soll der seine Späßchen am Strick fortsetzen!«

Knofer wehrte sich verzweifelt, als er zum Galgen geschleift wurde. Mitleid hatte ich kaum mit ihm. Eher im Gegenteil.

»Du hast Glück gehabt, Bursche«, teilte mir einer der Soldaten grinsend mit.

Ich zuckte bloß die Achseln.

»Was denn? Freut dich das gar nicht?«

»Worüber sollte ich mich freuen?«, entgegnete ich. »Am Ende entkomme ich dem Galgen ja doch nicht. Früher oder später baumle ich am Strick, genau wie alle anderen.«

»Und der Tod jagt dir keine Angst ein?«, fragte ein anderer Soldat.

»Der ist längst mein ständiger Begleiter.«

Ich hatte in der Tat keine Angst. Wenn man Jahr für Jahr durch den Sandoner Wald streift, um dort Spitzohren zu jagen und wenn man dabei viermal auf die rothaarigen Stinkmolche aus dem Haus des Schmetterlings trifft, begreift man ziemlich schnell, dass der Tod hinter jedem Strauch lauert. Natürlich wollte ich nicht sterben. Aber mich davor zu fürchten, das hatte ich inzwischen verlernt.

Und jetzt war es zu spät, mir das verlorene Wissen wieder anzueignen. Obwohl: Wer sagte denn, dass ich durch den Strick sterben musste? Drei Armbrustschützen ließen mich keine Sekunde aus den Augen. Zu fliehen oder Widerstand zu leisten wäre deshalb aussichtslos, aber die Kerle dazu zu bringen, ihre Bolzen auf mich abzugeben, das dürfte ein Kinderspiel sein. Nachdem ich diese Möglichkeit ernsthaft in Erwägung gezogen hatte, entschied ich mich jedoch gegen sie. Ein Bolzen im Bauch war wesentlich unangenehmer als eine Schlinge um den Hals.

Inzwischen hatte man meinen vier Gefährten den Strick umgelegt. Jemand las die Anklagen und Urteile vor, der Schreiber hielt alles ordnungsgemäß fest, ein Diener unseres Gottes Meloth sprach ein kurzes Gebet. Die Soldaten neben mir wetteten, wem als Letztem die Puste ausginge. Alle setzten auf Knofer, denn der Bursche klammerte sich einfach zu stark ans Leben. Etliche Soren wurden auf ihn gesetzt.

Auf einen Befehl der rechten Hand des Kommandeurs hin

ging der Henker am Galgen entlang und stieß die Bretter unter den Füßen der Gehenkten weg. Zum großen Missfallen der Wetthälse bewies der alte Oll den längsten Atem. Ich grinste in mich hinein, denn insgeheim hatte ich auf ihn gesetzt. Der kräftige Mann hatte das Vertrauen, das ich in ihn gesetzt hatte, aufs Schönste gerechtfertigt. Wie lange ich wohl am Galgen baumeln würde, bevor ich endlich starb?

Die Toten schwankten friedlich an den Stricken hin und her, die Soldaten unterhielten sich, die rechte Hand des Kommandeurs erläuterte irgendeinem Fettwanst etwas. Allmählich fragte ich mich, ob man mich vergessen hatte. Aber nein.

»He! Nehmt den ganz außen ab!«, befahl der Kommandeur. »Wir haben hier noch einen Galgenvogel.«

Ein paar Männer machten sich sofort ans Werk und zogen den dünnen Hals Knofers aus der Schlinge.

»Vorwärts!«, brüllte ein Soldat mich an.

Er erntete nur einen finsteren Blick von mir. Die Ungeduld in Person, dieser Mann.

»Zwing mich nicht, dich zum Strick zu schleifen.«

Doch ich hatte den Galgen noch nicht erreicht, da kam ein fülliger Mann durchs Tor geeilt. Allen Anwesenden gingen schier die Augen über, denn dieser Kerl rannte normalerweise nie. Im Gegenteil, er setzte kaum einen Fuß vor den anderen.

»Meloth sei gepriesen!«, stieß er schnaufend aus und sah mich an, als wäre ich sein bester Freund. »Geschafft!«

Selbst heute glaube ich nicht an Wunder oder die Freundlichkeit unseres Gottes Meloth. Deshalb konnte ich damals einfach nicht fassen, dass die Soldaten – wenn auch enttäuscht, dass ihnen dieser Spaß entging – meine Fesseln durchschnitten und mich zum Kommandeur führten. Ich warf einen letzten Blick auf den Galgen, dem ich noch einmal glücklich entkommen war. Blieb die Frage: für wie lange?

Was wohl dahintersteckte? Normalerweise konnten die

Herren Kommandeure es doch gar nicht abwarten, ein Urteil zu vollstrecken. Warst du schuldig, hieß es Abmarsch zum Galgen. Oder in die Erzminen. Keiner von ihnen hielt sich da mit der Frage auf, warum jemand irgendwen ermordet hatte. In Grenzstädten schon gar nicht. In unmittelbarer Nachbarschaft des Sandoner Waldes hat man keine Zeit für solche Lappalien.

Wir überquerten den äußeren Gefängnishof und hielten auf ein kleineres Haus zu. Der Kommandeur legte eine Geschwindigkeit an den Tag, als liefe er um sein Leben. Kaum hatte er die Eichentür erreicht, stieß er sie mit aller Wucht auf.

»Mylord, dies ist der Mann, nach dem Ihr verlangt habt. Sollen wir Euch einen Wachtposten abstellen? Falls es Schwierigkeiten gibt – wir warten vor der Tür.« Dann wandte er sich an mich: »Rein mit dir!«

Im Raum befanden sich zwei Männer. Der erste hatte schon einige Jährchen auf dem Buckel. Sein grobes Gesicht prägten ein strubbliger Schnurrbart, tief liegende Äuglein und eine Kartoffelnase. Allerdings hatte der Kommandeur ihn mit Mylord angesprochen, und das sollte mir zu denken geben. Offenbar hatte ich diesmal nicht das Vergnügen mit den Spitzeln des Imperiums, sondern mit irgendeinem hohen Tier. Er saß am Tisch und betrachtete mich mit finsterer Miene. Von Männern wie ihm war selten etwas Gutes zu erwarten.

Der zweite Mann war nicht sehr groß und nur wenige Jahre älter als ich. Er hatte die Arme vor der Brust verschränkt und stand am Fenster. Ihn kannte ich. Fünf Jahre hatte ich unter ihm gedient. Egren Tua, mein Kommandeur bei den Maiburger Schützen. Genauer, mein ehemaliger Kommandeur. Sobald ich nämlich hinter Gittern gelandet war, hatte er mich abgeschrieben. Da gehörte ich nicht mehr zu ihnen. Fast als hätte es all die Jahre, Kämpfe und Schwierigkeiten, die wir gemeinsam durchgestanden hatten, nie gegeben.

Die Schützen lassen ihre Leute nicht im Stich. Wenn mir noch einmal jemand diese Worte sagen sollte, werde ich ihm schallend ins Gesicht lachen. Vielleicht mag es irgendwo im Imperium einen solchen Zusammenhalt geben, bei den Maiburger Schützen und ihrem verlausten Hauptmann hatte ich ihn jedenfalls nicht gefunden. Gut, ich hatte mir tatsächlich etwas zuschulden kommen lassen – aber ich hatte auch Seite an Seite mit Egren gegen die Spitzohren aus dem Haus des Schmetterlings gekämpft. Abermals kochte die Wut auf diesen Iltis in mir hoch. Nur zu gern hätte ich meine Faust in seine dreckige Visage gerammt, aber ich war mir nicht sicher, ob das wirklich ein kluger Zug von mir wäre.

»Ist er es?«, erkundigte sich die Kartoffelnase vorsichtshalber noch einmal bei Egren.

»Ja, Mylord Oshon.«

Der Mann sah mich erneut finster an.

»Wir haben keine Zeit, lange um den heißen Brei herumzureden. Deshalb lege ich die Karten offen auf den Tisch, und du hörst zu, ohne eine Frage zu stellen. Anschließend sagst du mir, ob du einverstanden bist oder nicht. Habe ich mich klar ausgedrückt?«

»Ja.«

»Heute hätte ein Friedensvertrag mit den Hochwohlgeborenen unterschrieben werden sollen. Unmittelbar vor der Unterzeichnung durchbohrte jedoch ein Pfeil einem der Elfen den Hals. Nach dieser Unannehmlichkeit …« Sein Ton brachte zum Ausdruck, dass er den Tod des Spitzohrs keinesfalls für eine *Unannehmlichkeit* hielt. In dem Punkt waren wir uns schon mal einig. »… konnten die Gemüter irgendwie wieder beruhigt werden. Wir haben uns nicht gegenseitig zu Brei geschlagen. Allerdings besteht nun die Gefahr, dass der Vertrag nicht unterzeichnet wird. Dem Statthalter würde das überhaupt nicht gefallen, vom Imperator ganz zu schweigen. Die Elfen toben, aber ihnen fehlen überzeugende Beweise dafür, dass der Mord von einem Menschen verübt wurde.

Und wenn du mich fragst, hat eines der anderen Elfenhäuser die günstige Gelegenheit beim Schopfe gepackt. Schließlich sind längst nicht alle darauf erpicht, mit dem Imperium Frieden zu schließen … Doch zurück zur Sache. Den Bogenschützen haben wir nicht gefunden. Und die Spitzohren auch nicht. Die Spuren deuten darauf hin, dass er nach Osten geflohen ist, also entweder in den Sandoner Wald oder in die Ausläufer der Buchsbaumberge. Die Hochwohlgeborenen haben mehrere Einheiten ausgeschickt, doch auch wir sollten die Hände nicht in den Schoß legen. Wer weiß, ob sie nicht uns den Mord anlasten wollen! Dann bräche der Krieg wieder aus! Kannst du meinen Gedanken folgen, oder soll ich langsamer reden?«

»Nein, es ist alles bestens.«

»Wunderbar. Obendrein haben die Elfen gefordert, dass wir unseren guten Willen unter Beweis stellen, andernfalls unterzeichnen sie den Friedensvertrag nicht. Wir sollen ihnen also helfen, den Mörder zu schnappen und lebend zurückzubringen, damit der Statthalter und der Delbe, also der König der Elfen, über ihn zu Gericht sitzen können. Damit wären wir bei dir. Egren hat mir versichert, dass du dich hervorragend in der Gegend auskennst, in die sich der Bogenschütze geflüchtet hat.«

»Da bin ich nicht der Einzige«, sagte ich.

»Wer sonst noch im Sandoner Wald gekämpft hat, ist bereits mit den Suchtrupps unterwegs.«

»Verzeiht, Mylord, aber dann verstehe ich nicht, warum Ihr meine Dienste noch in Anspruch nehmen wollt.«

»Weil noch einige …« Er zögerte kurz. »… einige Männer nach dem Mörder suchen wollen. Sie brauchen jemanden, der sie führt. Du bist zwar nicht erste Wahl, aber der Einzige, der gerade greifbar ist.«

»Aber ich bin kein Fährtenleser.«

»Du kennst die Gegend, darauf kommt es an. Vor allem die Berge.«

»Es geht also um die Buchsbaumberge, ja? Genauer, ihre Ausläufer«, fragte ich zurück. »Und nicht um den Sandoner Wald?«

»Die Elfen brauchen niemanden, der sie durch ihre eigenen Wälder führt!«

Damit passte plötzlich eins zum anderen.

»Ich soll ja wohl nicht diese dreckigen Spitzohren in die Berge führen?!«

»Entweder du hilfst, und oder du wirst aufgeknüpft, so einfach ist das. Und lass dir eins gesagt sein: Ein zweites Mal entkommst du dem Strick nicht!«

Der Galgen schmeckte mir in der Tat noch weniger als die Gesellschaft der Elfen. Letzten Endes war es kein allzu hoher Preis für die Freiheit, ein paar Spitzohren durch die Gegend zu führen.

»Wenn ich zustimme …«

»… wird der Statthalter die Aufhebung deines Urteils eigenhändig unterschreiben. Dann bist du wieder ein freier Mann und kannst gehen, wohin du willst. Also, wie lautet deine Entscheidung?«

»Ich bin einverstanden.«

»Daran habe ich nicht gezweifelt.«

»Darf ich jetzt einige Fragen stellen?«

»Das darfst du, wenn wir im Sattel sitzen. Die Zeit drängt. Und deine zukünftigen Gefährten zeichnen sich nicht gerade durch Geduld aus.«

Zwei Stunden vor Tagesanbruch erreichten wir unser Ziel. An beiden Ufern eines kleinen Flusses brannten Lagerfeuer. Einige Tausend Krieger hatten sich hier versammelt. Niemand dachte an Schlaf. Wenn am anderen Ufer Elfen lagern, träumt es sich nicht gut. Und der Fluss war viel zu schmal, als dass er ein Hindernis für die Spitzohren darstellte. Auch der vorübergehende Waffenstillstand bedeutete nichts. Der Krieg konnte jede Sekunde wieder losbrechen, das wussten selbst die größten Hohlschädel. Wer jetzt also schlief, lief Gefahr, nicht mehr aufzuwachen.

Man vertraute mir so weit, dass man mir meinen Bogen, den Köcher, ein Dutzend Pfeile und mein Wurfbeil zurückgab. Aus irgendeinem Grund *vergaß* man aber, die fünf Armbrustschützen abzuziehen, deren Atem mir ständig über den Nacken strich. Die wurde ich erst los, als ich ein Zelt in der Nähe einer Brücke, die über den Fluss führte, betrat. In ihm warteten bereits die Spitzohren. Zu meiner Überraschung waren es nur zwei, nicht drei Dutzend, wie ich befürchtet hatte. Anscheinend rissen sich diese Widerlinge nicht gerade darum, den Tod ihres Artgenossen zu rächen. Oder aber die zwei waren Nachzügler, während die anderen Elfen längst aufgebrochen waren, um den Mörder zu schnappen. Wie auch immer, die Spitzohren hatten damit mein Leben gerettet.

Einer von ihnen kam aus dem Haus des Funken. Die Augen des schwarzhaarigen Kerls zeigten die für den Klan typische Farbe von blauen Topasen. Er war einen halben Kopf größer als ich und hatte wesentlich breitere Schultern. Seine Spitzohren zierten etliche goldene Ohrringe, seinen Hals eine schreckliche Narbe. Auf seinem Gesicht lag ein hochmütiger Ausdruck, wohl zu Recht, denn niemand dürfte leichtes Spiel mit ihm haben. Dafür sprach auch seine Kleidung: eine grüne Jacke mit Fransen, ein Hemd von der gleichen Farbe, allerdings etwas dunkler, dazu passende Hosen. Ein Angehöriger der Grünen Einheit. Mit diesen Burschen hatte ich es bisher noch nie zu tun bekommen, allerdings hatte ich schon genug von ihnen gehört. Wenn sie sich im Sandoner Wald an deine Fersen hefteten, dann war es praktisch unmöglich, sie wieder abzuschütteln. Und diese stinkenden Kreaturen machten niemals Gefangene.

Der zweite Elf war nicht sehr groß, hatte goldblondes Haar und grüne Augen und wirkte fragil. Er war wesentlich älter als sein Kumpan. Die Erschöpfung stand ihm ins Gesicht geschrieben. Unter seinen Augen lagen dunkle Schatten, die

Lippen waren aufgerissen. Er musste eine schwere Zeit hinter sich haben. Im Unterschied zu seinem Gefährten trug er Kleidung, die mir nicht verriet, welchem Haus er angehörte.

Die beiden Spitzohren sprachen selbst in Gegenwart von uns Menschen in ihrer Elfensprache miteinander, während die Männer in meiner Begleitung die Fremden tunlichst *übersahen*. Wahrscheinlich standen gerade alle furchtbare Qualen aus. Jahrelang hatten wir einander gehasst und gegenseitig abgeschlachtet. Nun fanden wir uns mit dem gnadenlosen Feind in einem Zelt wieder – und durften nicht nach dem Schwert greifen. Auszuhalten war das kaum.

Mir selbst waren friedliche Spitzohren bisher offen gestanden nur als Leichen begegnet. Alle anderen Vertreter dieses Waldvolks hatten stets auf die eine oder andere Art versucht, mich in die Glücklichen Gärten zu schicken.

Trotzdem war es für mich eigentlich nicht um die gerechte Sache oder das Imperium gegangen, als ich gegen die Elfen in den Krieg gezogen war. Bestimmt nicht. Anfangs hatten meine Freunde und mich die Soren gereizt, die man uns dafür zahlte. Ich hatte also schlicht und ergreifend meine Arbeit erledigt. Aber natürlich wollte ich sie gut erledigen. Doch dann änderte sich alles schlagartig, als wir eines Tages in ein Dorf kamen, in dem die Schlächter aus dem Haus des Schmetterlings blitzartig eingefallen waren. Danach gab es neben dem Geld für mich noch einen anderen Grund, meine Arbeit möglichst gut zu machen. Würden wir es zulassen, dass sich die Spitzohren aus dem Sandoner Wald wagten, würden wir bald nicht nur auf ein entvölkertes Dorf stoßen – und ich würde das nächste halbe Jahr wieder unter Albträumen leiden. Und die waren mir genauso verhasst wie die Elfen!

Meine Hand griff also wie von selbst nach dem Wurfbeil, als ich diese Widerlinge erblickte. Dem goldblonden Spitzohr entging meine Geste nicht. Er grinste kurz, doch schon eine Sekunde später hatte sich sein Gesicht wieder in eine Maske verwandelt, die nicht das Geringste ausdrückte.

»Meine Herren!« Diese Anrede brachte Oshon nur mit Mühe über die Lippen. »Ich habe jemanden mitgebracht, der Euch führen wird.«

Daraufhin musterten mich die beiden Spitzohren ausgiebiger. Der goldblonde Elf verzog prompt das Gesicht, fast als hätte jemand ihm faules Obst angeboten. Der Schwarzhaarige dagegen zeigte keine Regung.

»Ihr habt uns sehr geholfen«, sagte er. »Der Delbe Vaske wird es Euch danken.«

»Ich habe lediglich einen Befehl ausgeführt«, erwiderte Oshon und ging dann aus dem Zelt, ohne sich zu verabschieden.

Die nächsten Minuten schwiegen die beiden. Der Goldblonde stierte mich feindselig an, bis er seine Aufmerksamkeit irgendwann auf die Befiederung meiner Pfeile richtete. Sie war rot. Einem Elfen, der was von der Sache verstand, sagte das eine Menge. Wenn man mich im Wald mit diesen Pfeilen erwischt hätte, würde ich erst beide Daumen einbüßen, dann die Augen und zum Schluss meine Haut. Man liebte unsereins dort ebenso sehr wie Mücken und Blutegel.

»Einer von den Maiburger Schützen«, knurrte der Schwarzhaarige.

Das war keine Frage, sondern eine Feststellung.

»Inzwischen nicht mehr«, erwiderte ich. Wut auf Egren und mich selbst kochte in mir hoch. »Sind wir uns schon einmal begegnet?«

Diese Frage musste ich einfach stellen.

»Nicht auszuschließen«, antwortete der Elf. »Ich bin Rashe aus dem Haus des Funken.«

Durch eine Geste bedeutete ich ihm, dass mir dieser Name nichts sage.

»Ich habe zu den Kristallenen Tautropfen gehört. Damals auf dem Masher Hufeisen.«

Das wiederum sagte mir einiges. Als wir vor zwei Jahren nach getaner Arbeit den Sandoner Wald verlassen wollten, hefteten sich einige rachsüchtige Elfen an unsere Fersen. Dreißig Bogenschützen und vierzig verzweifelte Soldaten aus den Grenzgarnisonen gegen zweihundert Spitzohren. Gegen diese Bestien hätten wir im Wald nie im Leben etwas ausrichten können. Wir wären nacheinander aufgeschlitzt worden, und zwar alle. Deshalb blieb uns nur die Flucht. Doch auch sie wollte einfach nicht glücken. Dann jedoch hatte Meloth Erbarmen mit uns. Einer der Grenzsoldaten führte uns zu einem See, in dem eine winzige, mit kümmerlichen Espen bewachsene Halbinsel lag. Eben das Masher Hufeisen. In diesem Augenblick kam uns dieses Fleckchen Erde wie der herrlichste Ort der Welt vor. Binnen einer Stunde hatten wir die Halbinsel in nacktes Ödland verwandelt, da wir alles abholzten, was zur Errichtung einer Palisade taugte. Die Spitzohren stürzten sich natürlich auf uns, kaum dass sie uns eingeholt hatten. Doch entweder nahmen sie Bogenschützen grundsätzlich nicht ernst, oder sie hatten noch nie von den Maiburger Schützen gehört. An jenem Tag fuhren die Pfeile mit der roten Befiederung eine reiche Ernte ein. Mit Unterstützung der Schwertkämpfer wehrten wir zwei Angriffe ab. Beim ersten verloren die Elfen, die nicht mit derart erbittertem Widerstand gerechnet hatten, fast hundert ihrer Artgenossen. Beim zweiten konnten die Widerlinge zwar die Palisade überwinden, allerdings kostete sie das fünfzig Spitzohren. Danach gelang siebzig Mann von uns die Flucht aus dem Sandoner Wald. Zu ihnen gehörte auch ich.

Ein Jahr später erfuhren wir, dass wir auf dem Masher Hufeisen mit den Kristallenen Tautropfen zusammengestoßen waren, Spitzohren aus dem Haus des Funken. Diese Bestien hatten an einem Tag, der für das Imperium nicht gerade zu den glücklichsten zählte, den Sandoner Wald verlassen und das achthundert League entfernte Sommerschloss des Imperators gestürmt. Zum Glück hielt sich der Imperator selbst nicht in ihm auf. Doch niemand von denen, die damals in der Burg weilten, kann sich heute noch seiner Ohren rühmen – aus dem schlichten Grund, weil keiner mehr welche hatte!

Hatte Rashe also ebenfalls am Masher Hufeisen gekämpft. Bisher hatte ich nicht gewusst, dass neben den Kristallenen Tautropfen auch die Grüne Einheit am Sturm der Insel teilgenommen hatte.

»Dann standen wir uns schon einmal gegenüber«, sagte ich.

Mit einem Nicken bedeutete mir Rashe, dass er diese Tatsache im Hinterkopf behalten würde.

»Wie heißt du?«, fragte er dann.

»Ness.«

»Hast du einen Beinamen?«, wollte der goldblonde Elf wissen.

Dieser stinkende Kerl hasste mich von der ersten Sekunde an.

»Ness reicht doch völlig aus, oder?«, erwiderte ich grinsend. »Dürfte ich vielleicht auch erfahren, wer du bist?«

Ich hatte nicht die Absicht, das Spitzohr mit einem Ihr zu bedenken, selbst dann nicht, wenn er aus einer Herrscherfamilie stammte.

»Kere aus dem Haus des Lotos.«

Wäre das also geklärt. Wunderbar. Jetzt hieß es: Entweder gehst du mit den Spitzohren und riskierst dabei den Kopf, weil sie dir jederzeit die Kehle aufschlitzen können, oder du landest am Galgen. Am liebsten wäre ich noch in dieser Sekunde auf und davon, nur wäre ich vermutlich nicht weit gekommen. Aber vielleicht ergab sich ja später noch eine Gelegenheit.

»Wann wollt ihr aufbrechen?«, erkundigte ich mich.

»Setzen wir unser Gespräch woanders fort«, verlangte Kere, stand leichtfüßig auf, nahm den Umhang vom Tisch und trat aus dem Zelt.

Auf der von Lagerfeuern erhellten Lichtung drückten sich noch immer die Armbrustschützen herum. Diesmal folgten sie mir natürlich nicht. Allerdings behielten sie mich so lange fest im Auge, bis ich mit den Spitzohren einen Wachtposten passiert hatte und über die Brücke zum Ufer der Elfen gestiefelt war. Erst da machten sie sich auf den Rückweg.

Auf der anderen Seite des Flusses standen ebenso viele Posten, noch dazu solche, die nicht von schlechten Eltern waren: Elfen in grasfarbener Kleidung mit Lanzen in der Hand. Die Grüne Einheit. Es hätte mich nicht gewundert, wenn am Flussufer auch noch Armbrustschützen wachten, die sich im Dunkeln versteckt hielten.

Die Posten ließen uns wortlos durch. Anscheinend hatten sie bereits auf ihre beiden Artgenossen gewartet. Mittlerweile achtete ich darauf, mich in ihrer unmittelbaren Nähe zu halten, sonst würde mich am Ende noch irgendein Spitzohr mit seiner Waffe ins Reich der Tiefe schicken. Rein versehentlich, versteht sich.

Kere blieb vor einer weitverzweigten Eiche stehen. Rashe hatte ich im Rücken. Das gefiel mir überhaupt nicht, deshalb trat ich einen Schritt zur Seite und legte die Hand auf mein Wurfbeil. Rashe verstand mich auf Anhieb und unterließ jeden weiteren Versuch, mir in den Nacken zu pusten.

»Du sollst dich in unseren Bergen recht gut auskennen«, sagte Kere leise.

Was das Recht der Spitzohren anging, von *ihren* Bergen zu sprechen, vertrat ich zwar einen anderen Standpunkt, behielt diesen jedoch für mich. Nicht dass mir dieser Wurzelelf ihn übel nahm. Und einen Streit mit ihm konnte ich mir gerade nicht leisten.

»Das stimmt«, sagte ich deshalb.

»Ich bin leider noch nie dort gewesen. Die Alten sagen, dass es eine wunderschöne Gegend ist. Vor allem einen Ort preisen sie. Wenn man hinter dem doppelköpfigen Berg Richtung Sonnenuntergang wandert, erreicht man nach einem Tag ein breites Tal, in dem es einen See mit weißem Heilschlamm gibt.«

Ach ja …

»Ich fürchte, da haben sich eure Alten geirrt. Einen Tagesmarsch vom doppelköpfigen Berg entfernt gibt es weder Täler noch Seen. Dort gibt es nur einen Weg, und der führt zu einem Pass.«

»Schade«, stieß Kere aus und seufzte.

»Was ist schade? Dass es dort keine Seen gibt oder dass ich euch durch die Berge führe?«, platzte es aus mir heraus. »Hast du noch weitere Fangfragen für mich vorgesehen?«

»Wir können jetzt aufbrechen«, erklärte Rashe, ohne auf meine Bemerkung einzugehen.

»Mitten in der Nacht?«

»Wir dürfen keine Sekunde länger warten, denn wir haben schon genug Zeit verloren!«

»Wann ist der Mord eigentlich geschehen?«

»Heute Morgen«, ließ sich Rashe sogar zu einer Antwort herab.

Schlecht. Dann mussten wir uns wirklich ins Zeug legen, denn der Bogenschütze hatte bereits einen Vorsprung von knapp einem Tag. Wenn er sich in der Gegend auskannte, würde es schwer werden, ihn zu erwischen.

»Bist du ein Fährtenleser?«, wollte ich von Rashe wissen.

»Ja.«

»Habt ihr die Stelle gefunden, wo der Schuss abgegeben wurde?«

»Ja.«

»Die würde ich mir gern ansehen.«

»Dafür haben wir keine Zeit«, fuhr Kere mich an.

»Ihr verliert dadurch nicht das Geringste.«

»Und was gewinnen wir?«

»Ich möchte gern wissen, mit wem wir es zu tun haben.«

Das ließ sich Kere erst einmal durch den Kopf gehen.

»Gut«, sagte er dann und wandte sich an Rashe. »Zeig sie ihm.«

Zwei Elfen mit Fackeln begleiteten Rashe und mich zum

Ufer. An einem Punkt reichte der Wald bis an den Fluss heran.

»Der Bogenschütze hat im Wald gelauert?«

»Nein. Im Schilf.«

Als Rashe mir zeigte, wo genau, zollte ich dem Bogenschützen innerlich Respekt. Es war ein Kinderspiel, sich nach dem Schuss im Wald zu verstecken, außerdem hatte er die Brücke gut im Blick, während er selbst im Schilf kaum auszumachen war.

»Was sagen die Spuren?«

Daraufhin tauschten die Elfen einige beredte Blicke, am Ende antwortete Rashe mir aber: »Er war allein. Nach dem Schuss ist er im Wald verschwunden.«

»Er?«, hakte ich nach.

»Ja.«

Mit jeder Faser meines Körpers nahm ich ihre Verachtung wahr. Elfen hielten es für eines Mannes unwürdig, den Bogen zu seiner Waffe zu wählen. Das machten nur Frauen. Deshalb sind unsere Bogenschützen den elfischen ja auch weit überlegen, denn keine Frau spannt einen schweren Bogen. Die leichten Elfenbögen dagegen halten den Vergleich mit denen von uns Menschen einfach nicht stand.

Als Rashe von einem Er gesprochen hatte, hatte er mir also nicht nur gesagt, dass ein Mann, sondern auch dass ein Mensch geschossen hatte. Sonst hätte nicht ein Pfeil, sondern ein Armbrustbolzen das Spitzohr kaltgemacht. Diese Waffe galt bei den Widerlingen nämlich nicht als verwerflich – obwohl sie sie von uns übernommen hatten.

»Und jetzt sollten wir aufbrechen«, drängte Rashe. »Du hast doch erfahren, was du erfahren wolltest, oder, Mensch?«

»Nicht alles.«

Ich kniff das Auge zusammen und schätzte die Entfernung zur Brücke ein.

Zweihundertvierzig bis zweihundertfünfzig Yard. Nicht schlecht. Wirklich nicht schlecht. Der Schütze musste einige

Erfahrung haben. Oder doch die Schützin? Obwohl ich nicht daran glaubte, dass Elfinnen mit ihren schwachen Reisigdingern einen Schuss auf zweihundertfünfzig Yard abgeben konnten. Noch dazu einen, der traf.

»Was war heute Morgen für Wetter?«, wollte ich wissen.

»Wenn du nach dem Wind fragst – der ging von der Brücke hierher, in unsere Richtung.«

»War er stark?«

»Einige Böen schon.«

»Wer wurde getötet?«

Schweigen antwortete mir.

»Das geht dich nichts an«, zischte Rashe dann.

»Stand dieser Elf allein auf der Brücke?«, setzte ich die Befragung in völlig gelassenem Ton fort.

»Nein.« Es folgte erneutes Schweigen, bis Rashe sich erneut zu einer Erklärung herabließ. »Es waren viele auf der Brücke.«

»Was heißt das?«, hakte ich nach. »Zwei? Fünf? Zehn?«

»Ist das denn so wichtig?!«, entfuhr es Rashe, den meine Neugier allmählich aufbrachte.

»Ja, wenn Kere den Mörder schnappen will, schon.«

»Auf der Brücke standen mehr als vierzig Elfen, darunter auch der Delbe. Können wir jetzt endlich gehen?«

»Ja.«

Über den Bogenschützen hatte ich erfahren, was ich wissen wollte.

Die Elfen mochten noch so sehr zur Eile drängen – losmarschieren konnten wir erst bei Tagesanbruch.

Gerade als es dämmerte und der erste Nebel durch das dichte, niedrige Gras kroch, reichte Rashe mir einen der drei Rucksäcke, die auf dem Boden lagen.

»Das ist deiner.«

Ich wog ihn in der Hand und nutzte dann die Gelegenheit, dass Kere mit einem mir unbekannten Elfen sprach, um mir den Inhalt anzusehen. In dem Sack fand sich alles, was für einen langen Marsch durch den Wald und die Berge nötig war. Bei allen Vorbehalten gegen dieses Waldvolk konnte ich ihm Gewissenhaftigkeit doch nicht absprechen.

Obwohl ich nicht zum ersten Mal im Sandoner Wald war, lehrte er mich nach wie vor das Fürchten. Das war die Welt der Spitzohren, ihr Land, ihr Zuhause. Von jedem einzelnen Baum ging eine wortlose Bedrohung aus. Als lauerte er nur auf einen Fehler von dir. Ein Mensch durfte im Sandoner Wald nie vergessen, dass seine Haut keinen Soren wert war, solange er im Schatten dieser Eichen weilte.

Selbst die Tatsache, dass mich zwei Elfen begleiteten und ich sozusagen unter ihrem Schutz stand, nahm mir mein mulmiges Gefühl nicht. Aus alter Gewohnheit lauschte ich auf jedes Geräusch, doch es waren nur die ersten Rufe der Vögel am Morgen und der Wind in den Kronen der Bäume zu hören. Dennoch rechnete ich jederzeit mit Schwierigkeiten. Am liebsten hätte ich nach dem Bogen gegriffen, denn mit ihm hätte ich mich wesentlich sicherer gefühlt.

Die Spitzohren legten ein unglaubliches Tempo vor, eilten Pfade entlang, die sie bestens kannten, ich aber kaum ausmachte, sodass ich auf keinen Fall zurückfallen durfte. Immerhin hatte ich ja Übung darin, durch diesen Wald zu rennen.

An der Spitze lief Rashe. Bisher hatte der Fährtenleser nicht einmal stehen bleiben müssen, fast als sähe er auf der unberührten Blätterdecke Spuren. Vielleicht war es ja tatsächlich so, keine Ahnung, mir verrieten die Blätter jedenfalls nichts.

Ich lief in der Mitte. Offen gestanden, begeisterte mich das nicht gerade, aber es hätte keinen Sinn gehabt, mich deswegen mit Kere zu streiten. Er hatte von vornherein klargemacht, dass er in meinem Rücken bleiben würde. So lief dieser Wurzelelf zehn Schritt hinter mir und schien völlig in seine Gedanken versunken zu sein. Mich täuschte seine Miene allerdings nicht. Der Kerl hatte mich durchaus nicht vergessen, dazu haben all diese Spitzohren ein viel zu gutes Gedächtnis. Genau wie wir Menschen, in dieser Hinsicht sind wir uns sehr ähnlich. Im Übrigen gibt es weitere Gemeinsamkeiten, beispielsweise unsere Heimtücke und den Wunsch, um jeden Preis den Sieg zu erringen. Manchmal ging mir sogar der Gedanke durch den Kopf, dass wir gar nicht so unterschiedlich waren, wie wir immer annahmen.

Die beiden Widerlinge trugen die Lieblingswaffe ihrer Rasse, eine kurze Lanze mit einer breiten, blattförmigen Spitze. Wenn man mit diesen Dingern umzugehen wusste, waren sie ebenso gut wie ein Menschenschwert, möglicherweise sogar besser. Darüber hinaus hatte Rashe noch eine Armbrust geschultert, während an Keres Gürtel ein kurzer, massiver Stab hing. Nachdem ich mir diesen eine Weile angesehen hatte, war ich zu dem Schluss gekommen, dass es sich bei ihm auf keinen Fall um eine Waffe handeln konnte. Dazu war er zu prächtig und zu wertvoll. Wahrscheinlich handelte es sich also um ein altes Familienerbstück, das ihn als einen Angehörigen der Herrscherfamilie seines Hauses auswies. Denn aus irgendeinem Grund zweifelte ich nicht eine Minute daran, dass Kere ein wirklich hohes Tier war.

Wie zu erwarten, wimmelte es im Grenzbereich des Sandoner Waldes von Elfen wie in der Küche einer dreckigen Schenke von Kakerlaken. Jede halbe Stunde stießen wir auf eine Patrouille der Spitzohren. Wahrscheinlich schwirrten sogar noch mehr Elfen um uns herum, nur hielten die es nicht für nötig, sich zu erkennen zu geben. Erst spät am Abend ließen wir die letzten Patrouillen hinter uns. Danach begegneten wir niemandem mehr.

Rashe folgte weiterhin der Spur, ohne einmal innezuhalten. Dem Stand der Sonne nach zu urteilen, bewegte er sich nach wie vor in Richtung Südosten. Wenn er diese Route beibehielt, würden wir morgen Abend die Ausläufer der Buchsbaumberge erreichen.

Wer auch immer dieser Bogenschütze war, er wusste genau,

wohin er wollte. In den Bergen würde er sich mühelos verstecken können und damit den aufgebrachten Rächern entkommen, denn Elfen fühlten sich inmitten von Felsen wie Fische auf dem Trockenen. Und der Mörder dürfte wohl kaum davon ausgegangen sein, dass sich dieses stolze Volk mit seinen Erzfeinden zusammentut, um gemeinsam die Verfolgung des Missetäters aufzunehmen.

Im Laufe des ganzen Tages hatten meine beiden Gefährten kein Wort herausgebracht. Rashe hatte nur Augen für die Spuren, Kere schwieg mit finsterer Miene. Auch ich war nicht gerade auf ein Gespräch erpicht. Ihre Gesellschaft war für mich genauso angenehm wie umgekehrt die meine für sie. Deshalb hatten wir uns darauf geeinigt, einander möglichst wenig zur Kenntnis zu nehmen, ohne dass es für diese Übereinkunft auch nur eines Wortes bedurft hätte.

Dreimal legten wir eine kurze Rast ein, auch dies, ohne miteinander ins Gespräch zu kommen. Als es dämmerte, dachte Rashe gar nicht daran, ein Nachtlager aufzuschlagen, sondern drosselte lediglich seinen Schritt, ließ uns aber im Mondlicht weitermarschieren. Ich fürchtete schon, wir würden die ganze Nacht durchlaufen und ich gegen Morgen schlicht und ergreifend zusammenbrechen. Zum Glück war diese Sorge unbegründet.

»Für heute reicht es«, sagte Kere nämlich, worauf Rashe sofort anhielt. »Bleiben wir hier.«

»Können wir ein Feuer machen?«, wollte ich wissen.

»Warum nicht?«, brummte Kere.

Während die Flammen über die Zweige herfielen, bereitete ich alles für mein Nachtlager vor. Anschließend stillte ich meinen Hunger mit dem Essen, das ich im Rucksack fand. Meine beiden neuen Freunde aßen auch etwas und begannen sich dann in ihrer Sprache zu unterhalten. Sie redeten sehr leise, doch selbst wenn sie aus voller Kehle gebrüllt hätten, wäre das Ergebnis das gleiche geblieben: Ich verstand kein Wort.

»Leg dich schlafen, Mensch«, wandte sich Kere irgendwann an mich.

»Ich habe auch einen Namen.«

Mit wütender Miene drehte er sich weg, ohne sich auch nur dafür zu interessieren, ob ich mich aufs Ohr haute oder nicht. Die beiden Spitzohren setzten ihre Unterhaltung fort, ich glotzte blöd vor mich hin und gab immer wieder Holz ins Feuer.

Irgendwann stand Rashe auf, nahm seine Lanze und verschwand im Dunkel des Waldes. Kere breitete eine Decke aus.

»Sind wir ihm wenigstens etwas näher gekommen?«, erkundigte ich mich.

»Ja.«

»Mir ist klar, dass du mich nicht in dein Herz geschlossen hast, Elf, aber im Augenblick ziehen wir an einem Strang. Behandle mich also nicht so herablassend!«

»Ich habe auch einen Namen«, schlug mich das Schwein mit meinen eigenen Worten.

»Ich mag dein Volk genauso wenig wie du das meine, Kere. Und nicht ich habe darum gebeten, euch zu führen, sondern ihr. Sei also so gut und antworte wenigstens dann auf meine Fragen, wenn sie unser gemeinsames Unternehmen betreffen.«

»Das ist nicht unser gemeinsames Unternehmen. Das ist einzig und allein *meine* Sache. Du machst nur, was man dir befohlen hat. Und selbst das nicht aus Überzeugung, sondern um deine erbärmliche Haut zu retten. Spar dir diesen Ton also für deine Freunde, die Galgenvögel.«

Ich zuckte nicht einmal mit der Wimper, obwohl ich zu gern gewusst hätte, woher er wusste, dass ich beinahe am Strick gebaumelt hätte. Aber gut, das Schicksal hielt manchmal schon komische Überraschungen für einen bereit! Hätte man mir vor einer Woche gesagt, dass ich mit zwei Spitzohren durch den Sandoner Wald streifen würde, hätte ich diesen Jemand zu einem ausgemachten Hohlschädel erklärt.

Doch jetzt musste ich die Gesellschaft dieser beiden Widerlinge ertragen und jederzeit damit rechnen, dass sie zu dem Schluss gelangten, sie könnten meine Gesellschaft nicht länger ertragen. Ganz kurz bedauerte ich sogar, mich überhaupt auf diese Geschichte eingelassen zu haben.

Kere streckte sich aus. Nun kaum auch Rashe zurück. Er breitete zwischen den Wurzeln einer mächtigen Buche eine Decke aus, postierte seine Lanze in greifbarer Nähe und legte sich ebenfalls hin. Nach einer Weile stemmte er sich auf einen Ellbogen hoch und sah mich an.

»Schlaf!«, sagte er zu mir.

»Wer hält Wache?«

»Wozu das?«, fragte er erstaunt. »Glaubst du etwa, man würde einen Hochwohlgeborenen in seinem eigenen Wald angreifen? Schlaf!«

Aber es verging sehr viel Zeit, bis ich seinem Rat folgte. Das Gefühl, mich im Sandoner Wald sicher zu fühlen, kannte ich einfach nicht. Noch weniger das, mich neben zwei eingeschworenen Feinden sicher zu fühlen. Mein Kopf sagte mir, dass die beiden Spitzohren auf mich angewiesen waren und ich ihnen bisher keinen Grund geliefert hatte, mich in die Glücklichen Gärten zu schicken. Mein angeborenes Misstrauen regte sich jedoch, sodass ich angespannt auf die Geräusche des nächtlichen Waldes und den Atem der beiden Schläfer lauschte. Im Unterschied zu mir schlummerten die beiden Elfen bereits süß und selig. Ich traute dem Braten jedoch nicht: Die würden mich und mein Wurfbeil doch nie im Leben vergessen! Mit Sicherheit machten sie mir etwas vor! Und gleich würden sie mir ganz bestimmt irgendeine böse Überraschung bereiten! Doch die Minuten vergingen, und nichts geschah. Am Ende siegte meine Müdigkeit. Ich redete mir ein, der Tod im Schlaf sei allemal dem am Galgen vorzuziehen.

Und dann schlief ich ein.

Nachdem ich aufgewacht war, blieb ich noch einige Minuten reglos liegen, wobei ich mein Wurfbeil fest in der Hand hielt. Es dämmerte bereits, die Sterne zwischen den Baumkronen waren kaum noch zu erkennen. Das Feuer war erloschen, die Holzscheite glühten kaum mehr. Kere und Rashe schliefen noch, in ihre Umhänge gehüllt.

Möglichst lautlos setzte ich mich auf und drehte den Kopf einige Male hin und her, um meinen steifen Nacken zu lockern. Ich grinste in mich hinein. Erstaunlich! Da hatte ich doch tatsächlich eine Nacht in Gesellschaft von zwei Spitzohren überlebt. Nur wenige meiner Freunde konnten sich dessen rühmen. Nicht nur, dass ich noch lebte, nein, ich besaß sogar noch beide Ohren und sämtliche Finger. Schwer zu glauben, aber wahr.

Ich brauchte noch ein wenig Zeit, um völlig zu mir zu kommen. Dann rollte ich die Decke ein und verstaute sie im Rucksack, schulterte den Köcher und griff nach meinem Bogen. Abermals schielte ich zu den beiden in ihre Umhänge gehüllten Spitzohren hinüber. Wie schutzlos sie wirkten. Ich bräuchte bloß die Sehne zu spannen ... Noch ehe sie sich überhaupt aus ihren Umhängen gewunden hätten, wären sie tot, daran gab es für mich nicht den geringsten Zweifel. Wenn ich jetzt eine Entscheidung traf ... Einem kleinen Lederbeutel entnahm ich eine neue Sehne. Als ich sie bereits an einem Ende des Bogens eingelegt hatte, warf ich noch einmal einen Blick auf die beiden Elfen und seufzte.

Es wäre ja leicht, sie zu töten. Aber wie dann weiter? Meine Freiheit würde mit diesem Schritt in weite Ferne rücken, denn ich käme hier nie raus. Nicht solange es im Grenzbereich von Spitzohren wimmelte, die nach dem Mord an ihren Artgenossen nach Rache gierten. Doch selbst wenn ich es schaffte – dann wartete da immer noch der Galgen auf mich ...

Voller Bedauern nahm ich die Sehne wieder ab. Das war nicht die Zeit und nicht der Ort für eine solche Tat.

»Ein weiser Entschluss«, klang da eine heitere Stimme an mein Ohr.

Ich fuhr jäh herum, zog rasch das Wurfbeil hinterm Gürtel hervor und schaffte es erst im letzten Moment, die Waffe nicht sprechen zu lassen. Fünf Schritt vor mir stand Rashe und hatte die Armbrust auf mich angelegt. Hinter ihm wartete an einem Baumstamm Kere mit der Lanze in der Hand.

»In der Tat«, sagte ich und behielt die beiden fest im Auge.

Während ich geschlafen hatte, hatten die beiden Spitzohren Zweige in ihre Umhänge gewickelt. Offenbar interessierte es sie sehr, was ich wohl anstellen würde, wenn ich erwachte. Für den ersten Pfeil, den ich auf die vermeintlichen Elfen abgegeben hätte, wäre ich ohne Frage mit einem Armbrustbolzen im Hals oder einer Lanze im Rücken belohnt worden.

Sie sahen mich schweigend an. Ich konnte nur rätseln, was sie sich nun zusammenreimten. Verzweifelt überlegte ich, wie ich aus dieser vertrackten Lage herauskäme. Wenn die Spitzohren mich töten wollten, hinderte sie nichts daran. Kere stand zwar so, dass ich ihn mühelos mit dem Wurfbeil erledigen konnte – aber dann würde Rashe mich kaltmachen. Dem Bolzen würde ich nie entkommen, dazu war der Abstand zwischen uns beiden viel zu gering.

Kere löste sich vom Baum.

»Zeit zum Aufbruch«, sagte er. »Packt eure Sachen!«

Rashe nickte und senkte mit steinerner Miene die Armbrust. Kere stapfte an mir vorbei und rammte mich beinah mit der Schulter. Ich wich zur Seite aus, wirbelte dabei aber herum, um Rashe im Auge zu behalten, falls das eine Falle sein sollte. Doch die beiden Spitzohren packten bereits und würdigten mich keines Blickes. Nach kurzem Zögern steckte ich das Wurfbeil wieder hinter den Gürtel und schnappte mir meinen Rucksack. Bei der kleinen Auseinandersetzung hatte ich einen Schweißausbruch erlitten, sodass mein Hemd jetzt unangenehm am Rücken klebte.

Dann ging die Rennerei wieder los. Rashe folgte einer Spur,

die nur er sah, in einer Geschwindigkeit, als nähme er an einem Wettlauf des Imperiums teil. Kere bohrte mir seinen Blick in den Nacken. Oh, wie ich sie hasste, diese hochnäsigen Elfen! Alle zusammen und diesen goldblonden Deckskerl ganz besonders. Und als Dreingabe auch noch den Sandoner Wald. Wenn es nach mir gegangen wäre, hätte ich die beiden Spitzohren samt ihren Artgenossen ins Reich der Tiefe geschickt. Damit ich sie ein für alle Mal los wäre!

Mittlerweile waren die Eichen und Buchen Kiefern gewichen, außerdem durchzogen immer mehr Schluchten und Seen die Gegend. Bis zum Mittag kraxelten wir zahllose Hügel hinauf und wieder hinunter und umrundeten Bäche, die nach einem Regen angeschwollen waren. Wir schlugen uns immer weiter nach Südosten durch. Irgendwann hatte ich den Eindruck, selbst die Luft hätte sich geändert. Dann tauchten die ersten Berge am Horizont auf.

In den Büschen schrie irgendein Vogel, den ich nicht kannte. Rashe blieb so jäh stehen, dass ich fast in ihn hineingelaufen wäre. Er legte die Hand an den Mund und ließ ebenfalls einen Vogelruf erklingen. Gleich darauf vernahmen wir die Antwort, diesmal schon dichter an uns dran.

»Rühr dich nicht!«, warnte mich Kere.

Ich nickte, spannte den Bogen aber dennoch, was mir selbstverständlich einen verächtlichen Blick eintrug. Schließlich bewegte sich in einem Gebüsch etwas. Zwischen den Bäumen tauchten zehn mit Lanzen bewaffnete Elfen in den Jacken der Grünen Einheit auf. Sie wurden von vier Menschen begleitet. Mir blieb beinahe die Spucke weg, doch dann fiel mir wieder ein, dass Oshon ja gesagt hatte, es seien noch weitere Suchtrupps im Sandoner Wald unterwegs.

Die Spitzohren besprachen etwas in ihrer Sprache, wahrscheinlich tauschten sie Neuigkeiten aus. Ich näherte mich den Menschen. Sie nickten mir zu, als wäre ich ein alter Bekannter von ihnen. Einer hielt mir sogar eine halb leere Flasche mit Wein hin.

»Du jagst den Mörder also auch, ja?«, fragte mich ein Mann, dem zwei Vorderzähne fehlten.

»Das Leben hat mich dazu gezwungen«, antwortete ich, als ich ihm die Flasche zurückreichte.

Der Älteste von ihnen lachte los. Offenbar hielt er das für einen gelungenen Scherz.

»Gehörst du nicht zu den Maiburger Schützen?«, fuhr der redselige Bursche fort.

»Mhm«, brummte ich, um dann das Thema zu wechseln. »Habt ihr den Kerl erwischt?«

»Siehst du ihn vielleicht?!«, erwiderte er und spuckte aus. »Nein, die Spur führt eine Viertelleague von hier geradewegs nach Osten. Da ist alles voller Bäche und kleiner Flüsse, die in den Bergen entspringen. Wir sind den ganzen Tag dort herumgekrochen, haben aber keinen einzigen Fußabdruck mehr gefunden. Zwei Einheiten sind trotzdem noch weitergegangen, aber wir hielten es für klüger umzukehren.«

Dankbar für diese Neuigkeiten nickte ich ihm zu. Der Mörder war ein ausgebuffter Bursche, denn wenn man die Spitzohren von der Grünen Einheit abhängen wollte, musste man wirklich einiges von der Sache verstehen.

»Ihr geht noch weiter?«, erkundigte sich der Alte, der gerade seinen linken Stiefel auszog und sich einen Lappen um den Fuß wickelte.

»Die Entscheidung liegt nicht bei mir. Was sie mir sagen, das mache ich.«

»Wenn es nach mir ginge, wären die alle längst einen Kopf kürzer«, murmelte ein Mann mit Schnurrbart sehr leise. »Wann hätte man denn je gehört, dass wir gemeinsam mit Spitzohren durch den Wald streifen?!«

»Da solltest du dich besser gleich dran gewöhnen«, erklärte der mit der Zahnlücke und spuckte aus. »Das sind jetzt nämlich unsere allerbesten Freunde.«

»Solche Freunde sollte man mit Stumpf und Stiel ausrotten! Als ob wir in den letzten Jahrhunderten nicht schon genug unter denen gelitten hätten!«

»Halt die Schnauze, du Idiot! Wenn dich einer von ihnen hört!«, zischte der Alte. »Denk dran, dass ich den Sandoner Wald auf zwei Beinen verlassen und meine Enkel wiedersehen will!«

»Ness!«, rief Rashe mich. »Wir gehen weiter!«

Meine Gefährten hatten das Gespräch mit ihren Artgenossen bereits beendet.

»Also dann, Männer, macht's gut«, verabschiedete ich mich von den Menschen.

»Viel Glück, Kumpel«, antwortete der mit der Zahnlücke stellvertretend für alle. »Halt die Augen offen!«

»Ich mache nichts anderes«, brummte ich.

Daraufhin trennten sich unser aller Wege wieder.

Die Menschen hatten recht. Nach einer Viertelleague sahen wir von einem kahlen Hügel aus, dass der Wald sich noch rund zweihundert Yard dahinzog, danach aber jäh den Bergen weichen musste. An ihren Ausläufern verlor dann selbst Rashe die Spur des Mörders. Fiebrig suchte er am Ufer eines rasch dahinströmenden Baches nach Fußspuren. Ich beobachtete beide Spitzohren schweigend.

»Hier sind zu viele Abdrücke«, sagte Rashe nach einer Stunde zu Kere. »Wenn er hier langgekommen ist, dann haben die anderen Suchtrupps alle Spuren zertrampelt.«

Kere fluchte, diesmal sogar in der Menschensprache. Eigens für mich.

»Suche trotzdem weiter«, verlangte er schließlich.

Dem goldblonden Elfen stand auf der Stirn geschrieben, dass er diese Suche erst beenden würde, wenn wir den Bogenschützen gefasst hatten. Die undurchdringliche Maske hatte er für einen Augenblick abgelegt. Er verfluchte den Mörder, dessen Götter und mich gleich noch mit. Mir entlockte seine Wut nur ein schiefes Grinsen. Falls er mich damit hatte aufbringen wollen, war ihm das nicht geglückt.

Bis zum Abend liefen wir weiter, wobei Rashe den Blick keine Sekunde lang vom Boden löste. Als es dämmerte, hatte ich von dem ganzen Unternehmen die Nase gestrichen voll.

»Da!«, sagte Rashe plötzlich und zeigte mit dem Finger auf einen kaum erkennbaren Abdruck am Ufer eines der vielen Bäche. »Der gleiche Absatz wie im Schilf! Er muss gestolpert sein!«

Kere starrte so gierig auf den Abdruck, den Rashe entdeckt hatte, als hoffte er, allein durch seinen Blick die Entfernung zum Mörder überwinden zu können.

»Wohin ist er gegangen?«

»Nach Nordosten. Anscheinend wollte er die Berge meiden.«

»Nicht gerade klug von ihm. Bis zur Nacht bleibt genug Zeit, da können wir noch ein gutes Stück weitermarschieren.«

»Seid ihr eigentlich wirklich so schwer von Begriff?!«, platzte es da aus mir heraus. »Der Kerl führt euch doch an der Nase herum!«

Sie stierten mich an, als ginge es über ihren Verstand, dass ich, der eingefleischte Schweiger, redete.

»Was soll das heißen?!«, knurrte Kere.

»Das ist eine Finte, eine falsche Spur. Wenn wir ihr folgen, erwischen wir den Burschen nie.«

»Die Spur sagt aber das Gegenteil«, brachte Rashe eisig heraus, tödlich beleidigt, weil ich seine Fähigkeiten anzweifelte. Es fehlte nicht viel, und das Spitzohr würde seine Lanze sprechen lassen.

»Es sollen ihr ja auch alle folgen! Die anderen Trupps haben das mit Sicherheit getan. Aber ich wiederhole es noch einmal: Diese Spur wurde bewusst angelegt, um etwaige Verfolger auf eine falsche Fährte zu locken. Und nur wer seinen Kopf nicht gebraucht, fällt auf sie herein.«

»Dann können wir ja von Glück sagen, dass wir einen Menschen dabeihaben, der seinen Kopf gebraucht!«, schnaubte Kere.

»Ihr seid zu stolz, um zuzugeben, dass ich recht habe, stimmt's?« Es kostete mich enorme Überwindung, diese beiden hochmütigen Strohköpfe nicht anzuschreien. »Aber wenn ihr einen langen Spaziergang durch den Sandoner Wald machen wollt, bitte, denn mir ist völlig egal, ob ihr den Schützen schnappt oder nicht. Aber – und das sage ich jetzt zum letzten Mal – wenn ihr dieser Spur folgt, dann könnte es passieren, dass der Mörder auch euch umbringt. Wir haben seine Fährte vor dreieinhalb Stunden verloren. Selbst du, Rashe, konntest keinen Abdruck mehr entdecken. Fast, als ob der Kerl durch die Luft geflogen wäre! Und dann hinterlässt er hier einen makellosen Abdruck?! Selbst eine Kröte würde begreifen, dass wir damit auf eine falsche Spur gelockt werden sollen. Dort …« Ich zeigte in Richtung der Berge. »… dort gibt es Dutzende von Tälern, Hunderte von Höhlen, unzählige Geheimpfade und ebenso viele Pässe. In diesen Bergen kann sich eine ganze Armee verstecken, und nicht einmal Meloth würde sie finden! Warum sollte der Bursche also durch den Wald krauchen, in dem es von Elfen wimmelt und er jederzeit entdeckt werden kann?!«

»Die Menschen sind für ihr dummes Verhalten berühmt.«

Ich presste die Zähne aufeinander und atmete ein paarmal tief durch. Die Versuchung, Kere eine runterzuhauen, war enorm. Schließlich verrauchte meine irrsinnige Wut aber.

»Ins Reich der Tiefe mit euch! Macht doch, was ihr wollt! Aber eine halbe League von hier beginnt der Pfad in die Roten Schluchten. Wer auch immer der Mörder ist, ein Elf oder ein Mensch, er wird dorthin gegangen sein. Und ich verwette meinen Kopf, dass er sich auf dem Weg über Hohlschädel wie euch kaputtgelacht hat!«

Rashes Nasenflügel blähten sich wütend. Kere dagegen blieb erstaunlich gelassen. Er hatte mir mit einer Miene zugehört, als stünde ein Hund vor ihm, der plötzlich einen Vortrag hielt.

»Das ist ja höchst aufschlussreich«, sagte er. »Aber falls du dir Sorgen machst, dass wir im Wald auf dich verzichten können – das brauchst du nicht! Obwohl ich dich nicht ausstehen kann, habe ich nicht die Absicht, dich kaltzumachen, denn ich achte den Waffenstillstand. Und jetzt folgen wir dieser Spur.«

Schicksalsergeben winkte ich ab. Was hätte ich ihnen noch sagen sollen? Blieb nur zu hoffen, dass sie in eine Schlucht stürzten! Ich würde ihnen keine Träne nachweinen.

So überraschend, wie die Spur aufgetaucht war, riss sie am nächsten Tag auch wieder ab. Alle Versuche, einen weiteren Fußabdruck zu entdecken, schlugen fehl. Ich grinste nur, als Rashe irgendwann kapitulierend die Arme ausbreitete und Kere wie wild tobte. Als diesen beiden Hohlschädeln endlich aufging, dass man sie tatsächlich an der Nase herumgeführt hatte, schnappte sich Mylord Goldhaar Schnösel seine Lanze und ließ seine Wut am nächsten Strauch aus.

Ich lag derweil im Gras und aß voller Genuss etwas. Nur zu gern hätte ich irgendeine gemeine Bemerkung von mir gegeben, aber mir war klar, dass ich meine Zunge besser im Zaum hielt. Die Stimmung meiner beiden Begleiter war eh schon nicht die beste.

Rashe machte ein Gesicht, als hätte er gerade seinen Dolch verschluckt. Er konnte einfach nicht glauben, dass er sich derart hatte über den Löffel barbieren lassen, hieß es doch, dass er Kere in die Irre geführt, seine Ehre befleckt und Schande über seine Familie gebracht hatte. Angeblich hatten sich Elfen in solchen Fällen sogar schon die eigene Lanze in den Leib getrieben. Ich hätte durchaus nichts dagegen gehabt, ein solch irrsinniges Schauspiel mit eigenen Augen anzusehen. Das wäre doch mal eine Abwechslung! Obendrein wäre es mir nur recht, wenn sich wieder einer dieser Widerlinge zu seinen Vorvätern begab.

Irgendwann hatte Kere einen völlig unschuldigen Strauch bis hinunter zu den Wurzeln gestutzt, woraufhin er die Lanze fallen ließ und sich auf den Boden setzte. Er stierte vor sich hin und dachte verzweifelt darüber nach, wie er aus der misslichen Lage, in die er nur wegen seiner Sturheit und seines Stolzes geraten war, wieder herauskommen sollte. Meiner Ansicht nach gab es dafür nur eine Möglichkeit, und man musste kein Schlauberger sein, um darauf zu kommen.

Das wusste auch Kere, nur fiel es ihm unglaublich schwer zuzugeben, dass ich und nicht er recht gehabt hatte. Dieser eingebildete, überhebliche Widerling. Irgendwann strich Rashe schließlich die Segel und wandte sich in der Elfensprache an ihn. Kere antwortete nur widerwillig und sah mich voller Hass an.

»Wir kehren um«, knurrte er dann in Menschensprache.

Ich zuckte die Achseln. Dass es darauf hinauslaufen würde, war mir bereits gestern klar gewesen.

»Wir haben viel Zeit verloren«, sagte ich. »Der Mörder hat jetzt einen gewaltigen Vorsprung.«

»Dann müssen wir halt noch schneller laufen«, zischte er. »In den Bergen wirst du zeigen müssen, was du kannst.«

»Ein *Bitte* könnte nicht schaden.«

»Bitte?!«

»Es gibt da dieses Wörtchen *bitte*. Wer höflich ist, benutzt es. Ich werde es dir beibringen, falls du auch in Zukunft die Absicht haben solltest, mit Menschen zu verkehren. Du brauchst meine Hilfe? Dann sag gefälligst *Bitte!*«

»Wie kannst du es wagen, in diesem Ton mit mir zu reden, Mensch?!«

»Lerne gefälligst, dich gegenüber denjenigen, die dir helfen, höflich zu verhalten, Elf!«

»Nicht du hilfst mir, sondern ich dir«, schnaubte Kere. »Deshalb habe ich nicht die geringste Absicht, dich um irgendwas zu bitten. Und das Wort *bitte* wird mir bestimmt nicht über die Lippen kommen. Habe ich mich klar und deutlich ausgedrückt?!«

Ich grinste erneut und wünschte ihn sonst wohin. Rashe

zischte wie eine aufgebrachte Schlange, auf die versehentlich jemand getreten war, und griff sofort nach seiner Lanze. Doch da hielt auch ich längst das Wurfbeil in Händen.

»Hört auf!«, brüllte Kere. »Alle beide!«

Rashe und ich vernichteten uns gegenseitig mit Blicken. Es war klar, was wir wollten: Ich hätte ihm zu gern den Schädel eingeschlagen, während er mir am liebsten den Bauch aufgeschlitzt hätte.

»Soldat! Ich habe einen Befehl erteilt!«

Rashe knurrte wie ein Hund, dem man seinen wohlverdienten Knochen klauen will, wandte sich jedoch von mir ab. Selbst da juckte es mir aber noch in den Fingern, ihm das Wurfbeil zwischen die Schulterblätter zu treiben.

»Ins Reich der Tiefe mit dir, Elf!«, presste ich kapitulierend heraus, denn noch immer hatte er nicht *bitte* gesagt. »Gehen wir!«

Der schmale Pfad erinnerte an eine betrunkene Schlange. Manchmal kroch er bis ans Ufer eines tosenden Bergflusses heran, dann wieder schmiegte er sich eng an das rote Gestein. Die untergehende Sonne tauchte die Berge in ihr rotes Licht, die Schlucht schien in Blut ertrinken zu wollen. Keine besonders heimelige Gegend.

Und den Spitzohren gefiel sie noch weniger als mir. Überhaupt mochten die beiden die Berge nicht, obwohl sie ihnen seit Anbeginn der Zeiten gehörten. Diese verfluchten Sturköpfe! Wie viele Jahre hatten sie für etwas gekämpft, das sie gar nicht brauchten! Wie viel Blut, wie viel Leben hatten ihre Sturheit und ihr Stolz gefordert!

»Wir haben die Schlucht gleich hinter uns«, durchbrach Rashe das Schweigen.

»Stimmt«, erwiderte ich. »Das Tal ist nicht mehr weit.«

»Aber noch immer haben wir keine Spur entdeckt.«

Daraufhin zuckte ich bloß die Achseln. Was erwarteten sie denn?! Wir waren erst seit zwei Tagen in den Bergen, es gab hier nur einen Weg – und den würde der Mörder bei seiner ganzen Vorsicht auch in den nächsten Tagen nicht mit Abdrücken verhunzen. Für den Fall, dass ihm doch jemand folgte. Meiner Ansicht nach würde Rashe erst morgen eine Spur entdecken.

»Gibt es noch andere Wege?«, fragte Kere mich.

»Nein, das ist der einzige. Nur eine Manguste könnte über die Felsen klettern. Er muss hier also langgekommen sein.«

»Wie kannst du da so sicher sein?«

»Weil ich es genauso gemacht hätte.«

»Die Antwort schürt nicht gerade meine Hoffnungen, ihn zu erwischen.«

»Wenn du meinst, dass wir auf diese Weise nur unsere Zeit vergeuden«, erwiderte ich wütend, denn allmählich brachte mich Keres Verhalten auf, »warum hast du dich dann überhaupt auf meinen Vorschlag eingelassen?«

»Weil ich keine andere Wahl hatte.«

»Ihr habt nie eine andere Wahl«, brummte ich leise.

Dennoch hörte er meine Worte.

»Was soll das heißen, Mensch?«

»Dein Volk behauptet immer, keine andere Wahl zu haben. Deshalb könnt ihr anderen nie etwas überlassen, Kere. Ihr kennt kein Erbarmen, keine Verträge, keine Nachsicht und keine Schwäche. Selbst dann nicht, wenn ihr unrecht habt. Selbst dann nicht, wenn ihr euch mit diesem Verhalten selbst schadet. Und alles nur, weil ihr Elfen viel zu stolz seid und euch allen anderen überlegen fühlt. Ihr würdet wahrscheinlich nicht einmal einem Keiler ausweichen, damit er in aller Ruhe seines Weges gehen kann.«

»Ganz im Gegensatz zu dir natürlich«, giftete er.

Rashe schwieg die ganze Zeit über stoisch.

»In der Tat würde ich zur Seite gehen. Schließlich bin ich kein Narr, mein Leben wegen jeder Kleinigkeit zu riskieren.«

»Nur würdest du das Tier dann hinterrücks erschießen. Die Heimtücke der Menschen …«

»… ist auch nicht größer als die der Elfen. Als ob ihr nicht genau wie wir jemandem in den Rücken schießt!«

»Am Gemer Bogen haben wir ehrlich gekämpft. Aber dann habt ihr mit einem gemeinen Angriff …«

»Da hatten wir in eurem Wald schon zu viel schlimme Erfahrungen gesammelt!«, unterbrach ich ihn und drehte mich nach ihm um. »Ihr habt nur das bekommen, was ihr verdient habt!«

»Ach ja? Wir haben es also verdient! Ihr könnt doch bloß nicht zugeben, dass wir Hochwohlgeborenen euch Menschen weit überlegen sind!«

»Ihr seid uns überlegen? In welchem Punkt denn bitte, Elf?«

Wir waren beide stehen geblieben und blitzten uns aus gefährlicher Nähe an. Rashe hielt sich auf eine wütende Geste Keres hin abseits und verfolgte dieses Wortgefecht schweigend.

»Und *ihr* könnt bloß nicht zugeben, dass ihr keinen Deut besser seid als wir«, fuhr ich fort. »Nicht einmal euch selbst gegenüber könnt ihr das. Deshalb habt ihr jahrhundertelang die Hand zurückgewiesen, die wir euch in friedvoller Absicht entgegengestreckt haben. Und erst als euch klar wurde, dass ihr den Sieg nie erringen werdet, habt ihr eingeschlagen. Doch selbst jetzt brüstet ihr euch noch mit eurer vermeintlichen Überlegenheit und stellt alles so hin, als würdet ihr uns einen ungeheuren Gefallen erweisen. Dabei wart ihr diejenigen, die auf den Knien angekrochen sind und um Frieden gebettelt haben! Doch nicht einmal du kannst allen Ernstes glauben, dass wir Menschen irgendwelche Almosen von euch nötig haben, oder, Kere aus dem Haus des Lotos?!«

»O doch, das glaube ich! Ihr habt nämlich immer irgendwas *nötig*. Ich anstelle des Delben hätte euch diese Berge niemals überlassen!«

»Aber was habt ihr davon, euch an etwas zu klammern, das ihr nicht braucht?! Warum verschanzt ihr euch in eurem

Wald, selbst wenn ihr dadurch eure eigenen Kinder verliert, weil ihr nicht einmal die einfachsten Heilmittel besitzt?! Warum lasst ihr euch immer nur von dummem Stolz leiten?!«

»Das ist kein Stolz, Mensch, das ist Würde. Aber davon verstehst du nichts!«

»Hol mich doch das Reich der Tiefe! Warum seid ihr bloß so hochnäsig?! Warum glaubt ihr bloß, alle anderen müssten vor euch im Staub kriechen?!«

»Warum sollte mein Volk diejenigen, die weit unter ihm stehen, als seinesgleichen betrachten?! Warum sollten wir diejenigen, die mit Feuer und Schwert zu uns kommen und selbst unsere Kinder vernichten, auch noch wertschätzen?! Bei all ihrer Grausamkeit?!«

»Erzähl das deinen rothaarigen Brüdern aus dem Haus der Schmetterlinge!«, erwiderte ich unter schallendem Gelächter. »Oder hast du schon vergessen, wie diese blutrünstigen Tiere unsere Dörfer und Städte dem Erdboden gleichgemacht haben?! Wie sie Gefangenen die Eingeweide aus dem Körper gerissen, die Augen ausgestochen und schwangeren Frauen die Bäuche aufgeschlitzt haben?! Sie haben Menschen bei lebendigem Leibe gehäutet! Du willst mir ja wohl nicht weismachen, dass du zum ersten Mal davon hörst! Aber vielleicht ziehst du es ja auch vor, nicht daran erinnert zu werden und zu schweigen, weil die verkackte Ehre dieses beschissenen Hauses selbst dich anekelt?!«

Wilder Zorn entstellte sein Gesicht. Ich bekam nicht einmal mit, wie er ausholte, um mir eine Ohrfeige zu verpassen, die sich gewaschen hatte. Vor Wut brüllend, rammte ich ihm im Gegenzug meine Faust ins Gesicht. Ein brennender Schmerz schoss mir durch die Fingerknöchel, aber immerhin flog der Elf zurück und knallte gegen einen Stein. Als ich mich auf ihn stürzte, nahm ich aus den Augenwinkeln wahr, dass Rashe sich noch immer an den Befehl Keres hielt und sich nicht von der Stelle rührte. Umso besser. Das gab mir die

Gelegenheit, mit Goldhaar ein offenes Wort zu sprechen, ohne dass uns jemand unterbrach.

Ich rammte dem Spitzohr das Knie in den Bauch, sodass er überrascht aufschrie, und hämmerte mit beiden Fäusten auf den Widerling ein. Bevor er überhaupt wusste, wie ihm geschah, hatte ich bereits seine Schläfe und seine Augen bearbeitet. Doch dann schnürte mir plötzlich etwas die Brust ab. Mir wurde schwarz vor Augen, und ganz kurz verlor ich das Bewusstsein. Erst als ich rücklings zu Boden gefallen war, kam ich wieder zur mir. Meine Rippen schmerzten so, dass ich nicht mehr richtig atmen konnte. Blut quoll in meinen Mund und tropfte mir aus der Nase.

Benommen schüttelte ich den Kopf und versuchte zu verstehen, was das gerade gewesen war. Noch immer verschwamm mir alles vor Augen. Als ich aufstehen wollte, krachte etwas mit solcher Wucht auf meine Brust, dass ich mich danach nicht mehr rühren konnte. Diesen Druck würde ich nicht lange aushalten, spätestens in ein paar Sekunden wäre ich zerquetscht. Daraufhin gab ich jeden Widerstand auf. Sofort ließ der Schmerz nach. Endlich konnte ich auch wieder klar sehen. Rashe hatte sich nach wie vor nicht vom Fleck gerührt, grinste mich jedoch breit an. Seltsam, ich hatte angenommen, er habe mir so zugesetzt.

Dann schielte ich auf meine Hände und musste erkennen, dass die Situation noch vertrackter war, als ich bisher vermutet hatte. Ein zartes, an junge Blätter erinnerndes grünes Leuchten umspannte meine Gelenke und bildete eine Art Fessel. Das gleiche Licht sickerte über meine Brust.

Kere saß mit blutverschmierter Visage da. Seine Lippen waren aufgeschlagen, von seinem Kinn troff Blut, sein eines Auge schwoll bereits an. Zu schade, dass ich ihm nicht auch noch die Nase gebrochen hatte!

Er blickte mich kurz an, dann drehte er sich weg und nahm von Rashe einen sauberen Lappen entgegen. Das grüne Licht erlosch, die drückende Last auf meiner Brust löste sich in nichts auf. Noch konnte ich nicht fassen, dass ich das Ganze überlebt hatte. Vorsichtig setzte ich mich auf.

»Wenn du es noch einmal wagst, mich zu schlagen«, zischte Kere und spuckte Blut aus, »bist du ein toter Mann.«

Das Schicksal hatte eine weitere Überraschung aus dem Ärmel geschüttelt. Mein goldblonder Freund war ein Magier!

Die Roten Schluchten lagen längst hinter uns, allerdings folgten wir unverändert einem namenlosen Fluss, der uns immer weiter nach Süden brachte. Die Berge wurden höher und höher, der Wald war verschwunden und hatte Wiesen Platz gemacht, die im Sonnenlicht strahlten. Am nächsten Tag brachte uns ein Pass in ein riesiges Tal. Nachdem wir es durchquert hatten, standen wir vor zwei Schluchten. Die eine führte nach Süden, zu eisigen Gipfeln, die andere nach Nordosten. Der Fluss gabelte sich ebenfalls. Genauer gesagt, waren wir bisher dem Zusammenfluss seiner beiden Nebenarme gefolgt. Der Zufluss aus Süden entsprang in den Gletschern und erinnerte an eine grün-blaue Schlange. Der aus dem Norden glich einem schmutzigen Erdwurm. Das braune Wasser deutete darauf hin, dass es in den Bergen regnete.

»Kennst du diese Stelle?«

»Ja.«

»Und welchen Weg sollen wir nehmen?«, fragte Kere, sah dabei aber nicht mich an, sondern die weißen Gipfel.

Verwundern tat mich das nicht. Die Hochwohlgeborenen hatten selten Gelegenheit, Berge zu sehen.

Unter seinem Auge prangte ein beachtliches Veilchen, ein weiteres zierte seine rechte Schläfe. Die Lippen waren immer noch nicht wieder verheilt. Wenn er versuchte, sie zu einem Grinsen zu verziehen, rissen sie wieder auf und fingen zu bluten an. Letzten Endes hatte ich ordentlich zugelangt. Er aber auch: Meine Rippen schmerzten noch immer.

»Ich würde den Weg nach Nordosten nehmen«, beantwortete ich seine Frage.

»Warum nicht nach Süden? Du hast doch selbst gesagt, dass er sich bestens in den Bergen verstecken könnte. Aber der Weg, den du vorschlägst, bringt ihn zurück in den Sandoner Wald.«

»Stimmt, allerdings nicht in den Teil, in dem man den Bogenschützen jetzt sucht.«

»Dann erkläre mir mal, warum er sich wieder zum Sandoner Wald durchschlagen sollte!«

»Da gibt es nicht viel zu erklären. Wenn er in diese Richtung geht …« Ich zeigte auf die schneebedeckten Gipfel. »… erwartet ihn eine Kette von Pässen. Die muss er alle überwinden, und es sind mehr als dreißig. Die Gegend ist gefährlich, die Wege sind schlecht, in der Höhe ist es kalt. Außerdem läuft er Gefahr, einem der Eisdämonen zu begegnen. Wenn er diese Gegend kennt, wird er sich kaum für diesen Weg entscheiden.«

»Und kennt er sie?«

»Daran zweifle ich nicht. Der Bogenschütze hat bereits mehr als einmal bewiesen, dass er mit dem Gebiet bestens vertraut ist und seine Spuren hervorragend zu verwischen weiß. Er ist kein Dummkopf. Warum also sollte er sein Leben riskieren, wenn er das nicht unbedingt muss? Durch die Schluchten kann er bis zum Sandoner Wald gelangen, in einen Teil, der, wie gesagt, recht sicher für ihn ist.«

Es gab noch einen Grund, warum ich glaubte, der Mörder habe diesen Weg gewählt. Er hatte mit der Stelle zu tun, die der Bogenschütze für den Schuss gewählt hatte. Wenn ich Kere gegenüber jedoch mit der Sprache herausrückte, würde er in seiner Sturheit darauf bestehen, dass wir nach Süden marschierten – nur um mir zu beweisen, dass ich mich geirrt hatte.

Immerhin stießen die beiden Spitzohren diesmal kein abfälliges Schnauben aus, sondern ließen sich meine Worte in aller Ruhe durch den Kopf gehen. Vielleicht hatten sie inzwischen Vertrauen zu mir gefasst, vielleicht begriffen sie aber auch, wie gefährlich der Weg durch die Berge war. Die beiden beratschlagten sich in ihrer Elfensprache, sodass ich geduldig auf ihre Entscheidung warten musste. Das Gespräch zog sich hin. Die beiden schienen jedoch nicht zu streiten, sondern nur jedes Für und Wider durchzuspielen.

»Einverstanden«, wandte sich Kere schließlich an mich. »Wir gehen nach Nordosten.«

»Dann sollten wir ein Stück zurückmarschieren, um den Fluss zu überqueren, sonst müssten wir später beide Arme durchwaten.«

Sobald wir am anderen Ufer ein kleines Stück hinter uns gebracht hatten, geschah, was geschehen musste.

»Da!« Rashe ließ sich auf alle viere nieder und strich über das niedergetretene Gras. Mit glückstrahlender Miene sah er zu uns hoch. Die Spitzohren hatten schon nicht mehr darauf gehofft, die Spur unseres Unbekannten wiederzuentdecken. Der Freudentanz, den Rashe jetzt aufführte, war die schönste Bestätigung, dass ich den richtigen Weg gewählt hatte.

»Das ist er! Das sind seine Abdrücke! Hier sind noch mehr Spuren!«, rief Rashe aus. »Von drei, nein, von vier Menschen!«

Kere und ich beobachteten, wie der Fährtenleser die Spur untersuchte.

»Ja, ein Irrtum ist ausgeschlossen. Genau wie wir hat er den Fluss durchquert und ist dann zu dieser Stelle gekommen. Die anderen haben hier auf ihn gewartet, danach sind sie gemeinsam weitergezogen.«

»Das heißt, er hatte Komplizen«, knurrte Kere. »Was grinst du?«

Diese Worte galten mir.

»Nur so.«

Eigentlich grinste ich aus gutem Grund, doch hatte ich nicht die Absicht, diesen in nächster Zeit kundzutun. Er würde mir ja doch nicht glauben.

Ich fing mir einen misstrauischen Blick ein, aber alle Gedanken Keres galten den Abdrücken, sodass er mich nicht weiter ausquetschte.

»Wann waren sie hier?«, wollte er von Rashe wissen.

»Vor einem Tag«, antwortete Rashe, nachdem er die Erde gründlich untersucht hatte. »Höchstens vor zweien.«

»Dann wird es nicht einfach werden, sie noch einzuholen«, murmelte ich.

»Das schaffen wir schon«, behauptete Kere. »Wenn er einen Abdruck hinterlassen hat, heißt das, dass er nicht mehr damit rechnet, verfolgt zu werden. Gibt es hier einen Weg?«

»Nein, nur Tierpfade. Wir sollten am Ufer weitergehen, auch wenn das nicht gerade einfach wird.«

Die beiden nickten. Keres Augen funkelten, seine Nasenflügel blähten sich. In Gedanken malte er sich schon aus, wie er dem Mörder die Augen ausstach.

Die beiden Spitzohren legten eine Unerschrockenheit an den Tag, dass selbst ich ihnen innerlich Respekt zollte. Obwohl sie nie zuvor in den Bergen gewesen waren, eilten sie vorwärts, als befänden sie sich in ihrem heimischen Sandoner Wald und nicht inmitten von Plateaus und Schluchten, die längst von allen Göttern vergessen worden waren. Auch recht schwierige Abschnitte unseres Weges meisterten sie ohne Rast. Mit entschlossener Miene pflügten sie sich ihren Weg durch schäumende Flüsse und pikende Brombeersträucher. Kein Hindernis schreckte sie ab. Manchmal gingen sie nicht einmal, sondern rannten, noch dazu derart schnell, dass ich kaum mit ihnen mithalten konnte.

Nachdem wir die Spuren erst einmal entdeckt hatten, rissen sie gar nicht mehr ab, sondern wurden mit jeder Stunde frischer und frischer. Am nächsten Morgen stießen wir auf ihren Rastplatz. Obwohl die Asche des Lagerfeuers längst erkaltet war, spornten diese Überreste die beiden Spitzohren nur an.

Kere wollte am frühen Nachmittag gern eine kurze Rast einlegen. Am Flussufer wucherten nun keine Sträucher mehr. Stattdessen lagen überall runde Steine, die im Laufe von Jahrhunderten glatt geschliffen worden waren und die unterschiedlichsten Größen und Farben zeigten. Das Sonnenlicht hatte sie derart erhitzt, dass sie bereits selbst Wärme ausstrahlten.

»Lasst uns noch ein Stück marschieren und dann ausruhen«, sagte ich auf seinen Vorschlag hin. »Zwanzig Minuten von hier entfernt gibt es eine Heilquelle. Außerdem spenden dort Bäume Schatten, sodass wir nicht dieser Glut ausgesetzt sind.«

Da mir niemand widersprach, führte ich sie zu einem kleinen Tannenwäldchen, das an der anderen Seite den Berg hochkroch. Im Schatten der Bäume, einhundertvierzig Yard vom Fluss entfernt, lag eine der zahlreichen Heilquellen in diesem Tal.

Sie sprudelte aus dem Boden heraus und bildete dann einen Bach, der zum Fluss hinunterströmte. Die Wasseroberfläche brodelte, weil in der Tiefe immer wieder Blasen platzten. Das Quellbecken und der Grund des Baches waren feuerrot.

»Bist du sicher, dass man dieses Wasser trinken kann?«, fragte Rashe mit ängstlicher Stimme.

Beinahe wäre ich mit einem Lachen herausgeplatzt.

»Habt ihr etwa noch nie Quellen gesehen? Gibt es im Sandoner Wald denn keine?«

Kere schüttelte den Kopf und beugte sich über das Wasser. Als er schnupperte, verzog er das Gesicht.

»Das stinkt nach verfaulten Eiern.«

»Du sollst ja auch nicht daran riechen, sondern es trinken«, entgegnete ich und ging ihm mit tatkräftigem Beispiel voran. Ich schöpfte mit den Händen etwas Wasser. Es schmeckte ungewohnt, aber angenehm. Die Bläschen kitzelten Zunge und Gaumen.

Da hatte Kere jedoch bereits das Interesse an mir und dem Wasser verloren. Seine ungeteilte Aufmerksamkeit galt Rashe. Dieser starrte unverwandt auf die Tannen … Wann hatte der Elf es eigentlich geschafft, die Armbrust zu spannen?

Ich richtete mich wieder auf und trat hinter den Elfen. Dort rammte ich die untere Bogenspitze in die Erde, zog die obere zu mir, hielt den Atem an und spannte die Sehne. Bei meinem großen Bogen war das nicht so einfach, wie man vielleicht denken mochte. Dafür konnte man mit diesem Ungetüm aber auch ohne Mühe einen Pfeil durch ein zweihundert Yard entferntes Eichenbrett jagen.

»Das ist nicht nötig!«, sagte Rashe, als ich nach einem Pfeil griff.

Merkwürdigerweise hatte er sich nicht einmal umgedreht, um zu sehen, was ich machte. Er wusste es einfach. Ob am Ende das Gerücht, dass Elfen auch im Nacken Augen haben, doch stimmte?

Rashe stieß einen Pfiff aus, der wie der Ruf eines Rotkehlchens klang. Aus dem Tannenwald heraus antwortete ihm ein Pfiff, der sich genauso anhörte. Ich erzitterte. Beim Reich der Tiefe, das konnte doch nicht sein! Es folgte ein dritter Triller, diesmal schon wesentlich näher, dann traten zwischen den Bäumen in Grau gewandete Figuren heraus. Fünf, zehn, zwölf. Und alle mit feuerrotem Haar! Unwillkürlich stieß ich ein unterdrücktes Fauchen aus und klammerte mich an den Bogen, als wäre er meine letzte Rettung. Kere stellte sich prompt zwischen mich und die Rotschöpfe. Wahrscheinlich weniger um mich als vielmehr um seine Artgenossen zu schützen.

Die Elfen bildeten einen lockeren Ring um uns, den sie langsam weiter und weiter zusammenzogen. Mein Rücken war im Nu schweißnass.

Das waren nicht nur Spitzohren, das waren rothaarige Spitzohren! Die Burschen gehörten dem Haus des Schmetterlings an, das wir Menschen wegen seiner Grausamkeit und seiner

Weigerung, mit uns zu verhandeln, mehr als alle anderen hassten. Diese roten Drecksbiester hielten uns nicht mal für Tiere und hatten nur einen Wunsch: uns Menschen bis auf den letzten auszurotten. Mit allen Mitteln. Wir zahlten es ihnen so gut es ging mit gleicher Münze heim. Wenn die Angehörigen anderer Häuser von uns auf der Stelle getötet oder gefangen genommen wurden, dann erwartete die rothaarigen Spitzohren ein langer und qualvoller Tod. Er sollte allen Rotschöpfen eine Lehre sein. Einige unserer Soldaten aus den Grenzgruppen hatten es bei dieser Art der *Belehrung* bereits zu wahrer Meisterschaft gebracht.

Mir war klar, dass ich mich nur deshalb noch meines Lebens erfreute, weil ich mich in Begleitung von Kere und Rashe befand. Andernfalls hätten die Schmetterlinge längst ihre Lanzen sprechen lassen. Nun wollten sie aber wohl erst herausfinden, was es mit diesem merkwürdigen Trio auf sich hatte. Was danach kam, wusste Meloth allein. Und obwohl ich die beiden Spitzohren führte, machte ich mir ehrlich gesagt keine allzu großen Hoffnungen, was mein weiteres Schicksal anbelangte.

Endlich blieben die Rotschöpfe stehen. Ein nicht sehr großer Elf mit dichter Mähne trat vor. Er nickte Kere wie einem alten Bekannten zu und sagte ihm etwas in Elfensprache. Kere gab nur knappe Antworten. Selten war ich so verzweifelt, nicht ein Wort des Gesprächs zu verstehen. Einmal mehr bedauerte ich, den elfischen Singsang nie gelernt zu haben.

Es hagelte Fragen, es erfolgten Antworten, einige Rotschöpfe stierten mich voller Hass an. Ich hoffte inständig, Kere würde nicht auf die Idee kommen, mich mit Haut und Haar an diese Schlächter zu verkaufen.

Irgendwann begriff ich, dass die Elfen sich stritten. Kere war zwar nach wie vor gelassen, versuchte sein Gegenüber jedoch von etwas zu überzeugen. Dieses lauschte stets höflich, schüttelte dann den Kopf und stieß ein *empasta* aus. Das war eines der wenigen Wörter, das ich kannte. Es bedeutete *aus-*

geschlossen. Der Streit zog sich hin, schließlich mischte sich auch Rashe ein.

Plötzlich blickte mich der Sprecher der Schmetterlinge an und fragte mich fast ohne jeden Akzent: »Wie heißt du?«

»Ness.«

»Und weiter?«

»Nichts weiter, nur Ness.«

Der Rotschopf grinste, kam auf mich zu, umrundete mich und betrachtete mich aufmerksam von allen Seiten, als wäre ich ein seltsames, dabei aber ausgesprochen gefährliches Tier. Dann wandte er sich wieder Kere zu.

»Ich glaube, er lügt«, sagte er, diesmal jedoch in Menschensprache, damit auch ich es verstand. »Du musst doch schon von ihm gehört haben. Ein großer junger Mann mit hellem Haar und grauen Augen. Pfeile mit roter Befiederung. Das ist der Graue.«

»Das ist bloß ein Zufall, Bruder«, erwiderte Kere gelassen. Dennoch entging mir seine Anspannung nicht. »Er ähnelt ihm, mehr nicht. Wir haben ihn geprüft, bevor er mitdurfte.«

»Trotzdem habe ich meine Zweifel, Kere aus dem Haus des Lotos.«

»Deine Zweifel seien dir verziehen, Gale aus dem Haus des Schmetterlings. Doch ich lege meine Hand für diesen Menschen ins Feuer. Außerdem führt er uns.«

»Nun leider nicht mehr, denn er wird bei uns bleiben. Ich werde euch jemand anders geben, der euch führt. Einen von meinen Leuten. Mehr kann ich nicht für euch tun.«

»Du wagst es, dich meinen Wünschen zu widersetzen?«

»Dieser Teil des Waldes gehört meiner Familie. Du bist ein Gast hier, und dir widerfährt kein Leid. Aber der Mensch wird keinen Schritt weitergehen. Da magst du dich noch so sehr für ihn einsetzen!«

Hinter diesen beiläufig dahingesagten Worten versteckte sich eine Drohung. Kere strich die Segel. Ich sah, wie er die Schultern sinken ließ und auf Rashes fragenden Blick hin den

Kopf schüttelte. Das war's dann wohl. Langsam sollte ich mein letztes Gebet sprechen.

»Einverstanden«, sagte Kere. »Wir wollen doch nicht wegen einer solchen Kleinigkeit streiten.«

Zwei Rotschöpfe richteten sofort ihre Armbrüste auf mich. Alle anderen entspannten sich, nun, da der störrische Sohn aus dem Haus des Lotos keine Sperenzchen mehr machte.

»Ich bin froh, dass wir einen Weg der Verständigung gefunden haben«, versicherte Gale. »Du wirst es nicht bereuen, denn ich werde sofort einen von meinen …«

In dieser Sekunde heulte einer der Rotschöpfe auf, fiel auf die Knie, rammte sich die Hände ins Gesicht und zerkratzte sich erbarmungslos die eigene Fratze.

Mit einem lauten Krachen wurde eine Tanne entwurzelt. Ein Regen aus Nadeln, Zapfen und Zweigen prasselte nieder. Ein Ast traf Gale wie eine riesige Lanze, die ein Riese geschleudert hatte, in den Rücken und durchbohrte ihn. Wie der Ast da gute drei Yard aus der Brust des Spitzohrs herausragte, erinnerte dieses in absurder Weise an ein Insekt, das mit einer Nadel aufgespießt worden war. Als Nächstes wurden jene beiden Schmetterlinge, die Kere am nächsten standen, zu Fladen zusammengepresst.

Nun stürzte sich auch noch Rashe mit einem Kampfschrei auf einen Rotschopf. Da endlich begriff ich, was hier Sache war. Umgehend verwandelte sich mein Wurfbeil in eine flirrende Scheibe, die sich in die Stirn eines der beiden Armbrustschützen bohrte. Der andere gab zwar noch einen Schuss auf mich ab, verfehlte mich aber.

Daraufhin stürzte er sich mit dem Dolch auf mich. Wir verknäuelten uns und gingen zu Boden. Ich lag unter dem Elfen, schaffte es jedoch, dem Kerl das Knie in den Leib zu rammen. Allerdings bewirkte ich damit rein gar nichts. Zum Glück gelang es mir wenigstens, seinen Arm abzufangen, bevor er die Klinge in mich hineintreiben konnte. Ohne die geringsten Gewissensbisse grub ich meine Zähne in seine

Visage und riss den Kopf herum, in der Hoffnung, ihm so ein möglichst großes Stück Fleisch herauszubeißen. Mein Mund füllte sich auf der Stelle mit fremdem Blut. Der Kerl jammerte noch lauter als damals Knofer am Galgen. Sein Griff lockerte sich, sodass ich ihn von mir runterschieben konnte. Im Nu rappelte ich mich hoch und presste mit einem Knie seine Hand zu Boden, in der er immer noch den Dolch hielt.

Voller Genugtuung spuckte ich dem Elfen alles ins Gesicht, was sich in meinem Mund befand. Als er gegen das eigene Blut in seinen Augen kämpfte, schnappte ich mir einen Stein und schlug ihn mit aller Wucht gegen die Schläfe des Kerls.

Mein linker Unterarm brannte. Als ich mit der rechten Hand darüberfuhr, bemerkte ich, dass ich blutete. Hatte mich dieser Schweinehund doch verletzt! Zum Glück war es jedoch nur ein Kratzer, Meloth sei gepriesen!

Drei Schmetterlinge stürzten sich auf Kere, während der vierte und letzte auf mich zukam. Bevor ich zu meinem Bogen eilte, sah ich aus den Augenwinkeln, dass Rashe reglos auf den Steinen lag.

Mit ungeheurem Vergnügen jagte ich den Pfeil in den Dreckself. Er schwankte, versuchte noch, seine Lanze nach mir zu werfen, aber das vereitelte ich, indem ich ihn mit einem zweiten Schuss erledigte.

Kere tötete zwar gerade einen seiner Gegner, aber ein wenig Unterstützung konnte ihm vermutlich nicht schaden. Ich legte rasch einen Pfeil ein und spürte die zarte Befiederung an der Wange.

Die Sehne strich leise über meinen Handschuh.

Die Rücken der Spitzohren, die zwanzig Yard von mir entfernt waren, boten ein verlockendes Ziel. Und niemand hatte die Absicht, es mir zu nehmen.

Ich gab den nächsten Schuss ab.

Der letzte Rotschopf hatte immerhin verstanden, dass er zwischen Baum und Borke geraten war, und war in den Wald geflohen, doch der Pfeil traf auch ihn im Rücken. Er versuchte noch weiterzukriechen, aber da eilte Kere schon zu ihm und erledigte ihn. Anschließend rannte er sofort zu Rashe.

Auch ich ging zu der Leiche des Elfen. Er lag mit weit von sich gestreckten Armen da, umgeben von toten Gegnern. Zwei schreckliche Wunden spalteten seine Brust, eine weitere sein Gesicht.

»Er hat Pech gehabt«, durchbrach ich das Schweigen.

»Er war ein guter Krieger«, sagte Kere leise. »Diesen Tod hat er nicht verdient.«

Na, mir tat der Bursche nicht leid. Wieder ein Elf verreckt – jeder Soldat bei uns würde behaupten, das Spitzohr habe nur gekriegt, was es verdient hatte.

»Der Sohn aus dem Haus des Funken ist gestorben, um dein Leben zu retten, Mensch.«

Was sollte ich dazu sagen? Meiner Ansicht nach war der Elf nur gestorben, weil er schwerfällig war und es mit mehreren Gegnern gleichzeitig aufgenommen hatte. Natürlich hatten die ihn mit Lanzen durchbohrt! Kere mochte noch so sehr versuchen, mir den Tod dieses Spitzohrs anzulasten, er würde mir kein schlechtes Gewissen bereiten.

»Hilf mir, ein Grab für ihn auszuheben!«

»Das kostet zu viel Zeit«, entgegnete ich. »Schneller würde es gehen, wenn wir Steine über ihm aufhäuften.«

So handhabten wir es denn auch. Nach einer Stunde war das Werk vollbracht. Ich ließ Kere an dem nicht sehr hohen Steinhügel allein, während ich zur Quelle ging, die Tannennadeln herausklaubte und voller Genuss von dem Heilwasser trank. Anschließend reinigte ich die Wunde an meinem Unterarm.

»Wir müssen weiter, Elf!«, rief ich. »Bis zum Einbruch der Dunkelheit bleibt nicht mehr viel Zeit.«

Er sah zum Himmel hinauf.

»Die Sonne steht doch noch sehr hoch«, entgegnete er.

»In den Bergen dunkelt es schnell. Und du willst sie doch einholen, oder?«

Kere nickte nachdenklich.

»Wir sind mehr als einen Tagesmarsch hinter ihnen. Wenn wir uns nicht beeilen, entkommen sie uns.«

»Ich werde sie finden, auch wenn sie es in den Sandoner Wald schaffen«, versicherte Kere, kam zur Quelle und trank ebenfalls etwas.

»Das wirst du nicht«, hielt ich grinsend dagegen.

»Und warum nicht?«, fragte er und zog die goldblonden Augenbrauen hoch. »Ein Mensch kann sich nur schwer in unserem Wald verstecken.«

»Erstens verallgemeinere nicht! Viele von meinem Volk haben sich mehr als einmal direkt vor euren Füßen versteckt, das weißt du genau.«

»Und zweitens?«

»Und zweitens, Kere aus dem Haus des Lotos, wenn sich schon ein Mensch verstecken kann, dann kann es ein Elf allemal.«

»Was soll das heißen?«, fragte er in barschem Ton.

»Das weißt du genau. Wie soll ein Elf im Sandoner Wald auffallen?! Er ist ja unter seinesgleichen! Wie willst du dann unter Tausenden deiner Artgenossen den Mörder finden? Du musst mir zustimmen, dass es durchaus nicht so einfach ist, einen flüchtigen Elfen im Sandoner Wald aufzuspüren! Natürlich, wenn es ein Mensch wäre, sähe die Sache anders aus.«

Nachdem er mich sehr lange angesehen hatte, stand er abrupt auf.

»Was tischst du mir da für ein dummes Märchen auf?«, zischte er.

Ich brach in schallendes Gelächter aus.

»Es ist schade, wirklich schade, Kere, dass du keine Märchen magst. Ich könnte dir da etliche erzählen.«

»Daran habe ich nicht die geringsten Zweifel«, erwiderte er und griff nach seiner Lanze.

Der Elf warf einen letzten Blick auf das Grab und die Leichen der Schmetterlinge. Mit seinem ganzen Gebaren gab er vor, mir nicht zu glauben – doch seine Augen verrieten ihn. Ihr Ausdruck offenbarte, wie aufgewühlt er war.

Der Regen brach los, als wir über ein Hochplateau eilten. Wir wollten den Pass so schnell wie möglich erreichen. Im Bruchteil einer Sekunde waren wir bis auf die Knochen durchgeweicht. Die Umhänge hatten uns bei diesem Guss einfach nicht mehr schützen können. Die Wolken hingen so tief, dass man sie mit den Fingerspitzen hätte berühren können, wenn man das denn gewollt hätte. Es war kalt und unwirtlich. Ich hüllte mich fest in meinen nutzlosen Umhang, zog die Kapuze bis zur Nasenspitze herunter, doch der Wind kroch dennoch erbarmungslos an mich heran, und mir wurde noch kälter.

Trotz aller Widrigkeiten jagten wir weiter und bewegten uns unermüdlich nach Osten. Wir brannten beide darauf, den Mörder einzuholen. Als der Pfad ins nächste Tal führte, besserte sich das Wetter endlich. Es nieselte nur noch, und allmählich wurde es wärmer.

»Ich hasse die Berge«, stieß Kere aus.

Er hustete und schniefte in einem fort. Ein erkälteter Elf gab schon ein komisches Bild ab.

»Das mögen sie aber gar nicht«, erwiderte ich.

»Was mögen sie nicht?«

»Wenn man sie hasst.«

»Es sind doch bloß Steine.«

»Und dein Wald ist bloß Brennholz. Dennoch glaubst du daran, dass er lebt und sich rächt, wenn du ihn nicht achtest, oder?«

Dieser Einwand brachte ihn zum Nachdenken.

»Sag mal«, riss ich ihn dann aus seinen Gedanken, »warum wolltest du eigentlich nicht, dass euch ein Elf weiterführt? Das wäre doch für alle viel einfacher gewesen.«

Der Elf schwieg lange. Und erst als ich schon nicht mehr

mit einer Antwort rechnete, gab er sie mir: »Ich habe mein Wort gegeben, dass dir nichts geschieht.«

»Du willst doch nicht behaupten«, stieß ich schnaubend aus, »dass du deine Versprechen derart ernst nimmst.«

»Das tut jeder Hochwohlgeborene.«

»Verzeih mir, aber das glaube ich nicht ganz. Ihr versucht doch ständig, uns zu betrügen.«

»Ich habe ja auch nicht *dir* mein Wort gegeben«, entgegnete er lachend.

»Stimmt auch wieder«, murmelte ich. »Verrätst du mir, wem mein Wohlbefinden so am Herzen liegt?«

»Dem Delben.« In dieses Wort legte er all seine Verachtung und seinen Abscheu.

»In dem Fall solltest du vielleicht wissen«, sagte ich, »dass ich ihn nicht zu meinen Freunden zähle. Mehr noch, ich kenne ihn nicht einmal.«

»Und ich würde sogar darauf wetten, dass auch er deinen Namen zum ersten Mal gehört hat, als ich mich auf die Jagd nach dem Mörder gemacht habe!«, erwiderte Kere und lachte erneut. »Vaske tut alles dafür, dass der Friedensvertrag unterschrieben wird. Deshalb mussten wir Hochwohlgeborenen ihm unser Wort geben, dass keiner der Menschen, die mit uns die Verfolgung aufnehmen, aus nichtigen Gründen leidet. Ich war also gezwungen, deinen Kopf vor den Hochwohlgeborenen aus dem Haus der Schmetterlinge zu retten, auch wenn ich nicht hinter dem Delben stehe.«

»Das heißt, ich hätte dich damals erschießen können, ohne dass du gemurrt hättest?«

»In dem Fall wäre nicht einmal ich an mein Wort gebunden gewesen.«

Zu bedauerlich.

Die klebrige, an Sirup gemahnende Dämmerung roch nach feuchter Erde, nassen Tannennadeln und Nebel. Ein lauer Wind strich durch die Ruinen der alten Stadt – wobei sich von Ruinen im Grunde kaum noch sprechen ließ. Längst war dichter Wald über alle Bauten hergefallen, hatte sie mit Efeu und Moos überzogen und in Flechten gehüllt. Viel war von der Stadt also nicht übrig geblieben. Ein paar Säulen, die zum Himmel aufragten. Zwei weitere hatten die Prüfung der Zeit schon nicht mehr bestanden und waren umgefallen. Bei einem Gebäude war die Kuppel eingestürzt, aus ihr wuchs nun eine riesige Tanne heraus.

»Was ist das für ein Ort?«, fragte Kere, der sich nach allen Seiten umsah.

»Das solltest du eigentlich besser wissen als ich«, erwiderte ich. »Schließlich hat die Stadt früher einmal euch gehört.«

»Da irrst du dich.«

»Wer außer euch hätte sie denn sonst erbauen sollen? Immerhin ist sie zu einer Zeit entstanden, als es in den Buchsbaumbergen noch überhaupt keine Menschen gab.«

»Aber keine unserer Chroniken erwähnt einen solchen Ort«, hielt er dagegen, während er wie gebannt auf das Haus mit der Tanne starrte.

»Dann hast du nicht die richtigen Chroniken gelesen, Elf.«

Er funkelte mich wütend an, verzichtete jedoch auf einen Streit.

»Wir bleiben über Nacht hier«, verkündete ich. »Lass uns erst mal ein Feuer machen.«

»Ich hoffe, du erwartest nicht von mir, dass ich Brennholz hacke.«

»Schlecht wäre es nicht – denn so etwas habe ich noch nie gesehen.«

»Und du wirst es auch nicht sehen.«

Wir betraten das Haus mit der eingestürzten Kuppel. Ein dicker Teppich aus Tannennadeln bedeckte den ganzen Boden.

»Das ist ein Tempel von uns«, flüsterte Kere, als er die Zeichnungen an den Wänden erblickte.

»Das trifft sich ja bestens«, murmelte ich und nahm meinen Rucksack ab. »Dann bete doch mal gleich zu deinen Göttern. Vielleicht schicken sie uns ja etwas Essen. Unseres reicht nämlich nicht mehr lange.«

»Ich bin mir nicht sicher, ob wir hierbleiben können.«

»Bei Meloth, was soll das denn schon wieder heißen?! Im Übrigen habe ich nicht das Geringste dagegen, wenn du lieber im Wald schläfst.«

Ich trat an ein Podest heran und legte meine Decke darauf.

»Was machst du da?«

»Ich bereite mein Nachtlager vor.«

»Auf dem Altar?!«

»Das ist ein Altar der Elfengötter, keiner Meloths, auf dem kann ich also getrost schlafen.«

»Tu, was du für richtig hältst. Aber es war meine Pflicht, dich zu warnen.«

»Wenn deine Sorge sich als begründet herausstellt, trifft mich halt die göttliche Strafe. Wenn nicht, schlafe ich mich endlich einmal ordentlich aus.«

Daraufhin schob Kere bloß schweigend etliche Tannennadeln zusammen, um sich ein Bett zu machen. Während ich ihn noch beobachtete, schlief ich ein, ohne es selbst zu merken.

»Meint Ihr nicht, Ihr solltet Euch das noch einmal durch den Kopf gehen lassen, Delbe Vaske?«

Nur ein Tauber hätte die Panik in der Stimme des Obersten Leibwächters nicht wahrgenommen. Der Delbe schloss kurz die Augen. Als er den Blick dann wieder auf den Mann richtete, hatte er sich so weit gefasst, dass sein Gesicht seine Wut nicht verriet. Wie konnte sich Shane – ein Hochwohlgeborener und sein Leibwächter – nur derart gehen lassen?! Das war unverzeihlich! Nur gut, dass niemand die Angst des Leibwächters mitbekommen hatte.

Bei allen Sternen Haras! Wenn Shane bereits im Zelt das

Herz in die Hose rutschte, was würde dann erst geschehen, wenn er die Brücke betrat?

Ob er den Leibwächter austauschen sollte? Nein, das durfte er nicht. Wie hieß es doch bei den Menschen? Man wechselt das Pferd nicht, wenn man einen Fluss durchquert. Ein treffendes Bild. Wenn er in dieser Lage seinen Obersten Leibwächter ohne ersichtlichen Grund austauschen würde, wäre das ein Schlag ins Gesicht des ganzen Hauses der Rose. Das würde man ihm nie verzeihen. Dazu war dieses Haus viel zu stolz. Und Gezänk gab es in seinem Volk ohnehin schon genug, da musste er nicht noch Öl ins Feuer gießen. Sonst könnte Reke aus dem Haus des Lotos womöglich offen Anspruch auf den Grünen Thron erheben.

Nein, er würde Shane nicht austauschen. Zumindest vorerst nicht. Letzten Endes sprach auch zu viel für den Leibwächter. Insbesondere seine Erfahrung. Darüber hinaus war er dem Delben treu ergeben, sodass von ihm kein Schlag in den Rücken zu erwarten war. Jedenfalls so lange nicht, wie Vaskes Entscheidungen dem Haus der Rose nicht schadeten.

»Nein, mein Freund«, sagte Vaske schließlich, »wenn ich im Kettenhemd an dieser Zusammenkunft teilnehme, zeige ich dem Statthalter damit, dass ich ihm nicht traue.«

»Ja tut Ihr das denn?«

»Die Antwort auf diese Frage kennst du. Sich auf die Menschen zu verlassen wäre zumindest … unvorsichtig. Aber diese Begegnung ist für mein Volk wichtig, und ich möchte nicht, dass unsere Gegner zu der Ansicht gelangen, ich wollte sie beleidigen. Der Statthalter hat mir sein Wort gegeben, ich habe also nichts zu befürchten.«

»Die Menschen sind heimtückisch.«

»Wir Elfen nicht minder. In dieser Frage sind wir uns sehr ähnlich. Doch die Menschen brauchen den Frieden ebenso wie wir. Und der Statthalter wird sein Wort halten, da bin ich mir sicher. Wenn diese Dreckswürmer uns angreifen – was ich jedoch nicht annehme –, dann mit Magie, nicht mit Stahl.«

»Kere ist bereit, jeden magischen Angriff abzuwehren.«

Vaske nickte, um seinem Obersten Leibwächter zu bedeuten, dass er dem beipflichte. Tief in seinem Herzen hegte Vaske indes seine Zweifel an Keres Eifer, ihn zu schützen. Denn dessen älterer Bruder Reke schielte schon zu lange nach dem Grünen Thron. Obendrein unterstützte ihn das Haus des Funken. Das einzige Hindernis auf Rekes Weg zur Macht stellte also er, der gegenwärtige Delbe, dar.

Der jüngere Bruder und Magier, Kere, war schwer zu durchschauen. Vaske traute ihm nicht über den Weg und mied den Umgang mit ihm. Außerdem glaubte er, die Amulette, von denen er zahllose besaß, würden ihm ausreichenden Schutz bieten, sodass Keres Eingreifen überhaupt nicht nötig werden würde.

In diesem Augenblick betrat ein schwarzhaariger Elf aus dem Haus des Funken das Zelt. Er verbeugte sich kurz und nicht allzu höflich. Die topasfarbenen Augen blickten kalt drein.

»Die hohen Elfen haben sich versammelt«, teilte er Vaske mit und verließ das Zelt sofort wieder.

»Delbe«, presste Shane heraus, »nehmt wenigstens Brüder aus der Grünen Einheit mit Euch.«

Vaske fuhr nachdenklich mit den schmalen Fingern über den Holzschaft seiner Lanze. Beiläufig, um seinen inneren Aufruhr nicht zu zeigen, zuckte er die Achseln.

»Gut«, willigte er ein, »erteilt die entsprechenden Anordnungen.«

Die Grüne Einheit unterstand keinem der Häuser. Sie verteidigte die Grenzen, hielt sich jedoch aus den Machtkämpfen heraus. In der gegenwärtigen Situation war das nur zu begrüßen. Den Kriegern Ashes durfte er daher viel eher vertrauen als allen närrischen Hochwohlgeborenen, die nur davon träumten, das eigene Haus auf den Thron zu bringen. Bei allen Sternen Haras! Mitunter fürchtete er ja die Menschen weniger als seine eigenen Artgenossen!

Nachdem Vaske das Zelt verlassen hatte, begrüßte er die Vertreter der Großen Häuser mit einer Freundlichkeit, die ihn ungeheure Überwindung kostete. Wie nicht anders zu erwarten, waren nur vier gekommen. Reke für den Lotos, Shalwe für die Weide, Nadre für den Funken und Gafe für die Rose. Lale aus dem Haus des Nebels fehlte ebenso wie Olwe aus dem Haus des Schmetterlings. Mit Vaskes Haus der Erdbeere waren somit insgesamt fünf der sieben Großen Häuser vertreten.

Allerdings waren nur die Erdbeere und die Rose für den Friedensvertrag, der Funken und der Lotos jedoch dagegen. Die Weide versuchte wie immer, sich an zwei Äste gleichzeitig zu klammern. Dieses Haus war durch zahlreiche verwandtschaftliche Beziehungen mit dem Lotos verbunden, auch wenn es offiziell stets die Standpunkte des Delben vertrat. Die Frage war nur, wie lange noch. Insgeheim fürchtete Vaske nämlich, dass sich die Weide am Ende doch auf die Seite seiner Gegner schlagen würde. Doch wenn die Weide ihn wenigstens noch heute unterstützte, hieß das drei zu zwei für den Friedensvertrag. Wenn doch bloß Lale aus dem Haus des Nebels hier gewesen wäre! Vaske hatte fest auf die Unterstützung seines Schwiegervaters gehofft. Doch nachdem der Hochwohlgeborene den Frieden mit den Menschen offiziell gutgeheißen hatte, war er überraschend erkrankt. Seitdem hütete er das Bett.

Eine merkwürdige Krankheit … Hatte womöglich jemand anders aus dem Haus des Lotos die Ansichten Lales nicht geteilt? Ob Gift im Spiel war? Oder Magie? Oder gab der alte Schlaukopf nur vor, krank zu sein, und wartete insgeheim ruhig ab? Aber worauf?

Warum das Haus des Schmetterlings an der heutigen Zusammenkunft nicht teilnahm, wusste Vaske dagegen genau. Olwe hatte in Grenzgefechten mit den Menschen all seine Söhne verloren. Deshalb war er gegen den Friedensvertrag. Nach all dem Blut, das die Hochwohlgeborenen im Krieg gegen die Menschen gelassen hatten, wollte er kein Wort davon hören, sich mit diesen Erdwürmern friedlich zu einigen. Wenn jemand die Menschen blindwütig hasste, dann Olwe!

Diese Dummköpfe!, ging es Vaske durch den Kopf. Lieber sterben sie an den Krankheiten der Menschen, als dass sie sie um Hilfe zu bitten. Olwe hatte Vaske offen vor den Kopf gestoßen, als dieser ihn gebeten hatte, der Unterzeichnung des Friedensvertrages beizuwohnen. Wie Kundschafter berichteten, hielt sich die Garde des Schmetterlings bereit, gegen Vaske zu ziehen. Warum Olwe bisher zögerte, den entsprechenden Befehl zu erteilen, wusste allerdings niemand. Ob er auf ein Zeichen aus dem Haus des Lotos wartete?

Denn der Lotos und der Funke hatten ebenfalls ihre Vorbehalte gegen den Friedensvertrag. Doch während der Lotos sich aus altem Trotz gegen das Haus der Erdbeere stellte, wollte es dem Funken einfach nicht in den Kopf, warum sich die Hochwohlgeborenen überhaupt auf die Menschen einlassen sollten. Vaske war freilich nur zu bewusst, dass er ein gewisses Risiko eingehen musste, wenn er den Grünen Thron für sich und sein Haus sichern wollte. Dann musste er nämlich auch außerhalb elfischer Kreise Unterstützung suchen. Bei anderen Rassen.

Einst hatten sich die Hochwohlgeborenen nach etlichen Kriegen gegen die Menschen im Sandoner Wald verschanzt. Das hatte sie indes nicht vor den Krankheiten der Menschen bewahrt. Und diese brachten den Hochwohlgeborenen weit mehr Verluste bei als alle blutigen Schlachten, denn die Elfen hatten keine Heilmittel für jene Krankheiten. Auf magische Weise schafften sie auch nur mehr schlecht als recht, ihrer Herr zu werden, sodass ganze Familien ausstarben. Es würde nicht mehr lange dauern, und von ihrer einstigen Größe bliebe nichts übrig. Man durfte sich nicht immer nur abschotten, man durfte die eigenen Söhne nicht im endlosen Kampf um ein Stück Bergland verlieren.

Deshalb würde er, Vaske, den Vertrag unterzeichnen und den östlichen Teil der Buchsbaumberge unwiderruflich an das Imperium abtreten. Die Hochwohlgeborenen hatten genug Blut für diese Berge vergossen, die ihnen zwar immer gehört, die sie jedoch nie gebraucht hatten. Was sollten Elfen auch in Felsen, wenn sie den Wald besaßen? Die Menschen dagegen brauchten die Berge. Das Imperium drängte seit langer Zeit nach Süden. Sie wollten die Handelswege ausbauen und in den Bergen nach Mineralien und Metall suchen. Bislang hatten die Hochwohlgeborenen sie daran gehindert.

Heute indes würden die Menschen erhalten, was sie begehrten. Im Gegenzug bekämen die Hochwohlgeborenen den nördlichen Teil ihres Waldes zurück, den sie im Krieg verloren hatten. Land und ewiger Frieden für leblose Gesteinsmassen! Obendrein bräuchten sie sich nicht länger abzuschotten und könnten mit anderen Rassen handeln. Sie würden Heilmittel erhalten und die Schrecken der menschlichen Krankheiten für immer vergessen! Gut, der Preis dieser Freiheit bestand für sein Volk darin, die Überlegenheit dieser dreckigen Erdwürmer anzuerkennen. Der Preis der Freiheit bestand darin, den elfischen Stolz zu überwinden und Zugeständnisse zu machen. Doch nur so könnten sie überleben, neue Kräfte schöpfen und Erfahrungen sammeln. In einhundert Jahren, vielleicht auch in zweihundert, böte sich ihnen dann vielleicht sogar die Möglichkeit, die Berge zurückzuerobern. Früher jedoch nicht. Denn was sie jetzt brauchten, war Frieden, selbst wenn die Hälfte des Volkes das anders sah. Er jedoch war der Delbe. Deshalb wusste er genau, was zu tun war.

»Ist alles bereit?«, wandte sich Vaske nun an die Vertreter der Großen Häuser.

»Ja«, erwiderte Gafe aus dem Haus der Rose. »Ich habe mir erlaubt, durch zusätzliche Maßnahmen für Eure Sicherheit zu sorgen. Im Wald sind die Purpurpflaumen, die Mondfalter und dreihundert Armbrustschützen der Nachtlilien postiert. Die Krieger der Grünen Einheit geben Euch Rückendeckung.«

»Was ist mit den Magiern?«, wollte Vaske von Kere wissen.

»Auch wir sind bereit, Delbe«, antwortete der goldblonde Elf aus dem Haus des Lotos und verneigte sich.

»Die Menschen sind bereits auf der Brücke«, teilte Reke mit.

Er schielte zu den Kriegern der Grünen Einheit hinüber, sagte jedoch kein Wort.

»Dann wollen wir sie nicht warten lassen«, erwiderte der Delbe, gab seinem Obersten Leibwächter ein Zeichen und ging auf die Brücke zu.

»Wenn Ihr es denn unbedingt wollt, Statthalter«, sagte Oshon. »Ihr wisst sicher am besten, was richtig und was falsch ist. Aber die Spitzohren sind ein heimtückisches Volk. Die haben bestimmt eine Falle gestellt.«

»In Sachen Verrat können wir durchaus mit den Elfen mithalten«, entgegnete der stämmige Mann mit dem schwarzen Bart. »Sind deine Männer bereit?«

»Da könnt Ihr beruhigt sein. Wenn die Hochwohlgeborenen sich für den Gemer Bogen rächen wollen, werden wir ihnen tüchtig einheizen. Ein Pfiff genügt, und meine Jungs sind da. Die Lanzenträger aus dem Zweiunddreißigsten Regiment, die Reiter aus dem Zwölften und aus dem Fünfundvierzigsten warten hinter dem Hügel. Armbrustschützen und die Maiburger Schützen bleiben in unmittelbarer Nähe hinter Euch. Notfalls sichern sie Euren Rückzug.«

Der Statthalter nickte. Bei den Hochwohlgeborenen musste man immer mit dem Schlimmsten rechnen. Er selbst traute den Spitzohren keinen Fußbreit über den Weg. Dennoch musste er ihnen heute ohne Kettenhemd gegenübertreten. Wenigstens brauchte er nicht auch noch auf seine Waffe zu verzichten …

»Verzeiht mir meine Worte«, sagte Oshon, »aber angeblich billigen nicht alle Spitzohren die Absicht ihres Königs, dieses Delben, einen Friedensvertrag zu unterzeichnen. Wer weiß, vielleicht schlitzen sie sich am Ende deswegen ja gegenseitig die Kehle auf. Es würde uns eine Menge Arbeit ersparen.«

»Der Rat der Großen Häuser hat mehrheitlich für den Friedensvertrag gestimmt. Sollten sie sich also gegenseitig an die Gurgel gehen, dann aus einem anderen Grund.«

»Soll mir auch recht sein!«, murmelte Oshon, spuckte in den Fluss und zog den Schwertgürtel hoch. »Meiner Ansicht nach sollten wir sie bei dieser günstigen Gelegenheit aber abschießen wie Rebhühner. Das würde uns allen das Leben enorm erleichtern. Die Armbrustschützen warten im Grunde nur auf ein Wort.«

»Behalte deine Träume gefälligst für dich, Hauptmann. Unsere liebenswürdigen Gäste haben scharfe Ohren.«

Der Statthalter wusste, dass es ihrer aller Schwierigkeiten nicht lösen würde, wenn sie die Abgeordneten der Elfen auf den Grund des Flusses schickten. Dem Imperium wurde es längst zu eng in seinen Grenzen. Im Osten, Westen und Norden verhinderten Meer und Eis eine weitere Ausbreitung. Deshalb mussten sie nach Süden vordringen, zu den fruchtbaren Böden hinter den Buchsbaumbergen. Die Berge gehörten allerdings von jeher den Hochwohlgeborenen. Seit dreihundert Jahren gab es ihretwegen nun schon Krieg, ohne dass eine Seite die Oberhand gewinnen konnte. Stets wechselten Sieg und Niederlage einander ab, folgten auf erbitterte Kämpfe kurze Zeiten der Waffenruhe …

Mittlerweile hatte der Imperator die Nase gestrichen voll davon, die glühenden Kohlen mit dem Schwert zum Erlöschen zu bringen. Außerdem konnte er den Elfen nach dem Sieg am Gemer Bogen endlich seine Bedingungen aufdrücken. Wenn der Imperator seinen Spitzeln Glauben schenken durfte, musste sich der Delbe mit den Ränken anderer Spitzohren auseinandersetzen. Und angeblich hatte er begriffen, dass er sich mithilfe der Menschen wesentlich länger auf dem Grünen Thron halten würde als ohne sie. Nach Unterzeichnung des Friedensvertrages dürften nämlich alle Großen Häuser die

Macht der Erdbeere vorbehaltlos anerkennen. Mit einer Ausnahme freilich: Das Haus der Schmetterlinge würde sich auch weiterhin gegen den Delben stellen.

Diese Widerlinge ließen auch den Statthalter nachts kein Auge zutun. Ihre blutigen Einfälle ins Imperium vergaß niemand. Sie würden nie Frieden mit den Menschen schließen. Daran würde auch die bevorstehende Unterzeichnung des Friedensvertrages nichts ändern.

Der Statthalter flehte Meloth an, dass die Hochwohlgeborenen nicht in letzter Sekunde noch alles zum Scheitern brachten. Wenn erst einmal alles in eine ruhige Bahn gelenkt worden war, konnten die Menschen endlich nach vorn blicken. Dann durften sie sich in den Süden vorwagen, ohne einen Schlag in den Rücken befürchten zu müssen. Dann würde niemand mehr aus einem Strauch eine Lanze nach ihnen schleudern oder von einer Baumkrone einen Armbrustbolzen abschießen. Und niemand würde mehr bei ihnen im Imperium einfallen. Und das wog eine Menge! Wenn der Preis dafür also die Anerkennung der nominellen Souveränität der Hochwohlgeborenen und als Zugabe etwas Wald war, dann sollten die Spitzohren das eine wie das andere erhalten. Hauptsache, sie gaben endlich Ruhe und ließen die Menschen durch die Berge in neue, noch unerschlossene Länder ziehen.

Die Delegation führte ein hochgewachsener Elf an. Die kurzen dunklen Haare schmückte ein aparter Kranz aus Jade, ein Zeichen der höchsten Macht bei den Elfen. Der Delbe Vaske in ureigener Person. Aus irgendeinem Grund gefiel dieses Spitzohr dem Statthalter auf Anhieb. Obwohl das edle Gesicht dieses Wälder-Herrschers keine Regung preisgab, entdeckte der Statthalter in den Augen des Mannes nicht jenen Hochmut, der dieses Volk doch sonst auszeichnete.

Hinter dem König lief sein Oberster Leibwächter. Auch er hatte schwarzes Haar, allerdings wesentlich breitere Schultern als sein Delbe. Er ließ den Statthalter keine Sekunde aus den Augen. Offenbar unterstellte er ihm nur die unlautersten Absichten. Weiter hinten folgte eine ganze Schar dieser selbstgefälligen Spitzohren.

»Oshon«, sagte der Statthalter. »Halt die Augen offen!«

Vaske spürte Shanes Atem in seinem Nacken. Ein mulmiges Gefühl beschlich ihn. Er hatte grundsätzlich niemanden gern in seinem Rücken, musste sich aber wohl oder übel damit abfinden. Seinem Obersten Leibwächter jedenfalls entkam er nicht. Das war das Los eines jeden Delben.

Die Menschen warteten schon. Ein wenig vor den anderen stand ein trauriger, bereits angejahrter Mann, in dem Vaske den Statthalter erkannte. Nadre aus dem Haus des Funken murmelte leise etwas über die Dummheit der Erdbeeren vor sich hin.

»Unterlass das, Bruder«, vernahm Vaske die leise Stimme Rekes. Insgeheim dankte der Delbe dem sturen Elfen für diese Ermahnung. Das hätte gerade noch gefehlt, dass sie, die Hochwohlgeborenen, vor den Augen der Menschen übereinander herfielen.

Ein Schritt. Noch einer.

Und dann stand der Delbe dem Statthalter gegenüber.

»Seid gegrüßt, Mylord«, sagte Vaske.

Der Statthalter zog verwundert eine Augenbraue hoch. Das hatte es noch nie gegeben. Dass ein Elf einen Menschen als Erster begrüßte.

»Seid auch Ihr gegrüßt, Delbe«, erwiderte der Statthalter. »Ich hoffe, wir können gleich zur Unterzeichnung schreiten?«

In diesem Augenblick schwirrte etwas durch die Luft. Die aufgesetzte Ruhe beider Seiten war im Nu wie weggeblasen. Reke, in dessen Hals ein Pfeil steckte, war noch nicht gefallen, da hatten Elfen wie Menschen bereits nach den Waffen gegriffen.

Shane packte den Delben und zog ihn hinter die Krieger der Grünen Einheit. Damit war er außer Reichweite der Menschenschwerter. Einer der Elfen versuchte, den Statthalter mit der Lanze zu erwischen, doch dieser duckte sich behände weg. Zwei seiner Leibwächter sprangen vor, um den Elfen mit ihren Streitäxten den Kopf vom Hals zu trennen.

»Halt!«, schrie der Statthalter aus voller Kehle. »Oshon! Halt! Hier fließt kein Blut!«

»Hört auf!«, rief der Delbe, der sich durch den festen Wall der Grünen Einheit kämpfte. »Sofort!«

Den beiden Männern gelang es, das Unmögliche möglich zu machen: Menschen wie Elfen hielten inne, auch wenn sie nach wie vor schwer atmeten, die Waffen fest gepackt hielten und sich gegenseitig mit Blicken voller Hass anstierten. Der Delbe wusste, dass sich die zarte Ruhe schon in der nächsten Sekunde wieder in einen wütenden Sturm verwandeln konnte. Dafür bedurfte es nur einer Geste, die falsch aufgefasst wurde. Nur eines unvorsichtigen Wortes. Dann würde er diese Naturgewalten nicht mehr aufhalten können. Dann wäre der Weg zum Frieden endgültig versperrt. Denn einen zerschlagenen Spiegel kann man nicht mehr zusammensetzen.

Der Hochwohlgeborene stand neben dem Statthalter, den Lanzen der Menschen gefährlich nahe. Für den Bruchteil einer Sekunde sahen sich die beiden Männer in die Augen.

»Oshon«, befahl der Mensch dann, »schnapp dir Fährtenleser und gehe das Ufer auf unserer Seite ab. Dreht von mir aus jedes Blatt um, aber findet den Bogenschützen! Und bringt ihn mir lebend!«

»Ashe! Deine Brüder und die Purpurpflaumen sollen das Schilf auf unserer Uferseite und den Wald durchkämmen. Findet den Bogenschützen!«

»Zu Befehl, Delbe«, sagte der Kommandeur der Grünen Einheit.

Menschen wie Elfen stürzten davon, die Befehle auszuführen.

»Ihn hat ein Pfeil der Menschen getötet«, giftete Nadre aus dem Haus des Funken.

Ganz kurz entglitten Vaske die Gesichtszüge. Dieser Querkopf würde nie Ruhe geben! Er lechzte ja förmlich nach Blut!

»Aber dieser Pfeil kam von unserer Seite«, gab Gafe aus dem Haus der Rose leise zu bedenken. »Daher dürfen wir keine voreiligen Schlüsse ziehen.« Dann wandte er sich Vaske zu. »Du wurdest fast getötet, Bruder.«

»Unsinn. Der Pfeil hat denjenigen getroffen, den er auch treffen sollte.«

Daraufhin blickten alle auf den Toten. Und auf Kere, der reglos neben ihm kniete …

»He, Mensch!«, weckte mich der Elf. »Zeit zum Aufbruch!«

Ich schlug die Augen auf und setzte mich hoch. Beim Reich der Tiefe, das war alles bloß ein Traum gewesen!

Mein Rücken machte sich mit ekelhaften Schmerzen bemerkbar. Doch obwohl ich noch kaum zu mir gekommen war, sprang ich vom Altar, zog die Decke herunter, rollte sie ein und steckte sie in den Rucksack.

Der Tag brach gerade erst an. Kere packte seine Sachen bereits. Wenn er nicht gewesen wäre, hätte ich sicher noch eine halbe Ewigkeit geschlafen. Als er meinen Blick in seinem Rücken spürte, drehte er sich um und zog fragend eine Braue hoch.

»Ich wusste nicht, dass der Bogenschütze deinen Bruder getötet hat«, sagte ich zu meiner eigenen Überraschung.

Die grünen Augen verengten sich zu gefährlichen Schlitzen.

»Ich habe nicht angenommen, dass du meinen Bruder kennst.«

»Ich habe ihn auch nicht gekannt. Jedenfalls bis heute Nacht nicht.«

»Das musst du erklären!«

Das Spitzohr hörte sich meine Geschichte an, ohne mich ein einziges Mal zu unterbrechen.

»Das ist schwer zu glauben«, murmelte er.

»Willst du das Ganze also als Traum abtun?«

»Nein, nicht als Traum«, brachte er zögernd heraus. »Eher war es eine Art Vision.«

»Willst du dich an dem Mörder für den Tod deines Bruders rächen?«

»Nein. Ich will diesen Menschen am Kragen packen und ihn gesund und munter beim Delben abliefern.«

»Was, wenn es kein Mensch war?«

»Fängst du schon wieder damit an …«

»Trotzdem? Was, wenn nicht?«

»Dann verhalte ich mich genauso«, erklärte Kere, nachdem er kurz nachgedacht hatte.

»Das will ich doch hoffen. Denn heute, spätestens aber morgen werden wir es mit deinen Artgenossen zu tun bekommen.«

»Warum bist du nur so sicher, dass ein Hochwohlgeborener den Pfeil abgeschossen hat?!«

»Und warum glaubst du, dass es ein Mensch war?«

»Weil es einer eurer Pfeile gewesen ist.«

»Den kann sich jeder besorgt haben«, erwiderte ich gelassen. »Geschossen hat aber auf alle Fälle ein Elf. Mir ist ein Rätsel, warum du das nicht begreifst. Stattdessen klammerst du dich an eine vermeintliche Erklärung, die wahrscheinlich so aussieht: Der Pfeil stammte von den Menschen, also hat auch ein Mensch geschossen. Euer Ufer hat er nur gewählt, um die Spuren zu verwischen und alle zu verwirren, denn kein Hochwohlgeborener greift nach dem Bogen, und keine Elfin ist in der Lage, über diese Entfernung einen Schuss abzugeben, weil ihre Kräfte nicht ausreichen, um einen entsprechend großen Bogen zu spannen. Aber glaube mir, nicht alle Hochwohlgeborenen halten ihr Wort und nicht alle verzichten auf den Bogen.«

»Wie kannst du es wag …!«, japste er.

»Oh, das kann ich durchaus. Denn ich habe bereits eigenhändig den Hals eines *elfischen* Bogenschützen durchschossen. Und wo einer ist, da kann auch ein zweiter sein, oder etwa nicht?«

»Das glaube ich niemals!«

»Davon bin ich ausgegangen. Aber die Abdrücke der Stiefel im Schilf waren ziemlich merkwürdig. Ein Mensch würde nie so stehen.«

»Da haben wir es mal wieder!«, ereiferte sich Kere. »Aus meinem Volk benutzt kein männlicher Elf die Waffe mit Gefieder – aber du sagst mir ins Gesicht, es gebe immer Ausnahmen! Doch wenn ein Fußabdruck mal nicht zu einem Bogenschützen der Menschen passt – dann gibt es plötzlich keine Ausnahme mehr.«

»Nach dem Schuss hat der Bogenschütze sich in den Sandoner Wald geflüchtet. Würde ein Mensch das machen?! Wenn ihm das Gebiet des Imperiums offen steht?! Warum, beim Reich der Tiefe, sollte er dann in euren Wald krauchen?! Wo eure Fallen und Patrouillen auf ihn warten! Hat er sich unsichtbar gemacht, um an den Hunderten von Hochwohlgeborenen vorbeizukommen? Denn sonst hätten sie ihn ja wohl bemerkt, ihn aufgehalten, ihn gefragt, was er in diesem Wald verloren habe, und ihm die Eingeweide aus dem Leib gerissen! Nein, nie im Leben glaube ich das! Nicht, wo wegen der Unterzeichnung des Friedensvertrags hinter jedem Strauch Angehörige eurer Grenztruppen gelauert haben. Es muss ein Elf gewesen sein. Das ist die einzige Erklärung, warum ihn niemand aufgehalten hat. Ja, warum er nicht einmal aufgefallen ist!«

»Gehen wir einmal davon aus!«, schnaubte Kere. »Aber was hat er dann mit dem Bogen gemacht?!«

»Den hat er nach dem Schuss in den Fluss geworfen. Ich an seiner Stelle hätte das jedenfalls gemacht. Er wusste, dass früher oder später jemand seine Spur aufnehmen würde. Diese Verfolger hat er in den Sandoner Wald gelockt. Er selbst ist dann aber in die Buchsbaumberge gegangen und wollte sich durch sie zum östlichen Teil des Waldes durchschlagen, wo ihn niemand suchen würde. Außerdem würde er sich dort unter Hunderten von Artgenossen verstecken können. Das war auch der Grund, warum ich gesagt habe, wir bräuchten gar nicht erst weiter in die Berge zu kraxeln. Ein Elf würde den Weg nie und nimmer wählen!«

»Und warum nicht?«

»Weil er ihn ins Imperium gebracht hätte! Weil er dann nicht in den Sandoner Wald zurückgekommen wäre! Jeder Hund versucht jedoch, in seine heimatliche Hütte zurückzugelangen. Und genau den Weg hat er dann ja auch gewählt. Inzwischen haben der Mörder und seine Kumpane nur noch einen halben Tag Vorsprung. Wollen wir versuchen, eine Abkürzung zu nehmen und unseren *Freunden* einen herzlichen Empfang zu bereiten?«

»Bist du sicher, dass sie diese Abkürzung nicht auch kennen?«

»Ja.«

»Da wären wir«, sagte ich.

Er sah mich an, als hätte er einen Verrückten vor sich.

Wir standen zwei Schritte von einem Abgrund entfernt.

»Das ist kein Witz«, versicherte ich. »Wir müssen da runter.«

»Ich wusste nicht, dass du fliegen kannst!«

»Das ist gar nicht nötig. Es reicht, dass ich sehen kann!«

Kere trat an den Abgrund heran. Sofort war ich versucht, ihn von hinten zu schubsen. Doch da legte sich das Spitzohr schon auf den Bauch und spähte in die Tiefe.

»Hier sind Aussparungen im Felsen!«, rief er.

»Eben!«, sagte ich grinsend. »Und es gibt genug Spalten, in die du Finger und Füße schieben kannst.«

»Trotzdem riskieren wir Kopf und Kragen …«

»Du willst den Mörder deines Bruders doch schnappen, oder?«

Er presste die Lippen aufeinander.

»Wie hast du diesen Weg überhaupt entdeckt?«, wollte er wissen.

»Den habe ich entdeckt, weil ich ihn entdecken musste«, erklärte ich ernst. »Was ist? Die Entscheidung liegt bei dir.«

»Bist du sicher, dass wir sie auf diesem Weg einholen?«

»Nicht nur einholen, sondern auch überholen. Der Weg, den sie nehmen, führt hinter dem Pass in ebendiese Schlucht hinunter. Er kostet sie einen Tag. Mit etwas Glück sind wir mehrere Stunden vor ihnen da.«

»Wenn wir nicht abstürzen.«

»Völlig richtig, wenn wir nicht abstürzen. Aber beim letzten Mal ist mir der Abstieg auch geglückt. Was ist nun, Elf?«

»Also dann, Mensch, wagen wir es.«

Mit dieser Entscheidung hatte ich gerechnet. Kere würde nichts unversucht lassen. Den Bogenschützen, der diesem Magier in die Hände fiel, beneidete ich nicht. Wenn man den Elfen eines nicht absprechen konnte, dann ihre Rachsucht. Manchmal dachte ich sogar, sie überträfen in diesem Punkt uns Menschen doch noch.

»Hast du etwas Wertvolles in deinem Rucksack?«, fragte ich.

»Nein. Nur ein wenig Essen und eine Decke«, antwortete er verwundert.

»Hervorragend.« Ich schnappte mir beide Rucksäcke und warf sie nach unten. »Ich glaube nicht, dass etwas Dörrfleisch und eine Stoffrolle Schaden nehmen, wenn sie aus dieser Höhe aufschlagen. Uns würde aber jedes zusätzliche Gewicht in die Tiefe ziehen. Mir reicht mein Bogen. Ich würde dir raten, auch deine Lanze den Flug nach unten antreten zu lassen.«

Kere sah mich verächtlich an und band die Lanze mit einem Riemen auf seinem Rücken fest.

Sollte er. Vielleicht stürzte er dann ja zusammen mit seiner Waffe ab.

»Ich hoffe, wir finden unsere Rucksäcke wieder, wenn wir unten sind«, stieß Kere aus.

»Deine Hoffnungen kann dir niemand nehmen!«

Was hätte ich sonst sagen sollen?

»In den Spalten können Spinnen oder Insekten sein«, murmelte Kere.

»Dann stirbst du.«

Danach sagte er kein Wort mehr.

Das Gesicht brannte mir von Schweiß und dem damit vermischten Staub, meine Arme schmerzten, mein Rücken stand in Flammen.

Ziehe den rechten Fuß aus der Ritze. Ertaste den nächsten Spalt. Schieb den Fuß da rein. Ziehe die rechte Hand aus der Ritze. Ertaste den nächsten Spalt. Kralle dich mit den Fingern fest. Ziehe den linken Fuß heraus. Taste. Schiebe ihn in den Spalt. Die linke Hand. Taste. Kralle dich fest. Schmieg dich an die Felswand. Atme. Sieh nicht nach unten. Ziehe den rechten Fuß aus der Ritze …

Es war ein eintöniger, langweiliger und gefährlicher Abstieg. Ich hatte völlig vergessen, wie schwer er war. Die Zeit wurde mein Henker. Kere befand sich noch etwas weiter oben, kletterte aber rechts neben mir. Das beruhigte mich. Wenn er abstürzte, würde er mich nicht mit in die Tiefe reißen.

Ich wagte einen kurzen Blick nach unten. Ein Großteil des Weges lag bereits hinter uns. Ich hielt inne.

»Jetzt bin ich endgültig davon überzeugt, dass ihr Menschen verrückt seid«, stieß das Spitzohr aus. »Nur ein Wahnsinniger tritt einen solchen Weg an.«

»Wir haben es gleich geschafft«, versicherte ich.

»Das hast du beim letzten Halt auch schon gesagt.«

»Jammer nicht, wir haben noch Glück. Es regnet nicht und ist windstill. Beim letzten Mal hätte es mich nämlich beinahe von der Wand gefegt.«

»Du bist wirklich verrückt. Wer hat diesen Weg angelegt?«

»Die Natur mit Sicherheit nicht, dazu gibt es zu viele Spalten. Wenn jemand geschickt ist und keine Angst hat, kann er diesen Weg also durchaus nehmen.«

Er schwieg eine Weile.

»Sag mal«, brachte er dann heraus, »glaubst du wirklich, dass ein Elf den Pfeil abgeschossen hat?«

»Ja.«

»Aber Rekes Tod nutzt vor allem dem Delben, denn mein Bruder hat Ansprüche auf den Grünen Thron erhoben. Außerdem war er gegen den Friedensvertrag mit den Menschen. Aber ich glaube nicht, dass der Schütze auf Befehl Vaskes oder eines anderen Hochwohlgeborenen aus dem Haus der Erdbeere gehandelt hat. Der Delbe wäre nicht so dumm, seinen Widersacher in dem Augenblick zu töten, da sein innig geliebter Vertrag endlich unterschrieben werden soll.«

»Ich glaube, dass dein Bruder zufällig gestorben ist.«

Nach diesen Worten setzte ich den Abstieg fort.

»He!«, schrie Kere. »Warte mal! Was meinst du damit schon wieder?!«

»Das erkläre ich dir unten.«

»Nein, warte! Das erklärst du mir auf der Stelle!«

Als ich diese Aufforderung überging, versuchte Kere zwar, mich einzuholen, doch hatte ich ihn schon derart weit abgehängt, dass er die Verfolgung aufgab.

Einhundertvierzig Yard über dem Boden verlief am Felsen ein recht breiter Sims. Gerade als ich ihn ertastete, erklang von oben ein Schrei. Kere war abgerutscht. Auf dieses Glück hatte ich schon gar nicht mehr zu hoffen gewagt. Doch noch ehe ich mich's versah, hatte der gewitzte Elf es doch geschafft, sich mitten im Absturz an diesem Sims festzukrallen.

Mit den Händen daran hängend, suchte er nach einem Spalt, in den er einen Fuß schieben könnte, aber die Felswand war an dieser Stelle völlig glatt. Daraufhin wollte er sich aus eigener Kraft auf den Sims hochziehen, doch müde Finger und eine schwere Lanze auf dem Rücken waren bei diesem Unternehmen nicht gerade hilfreich. Sein Gesicht lief rot an vor Anstrengung, unter seinen Nägeln sickerte Blut hervor, doch er kam kaum höher. Trotzdem gab er nicht auf. Er schielte einmal zu mir hinauf – bat mit diesem Blick jedoch keinesweges um Hilfe.

Ein kluger Junge, ohne Frage. Denn die Aussichten waren besser, dass die Götter einen Weinregen über ihm niedergehen ließen, als dass ein Mensch ihm eine rettende Hand entgegenstreckte. Neugierig beobachtete ich seine vergeblichen Anstrengungen. Natürlich lockte es mich, dem Dreckskerl den endgültigen Stoß in die Tiefe zu versetzen. Viele aus meinem Regiment hätten es wahrscheinlich sehr erheiternd gefunden, dem Elfen die Finger abzuschneiden, damit er den Flug in die Tiefe antrat. Doch ich rührte mich nicht von der Stelle. Ich wollte seinen Tod nicht auf mich laden. Er würde eh gleich von selbst abstürzen.

Kere erinnerte an eine Katze, die sich verzweifelt irgendwo festkrallte. Nach einer Weile hing mir das Schauspiel zum Hals raus. Anscheinend stand Meloth heute aufseiten des goldblonden Spitzohrs. Also hielt ich ihm fluchend die Hand hin. Der Elf sah sie an, als traute er seinen Augen nicht.

»Was ist?«, stieß ich wütend aus. »Brauchst du nun Hilfe oder nicht?!«

Kere saß mit geschlossenen Augen auf dem Sims, den Rücken gegen die Wand gepresst. Entweder betete er, oder er glaubte immer noch nicht an seine Rettung. Sein Atem ging schwer, seine aufgerissenen Hände bluteten. Ein zäher Dreckskerl.

»Hast du dir was gebrochen?«, erkundigte ich mich.

Er schüttelte den Kopf.

»Prellungen habe ich aber etliche«, schob er nach einer Weile hinterher. »Du warst gerade dabei, mir zu erzählen, dass Reke rein zufällig gestorben ist.«

»Ich erzähle immer viel. Aber du glaubst mir nicht oft.«

»Trotzdem würde ich gern hören, wie …«

»Nein«, unterbrach ich ihn. »Solange wir den Schützen

nicht geschnappt haben, werde ich meine Spucke nicht vergeuden.«

»Unter diesem Sims gibt es keine Spalten mehr.«

»Ich weiß.«

»Wie wollen wir dann weiter?«

»Wir müssen dem Sims zwanzig Yard folgen, dann gelangen wir zu einer Höhle. Sie hat einen Ausgang am Fuß des Berges. Bist du wieder bei Kräften? Die Sonne geht bald unter, und wir müssen noch unsere Rucksäcke finden.«

Der Elf stand widerstandslos auf und folgte mir, wobei er versuchte, sich möglichst dicht an der Felswand zu halten. Ich spürte, wie sein Blick mir den Rücken versengte.

»Warum hast du mich gerettet?«, fragte er schließlich.

»Betrachte es als eine Laune von mir, die sich schon wieder verflüchtigt hat.«

Im Grunde wusste ich selbst nicht, warum ich das getan hatte.

»Bist du sicher, dass sie über diesen Pfad kommen?«

Diese Frage stellte Kere mir bereits zum dritten Mal. Ich hätte ihn deswegen liebend gern ins Reich der Tiefe geschickt, riss mich aber zusammen.

»Es gibt hinter dem Pass nur einen Weg. Keine Sorge, Elf, der Schütze kommt. Hab also noch etwas Geduld.«

Wir befanden uns auf einem flacheren, mit Kiefern bewachsenen Hügel. Dreißig Yard unter uns verlief ein Pfad. Ich bereitete meinen Bogen vor und rammte vier Pfeile in die Erde. Anschließend streckte ich mich mit einem Grashalm zwischen den Lippen in der Sonne aus. Der Elf weigerte sich strikt, dergleichen auch nur in Erwägung zu ziehen. Er war angespannt und ließ den Pfad nicht eine Sekunde aus den Augen. Offenbar fürchtete er, dass alle möglichen Gestalten an ihm vorbeihuschen würden, wenn er sich nur einmal umdrehte.

»Hat Gale eigentlich recht gehabt?«, fragte er plötzlich.

»Womit?«

»Er hat dich Grauer genannt. Hat der Sohn aus dem Haus des Schmetterlings da die Wahrheit gesagt?«

»Was denkst denn du?«, fragte ich zurück.

»Die Beschreibung würde zu dir passen. Ein junger, hellhaariger Mann.«

»Solche Männer triffst du an jeder Ecke.«

»Mit grauen Augen.«

»Die gibt es noch häufiger.«

»Du warst bei den Maiburger Schützen. Der Graue doch auch, oder?«

»Möglich wäre es.«

»Mir war jedenfalls von Anfang an klar, wer du bist«, erklärte Kere grinsend.

»Dann erstaunt es mich nur umso mehr, dass du mich vor den Pranken dieses Rotschopfs bewahrt und mir nicht an der ersten Espe die Kehle aufgeschlitzt hast.«

»Warum hätte ich das tun sollen? Dem Haus des Lotos hast du nie Schaden zugefügt. Aber die Angehörigen aus dem Haus des Nebels und des Schmetterlings brauchten dir bloß in die Hände zu fallen, und ihr Schicksal war besiegelt. Wie viele von ihnen hast du auf dem Gewissen?«

»Keine Ahnung. Außerdem bin ich nicht der Graue.«

»Eine Zeit lang habe ich gedacht, dass du nicht mehr als eine Legende bist«, gestand Kere und lachte leise. »Dass es dich eigentlich gar nicht gibt und alles ein Märchen ist, das sich eines der Häuser ausgedacht hat, weil irgendein Hochwohlgeborener seine Brüder abschlachtet. Der Graue war eine Möglichkeit, die Morde einem Menschen in die Schuhe zu schieben. Dann aber hat Olwe aus dem Haus des Schmetterlings durch dich seinen letzten Sohn verloren … Überhaupt wollten viele von uns den Grauen schnappen, denn du hast allzu großen Schrecken im Sandoner Wald verbreitet.«

Ich ließ den Grashalm von einem Mundwinkel zum andern

wandern. Hinter dem Namen, den die Spitzohren dem vermeintlichen Mörder gegeben hatten, standen eigentlich mehrere Bogenschützen. Vier Männer, um genau zu sein. Kleth, Loss, Tegh und ich. Den Wald kannten wir bestens, außerdem waren wir bereit, für eine ordentliche Belohnung Kopf und Kragen zu riskieren. Wir haben unsere Arbeit an unterschiedlichen Orten und zu unterschiedlichen Zeiten verrichtet. Wenn möglich, haben wir die einflussreichsten dieser dreckigen Widerlinge abgeschossen. Meine Kameraden hat der Sandoner Wald *geschluckt*. Als Letzten Loss. Die Schmetterlinge hatten ihn sich vorgeknöpft und dann den ganzen Wald mit ihrem Triumphgeheul erfüllt, dass sie den Erdwurm, der die Hochwohlgeborenen umbrachte, endlich geschnappt hatten.

Ihre Freude währte allerdings nicht lang. Ich erledigte einen der Rotschöpfe und verschwand danach spurlos. Später erfuhr ich, dass ich den letzten Sohn des Herrschers aus dem Haus der Schmetterlinge getötet hatte. Die Spitzohren wussten damit immerhin, dass sie den falschen Mann umgebracht hatten. Irgendwann waren sie an meine Beschreibung gelangt. Geschnappt haben sie mich dennoch nie.

»Weshalb solltest du am Galgen hängen?«, bohrte Kere weiter.

»Für einen Mord.«

»Hat er dir viel eingebracht? Geld, meine ich.«

»Ja.«

»Das heißt, in der Zeit, in der du nicht mit dem Krieg gegen uns Hochwohlgeborene beschäftigt bist, verdingst du dich als Auftragsmörder?«

»Mitunter gebe ich einen Schuss gegen Geld ab.«

»Aber bei deinem letzten Schuss hattest du kein Glück.«

»Das Glück ist eben launisch. Erst hat es mir seine Gunst entzogen, und ich sollte am Galgen baumeln, dann wolltest du durch die Berge wandern, also hat es mir seine Gunst wieder erwiesen.«

»Zahlt man dir für einen Mord an uns wirklich weniger als

für den Tod eines deiner Artgenossen?«, wollte er lachend wissen.

»Kommt ganz drauf an.«

»Dann habe ich dein Leben also schon zweimal gerettet?«

»Offenbar ja«, brummte ich.

Beim nächsten Blick auf den Pfad erstarrte Kere. Fünf Hochwohlgeborene liefen schnellen Schrittes in unsere Richtung.

»Keiner von ihnen hat einen Bogen, Mensch.«

»Ich habe dir doch schon gesagt, dass er ihn weggeworfen hat. Ein Elf mit Bogen ist viel zu auffällig.«

»Sie sind aus dem Haus des Nebels. Dir ist klar, was geschieht, wenn du dich geirrt hast?«

Innerlich stieß ich einen Fluch aus. Ja, das war mir klar. Wahrscheinlich würde es Streit zwischen Nebel und Lotos geben. Mir war das völlig einerlei. Doch wenn Kere auf Schwierigkeiten verzichten wollte, musste er sie alle fünf töten.

»Der Schütze ist der vierte. Der mit der Armbrust.«

Die Augen des Magiers hingen an dem grauhaarigen Elfen.

»Warum?«, wollte er wissen.

»Er trägt nicht die gleiche Kleidung wie die anderen. Waren die Grauen Libellen vor Ort, als der Vertrag unterzeichnet werden sollte?«

»Ja.«

»Dann ist er in ihrer Uniform durch eure Patrouillen geschlüpft.«

»Das kannst du aber nicht beweisen.«

»Leck ihm doch die Stiefel«, knurrte ich. »Aber sie haben die Abdrücke hinterlassen, denen wir gefolgt sind.«

Der Hochwohlgeborene dachte nicht länger als eine Sekunde über meine Worte nach.

Drei Spitzohren starben durch eine Kiefer, die sich in eine riesige Peitsche verwandelt hatte und auf sie eindrosch. Der vermeintliche Schütze wurde zur Seite gefegt und hätte dabei fast den letzten Elfen umgerissen. Der war erstaunlich beherrscht. Er drehte sich um und rief etwas, klatschte in die Hände und verschwand im Wald, der rechts vom Pfad lag. Der Schütze stürzte nach links davon.

Die Luft flirrte und verdichtete sich. Eine Art Riesenkröte sprang auf uns zu.

»Bring die um!«, schrie Kere. »Ich kümmere mich um den Magier!«

Bevor ich noch etwas erwidern konnte, war er bereits verschwunden.

Ich schoss den ersten Pfeil ab.

Er traf das Ungeheuer im Auge. Nur geschah dann nichts. Außer dass dieses Biest etwas langsamer wurde.

Sofort gab ich einen weiteren Schuss ab.

Die Haut dieses Geschöpfes konnte es mit dem Panzer eines jeden Fußsoldaten in unserem Imperium aufnehmen. Mittlerweile erklomm das Mistviech bereits den Hügel. Ich atmete ein. Und wieder aus. Dann richtete ich meine ganze Aufmerksamkeit auf das verbliebene Auge dieser ekligen Kröte.

Der nächste Pfeil.

Und der ging ins Auge!

Endlich krachte das Biest zu Boden und wand sich in Krämpfen, wobei es einen Strauch unter sich begrub und etliche junge Bäume zerknickte. Aber immerhin hatte ich es erledigt.

Leider blieb mir keine Zeit, um mich an diesem Erfolg zu erfreuen. Denn der vermeintliche Schütze baute seinen Vorsprung mit jeder Minute weiter aus. Ich rannte zu der Stelle, an der er den Pfad verlassen hatte und in den Wald gerannt war. Mit eingelegtem Pfeil folgte ich ihm, vergaß dabei aber keine Sekunde, dass der Kerl eine Armbrust dabeihatte.

Der Fluss rauschte immer lauter. Ich hoffte, bald auf eine Windung zu stoßen, von der aus ich einen größeren Uferabschnitt überblicken konnte. Doch als ich endlich eine fand, war am Wasser niemand zu sehen. Sofort machte ich kehrt.

Mit einem Mal wurde meine Aufmerksamkeit durch eine Bewegung gefesselt. Kere. Der Magier war gesund und munter, seine Kleidung hatte vielleicht ein wenig gelitten und war etwas verrußt. Aber er hatte seinen Artgenossen offenbar bezwungen. Auf der Suche nach dem vermeintlichen Attentäter huschte der Elf von Kiefer zu Kiefer, doch im Unterschied zu ihm bemerkte ich in diesem Augenblick auch den Schützen, der bereits die Armbrust auf ihn angelegt hatte.

Allerdings war ich schneller als er, und schon griff das Spitzohr nach dem Pfeil, der ihm im Oberschenkel steckte, wobei er schreiend zu Boden sackte.

»Ein guter Schuss«, lobte mich Kere, als er die Armbrust aufhob.

»Hast du den Magier erledigt oder gefangen genommen?«

»Erledigt«, brummte er. »Bleibt also nur er, um uns Rede und Antwort zu stehen.«

»Nur ist dein Volk leider wirklich bemerkenswert stur. Mitunter schaffen es nicht einmal unsere klügsten Köpfe, euch die Zunge zu lockern.«

»Er wird mir alles sagen.«

»Bist du da sicher?«

Der Gefangene, der mit einem Zauber außer Gefecht gesetzt war, blickte uns mit verängstigten Augen an. Ältere Spitzohren haben sich weitaus besser unter Kontrolle – und lassen sich wirklich nur sehr ungern darauf ein, das Bogenschießen zu lernen. Dieser Bursche war jedoch noch viel zu jung, um Einwände zu erheben.

»Da bin ich mir sicher. Denn du weißt doch, was es heißt, die Wahrheit vor einem Magier zu verbergen, nicht wahr? Noch dazu, wenn dieser Magier einem Großen Haus vorsteht. Du weißt doch, was ich dann mit deinen Angehörigen mache, oder, mein Junge?«

Der wusste offenbar nur zu gut Bescheid. Er erwiderte etwas in Elfensprache.

»Er soll in Menschensprache reden!«, murrte ich.

Kere ließ sich widerwillig dazu herab, meiner Bitte nachzugeben. »Tu, was der Mensch gesagt hat.«

»Ich bin unschuldig!«

»Das kenne ich bereits. Wenn du noch mal lügst, brenne ich dir die Augen aus.«

»Das wagst du nicht! Schließlich bin ich auch …«

»Du hast meinen Bruder getötet, mein Junge. Und jetzt sieh mir in die Augen. Wage ich es oder nicht? Ah, offenbar hast du dich eines Besseren besonnen. Wer hat am Fluss den Schuss mit dem Bogen abgegeben?«

Der Junge wollte auf keinen Fall mit der Sprache herausrücken, doch hinter Keres Drohungen mussten mehr als leere Worte stecken, denn schließlich gab er kleinlaut zu: »Ich.«

»Du bist ein Hochwohlgeborener!«, zischte ihn Kere an, nachdem er angewidert das Gesicht verzogen hatte. »Ein Mann! Wie kannst du diese verachtenswerte Waffe auch nur anfassen?! Wer hat dir das beigebracht?«

»Ein Gefangener. Ein Mensch.«

»Warum hast du meinen Bruder umgebracht?« Auf Keres Handtellern loderte eine lilafarbene Flamme auf. »Sprich, bei allen Sternen Haras!«

»Das war ein Versehen!«, schrie der Junge, der sich in seinen unsichtbaren Fesseln wand. »Ich sollte eigentlich jemand anders umbringen!«

Keres Gesicht versteinerte sich. Ich brach in schallendes Gelächter aus.

»Du hast es gewusst. Von Anfang an hast du es gewusst.« Kere funkelte mich hasserfüllt an. »Woher?!«

»All das hat mir die Stelle im Schilf verraten. Und all das habe ich dir schon erzählt. Hörst du mir eigentlich nie zu?«

»Ich will wissen, wieso du wusstest, dass eigentlich nicht Reke sterben sollte?!«

Er begriff es immer noch nicht.

»Ihr seid erbärmliche Bogenschützen. Vielleicht gibt es unter euch Elfen einen, der nicht sofort zwei linke Hände kriegt, wenn er einen Bogen anfasst, aber ein erfahrener Schütze der Menschen steckt euch jederzeit in die Tasche. Ohne hinzusehen. Tut mir leid, aber ich habe begriffen, dass ein Elf geschossen haben muss, noch bevor mir klar war, dass auch nur ein Elf seelenruhig durch die aufgelösten Grenztruppen schlüpfen konnte. Ich bin bereit zuzugeben, dass ihr gute Krieger seid, aber ich glaube nie im Leben, dass einer wie er …« Ich nickte zu dem Jungen hinüber. »… imstande ist, bei Gegenwind einen Pfeil über zweihundertfünfzig Yard abzuschießen und dann auch noch zu treffen. Das schafft keiner von euch! Dein Bruder stand nicht allein auf der Brücke. Rashe hat gesagt, dass über vierzig Elfen dort waren. Vierzig! Auf einer schmalen Brücke. In dieser Menge, bei Wind, auf die Entfernung … Selbst ich würde da nur in zwei von drei Fällen treffen. Aber ein Elf? Ich glaube, man hat einfach gehofft, dass das Glück dem Schützen überhaupt einen Treffer beschert. Dann würde der Menschenpfeil schon ausreichen, um alle glauben zu machen, hinter dem Mord stecke auch ein Mensch. Die Rechnung ist ja auch aufgegangen. Ihr habt den Köder zusammen mit dem Haken geschluckt.«

»Sagt der Mensch die Wahrheit?«, fragte Kere den Jungen.

Als dieser nickte, zuckte Keres Wange.

»Wer sollte eigentlich ermordet werden?«, bohrte er weiter.

»Der Delbe.«

»Und wer hat den Auftrag erteilt?«

»Lale aus dem Haus des Nebels.«

»Wer?!« Mit einem Mal waren Keres Ruhe und Gelassenheit wie weggeblasen.

»Lale aus dem Haus des Nebels«, wiederholte der Junge brav.

»Warum sollte er seinen eigenen Schwiegersohn umbringen lassen?«

»Er ist gegen den Frieden, aber er kann sich nicht offen gegen den Delben stellen.«

»He!«, sagte ich und knuffte Kere in die Seite. »Mach den Mund wieder zu! Der Plan ist doch clever. Wenn euer Delbe bei den Verhandlungen gestorben wäre, angeblich noch durch die Hände eines Menschen, dann hätte mit Sicherheit niemand mehr den Friedensvertrag unterzeichnet.«

Nur hatten die Spitzohren mit ihrer Cleverness nicht den Friedensbringer ins Reich der Tiefe geschickt, sondern versehentlich denjenigen dorthin gejagt, der die Unzufriedenen hätte um sich scharen können. Im Grunde zum Brüllen komisch.

»He! Was machst du da?!«, schrie ich, als ich sah, wie Kere die Armbrust auf den Jungen richtete, der vor Angst bereits schlotterte.

»Ich bringe das Miststück um.«

»Heute Morgen wolltest du den Mörder noch lebend deinem Delben überreichen!«

»Ich habe es mir anders überlegt.«

»Warum das?«

»Dieses Stück Dreck hat meinen Bruder umgebracht! Dieser Mord verlangt nach Rache.«

»Verlangt der Tod deines Bruders vielleicht nur deshalb nach Rache, weil der Mörder ein Elf ist? Das darf schließlich niemand wissen. Wenn alle glauben, ein Mensch habe den Mord am Delben begangen, begreifen auch alle, dass der Friedensvertrag nicht unterzeichnet werden kann. Aber wenn der Mörder ein Elf war, sieht die Sache schon anders aus.«

»Unsinn!«

»Möglich. Aber dein Haus ist gegen den Frieden. Dir kann es nur recht sein, alles den Menschen in die Schuhe zu schieben. Deshalb willst du auch diesen Jungen töten.«

»Nein«, antwortete er lächelnd. »Ich habe es mir überlegt. Ich werde ihn nicht töten. Das wirst *du* erledigen.«

»Warum sollte ich?«

»Weil ich dich dafür bezahle.«

»Du willst mich kaufen?«

»Ja, Mensch. Das will ich. Du bist ein Auftragsmörder. Warum kann ich dich da nicht anheuern?«

Damit war es ihm ernst.

»Und wie viel zahlst du?«, fragte ich.

»Nenn mir deinen Preis!«

»Werde ich danach auch noch Gelegenheit haben, mich an dem Geld zu erfreuen?«

»Ich habe nicht die Absicht, dich umzubringen. Ich führe dich zu einer Stelle im Sandoner Wald, wo dich niemand suchen wird, und verabschiede mich da von dir. Denk darüber nach. Mit dem Geld könntest du ein neues Leben anfangen.«

»Du schlägst mir vor, mein Volk zu verraten.«

»Ich biete dir Geld und die Freiheit an. Glaubst du etwa, die Menschen lassen dich ungeschoren davonkommen? Hoffst du gar darauf, begnadigt zu werden?«

»Dein Vorschlag hat einen gewissen Reiz«, antwortete ich bedächtig und schielte auf die Armbrust.

»Heißt das, du stimmst ihm zu?«

»Vielleicht …«

Eine Weile musterte mich das Spitzohr, dann entspannte er sich.

»Ich habe nicht daran gezweifelt, dass du klüger als viele deiner Artgenossen bist«, erklärte er grinsend.

Ich erwiderte sein Grinsen, und noch bevor er sich's versah, schwirrte das Wurfbeil auf ihn zu.

Kere gab noch einen Schuss mit der Armbrust ab. Wie er es fertigbrachte, mich auf die knappe Entfernung zu verfehlen, war mir ein Rätsel. Doch der Bolzen pfiff an mir vorbei.

Als Kere auf die Knie fiel, lachte er, verschluckte sich am Blut und kippte dann sehr langsam nach hinten. Obwohl die Sache damit eigentlich bereits ausgestanden war, gab ich in meiner Furcht vor seiner Magie noch einen Schuss auf seine ungeschützte Kehle ab. Aus dem aufgeschlitzten Hals spritzte nach allen Seiten warmes Blut. Kere war tot, noch ehe er auf dem Boden aufschlug.

Eine andere Wahl hatte ich nicht gehabt. Hätte ich ihn nicht rasch und erbarmungslos getötet, wäre ich selbst ein toter Mann gewesen. Denn er hätte mich niemals lebend aus dem Sandoner Wald herausgelassen, dazu wusste ich zu viel. Für einen Elfen bedeutet das Wort, das er einem Menschen gegeben hat, nicht das Geringste, das hatte mir das Spitzohr selbst gesagt.

Ich blickte ein letztes Mal auf Kere, wie er da in seinem Blut lag. Auf sein müdes Gesicht und die erstarrten Augen. Dann spuckte ich aus. Wenn der Elf nicht danebengeschossen hätte, läge ich jetzt da. Der Graue.

Dann wendete ich mich dem Jungen zu. Er war tot. Ein Armbrustbolzen steckte in seiner Brust. Kere hatte nicht danebengeschossen – er hatte überhaupt nicht auf mich gezielt. Um den Preis des eigenen Lebens hatte er seinen Artgenossen mit ins Grab genommen.

Mit diesem Schritt hatte er jedoch nicht nur den Tod seines Bruders gerächt, sondern auch seinem Haus bis zum bitteren Ende die Treue gehalten. Offenbar hatte er angenommen, ich würde den einzigen Zeugen zurückbringen, um ihn dem Delben und dem Statthalter zu übergeben. Das musste er, wie gesagt, um jeden Preis verhindern.

Du Hohlschädel! Was bist du nur für ein Hohlschädel, Kere aus dem Haus des Lotos! Hast du wirklich nicht begriffen, dass ich ohne dich niemals aus dem Sandoner Wald herauskomme? Jedes Spitzohr wird mich für seine Beute halten. Und den Jungen hatte ich verletzt. Wenn ich durch die Berge gekraxelt wäre, hätte ich ihn da etwa auch noch huckepack nehmen sollen?! Letzten Endes hast du mir also einen Gefallen erwiesen, indem du ihn getötet hast. Abgesehen davon muss man schon ein gewaltiger Dummkopf sein, um zu glauben, ich würde in der Hoffnung auf Begnadigung zurückkehren. Menschen begnadigen nicht. Wir sind wie ihr, sehr nachtragend und ausgesprochen schlecht darin, unser Wort zu halten.

Für mich gab es keinen Weg zurück. Aber ich hatte ohnehin nie vorgehabt zurückzukehren.

Ich wandte mich jäh von Kere ab und schulterte den Bogen, um in Richtung Berge davonzustapfen.

Mir stand ein langer Weg nach Süden bevor.

INHALT

Die Schlange 5
Eine Geschichte aus der Welt Sialas

Lennart aus Gröngras 39

Der Leuchtturm 91

Der Seelenverschlinger 115
Eine Geschichte aus der Welt Haras

Die Hexenjähe 175

Die Sonderkuriere 243
Eine Geschichte aus der Welt der Dunkeljäger

La Naranja 329

Der Preis der Freiheit 375
Eine Geschichte aus der Welt Haras

Vom Bestsellerautor der »Chroniken von Siala«

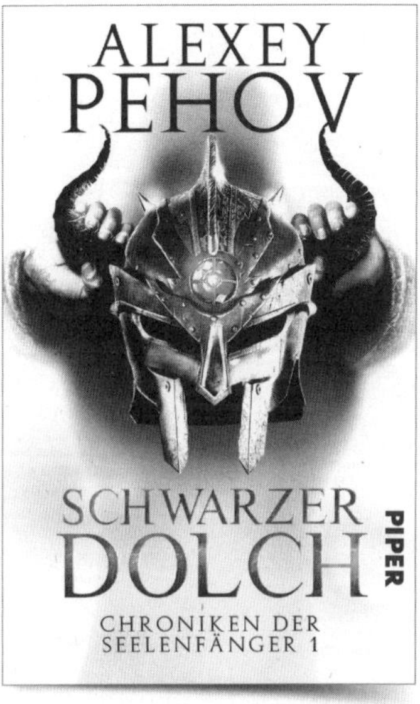

Hier reinlesen!

Alexey Pehov

Schwarzer Dolch

Chroniken der Seelenfänger 1

Aus dem Russischen von
Christiane Pöhlmann
Piper, 480 Seiten
€ 16,99 [D], € 17,50 [A]*
ISBN 978-3-492-70396-3

Ludwig van Normayenn wird geachtet und doch gefürchtet. Als Seelenfänger verfügt er über die Gabe, dunkle Seelen zu erkennen, die noch nicht bereit sind, das Reich der Sterblichen zu verlassen. Auf der Jagd nach den ruhelosen Seelen zieht er von Fürstentum zu Fürstentum – doch auf seiner Reise erwarten ihn Feinde, die noch schrecklicher und gefährlicher sind, als er sich vorzustellen vermag … Mit seiner neuen Serie »Chroniken der Seelenfänger« beweist Alexey Pehov einmal mehr, dass er zu den besten Fantasyautoren unserer Zeit gehört.

Leseproben, E-Books und mehr unter **www.piper.de**